CAROL O'CONNELL

Schule des Verbrechens

Buch

Detective Kathleen Mallory wird an einem heißen Augusttag in New York zu einem bizarren Tatort gerufen: In einem Apartment hat man eine erhängte Frau gefunden, um die sorgfältig rote Kerzen angeordnet sind. Alles scheint auf ein düsteres Ritual hinzudeuten – ein Ritual, das jedoch nur vermeintlich tödlich war; denn durch ein grausames Wunder lebt die Frau noch, fällt jedoch ins Koma. Mallory kennt das Opfer gut: Es ist die ehemalige Prostituierte Sparrow, die sich vor fünfzehn Jahren, als Kathleen noch als Straßenkind durch die Stadt streifte, wie eine Ersatzmutter um sie gekümmert hatte.

Als sich der Mörder kurze Zeit später ein weiteres Opfer sucht und nach demselben Muster zu Tode quält, entdeckt Mallory Parallelen zu einem ungelösten Mordfall aus der Vergangenheit. Ein Serienkiller, der nach langer Wartezeit sein grausames Handwerk wieder aufnimmt? Oder ein Nachahmungstäter, der bei einem düsteren Vorbild in die Schule gegangen ist? Mallory läuft bei der Klärung dieser Fragen die Zeit davon – denn schon steht die nächste junge Frau auf der Liste des Mörders …

Autorin

Carol O'Connell, geboren 1947, lebt in New York. Sie ist die Autorin mehrerer Bestseller und schuf mit Kathleen Mallory eine der originellsten und bestechendsten Detektivfiguren in der Kriminalliteratur. Nach ihrem Kunststudium stellte Carol O'Connell jahrelang surrealistische Gemälde in Cafés aus und finanzierte ihren Unterhalt mit Gelegenheitsjobs, bevor sie sich ab 1995 in die Spitzenriege der Krimiautorinnen schrieb.

Von Carol O'Connell außerdem bei Goldmann lieferbar:

Das Judaskind. Roman (44706)
Tödliche Kritiken. Roman (44555)
Der steinerne Engel. Roman (45284)
Falscher Zauber. Roman (44971)

Carol
O'Connell

Schule des Verbrechens

Roman

Aus dem Englischen
von Renate Orth-Guttmann

GOLDMANN

Die Originalausgabe erschien 2002 unter dem Titel
»Crime School« bei Hutchinson, London

Umwelthinweis:
Alle bedruckten Materialien dieses Taschenbuches
sind chlorfrei und umweltschonend.

1. Auflage
Deutsche Erstausgabe Oktober 2003

Umschlaggestaltung: Design Team München
Umschlagfoto: Trevillion Picture Library/Sanderson
Satz: Buch-Werkstatt GmbH, Bad Aibling
Druck: Elsnerdruck, Berlin
Titelnummer: 45542
Redaktion: Andrea Brandl
MA · Herstellung: Stefan Hansen
Made in Germany
ISBN 3-442-45542-1
www.goldmann-verlag.de

Für die Lehrer

Meine Lehrerin Thelma Rantilla hat einmal gesagt: »Jedes Kind sollte mit zehn Jahren mitten in New York einfach ausgesetzt werden und dann zusehen, dass es allein nach Hause findet ...« – womit sie jeder Mutter und jedem Vater ein stumpfes Messer ins Herz gerammt und langsam umgedreht hat. Diese und andere herrlich empörenden Sprüche haben sie zu meiner persönlichen Heldin gemacht. Da sie jedoch geistig meist in höheren Sphären weilte, ging ich davon aus, dass sie mich ohnehin nicht zur Kenntnis nahm.

Bei unserer letzten Begegnung schleppte sie einen Karton mit zahllosen Papieren und Büchern, die sich bis zum Ende des Schuljahrs angesammelt hatten. Sie hatte den Kopf eingezogen, um Blickkontakt mit all denen zu vermeiden, die sie womöglich bei ihrer Flucht in die Sommerferien hätten aufhalten können.

Während ich hinter ihr herlief, zerbrach ich mir den Kopf, was ich – außer »Auf Wiedersehen« – zu ihr sagen könnte.

Unvermittelt blieb Miss Rantilla stehen, drehte sich um und verkündete: »Also manchmal kann man an dir tatsächlich einen Funken von Talent erkennen. Allerdings nur sehr selten.«

Ich blieb wie angewurzelt stehen und sah sie sprachlos an. Das gab ihr die Zeit, die sie brauchte, um sich endgültig aus dem Staub zu machen.

Prolog

Die Hochhausfenster wirkten wie schmutzig-gelbe verwischte Flecken am Himmel – der Ersatz für Sternenlicht in New York City. Aus einem Autoradio dröhnten Latino-Rhythmen die First Avenue hinunter. Die Limousine bog mit kreischenden Bremsen ab, wobei sie nur knapp ein kleines blondes Mädchen mit rastlosem Blick verfehlte. Das Mädchen hatte sich fluchtbereit auf die Zehenspitzen gestellt und die Arme erhoben wie schmale weiße Flügel.

Einer Frau auf dem Gehsteig fiel ein Buch aus der Hand, als das kleine Mädchen mit wehendem Haar an ihr vorbeilief und die kleinen Füße im Takt der Musik eines vorbeikommenden Ghettoblasters auf das Pflaster schlugen – Flucht zu Rock 'n' Roll. Die Augen des fliehenden Kindes waren nicht grün, es waren nicht Kathys Augen, dennoch glaubte die erschrockene Frau ein vertrautes Straßenkind durch Raum und Zeit jagen zu sehen.

Fünfzehn Jahre, du Idiotin. Kathy Mallory ist kein kleines Mädchen mehr und auch nicht tot – laue Voraussetzungen für ein Gespenst.

Sparrow lief der Schweiß übers Gesicht. Hätte sie sich auch so täuschen lassen, wenn das gestohlene Buch nicht dagewesen wäre? Wieder sah sie sich um, konnte jedoch den Mann, der ihr von der Buchhandlung gefolgt war, nicht mehr entdecken. Sie hatte Haken geschlagen und Umwege gemacht, um ihn abzuschütteln, aber er hatte mühelos Schritt mit ihr gehalten. Er hatte seinen Weg mit gnadenloser Entschlossenheit fortgesetzt. Sein Körper war ohne Sprache, ohne Leben.

Wenn ein Toter laufen könnte …

Sparrow hatte feuchte Hände, ein Zeichen ihrer Nervosität, das sie jedoch auf die Schwüle dieser grauen Stunde nach Sonnenuntergang schob. Und dass die Passanten sie anstarrten, führte sie auf ihre Kleidung zurück. Wer trug schon eine Bluse mit Keulenärmeln und einen langen Rock bei einer Hitzewelle im 21. Jahrhundert? Ein Streichholz flammte neben ihr auf, als sich ein Mann, ein harmloser Passant, eine Zigarette anzündete und an ihr vorbeiging. Ihr Herz schlug schneller. Sie versuchte, die zweite Warnung aus ihrem Gedächtnis zu verbannen und schob das Herzklopfen auf ihr schlechtes Gewissen.

Wäre da nicht das Buch gewesen …

Sie sah, dass ihre Hände leer waren und geriet in Panik, ehe sie erleichtert seufzte. Das kostbare Taschenbuch war nur zu Boden gefallen, und sie bückte sich rasch, um es aufzuheben. Als sie sich aufrichtete, bewegte sich zeitgleich in fünf oder sechs spiegelnden Drugstore-Schaufenstern eine zweite Gestalt, still wie Rauch. Noch immer überraschten sie diese zufälligen Begegnungen mit ihrem Ich, denn die Künste des Schönheitschirurgen hatten sämtliche Spuren zertrümmerter Knochen und zerfetzter Haut so gründlich aus ihrem Gesicht getilgt, dass sie auch ohne Make-up nicht mehr wahrnehmbar waren. Aus blauen Augen blickte ihr Spiegelbild über die Kluft von siebzehn Jahren auf die junge Frau, die gerade einem Greyhound-Bus aus dem Süden entstiegen war.

Sparrow nickte. »Wir kennen uns, Mädchen.«

Es war eine gespenstische Nacht.

Sie verbarg das Buch hinter ihrem Rücken, als hätte sie Angst, jemand könnte ihr den zerfledderten Roman stehlen. Sie hatte die Absicht, ihn zu verbrennen. Aber es war nicht das Buch, hinter dem ihr Verfolger her war. Sparrow sah die Straße hinauf und hinunter. In dieser Menge völlig normaler Bürger müsste er leicht auszumachen sein. Offenbar hatte sie ihn an einer Ecke verloren. Trotzdem prickelte ihre Haut wie von tausend Ameisen.

Sie beeilte sich, nach Hause zu kommen. Jetzt sah sie nicht mehr zurück, sondern hörte nur auf die Stimme in ihrem Kopf. Die Angst, eine gute alte Freundin, drängte sich in ihre Gedanken. *Guten Abend,* sagte sie. Und: *Wie dunkel es schon ist.* Und jetzt: *Lauf, Mädchen, lauf!*

1

Greenwich Village hatte seinen prickelnden Reiz längst verloren und war zu einer gesetzten alten Dame geworden. Ein Kind dieser Grande Dame stand unter dem wuchtigen steinernen Bogen des Washington Square Parks. Der Junge trug eine angesagte Hose mit Tarnmuster – bereit für die Revolution, sollte sie zufällig hier vorbeikommen.

Zu seinen Füßen lag ein geöffneter Gitarrenkasten, doch keiner der Passanten blieb stehen, um eine Münze hineinzuwerfen. Alle strebten schwitzend und die Augusthitze verfluchend ihrem kühlen Bier und ihrer Konservenmusik entgegen. Um ihre Aufmerksamkeit zu erlangen, musste schon Aufsehenerregenderes geschehen.

In gemächlichem Tempo fuhr ein nicht gekennzeichnetes Polizeifahrzeug vorbei. Detective Sergeant Riker ließ das Fenster auf der Beifahrerseite herunter und lauschte dem melancholischen Geklimper der weichen Nylonsaiten.

Er hatte etwas anderes erwartet.

Hatte dieser Teenager nicht begriffen, was es bedeutete, jung zu sein? Vor fünfunddreißig Jahren war der Junge unter dem Bogen Riker gewesen, in der Hand seine elektrische Gitarre mit Stahlsaiten. Seine Musik war so ansteckend und fetzig gewesen, dass die Leute einfach anfangen mussten, über den Gehsteig zu tanzen.

Was für ein wildes Treiben!

Und die ganze Welt hatte sich um ihn gedreht.

Die E-Gitarre hatte er verkauft, um einen Ring für ein Mädchen zu erstehen, das ihm mehr bedeutet hatte als Rock

’n’ Roll. Die Ehe war den Bach runtergegangen, und auch die Musik war ihm untreu geworden.

Das Wagenfenster glitt wieder nach oben, und das Dienstfahrzeug fuhr weiter.

Am Steuer saß wie immer Kathy Mallory. Allerdings nicht freiwillig. Vor die Entscheidung gestellt, entweder das Trinken oder das Autofahren bleiben zu lassen, hatte ihr Partner seinen Führerschein nicht verlängert. Die Schicht der beiden Detectives war beinahe zu Ende, und Mallorys gute schwarze Laufschuhe, das seidene T-Shirt und Jeans verrieten Riker, dass sie an diesem Abend noch etwas vorhatte. Die Ärmel des weißen Leinenblazers hatte sie hochgekrempelt – ihr einziges Zugeständnis an die Hitze. Müsste er die jüngste Kollegin im Dezernat beschreiben, würde er nicht das Offenkundige – die sahneweiße Haut einer echten Blondine und diese unglaublichen Augen – herausstellen, sondern sagen: »Mallory schwitzt nicht.«

Nicht nur in dieser Hinsicht war sie anders als andere.

Rikers Handy piepste. Er holte es heraus, wechselte ein paar Worte mit einem Kollegen auf der anderen Seite der Stadt und steckte es wieder ein. »Heute Abend wird’s nichts mit dem Ausgehen. Ein Kollege von der Mordkommission braucht Hilfe. Ecke First Avenue und Ninth.«

Der Stau der Zivilfahrzeuge begann sich langsam aufzulösen, und Mallory gab Gas. Riker spürte, wie der Wagen sich zur Seite legte, als sie die Kurve nahm und sich in den schnelleren Strom des nach Norden fließenden Verkehrs einfädelte. Mallory raste geradewegs auf die hintere Stoßstange eines gelben Taxis zu, das ihr augenblicklich Platz machte. Jetzt gehörte die Spur ihr. Auch andere Fahrer wichen aus oder blieben zurück; keiner von ihnen besaß offenbar genug Sportsgeist, um es auf einen Zusammenstoß ankommen zu lassen. Mallory verzichtete stets darauf, das Blaulicht aufs Dach zu stellen oder die Sirene zu betätigen. Vor Cops hatte niemand Respekt in dieser Stadt, Einschüchterung hingegen wirkte immer.

Riker beugte sich zu ihr hinüber. »Ich würde ganz gern noch eine Zeit lang weiterleben«, sagte er so lässig wie möglich.

Mallory sah ihn an. Ihre schräg stehenden grünen Augen glitzerten unheimlich im Licht des Armaturenbrettes. Spring doch, wenn du willst, sagte ihr Lächeln. Es war ein nervtötendes Spiel, da sie dabei nur mit einem Auge auf den Verkehr achtete. Erst als er resigniert die Hände hob, wandte sie sich wieder der Straße zu.

Riker führte ein lautloses Zwiegespräch mit dem verstorbenen Louis Markowitz, der ihm normalerweise als Tröster zur Seite stand. Diese Gespräche hatten beinahe etwas von einem Gebet und begannen stets mit *Louis, du Mistkerl.*

Fünfzehn Jahre waren vergangen, seit Kathy Mallory als Straßenkind durch New York gestreift war. Obdachlosigkeit war verdammt schwere Arbeit, und Rikers alter Freund Louis Markowitz hatte es sich zur Aufgabe gemacht, das erschöpfte kleine Mädchen aufzuspüren, wenn auch nur in seiner Freizeit. Die Abteilung Spezialverbrechen befasste sich nicht mit vermissten Kindern, solange sie lebten. Und danach auch nur, wenn sie auf ungewöhnliche Art zu Tode gekommen waren. Begonnen hatte das Spiel mit der bemüht beiläufigen Bemerkung: »Ach ja, Riker, wenn sie auf dich anlegt, bring sie nicht um. Der Revolver ist aus Plastik und spuckt Pappkügelchen. Außerdem ist sie erst neun oder zehn.«

Am Ende hatte man sie gefunden. Sie hatte die schmalen Schultern gestrafft, sich zu ihrer vollen Höhe von praktisch nichts aufgerichtet und behauptet, sie sei zwölf. Eine unverfrorene Lüge. Und mit welcher Würde! Lou Markowitz hätte sie einfach auslachen können. Stattdessen hatte er sie mit wahrer Engelsgeduld auf elf heruntergehandelt, um sich den bürokratischen Hürden zur Erlangung der Pflegschaft mit dieser glaubhafteren Lüge stellen zu können.

Und nun hieß Kathy Mallory mit zweitem Namen *Markowitz' Tochter.*

Ihr Pflegevater war in Ausübung seiner Pflicht ums Leben gekommen und fehlte Riker jeden Tag aufs Neue. Lous Pflegekind war inzwischen einen Meter fünfundsiebzig und von der Plastikpistole auf einen Revolver Kaliber .357 umgestiegen. Und sie hatte ihrem Partner untersagt, sie Kathy zu nennen. Die beiden jagten zu einem Tatort, für den ein anderer zuständig war. »Zehn zu zwanzig, dass ihr so einen Mord noch nicht gesehen habt!«, hatte ihnen der Lieutenant von der East Side seine Bitte versüßt.

Mehrere Streifenwagen und ein Löschzug der Feuerwehr blockierten mit kreisenden roten und gelben Lichtern an der Grenze zwischen East Village und Alphabet City den Verkehr. Mittelpunkt des Geschehens war eine Nebenstraße, trotzdem drängten sich überall Neugierige auf den Feuerleitern, als könnten sie um gemauerte Ecken sehen. Autos hupten verbotenerweise, und Flüche schwirrten durch die Luft.

Mallorys braune Limousine besetzte die einzige Parklücke – eine Bushaltestelle. Sie schaltete den Motor ab und stieg aus, während ihr Partner die Beifahrertür zuschlug. Rikers Anzug war wie gewöhnlich zerknittert und von Flecken übersät, doch als er nun auch noch den Schlips lockerte, war das Bild des schlampigen, ungepflegten Polizisten perfekt. Nicht, dass er es sich nicht hätte leisten können, zur chemischen Reinigung zu gehen, aber nach Mallorys Theorie war ihm die Existenz derartiger Einrichtungen schlicht unbekannt.

Auf den Gehsteigen herrschte dichtes Gedränge. In diesen Vierteln der Stadt, in denen das wahre Leben tobte, ersetzten Verbrechen durchaus einen Kinobesuch. Die Leute kamen, egal welchen Alters, sofort angelaufen, um sich die kostenlose Doppelvorstellung von Mord und Feuer nicht entgehen zu lassen.

Im Gleichschritt marschierten die Kriminalbeamten auf die kreisenden Lichter zu. Die uniformierten Kollegen hinter der Absperrung hielten die Menge nur mühsam in Schach. Fahrbahn und Gehsteige waren von Zivilisten verstopft, die Pizza mampften und Sodawasser und Dosenbier in sich hineinschütteten.

»Tolle Party«, stellte Riker fest.

Mallory nickte. Eine ziemlich eindrucksvolle Inszenierung für eine tote Prostituierte. Mehr Einzelheiten hatte sie von den Kollegen von der East Side zunächst noch nicht bekommen.

Sie hatten sich bereits halb durch die Menge geschoben, als die gehetzten Polizisten sie endlich erkannten und ihnen mit Ellbogen und Schultern einen Weg durch die Masse der Steuerzahler bahnten. »Platz da, gehen Sie zur Seite!«, riefen sie, ehe einer das gelbe Absperrband vor einem Apartmenthaus aus rotem Backstein anhob. Riker ging jetzt voran, stieg ein paar Stufen zu einer Art Lichthof unterhalb der Straße hinunter und verschwand durch die Kellertür.

Mallory entließ ihr Gefolge mit einer Handbewegung und blieb auf dem Gehsteig stehen. Sehr bald würde man sie mit Informationen überschütten, von denen einige falsch und die meisten vermutlich unbrauchbar waren. Sie beugte sich über ein schmiedeeisernes Gitter und sah auf den betonierten Lichthof hinunter. Neben dem Kellerfenster lagen Müllsäcke und leere Dosen, aber die nackte Glühbirne über der Tür brannte. Folglich hatte der Angreifer sich nicht im Schutz der Dunkelheit anschleichen können. Die eingeschlagene halbrunde Scheibe war nicht vergittert und lud damit förmlich zu einem Einbruch ein.

In dem Raum hinter der zerbrochenen Scheibe liefen die Detectives ständig den Leuten von der Spurensicherung vor die Füße, die in geliehenen Feuerwehrstiefeln durchs Wasser wateten. Riker, der mit seinen Schuhen meist weniger pfleglich umging, bewegte sich platschend auf die Leiche zu, die auf der Trage lag. Dutzende Kerzen, die im Wasser umhertrieben, gerieten in Bewegung, als er vorbeikam.

Die Tote trug eine Bluse mit Stehkragen und Keulenärmeln. Ihr langer Rock hatte sich eng um ihre billigen Kunstlederstiefel geschlungen: Ein seltsamer Aufzug für eine Prostituierte im August.

Mallory erkannte den Assistenten des Chefpathologen. Der junge Mann, der sich wie der liebe Gott höchstpersönlich aufführte, zündete sich gerade trotz des wütenden Protests eines Technikers von der Spurensicherung eine Zigarette an und trat in aller Ruhe neben die Leiche. Er drückte der Ermordeten ein paar Sekunden sein Stethoskop aufs Herz, um sie offiziell für tot zu erklären. Die kurzen blonden Haarstoppel – Anzeichen für einen primitiven Skalpierversuch – schienen ihn ebenso wenig zu interessieren wie das Haarbüschel, das im geöffneten Mund der Frau steckte.

Ein Wunder, dachte Mallory, dass die Feuerwehrleute es nicht herausgenommen hatten, um einen Wiederbelebungsversuch zu starten. Sie ließen sich doch sonst nicht davon abhalten, am Tatort sämtliche Spuren zu zerstören.

Ein Polizeifotograf machte eine Drehbewegung mit der Hand, worauf der Pathologe hilfsbereit die Leiche auf die Seite rollte, sodass das silbrige Isolierband zum Vorschein kam, mit dem die Hände der Toten auf ihrem Rücken gefesselt waren. Für die nächste Aufnahme wurde die Schlinge entfernt, während das andere Ende des durchtrennten Stricks noch von einem niedrig hängenden elektrischen Kronleuchter baumelte. Der Kollege von der East Side hatte nicht übertrieben. Nachdem Lynchmorde aus der Mode gekommen waren, gab es kaum noch Täter, die ihre Opfer erhängten. Dies war kein schneller Tod gewesen. Die geringe Höhe hatte verhindert, dass sich die Frau sofort das Genick gebrochen hatte.

Folter?

In der Menge sah sie einen Typen, der früher einmal bei der Streifenpolizei in ihrem Bezirk gearbeitet hatte. Ehe man ihn dort hatte feuern können, hatte er in letzter Minute selbst gekündigt. Mittlerweile war er bei der Feuerwehr. »Zappata? Wer hat das Fenster eingeschlagen, ihr oder der Täter?«

»Das waren wir.« Frech grinsend kam er auf sie zu. Sobald sie Zeit hatte, würde sie dafür sorgen, dass ihm das Grinsen verging, beschloss Mallory. Er sah ihr nicht ins Gesicht, weil ihm das die Illusion geraubt hätte, größer zu sein als sie. Stattdessen sprach er zu ihren Brüsten. »Sie müssen mir einen Gefallen tun.«

Fehlanzeige, du Arschloch.

»Nur ein Einsatzwagen?«, sagte sie laut.

»Ja. Viel Rauch und wenig Feuer.« Er deutete auf einen jungen Mann mit schreiend gelbem Haar in einem dunklen Anzug. »Sagen Sie diesem dämlichen Anfänger, dass er sich die Vernehmung der Leute von meinem Wagen sparen kann.«

»Er gehört nicht zu mir. Wenden Sie sich an seinen Boss.« Lieutenant Loman würde dem Feuerwehrmann bestimmt gehörig die Meinung sagen und ihr damit eine Menge Arbeit ersparen. Sie sah wieder zum Fenster. »Die Leiche haben Ihre Leute abgeschnitten?«

»Nein, das waren die Cops.« Zappatas Selbstzufriedenheit ging ihr langsam auf die Nerven. »Als wir ankamen, war sie schon mausetot, also hab ich die Beweislage gesichert.«

»Sie haben die Frau hängen lassen, wollen Sie damit sagen.«

»Ja. Kleiner Wasserschaden, ein paar Glasscherben, aber ansonsten war der Tatort tipptopp, als die Cops kamen.«

Davon hatte Zappata schon immer geträumt – an einem Tatort nach Lust und Laune schalten und walten zu können. Mallory sah zu dem kleinen Trupp von Feuerwehrleuten hinunter, die sich um den Einsatzwagen scharten. Ein Vorgesetzter war offenbar nicht dabei. Hätten die Männer nicht gewusst, dass Zappata früher bei der Polizei gewesen war, hätten sie sich von ihm bestimmt nichts vorschreiben lassen und statt des Leichenwagens einen Notarzt angefordert. In diesem Moment wurde Mallory klar, warum hier drei verschiedene Abteilungen gleichzeitig arbeiteten. »Die Anrufe heute Abend kamen von Ihnen?«

»Ja, ich hab Glück gehabt. Der Leichenwagen und die Spurensicherung waren nur ein paar Blocks weit weg, deshalb waren sie noch vor den Cops da.« Zappata erwartete sichtlich Lob dafür, dass er sich Kompetenzen angemaßt hatte, die er eindeutig nicht hatte.

Mallory beschloss, die endgültige Vernichtung des Feuerwehrmannes den Reportern zu überlassen, die ihm entzückt von der anderen Seite der Absperrung her zuwinkten. Kameras richteten sich auf Zappatas Gesicht, als er auf die Mikrofontrauben zuschlenderte. Bereitwillig verbreitete er sich über all die Vorschriften, die er persönlich verletzt hatte, um heute Abend den Fall in die Hand zu nehmen – und ihn prompt an die Wand zu fahren.

Mallory ging in den Lichthof hinunter. Durchs Kellerfenster konnte sie erkennen, dass ein Ende des Stricks am Türknauf einer Schranktür befestigt war. Unter dem Kronleuchter stand jedoch nichts, was als provisorischer Galgen in Frage gekommen wäre.

Es war nicht besonders schwer, sich vorzustellen, wie der Mörder der Frau die Schlinge um den Hals gelegt und sie mit dem anderen Ende des Stricks hochgezogen hatte. Die Beine des Opfers waren nicht gefesselt. Die Frau hatte vermutlich gezappelt und versucht, den Boden zu erreichen, und so lange weitergestrampelt, bis sie gestorben war.

Der Täter musste ein Mann sein, so viel stand jetzt schon fest. Für eine derartige Tat war eine Menge Kraft im Oberkörper nötig. Und es gab keine Liebesbeziehung zwischen Opfer und Mörder. Wenn ein Mann eine Frau liebte, erschlug er sie mit den Fäusten oder stach hundertmal auf sie ein.

Riker hatte ihr den Rücken zugekehrt und bückte sich, um etwas aus dem Wasser zu angeln. Doch als er sich umdrehte, waren seine Hände leer, und er knöpfte sein Sakko zu. Mallory wollte ihren Augen nicht trauen. Riker, dieser grundehrliche Cop?

Was hast du da geklaut?

Und wozu hast du so viel riskiert?

Riker trat zu den anderen. Zunächst schenkte keiner dem jungen Mann Beachtung, der in den Kellerraum gekommen war. Zappatas Nemesis, der junge Detective mit dem gelben Haar, beugte sich über das Mordopfer auf der Trage. Mallory beobachtete, wie er den nassen Haarklumpen aus dem Mund der Leiche entfernte.

Das war Aufgabe der Spurensicherung.

Idiot!

Was konnte heute Abend eigentlich noch alles schief gehen?

Der junge Cop versperrte Mallory die Sicht, als er sich über das weiße Gesicht beugte, als wollte er es küssen.

Was soll denn das werden?

Und dann setzte er sich plötzlich rittlings auf die Tote.

Zum Teufel noch mal, was …

Er bewegte den Brustkorb der Toten auf und ab – Wiederbelebungsversuche an einer Leiche – und strahlte auf einmal. »Sie lebt!«, stieß er hervor.

Das darf doch nicht wahr sein!

Die Detectives drehten sich hastig um. Der entsetzte junge Pathologe ging auf die Trage zu, doch Riker war schneller. Er hockte sich neben die Frau und hielt einen Finger an ihre Nasenlöcher. »Scheiße, die atmet ja.« Der sonst so zurückhaltende Sergeant ballte die Fäuste. »Ist Ihnen eigentlich klar, was Sie da verbockt haben?«, schrie er den Pathologen an. Das Wort *Trottel* hing unausgesprochen im Raum.

Seit dem Tod der Frau war zu viel Zeit verstrichen. Dank

eines unerfahrenen jungen Burschen war aus einer perfekten Leiche ein sinnlos dahinvegetierendes Wesen geworden.

In das Schweigen des Krankenzimmers hinein stellte der Chefpathologe trocken fest: »Menschliche Vivisektion ist in allen fünfzig Bundesstaaten verboten.« Dr. Edward Slope strahlte die Autorität eines hoch gewachsenen grauhaarigen Generals aus, und diesen Eindruck konnten weder der Smoking beeinträchtigen, den er an diesem Abend trug, noch die Arzttasche oder der beißende Sarkasmus an einem Sterbebett. Doch die bleiche Patientin unter den Betttüchern stieß sich ohnehin nicht daran. Ihre Augen schweiften ziellos im Raum umher und ließen so die Illusion entstehen, sie sei bei Bewusstsein. »Wenn ihr mich fragt, sollten wir mit der Autopsie warten, bis sie tot ist.«

»Reine Formsache«, sagte Riker. »Sie war es ja schon mal.« Was sie brauchten, war nur eine oberflächliche Untersuchung durch diesen Mann, dessen Aussage vor Gericht niemals in Frage gestellt wurde.

»Lange kann's nicht mehr dauern.« Der Pathologe griff nach dem Klemmbrett mit dem Krankenblatt. »Hier ist eine Notiz des behandelnden Arztes. ›Nicht wieder beleben.‹ Gehirntot. Noch zehn Stunden ohne lebenserhaltende Maßnahmen, und das war's.« Er wandte sich an den Glatzkopf neben Riker. »Bringen Sie mir morgen früh die Leiche in den Seziersaal, Loman. Aber fühlen Sie vorher noch mal den Puls.«

Lieutenant Loman schien selbst dem Tod nahe. Eine Virusepidemie im East Village hatte seine Mannschaft dramatisch dezimiert, und seine blutunterlaufenen Augen und die fahle Haut verrieten die zahllosen Überstunden. »Ich fühle mich nicht angesprochen, Doc.« Loman schlug Sergeant Riker auf die Schulter. »Das ist jetzt seine Leiche.«

»Kommt nicht in Frage.« Mallory sah ärgerlich zu der Patientin hinüber.

»Der Fall gehört euch.« Noch war in Lomans Stimme nur ferner Donner zu hören, doch das Gewitter kam eindeutig näher. »Geschäft ist Geschäft. Sparrow hat für Riker gespitzelt. Er ist scharf auf die Leiche.«

Mallory reichte Riker die Dienstkamera, als bräuchte sie möglicherweise zwei Hände, um die Auseinandersetzung zu einem erfolgreichen Ende zu führen, und wandte sich an Loman. »Wenn ein Lude seine Nutte aufknüpft, ist das kein Fall für unser Dezernat, das wissen Sie ganz genau.« Nach einer winzigen Pause fügte sie ein *Sir* an, verzichtete dann aber sofort wieder auf die für den Umgang mit Vorgesetzten geltenden Benimmregeln. »Hängen Sie den Fall doch einfach den Kollegen von der Brandstiftung an.«

»Der Täter ist ein Psychopath! Verdammt noch mal, sehen Sie sich doch an, was er mit ihr gemacht hat«, schrie Loman.

Die restlichen Haare der Bewusstlosen sahen aus wie eine Gruselperücke, Speichel rann ihr aus dem Mund, und ihre Augen rollten unkontrolliert in den Höhlen hin und her wie Murmeln.

Riker zog die Vorhänge um das Bett zu, sodass er mit der Patientin und Dr. Slope allein war. »Nur einen kurzen Blick, Doc …«

»Nein. Hängt ihr einen Zettel an den großen Zeh, damit ich weiß, wer die Leiche bekommen hat. Ich bin zum Essen eingeladen und spät dran.«

Durch den dünnen Vorhang hindurch hörte man, wie jemand zuerst leicht an die Tür klopfte und dann, als niemand reagierte, die Fäuste zu Hilfe nahm. Dannach verstummte der Lärm jäh, ehe gedämpft die Stimme des Wachmanns zu vernehmen war, den Riker auf dem Gang postiert hatte. Als das Gehämmer wieder anfing, hörte der Sergeant Mallory mit erhobener Stimme sagen, Lieutenant Loman solle seine sterbende Hure gefälligst behalten. Riker rechnete es dem Lieutenant hoch an, dass er nicht den Vorgesetzten herauskehrte, sondern ebenfalls mit etwas lauterer Stimme erklärte, er sei unterbesetzt und seine Leute hätten bei dieser Hitzewelle – in der den Leuten schnell einmal die Sicherung durchbrannte und sich die Gewaltverbrechen häuften – mehr Leichen, als er bewältigen konnte.

Der August war stets ein arbeitsreicher Monat für Cops wie für Mörder.

Dr. Slope, der sich inzwischen denken konnte, von wem das unablässige Gehämmer kam, grinste hämisch. »Der behandelnde Arzt sieht es vermutlich nicht gern, wenn man seine Patientin vor glotzenden Cops auszieht.« Er streifte die Kamera, die Riker in der Hand hielt, mit einem Blick, als hätte er den Verdacht, dass der ganz nebenbei ein paar Pornofotos machen wollte.

»Der Junge ist Assistenzarzt«, sagte Riker. »Ein blutiger Anfänger. Selbst wenn er sie untersucht hat – was wäre seine Aussage vor Gericht wert?«

Draußen wurde der Lärm immer lauter. »Lasst mich rein, ihr Arschlöcher«, hörten sie jemanden rufen.

Dr. Slope wurde ernst. »Das dürfte unser gewissenhafter junger Herr Doktor sein, der zu seiner Patientin will. Wissen Sie eigentlich, gegen wie viele Gesetze Sie heute Abend verstoßen?«

»Was soll's? Als Cop bin ich das gewöhnt.«

Jetzt ging die Tür auf. »Wir sind hier in einem Krankenhaus«, sagte Mallory zu dem jungen Arzt auf dem Gang. »Also, Ruhe bitte.« Die Tür schlug zu, und das Feilschen mit Lieutenant Loman ging weiter. »Nicht nur Sie haben ein Personalproblem«, sagte Mallory. »Wenn wir uns einig werden, brauche ich mindestens drei Leute von Ihnen.«

»Sie sind doch völlig verrückt!« Wäre Mallory nicht die Tochter von Markowitz, wäre Loman ihr inzwischen schon längst an die Gurgel gegangen.

»Nur fünf Minuten ... Eine schnelle Untersuchung, ein

paar Proben für …«, bat Riker, notdürftig durch den Vorhang gedeckt.

»Nichts zu machen. Sie können den Arzt nicht ewig aussperren.«

»Warum nicht? Was kann er jetzt noch für sie tun? Er wird …«

»Wenn die Frau Angehörige hat, könnten die der Stadt mit Rechtsmitteln drohen. Und deshalb werden wir uns an die Vorschriften halten.«

Slope streckte die Hand nach dem Vorhang aus, den Mallory in diesem Moment mit einem Ruck zurückzog, während die Tür hinter dem Lieutenant von der East Side zuging. Zum Abschied hatte Loman seine aufgestaute Wut offenbar an dem Arzt ausgelassen, denn das Hämmern hatte aufgehört.

»Ich habe Loman dazu gekriegt, dass er uns zwei Mann Verstärkung gibt«, sagte Mallory zu Dr. Slope. »Tot oder lebendig – wir brauchen die Untersuchung sofort.«

Der Pathologe war daran gewöhnt, Anweisungen zu geben und sah nicht so aus, als wäre er bereit, sie von ihr anzunehmen. »Morgen früh ist die Frau ohnehin tot. Bis dahin hat die Sache Zeit«, sagte er nur.

Riker machte sich auf einen neuen Ausbruch gefasst, doch Mallory sorgte wieder einmal für eine Überraschung. »Vielleicht haben Sie Recht. Am besten vertuschen wir die ganze Sache.«

Dr. Slope kreuzte die Arme und musterte Mallory. »Was soll das heißen?«

»Heute Abend ist alles Mögliche schief gelaufen«, erklärte Mallory. »Niemand hat einen Krankenwagen gerufen. Ein Feuerwehrmann kam in seiner Ahnungslosigkeit zu dem Schluss, dass die Frau tot sein muss. Vielleicht weil sie nicht geblinzelt hat? Der Mann war früher mal bei der Polizei, deshalb war das Wichtigste für ihn, den Tatort zu sichern. Und daher hat er die Frau einfach hängen lassen.«

Mallorys Pflegevater war Edward Slopes ältester Freund und Begründer der wöchentlichen Pokerrunde gewesen. Der Arzt kannte Mallory von klein auf und liebte sie rückhaltlos. Doch gleichzeitig wusste er genau, dass man ihr nicht über den Weg trauen durfte, deshalb warf er ihrem Partner einen fragenden Blick zu.

»Das können Sie ihr ruhig abnehmen«, bestätigte Riker. »Die Grippewelle im East Village ist schuld. Deshalb war auf dem Einsatzwagen der Feuerwehr heute Abend keiner, der wirklich etwas zu sagen hatte.«

In gespielter Langeweile unterdrückte Mallory ein Gähnen. »Und als ein kleiner Feuerwehrmann den Kollegen vom East Village einen Mord gemeldet hat, hat sich Loman darauf verlassen, dass es auch tatsächlich einer war. Schließlich hat Ihr Mitarbeiter, der Einzige, der in diesem Moment befugt war, ein Stethoskop in die Hand zu nehmen, den Tod bestätigt.«

»Wenn er ihn bestätigt hat –«

»Na ja, man hört ja so manches. Die Geschichte von der Leiche zum Beispiel, die letzten Monat im Leichenschauhaus aufgewacht ist. War das auch eine Panne Ihres Mitarbeiters?«

»Diese Frau war mit Sicherheit tot, als –«

»Sicherheit ist immer relativ.« Mallory trat einen Schritt zurück, um seinen Smoking zu bewundern, ehe sie mit einem ihrer roten Fingernägel über das seidige Revers fuhr. »Aber was soll's? Party bleibt Party.« Das war eine von Mallorys subtileren Beleidigungen: Die Feuerwehrleute, die Polizei und Slopes Assistent – sie alle trugen Schuld daran, dass eine Frau im Koma lag, aber weshalb sollte der Chefpathologe sich deshalb den Spaß verderben lassen? »Ist ja kein großer Verlust, so eine Nutte. Wir sagen einfach den Schwestern, sie sollen die Leiche waschen und die Beweise vernichten. Keiner wird jemals erfahren, was heute Abend passiert ist.«

Sie kehrte dem empörten Edward Slope den Rücken, sodass es wieder einmal an Riker hängen blieb, Schadensbegrenzung zu betreiben und dafür zu sorgen, dass Slope nicht das Gesicht verlor. »Ich brauche Ihre Meinung«, wiederholte er, »aber wenn Sie wollen, lasse ich Sie später mit einer Eskorte zu Ihrer Abendeinladung bringen. Der Verkehr ist heute mal wieder mörderisch.«

»Na schön, Sie haben mich überredet.« Dr. Slope stellte seine Arzttasche aufs Bett und wandte sich an Mallory. »Kathy, du schreibst.« Das war seine Rache, da sie stets darauf bestand, mit ihrem Nachnamen angesprochen zu werden. So etwas schaffte Distanz. Mit einem befriedigten Grinsen nahm er ihren Ärger zur Kenntnis und streifte die Latexhandschuhe über.

»Kein Make-up.« Riker beugte sich übers Bett, um seine erste Aufnahme zu machen. »Sieht aus, als hätte Sparrow sich einen gemütlichen Abend machen wollen. Der Täter war also kein Typ, den sie auf der Straße aufgegabelt hat. Drogen?«

Dr. Slope untersuchte Augen und Fingernägel der Patientin. »Auf Anhieb kann ich nichts feststellen.« Die Arme wiesen weder Blutergüsse noch frische Einstiche auf. Mit einem Leuchtstift untersuchte er die Nasengänge, ehe er eine Injektionsspritze aus der Tasche zog. »Sie schnieft es nicht, aber ich nehme zur Sicherheit eine Blutprobe.«

Als die Betttücher zurückgeschlagen und die Bänder des Krankenhausnachthemds gelöst waren, kam an Sparrows linker Seite eine alte Stichwunde zum Vorschein. »Sieht aus, als hätte man das Messer umgedreht, um die Wunde noch zu erweitern. Reine Grausamkeit«, stellte Dr. Slope hörbar beeindruckt fest. »Also hat schon mal jemand versucht, sie umzubringen.

Durch den Sucher beobachtete Riker, wie Slopes behandschuhte Finger die Narbe erkundeten. »Aber das ist offenbar lange her.«

»Eine Schlägerei auf der Straße?«

»Würde ich sagen.« Riker wusste, dass Mallory genaue

Auskünfte darüber hätte geben können, aber sie schwieg auch heute so beharrlich, wie Kathy, das Kind, damals geschwiegen hatte. »Sparrow konnte verdammt gut mit dem Messer umgehen.«

»Dann will ich lieber nicht sehen, wie sie ihren Gegner zugerichtet hat.« Slope blickte auf. »Aber vielleicht habe ich es ja sogar gesehen? Auf dem Seziertisch?«

Riker zuckte die Schultern, da er ihn nicht gern belügen wollte. »Es war nicht mein Fall«, sagte er wahrheitsgemäß und richtete die Kamera auf Sparrows Gesicht. Auch nachdem ihre Identität festgestellt worden war, hatte er eine Weile gebraucht, um sie ohne Mascara und violetten Lidschatten zu erkennen. Vor zwei Jahren hatte Sparrow noch strohgelb gebleichtes Haar gehabt. Das, was von ihren Haaren jetzt noch übrig war, leuchtete in einem natürlicheren Blondton. Und auch sonst hatte sie sich sehr stark verändert.

Was hast du bloß mit deiner wunderbaren Nase angestellt, Sparrow?

Die gefährlich aussehende, gebrochene Nase, die das hübsche Gesicht einst verunzierte, hatte immer wie eine Herausforderung gewirkt. Doch nun war die Nase wie neu, und nur noch das leicht vorgeschobene Kinn verriet die Kampflust der typischen New Yorkerin.

Bei ihrer letzten Begegnung war Sparrow Anfang dreißig gewesen, wäre auf Grund des Lebens auf der Straße mit Drogen und Prostitution jedoch ohne weiteres als Fünfzigjährige durchgegangen. Jetzt, gewissermaßen generalüberholt, sah sie erstaunlich jung aus. »Sie hat eine Gesichtsstraffung vornehmen lassen, nicht?«, fragte Riker.

»Und eine Rhinoplastik«, ergänzte Slope. »Und eine Dermabrasion. Die letzte OP war ein Augenbrauenlifting, die Schwellung ist noch nicht ganz abgeklungen. Gut gemacht. Und teuer. Muss ein hochklassiges Callgirl gewesen sein.«

»Ganz und gar nicht.« Sparrow war nie mehr gewesen als

eine billige Nutte, der es gelungen war, ihn zum Lachen zu bringen. Und irgendwann hatte Riker die magere Halbwüchsige zum Polizeispitzel gemacht.

An dem Abend warst du nass bis auf die Haut und so zugedröhnt, dass du nicht aus dem Regen ins Trockene kommen wolltest.

Sie war auf dem Gehsteig hin- und hermarschiert, hatte den Hochhäusern mit den Fäusten gedroht und gebetet: »Gott, gib mir eine beschissene Chance!« Sparrows Götter wohnten allesamt in Penthäusern, und sie hatte ehrlich geglaubt, Manna würde von dort auf sie niederfallen, wenn es ihr nur gelänge, sie auf sich aufmerksam zu machen.

Geschafft hast du es nie.

Immer wieder hatte sie ihren Körper verkauft, um an Heroin zu kommen, und hoch und heilig geschworen, gleich am nächsten Tag damit aufzuhören. *Lügen.* Trotzdem war Riker ihr immer wieder auf den Leim gegangen. Behutsam strich er über die blonden Stoppeln. »Womit hat er es gemacht? Schere oder Messer?«

Der Pathologe zuckte mit den Schultern. »Haarschnitte sind nicht mein Gebiet.«

»Messerschnitt«, stellte Mallory fest, die bei jedem ihrer Friseurbesuche hunderte Dollars hinzublättern pflegte.

Riker sah den Mann vor sich, der an Sparrows Haaren herumsäbelte, sah ihre Augen immer größer werden in der Erwartung schlimmerer Verstümmelungen, je näher die Klinge ihrem Gesicht – ihrem nagelneuen Gesicht – kam, bis sie unter der unerträglichen Spannung schließlich durchdrehte.

Mallory trat näher an das Bett heran. »Was ist mit dem Mal dort am Arm? Sieht auch nach Rasiermesser aus.«

»Könnte von einem Rasiermesser stammen«, korrigierte Slope. »Keine unbewiesenen Behauptungen, wenn ich bitten darf. Ich lese jedes Wort, ehe ich unterschreibe.« Er beugte sich vor, um den langen, feinen Schorf auf Sparrows Arm genauer in Augenschein zu nehmen. »Mehrere Tage alt. Nichts, was auf eine Gegenwehr des Opfers schließen lässt.« Er warf einen Blick auf das Krankenblatt. »Der Arzt hat einen Test auf Vergewaltigung gemacht. Keine Spermaspuren, keinerlei Trauma im Genitalbereich. Sex mit einem Kondom und mit ihrer Einwilligung kann ich aber nicht ausschließen, also bitte keine zu wilden Fantasien.« Er drehte die nackte Frau auf den Bauch, untersuchte die Kniekehlen, die Fußsohlen und die Haut zwischen den Zehen, ohne einen Hinweis auf frische Einstiche zu finden.

Sparrow hatte ihre Sucht besiegt. Sie war clean.

Und wieder jung. Bereit für einen Neuanfang.

Wo wolltest du hin mit deinem neuen Gesicht?

Edward Slope las das Protokoll und setzte seine Unterschrift darunter. Mallory machte die Tür auf, um ihn aus seiner Geiselhaft zu entlassen, doch in diesem Moment eilte ein junger Mann in einem kurzen weißen Kittel mit einem Wagen voll klirrender Gerätschaften aus Metall und Glas herbei, dicht gefolgt von einer Krankenschwester.

Dr. Slope sah zu, wie die beiden mit Schläuchen und Drähten an der Patientin herumhantierten. »Was soll das, wenn sie …«

»Das Gehirn arbeitet.« Der Arzt verfolgte Sparrows blaue Augen mit dem Strahl seines Leuchtstifts. »Ich hätte nicht auf die verdammten Cops hören dürfen. Die haben mir erzählt, dass die Frau zwanzig Minuten nach dem Tod wiederbelebt wurde, aber das kann einfach nicht sein. Sie hatten nicht das Recht, mich von meiner Patientin fern zu halten«, fuhr er den bestürzten Riker an. »Wenn sie nun vor der Einleitung lebenserhaltender Maßnahmen abgekratzt wäre?«

»Jetzt reicht's!« Edward Slope sah auf seinen Kollegen hinunter und zog seinen Ehrfurcht gebietenden Dienstausweis heraus. Als er sich davon überzeugt hatte, dass die Hoden des jungen Mannes auf ein Minimum geschrumpft waren, fuhr er fort. »Ihre Patientin war keine Sekunde in Gefahr, solange ich mich in diesem Raum aufgehalten habe.« Er griff nach dem Klemmbrett, das an einer Kette am Bettgestell baumelte, und deutete auf das Ende der Seite. »Hier steht die Anweisung, sie nicht wiederzubeleben. Das ist doch Ihre Unterschrift?«

»Ja, Sir. Aber da hatte ich die Ergebnisse des EKG noch nicht.«

»Mist gebaut, was?« Der Satz stellte keine Frage dar, sondern Slopes Überzeugung, dass hier ein unentschuldbarer Fehler passiert war.

Der Assistenzarzt verzog das Gesicht wie ein kleiner Junge, der im nächsten Moment in Tränen ausbrechen würde. »Ich hab dem Cop doch gesagt, dass meine Patientin lebenserhaltende Maßnahmen brauchte«, winselte er.

»Mir hat keiner was gesagt«, widersprach Riker.

»Aber die da hat's gewusst.« Der junge Arzt fuhr herum, um vorwurfsvoll auf Mallory zu zeigen, die jedoch inzwischen verschwunden war. In diesem Moment schloss sich langsam die Tür.

Riker setzte sich auf einen Stuhl neben dem Bett. Er war fünfundfünfzig, fühlte sich jedoch, als wäre er mindestens doppelt so alt. Auf einmal war ihm kalt. Trotzdem schaffte er es sich einzureden, dass sich niemand – und schon gar nicht jemand, der bei der Kriminalpolizei arbeitete – eine Klage wegen Totschlags durch sträfliche Gleichgültigkeit menschlichem Leben gegenüber einhandeln würde. Und dass Mallory nicht gerade eben versucht hatte, Sparrow vom Leben zum Tode zu befördern.

2

Durch das Laken, das über der eingeschlagenen Scheibe hing, drang von der Straße her das grölende Gelächter der Tatort-Touristen in den Raum, in dem es heiß und feucht war. Wenigstens stand der Fußboden mittlerweile nicht mehr unter Wasser. Mallory zog ihren Blazer aus und hängte ihn sich über den Arm, während sie durch das Zimmer ging und sich eingehend umsah.

Tropfen rannen an den billigen Blechschränken der Kleinküche herunter und zogen nasse Bahnen durch das schwarze Pulver der Spurensicherung. Eine Klappcouch diente als Bett, und schmiedeeiserne Gartenmöbel ersetzten die Esszimmereinrichtung. Ein hölzernes Kruzifix bildete den einzigen Wandschmuck. Luftdichte Blechdosen und Plastikbeutel mit dem gesammelten Beweismaterial standen abholbereit an der Tür.

Obwohl die Beweismittelsicherung abgeschlossen war, behielt Riker die Hände in den Taschen, um Heller, einen Bären von einem Mann mit ruhigen braunen Augen und hochgekrempelten Hemdsärmeln, nicht noch mehr zu reizen. Der Forensiker bearbeitete mit dem Haartrockner eine kleine Pappschachtel. »Beknackte Clowns!«, murmelte er. Das war noch die freundlichste Bezeichnung, die er für die Feuerwehrleute fand, die das Fenster eingeschlagen und seinen Tatort unter Wasser gesetzt hatten. »Meine Leute haben keine Kamera gefunden, die zu der Filmschachtel hier passt. Vielleicht hat euer Täter als Souvenir einen Schnappschuss gemacht.«

Eine nasse Kakerlake hatte sich zum Trocknen auf den Rand der Spüle gesetzt und genoss die Wärme von Hellers Scheinwerfern. Wahrscheinlich stellten sich die Krabbeltiere genau so die Riviera vor. New Yorker Kakerlaken hatten keine

Angst vor hellem Licht, sie fürchteten weder Feuer und Überschwemmungen noch Cops mit Handfeuerwaffen. Um sie zur Strecke zu bringen, musste man schon mehr aufbieten.

»Hier stimmt hinten und vorne nichts.« Riker betrachtete eine Plastiktüte voll toter Insekten. »Hey, Mallory, hast du schon mal so viele Fliegen auf einer Leiche sitzen sehen, die noch nicht ganz tot war? Das sind ja an die tausend.«

»Mindestens.« Heller schaltete den Haartrockner aus und wandte langsam den Kopf. »Der Täter hat sie mitgebracht. In dem Glas da.«

»Was?« Riker beugte sich über die Plastiktüte, in der ein großes, mit Puder bestäubtes Glas stand. »Keine Fingerabdrücke?«

»Deshalb weiß ich ja, dass es dem Täter gehört haben muss. Er hatte Handschuhe an.« Heller blätterte einen Stapel Karteikarten mit den Fingerabdrücken von Feuerwehrleuten und Polizisten durch. »Hier habe ich nur die Abdrücke vom Opfer und von diesem Trottel Zappata gefunden. Das Glas hat einen Sprung. Entweder hat der Täter es fallen lassen, oder der Feuerwehrschlauch hat es vom Tisch gerissen. Die Fliegen habe ich abgeschöpft, aber sie waren alle schon tot. Und ich kann euch sogar verraten, wie sie gestorben sind.«

Riker hob spöttisch eine Augenbraue. »Ertrunken? Oder hast du Rauch in ihren Lungen gefunden?«

Hellers Blick war eine deutliche Warnung: *Legt euch bloß nicht mit dem Meister an.* »Das Glas riecht nach Insektenvertilgungsmittel. Die Fliegen auch.« Er holte vier Probegläschen aus seinen Taschen und stellte sie nebeneinander auf den Tisch. In einer klaren Flüssigkeit schwammen vier tote Fliegen. »Sie befinden sich in unterschiedlichen Phasen der Zersetzung. Ich würde sagen, dass er sie im Lauf einer Woche gesammelt hat. Und ich wette zwanzig Dollar mit dir, dass mir ein Entomologe Recht geben würde.«

Riker winkte ab, wohl wissend, dass er sich auf derartige

Wetten gar nicht erst einzulassen brauchte. Heller galt sowohl innerhalb als auch außerhalb des Gerichtsgebäudes als unbestrittene Kapazität. »Er hatte die Tat also schon eine Weile geplant.« Mallory sah zu dem behelfsmäßigen Vorhang hinunter. War der Täter zufällig vorbeigegangen, hatte durchs Fenster Sparrow gesehen und beschlossen, sie umzubringen? Hatte er an diesem Tag angefangen, die Fliegen zu sammeln? Oder war die Bordsteinschwalbe ihm auf der Straße in die Arme gelaufen? War es also ein unglücklicher Zufall gewesen, wie er für New York typisch war, eine Begegnung mit tödlichen Folgen?

Heller ging vor seinem Werkzeugkasten in die Knie und verstaute unbenutzte Rasierklingen, Wattebäusche, Pinsel und Flaschen. »Lieutenant Coffey hat angerufen. Er ist auf dem Weg hierher.«

Mallory lächelte zufrieden. Riker tat, als hätte er es nicht bemerkt. »War Coffey sauer?«, fragte er.

»Und wie! Jemand hat ihm erzählt, dass ihr den Fall angenommen habt. Wie wollt ihr ihm das erklären?«

Riker sah seine Kollegin an. »Darum kümmert sie sich.«

Heller nickte. »Gute Entscheidung!«

Mallory betrachtete die Brandspuren am Fundament der Backsteinmauer, ehe sie sich die Plastiktüte vornahm, in der die Spurensicherung Asche und Papierfetzen verstaut hatte. »Hat der Täter etwas Ausgefallenes benutzt, um den Brand zu legen?«

»Nur ein Streichholz«, erwiderte Heller. »Ich will das Material noch auf Brandbeschleuniger hin überprüfen, obwohl ich mir nicht vorstellen kann, dass sich etwas findet.«

Ein Schaukelstuhl und ein kleines Zeitschriftenregal versperrten die Tür zum Badezimmer, obwohl sie der Logik nach beide an der verkohlten Wand hätten stehen müssen. »Und Sie wissen genau, dass die Feuerwehrleute kein Möbelstück verrückt haben?«

Heller nickte zerstreut, während er die Sprühdosen in die

dafür vorgesehenen Fächer steckte. »Einer aus Lomans Team hat die Aussagen der Feuerwehrleute aufgenommen.«

Sie deutete auf ein Sofakissen, das an einer anderen Wand lehnte und aus dem ein großes quadratisches Stück Stoff herausgeschnitten war. »Was ist das?«

»Ein Brandfleck, den ich eingetütet habe. An dem Kissen hat er als Erstes versucht, das Feuer zu legen. Eigentlich hätte es brennen müssen wie eine Fackel, aber die Couch war offenbar aus einem anderen Bundesstaat. In New York sind keine Feuer hemmenden Kissen vorgeschrieben. Ihr könnt von Glück sagen, dass es nicht gebrannt hat. Innerhalb von vier Minuten wäre die ganze Bude in Flammen aufgegangen.«

»Und alle Beweise wären zerstört gewesen«, ergänzte Riker. »Sie glauben also nicht, dass er darauf aus war?«

»Der Typ wollte einen schnellen kontrollierten Brand haben. Viel Rauch, aber keinen größeren Schaden. Die Fläche um die Anzündstelle herum hat er schön leer geräumt.«

Mallory nickte. Der Henker hatte die Aufmerksamkeit auf sein Werk lenken wollen. Zu ihren Füßen lag ein nasser Haufen aus buntem Stoff und Pailletten. »Auch hier sind Brandflecken«, stellte sie fest.

»Der nächste Versuch«, sagte Heller. »Von dem dünnen Stoff hat er sich wohl einiges versprochen, aber wieder hat er Pech gehabt. Kostüme müssen aus Feuer abweisendem Material sein. Früher oder später brennen auch sie, aber der Typ hatte es eilig, deshalb hat er schließlich alles an Papier zusammengeklaubt, was er finden konnte. Werbedrucksachen, Zeitschriften, sogar das Rollo hat er abgefackelt.«

»Unser Mann ist also blutiger Anfänger in Sachen Brandstiftung.« Riker besah sich die durchnässten Flecken, die die Spurensicherung verschmäht hatte. »Ich habe vier Jahre bei der Sitte gearbeitet. Von einer Nutte mit so einer Kostümkollektion hab ich noch nie gehört.« Er zog ein knappes Kleidungsstück mit Pailletten und angenähten Flügeln hervor.

»So etwas habe ich schon einmal gesehen. Im Juni, glaube ich. Shakespeare im Park. *Mittsommernachtstraum*. Die Feen waren super.«

Heller, den so leicht nichts erschüttern konnte, wandte sich verblüfft zu dem Mann um, dem er alles andere als ein ausgeprägtes Interesse an Kultur zugetraut hätte.

Riker schüttelte den Kopf. »Nein, das war es doch nicht. Es muss im Oktober gewesen sein. Bei der Halloween-Parade.«

Seufzend machte sich der Forensiker daran, seine Utensilien zu sortieren.

Mallory hatte sich inzwischen die gewissenhaft beschriftete Insektensammlung auf dem Tisch angesehen. Wenn Heller glaubte, Lieutenant Coffey würde Geld für einen Entomologen ausgeben, dann hatte er sich gewaltig geirrt. Es würde ihnen schwer genug fallen, den Fall überhaupt zu behalten. In einer der Plastiktüten an der Tür waren mindestens zwei Dutzend mehr oder weniger heruntergebrannte, mit Puder bedeckte Kerzen. »Waren das die Kerzen des Täters?«

»Ja. Das gehörte zu seinem kleinen Ritual.« Heller deutete auf die Stelle unter der Lampenfassung. »Seht ihr das Wachs?« Geschmolzene Kerzen hatten den Wasserstrahl der Feuerwehrleute überlebt und bildeten einen Kreis auf dem Fußboden. »Auf dem Rock des Opfers waren rote Wachsspritzer. Folglich hat sie auf dem Fußboden gelegen, als die Kerzen brannten. Anhand der Dochte habe ich einen Zeitrahmen erstellt. Die letzte wurde eine Viertelstunde vor der Löschwasserüberschwemmung angezündet. In dieser Zeit hat er die Frau aufgehängt und sein Freudenfeuer angezündet.«

»Das kann nicht sein. Wir müssen noch zehn oder zwölf Minuten dazu rechnen, ehe Sparrow abgeschnitten und wieder belebt wurde. Aber sie ist nicht einmal gehirntot«, schaltete sich Mallory ein.

»Sie litt an Sauerstoffmangel, aber ganz unterbrochen war ihre Luftzufuhr nicht.« Heller griff nach einer Dose aus dem

Stapel von Beweismaterial, löste das Siegel und holte ein Stück Strick heraus. »Mit einer Henkerschlinge hätte er sie in wenigen Minuten töten können. Aber das hier ist ein fixierter Doppelknoten. Die Schlinge hat sich unter dem Gewicht des Körpers nicht zugezogen. Zufrieden?«

Mallory nickte. Sie sah Sparrow vor sich, wie sie reglos an ihrem Strick hing, vorsichtig nach Luft schnappte, sich tot stellte und darauf wartete, dass der Mörder endlich verschwand. Eine clevere Nutte, die offenbar gehofft hatte, noch einmal davonzukommen. Im Zimmer brannte Licht, kein Rollo behinderte die Sicht – also musste doch jeden Augenblick Hilfe eintreffen. Dann hatte sie den Rauch eingeatmet und irgendwann das Bewusstsein verloren. Vielleicht hatte sie noch vage die Gespräche der Feuerwehrleute wahrgenommen und registriert, dass niemand Anstalten machte, einer Dame von der Decke herunterzuhelfen.

»Das Glas mit den Fliegen passt nicht dazu«, stellte sie fest.

»Sehr richtig.« Heller sah auf und musterte nachdenklich den perfekten Kreis, den die Wachsflecken bildeten. »Eine sehr sorgfältige Arbeit. Man kann keinen Schnurrbart trimmmen, ohne dass es eine Schweinerei gibt, aber auf die Sachen der Frau ist beim Skalpieren kein einziges Haar geraten. Und die Kerzen standen alle im selben Abstand voneinander. Euer Täter ist ein Ordnungsfanatiker. Dass so einer auf Fliegenfang geht, kann ich mir nicht vorstellen.«

Ich schon, dachte Mallory. Sie sah einen Mann vor sich, der Müllsäcke aufriss und sich dann geduldig mit seiner Sprühdose auf die Lauer legte. Wahrscheinlich hatte er Handschuhe getragen, um die toten und sterbenden Fliegen einzusammeln, und wahrscheinlich war ihm, wenn er sie anfassen musste, trotzdem speiübel geworden.

Die Kellertür öffnete sich und fiel lautstark wieder ins Schloss. Der Leiter der Abteilung Spezialverbrechen war eingetroffen. Vor seiner letzten Beförderung war Jack Coffey nicht mehr als Mittelmaß gewesen, ein Mann mit mittelbraunen Augen, mittelbraunem Haar und einem Gesicht, das man schnell wieder vergaß. Er war mittlerweile siebenunddreißig, aber die scharfen Kerben um Mund und Nase verrieten den Stress der Führungsposition. Sie ließen sein Gesicht ausdrucksvoller und zugleich zehn Jahre älter erscheinen. Die kahle Stelle an seinem Hinterkopf war ebenfalls deutlich größer geworden. Coffey hatte die Fäuste geballt, und Riker schätzte, dass es nur noch Sekunden dauern konnte, bis er explodierte.

Seine Stimme war verdächtig ruhig, als er sich an die einzige Frau im Raum wandte. »Kannst du dir vorstellen, wie verblüfft ich war, als ich erfahren habe, dass Lieutenant Loman sich den Papierkram um eine Nutte vom Hals geschafft hat?« Seine Stimme wurde um zehn Dezibel lauter. »Um eine Nutte, die noch nicht ganz tot ist.«

Mallory blinzelte wie eine träge Katze. Ihre Gelassenheit hatte Coffey schon mal den ersten Punkt gekostet.

»Der Fall geht ans Dezernat East Side zurück«, erklärte Coffey. »Heute Abend noch. Was zum Teufel habt ihr euch eigentlich dabei gedacht? Es geht hier um Körperverletzung und nicht um Mord. Laut Loman sind irgendwelche beschissenen Sexspiele außer Kontrolle geraten.«

»Autoerotische Erstickung?«, fragte Heller, den Blick auf seinen Werkzeugkasten geheftet. »Bei solchen Sachen hab ich schon halbwüchsige Jungen und auch ein paar alte Kerle baumeln sehen, aber keine Frauen. Ihre Hände waren gefesselt, und zwar mit …«

»Verdammt, die Frau war eine Nutte«, schnauzte Coffey. »Sie hat sich für solche Sachen bezahlen lassen. Und *bondage* gehört nun mal zum Gewerbe.«

»Mit Perversen und ihren Spielchen hatte Sparrow nichts am Hut«, bemerkte Riker beiläufig.

Die Reaktion des Lieutenant war vorauszusehen. »Wegen einer deiner Lockspitzel-Huren legen wir uns ganz bestimmt nicht krumm.«

Riker zuckte mit den Schultern, zündete sich eine Zigarette an, lehnte sich an die Wand und überließ Mallory das Feld. Coffey würde nie im Leben auf die persönliche Beziehung zwischen ihr und Sparrow kommen. Mallory war zehn gewesen, als sie zum letzten Mal mit der Nutte gesprochen hatte.

»Der Täter ist ein Serienkiller«, sagte sie. »Lomans Leute hätten den Fall an die Wand gefahren.«

Riker schnappte nach Luft. *Verdammt, Mallory, was machst du da? Willst du den Fall unbedingt wieder loswerden?* Von einem Serienkiller, der seine Opfer erhängte, hatte bei der Polizei noch niemand gehört. Hellers Profil eines ordnungsbesessenen Psychopathen mit einem Hang zu toten Fliegen war wenigstens noch ein kleines bisschen überzeugender.

»Serienkiller.« Coffey ließ sich das Wort auf der Zunge zergehen und sah sich um. »Und wo sind die anderen Leichen?«

»In einer unerledigten Akte«, antwortete sie. »Es ist dieselbe Methode. Der Strick, das Haar, alles.«

Jack Coffey lächelte. Das kann ja prima werden, dachte Riker. Der Lieutenant hatte angriffslustig die Hände in die Seiten gestemmt. »Und wo ist diese Akte?«

»Sie haben sie noch nicht ausgegraben.«

Riker atmete auf. Es war ein gutes Argument. Die unerledigten Akten gingen bis ins Jahr 1906 zurück, und vor kurzem hatte das Dezernat die beeindruckende Sammlung in eine neue Zentrale geschafft. Dass man dort auf der Stelle hundert Umzugskisten auspacken würde, nur um den Kollegen einen Gefallen zu tun, war reichlich unwahrscheinlich.

Jack Coffeys Lächeln war wie festgefroren. »Dann stammen die Informationen also aus dem Computer. Wo ist der Ausdruck?«

»Der Fall ist wie die meisten älteren Fälle noch nicht elektronisch erfasst, nur in Stichworten, mit Namen und Zahlen.«

Aufgrund der Finanzmisere und des Personalmangels konnte es Jahre dauern, bis das Dezernat für unerledigte Fälle sämtliche unaufgeklärten Morde in den Computer eingegeben hätte. Nicht ausgeschlossen, dass Mallory mit dieser Begründung durchkam.

Als Riker Coffeys Gesicht sah, beschlichen ihn allerdings Zweifel. »Wenn du die Akte nie gesehen hast –«, begann er.

»Markowitz hat mir davon erzählt.«

Der Lieutenant verzog viel sagend die Lippen. »Bestätigung durch einen Toten? Wie praktisch.«

Auch Riker war skeptisch. Mallory hatte schon besser gelogen.

Heller klappte geräuschvoll den Deckel seines Werkzeugkastens zu, worauf sich sämtliche Blicke auf ihn richteten. Als hätte er nur darauf gewartet, stand er auf. »Ich war dabei, als sie von dem ersten Fall erfahren hat«, verkündete er.

Jack Coffeys Lächeln erlosch schlagartig. Er sah den Gerichtsmediziner so fassungslos an, dass ihm Rikers verblüfftes Gesicht vollkommen entging.

»Ich kenne keine Einzelheiten«, fuhr Heller fort, »aber Markowitz hat sie auch nicht gekannt. Es war nicht sein Fall. Er hat Tatort und Leiche nur flüchtig gesehen, aber die Sache ging ihm nicht mehr aus dem Kopf. Verdammt seltsame Methode, einen Menschen umzubringen.«

Heller hätte nie jemanden gedeckt, der log. Es gab niemanden bei der New Yorker Polizei, der größere Glaubwürdigkeit besaß. Lieutenant Coffey verdrehte die Augen, als stünde seine Kapitulation an der Decke geschrieben. »Bis ich die Akte mit eigenen Augen gesehen habe, stelle ich niemanden für die aufgehängte Nutte ab.« Er ging zur Tür. »Du kannst mit dem Mann arbeiten, den Lieutenant Loman dir gegeben hat, aber das ist alles …«

»Loman hat mir zwei Leute versprochen«, warf Mallory ein.

Mit beinahe fröhlicher Miene drehte sich Jack Coffey noch einmal um. »Ach ja? Dann hat er dich ziemlich verarscht. Spendiert hat er nämlich nur einen Mitarbeiter; oder vielmehr einen halben. Blutiger Anfänger, null Erfahrung. Und jetzt halt dich fest, Mallory: Es ist derselbe Trottel, der die Leiche wieder belebt hat. Damit wird Loman gleichzeitig eine halb tote Nutte und einen unfähigen Cop los. Gutes Geschäft, was?«

Eins zu null für Coffey.

Fast gönnte Riker ihm den kleinen Sieg. Jack Coffey brauchte hin und wieder ein solches Erfolgserlebnis. Zufrieden schlug Coffey die Tür hinter sich zu.

Heller kniete sich hin und ließ die Schlösser seines Kastens zuschnappen, ehe er zu Riker hochsah: »Mit dir hat Markowitz nie darüber gesprochen, wie? Details aus den Fällen anderer Kollegen hat er nie rausgelassen, da war er eisern. Ich war der Einzige, mit dem er über so etwas reden konnte.« Heller deutete mit dem Daumen auf Mallory. »Und *erzählt* hat er ihr überhaupt nichts. Sie war damals erst dreizehn. Wir haben sie beim Lauschen an der Tür erwischt.«

Riker drückte seine Zigarette aus. »Was weißt du noch darüber?«

»Die Frau war an den Händen gefesselt. Ob mit Klebeband oder mit einem Strick, weiß ich allerdings nicht mehr.« Heller stand auf und wischte sich mit einem Taschentuch die Stirn ab. »Ein als Selbstmord getarnter Mord scheidet also aus. Der Täter muss den Mord geplant haben, meinte Markowitz damals. Er hat den Strick mitgebracht – genau wie euer Täter.« Er griff nach seinem Jackett, das über einem Stuhl hing. Erst in diesem Moment fiel ihm auf, dass Riker trotz der drückenden Hitze hier unten als Einziger nicht in Hemdsärmeln war.

Unwillkürlich griff Riker an sein Jackett, das mit einem

Knopf geschlossen war. »War Geld im Spiel? Lou war immer ganz heiß auf finanzielle Motive.«

»Nein«, antwortete Heller. »Er hat in seiner Freizeit in diese Richtung recherchiert, hat aber nichts gefunden, genauso wenig wie sexuelle Motive.«

»Und das Opfer stand nicht auf einem Möbelstück«, sagte Mallory. »Sie hatte die Schlinge schon um den Hals, als der Täter sie hochgehoben hat – genau wie Sparrow.«

»Aber es gab keine Brandstiftung«, wandte Heller ein. »Keine Kerzen, keine Fliegen im Glas.« Das klang beinahe vorwurfsvoll. »Und das Opfer hatte auch keinen Haarknebel im Mund. Zumindest hat dein alter Herr davon nichts erzählt.«

Riker schob die Hände in die Taschen. »Musstest du denn so viele Einzelheiten preisgeben, Mallory? Du hast Coffey erzählt, das Haar wäre …«

»Kein Problem. Ohne Namen oder Registrationsnummer findet die Akte sowieso keiner. Wir kennen ja nicht mal das Datum.«

»Da hat sie Recht«, bestätigte Heller. »Der Fall lag schon Jahre zurück, als Markowitz mir davon erzählt hat. Er ist ihm lange nachgegangen. Da war so vieles, was nicht zusammenpasste.« Er zuckte die Schultern. »Mehr fällt mir nicht mehr dazu ein.«

Ein Techniker von der Spurensicherung kam herein und nahm einen Arm voll Dosen, während Heller nach zwei Plastiktüten mit Beweismaterial griff und ihm zu dem wartenden Van folgte.

Riker warf noch einen letzten Blick auf die Tüte mit Asche und den Resten, die nicht verbrannt waren. Er sah verkohlte Zeitschriftenrücken – doch wie durch ein Wunder war das brüchige Papier eines alten Taschenbuchromans erhalten geblieben. Das Buch war nicht einmal angesengt gewesen, als er es aus dem Wasser gefischt hatte. Unter dem Riemen seines Holsters drückte es feucht auf seine Haut.

Mallory betrachtete interessiert den feuchten Fleck, der sich auf der Vorderseite seines Jacketts ausbreitete, ehe sie ihren Blick weiter nach unten wandern ließ. »Den Knopf da hast du bestimmt noch nie benutzt.«

Normalerweise knöpfte er tatsächlich sein Sakko nicht zu, aber normalerweise hatte er ja auch nichts zu verbergen.

Was für ein schreckliches Kind. Sieht immer nur die Dinge, die kein anderer mitbekommt.

Sie sah Riker an und wartete.

Worauf? Auf ein Geständnis?

Verdammt, sie wusste, dass er etwas vom Tatort gestohlen hatte, konnte ihn aber nicht direkt danach fragen. Kein Cop könnte jemals seinen Partner fragen: Hey, Kumpel, hast du etwa gegen das Gesetz verstoßen?

Riker machte sich auf die Suche nach einem kalten Bier, während Mallory am Tatort blieb, um Hellers Arbeit zu überprüfen. In Sachen Einbruch war sie eine echte Expertin. An der Außenseite des Schlosses fanden sich keine frischen Kratzer, und auch als sie das Schloss zerlegt hatte, fand sie keine Spuren eines Gegenstands aus Metall, wie zum Beispiel eines Dietrichs.

Warum hast du deinen Henker hereingelassen, Sparrow?

Die Prostituierte hatte einen guten Blick für Männer gehabt und die Psychopathen immer gleich aussortiert. Dass der Sammler toter Fliegen zu ihrem Kundenstamm gehört hatte, war unwahrscheinlich, denn er wäre ihrem Radarsystem nie im Leben entgangen; und wenn doch, dann nur, wenn sie durch den Drogenentzug vollkommen daneben gewesen wäre. In diesem Zustand hätte sie auch den durchgeknalltesten Drogendealer zur Tür hereingelassen. Aber Dr. Slope hatte keine Anzeichen für Drogen gefunden, und auf der Liste der Spurensicherung waren keine Spritzen aufgeführt.

Als Sparrow noch gedrückt hatte, war stets ein Vorrat an

sauberen Spritzen im Haus gewesen. In ihrer so genannten Kindheit hatte Kathy Mallory die Nadeln schachtelweise aus einer Klinik geklaut – als Dank für die Zuflucht, die Sparrow ihr geboten hatte.

Mallory fuhr mit der Hand über das Couchpolster, als sie plötzlich etwas Hartes ertastete. Hellers Leute hatten etwas übersehen. Sie schob die Hand in die Polsterung und zog einen Elfenbeinkamm mit zierlichen Zähnen heraus, den Sparrow immer im Haar getragen hatte. Sie konnte sich noch ganz genau an die kunstvolle orientalische Schnitzarbeit erinnern. Sie war der einzige Wertgegenstand, den Sparrow nie verkauft hätte, um an Geld für Drogen zu kommen – und das erste Diebesgut, mit dem sich das Mädchen damals die erste Vorlesestunde erkauft hatte. Sparrow hatte das Geschenk seufzend aus der Hand gelegt. »Für Geschichten brauchst du nicht zu bezahlen, Baby«, hatte sie gesagt. »Die gibt's kostenlos.«

Doch Kathy hatte nachdrücklich den Kopf geschüttelt. Und gegen ihre kindliche Logik ließ sich im Grunde nichts sagen: Wenn diese Aussage wahr wäre, müssten sämtliche Huren, die schließlich von Lügengeschichten lebten, betteln gehen. Nur hatte Sparrow eben nie so richtig verstanden, welche Art Ware sich das blonde Kind damit erkaufte.

Wie lange waren sie zusammengeblieben – und warum?

Mallorys Geschichte als Straßenkind war keine geradlinige Chronik, sondern eine Folge verstörender Ereignisse, die ihr Gedächtnis in keiner bestimmten Reihenfolge gespeichert hatte. Diese Erinnerungen waren mittlerweile so fern, dass sie sich je nach Wunsch in jede beliebige Richtung lenken ließen. Bestenfalls, sagte sie sich jetzt, war Sparrow eine schlechte Kopie einer toten Mutter gewesen.

Eine Hure – mehr nicht.

Am Tatort hatte sie das neue Gesicht der Prostituierten nicht erkannt. Auf der Fahrt zum Krankenhaus hatte Riker ihr so behutsam beigebracht, wer die Frau war, als handele es sich um ein Familienmitglied und nicht um bedrohliches Treibgut aus ihrer Vergangenheit. Aber schon sehr bald wäre Sparrow tot, und nur noch Riker würde die Geschichte kennen, aber niemals erzählen können.

Mallorys Hand schloss sich um den Kamm. Er konnte nicht zufällig in das Polster geraten sein. Sparrow hatte demnach Zeit gehabt, ihn zu verstecken. Aber wann? Als der Henker an die Tür klopfte? Vielleicht war er bereits im Zimmer gewesen, als sie ihren kostbaren Kamm tief in die Polsterung geschoben hatte, um zu verhindern, dass ihn jemand stehlen konnte. Hatte sie noch Zeit für ein Gespräch gehabt? Hatte Sparrow versucht, ihm den Mord auszureden?

Sie betrachtete das Bettlaken, das vor der zerbrochenen Scheibe hing. Warum hatte der Mann noch das Rollo verbrannt, ehe er die Flucht ergriff?

Du wolltest ein großes Publikum für dein Werk. Nicht nur die Cops, sondern auch Zivilisten. Ruhm? Wolltest du das? Sogar ein Autogramm hatte er hinterlassen. Einen Schriftzug aus toten Fliegen.

In diesem Moment ging die Tür auf. Mallory stand auf, drehte sich eilig um und sah Gary Zappata auf der Schwelle stehen. Das ärmellose T-Shirt und die Freizeithosen waren bewusst eine Nummer zu klein, um seinen fitnessgestählten Körper entsprechend zur Geltung zu bringen. Sein dunkles Haar, noch nass von der Dusche, war glatt zurückgekämmt, und er roch penetrant nach Aftershave.

»Das ist ein Tatort, Zappata. Sie müssten die Vorschriften doch eigentlich noch kennen.« Sie deutete mit einer Kopfbewegung zur Tür. *Verpiss dich.*

»Hey, ich will ja nur helfen.« Er schloss die Tür und kam grinsend näher. »Wie läuft's denn so?«

»Ich bin bei der Arbeit. Was wollen Sie?«

Er schob die Daumen in seine Gürtelschlaufen und ging zur Couch hinüber. »Nur ein paar Kleinigkeiten klären.«

»Halten Sie mich nicht auf, Zappata. Wenn Sie was zu sagen haben, spucken Sie's aus.«

Er zwang sich ein Lächeln ab, das ihr wohl sagen sollte, dass er ihr verzieh. »Ich kann Ihnen helfen, Baby, ich weiß was über das Feuer. Zum Beispiel, dass die Kerzen nichts damit zu tun hatten.«

»Besten Dank für den Tipp.« Mallory wandte sich der verrußten Wand zu. Nach einer Weile drehte sie sich wieder um. Ihr Blick sprach Bände. *Bist du immer noch da?*

Der Feuerwehrmann fläzte sich auf die Couch, als hätte er die Botschaft nicht verstanden. »Der Typ ist kein Profi.« Er legte ein Bein über die gepolsterte Armlehne, um zu signalisieren, dass er noch eine Weile bleiben wollte. »Ein richtiger Brandstifter hätte einen Zünder an die Tür gelegt. Wenn ein Feuer heiß genug ist, kann sogar die Luft brennen.«

»Hat man Ihnen das auf der Feuerwehrschule beigebracht?«

Diese Bemerkung, mit der sie ihm seinen Status als Anfänger unter die Nase rieb, missfiel ihm offensichtlich, denn auch bei der Polizei war er nicht lange genug gewesen, um als routinierter Beamter zu gelten. »Jetzt hören Sie mal gut zu, Mallory! Der Typ ist auch in Sachen Mord ein Amateur. Diese Spinner halten sich immer an das, was früher schon mal funktioniert hat, also muss unser Mann ein Ersttäter sein, sonst hätte er das mit dem Feuer nicht versaut.«

Unser Mann? Mallory sah zum Fenster hinauf, wo sich hinter dem behelfsmäßigen Vorhang die Silhouette eines Streifenpolizisten abzeichnete. Riker hatte offenbar Bewachung für den Tatort angeordnet. Kein besonders geschickter Schachzug. Der nicht genehmigte Personaleinsatz würde Lieutenant Coffey ganz bestimmt nicht gefallen.

Zappata stand auf, ging zu dem nassen Haufen Stoff hinüber und griff nach dem glitzernden Kostüm, das Riker so bewundert hatte. »Ich frage mich, wie die Nutte wohl in diesem Fummel ausgesehen hat.«

»Finger weg.« Mallory ging so entschlossen auf den Feuerwehrmann zu, dass dieser sich in Richtung Tür zurückzog und das Kostüm an seine Brust drückte, als erhoffte er sich Schutz von den Pailletten und Feenflügeln.

»Sie sollen ihre Sachen nicht anfassen!« Mallory riss ihm das Kleidungsstück aus der Hand. »Raus!«

Er hatte die Hand schon auf dem Türknauf, als er den Schatten des Streifenpolizisten bemerkte, der sich hinter dem Vorhang bewegte. Inzwischen waren Schritte auf den Stufen zu hören.

Der Feuerwehrmann, der so angespannt war wie ein Schulmädchen, das um seinen guten Ruf fürchtete, straffte mit gespielter Tapferkeit die Schultern. Die Schritte kamen näher.

Zappata riss die Tür auf. »Bin schon fertig, Nervensäge«, trompetete er, als wäre es seine Idee gewesen herzukommen, und suchte schleunigst das Weite.

Ob die Jungs bei der Feuerwehr wohl wussten, dass ihr Neuer ein Schlappschwanz war, der Angst vor tätlichen Auseinandersetzungen hatte? Schließlich wandte sich Mallory wieder dem Elfenbeinkamm zu, und Zappata war vergessen.

Wie ist der Henker hereingekommen, Sparrow? Hat er dir auch Geschenke mitgebracht?

Das Apartmenthaus war erfüllt von dem typischen Geruch nach Essen, das schon vor Stunden gekocht und verspeist worden war.

Riker knurrte laut der Magen, als er aus dem Aufzug stieg. Das Stockwerk, in dem sich die Wohnung des Hauseigentümers befand, war zweigeteilt. Auf der einen Seite waren Charles Butlers Privaträume, auf der anderen residierte eine hochkarätige Consultingfirma, die auf die Suche nach Führungskräften spezialisiert war. Dort beschäftigte sich Kathy Mallory verbotenerweise in ihrer Freizeit damit, im Auftrag einer Denkfabrik hochbegabte und meist hochgradig labile Bewerber – Riker nannte sie die »Marsmenschen« – unter die Lupe zu nehmen und Traumtänzer, Schaumschläger und Kriminelle auszusortieren.

Lieutenant Coffey hatte sie unmissverständlich angewiesen, diese Geschäftsbeziehung zu lösen, und an diesem Abend sah Riker zum ersten Mal, wie Mallory auf diese Anordnung reagiert hatte – mit einer ausgesprochen eleganten Lösung. Sie hatte ein neues Messingschild angebracht. Früher war hier der Eingang zu »Butler & Mallory« gewesen, mittlerweile hieß die Firma einfach »Butler & Co.« Sie hatte sich schlicht und ergreifend zur stillen Teilhaberin gemacht.

Von dem Geruch nach Essen angelockt, ging Riker zur Privatwohnung hinüber. Seine Nase für Fastfood verriet ihm, dass es etwas vom chinesischen Lieferservice war. Noch ehe er klopfen konnte, ging die Tür auf, und er sah zu Charles Butler empor – im wahrsten Sinne des Wortes.

Der Mann war mindestens einen Kopf größer als die meisten anderen Menschen, und auch seine Nase war überdurchschnittlich, sodass bequem eine Taube darauf Platz gefunden hätte. Charles hatte hervorquellende Augen, deren kleine blaue Iris von sehr viel Weiß umgeben waren, was ihm das Aussehen eines leicht verwunderten Frosches verlieh. Vom Hals abwärts hatte Mutter Natur jedoch gute Arbeit geleistet – mehr noch, wie Riker vermutete, als er den kräftigen Körper Butlers betrachtete.

»Hallo, Riker.« Wenn Charles Butler lächelte, sah er aus wie ein liebenswerter Geisteskranker – eine Eigenheit, die er in seinem inzwischen vierzigjährigen Leben taktisch geschickt einzusetzen gelernt hatte.

»Wie geht's?« Riker stellte fest, dass sein Freund ausnahmsweise keinen seiner maßgeschneiderten Anzüge trug. Allerdings war vermutlich auch das Jeanshemd sündhaft teuer gewesen, denn Sachen von der Stange saßen nie im Leben so perfekt. Und es sah ganz so aus, als hätte Mallory ihn bei dem Künstler eingeführt, der ihr die Jeans auf den Leib schneiderte. Unter Freizeitkleidung verstanden normale Menschen jedenfalls etwas anderes.

»Du machst Sommerurlaub, wie ich höre?«

»Ja. Es war Mallorys Idee.« Charles strich sich eine hellbraune Haarsträhne aus dem Gesicht. Er vergaß ständig seine Friseurtermine. »Bis zum Herbst keine neuen Klienten.« Er machte ein besorgtes Gesicht. »Es ist doch alles in Ordnung? Du bist nicht gekommen, um …«

»Nein, nein, ihr geht es prima. Entschuldige, ich hätte vielleicht vorher anrufen sollen.« Charles hatte offenbar gefürchtet, er sei gekommen, um ihm die Nachricht von Mallorys frühem Tod zu überbringen. »Es ist spät, ich will dich nicht aufhalten …«

»Unsinn. Schön, dass du vorbeigekommen bist. Ich habe mir nur Sorgen gemacht, weil ich einen Tisch zum Abendessen reserviert hatte, aber sie war nicht zu Hause, als ich …«

»Hat sie nicht abgesagt? Dafür werde ich ihr den Marsch blasen.« Deshalb also roch es in der Wohnung eines Gourmetkochs nach chinesischem Lieferservice. Riker ging durch die Diele ins Wohnzimmer. »Sie hat deine Stereoanlage neu verkabelt?«

»Woher weißt du –«

»Kriminalistischer Spürsinn.« Perfektion war Mallorys Markenzeichen und drückte sich in den Dingen aus, die man nicht sehen konnte. Sie hatte sämtliche Drähte, Anschlüsse und auch die Lautsprecher vollständig verschwinden lassen. Der Klang war erstaunlich gut, sodass Riker glaubte, ein ganzes Orchester zu hören, das ein heiteres und hoffnungsfrohes Concerto spielte, ein Porträt von Charles Butler in Geigen und Flöten.

In Mallorys Privatwagen hatte er noch nie CDs liegen sehen, deshalb fragte er sich manchmal, ob sie überhaupt Musik hörte. Und wenn, dann möglicherweise nur irgendwelche sphärischen New-Age-Klänge ...

»Etwas zu trinken?«

»Zu einem Bier sage ich nicht Nein.« Riker ließ sich auf ein Sofa fallen, während Charles durchs Esszimmer in die Küche ging. Obwohl er schon oft hier gewesen war, ließ er seinen Blick durch das Zimmer mit den getäfelten Wänden und den erlesenen Antiquitäten schweifen. Auf den Tischen und Stühlen stapelten sich Bücher und Zeitschriften und verrieten deutlich, dass hier jemand eine Menge freie Zeit hatte. Schließlich fiel Rikers Blick auf das, was er gesucht hatte – etwas zu essen. Als Charles mit schäumendem Bier in zwei beschlagenen Gläsern zurückkam, war die Schale mit Cashewnüssen, die halb unter einer Zeitung versteckt gewesen war, leer.

»Ich muss zugeben ...« Er nahm Charles das Bier ab und sah zufällig einen Glückskeks auf einem kleinen Beistelltisch, »dass ich nicht nur aus alter Freundschaft gekommen bin.« Er griff nach dem Keks, ehe er sich an seine guten Manieren erinnerte. »Darf ich?«

»Bedien dich ruhig.« Charles setzte sich. »Was kann ich für dich tun?«

Riker knöpfte sein Jackett auf und zog das aufgeweichte Taschenbuch heraus. »Kannst du das in Ordnung bringen?«

Charles musterte das nasse Titelbild, auf dem Cowboys und rauchende Colts zu sehen waren – eine Welt, die seinen eigenen literarischen Neigungen eher fern lag – und lächelte. »Ich denke schon. Könnte aber eine Weile dauern.«

»Ich habe Zeit.« Riker knackte den Keks, worauf der Zettel mit der Botschaft herausfiel und unbeachtet zu Boden flatterte. Der Sergeant gehörte zu den wenigen Menschen, die Glückskekse um ihrer selbst willen aßen. Suchend sah er sich nach einem zweiten um.

Charles entschuldigte sich kurz und kam wenig später mit einem Sandwich in einer Papierserviette zurück. Ein nasses Buch gegen Roastbeef auf Roggenbrot – kein schlechter Tausch, dachte Riker. Doch seine Freude währte nicht lange. Charles Butler hielt das Buch aufgeschlagen in der Hand, an dessen hinterer Umschlagseite ein Stück Papier klebte. Wäre Riker nicht so müde und so hungrig gewesen, hätte er das Buch durchgeblättert, ehe er es aus der Hand gab. »Was ist denn das?«

»Eine Quittung.« Vorsichtig pflückte Charles den Zettel ab. »Antiquariat Warwick … Erstaunlich. Ich habe mir eingebildet, sämtliche Buchhandlungen in Manhattan zu kennen.« Er schloss das Buch und betrachtete den schreiend bunten Umschlag erneut. »Dir liegt offenbar sehr viel daran.« Er war viel zu gut erzogen, um nach dem Grund zu fragen.

»Ja, diese Westernromane sind seit vierzig Jahren vergriffen. Es ist Jake Swains letztes Buch.« Riker verschlang sein Sandwich, leerte sein Glas und versuchte, Zeit zu schinden. *Sheriff Peety reitet wieder.* Wie hieß doch gleich der andere Typ? Er hatte seinen Namen in den hintersten Winkel seines Gedächtnisses verbannt, wo er auch bleiben sollte.

»Ich muss anfangen, ehe es trocknet.« Charles stand auf, und Riker folgte ihm ins angrenzende Zimmer. Die drei Meter hohen Wände der Bibliothek bedeckte ein Mosaik aus Lederrücken. In eines der Bücherregale war eine schmale Tür eingelassen, die in eine kleine Kammer führte. Dort standen auf einem langen Arbeitstisch Leimtöpfe, Klebebandrollen, Pinsel, Pinzetten und Fadenknäuel bereit, um zu reparieren, was in der Sammlung des Büchernarren schadhaft geworden war. Charles schob einige beeindruckende Bände mit Blattgoldverzierungen beiseite, um Platz für ein Taschenbuch zu schaffen, das im Jahr seines Erscheinens fünfzig Cents gekostet hatte.

»Kann ich mich darauf verlassen, dass du Mallory nichts

davon erzählst?«, fragte Riker. »Sie soll nicht wissen, dass ich es so zugerichtet habe.«

Geklaut, von einem Tatort gestohlen habe.

»Das Buch gehört ihr?« Charles war ein Mensch, der möglichst nie an einem Pokertisch sitzen sollte. Jedes Gefühl, jeder Gedanke stand ihm deutlich ins Gesicht geschrieben – so wie jetzt die felsenfeste Überzeugung, dass Riker log. Im Büro von Butler & Co. standen Mallorys Bücher, die sich hauptsächlich mit Computern beschäftigten. In der Sammlung gab es keinen einzigen Roman. Ehe sie zur New Yorker Polizei gegangen war, hatte sie zwei Jahre in Barnard, einem Elite-College, studiert, wo Westernromane ganz bestimmt nicht zum Lehrplan gehört hatten. Aus diesem Grund war es kaum vorstellbar, dass dieses Buch Mallory gehörte. Trotzdem nickte Charles. »Einverstanden«, sagte er und nahm einen Stapel Löschpapier von einem Bord über dem Arbeitstisch. »Du warst nie hier. Dieses Gespräch hat nie stattgefunden.«

»Perfekt. Vielen Dank.« Riker meinte förmlich zu hören, wie das Geniegehirn dieses Mannes in den höchsten Gang schaltete und in Blitzgeschwindigkeit zu kombinieren anfing.

Vorsichtig löste Charles die Blätter vom Buchrücken, als er Rikers Gesicht sah und den entsetzten Ausdruck als Besorgnis missdeutete. »Keine Bange, das kriege ich schon wieder hin«, meinte er beruhigend. Er legte den Umschlag beiseite, löste die nächste Seite ab, die nur aus einer Anzeige bestand, und blätterte weiter. »Oh!«, sagte er, als die nächste Seite zum Vorschein kam. »Das hier kann ich nicht unter Löschpapier legen, sonst geht die ganze Tinte ab. Der Text ist noch zu retten, aber die Unterschrift von Louis haben wir leider verloren.«

»Was?« Rikers Stimme klang völlig ruhig, aber in seinem Kopf gellte es *Was?*

»Das ist doch die Schrift von Louis Markowitz, oder? Ja, du hast völlig Recht, wenn Mallory die Bescherung sieht, könnte es Ärger geben.«

Betroffen blickte Riker auf die beschriebene Seite herunter, wo die Schrift seines alten Freundes in blauer Tinte schwamm. »Sie hat es zum Glück noch nicht gesehen. Ich wollte es ihr später geben. Ein Geschenk.«

Charles las die Widmung. »Ein fast poetischer Text, den Mallory wohl erst nach seinem Tod lesen sollte. Ein posthumer Gruß?«

»Ja, so etwas in der Art.« Falsch. Am einzigen Tag, der für die Abfassung dieses Textes in Frage kam, hatte sich Lou Markowitz nicht mit dem Tod beschäftigt. Damals hatte er noch viele Jahre vor sich und Zeit genug gehabt, um Kathy Mallory großzuziehen. Offenbar hatte Rikers alter Freund ebenso wie er selbst vergessen, dass dieses Buch existierte – bis es in Sparrows Wohnung an ihm vorbeigeschwommen war.

»Die Beerdigung von Louis liegt schon eine Weile zurück.« Charles fixierte die Seite mit Klammern und Watte auf einem Brett und schaltete einen handtellergroßen Heizlüfter ein. »Kommst du nicht ein bisschen spät damit an?«

»Ja, klar.« Riker beruhigte sich allmählich wieder. Ein Toter hatte eine Lüge bestätigt, die erst fünfzehn Jahre später ausgesprochen werden sollte.

Nach einer Stunde war die gesamte Arbeitsfläche bedeckt mit Buchseiten zwischen Löschpapier. Nur die Seite mit der Widmung lag offen vor ihnen, und Riker starrte auf die blauen Schnörkel – Worte eines Mannes, der ein obdachloses Kind geliebt hatte. Die Zeilen ließen ahnen, dass Markowitz die Widmung zu Papier gebracht hatte, als er überzeugende Beweise dafür in Händen gehalten hatte, dass die Zehnjährige tot war. Dennoch hatte er sich offenbar an die unsinnige Hoffnung geklammert, Kathy könnte doch noch einmal zurückkommen.

Riker beugte sich vor.

Es war einmal ein kleines Mädchen. Nein, streich das, Kind. Du warst nie klein, sondern immer groß. Groß im Überleben. Du hättest eine Tapferkeitsmedaille verdient. Im Kampf gegen die finsteren Kräfte jener langen bedrohlichen Nächte hast du gesiegt. Du warst meine Heldin.

Als Charles sich am Aufzug von Riker verabschiedet hatte, sah er unter der Tür von »Butler & Co.« einen Lichtstreifen. Mallory? Er hatte sie seit Anfang Juni nicht mehr gesehen und zwang sich zur Ruhe, als er, angezogen von dem matten Schein, das Vorzimmer durchquerte und über einen schmalen Gang zu dem Raum ging, in dem Mallorys Maschinen standen.

Unter der offenen Tür blieb er stehen. Seine Teilhaberin saß mit dem Rücken zu ihm vor einem von drei Computern. Das Büro lag im Dunkeln, sodass ihr Haar umso heller leuchtete und ihren Kopf wie ein Heiligenschein umgab.

Was sollte er sagen? Dass sie sich entschuldigen würde, weil sie ihn heute Abend versetzt hatte, oder dass sie sich überhaupt noch an ihre Verabredung erinnerte, war höchst zweifelhaft, da sie geradezu andächtig mit ihren Maschinen kommunizierte, und in dieser Situation höchstwahrscheinlich wenig empfänglich für schlichte menschliche Enttäuschungen war.

Vor Jahren hatte er eine fast schon poetische Abhandlung über ihren nahezu genialen Umgang mit der Computertechnik geschrieben. Er hatte im Lauf seines Berufslebens zahlreiche Talente beurteilt, die mit der Elektronik die erstaunlichsten Dinge anstellen konnten. Mallory jedoch war dadurch einzigartig, dass sie an die technischen Probleme mit der Sensibilität einer Künstlerin, einer Komponistin etwa, heranging. Sie verschmolz regelrecht mit der Technik und komponierte – halb wie ein Musiker, halb wie ein Mathematiker – nie gehörte Melodien für elektronische Glocken und Pfeifen.

Im Laufe der gründlichen Untersuchung des Phänomens

Mallory hatte Charles die fantasievolle – wenn auch nicht publizierbare – Vorstellung entwickelt, dass die Natur für dieses neue Jahrhundert vorausgeplant hatte und dass bei Mallorys Erschaffung schlafende Gene erwacht waren, die lange geruht hatten. Später, als er mehr über ihre Kindheit wusste, wurde das Bild, das er von ihr hatte, weitaus düsterer. Die Umstände hatten Mallory zu dem gemacht, was sie war – der ideale Nährboden für etwas Kaltes und Fremdes. Und ihr vertraulicher Umgang mit den Maschinen ließ ihn frösteln.

Früher hatte er ein gespaltenes Verhältnis zu Computern gehabt und versucht, ihren Einfluss auf sie abzumildern, indem er ihr Kunstgegenstände und schöne alte Dinge schenkte. Mallory hatte zurückgeschlagen und die Büroküche mit ausgesuchter Technik ausgestattet, die er kaum ertragen konnte. Dann war sie in seine Wohnung eingedrungen und hatte überfallartig seine Stereoanlage neu konfiguriert, so dass er sich inzwischen fassungslos musikalischer Perfektion ausgesetzt sah, die keiner menschlichen Hand zur Bedienung von Knöpfen bedurfte, um die optimale Entfaltung eines Musikstücks zu erreichen. Eine Weile hatte er sich von der Schönheit dieser vollkommenen Wiedergabe verführen lassen. Heute jedoch regte sich bei Mallorys Anblick erneut sein Kampfgeist, und er träumte wieder davon, ihre Computer abzuschalten, sämtliche Stecker zu ziehen und Mallory damit den Boden unter den Füßen wegzuziehen.

Es wäre ein Kampf für eine gute Sache.

Sie sah nicht auf, als Charles neben sie trat. Offenbar tippte sie nur einen harmlosen Text, was bedeutete, dass er sich vollkommen umsonst Sorgen gemacht hatte. Der Bildschirm war mit eingeklammerten Fragezeichen übersät. Auf der metallenen Arbeitsfläche lag ein abgenutztes Notizbuch, das auf einer Seite mit vergilbten Kaffeeflecken und Schriftzeichen in blauer Tinte aus einem altmodischen Füllfederhalter aufgeschlagen war. Charles kannte den Füllfederhalter. Er hatte ihn von Louis geerbt. Zum zweiten Mal an diesem Abend sah er die Handschrift seines alten Freundes. Mallory war dabei, die Kürzel ihres Pflegevaters zwischen den ausgeschriebenen Worten *Isolierband* und *Strick* zu entziffern.

Sie sah zu ihm auf, und sie lächelten einander wortlos zu. Ihr Kampf um die Technik hatte sie nicht auseinander gebracht, sodass sie sich über die große Kluft hinweg noch immer heiter zuwinken konnten.

3

Riker sah die Gehsteige am Beifahrerfenster von Mallorys brauner Limousine vorbeiziehen und bemerkte wieder einmal erstaunt, wie sich diese Gegend im Lauf seines Lebens verändert hatte. Frühe Erinnerungen an Beatniks in Trauerschwarz flammten in seinem Gedächtnis auf, dann an bunte Blumenkinder, Hippies mit klappernden Perlenketten, Mädchen mit Pessaren, die sie als Ohrschmuck trugen und die mit jedem Jungen schliefen, wenn er nur eine Gitarre hatte.

Rock 'n' Roll. Goldene Jugendzeit.

Als Nächstes waren Nasenringe und Haare in allen Schattierungen chemisch erzeugter Regenbogenfarben die große Mode gewesen. Über und über tätowiert und in altmodische Korsetts gezwängt, die mit grausamen Stahlspitzen bestückt waren, hatten sich die jungen Frauen in die Wüstenei des East Village gestürzt.

Was Riker an diesem Morgen sah, war eine junge Frau in einem weißen Poloshirt und Jeans, die noch die Falten vom Bügel der Butike hatten, dicht gefolgt von einem Yuppie in ähnlicher Uniform. Demnächst würden sich die Kids wahrscheinlich alle bei The Gap eindecken.

»Vielleicht ist es besser, wenn ich mit Tall Sally spreche«, sagte er zu seiner Partnerin. *Sicherheitshalber*, dachte er, sprach es aber nicht aus. Nicht die Größe der Frau oder die Tatsache, dass sie im Knast gesessen hatte, bereitete ihm Sorgen, sondern dass Sal in Kathy Mallorys Kinderzeit Sparrows Busenfreundin gewesen war. »Nicht, dass ich es dir nicht zutraue …«

Mallory bremste scharf und ohne Vorwarnung, noch ehe die Ampel auf Rot umgesprungen war, sodass er gegen das Armaturenbrett geschleudert wurde. Allein die Tatsache, dass er angeschnallt war, rettete seine Zähne, wenn auch nur um Haaresbreite. »Dann eben nicht«, meinte er resigniert.

Bis die Ampel auf Grün sprang, wurde kein Wort gesprochen. »Wenn du willst, nehme ich mir stattdessen die Alte vor …«, meinte Mallory und nahm ihre Sonnenbrille ab.

Das genügte. Aus dem Polizeibericht ging hervor, dass die betagte Zeugin körperlich gebrechlich und auch geistig nicht in bester Verfassung war – nicht auszudenken, was passieren würde, wenn Mallory auf die Idee kam, eine Spazierfahrt mit ihr zu unternehmen …

Riker ließ sich am Tatort absetzen. Im frühen Morgenlicht bot Sparrows Straße ein Bild des Friedens. Auf einigen Fensterbrettern standen Blumenkästen – ein deutliches Zeichen dafür, dass hier inzwischen bessere Leute wohnten, die auf Gesetz und Ordnung Wert legten. Am vergangenen Abend allerdings hatte sich der Mob mit sämtlichen Blumen davongemacht, und die geköpften Stängel begannen bereits zu welken.

Der von Loman abgestellte Detective stand im Anzug und mit blank geputzten neuen Schuhen an der Vortreppe des Apartmenthauses und trat von einem Fuß auf den anderen. Er hatte das unangenehme Gefühl, dass er Ärger bekommen würde – und er sollte Recht behalten.

Rikers Blick wanderte über die verrußten Backsteine bis hinunter zu dem gelben Absperrband, das auf dem Gehsteig lag. Sie hatten einen Mann im Overall passieren lassen, der damit beschäftigt war, das Fenster mit Brettern zu vernageln. Ein Streifenpolizist schob vor Sparrows Kellerwohnung Wache. »Hey, Waller, hol dir etwas zu essen, ich bleibe solange hier und passe auf, dass der Typ hier nichts klaut«, sagte Riker lächelnd zu ihm.

Als der Streifenpolizist die Straße überquert hatte und außer Hörweite war, wandte sich Riker an den nervösen jungen Cop im dunklen Anzug, der sich in einem etwas unseligen Zwischenstadium befand: Er besaß weder die silberne Dienstmarke der Streifen- noch die goldene Dienstmarke der Kriminalpolizei. Und säße sein Schwiegervater nicht im Polizeipräsidium, wäre er für eine Beförderung zum Detective ohnehin viel zu jung gewesen. Das Einzige, wodurch er sich vom Rest der Menschheit abhob, war sein gebleichtes Haar, das gelb war wie der Flaum von Entenküken.

Was Riker augenblicklich zu einem idealen Spitznamen inspirierte.

Schon aus taktischen Gründen empfahl es sich, Entenkind schonend zu behandeln. Riker hielt den Bericht des Jungen hoch und knüllte ihn zu einer kompakten Kugel zusammen. »Das ist völliger Blödsinn.« Das zerknüllte Papier machte im Grunde jede weitere Erklärung überflüssig, aber der Sergeant war heute Vormittag ungewöhnlich gesprächig. Er sah zu dem Fenster einer Wohnung im ersten Stock auf der anderen Straßenseite hoch, wo ein Frauenkopf mit aufgetürmtem weißem Haar zu erkennen war, wenn er die Augen zusammenkniff.

Wie er sie liebte, all die alten Damen, die stets alles im Auge behielten!

Riker strich das zerknüllte Blatt glatt, das Entenkind als Bericht abgeliefert hatte, und las die letzten Sätze laut vor. »Religiöser Fanatismus … seniles Gelaber … Nennst du das eine Zeugenaussage? Was soll denn Lieutenant Loman von mir denken, wenn ich dich zu ihm zurückschicke? Dass ich dir nichts beigebracht habe?«

Als Officer Waller mit seinem Frühstück in einer braunen Papiertüte zurückkam, überquerte Riker, Entenkind im Schlepptau, die Straße, und ging die Stufen hinauf, die zur Eingangstür eines schmalen Gebäudes führten.

»Hier kannst du etwas lernen.« Riker drückte auf den Summer. »Du hältst einfach den Mund und hörst zu.«

Eine ältere Frau in einem langen Kleid mit Blumenmuster öffnete. Sie trug eine Brille mit dicken Gläsern, und ein Auge war vom grauen Star getrübt, trotzdem erkannte sie den jungen Detective sofort. Offenbar hatte sie ihn nicht in bester Erinnerung. »Da sind Sie ja schon wieder.«

Riker hatte den leichten Südstaatenakzent herausgehört. »Emelda Winston? Ich bin Detective Riker. Darf ich Sie *Miss* Emelda nennen?«

»Aber natürlich.« Schlagartig erhellte sich ihre Miene. Mit dieser altmodischen Anrede, die hier im Norden kein Mensch benutzte, hatte er sie restlos erobert.

»Kommt rein, Jungs.« Sie machte die Tür weiter auf. »In meinem Wohnzimmer ist es schön kühl.«

Die beiden Männer setzten sich auf ein gewaltiges Roßhaarsofa, und Miss Emelda rollte einen weiß gedeckten Teewagen mit Gläsern und Schokokeksen auf einem Teller herein.

»Sie kommen wegen Sparrow, nicht?« Aus einem Krug schenkte sie Limonade ein. »Die Feuerwehr habe ich verständigt.«

»Sie?« Riker warf seinem Kollegen einen kurzen Seitenblick zu. »Das hat mir keiner gesagt.« Er biss in einen Keks, der ihm so großen Widerstand entgegenbrachte, dass er zweifellos hausgemacht war – garantiert ohne Konservierungsmittel und deshalb nach einer Woche garantiert ungenießbar. »Wie gut kannten Sie Sparrow, Miss Emelda?«

»Leider nur flüchtig. Die Ärmste! Sie ist erst vor ein paar Wochen eingezogen.«

»Sie wissen also nicht, was sie von Beruf war?«

»O doch. Sie war Schauspielerin. Allerdings kann ich mir nicht vorstellen, dass sie davon leben konnte. Ich war gestern bei der Generalprobe. Das Stück sollte im Keller einer Grundschule aufgeführt werden, und sie wollten nur ein paar Dollar für die Karten verlangen. Jetzt werden sie es wohl absagen.«

Riker nickte. »Ich habe mich die ganze Zeit gefragt, warum Sparrow diese Sachen anhatte. Langärmelige Bluse, langer Rock, Stiefel. Das war also ihr Kostüm?«

»Ja, es war ein historisches Stück, von Tschechow, glaube ich.« Die alte Dame lächelte. »Sparrow war erstaunlich gut. Eine sehr ergreifende Vorstellung.«

Nachdem Riker sich noch zwei altbackene Kekse hinuntergequält hatte und in dem Krug nur noch ein kleiner Rest war, hatten Riker und Miss Emelda Freundschaft fürs Leben geschlossen.

Unvermittelt setzte sich Entenkind über sein Schweigegebot hinweg. »Erzählen Sie doch bitte das von dem Engel, Ma'am.«

»Richtig … Gestern Abend war das. Plötzlich teilte sich die Menge, nur ganz kurz, verstehen Sie, und da schwebte plötzlich ein Engel vor Sparrows Fenster vorbei.« Miss Emelda klatschte in die Hände. »Ein wunderbarer Anblick. Aber in der Zeitung hat nichts darüber gestanden.«

Rikers Miene blieb unverändert freundlich. »Können Sie den Engel beschreiben?«

»Ich glaube, es war ein Cherub.« Sie angelte einen kleinen Weihnachtsbaumanhänger aus der Tasche ihres Kleides. »Den hab ich dem jungen Mann da gezeigt.« Sie senkte ihre Stimme zu einem Flüstern. »Aber er hat es wohl nicht verstanden, er hält mich für übergeschnappt.«

Riker schüttelte mitfühlend den Kopf. »Ja ja, die Jugend von heute.« Er musterte den Anhänger in ihrer Hand, ein Kind mit goldenen Locken und weißen Flügeln. Dann blickte er zum Fenster hinüber, von dem aus man Sparrows Wohnung auf der anderen Straßenseite sehen konnte. In diesem Moment ging ihm auf, dass Miss Emeldas Engel ein weiblicher Cop gewesen war. Die abendliche Dunkelheit hatte Mallorys schwarze Jeans geschluckt, sodass Miss Emelda lediglich das blonde Haar und den weißen Blazer gesehen hatte – ein geflügeltes Etwas.

»Es war ein Wunder.« Sie faltete andächtig die Hände.

Riker war davon überzeugt, dass die alte Dame mit ihren dicken Brillengläsern nicht gerade gut sah. Er leerte sein Glas, ehe er sich vorbeugte. »Mal ganz unter uns: Wer war es Ihrer Meinung nach? Wer hat Sparrow aufgehängt?«, fragte er vertraulich.

»Die Reporter natürlich.«

Entenkind verdrehte die Augen, ehe er erschrocken zusammenzuckte. Unter der weißen Decke des Teewagens hatte Riker ihm einen Tritt gegen das Schienbein verpasst, von dem er hoffte, dass er höllisch schmerzte. Lächelnd wandte er sich wieder seiner Starzeugin zu. »Ich habe diesen Reportern noch nie über den Weg getraut.«

Sie nickte. »Die sind überall, sogar auf den Bäumen, und beobachten uns auf Schritt und Tritt. Einen habe ich mit seiner Kamera herumschleichen sehen. Noch bevor ich den Rauch gerochen hatte. Sehr verdächtig, finden Sie nicht?«

»Sehr richtig«, bestätigte Riker. »Konnten Sie ihn genauer sehen?«

»Sein Gesicht leider nicht, er hatte mir den Rücken zugekehrt, aber an die Kamera kann ich mich noch genau erinnern. Ach ja, und er hatte ein weißes T-Shirt und Jeans an. Vielleicht auch eine Baseballkappe auf dem Kopf.« Sie verzog leicht angewidert den Mund. »Zu meiner Zeit gingen die Reporter noch in Schlips und Kragen ihrer Arbeit nach.«

Riker sah wieder zum Fenster und versuchte, Miss Emeldas Sehvermögen einzuschätzen. Einzelheiten konnte sie auf der gegenüberliegenden Straßenseite kaum erkannt haben, sonst hätte sie Mallory nicht für einen Engel gehalten. »Wie nahe war dieser Kerl?«

»Er saß auf einem Baum, habe ich das nicht gesagt? Genau vor meinem Haus. Dann kam dieser Van mit den Leuten vom Fernsehen. Der Name des Senders stand auf der Seitenwand von dem Wagen, aber welcher es war, weiß ich leider nicht mehr. Es war ein ziemliches Durcheinander, das können Sie sich ja vorstellen. Ein, zwei Minuten später traf die Feuerwehr ein. Aber es war ja kein sehr schlimmes Feuer, Gott sei Lob und Dank.«

»Amen«, sagte Riker. »Der Kerl mit der Kamera ist also auf einen Baum geklettert, ehe die Fernsehleute kamen?«

»Ja, und ehe ich den Rauch gerochen habe.« Miss Emelda trat ans Fenster und deutete auf eine dicke Eiche – eines der wenigen Exemplare, die auch in Beton gediehen. »Das ist der Baum.«

»Ma'am?« Entenkind zückte Stift und Notizbuch. »Hatte die Videocam des Verdächtigen ein Netzwerk-Logo?«

Miss Emelda wandte sich Hilfe suchend an den älteren Beamten. Wovon sprach dieser junge Mann?

»Ich weiß«, sagte Riker. »Für mich sehen auch alle Kameras gleich aus.«

»Ich zeige Ihnen meine.« Geschäftig verließ sie das Zimmer und kam wenig später mit einer alten Instamatic zurück. »Seine war ein bisschen kleiner, und vielleicht war es eine andere Marke. Eine Polaroid oder so. Aber die Bilder kamen vorn heraus, genau wie bei meiner. Man kann zusehen, wie sie sich entwickeln. Ich zeig's Ihnen.«

Es blitzte. Entenkind kniff geblendet die Augen zusammen. Die Kamera hatte ihn genau in dem Augenblick erfasst, als er seinen Bleistift in zwei Teile brach.

Als Riker Miss Emeldas Wohnung verließ und mit Entenkind wieder auf die andere Straßenseite ging, war der Handwerker verschwunden. Es war ihnen gelungen, der Zeugin noch eine weitere Information zu entlocken. Erfreut stellte Riker fest, dass der Mann, dem er schon die ganze Zeit am liebsten an die Gurgel gegangen wäre, in greifbarer Nähe war. Ex-Cop Gary Zappata war auf dem Weg zu Sparrows Kellerwohnung, als Officer Waller ihn am Arm packte und unsanft die Stufen hinauf auf den Gehsteig zerrte.

»Lassen Sie mich los, ich habe hier zu tun.« Zappata, der um einiges kleiner war als Waller, streckte die Brust heraus, sodass Waller sein T-Shirt mit dem Feuerwehr-Logo erkennen konnte. Vielleicht bildete er sich ja ein, dass dies als Nachweis ausreichte.

Vermutlich war Zappata bereits aufgefordert worden, Dienstmarke und Ausweis abzugeben, überlegte Riker. Die Anhörung wegen groben Amtsmissbrauchs und damit die Entlassung aus seinem neuen Job würden nicht lange auf sich warten lassen.

Officer Waller blockierte den Zugang zur Kellerwohnung.

»Aus dem Weg! Ich sag's nicht gern zweimal«, blaffte Zappata.

Unbeeindruckt hob der Polizist eine Dose Orangenlimonade an die Lippen und kippte sie hinunter. Der Pinkelwettstreit war offiziell eröffnet, und Waller befand sich schon jetzt auf der Siegerstraße. Er biss – ein echter Sohn New Yorks – gelassen in ein Bagel und sah gen Himmel, ohne den Ex-Cop und wohl auch künftigen Ex-Feuerwehrmann zu beachten.

Zappata drehte sich um und sah die beiden Kriminalbeamten auf dem Gehsteig. »He, Sie da«, rief er dem Älteren zu.

Diese Form der Anrede war Riker so ungewohnt wie unwillkommen, deshalb winkte er ab. »Später.«

Du Feigling.

Er öffnete die Tür zu Wallers Streifenwagen, winkte Entenkind auf den Beifahrersitz und kurbelte die Fenster nach oben. »Hast du alles mitgekriegt?«

»Alles? Was denn?«

»Dass Sparrow sich als Schauspielerin versucht hat. Damit erweitert sich ihr Bekanntenkreis. Ich brauche die Namen aller Leute auf der Generalprobe. Und dass die Reporter an Ort und Stelle waren, noch bevor die Feuerwehr anrückte. Du wirst rauskriegen, warum der Transporter dieser Fernsehfritzen hier in der Gegend war, und mit wem du dafür ins Bett musst, ist mir egal. Aber nimm ja einen Gummi, wenn du's mit einer Reporterin treibst, ist das klar? Weiß der Teufel, wo diese Schnepfen vorher waren.« Riker griff über den Schoß seines Kollegen und machte die Wagentür wieder auf. »Und jetzt Tempo, wenn ich bitten darf.«

Entenkind schoss davon wie eine Rakete.

Gemächlicher stieg Riker aus dem Wagen und musterte von oben den kleinen Feuerwehrmann.

Gary Zappata straffte die breiten Schultern.

Riker sah betont auf die Uhr, um Zappata wissen zu lassen, wie kostbar seine Zeit war. »Und?«

Zappata nickte in Wallers Richtung. »Der da lässt mich nicht rein.«

»Ich habe meine Anweisungen.« Officer Waller beugte sich vor, um das Absperrband an einem Torpfosten anzubringen. »Zugang nur für Beamte des Sonderkommandos. Für Scheißfeuerwehrleute nicht.«

Riker warf dem Streifenbeamten einen warnenden Blick zu. Waller hatte noch nie mit Zappata, der einstigen Zeitbombe im Bezirk SoHo, gearbeitet. Wer diesen durchgeknallten Ex-Cop zum Freund hatte, brauchte ganz bestimmt keine Feinde mehr.

»Wo ist eigentlich Ihre Kollegin?«, wollte Zappata wissen.

Genau in diesem Augenblick sollte Mallory auf der Suche nach New Yorks hoch gewachsenster Hure Macy's betreten. »Sie hat zu tun. Ich übrigens auch.« Es kümmerte Riker nicht im Geringsten, wen er sich persönlich zum Feind machte. Der

Gedanke war verlockend, diesen Typen in die engere Wahl als Sparrows Mörder zu ziehen. Wäre das nicht eine groteske Geschichte? Andererseits – hatte Zappata den Mumm, ein Mädchen in einem fairen Kampf zusammenzuschlagen? Unschlüssig schob sich Riker eine Zigarette zwischen die Lippen und kramte umständlich in seinen Taschen nach einem Streichholz. »Ich gebe Ihnen eine Minute.« Hatte das gereicht, um den Feuerwehrmann so richtig auf die Palme zu bringen? Und ob! Zappatas Wangenmuskeln zuckten. An manchen Tagen hatte Riker eine Menge Spaß an seinem Job.

»Ihre Kollegin ist schuld, dass sie mich bei der Feuerwehr vom Dienst suspendiert haben«, sagte Zappata. »Ich glaube, ich bin ihr gestern Abend auf die Zehen getreten.«

»Ich habe gehört, dass Sie am Tatort den Kriminalbeamten gespielt haben.«

»Wenn diese Ziege nicht …«

»Von ihr hat es keiner erfahren, sie schwärzt keinen an.«

»Aber dann …«

»Sie werden es schon noch herausfinden. Würden Sie mir jetzt bitte mal die Sache mit der Glühbirne über der Haustür erklären?«

»Wie bitte?«

»Ich habe eine Zeugin, Zappata, die sagt, dass das Licht nicht brannte, als die Feuerwehr eintraf. Ich kann mir nicht vorstellen, dass ihr auf eurem Löschzug Ersatzglühbirnen mitführt. Vermutlich hat irgendein Arschloch gedacht, dass die Birne vielleicht nur lose ist. Dieser Idiot streckt also die Hand aus, dreht an dem Ding, und siehe da, die Birne war nicht kaputt, sondern saß nur locker in der Fassung.«

Riker wusste, dass er ins Schwarze getroffen hatte. In den Augen des Feuerwehrmanns flackerte Angst auf. »Aber auf die Idee, darüber bei der Polizei eine Aussage zu machen, ist dieser bescheuerte Feuerwehrmann natürlich nicht gekommen. Statt zu vermuten, dass der Täter ein Fremder war, der sich hinter den Mülltonnen versteckt hatte und die arme Frau im Dunkeln überrumpeln wollte, sollten wir denken, dass Sparrow jemandem die Tür aufgemacht hat, den sie kannte. Daran hätten wir dann ein paar Tage zu kauen gehabt.«

Rikers Hass auf Zappata kannte keine Grenze. Wäre Sparrow rechtzeitig von ihrem Strick abgeschnitten worden, würden jetzt ihre Augen nicht ziellos in den Höhlen herumrollen und ihr nicht der Speichel aus dem Mund tropfen.

Er feuerte eine letzte Salve ab. »Ich nehme an, dass dieser Trottel von Feuerwehrmann die Glühbirne ohne Handschuhe angefasst hat. Waller! Holen Sie einen der Jungs von der Spurensicherung her. Er soll die Glühbirne auf Fingerabdrücke untersuchen.«

Riker drehte dem entsetzten Zappata den Rücken und ging zu seinem nächsten Termin auf der Avenue A, wo er eine Zehnjährige zum zweiten Mal vom Leben zum Tod befördern würde.

Die Türen öffneten sich, und die Schlacht begann. Zwei unerfahrene Frauen wurden brutal beiseite gestoßen, und ein Mann stürzte auf die Knie. Einkaufen in New York ist kein Spiel für Touristen, von den New Yorkern auch die Fußkranken der Völkerwanderung genannt. Hinter den Auslagen erwarteten Männer und Frauen, voll gepumpt mit Adrenalin, den Feind. Die Kundenströme setzten sich in Bewegung, allen voran eine hoch gewachsene Blondine mit Armani-Sonnenbrille.

Alles, was Detective Mallory am Leib trug, legte den Verdacht nahe, dass sie Schmiergeld nahm. Das T-Shirt aus Seidengemisch war atmungsaktiv, der dunkle Leinenblazer maßgeschneidert, und den Designerjeans sah man die sorgfältige Handarbeit an. Und die dunkle Brille verbarg die grünen Augen und damit das Erkennungszeichen des hungrigen Kindes, das früher regelmäßig in dieses Kaufhaus zum Stehlen gekommen war, versehen mit der Einkaufsliste einer Drag Queen, die es gewissenhaft abarbeitete.

Tall Sally liebte Macy's und schätzte die Waren, die dort gestohlen worden waren, mehr als Diebesbeute aus anderen Kaufhäusern. Im Lauf der Zeit war Sals kleine Ladendiebin, die zehnjährige Kathy, den Verkäuferinnen und Verkäufern so vertraut gewesen, dass sie ihre New Yorker Kaltschnäuzigkeit überwunden und ihr über ihre Ladentische hinweg zugewinkt hatten. Die kleine Diebin hatte das verunsichert, da sie nur einmal pro Woche zu Macy's kam und noch nie geschnappt worden war.

Wieso kannten diese Leute sie?

Als kleines Mädchen hatte sie nicht begriffen, dass der Schlüssel in ihren leuchtend grünen Augen und in einem Gesicht lag, das geradezu schmerzhaft schön und unvergesslich war. Das obdachlose Kind war in diesem Kaufhaus an hunderten Spiegeln vorbeigegangen, ohne das Bild zu beachten, das sie zurückwarfen. Die Erkenntnis, dass das Verkaufspersonal sie wahrnahm, war wie ein Schock gewesen.

Eines Tages hatte Kathy versucht, sich an eine Lösung des Rätsels heranzutasten. War sie vielleicht durch ungewaschene Sachen in der Menge aufgefallen? Sie hatte sich mehr Mühe mit ihrer Garderobe gegeben, hatte frisch geklaute Jeans angezogen, ehe sie sich auf den Weg zum Herald Square gemacht hatte. Sie hatte ihr ungewaschenes Haar unter einer Baseballmütze versteckt und ihre Verkleidung durch eine teure Designersonnenbrille mit echter Goldfassung vervollständigt, die sich in dieser Mittelstandsmeute niemand leisten konnte.

Damit hatte sie das Gefühl gehabt, wirklich unsichtbar zu sein.

Fünfzehn Jahre später trug Detective Mallory Sonnenbrillen aus einer noch höheren Preisklasse, und anderes Personal stand inzwischen hinter den Ladentischen.

Sie musterte die fremden Gesichter und suchte nach einer Verkäuferin, die über zwei Meter groß war und langes platinblondes Haar hatte. Offenbar hatte das gute alte Macy's die Einstellungsbestimmungen gelockert. Vielleicht hatte Tall Sally aber auch die Personalabteilung davon überzeugt, dass sich mit diesem Job ein Lebenstraum für sie erfüllen würde. Mallory fand den Transvestiten in der Kosmetikabteilung. Natürlich. Jetzt konnte Sal so viel Make-up mitgehen lassen, wie sie wollte, ohne dafür kleine Kinder einspannen zu müssen. »Kann ich Ihnen helfen, Miss?«, flötete sie in hohem Falsett.

Kennst du mich nicht, Sal?

Nein, in den auffallend geschminkten grauen Augen leuchtete kein Funken von Wiedererkennen auf. Mallory zückte ihre goldene Dienstmarke und den Ausweis. »Es geht um Sparrow.«

»Stecken Sie das weg!« Tall Sallys Stimme wurde schlagartig tiefer und männlicher. »Was sollen diese Schikanen? Ich melde mich jede Woche bei meinem Bewährungshelfer.«

»Weiß Macy's von Ihrem Vorstrafenregister? Nein?« Sal hatte also bei der Bewerbung unterschlagen, dass sie wegen schweren Diebstahls und moralischer Gefährdung Jugendlicher verurteilt worden war. Mallory legte das Ledermäppchen mit der Dienstmarke auf den Ladentisch, während Sal ein Gesicht machte, als wäre es eine Bombe, die jeden Augenblick hochgehen konnte. »Sparrow und Sie haben eng zusammengearbeitet. Na, wird's bald?«

»Es ist ein großer Laden, Schätzchen. In welcher Abteilung war sie denn? Ich kann mich nicht an den Namen erinnern.«

Und auch nicht an mich, Sal?

»Sie und Sparrow wurden gemeinsam verhaftet, wenn die Polizei Razzien auf Prostituierte machte«, sagte sie laut. »Sie haben dieselbe Straßenecke als Arbeitsplatz angegeben. Also, erzählen Sie mir hier keinen Blödsinn …«

»Damals kannte ich viele Nutten. Sie können nicht verlangen, dass ich mich an jede …«

»Weiß der Personalchef hier, dass Sie ein Mann sind?«

»Ich bin echt.« Sal reckte ihre geradezu beängstigenden Brüste. »Und zwar am ganzen Körper. Hab ich mich klar genug ausgedrückt?«

»Geschlechtsumwandlung?«

Tall Sally nickte.

Der Bewährungshelfer hatte davon nichts gesagt, und Mallory wusste, dass Sal in einer Strafanstalt für Männer gesessen hatte. Die Operation musste folglich erst kürzlich vorgenommen worden sein. »Teurer Eingriff. In der Gefängniswäscherei verdient man nicht genug für so was. Klauen Sie neuerdings selbst, oder spannen Sie immer noch Kinder ein?«

»Ich hab mir was zur Seite gelegt.«

Mit anderen Worten: Sal war unrechtmäßig an eine Menge Geld gekommen. Mallory sah noch genau vor sich, wie Sal ihr einen Satz Dietriche unter die Nase gehalten und gedroht hatte: »Falls sie dich schnappen, weißt du nicht, wie ich heiße, sonst kannst du was erleben.« Die zehnjährige Kathy Mallory hatte sich die Dietriche geschnappt und in Rekordzeit die hintere Tür eines Lieferwagens geknackt. Die Schülerin hatte die Meisterin überflügelt.

Weißt du noch, wie du mich hast hängen lassen?

Wie immer hatte die Drag Queen in sicherer Entfernung gewartet, während Kathy sich allein abgemüht hatte, Videokassetten in einen Einkaufswagen umzuladen. Als ein Streifenwagen auftauchte, war Tall Sally in einen Kombi gestiegen und, sämtliche Verkehrsregeln peinlich genau einhaltend, einfach weggefahren.

Zwei uniformierte Polizisten hatten Kathy in der offenen Tür des Lieferwagens stehen sehen. Verstecken war ebenso unmöglich gewesen wie Flucht. Also war die kleine Diebin an die Tür getreten, hatte ihre blasse kleine Hand gehoben und den Polizisten zugewinkt. Und strahlend gelächelt. Die Cops hatten vergnügt zurück gewinkt und waren weitergefahren.

Jahre waren seitdem vergangen. Tall Sally erkannte das Kind nicht wieder, das inzwischen erwachsen geworden und noch immer nicht gut auf sie zu sprechen war.

»Also ist es nur Zufall, dass Sie sich etwa um dieselbe Zeit eine Vagina haben machen lassen, als Sparrow sich eine neue Nase gekauft hat?«

»Die bekiffte Nutte hat sich die Nase operieren lassen?« Dies war eindeutig ein Frauenthema, und Tall Sallys Stimme wurde schlagartig wieder hoch. »Wie sieht sie denn aus?«

Damit stand für Mallory fest, dass die beiden in letzter Zeit keinen Kontakt miteinander gehabt hatten. Tall Sally war immer eine schlechte Lügnerin gewesen, die sich in Details und Widersprüche verstrickt hatte. Doch diese Frage klang überzeugend. Sal hatte Sparrows neues Gesicht nie gesehen.

Auf der Avenue A rissen halb nackte Männer mit Presslufthämmern die Straße auf und ließen den Gehsteig vor der Buchhandlung erzittern. Riker schmeckte Staub im Mund, als er vor dem Schaufenster die Titel der abgegriffenen Taschenbücher betrachtete. Er wollte der erste Kunde an diesem Tag sein.

In diesem Moment kam John Warwick. Er sah elend aus und hielt den Kopf gesenkt, um die Passanten nicht ansehen zu müssen. An der Ladentür blieb er stehen.

»Hey, John. Erinnern Sie sich an mich?«

Der Buchhändler wandte den Kopf zum Fenster. »Lange her. Vierzehn, fünfzehn Jahre?«, sagte er zu Rikers Spiegelbild.

»So ungefähr. Ich komme wegen des alten Westernromans, den Sie für Lou Markowitz aufgespürt haben.«

Der Buchhändler wich zurück, als fürchtete er, Riker könnte ihn schlagen. »Er ist unverkäuflich. Sie kriegen ihn nicht. Er gehört der Kleinen.«

»Sie ist tot«, log Riker. »Und das *wissen* Sie. Markowitz hat es Ihnen *gesagt.«*

»Nein.« Warwick schüttelte den Kopf. Nach fünfzehn Jahren glaubte er immer noch, die zehnjährige Kathy sei lediglich verloren gegangen – womit er der Wahrheit sehr nahe kam.

»Sie haben das Buch also noch?« Das war unmöglich, denn Riker hatte den Schmöker in Sparrows Wohnung gefunden, aber Warwick hatte offenbar den Überblick über sein Lager verloren.

»Natürlich habe ich es noch. Glauben Sie wirklich, ich würde es jemand anderem geben als ihr?«

»Es ist vorbei, John. Die Kleine kommt nicht wieder. Wann sind Sie das letzte Mal nach diesem Buch gefragt worden?«

»Seit zwei Wochen fragt sie mich täglich danach.« Warwick verzog das Gesicht. »Ein Teufelsweib. Groß. Blond.«

Das kam der Sache ziemlich nahe, trotzdem wusste Riker, dass der Mann nicht Mallory damit meinte.

»Sparrow heißt sie«, fuhr Warwick fort. »Sie hat mir den Namen aufgeschrieben. Und ihre Telefonnummer. Ich hab den Zettel weggeworfen.«

»Davor, meine ich. Da fragte keiner, stimmt's? Seit fünfzehn Jahren. Beweist das nicht …«

»Die Kleine lebt«, sagte Warwick. »Die schnappt niemand.« Er hob wie abwehrend die mageren Arme. »Und ihr Buch kann ich Ihnen nicht geben.«

Riker fragte sich, wie er ihn am besten über Sparrow ausquetschen konnte. Er musste wissen, wie sie ihre letzten Tage zugebracht hatte, konnte aber Warwick nicht offiziell verhören. Bei einem Mann, der so lange in geschlossenen Anstalten gesessen hatte, konnte das fatale Folgen haben. »Wollen wir nicht ein paar Minuten in Ruhe darüber reden, John? Danach behellige ich Sie nicht mehr, das verspreche ich.«

Warwick holte ein graues Leinentaschentuch heraus, nahm die Brille ab und putzte sie hingebungsvoll, während er nach einer Antwort suchte. »Es war wirklich mühsam, dieses Buch für Markowitz aufzutreiben. Er hat mir gesagt –«

»Sie ist tot. Sie kann es nicht mehr holen.«

»Sie kriegen das Buch nicht«, schrie Warwick ihn an, ehe er die Schultern hoch zog und sich verstohlen umsah, als glaube er, jemand anderer wäre so laut geworden. »Vielleicht kommt sie ja doch zurück«, flüsterte er leiser.

John Warwick würde nie aufhören, zu warten und zu hoffen, was für Kathy Mallory jedoch keine Gefahr darstellte, da der Buchhändler nicht wusste, wie sie hieß. Allenfalls konnte er ihr einmal auf der Straße in die Arme laufen und die außergewöhnlichen grünen Augen erkennen. Oder wartete er noch immer auf eine Zehnjährige?

Riker trat einen Schritt zurück und musterte diesen hageren Mann, der immer hart am Rande des Wahnsinns entlangschrammte. Trotz seiner Angst vor Amtspersonen ließ sich John Warwick von diesem Sergeant, der ihn belästigte, nicht einschüchtern. Bewundernswert, diese Tapferkeit vor dem Feind …

Riker setzte sich auf eine schmiedeeiserne Bank vor dem Laden, worauf sich der Buchhändler sichtlich entspannte. »Ich kann Sie nicht zwingen, mit mir zu sprechen«, sagte Riker. »Aber ich kann auch nicht gehen, ehe Sie es getan haben.« Er würde es nicht riskieren, dass irgendein Cop, der zufällig hier Streife ging, auf einen Zusammenhang zwischen Sparrow und dem kleinen Mädchen mit den grünen Augen stieß, das für Western schwärmte. Er sah zu Boden. »Bitte«, sagte er leise.

Kopfschüttelnd schloss Warwick die Ladentür auf und betrat schlurfend sein Geschäft. Zwei Minuten später stand er mit weit aufgerissenen Augen, den Tränen nahe, wieder vor der Tür. »Sie hat es geklaut. Gestern stand das Buch noch auf dem Regal hinter der Ladenkasse. Jetzt ist es weg. Einfach gestohlen, als ich kurz nicht hingesehen habe.«

Mit übertriebener Dienstbeflissenheit zückte Riker sein Notizbuch und nahm eine Diebstahlsanzeige auf. »Sparrow heißt sie? Und sie war gestern in Ihrem Laden?«

»Tagtäglich war sie hier, zwei Wochen lang. Gestern war sie die letzte Kundin. Ich wollte gerade zumachen. Deshalb kann nur sie es gestohlen haben. Schreiben Sie das auf.«

Riker warf einen Blick auf das Schild mit den Öffnungszeiten, das im Schaufenster hing. Arme Sparrow. Sie hatte das Buch so dringend haben wollen, doch es war ihr keine Zeit mehr geblieben, es zu lesen, ehe der Henker kam.

4

In dem sonnendurchfluteten Raum standen Töpfe mit glänzenden Kupferböden in Reih und Glied auf den Regalen, mehr Gewürze als in den einschlägigen Läden, und alles, was ein Meisterkoch an Küchengeräten benötigt – wenn nicht sogar mehr. Auch hier überwogen schöne alte Dinge. Charles Butler entzündete eine Flamme unter einem altmodischen Perkolator. Er trug das Hemd und die Jeans vom Vortag und hatte gerötete Augen, weil er Mallory zuliebe die Nacht durchgearbeitet hatte – auch wenn er nicht mit einem Lob von ihr rechnen durfte, weil er ihr Geschenk, diesen durchweichten Westernroman in Taschenbuchausgabe, wiederhergestellt hatte. Riker war so viel einseitige Liebe völlig unverständlich. Charles war kein Neuling auf dem Gebiet klinischer Psychologie; er musste Mallory doch längst durchschaut haben.

Riker setzte sich an den Küchentisch und schlug die Seite mit der Widmung auf. Bis auf die fehlende Unterschrift von Lou Markowitz wirkte das Buch völlig unversehrt, und er spielte mit dem Gedanken, es tatsächlich Mallory zu schenken. »Abrakadabra! So gut wie neu.«

»Das Papier war sehr brüchig.« Charles holte Kaffeetassen und Gabeln. »Ich musste es mit Mattpolymer behandeln, sonst wären die Seiten zerfallen. Bei einem seltenen Buch wäre das natürlich sehr gefährlich gewesen, weil es den Wert mindert. Deshalb habe ich erst einmal recherchiert.«

Offenbar war das sein voller Ernst. Riker betrachtete den Bücherstapel auf dem Küchentisch – Nachschlagwerke eines besessenen Büchersammlers. Einer der Titel lautete *Die Rolle des Western in der amerikanischen Literatur.* »Und du hast herausgefunden, dass das Buch wertlos ist.«

»Genau. Tut mir Leid.« Charles legte die Quittung aus dem Antiquariat Warwick neben das Taschenbuch. »Keine Ahnung, warum Louis so viel dafür bezahlt hat.«

»Es war, wie gesagt, gar nicht so einfach, an die Schmöker heranzukommen. Er hat eine Weile gebraucht, um es zu finden.«

»Demnach hat er einen Profi damit beauftragt. Das mache ich auch hin und wieder. Nun, das erklärt natürlich einiges.« Charles deutete auf das verblasste Datum der Quittung. »War das nicht das Jahr, als er Mallory in Pflege genommen hat?«

Riker erschauerte. Er bereute nicht, das Buch gestohlen zu haben; er würde es jederzeit wieder tun und damit seinen Job riskieren. Nein, sein großer Fehler war diese sentimentale Anwandlung gewesen, es nicht zu vernichten. Und er hatte noch einen Fehler begangen: Dass er das Buch ausgerechnet jenem Mann gebracht hatte, der Mallory liebte. »Es ist wirklich nett von dir, dass du so viel Zeit –«

»Ich habe schließlich nichts Besseres zu tun.« Charles stellte zwei Teller mit Pastete auf den Tisch und drehte die Flamme auf dem Herd kleiner. »Sommerurlaub ist nichts für mich. Ach ja, das hätte ich fast vergessen: Ich habe eine Liste der Werke von Jake Swain gefunden. Wusstest du, dass er noch weitere elf Bücher geschrieben hat?«

»Ja.« Wie viel konnte er preisgeben, ehe das gesamte Lügengebäude über ihm einstürzte?

Sein Gastgeber schenkte Kaffee ein und setzte sich ihm gegenüber an den Tisch. »Interessant, dass Louis sich so viel Mühe gemacht hat«, sagte er beiläufig. Offenbar hegte er keinerlei Verdacht. Noch nicht. »Sieht so aus, als hätte ihm sehr viel an dem Buch gelegen.«

Kein Wunder, dass Charles sich darüber wunderte. Er und der verstorbene Louis Markowitz hatten sonst nur Bücher angesehener Autoren gelesen. Vielleicht hoffte er, dass es sich bei einem so miserablen Werk um irgendeinen Spaß zwischen Mallory und ihrem Pflegevater gehandelt hatte.

»Aufgetrieben hat das Buch der Antiquar.« Riker trank langsam seinen Kaffee und spürte, wie Galle in seiner Kehle aufstieg.

»Woher wusstest du eigentlich, dass Swain noch mehr Bücher geschrieben hat? Von Louis?«

»Ja, Louis hat sie alle gelesen.« Riker wusste, wie wenig plausibel das klang, obwohl es die Wahrheit war.

»Und warum hat er sich mit solchen … *solchen* Büchern abgegeben?«, fragte Charles verblüfft. *Schund* hatte er nicht sagen wollen, aber in diesem Fall hatte sein umfangreicher Wortschatz ihn im Stich gelassen, sodass ihm keine passendere Umschreibung eingefallen war.

Riker machte sich über seine Pastete her. »Vielleicht hielt er sie für große Literatur?«

»Wohl kaum. Darf ich?« Charles griff nach dem Western und schlug eine Seite gegen Ende des Buches auf. »Im letzten Kapitel kommt es zu einer recht befremdlichen Schießerei.«

Er hätte das Buch nicht gebraucht, um seine Erinnerung aufzufrischen. In der Zeit, in der andere Menschen eine Seite umblätterten, las er sie. Außerdem besaß er ein eidetisches Gedächtnis. Trotzdem hielt er sich an derartige kleinen Konventionen, die so etwas wie Normalität vermittelten und ihn als nicht ganz so außergewöhnlich erscheinen ließen. Vielleicht, dachte der Sergeant, war es zum Teil sogar seine eigene Schuld. Vielleicht sollte er die Genies, die Butler & Company betreute, nicht als Marsmenschen bezeichnen. Manchmal vergaß er einfach, dass der Mann, der ihm am Küchentisch gegenübersaß, vom selben fernen Planeten kam.

»Hier ist die Stelle.« Charles sah auf. »Erst schießt aus einem Revolver eine rote Flamme wie aus einer Lötlampe. Dann bricht die Menge in Hochrufe aus, der Bürgermeister spricht ein paar Worte, und dann fällt am anderen Ende der Main Street ein alterndes Go-go-Girl in Ohnmacht, als sie hört, wie die Kugel den Gegenspieler trifft.« Er sah Riker an. »Wenn man zusammenzählt, was sich zwischen dem Schuss und dem Auftreffen der Kugel an Handlung und Gesprächen getan hat, müsste die Kugel sechs Minuten unterwegs gewesen sein.«

Riker grinste. »Das kann nur jemand sagen, der Lou nie am Schießstand erlebt hat. Dort hat es manchmal einen ganzen Tag gedauert, bis eine seiner Kugeln ihr Ziel traf.« Er trank einen Schluck Kaffee, um Zeit zu schinden, und suchte nach Worten, die nicht nach einer Lüge klangen. »In jedem Roman gab es gewöhnlich zwei Schießereien.« Inzwischen war ihm auch wieder eingefallen, wie der Revolverheld hieß. »Den hier kenne ich nicht, aber ich schätze, dass die letzte Schießerei zwischen Sheriff Peety und Wichita Kid stattgefunden hat.«

»Du hast die Schmöker also auch gelesen?«

»Ja, ungefähr die Hälfte.« Und zwar nicht aus freien Stücken. Lou Markowitz hatte eine zweite Meinung haben wollen, weil er einfach nicht begreifen konnte, warum eine Zehnjährige so versessen auf diese Schundromane war.

»In dem ersten Roman«, erzählte Riker, »wächst dieser kleine Junge in Franktown, einem verschlafenen Nest in Kansas, unter den Augen von Sheriff Peety auf. Der Junge war mit seiner Mutter eines Tages mit der Postkutsche von Wichita gekommen. Er folgte dem Sheriff wie ein Schatten, und Peety war der Erste, der ihn Wichita Kid nannte. Aus Spaß wohlgemerkt, aber der Name klang irgendwie nach einem Revolverhelden, und der Junge war unheimlich stolz darauf.

Bis Wichita Kid seinen ersten Revolver erstand, »ein rostiges altes Ding, für das er einen Dollar bezahlt hatte«, war von der Pastete auf Rikers Teller nichts mehr übrig. »Dann hat der Junge Geburtstag, er wird fünfzehn. Morgens wacht der Sheriff von Schüssen auf und läuft raus.« Riker sah zu Boden, als befände sich dort eine Leiche. »Der Fremde, der in seinem Blut auf dem Rücken lag, war ein unbewaffneter Cowboy. Seine Augen sahen starr in die Sonne«, hörte Riker sich zu seiner Überraschung zitieren. »Und wer steht neben dem Toten?« Er formte mit den Fingern einen Revolver und blies Rauch vom Zeigefinger. »Sieht schlecht aus für Wichita Kid.«

Doch es kam noch schlimmer. Der Junge stahl ein Pferd und zog davon. Im nächsten Kapitel sattelte der Sheriff einen schwarzen Hengst. »Er reitet dem Jungen nach.« Riker hatte seinen Kaffee ausgetrunken. »Sheriff Peety hat Tränen in den Augen, sodass er kaum etwas sehen kann. Er liebt den Jungen, aber Wichita Kid hat einen Menschen getötet, und dafür muss er hängen. Zum Schluss treibt der Sheriff den Jungen über den Rand eines Canyons. Der Canyon ist hundert Meter tief, aber im nächsten Buch hat der Sheriff die Verfolgung von Wichita Kid immer noch nicht aufgegeben.«

»Es sind also Fortsetzungsromane mit immer denselben Figuren …«

»Ja, und jedes Buch hat ein solches Ende. Das hält die Leser bei der Stange.«

Charles nickte, ehe er das Taschenbuch über den Tisch schob. Damit war der Fall für ihn erledigt.

Riker steckte es rasch in seine Tasche, wie er es mit einem Porno gemacht hätte. Dabei war es weit mehr: Es war eine Bombe.

Da kommt die Eiskönigin.

Ronald Deluthe betrachtete die gut aussehende Frau, die den Dienstraum durchquerte. Sein Blick wanderte zu den Laufschuhen, die sich kein Staatsdiener jemals leisten konnte. Was für Summen Mallory beim Schneider oder Friseur ließ, brauchte ihm keiner zu erzählen. Ob sie sich schmieren ließ?

Wie grün deine Auge sind. Und wie kalt ...

Sie tat, als sei er Luft, aber seltsamerweise nahm er ihr das weniger übel als den anderen. Er wusste, dass ein Durchschnittstyp mit amateurhaft gefärbtem gelbem Haar von ihr keine Aufmerksamkeit, ja nicht einmal so etwas wie Verachtung erwarten durfte. Mit seinem Rang hatte das nichts zu tun.

Er wandte sich wieder seinem Bericht zu, in dem er gewissenhaft aufgeführt hatte, warum die Fernseh-Crew am Vorabend vor der Feuerwehr am Tatort eingetroffen war. Diesmal konnte Detective Riker nicht meckern.

Mallory blieb stehen und las den Zettel, den er seitlich an seinen Monitor geheftet hatte. Zuerst hatte er auf seinem Jackett geklebt. Er hatte den Streich erst bemerkt, als er es ausgezogen hatte – ein Zettel, auf dem seine neue Stellenbeschreibung stand. *Reanimationsspezialist für tote Huren.* Tapfer hatte er ihn zur allgemeinen Lektüre freigegeben, was dem einen oder anderen Kollegen ein Lächeln entlockt hatte.

Mallory lächelte nicht, sondern riss im Vorbeigehen den Zettel ab, knüllte ihn zu einer Kugel zusammen und warf ihn auf seine Tastatur. Er sah ihr nach. »Ma'am?«

Klang das zu unterwürfig?

Sie ignorierte ihn, aber das taten die anderen Cops ebenfalls. Er stand auf und folgte ihr in einen großen fensterlosen Raum. Die Wände waren mit Korktafeln versehen, auf denen blutrünstige Fotos und Notizen aktueller Fälle befestigt waren. Am Vormittag hatte man ihm kurz die wichtigsten Räume des Dezernats gezeigt – die Toilette und die Kantine, aber hier waren sie nicht gewesen. Natürlich nicht. Wozu auch? Klappstühle waren für Besprechungen bereitgestellt, zu denen man ihn nie bitten würde.

Unmittelbar neben der Tür stand Mallory an einem Tisch mit einem Großbildfernseher und sprach mit Janos, einem älteren Kollegen.

Einem *richtigen* Detective.

Deluthe hütete sich, die beiden zu unterbrechen. Doch da er nicht von einem Fuß auf den anderen treten wollte wie ein Schuljunge, der auf die Erlaubnis zum Austreten wartet, ging er an den Korkwänden entlang und besah sich die angepinnten Bilder und Zettel, die alle nichts mit der gehenkten Hure zu tun hatten. Folglich war es kein wichtiger Fall, folglich hatte man mit dem Bericht nur wieder einmal den Schwiegersohn des stellvertretenden Polizeichefs beschäftigen wollen, so dass er den anderen nicht in die Quere kam.

Mallory schob ein Video in den Rekorder. Die Bilder von Feuerwehrfahrzeugen und den Schaulustigen, die am Vorabend einen Blick auf die baumelnde Nutte hatten erhaschen wollen, zogen Deluthe unwiderstehlich an. Jetzt wurde ihm klar, warum der Nachrichtenredakteur sich geweigert hatte, ihm das Filmmaterial zu kopieren. Mallory hatte es bereits abgeholt.

Detective Janos drückte auf die Fernbedienung und hielt das Video an. »Der da?« Er deutete auf einen Mann am Rand der Menge, der T-Shirt und Jeans trug. »Könnte der Typ der alten Dame auf dem Baum gewesen sein.«

Deluthe zuckte zusammen, als er an Miss Emelda und sein Versagen bei seinem ersten Gespräch mit ihr erinnert wurde. Doch er hatte eine Menge von Sergeant Riker gelernt, der sich als einziger von den Detectives ein wenig um ihn kümmerte. Vielleicht war der ergebnislose Besuch bei den Fernsehleuten eine Übung gewesen und nicht nur Zeitverschwendung. Er räusperte sich. Es wäre ihm entsetzlich unangenehm gewesen, wenn seine Stimme ausgerechnet im Gespräch mit Mallory versagt hätte. »Ich dachte, ich sollte mit den Fernsehleuten sprechen. Sergeant Riker hat gesagt –«

»Ich war einfach zuerst dort«, erklärte Mallory sachlich, dennoch hatte er das Gefühl, etwas falsch gemacht zu haben.

Natürlich wusste sie alles, was er wusste, und noch viel mehr. Ihr vorzuschlagen, ihre Notizen zu vergleichen, würde das Ganze nur noch peinlicher machen. »Ich habe meinen Bericht fast fertig.« *Meinen nutzlosen Bericht.* »Was soll ich jetzt machen?«

»Das will ich Ihnen sagen.« Mallory lächelte.

Wollte sie ihn verarschen? Bestimmt. Er machte sich darauf gefasst, dass sie sagen würde, er solle sich verziehen. Oder Schlimmeres.

Sie zog ihr Notizbuch hervor. »Es schadet nichts, wenn Sie ein paar Tage dafür brauchen. Bleiben Sie einfach dran.« Sie notierte die Adresse eines Lagerhauses und das, was er dort besorgen sollte, riss die Seite heraus und drückte sie ihm in die Hand. »Der Mord kann fünfzehn oder zwanzig Jahre zurückliegen«, fügte sie hinzu.

Mit dieser vagen Zeitangabe sollte er einen Karton mit Beweismaterial für einen Mord finden, der keinen Namen und keine Nummer hatte? Er konnte jahrelang suchen, ohne den Karton mit dem Henkerseil jemals zu finden. Damit hatte Mallory ihm tatsächlich zu verstehen gegeben, er solle sich zum Teufel scheren. Und nun starrte sie ihn mit finsterer Miene an. Möglicherweise fragte sie sich, warum er immer noch hier herumstand.

Er ging zurück, durchquerte den Dienstraum und fragte sich, ob er all das je wiedersehen würde. Ein paar Minuten später saß er am Steuer seines Wagens und stellte fest, dass der Benzintank leer war.

Du Riesentrottel!

Überall um ihn herum waren zahllose Cops auf Motorrädern und in Autos, die ihm alle mit Benzin hätten aushelfen können, damit er es bis zur nächsten Tankstelle schaffte. Doch da er nicht zugeben wollte, dass er schon wieder Mist gebaut hatte, ließ er den Wagen stehen und ging in Richtung U-Bahn, die ihn hoffentlich zumindest in die Nähe des Lagerhauses bringen würde. Dort würde er ohnehin seine restlichen Dienstjahre damit verbringen, über lange Korridore mit verstaubten Regalen voll uralter Beweismittelkartons zu irren.

Geschieht dir recht, du Blödmann.

Als er auf den Bahnsteig trat, sah er die Rücklichter der U-Bahn im Tunnel verschwinden. Er setzte sich auf eine der Strafbänke für vertrottelte Cops, die sich den Zug vor der Nase wegfahren ließen. Mit einem grellen elektronischen Kreischen verkündete eine körperlose Stimme über den Lautsprecher, dass er, Ronald Deluthe, heute von hier aus sein Fahrtziel nicht erreichen würde. Irgendwo auf der Strecke war Feuer ausgebrochen, sodass der Zugverkehr eingestellt war.

New York war eine Stadt, die einem keine zweite Chance gab.

Hinter dem schmutzigen Schaufenster saß ein alter Mann über einen Schreibtisch gebeugt, der erhöht war wie eine Kanzel, sodass er die Ladendiebe in den verwinkelten Gängen des Antiquariats besser im Auge behalten konnte. Heute Nachmittag allerdings war der Laden leer. Auf dem Schild am Rand des Schreibtischs stand »John Warwick, Inhaber«.

Ein Summer ertönte, als Charles Butler den Laden betrat. Neben der Tür, im kühlenden Luftzug eines Ventilators, standen ein Tisch und zwei Stühle. Folglich dachte Mr. Warwick nicht nur an das Geschäft. Nur jemand, der selbst Bücher liebte, konnte kostbaren Raum zu Gunsten dieser Nische für müde Leser opfern.

Durch dicke Brillengläser, die seine blassgrauen Augen größer wirken ließen, sah der Buchhändler ihn an, der, wie

Charles nun bemerkte, kein alter Mann, sondern wie er um die vierzig war. Er hatte sich von Warwicks weißem Haar und dem gebeugten, fast buckligen Rücken täuschen lassen. Und die altmodische Brille hatte diesen Eindruck noch verstärkt. Und obgleich es sehr warm im Laden war, trug Warwick ein Hemd mit langen Ärmeln, dessen abgestoßene Manschetten zugeknöpft waren.

»Mr. Warwick?«, fragte Charles höflich. Der Buchhändler musterte ihn verwirrt, ehe er die Anrede als Aufforderung wertete, von seinem Hochsitz herunterzukommen. Dennoch dauerte es eine ganze Weile, bis er die wenigen Stufen bewältigt hatte. Vorsichtig wie jemand, der unter brüchigen Knochen leidet, schlurfte er zu Charles hinüber und blieb mit gesenktem Kopf vor ihm stehen.

Wartet er etwa auf Anweisungen?

»Wollen wir uns nicht setzen?« Charles deutete auf den Lesetisch. Argwöhnisch ließ sich Warwick auf einen der Stühle sinken, als hätte er Zweifel, ob dieser sein Federgewicht aushalten würde, und wartete weiter. Noch immer blickte er zu Boden.

So verhielten sich Menschen, die lange irgendwo eingesperrt waren. In diesem Fall wohl nicht in einem Gefängnis, dachte Charles. Die Tatsache, dass Warwick sich übertrieben wie ein alter Mann gab, deutete auf eine Langzeitbehandlung in der Psychiatrie hin. Die Symptome von Hospitalismus waren unübersehbar, und die Schädigung durch langen Entzug der Selbstbestimmung war vermutlich schon in jungen Jahren, vielleicht bereits in der Kindheit eingetreten. Möglicherweise verbargen sich unter den Manschetten vernarbte Rasiermesserschnitte an den schmalen Handgelenken. Wie ging man mit einer so zarten Seele um? Behutsam natürlich und indem man Referenzen nannte. »Sie sind mir von einem Freund empfohlen worden, von Sergeant Riker. Sie müssten ihn kennen.«

Warwick sah kurz auf. Charles schob ihm seine Visitenkarte hin, die der Buchhändler mit argwöhnischem Blick in die Hand nahm. »Da steht nicht, was Sie machen.«

Gut beobachtet. Hinter Charles Butlers Namen standen mehrere Doktortitel und eine lange Reihe akademischer Titel, aber keine Berufsbezeichnung. Das war Mallorys Idee gewesen: Er sollte seine Sache selbst vertreten. »Ich bin im Personalwesen tätig, evaluiere Menschen mit ungewöhnlichen Begabungen und suche für sie eine Stellung in der Privatwirtschaft oder in staatlichen –«

»Sie sind Psychiater!« Warwick spie das Wort aus, als hätte es einen widerlichen Geschmack.

»Nein. Ich habe zwar einen Abschluss in Psychologie gemacht, aber nie praktiziert –«

»Und jetzt wollen Sie mir erzählen, dass Riker mich nicht angelogen hat, Herr … Doktor? Dass ich verrückt bin, weil ich ihm nicht glaube?«

»Ich habe noch nie erlebt, dass Riker gelogen hat«, sagte Charles freundlich. »Er würde bestimmt nicht –«

»Miese Tricks.« Warwick schüttelte seine tief sitzende Fügsamkeit ab und richtete sich auf. Sein Blick huschte von Regal zu Regal, ehe er sich auf den Mann vor ihm richtete. Mit jedem Atemzug schien der zierliche Mann Mut zu schöpfen. Seine Stimme wurde lauter. »Sie können Riker sagen –« Er richtete seinen Zeigefinger wie eine Waffe auf Charles. »Sagen Sie ihm, dass sie lebt!«

»Wen meinen Sie …«

»Ich bin nämlich noch nicht senil. Erst Markowitz, dann –«

»Louis Markowitz?«

»Den Namen werde ich mein Lebtag nicht vergessen. Mein Gedächtnis ist in Ordnung, das können Sie Riker ausrichten.«

»Ich bin nicht hergekommen, um Sie zu verhören.« Charles lächelte, wobei er sich vollkommen darüber im Klaren war, dass ein lächelnder Charles Butler wie ein entlaufener Irrer aussah. Nicht einmal der schlimmste Paranoiker konnte einen solchen Menschen als Bedrohung empfinden.

Ganz allmählich fiel die Spannung von Warwick ab. »Es ist lange her, aber ich erinnere mich an alles. Die Kleine war etwas ganz Besonderes. Meist sind es Teenager, die auf die Straße gehen. Die Kleinen lassen sich gewöhnlich wieder einfangen, kommen ins Heim, zu Pflegefamilien. Wissen Sie, warum sie die Jagd überlebt hat? Weil sie schlauer war als die.«

»Als *die?* Meinen Sie die Polizei?«

»Markowitz und Riker. Sie haben mein Geschäft überwacht. Idioten.« Warwick rückte seine dicke Brille zurecht. »Als ob sie die Kleine je hätten fangen können.«

»Wen? Wie –«

»Die Kleine, die so verrückt nach Western war«, fuhr er Charles ungeduldig an.

Charles rief aus seinem genialen Gedächtnis ein altes Foto ab, das Markowitz in seiner Brieftasche gehabt hatte. Er sah es genau vor sich, sogar den Riss in der Plastikhülle. »Hatte die Kleine langes, welliges Haar? Blond?«

»Verfilzt und dreckig.« Warwick nickte. »Dreckig wie das Gesicht.« Auch er sah offenbar deutlich etwas vor sich. »Die Jeans musste sie immer aufrollen, die Sachen haben ihr nie gepasst – bis auf die Laufschuhe. Strahlend weiße Laufschuhe. Ich glaube, sie hat jede Woche ein neues Paar geklaut. Markowitz hat gesagt, dass sie New York arm gemacht hat. Aber bei mir hat sie nie geklaut. Sie hat sich ein Buch aus dem Regal genommen und es später wieder hingestellt.« Nun lächelte er. Es war ein trotziges Lächeln. »Sie sehen, ich habe nichts vergessen.«

»Wie lange dauerte diese Überwachung?«

»Etwa zwei Monate, aber erwischt haben sie die Kleine nicht.«

Charles hatte eine andere Version in Erinnerung. Markowitz war auf dem Heimweg vom Dienst gewesen, um zu Hause mit seiner Frau Geburtstag zu feiern, als er zufällig ein fremdes Kind gesehen hatte, das etwas aus einem Auto stahl. Statt sich den Abend mit lästigen Berichten zu ruinieren, hatte er Kathy einfach mit nach Hause genommen, und seine Frau hatte die kleine Diebin irrtümlich für sein Geburtstagsgeschenk an sie gehalten. Eine bezaubernde Geschichte, die Markowitz immer wieder zum Besten gegeben hatte und in der kein Riker vorkam und in der von Verfolgung, von monatelanger Jagd auf ein kleines Mädchen keine Rede gewesen war.

»Und welche Rolle haben Sie dabei gespielt, Mr. Warwick? Sie haben ihr nur die Bücher geliehen?«

»Nein, nein«, antwortete der Buchhändler ungeduldig. Vielleicht hielt er Charles immer noch für einen Psychiater, der ihm Fangfragen stellte. »Die Kleine hat sich die Bücher genommen, als wäre das ihr gutes Recht. Immer nur eins, und das hat sie jedes Mal brav wieder zurückgebracht. Deshalb meinte Markowitz, sie müsste aus einer Kleinstadt kommen.«

»Aus einer Kleinstadt?«

»Markowitz meinte, dort, wo sie herkam, war wahrscheinlich die Stadtbücherei so groß wie mein Geschäft. ›Die Kleine bringt die Bücher zurück‹, hat er zu mir gesagt, ›weil ihre Mutter sie gut erzogen hat.‹ Und dann hat dieser Mistkerl ihre Westernromane konfisziert, alle bis auf den letzten.«

»Das Buch, das Sie für ihn aufgespürt hatten?«

Warwick nickte. »Ich musste mich mit sämtlichen Käufern der Nachlassversteigerung in Verbindung setzen, auf der ich die anderen erstanden hatte. Er hat das Buch bezahlt und es ins Regal gestellt, damit sie es dort findet. Aber ich habe sie nie wieder gesehen. Bei seinem letzten Besuch hat mir Markowitz gesagt, die Kleine sei tot. Er hat etwas in das Buch geschrieben und es dagelassen.«

»Sie wissen also, was er –«

»Es war ein Liebesbrief an ein totes Kind und geht Sie

nichts an!« Seufzend betrachtete Warwick seine Hände. »Er wollte mir einreden, dass sie tot ist, aber das war nur ein Trick. An dem Tag hat er geweint. Ich hätte es ihm beinahe geglaubt.«

»Interessantes Verhaltensmuster«, bemerkte Charles. »Das kleine Mädchen und ihre Bücher. Wahrscheinlich war sie ziemlich oft da, ehe Sie die Polizei verständigt haben.«

»Das habe ich nie getan. Ich habe sie nicht verraten«, verkündete der Buchhändler stolz, als hätte er damit eine weitere vermeintliche Falle umgangen.

Nein, das war nicht der Grund. Charles ging auf, dass Warwick einfach stolz darauf war, dass er den Pakt mit dem Kind nicht gebrochen hatte. Einen unausgesprochenen Pakt, denn vermutlich hatten der Buchhändler und Kathy Mallory nie ein Wort miteinander gewechselt. »Die Kleine hat Sie sicher nicht an sich herankommen lassen –« Er dachte daran, wie Louis Markowitz ihm das wilde, scheue Kind beschrieben hatte, das er wie eine leibliche Tochter aufgezogen hatte. »Nervös wie eine Katze, was?«

Unbehaglich stellte Charles fest, dass er der Wahrheit langsam näher kam: Warwick hatte nicht gewollt, dass man die Kleine einfing und in ein Heim sperrte, in eine Institution wie die, in der man ihn eingesperrt und wahrscheinlich tagtäglich mit Medikamenten ruhig gestellt hatte. Die Möglichkeit einer Adoption oder einer Pflegestelle für Kathy Mallory war Warwick nicht in den Sinn gekommen. Der einstige Patient einer Nervenklinik hatte in dem Kind eine verwandte Seele gewittert …

Charles schüttelte den Kopf, als könnte er damit diese Vorstellung vertreiben, ehe er sich auf der Suche nach einer besseren, glaubhafteren Begründung, vorbeugte. »Ihre Sachen, ihr Haar – Sie haben doch bestimmt gesehen, dass sie obdachlos war. Aber Sie haben die Kleine nie gemeldet. Warum nicht?«

Er sah die Frage in Warwicks Augen: *Würden Sie mir eine Lüge abnehmen?,* und hätte am liebsten gerufen: *Ja, verdammt noch mal.*

John Warwick reagierte, als hätte ihm Charles diesen Gedanken laut ins Gesicht geschrien. Er zog den Kopf ein und hob die hageren Schultern, sodass sein Kinn im Hemdkragen verschwand. *Eine verängstigte Schildkröte suchte Schutz in ihrem Panzer.*

Charles versuchte, den Buchhändler mit einer leichteren Frage wieder hervorzulocken. »Was für Bücher hat sie denn gern gelesen?«

Langsam kam Warwicks Hals wieder zum Vorschein, während die noch immer wachsamen Augen den Raum nach verborgenen Feinden absuchten. »Nur Westernromane.« Jetzt lächelte er fast. »Und nur von einem Autor.« Erschöpft lehnte er sich zurück. »Die Bücher von Jake Swain sind längst vergriffen. Aus gutem Grund. Sie waren grauenhaft geschrieben. Aber sie hat eins nach dem anderen verschlungen. Alle elf.«

»Warum wohl?«

Der Buchhändler schüttelte den Kopf. »Wenn ich das wüsste … Sie war so klein und mager, so verletzlich und immer allein. Vielleicht waren sie ihr ein Trost. Bei den Büchern wusste sie immer, woran sie war.« Warwick sah auf die Straße hinaus. »Was da draußen auf sie zukommen würde, hat sie nie gewusst.«

5

Sergeant Riker durchquerte den Dienstraum, in dem scheinbar ungeordnet fünfzehn Schreibtische voller Sandwich-Tüten, Pizza-Kartons und die dazugehörigen bewaffneten

Kriminalbeamten herumstanden. Am anderen Ende konnte er durch eine breite Glasscheibe Lieutenant Coffey in seinem Büro sehen und vor dessen Schreibtisch Mallory, die die Augen niedergeschlagen hatte wie ein bußfertiges Schulmädchen.

Was stimmt nicht an diesem Bild?

Riker betrat das Büro und ließ sich wie üblich mit wippender Zigarette im Mundwinkel auf den nächstbesten Stuhl fallen. Nach einem üppigen Mittagessen hatte er keine Lust, Energie auf Worte zu verschwenden, sondern öffnete lediglich die Augen ein Stück weiter, um anzudeuten: *Okay, ich bin da. Und jetzt?*

»Wie ich höre, hast du diesen Jungen –« Lieutenant Coffey unterbrach sich, um (als ob das schon jemals etwas bewirkt hätte!) einen viel sagenden Blick auf die Zigarette seines Sergeants zu werfen, »– diesen Jungen aus Lomans Team … wie heißt er doch gleich?«

»Entenkind.«

»Du hast ihn ins Lagerhaus geschickt mit dem Auftrag, acht Millionen Kartons mit altem Beweismaterial durchzusehen. Wahrscheinlich in der Hoffnung, ihn damit ein für alle Mal loszuwerden.«

Der Sergeant zuckte die Achseln. Damit war Coffey der Wahrheit ziemlich nahe gekommen, doch es war nicht Rikers Idee gewesen, und Mallory, die emsig damit beschäftigt war, Coffeys Unterlagen verkehrt herum zu lesen, schwieg beharrlich.

»Der Junge ist ein Glückspilz.« Jack Coffey griff nach einem Karton und stellte ihn auf den Schreibtisch. »Er hat nur fünf Minuten gebraucht, um deinen Strick zu finden.«

Im Schutz des Kartons zog Mallory mit unbeteiligter Miene vorsichtig einen roten Aktendeckel aus dem Wust auf Coffeys Schreibtisch und schlug ihn auf. Riker erkannte aus dem Augenwinkel ein farbiges Obduktionsfoto. »Wie hat er denn das geschafft?«, fragte er, Interesse an Entenkinds Abenteuern heuchelnd.

»Seit letzten Monat ist das Lagerhausdach undicht, und ein paar Kartons wurden beschädigt.« Coffey holte einen in braunes Packpapier eingewickelten wulstigen Gegenstand hervor. »Ein Mitarbeiter wusste noch, dass er dieses Beweisstück neu verpackt hat. Bis auf ein paar Ziffern der Registriernummer waren die dazugehörigen schriftlichen Unterlagen unleserlich geworden, aber mit ihrer Hilfe ist Entenkind – lasst euch gefälligst einen anderen Namen für ihn einfallen! – einer Akte aus dem Archiv des Chefpathologen auf die Spur gekommmen.«

Der Lieutenant packte den Strick aus, riss Mallory den roten Aktendeckel aus der Hand und stieß dabei den Karton vom Tisch. »Das ist ein zwanzig Jahre alter Obduktionsbericht, der jede Verbindung zu Sparrow ausschließt. Das heißt, dass wir die Nutte guten Gewissens dem Bezirk East Side zurückschicken können. Soll sich Loman mit dem Fall amüsieren.«

Unbeeindruckt griff Mallory nach dem Strick, warf ihn Riker in den Schoß, verteilte den Inhalt des roten Aktendeckels auf der Schreibunterlage und tippte auf ein Foto. »Schaut euch das hier an.«

Riker und Coffey beugten sich über die Aufnahme einer aufgetriebenen und von Maden zerfressenen Leiche.

»Auch die hier wurde skalpiert.« Mit einem langen roten Fingernagel wies Mallory auf das blonde, verfilzte Haar, das am Schädel der Frau klebte. »Mit einem Rasiermesser.«

Der Lieutenant lächelte nachsichtig. »Ich sehe eine Frau mit Kurzhaarfrisur und ohne Knebel im Mund.«

»Sie war blond«, sagte Riker. »Wie Sparrow.«

»Das reicht nicht.« Coffey kramte in seinen Papieren und reichte Riker einen Stapel zusammengehefteter Blätter. »Hier, lies den Bericht. Die Frau wurde an einem Strick hängend aufgefunden, aber es war kein Tod durch Erhängen. Laut Dr. Norris – das war der damalige Chefpathologe – wurde sie erwürgt.«

»Wäre nicht das erste Mal, dass dieser Stümper einen Fehler macht.« Mallory sah die übrigen Fotos durch. »Markowitz hat immer gesagt, der Mann sei die Hälfte der Zeit betrunken gewesen.«

»Falsch.« Riker schlug mit der Hand auf Coffeys Schreibtisch. »Ich kann mich an diesen Schwachkopf genau erinnern. Er war die ganze Zeit betrunken.«

Coffey verschränkte die Hände hinter dem Kopf und lehnte sich in seinem Sessel zurück. »Ihr glaubt also, ein Pathologe könnte – betrunken oder nüchtern – ein Haarbüschel im Mund des Opfers übersehen?«

»Gestern Abend hat ein Pathologe Sparrow für tot erklärt«, sagte Mallory.

Coffeys Lächeln wurde breiter. »Ziemlich lahm.«

Die gute Laune des Chefs beunruhigte Riker. Vor seinem inneren Auge sah er Jack Coffey bereits eine tiefe Grube für Mallory ausheben und sie mit Zweigen und Ästen tarnen.

Und er konnte sie nicht warnen.

Mallory hielt Coffey den Obduktionsbericht unter die Nase. »Man muss hier auch zwischen den Zeilen lesen. Ist es nicht erstaunlich, dass es bei der Obduktion keine Zeugen gab? Markowitz hat immer gesagt, dass immer zwei Assistenten nötig waren, um die Fehler des alten Säufers zu kaschieren. Norris hat nie allein gearbeitet.«

»Na und?«, erwiderte Coffey unbeeindruckt.

»Wenn es ihm darum ging, Beweise zu unterdrücken, konnte er keine Zeugen gebrauchen. Er hat also ein paar Sachen aus dem –«

»Das glaube ich nicht.« Coffey riss ihr den Bericht aus der Hand. Sein Lächeln war verschwunden. »Dann unterhalten wir uns jetzt mal über ein anderes Märchen, Mallory. Die Akte aus dem Archiv für ungelöste Fälle.« Er warf einen Blick auf den Bericht. »Man hat mir versichert, dass sie den Mord an Natalie Homer dort nie hatten.«

»Gelogen«, sagte Mallory. »Sie haben die Akte verschlampt.«

Selbst Coffey musste diese grandiose Unverfrorenheit bewundern. »Du willst also behaupten, es wäre ihnen peinlich gewesen zuzugeben, dass sie eine Akte verschlampt haben, und sie hätten mich deshalb angelogen?«

»Genau.« Drei Köpfe wandten sich der offenen Tür zu. Detective Janos hatte grau meliertes Haar und einen Körperbau wie ein Kleiderschrank. »Der Mord an Natalie Homer ist tatsächlich einer der Fälle, die nie aufgeklärt wurden.« Die sanfte Stimme passte so gar nicht zu dem Gesicht, das aussah, als stamme es aus der Kartei besonders gewalttätiger Verbrecher.

»Sie haben die Akte verschlampt und Mallorys Anfrage obendrein?« Coffey war noch immer nicht überzeugt. »Und haben uns angelogen?« Das klang, als wäre ein Cop, der sich nicht strikt an die Wahrheit hielt, etwas, das in diesem Büro völlig unvorstellbar war.

»Alles halb so wild.« Janos lächelte. »Das Archiv ist umgezogen, in den neuen Räumen herrscht völliges Chaos, und das Ablagesystem könnte besser sein. Heute nun macht der Fall einer aufgehängten Nutte Schlagzeilen, und sie bekommen eine Anfrage nach einer ähnlichen Akte, die bei ihnen verschwunden ist. Kein Wunder, dass sie geschwindelt haben.«

»Aber du hast die Akte aufgetrieben?«

»Nicht nur das. Im Obduktionsbericht stand der Name des Beamten, der die Verhaftung vorgenommen hatte. Daraufhin bin ich zu seiner letzten bekannten Adresse gefahren. Der Mann macht höchstpersönlich auf – und hat die verdammte Akte in der Hand. ›Ihr habt aber lange gebraucht‹, sagt er.« Janos nickte in Richtung Tür, die ins Treppenhaus führte. »Das ist Lars Geldorf.«

Riker drehte seinen Stuhl so, dass er den hageren weißhaarigen Mann sehen konnte. »Der ist doch mindestens fünfundsiebzig.«

Lars Geldorf, der es offenbar leid war, noch länger auf eine Einladung zu warten, kam mit festen Schritten auf Coffeys Büro zu. Keiner hier hatte dem pensionierten Detective gesagt, dass er alt geworden war. Er trug – wie die jungen Rebellen seiner Zeit – einen Seidenanzug, und sein arrogantes Lächeln verriet nur allzu deutlich, was er dachte: *Jetzt muss ich auch noch euren Hintern retten.*

»Mit dem wird es noch Ärger geben«, stellte Coffey fest.

Riker gab ihm Recht. Plötzlich musste er an seinen Vater denken, der ebenfalls bei der Kriminalpolizei gewesen war und nicht die Größe besessen hatte, seine Freizeit nach der Pensionierung mit irgendwelchen Handarbeiten zu verbringen. Geldorf hatte denselben Gang – als gehörte ihm die ganze Welt.

Selbstbewusst betrat der Alte Coffeys Büro und schüttelte ihm wortlos die Hand. Dass ihm sein Name und Ruhm vorausgeeilt waren, nahm er als selbstverständlich an. Dann knöpfte er sein Jackett auf, damit der schöne Seidenstoff keine Knitterfalten bekam, wenn er sich setzte.

Genau wie Dad.

Riker ahnte weiteren Ärger, als das Jackett aufschlug. Geldorf trug einen Revolver im Holster. Kein Zweifel: Er wollte wieder zurück ins Spiel.

Lieutenant Coffeys höfliches Lächeln erlosch. »Sie haben mir etwas mitgebracht?«

»Alles hier drin.« Geldorf hielt eine Reißverschlussmappe in die Höhe, die intensiv nach neuem Leder roch. »Der Fall Natalie Homer. Die Details über ihren Täter habe ich aus der Zeitung.« Seine Augen verengten sich zu Schlitzen, als ein listiges Grinsen auf seinem Gesicht erschien. »Bedauerlich, dass Sie die Presse nicht vom Tatort fern halten konnten.« Dies war eine unverhüllte Kritik, da es ihm seinerzeit offensichtlich gelungen war, sämtliche Einzelheiten seines Falles geheimzuhalten. Bis heute hatte kein Mensch von der vor zwanzig Jahren erhängten Natalie Homer gehört.

Jack Coffey hielt den Obduktionsbericht in die Höhe. »Aber bei ihrem Fall war der Tathergang anders.«

»Keineswegs. Er stimmt mit dem aktuellen Fall in allen Einzelheiten überein.«

»Bei dem Obduktionsbericht im Fall Natalie Homer war keine Rede von Haaren im Mund.« Das hatte die Presse in dem aktuellen Fall verkündet. Coffey schlug den roten Aktendeckel auf. »Der Chefpathologe war damals –«

»Dr. Peter Norris«, ergänzte Geldorf. »Ein Trunkenbold und drittklassiger Medikus. Bin froh, dass er tot ist. Und was die Haare betrifft, liegen Sie falsch, mein Sohn. Ich habe ihr den Knebel aus dem Mund genommen, ehe der Leichenwagen kam.« Selbstgefällig grinsend lehnte er sich zurück. »Wenn damals etwas an die Presse durchsickerte, war immer das Büro des Chefpathologen die undichte Stelle.«

»Laut ärztlicher Aussage wurde Ihr Opfer erwürgt, ehe der Täter es aufgehängt hat«, stellte Lieutenant Coffey fest.

»Ein Psychopath also. Oder vielleicht sollte es nur nach der Tat eines Psychopathen aussehen.« Er schaute Mallory an. »Welche Theorie haben Sie?«

»Ein Psychopath? Mit diesem Gedanken könnte ich mich anfreunden.«

Der Alte wandte sich an Riker. »Und Sie? Ich will Ihnen einen Tipp geben. Man kann wohl kaum davon ausgehen, dass das Opfer einen Strick im Haus herumliegen hatte.«

Riker trommelte mit den Fingern auf die Sessellehne. Er kannte das Ritual: Höre und lerne, mein Junge, was der große Meister dich lehrt. Bisher hatte er immer geglaubt, sein Vater hätte dieses Spiel erfunden, um seinen Sohn in den Wahnsinn zu treiben. Er streckte die Hand nach der Ledermappe aus – ein kritischer Augenblick, denn diese Mappe war Geldorfs Fahrkarte zur Zusammenarbeit mit dem Dezernat, und er wollte sie nicht loslassen. *Vergiss es, Alter,* signalisierte Mallory ihm mit einem drohenden Blick. Langsam öffnete sich Geldorfs Hand. Riker kramte in der Mappe herum. »Was ist aus dem Haarknebel geworden, den Sie ihr aus dem Mund genommen haben?«

»Der liegt bei dem übrigen Beweismaterial. Nachdem der Fall vorläufig geschlossen wurde, habe ich es selbst eingepackt.«

Lieutenant Coffey schüttelte den Kopf. »Es ist aber nicht da.«

»Dann haben sie es verschlampt.« Geldorf zuckte lässig mit der Schulter. »Passiert ja ständig.«

Riker reichte Coffey ein Foto aus der Ledermappe. In Natalie Homers Mund steckte ein Büschel blonder Haare.

Detective Janos trat hinter Geldorfs Stuhl. »Erzählen Sie das von den Kerzen!«, sagte er ihm ins Ohr.

Von den vierundzwanzig Kerzen und dem Glas mit toten Fliegen hatte nichts in der Zeitung gestanden. Warum hatte Janos den Alten ins Vertrauen gezogen? Riker sah die übrigen Fotos vom Tatort durch, ohne jedoch Bilder von Votivkerzen zu finden.

»In dem Sommer gab es immer wieder Stromsperren im East Village«, sagte Geldorf. »Deshalb hatte Natalie Kerzen in der Wohnung.«

Mallory holte eine Tüte mit geschmolzenem rotem Wachs aus dem Karton. Die Form der zusammengeklebten langen Kerzen war noch zu erkennen.

»Sehen Sie das? So geht man dort mit Beweismaterial um«, sagte Geldorf. »Die Kerzen waren nagelneu, Sie brauchen sich nur mal die Dochte anzusehen. Ich schätze, der Täter kam, als es noch hell war. Am frühen Abend. Das passt zu dem, was Norris über die Todeszeit sagt.«

Die Kerzen hatten zwar die richtige Farbe, aber die falsche Form, und Riker zählte nur drei im Gegensatz zu dem Dutzend, das man in Sparrows Wohnung gefunden hatte.

Geldorf erwartete offenbar ein Lob für seine scharfsinnige Deutung dreier nicht abgebrannter Dochte.

»Gute Arbeit.« Der Lieutenant verkniff sich jede Ironie. Jack Coffey verhielt sich Geistern gegenüber stets mit Höflichkeit. »Ich brauche noch ein paar Minuten mit meinen Leuten. Detective Janos wird sich um Sie kümmern.«

Als die Tür sich hinter Geldorf und seinem Betreuer geschlossen hatte, schüttelte Coffey den Kopf. »Zwischen den Fällen gibt es meiner Meinung nach keine Verbindung.« Er hob das Foto hoch, das Riker ihm gegeben hatte. »Der Täter muss jetzt in den Vierzigern sein, und nur junge Männer hängen blonde Frauen auf. Ihr habt keinen Serienkiller. Und Sparrow lebt noch. Ihr habt nicht mal eine Leiche.«

Riker sah Mallory an. Sie war im Haus des weltbesten Pokerspielers aufgewachsen und seine letzte Hoffnung, Sparrows Fall behalten zu können.

»Und ich sage, dass er sich in diesem Moment sein nächstes Opfer sucht.« Mallory nahm Riker die Ledermappe ab und hielt sie hoch wie eine Trumpfkarte. »Ich sehe eindeutig eine Verbindung zwischen den beiden Fällen.«

»So?« Coffey zog eine Plastiktüte aus dem Karton zu seinen Füßen. Durchdringender Schimmelgeruch schlug Riker entgegen, als der Lieutenant sie öffnete. Coffey entnahm der Tüte ein Stück Strick mit einem klassischen Henkersknoten, bei dem unter der Schlinge das Seil mehrmals ordentlich um den Strick gelegt war.

Sparrows Fall war verloren.

»Ich bin gespannt, wie du dich da rausreden willst.« Coffey zog aus seinem Papierwust ein Foto des alten Falles heraus. »Die Schlingen sind nicht einmal annähernd gleich. Bei Sparrow hat er einen einfachen Knoten gemacht. Im Fall Natalie

Homer war durch den Henkersknoten der Tod garantiert. Warum hat der Täter bei dieser Nutte nicht so gearbeitet, wenn er sich doch auskannte?«

Mallory betrachtete schweigend die Schlinge, die Coffey zurückgehalten hatte, bis ihre Karten restlos auf dem Tisch lagen. Es sah nach einem klaren Sieg für den Boss aus, aber Riker hatte das dumpfe Gefühl, dass dessen Siegerlächeln verfrüht war.

»Weißt du, warum dieser Fall deinem alten Herrn zu schaffen machte?«, fragte Jack Coffey. »Markowitz hat nicht gewusst, dass das Erhängen nur vorgetäuscht war. Er kam nicht an den Obduktionsbericht ran. Er hat nicht gewusst, dass die Frau vorher erwürgt worden ist.«

»Er hat es gewusst.«

»Beweis es.«

Mallory zog ein abgegriffenes Notizbuch aus der hinteren Tasche ihrer Jeans und reichte es Coffey. »Sie irren sich, was das betrifft.«

Auch ohne Lesebrille, die Riker ohnehin nie aufsetzte, erkannte er, dass die unleserlichen Kürzel und die wenigen ausgeschriebenen Wörter von Lou Markowitz stammten.

Coffey sah Mallory an. »Den Großteil kann ich nicht mal lesen –«

»Aber ich. Natalies Handgelenke waren mit dem Isolierband so stramm gefesselt, dass es in die Haut einschnitt, die Blutzirkulation aber nicht abgeschnitten war. Im Obduktionsbericht – wieder so eine Panne – steht das nicht. Markowitz konnte eine Leiche wesentlich besser deuten als dieser alte Säufer Norris. Er wusste, dass der Täter ihre Hände gefesselt hat, als sie schon tot war. Er *wusste,* dass sie tot war, ehe man sie aufgehängt hat, und trotzdem hat ihn der Strick irritiert.«

Coffey klappte das Notizbuch zu. »Das bestätigt nur meine Meinung. Es war ein ganz banaler Mord, getarnt als Henkersfantasie eines Psychopathen.«

»Nein. Der Täter hatte von Anfang an geplant, Natalie Homer zu erhängen, aber irgendetwas ist schief gegangen.«

»Reine Spekulation, Mallory.«

»Wenn der Täter sein Opfer nicht erhängen wollte, warum hat er dann einen Strick mitgebracht?« Sie riss dem Lieutenant das Notizbuch aus der Hand und verließ das Büro. Ein Außenstehender hätte ihren Abgang als Kapitulation gedeutet. Auch Coffey tat das. In Wirklichkeit hatte Mallory nur ein perfektes Gefühl für das richtige Timing.

»Klingt einleuchtend«, sagte Riker.

»Unsinn. Natalie Homers Leiche war von Freitag bis Sonntagnacht in der Wohnung, der Täter hätte reichlich Zeit gehabt, mit seinem Strick zurückzukommen. Sie will mit aller Gewalt einen Zusammenhang zwischen den beiden Fällen herstellen.«

»Was sie gesagt hat, stimmt doch aber«, wandte Riker ein. »Und man muss sich fragen, was sie sonst noch in Lous Notizen gefunden hat.« Insgeheim gratulierte er Mallory dazu, dass sie rechtzeitig mit dem Notizbuch abgerauscht war. »Gib uns eine Woche. Wie sieht es denn aus, wenn die nächste Leiche auftaucht, nachdem du Sparrows Fall wieder an Loman abgeschoben hast?«

»Das ist doch Quatsch, Riker. Es gibt keinen Zusammenhang, und das weißt du ganz genau. Ihr habt lediglich zwei Frauen mit schlecht geschnittenem Haar an langen Stricken.« Coffey bedeckte sein Gesicht mit einer Hand. Er mochte es nicht, wenn seine Leute sahen, wie frustriert er war. »Hier sind die Bedingungen: Ihr haltet mir Geldorf und seine Akte vom Hals. Und er kriegt das Beweismaterial im Fall Sparrow nicht zu sehen.«

»Alles klar.« Riker drückte die Zigarette an seiner Schuhsohle aus und stand auf. Er fühlte sich unbehaglich. Dieser Sieg war zu leicht errungen.

Der Lieutenant sammelte die verstreuten Unterlagen aus

dem roten Aktendeckel wieder ein. »Und sieh zu, dass die Reporter nicht an Geldorf rankommen. Ich will mir nicht von der Presse vorwerfen lassen, wir hätten offensichtliche Querverbindungen zwischen zwei Fällen übersehen.« Er warf Riker den Aktendeckel über den Schreibtisch zu und ließ den Strick in den Karton zu seinen Füßen fallen. »Und schaff diesen Plunder aus meinem Büro.«

Riker nahm den Karton. »Ich weiß schon, wo ich das alles unterbringen kann. Und den Alten auch.« Wohlweislich behielt er den Namen Butler & Co. für sich. Coffey brauchte nicht zu wissen, dass Mallory sich nicht aus der Firma zurückgezogen hatte.

»Und wenn ihr nicht innerhalb von achtundvierzig Stunden handfeste Beweise liefern könnt, geht die Nutte zurück an Loman«, schloss der Lieutenant und gab vor, sich wieder in seine Akten zu vertiefen. »Ich habe im Krankenhaus angerufen. Sieht nicht gut aus. Sparrow und du – ihr kennt euch von früher, nicht?«

Riker nickte. Alles klar. Mallory hatte sich absichtlich vor dem Endspiel – vor Rikers Demütigung – verdrückt. Jack Coffey ließ keinen Zweifel daran, dass er seine Entscheidung nur aus Mitleid mit einem alternden Detective und einer sterbenden Hure getroffen hatte.

Lars Geldorf schloss die Tür auf, und Mallory folgte ihm in ein Apartment, in dem es nach vollen Aschbechern und dem Essen von vorgestern roch. Die abgewetzten Möbel und ein kleiner Fernseher ließen darauf schließen, dass Geldorf ein rechtschaffener Cop war, der sich mit seiner nicht gerade üppigen Pension allein durchs Leben schlug. Die Fenster gingen auf den Bezirk Hell's Kitchen in der Eighth Avenue hinaus, und ein großer Spiegel über dem Kaminsims reflektierte das Licht, das durch die Scheiben fiel. Nichts deutete darauf hin, dass hier jemals eine Frau gelebt hatte. Überall lag dicker

Staub, an den Fensterscheiben hing der gelbe Nikotinschleier unzähliger Zigaretten – und an sämtlichen Wänden hing Geldorf.

Gerahmte Zeitungsausschnitte hingen neben Fotos von ihm zusammen mit Politikern und Cops, die lange vor Mallorys Geburt das Zeitliche gesegnet hatten. Besonders aufwändig gerahmt war eine Ehrenurkunde, die zwar nicht gerade auf eine atemberaubende Karriere verwies, aber offenbar sein ganzer Stolz war.

Geldorf wiegte sich lächelnd auf den Fersen und ließ seiner Besucherin Zeit, in aller Ruhe seine Sammlung zu bewundern. Dann führte er sie ins nächste Zimmer, das von einem zweiten großen Spiegel dominiert wurde. Dass der Spiegel einen langen Riss im Putz nahezu gänzlich abdeckte, war praktisch, aber nicht sein eigentlicher Zweck. Geldorf posierte wie ein Pfau in dem seidenen Anzug, der seit Jahrzehnten aus der Mode war. Der goldene Ring am kleinen Finger funkelte, als er selbstgefällig seinen Schlips zurechtrückte. Er deutete auf eine weitere Gruppe von Fotos. »Das in der Mitte ist aus der Nacht, als wir Natalie abgeschnitten haben. Ich habe es selbst aufgenommen.«

Mallory betrachtete das gerahmte Tatortfoto. Die ermordete Frau hatte keine Haare mehr im Mund. Sie lag in einem offenen Leichensack auf dem Boden, vor dem sich zwei grinsende Detectives aufgebaut hatten wie Großwildjäger vor ihrer Beute. Die eigentliche Trophäe jedoch war der dritte Mann auf dem Foto, ein berühmter Cop, der sich nur als Besucher am Tatort aufhielt und die beiden Detectives um Haupteslänge überragte. Es sah aus, als müssten die beiden grinsenden Typen Markowitz davon abhalten, das Weite zu suchen, denn es war ihm deutlich anzusehen, wie ungern er sich für dieses makabre Erinnerungsfoto zur Verfügung gestellt hatte. Sein Gesicht war ein wenig unscharf. Offenbar hatte er gerade unwillig den Kopf geschüttelt.

Unter dem Foto stand, flankiert von Aktenschränken, ein Schreibtisch, auf dem sich zahllose Papiere türmten. An Bürogeräten war nur ein Faxgerät aus der Frühzeit dieser Technik zu sehen. Auf billigen Lagerregalen standen Pappkartons, und zwei große Pinnwände waren mit Zetteln gespickt. Dass in dem Büro kein Computer zu sehen war, erstaunte Mallory nicht weiter. Lars Geldorf lebte noch in der Ära der Schreibmaschine.

»Wir könnten genauso gut hier arbeiten.« Geldorf wuchtete einen großen Karton aus einem Regal. »Alles, was wir brauchen, habe ich da.«

»Coffey legt Wert auf strikte Sicherheitsmaßnahmen«, log sie. »Deshalb ist ein Standort in der Innenstadt günstiger.«

»Strikte Sicherheitsmaßnahmen.« Geldorf nickte. »Sehr vernünftig.«

Der Karton mit dem Namen Natalie Homer war bereits halb voll, als er nun anfing, weitere Unterlagen hineinzupacken. So viel Material gab es nicht einmal im Archiv für unerledigte Fälle. Dort genügte für die Berichte und Aussagen meist ein einziger Ordner. »Sie arbeiten schon eine Weile an diesem Fall?«

»Kann man sagen. Fälle, die ich während meiner aktiven Zeit nicht habe abschließen können, lassen mich nicht los. Im Ruhestand habe ich einfach weiter gesammelt. Alles, was mir so in die Hände fiel. Wenn ich so weit war, dass ich weitere Vernehmungen durchführen konnte, habe ich im Archiv für unerledigte Fälle nachgefragt und die Sache amtlich gemacht.«

»Sie kümmern sich also nur um Ihre eigenen Fälle?«

»Genau. Sie hätten das Zimmer vor zwölf Jahren mal sehen sollen. Damals standen hier so viele Kartons, dass man sich kaum umdrehen konnte. Zum Nachdenken musste ich auf den Flur gehen.« Er wartete darauf, dass sie den kleinen Spaß belächelte, doch vergebens. Langsam drehte er sich zu den leeren Regalen um. »Und so habe ich einen Fall nach dem anderen abgeschlossen, den nächsten Karton abgehakt, das nächste Gespenst vertrieben. Viele sind nicht mehr übrig.« Er beugte sich über den Karton mit dem Material zu Natalie Homer. »Im Dienst hatte ich für einen Mord nur ein paar Tage zur Verfügung, jetzt sind es eher Jahre.« Er lächelte verlegen. »Das hätte ich Ihnen vielleicht gar nicht erzählen dürfen. Jetzt wissen Sie, was für ein miserabler Cop ich war. Aber ich mache es wieder gut. Ich löse sie alle.« Er packte noch einen Stapel Unterlagen ein und klappte den Karton zu. »Fertig. Jetzt bin ich ganz für Sie da. Rund um die Uhr.«

»Und ich weiß das zu schätzen.« Mallory war fest entschlossen, sich diesen abgehalfterten Cop vom Leib zu halten, und hatte bereits entsprechende Vorkehrungen getroffen. Als Babysitter hatte sie Charles Butler und den Anfänger aus Lieutenant Lomans Team, das Entenkind, auserkoren.

Sie setzte ihre Sonnenbrille auf, ehe sie einen hastigen Blick in den Spiegel warf, in dem Geldorf zu sehen war. Der Vergleich mit einem Pfau hinkte, wie sie nun erkannte. Die arrogante Pose – eine Rolle, die ihn sichtlich anstrengte – fiel von ihm ab, sobald er sich unbeobachtet glaubte. Der alte Mann im Spiegel war zusammengesunken und blickte beklommen. Wahrscheinlich sah er in jedem jungen Cop seine Würde bedroht.

Umso besser, denn das würde es nur umso leichter machen, ihn unter Kontrolle zu halten.

Geldorf verschloss den Karton mit Klebeband. »Sie werden jetzt vermutlich mit allen sprechen wollen, die damals am Tatort waren. Und Sie fragen sich, wie Ihr Täter erfahren hat, dass Natalie einen Haarknebel im Mund hatte.«

Mallory wandte sich um. Ziemlich gewieft, der Alte. »Sie wussten also, dass es kein Serienmord war.«

»Es konnte keiner sein.« Das verschlagene Lächeln erklärte alles: Ihm ging es lediglich darum, wieder mitspielen zu dürfen, der Kälte des Alters zu entfliehen. »Mein Hauptverdächtiger ist vor neunzehn Jahren gestorben.«

Sie empfand beinahe so etwas wie Sympathie für ihn. Ein wortloses Nicken, ein viel sagender Blick – und damit waren die beiderseitigen Lügen zur Kenntnis genommen. Jetzt waren sie Verbündete, die einander nicht verraten würden.

»Bestenfalls haben Sie es mit einem Nachahmungstäter zu tun.« Er nahm den schweren Karton. Allein die Achtung vor dem Alter verbot ihr, Geldorf ihre Hilfe anzubieten. »Wenn ich herausfinde, woher Ihr Täter seine Informationen hat«, hörte sie seine Stimme hinter sich, »kann ich vielleicht den Fall Natalie abschließen. Ich denke, wir können uns gegenseitig unter die Arme greifen.«

Träum weiter, Alter.

Sie hatte nicht die Absicht, sich mit dem Mord an Natalie Homer zu beschäftigen. Die Spur war zwanzig Jahre alt und kalt. Sie öffnete Geldorf die Tür, nahm ihm die Schlüssel ab und schloss ab.

»Wichtig für die Verbindung sind die Details.« Es kostete ihn einige Mühe, den sperrigen Karton zum Aufzug zu schleppen. »Ich hatte meinen Tatort voll im Griff. An die Medien ist nichts durchgesickert. Und wissen Sie, wie ich das geschafft habe? Ich habe zu einem uniformierten Kollegen gesagt, er soll sich von den Reportern bestechen lassen. Der Junge hat von jedem dieser Arschlöcher zwanzig Dollar kassiert und ihnen erzählt, er hätte die Frau an einem Strick baumeln sehen.«

»Und daraufhin dachten alle, es wäre Selbstmord«, ergänzte Mallory anerkennend, »und Natalie Homer landete irgendwo auf Seite 10.« Es war immer ratsam, sich beim Lügen so weit wie möglich an die Wahrheit zu halten.

»Die Meldung war nur in einer einzigen Zeitung. Ein paar kümmerliche Absätze.« Er setzte den Karton ab und holte den Aufzug. »Jetzt werden Sie mögliche undichte Stellen ausschließen wollen. Gut, dass ich meine Notizen zu dem Fall aufbewahrt habe.«

»Die Gespräche können Sie führen«, sagte Mallory. »Ich gebe Ihnen einen von meinen Leuten mit.« Womit sie nicht nur Geldorf, sondern auch Entenkind los wäre.

»Und was ist mit diesem langen Kerl … wie hieß er noch gleich …. Butler?« Geldorf holte die Karte heraus, die ihm vor einer Stunde im Büro von Butler & Co. in die Hand gedrückt worden war.

»*Doktor* Butler«, verbesserte Mallory, obgleich Charles diesen Titel nie benutzte. »Er ist beratender Psychologe bei der New Yorker Polizei.« Zum Glück deutete nichts auf der Visitenkarte darauf hin, dass diese Aussage völlig aus der Luft gegriffen war. »Er wird eng mit Ihnen zusammenarbeiten.«

Charles Butler trug einen Anzug mit Schlips, da dies ein gewöhnlicher Arbeitstag war. Dank Rikers Eingreifen hatte die langweilige Sommerpause ein glückliches Ende gefunden. Er ging durch den Empfangsbereich mit den Queen-Anne-Möbeln und den Aquarellen von Watteau und bog in den kurzen Gang ein, der Jahrhunderte alte kostbare Antiquitäten von Mallorys Welt voller Elektronik, Plastik, Metall und Draht trennte. Ihr Büro im hinteren Teil der Räumlichkeiten von Butler & Co. war sehr hübsch, doch die hohen Bogenfenster waren hinter kalten Stahlrollos versteckt, und der schlichte graue Teppichboden war ein Versuch, das schöne Parkett als Beton zu tarnen.

Die drei Computer standen in Reih und Glied nebeneinander, und sämtliche Monitore richteten leuchtend blaue Zyklopenaugen auf den Eindringling. Unwillkürlich musste Charles an seinen alten Traum denken, mit einem Tritt das Glas zu zerschmettern und die Biester mit Blindheit zu schlagen.

An drei Wänden standen graue Metallregale, auf denen – akkurat zweieinhalb Zentimeter vom Rand entfernt – Handbücher gestapelt waren und Software- und Hardwarezubehör lagerten. Charles hatte ihr Bilder angeboten, die sie jedoch dankend abgelehnt hatte. Stattdessen hatte sie an der vierten Wand eine Pinnwand einbauen lassen, die von der Fußbodenleiste bis zur Stuckdecke reichte.

Sergeant Riker war noch dabei, Fotos und Unterlagen an der Korkunterlage zu befestigen. Der Detective hatte Charles ein Geschenk mitgebracht. In Wahrheit sogar zwei: Einen zwanzig Jahre alten Mord und einen fünfundsiebzigjährigen Mann.

»Wann erwartest du die beiden zurück?«

»Sie müssten in einer halben Stunde wieder hier sein.« Riker kramte in einer Ledermappe herum und zog weitere Unterlagen heraus. Handschriftliche Notizen und getippte Protokolle waren ohne erkennbare Ordnung an der Wand angebracht.

»All das, um Mr. Geldorf versöhnlich zu stimmen?«

»Genau. Damit dürftest du eine Weile beschäftigt sein.«

»Bestimmt. Vielen Dank auch.« Charles überlegte, wie er es anstellen sollte, ein anderes Thema anzuschneiden, ohne dass Riker ihn für undankbar hielt. Er versuchte es mit Diplomatie. »Hat Mallory eigentlich den einen oder anderen Westernroman behalten, nachdem Louis tot war?«

»Nein.« Riker bückte sich nach der Ledermappe, die ihm aus der Hand gefallen war.

»Schade.« Charles studierte den Grundriss der Wohnung des Mordopfers. »Ich hätte gern die Bücher gelesen, um dahinter zu kommen, was Louis an ihnen gefunden hat. Natürlich könnte ich versuchen, sie irgendwo aufzutreiben, aber –«

»Da wirst du kein Glück haben.« Riker drehte Charles den Rücken zu und befestigte ein Farbfoto an der Wand, auf der eine ausgeweidete Frauenleiche auf einem Seziertisch zu sehen war. »Sie sind vergriffen. Und die Bibliotheken hatten sie gar nicht erst angekauft.«

»So hat es auch John Warwick ausgedrückt. Fast wörtlich.«

Riker legte eine Hand flach auf die Korkfläche und stützte sich an der Wand ab. Er senkte den Kopf und wappnete sich gegen die Vorwürfe, die als Nächstes kommen mussten; Vorwürfe wegen der Täuschungen, der Lügen vieler Jahre, die er und Louis Markowitz in die Welt gesetzt hatten.

Doch es kam anders.

Charles setzte sich auf die Kante von Mallorys Stahlschreibtisch und wartete geduldig, bis Riker sich zu ihm umdrehte. Dann lächelte er. Der törichte Gesichtsausdruck wirkte auf den Detective ebenso beruhigend wie auf John Warwick. »Erzähl doch mal, wie es im nächsten Buch weiterging.«

»Gern. Eine Sekunde.« Riker setzte sich auf einen Klappstuhl aus Metall und stieß die Luft aus, die er geraume Zeit angehalten hatte. Seine Erleichterung war ihm deutlich anzusehen. Vielleicht dachte er, dass John Warwick nur ein Gespräch mit einem enttäuschten Kunden geführt hatte und weiter nichts zwischen den beiden vorgefallen war. »Ist schon eine Weile her. Du weißt noch, was im ersten Buch vorkam?«

Charles nickte. »Ein fünfzehnjähriger Junge hat einen Mann auf der Straße niedergeschossen.«

»Einen unbewaffneten Mann. Im nächsten Buch stellt sich aber heraus, dass der Cowboy doch bewaffnet und dass es ein fairer Kampf Mann gegen Mann gewesen war.« Riker vergewisserte sich mit einem raschen Blick zur Tür, dass sie allein waren, ehe er fortfuhr. »Der Junge schnappt sich den Revolver des Cowboys, weil er viel besser ist als seine alte rostige Kanone, aber davon weiß der Sheriff nichts, weil der Junge sie sich in den Gürtel gesteckt hatte, ehe er aufgetaucht war.«

Und da der Sheriff von diesem entlastenden Umstand nichts wusste, musste Wichita Kid flüchten und reifte dadurch vorzeitig zum Mann, erfuhr Charles.

»Inzwischen ist ein Jahr vergangen«, erzählte Riker, »und für den Jungen ist es viel zu spät, sich rein zu waschen. Er gerät erneut in eine Schießerei und bringt noch einen Mann um.«

Wieder sah Riker zur Tür. Mallory war in der Lage, sich so geräuschlos zu bewegen, dass er sie nie würde kommen hören. »Wichita Kid ist ein richtiger Revolverheld geworden, ein Geächteter. Am Ende des ersten Buches jagt der Sheriff ihn wie gesagt in einen hundert Meter tiefen Canyon. Er stürzt mit dem Pferd in die Tiefe.«

»Aber er überlebt.«

»Ganz genau. Und das Pferd ebenfalls. Das nächste Buch fängt so an, dass der Junge im Fluss landet und zusammen mit seinem halb toten Pferd bewusstlos ein Stück flussabwärts am Ufer angeschwemmt wird. Eine Indianerin findet ihn und schleppt ihn in ihr Dorf. Sie ist so alt wie er, gerade sechzehn. Auf der letzten Seite macht der Sheriff wieder Jagd auf Wichita Kid, und die kleine Indianerin ermöglicht dem Jungen die Flucht, indem sie sich vor das Pferd des Sheriffs wirft.« Riker spreizte viel sagend die Hände, ehe er Charles die Ledermappe zuwarf. »Du und Geldorf, ihr könnt die Korkwand zusammen fertig machen, okay? Spielt schön Detektiv. Und strengt euch gefälligst an.«

Charles lächelte höflich. Riker hatte die Geschichte zwar spannend erzählt, trotzdem würde kein Mensch so etwas ein zweites Mal in die Hand nehmen. Und Kathy Mallory hatte sie als Kind immer wieder gelesen. Warum?

Auch die Erklärung des Buchhändlers, die Kleine habe Trost in einer erfundenen Welt gesucht, überzeugte ihn nicht. Charles Butlers Blick wanderte über die technischen Zeitschriften und Nachschlagewerke auf den Regalen. Mallory las keine Romane. Louis Markowitz hatte ihm einmal erzählt, welche Mühe er sich gegeben hatte, die Lust an Märchen und Fantasiewelten in seiner Pflegetochter zu wecken. Er hatte den Kampf verloren. Zu Louis' Kummer war das Kind eine verstockte Realistin geblieben.

Zwar hatte sie schon früh Interesse an Cowboyfilmen gezeigt, aber Charles vermutete schon lange, dass Kathy sich samstagvormittags die Schießereien und Kavallerieattacken hauptsächlich deshalb angesehen hatte, weil sie die Nähe zu Louis gesucht hatte. Nach allem, was Charles von den Kämpfen zwischen Pflegevater und -tochter wusste, hätte die kleine Kathy um keinen Preis der Welt zugegeben, dass sie Louis brauchte. So lange Markowitz und Kathy sich auch gekannt und geliebt hatten – sie hatte ihn stets auf Distanz gehalten und ihn nie anders als mit *Hey, Cop* oder *Markowitz* angeredet.

Ob sie es heute wohl bereute? Nicht ganz ausgeschlossen, dachte Charles.

Lieutenant Coffey und Detective Janos sahen auf, als Entenkind im Türrahmen erschien und respektvoll schweigend darauf wartete, dass jemand Notiz von ihm nahm.

Coffey winkte ihn heran. »Was gibt's, Junge?«

»Ich bin mit allen Berichten fertig, Sir.« Er hielt einen dicken Stapel Papier in der Hand.

»Wenn es der Bericht über das Lagerhaus ist –«

»Nein, Sir. Dieses Material hier hat Sergeant Riker angefordert, aber ich finde ihn nicht. Möchten Sie es haben? Möchte irgendwer es haben?«

Der Lieutenant nahm ihm den Bericht ab, registrierte flüchtig Entenkinds wahren Namen auf der ersten Seite und legte die Blätter in den Ausgangskorb. »Sie haben heute gute Arbeit geleistet, Deluthe. Aber von jetzt an gehen die Berichte an Riker und Mallory.« Er wandte sich an Janos. »Haben sie dir eine Kontaktadresse gegeben?« Janos übersetzte die Frage vollkommen richtig als *Ich will lieber nicht wissen, wo sie sind.*

Janos schrieb etwas in sein Notizbuch. »Dort sind die beiden«, sagte er zu Deluthe.

Der junge Mann nickte und richtete den Blick traurig auf

den verschmähten Bericht im Ausgangskorb. »Also ist es Ihnen lieber, wenn die beiden ihn gar nicht lesen?«

Jack Coffey lehnte sich zurück und lächelte. Dumm war der Junge nicht. Und er hatte es verdient, dass man ihn zumindest fair behandelte. »Okay, setzen Sie sich.«

Ronald Deluthe nahm neben Janos Platz.

»Sie können mir mündlich Bericht erstatten«, sagte Coffey. »Aber nur das Wichtigste.«

»Ja, Sir. Ich habe mit dem Fernsehteam gesprochen. Die hatten einen Tipp bekommen, deshalb waren sie vor der Feuerwehr am Tatort. Sie sind einfach die Straße auf und ab gefahren –«

Himmel, eine Quasselstrippe! »Was für einen Tipp?«

»Eine Stunde, ehe die Prostituierte erhängt wurde, hat sich ein Typ beim Sender gemeldet. Auf ihrer Hotline, *Cashtip* nennt sich die. Es war nicht der erste Anruf dieser Art, den sie aufgenommen hatten. Sie –«

Janos beugte sich vor. »Der Sender hat die Anrufe *aufgenommen?* Mallory hat von dem Nachrichtenredakteur nur ein Video bekommen. Diese Dreckskerle haben uns etwas unterschlagen.« Er klopfte dem jungen Mann auf die Schulter. »Gut gemacht!«

»Danke, Sir. Sie hatten schon mal einen Tipp gekriegt, dass angeblich ein paar Blocks von dem jetzigen Tatort entfernt ein Mord geschehen war, aber das war letzte Woche, und es hat sich herausgestellt, dass es blinder Alarm war.«

»Gut, dann lassen wir das mal beiseite«, meinte Coffey.

»Ja, Sir. Und dann hat dieser Typ eben noch einmal angerufen, wegen Sparrow. Diesmal hat er keinen Namen genannt und keine Adresse, sondern nur gesagt, sie sollen dem Rauch nachgehen. Eigentlich wollten sie zuerst kein Team hinschicken, weil der Typ sie ja schon mal verkohlt hatte, aber weil an dem Tag sonst nicht viel los war, haben sie am Ende –« Deluthe bemerkte, dass das Interesse seiner Zuhörer erlahmt war. »Ja, das war's wohl mehr oder weniger«, schloss er etwas kläglich.

Janos legte Deluthe seine schwere Hand auf den Arm. »Nochmal zurück zu dem ersten Anruf, zu dem angeblichen Mord, der sich als Fehlanzeige entpuppt hat …«

»Das war vor fünf oder sechs Tagen. Damals hat der Anrufer Namen und Adresse angegeben, aber als das Fernsehteam zu dem Haus von Ms. Harper kam, meinten die Nachbarn, sie sei auf den Bermudas. Die Reporter sind zum zuständigen Polizeirevier gefahren, wo ihnen der Diensthabende dasselbe gesagt hat. Dass Ms. Harper auf den Bermudas –«

»Moment.« Coffey fischte den Bericht aus dem Ausgangskorb. »Woher wusste der Cop, wo die Frau steckt? Hatte sie irgendwann mal eine Anzeige erstattet?«

»Das weiß ich nicht, Sir. Ich habe nur mit den Fernsehleuten gesprochen.«

Detective Janos schüttelte den Kopf. »Und das haben Sie Mallory oder Riker nicht erzählt?«

»Es steht in meinem Bericht, aber –«

»Schon gut.« Janos stellte sich hinter den Lieutenant und überflog ebenfalls die Seiten. »Da ist die Adresse. Ich lasse mir einen Durchsuchungsbefehl für die Wohnung dieser Harper geben. Vielleicht hatte Mallory doch Recht, und wir haben es mit dem Beginn einer Mordserie zu tun.«

Jack Coffey tat, als hätte er den letzten Satz nicht gehört, und nickte Deluthe zu. »Gute Arbeit. Sie haben also die Stimme des Anrufers auf Band?«

»Nein, Sir. Ich habe den Nachrichtenredakteur um eine Kopie gebeten, aber er hat gesagt, sie hätten den Leuten, die über die Hotline anrufen, strikte Anonymität –«

»Janos!«

»Ja, Boss?«

»Schaff das Band her!«

Charles betrachtete die alten Fotos. Das einzig Vielversprechende unter Natalie Homers kärglichen Habseligkeiten waren die mit Rosenknospen bestickten Topflappen. Da Riker und Mallory kaum Interesse an dieser Frau hatten, die seit zwanzig Jahren tot war, hatte er so etwas wie einen Beschützerinstinkt für sie entwickelt – und ein Gefühl der Verbundenheit mit Lars Geldorf, dem einzigen Fürsprecher der Lady.

»Ich fürchte, ich kann nicht ganz folgen.« Der pensionierte Cop schritt in der Haltung eines Generalinspekteurs die Korkwand ab.

»Eine Reverenz an einen alten Freund«, erklärte Butler. »Kannten Sie den ersten Leiter dieses Dezernats?«

»Lou Markowitz? Ich habe ihn einmal gesehen – am Tatort. Er kam vorbei und hat ein paar Worte mit meinem Partner gewechselt. Toller Cop. War eine Ehre, ihm die Hand zu schütteln.« Er wandte sich wieder dem Durcheinander auf der Pinnwand zu. »Verzeihung, was wollten Sie gerade sagen?«

»Louis hatte auch eine solche Korkwand im Büro. Sie war streng logisch aufgebaut, man brauchte nur eine Weile, um das System zu verstehen.« Charles deutete auf mehrere übereinander liegende Blätter unter einer einzelnen Reißzwecke. »Die alten Informationen sind ganz unten. Man kann den Fortgang eines Falles auf einen Blick verfolgen und vergeudet keine Zeit damit, zweifelhaften Spuren nachzugehen und sinnlose Daten zusammenzutragen. Auch die Gegenüberstellung der Beweisstücke hat ihre Bedeutung. Und die Lage. Was am unwichtigsten ist, hängt ganz außen.«

»Nicht schlecht, Dr. Butler.«

»Sagen Sie doch bitte Charles zu mir.« Er hatte zwar nicht nur einen, sondern mehrere Doktortitel, aber seine Ausbildung in klinischer Psychologie war ein Mittel, das er nur bei der Beurteilung von Bewerbern einsetzte. Ein geübterer Psychologe hätte vielleicht Mallorys Reaktion vorausgesehen.

Er hatte keine Schritte gehört und drehte sich nur um, weil

er Rikers leise Stimme von der Tür hörte. »Himmel noch mal.« Geldorf hatte nichts mitbekommen. Der Alte betrachtete die Pinnwand, während Charles Mallory betrachtete. Wie lange stand sie schon da? Sie nahm keine Notiz von ihm, und er kam sich beinahe vor wie ein Dieb, da ihm dies die Gelegenheit gab, sie endlich ausgiebig zu mustern, ohne fürchten zu müssen, dass sein Gesicht, in dem man lesen konnte wie in einem offenen Buch, ihn verriet.

Er arbeitete seit Stunden an der Korkwand. Jetzt trat er zurück, um sie von Mallorys Blickwinkel aus anzusehen. Von der Gruppe der Tatortfotos, die den Mittelpunkt bildeten, ging ein Strudel von Zetteln und Fotos in alle Richtungen, der einen einzigartigen Denkprozess enthüllte. Gedankensplitter verbreiteten sich wie Sternschnuppen über die gesamte Fläche, funkelten, winkten, lockten …

Wortlos verließ Mallory das Zimmer. Riker hob die Hand und signalisierte Charles, ihr nicht zu folgen, ehe auch er den Raum verließ. Die Wohnungstür fiel ins Schloss.

Lars Geldorf deutete auf die quadratischen Tatortfotos. »Das sind die Originale. Auf den Vergrößerungen erkennt man die Einzelheiten vielleicht besser.«

»Ja, ich habe mich schon über das ungewöhnliche Format gewundert.« Die Polaroidaufnahmen waren bedeutend kleiner als die Fotos, die an der Korkwand in Louis' Büro gehangen hatten. Charles deutete auf ein Foto der Leiche, die noch an der Lampenfassung hing. »Was ist das Dunkle da auf der Schürze?«

»Fett. Und die Flecke sind Kakerlaken.« Geldorf nahm einen Umschlag aus dem Karton, der vor ihm stand. »Ich habe Vergrößerungen anfertigen lassen. Ziemlich körnig, aber die Biester sieht man besser darauf.«

»Allerdings.« Sie waren riesig.

»Wenn Sie etwas für Insekten übrig haben, kann ich Ihnen auch Aufnahmen von Fliegen und Maden bieten.« Geldorf öffnete einen weiteren Umschlag, in dem doppelt so viele Insekten auf Fotopapier gebannt waren. »Ein Pathologe hat sie aufgenommen. Er war ganz verrückt nach Insekten. Ein alter Säufer und Spinner.«

Charles sah die Bilder durch. »Und ein Freizeit-Entomologe, wie es scheint.« Aufnahmen von Kakerlaken befanden sich nicht darunter. »Offenbar hatte er eine Vorliebe für Fliegen und Larven.«

Das Faxgerät piepste. Riker durchquerte den Raum und legte dabei ein für ihn erstaunliches Tempo vor. Er wartete, bis das Papier aus der Maschine gerollt kam, riss es ab und verschwand wieder.

»Bin sofort wieder da«, sagte Charles zu Geldorf und folgte Rikers Stimme. Der Sergeant saß am Schreibtisch im Empfangsbereich und sprach in einen Fernsprechapparat, der aus der Zeit um 1900 stammte.

»Der Durchsuchungsbefehl war kein Problem«, sagte Riker gerade. »Aber der Hausmeister hatte keinen Schlüssel für die Wohnung dieser Harper.« Er hob ein Bein, ließ es jedoch im nächsten Moment zögernd wieder in Richtung Fußboden sinken. Mallory hatte ihm beigebracht, die Füße nicht auf ihre Büroeinrichtung zu legen. »Ich verständige Heller and Slope … Ja, der Schlosser hat sie gerade geöffnet. In Ordnung. Mallory ist schon unterwegs.«

Riker legte den verschnörkelten Hörer auf und sah an Charles vorbei den jungen Mann an, der mit einem Sandwich in der Hand aus der Büroküche kam. »Du fährst, Junge. Hol den Wagen und warte vor der Tür. Ich bin gleich unten.«

Das Fax flatterte auf den Schreibtisch. Charles las *Kinder, kommt heim. Alles vergeben. Liebe Grüße, das Dezernat.* »Ist das von Jack Coffey?«

»Zu freundlich für den Boss. Außerdem tut er immer noch so, als würde Mallory nicht mehr hier arbeiten. Ich tippe auf Janos, das ist eher sein Stil.«

»Noch ein Mord durch Erhängen?«

Riker kämpfte sich in sein Jackett. »Gut geraten. Aber behalt es für dich. Mallory hat Recht, wir haben es mit einem Serienmörder zu tun.« Er hatte bereits die Hand auf dem Türknauf. »Eine Frage, Charles. Möchtest du in einer Welt leben, in der alle Lügen von Mallory sich als wahr erweisen?«, fragte er, ohne sich umzudrehen.

6

Nun saßen sie draußen vor der Tür – wie Vertriebene. Das war Hellers Strafe dafür, dass sie gegen ein Gebot der Gerichtsmedizin verstoßen hatten: *Du sollst verdammt noch mal meinen Tatort in Ruhe lassen.*

Von einem geordneten Rückzug konnte keine Rede sein. Im Laufschritt, gegen dicke schwarze Fliegen und die Übelkeit ankämpfend, hatten sie sich durch das hintere Fenster geflüchtet, das die Spurensicherung noch nicht bearbeitet hatte. Mallory hockte neben ihrem Partner auf der Feuerleiter. Hier roch es zwar besser, doch die Luft war schwül und drückend. Die Sonne brannte, kein Lüftchen wehte, und Riker umwaberte schaler Zigarettenrauch.

Die meisten Insekten waren noch hinter dem geschlossenen Fenster eingesperrt, doch durch die Scheibe war ihr lautes aufdringliches Summen zu hören. Die Leiche hatte im Sterben den Darm entleert, was sämtliche Schmeißfliegen der Gegend angelockt hatte und den Verwesungsgeruch noch verstärkte.

Mallory sah durch die Gitterstufen der Feuertreppe auf die Straße hinunter. Die Menge war deutlich größer geworden. Zu sehen gab es nichts, aber ganz New York war ein Theater, und gelbes Absperrband rief automatisch ein dankbares Publikum auf den Plan. In der vergangenen Woche hatte der Täter vermutlich am selben Platz gestanden und hatte, nachdem er die Reporter an den Schauplatz seines Verbrechens gerufen hatte, gewartet, bis sie das Haus betreten hatten, ehe er völlig unbeeindruckt von seiner Tat seines Weges gegangen war. »Wie lange hat wohl der Täter auf die Polizei gewartet? Stunden? Tage?«

»Das muss ihn verrückt gemacht haben.« Riker nahm einen Zug von seiner Zigarette. »Ich lasse die Jungs von der Streife eine Haus-zu-Haus-Befragung machen. Vielleicht haben wir ja Glück.«

Ziemlich unwahrscheinlich, dachte Mallory, dass sie Zeugen finden, die sich an einen Mann erinnern, der verdächtig auf dem Gehsteig herumlungerte. Zwischen dem Mord und der Entdeckung der Toten war zu viel Zeit verstrichen.

Riker schnippte die Zigarette über das Geländer. »Ob wir noch mehr Leichen finden? Womöglich welche, die noch schlimmer zugerichtet sind?«

»Wohl kaum. Janos sagt, dass nur zwei Anrufe bei *Cashtip* eingegangen sind.« Und obwohl der Mörder telefonisch seine Tat gestanden hatte und ein Reporter persönlich beim zuständigen Polizeirevier vorstellig geworden war, hatte Kennedy Harpers Leiche sechs Tage in der Augusthitze vor sich hingemodert. »Er muss gedacht haben, dass die Cops kein Interesse hatten.«

»Was natürlich stimmte«, sagte Riker. »Und jetzt wissen wir auch, warum er Sparrows Rollo verbrannt hat. Eine Frau, die von der Straße aus deutlich sichtbar von der Decke baumelt, kann man kaum ignorieren. Für seine zweite Vorstellung wollte er ein garantiertes Publikum haben.«

Heller erschien hinter dem Fenster und schob es hoch. »Okay, wir haben Durchzug gemacht, und der Gestank hat sich weitgehend verzogen. Jetzt könnt ihr beiden empfindlichen Pflänzchen wieder reinkommen.«

Der entsetzliche Geruch veranlasste die Mieter, unaufgefordert Distanz zum Tatort zu halten. Sie hatten sich am anderen Ende des langen Ganges versammelt, wo Ronald Deluthe einen Mann in einem schmierigen Overall verhörte, an dessen Gürtel ein riesiger Schlüsselbund hing.

»Sie sind der Hausmeister?«

»Sehr scharfsinnig, mein Sohn.«

Kein viel versprechender Anfang für das erste Verhör des Tages, dachte Deluthe, ließ sich jedoch nicht beirren. »Hier liegt seit einer Woche eine verwesende Leiche, und Sie haben nichts gerochen?« Er schnippte sich eine Fliege vom Gesicht. »Hat sich denn niemand beschwert?« Ein kribbelndes Heer arbeitete sich an den Wänden empor, während einige versprengte Exemplare gemächlich die Zimmerdecke überquerten.

»Beschwert?«, keifte eine Frau hinter Deluthe. »Und ob wir uns beschwert haben! Aber glauben Sie, der faule Sack da hat sich mal fünf Minuten Zeit genommen, um nachzusehen?«

Die Wohnungstür ging auf, und Mallory kam gerade noch rechtzeitig, um den Hausmeister zu sehen, der wütend seinen ausgestreckten Mittelfinger hob.

»Die Harper hatte sich neue Schlösser einbauen lassen«, blaffte er. »Ich hatte keine Schlüssel. Sollte ich die Scheißtür eintreten?«

»Sehen Sie zu, dass Sie den Schlosser erreichen«, rief Mallory ihrem jungen Kollegen zu. »Stellen Sie fest, wann er hier war.«

»Das können Sie auch von mir erfahren.« Die Schlüssel klirrten, als sich der Hausmeister mit lüsternem Grinsen der hübschen Kriminalbeamtin zuwandte. »Vor zwei Wochen. Ich war dabei.« Sein Blick entkleidete Mallory Schicht für Schicht – Blazer, T-Shirt, BH.

Sie konzentrierte sich voll auf ihn. »War Kennedy Harper an diesem Tag zu Hause?«

»Ja.« Er ließ seinen Blick in aller Ruhe über ihren Körper wandern. »Was dagegen?«

Mallorys lange Beine steckten in Jeans, doch der Hausmeister sah sie nackt vor sich. Plötzlich zuckte er erschrocken zusammen. Sie kam mit langen Schritten näher, wobei sie eine Kamera wie eine Waffe schwang.

Ronald Deluthe überlegte, ob sie nur wütend war oder ob er – wieder einmal – etwas übersehen hatte.

Mallory stand inzwischen beinahe auf Tuchfühlung mit dem Mann im Overall. »Für die anderen Wohnungen hatten Sie aber die Schlüssel.« Der Vorwurf war nicht zu überhören.

»Klar. Fürs ganze Haus.«

Das Gewicht der Schlüssel, von denen alle mit einem Nummernschild versehen waren, zog seinen Gürtel nach unten. Deluthe wartete darauf, eine rüde Bemerkung aus dem Mund des Zeugen zu hören. Doch er schwieg respektvoll, denn Mallory hatte mittlerweile eine Hand in die Hüfte gestemmt, sodass die imposante Handfeuerwaffe im Schulterholster zu sehen war. Noch bedrohlicher aber war ihr Blick. Blinzelte sie eigentlich nie? Sie rückte dem Hausmeister, der sich flach an die Wand drückte, noch weiter auf den Leib.

»Warum haben Sie die neuen Schlüssel nicht? Sie waren dabei, als das Schloss eingebaut wurde. Kennedy Harper war zu Hause.«

»Ich hab sie ja verlangt, aber sie wollte die Schlüssel nicht rausrücken.«

Mallory betrachtete das klappernde Bündel, das vor dem Schritt des Hausmeisters wippte. Er zuckte zusammen, als sie die Hand danach ausstreckte.

»Die alten Schlüssel haben Sie aber noch.« Mallory hatte das Schild für die Wohnung 4B erblickt. »Ehe sie das Schloss austauschen ließ, hatten Sie Zugang zu der Wohnung.«

»Das hat sie nie gestört.« Nun mimte er den musterhaften, stets hilfsbereiten Mitbürger. Seine Stimme überschlug sich fast. »In fünf Jahren keine einzige Beschwerde, und eines Tages, aus heiterem Himmel, bin ich ein verdächtiger Typ, dem sie ihre verdammten Schlüssel nicht anvertrauen will. Das muss man sich mal vorstellen.« Er wandte sich an Deluthe. »Das brauchst du nicht aufzuschreiben.« Deluthe steckte das Notizbuch ein und holte die Karte heraus, um dem Verdächtigen seine Rechte vorzulesen. »Sie haben das Recht zu schweigen –«

»Was soll denn das?« Mallory nahm ihm die Karte ab und drückte ihm die Kamera in die Hand. »Mit diesem Mann hier sind wir fertig. Gehen Sie raus und fotografieren Sie.«

Deluthe nickte. Langsam gewöhnte er sich daran, gedemütigt und mit Laufarbeit betraut zu werden. Der Mörder hatte dieses Mal keine Möglichkeit gehabt zu erfahren, dass die Leiche entdeckt worden war, und wäre deshalb nicht unter den Schaulustigen. Mallory hatte ihn wieder einmal in die Wüste schicken wollen.

Riker stand in der Küche, wo der Gestank am stärksten war. Er musterte das Glas mit den toten Fliegen, das auf dem Fußboden stand, und zählte genau zwei Dutzend Untertassen mit den geschmolzenen Resten roter Kerzen. Sie bildeten einen perfekten Kreis, in dessen Mitte das lag, was von Kennedy Harper übrig geblieben war. Sie hatte eine Schlinge um den Hals, und der Doppelknoten war identisch mit dem bei Sparrow. Doch als man sie gefunden hatte, hing sie nicht mehr am Strick. Die Lampenfassung hatte sich gelöst, sodass die Leiche lange vor dem Eintreffen der Polizei zu Boden gefallen war. Eine zerbrochene Glühbirne und Scherben einer weißen Kugelleuchte lagen neben dem Durcheinander von Drähten, den ihr Gewicht aus der Decke gezogen hatte. Die Tote war von Gasen aufgetrieben, und das Gesicht zum Teil unter Putzbrocken begraben. Ein mit weißem Staub verklebtes, tief in die Höhle gesunkenes Auge starrte ihn an.

Riker wandte sich ab. Ob diese Frau so hübsch wie Sparrow gewesen war? Vor der Küchenspüle ging er in die Hocke, griff mit der behandschuhten Hand nach der Brieftasche und öffnete sie. Da war ihr Führerschein mit Foto. Ja, Kennedy Harper war sehr hübsch gewesen, hatte aber keinerlei Ähnlichkeit mit Sparrow – wenn man davon absah, dass auch sie skalpiert worden war. Er legte die Brieftasche wieder dahin, wo er sie zwischen den anderen Sachen gefunden hatte, die aus der Handtasche gefallen waren. Dann machte er einem Kollegen von der Spurensicherung Platz, der das Glas mit den vertrockneten Fliegen mit Puder bestäubte. Der Techniker schüttelte den Kopf, aber Riker war schon vorher klar gewesen, dass sie keine Fingerabdrücke finden würden.

Er sah auf. An der Tür stand Heller neben einem Streifenpolizisten und unterschrieb eine Quittung über einen Stapel Kleidung in transparenten Plastikhüllen. Er riss die Plastikhülle von einem Bügel ab, hielt eine hellgrüne Bluse in die Höhe und winkte Riker zu. »Sieh dir das mal an.« Er drehte die Bluse um. Auf dem Rücken prangte ein großes verblasstes X, an dem ein Zettel der Reinigung hing: »Dieser Fleck ließ sich leider nicht entfernen.«

»Das hab ich schon mal gesehen«, sagte Heller. »Auf einer Bluse, die zusammengeknüllt unter Sparrows Spüle lag und offenbar als Putzlappen diente.«

»Keine spontane Tat also.« Mallory war inzwischen zu ihnen getreten. »Wir haben es mit einem Täter zu tun, der seine Opfer verfolgt.«

»Möglich.« Das X auf der Bluse passte perfekt zu der Theorie, die Mallory zu den eine Woche vor dem Mord ausgetauschten Schlössern entwickelt hatte. »Er entdeckt die Frauen auf der Straße und markiert ihre Blusen, um sie in der Menge leichter verfolgen zu können. So wie man es mit wilden Tieren macht. Im Gegensatz zu Kennedy Harper hatte Sparrow sich nicht über die Verfolgung beschwert. Prostituierte bekamen nicht den gleichen Service wie brave Bürger – und Bürgerinnen.

Warum bist du nicht zu mir gekommen, Sparrow?

Der Lieutenant des Bezirks East Side hatte keinen seiner Leute zum Tatort geschickt, sondern war persönlich gekommen, was Mallory als Eingeständnis der Unterlassungsünden wertete, die in seinem Revier begangen worden waren.

»Ich habe die Unterlagen mitgebracht.« Lieutenant Loman wandte sich an Riker, während er Mallory keinerlei Beachtung schenkte. »Die Beschwerden fingen vor ein paar Wochen an. Ein Perverser war hinter ihr her.«

Riker zog vier Blätter in Plastikhüllen aus dem Umschlag, den Loman ihm gegeben hatte. Loman wirkte angespannt; vielleicht weil er Riker noch aus der Zeit kannte, als dieser den Rang eines Captain bekleidet hatte?

»Die hat Kennedy in ihren Taschen gefunden.« Loman wischte sich mit einem Taschentuch über das Gesicht und den kahlen Schädel. »Ziemlich harmloses Geschwafel.«

Riker nickte unverbindlich, ehe er die Protokolle überflog, die an die Beweismitteltüten geheftet waren.

Der Blick des Lieutenant fiel auf die grüne Bluse über Rikers Arm. »Die hat sie ins Revier gebracht. Das Kreuz hat ihr der Täter angeblich in der U-Bahn verpasst. Und die Zettel hat sie immer in den Taschen gefunden, nachdem sie irgendwo im Gedränge gewesen war. In der U-Bahn oder im Kaufhaus. Deshalb konnte Kennedy den Mann nie richtig sehen.«

Mallory registrierte, dass Loman die Ermordete beim Vornamen nannte. Dass Mitarbeiter der Mordkommission sich Toten gegenüber diese Freiheit erlaubten, war üblich, doch in Lomans Revier hatte man nur die lebendige Kennedy Harper gekannt – eine Zivilistin unter tausenden, die dort Anzeige erstattet hatten. Mallorys Blick war ein einziger stummer Vorwurf.

Ihr habt aus der Frau so etwas wie euer Schoßhündchen gemacht …

Der Lieutenant wich Mallorys Blick aus, während er darauf wartete, dass Riker etwas sagte. »Sie hat den Mann nie gesehen. Das Gesicht, meine ich. Was hätten wir denn machen sollen?«, sagte er schließlich, als Riker schwieg.

»Haben Sie eine zusätzliche Streife für diese Straße abgestellt?«

Loman blieb keine andere Wahl, als Mallory doch zur Kenntnis zu nehmen, denn Riker sah von seinen Papieren hoch und betrachtete sie ebenfalls interessiert.

»Nein«, gestand er. »Wir hatten diesen verdammten Grippevirus und nicht genug Leute.«

Mallory schüttelte nur den Kopf. Ihn einer Lüge zu bezichtigen, wäre einer groben Insubordination gleichgekommen. Kennedy Harper hatte sterben müssen, ehe das Grippevirus sich in diesem Viertel ausgebreitet hatte. Und zuvor hatten Lomans Leute Zeit genug gehabt, die hübsche Kennedy Harper zu besuchen. Sogar ihrem Vorgesetzten war sie aufgefallen.

Riker griff nach einem Zettel, an dem getrocknetes Blut haftete, und hielt ihn dem Lieutenant unter die Nase.

Es dauerte ein paar Augenblicke, ehe Loman antwortete. »Den letzten Zettel hat der Täter auf eine Hutnadel gesteckt und ihr in den Nacken gerammt. Kennedy kam blutend aufs Revier, der Zettel steckte noch drin.«

Es gab nur eine Erklärung dafür, dass Kennedy Harper sich zu einem so drastischen Schritt entschlossen hatte, dachte Mallory. Sie wollte endlich ernst genommen werden.

Riker las den Text auf dem blutbesudelten Zettel: *Ich kann dich jederzeit kriegen.*

»Und da ist sie ausgerastet«, erklärte Loman, »und meinte, sie würde verreisen. Wir hielten das für eine gute Idee. Einer meiner Leute hat ihr einen Kaffee und den Erste-Hilfe-

Kasten geholt. Ich habe ihr einen Flug auf die Bermudas gebucht.«

Wie lieb von dir, wie hilfsbereit.

»Haben Sie sonst noch etwas für Sie getan?«

»Allerdings.« Loman ging in die Offensive. »Sie war im Schock. Zwei von meinen Leuten haben sie ins Krankenhaus gebracht und dann nach Hause. Danach brauchte sie nur noch ein Taxi zum Flughafen zu nehmen.«

Ihr habt sie im Stich gelassen.

Mallory trat näher an den Lieutenant heran. »Sie haben den Fall nicht mehr weiter verfolgt?«

»Nein. Wozu? Soweit wir wussten, war sie auf dem Weg auf die Bermudas.«

Chefpathologe Edward Slope war eingetroffen, um den Fall höchstpersönlich zu übernehmen. Er kniete sich hin und drehte die Leiche um, so dass der Polizeifotograf das zerstörte Gesicht ablichten konnte.

»Der Fall hier liegt anders«, stellte Heller fest, worauf alle zu der Toten hinübersahen. Zwischen den langen blonden Haarsträhnen, die ihr aus dem Mund hingen, krabbelten Fliegen herum. Der Doppelknoten des Stricks hatte sich in ihren Zähnen verhakt, so dass ihr Mund geöffnet und die Lippen zu einem Totenkopfgrinsen verzerrt waren. »Mit ein bisschen Glück wäre sie davongekommen.«

Mallory war die Einzige, die Lieutenant Lomans Reaktion bemerkte. Er war blass geworden und hatte den Mund verzogen. Der Mann, der schon an tausend Tatorten gewesen war, würde sich gleich übergeben müssen. Das machte ihn ganz besonders verletzlich, deshalb trat sie so nahe an ihn heran, dass ihre Schulter die seine berührte. »Als die Reporter bei Ihnen waren, weil sie einen Tipp wegen eines angeblichen Mordes bekommen hatten, haben Sie immer noch nichts unternommen? *Sir?*«

»Meine Leute haben nichts davon gewusst.« Wieder sprach

er ausschließlich zu Riker. »Der Diensthabende hat kein Wort von Reportern verlauten lassen. Für ihn war sie auf den Bermudas. Er hatte Dienstschluss und keine Lust mehr, die Treppe hinaufzugehen und die Sache zu melden. Das kostet ihn den Kopf, darauf können Sie sich verlassen.«

Leider zu spät.

Mallory überflog die Akte. »Wir brauchen mehr Leute für diesen Fall.«

»Ihr habt doch schon zwei. Wollen Sie –«

»Wir brauchen drei. Als Sie Kennedy Harper Hilfe versprochen hatten, haben Sie am Personal gespart«, erwiderte Riker.

»Okay«, willigte Loman ein. »Sind wir hier fertig?«

Mit einem kurzen Nicken entließ Riker gnädig den Mann, der eigentlich ein Vorgesetzter war. Loman machte auf dem Absatz kehrt und stürzte davon. Mallory fragte sich, ob er es bis auf die Straße schaffen würde, ehe er sich übergab.

Dr. Slope überwachte den Abtransport der Leiche, ehe er sich den Grundriss des Apartments ansah. Heller ging neben der Handtasche der Toten in die Hocke und zeichnete auf einer zweiten Skizze die exakte Lage der verstreuten Habseligkeiten ein.

Mallory kniete sich neben ihn. »Sieht nach einem Kampf aus.«

»Nein.« Heller zog mit einem schwarzen Stift einen Kreis um die eingezeichneten Gegenstände. »Es ist ein schönes, übersichtliches Muster. Die Sachen sind einfach herausgefallen, als ihr die Tasche entglitten ist. Meiner Meinung nach stand sie hier. Dann zuckte sie erschrocken zusammen.«

Riker sah zur Wohnungstür. »Ich zähle drei Schlösser und eine Kette. Keinerlei Anzeichen für gewaltsames Eindringen. Die Frau lebte in ständiger Angst. Ich kann mir nicht vorstellen, dass sie einem Fremden die Tür aufgemacht hätte.«

»Aber vielleicht einem Cop?«, schlug Mallory vor.

»Das würde ich nicht ausschließen.« Heller streifte ein frisches Paar Handschuhe über. »Aber ich glaube nicht, dass abgeschlossen war, als der Täter kam. Die Frau hatte eine lange Reise vor, deshalb musste sie, nachdem die Cops sie nach Hause gebracht hatten, noch ein paar Besorgungen machen.« Er griff nach einem Stapel Reiseschecks. »Sie war auf der Bank.« Er zog eine Tablettenschachtel aus einer kleinen Apothekentüte. »Und sie hat sich auf ihr Rezept noch mal diese Tabletten geholt. Aber sie hatte den Abholzettel für die Reinigung vergessen und ist hergekommen, um ihn zu holen.«

Riker griff nach seinen Zigaretten. »Ist das eine Vermutung oder …«

»Es ist eine Tatsache«, gab Heller zurück. »Die Frau von der Reinigung hat gesagt, dass sie auf der Suche nach dem Zettel die ganze Handtasche ausgekippt hat, und dabei stellte sich heraus, dass sie ihn zu Hause liegen gelassen hatte. Ich habe ihn neben der Spüle gefunden. Sie hatte den Flug fest gebucht. Also will sie sich nur rasch den Abholzettel schnappen und wieder loslaufen, deshalb schließt sie diesmal nicht ab.« Heller stand auf. »Sie steht hier und greift nach dem Zettel, zuckt zusammen, als sie den Täter sieht, und lässt die Handtasche fallen. Ich schätze, dass er einfach hinter ihr hereingekommen ist.«

Klick.

Ronald Deluthe fotografierte Schaulustige auf dem Gehsteig. Er hatte die Menge schnell in Gruppen eingeteilt. Die als Freiheitsstatue verkleideten Typen waren Touristen, die sich das Strahlendiadem aus grünem Schaumgummi von einem Straßenhändler mit Bauchladen hatten andrehen lassen. Die Besucher stellten sich breit lächelnd vor einer Kamera in Positur und knipsten ihrerseits den jungen Kriminalbeamten mit dem gelben Haar. Er war zu einer Touristenattraktion geworden.

Die mit den blasierten Gesichtern waren die Einheimischen, die einen Mord schon fast langweilig fanden, und auf viele von ihnen passte Miss Emeldas vage Beschreibung des Henkers. T-Shirt und Jeans waren die Uniform dieses Viertels, und fünf der anwesenden Männer trugen eine Baseballmütze.

Klick klick.

Die freiberuflichen Reporter waren leicht zu erkennen, weil sie sich an jeden Streifenpolizisten hängten. Die angestellten Fernsehheinis kamen in Transportern mit dem jeweiligen Sender-Logo. Ihre Techniker stellten Scheinwerfer auf und schleppten Kameras heran. Eine mit einem Mikro bewaffnete Brünette nahm Kurs auf Deluthe. Sie ignorierte die Polizisten, die hinter den blauen Sägeböcken standen, und hatte nur Augen für ihn. Um die halbkreisförmig aufgestellten Absperrungen herum arbeitete sie sich so nahe wie möglich an ihn heran.

Sie war hübsch. Er schoss ein Foto von ihr.

Klick.

Die Reporterin lächelte ihn an.

Klick klick klick klick.

So stellte er sich eine Sirenenstimme vor. »Ein Mord, ja?«, säuselte sie.

»Kein Kommentar.« Diesmal hielt man am Tatort strikte Disziplin. Nicht einmal aus den Uniformierten konnten die Vertreter der Medien – und mochten sie noch so hübsch sein – irgendwelche brauchbaren Infos herausquetschen.

Deluthe waren die Filme ausgegangen, und er konnte nur hoffen, dass Mallory und Riker nicht aufkreuzten, ehe Officer Waller mit Nachschub kam.

In diesem Augenblick drängte sich Waller energisch durch die Menge. Gerettet! Es gab doch noch einen Gott. Waller drückte ihm den neuen Film in die Hand, und Deluthe öffnete die Kamera, um die belichtete Rolle herauszunehmen.

Ein Gesicht in der Menge zog seine Aufmerksamkeit auf sich – das Gesicht eines Mannes, der zu einem Fenster hochsah, während die anderen Gaffer auf die Haustür starrten. Deluthe blickte zu Kennedy Harpers Apartment im vierten Stock hinauf, wo jedoch lediglich eine Fensterscheibe zu sehen war, in der sich blauer Himmel spiegelte. Er legte den neuen Film ein, doch ehe er auf den Auslöser drücken konnte, schwang sich der Mann, den er ins Visier genommen hatte, eine graue Leinentasche über die Schulter und verschwand im Gedränge. Eine ähnliche Tasche befand sich auch im Kofferraum von Deluthes Wagen. Darin waren seine Sportsachen, weil er vorhatte, anschließend im Central Park eine Runde Baseball zu spielen.

Rasch machte er noch ein Foto.

Klick.

Mist, er hatte nur noch den Hinterkopf erwischt. Sollte er dem Mann nachgehen? Aber mit welcher Begründung? *Entschuldigen Sie, Sir, darf ich fragen, warum Sie nach oben statt nach unten gesehen haben?* Das war nicht einmal halb so gut wie sein Versuch, den Hausmeister zu verhaften.

Der merkwürdige Gaffer war sofort wieder vergessen, als Deluthe hinter der Absperrung ein vertrautes Gesicht erspähte – den Feuerwehrmann, der am letzten Tatort die Prostituierte am Strick hatte hängen lassen. Gary Zappata starrte wie gebannt auf die Tür von Kennedy Harpers Haus.

Worauf wartete der Mann?

Klick.

In diesem Moment erschienen Mallory und ihr Partner. Zappata warf Sergeant Riker einen grimmigen Blick zu. Wenn Blicke töten könnten, dachte Deluthe. Ihm würden es die beiden Detectives wahrscheinlich nicht abkaufen, aber einem Foto mussten sie einfach glauben.

Klick.

Mallory ließ Deluthe keine Zeit, ihr seine Theorien über den Feuerwehrmann auseinander zu setzen. »Nehmen Sie Ihr Notizbuch«, befahl sie.

Deluthe gehorchte. Sein Bleistift schwebte über einer leeren Seite.

»Bringen Sie den Film zum Entwickeln«, sagte Mallory. »Und lassen Sie sich nicht abwimmeln. Sagen Sie unseren Technikern, dass Sie ihn sofort brauchen. Dann gehen Sie zurück ins Revier, machen im Einsatzraum ein Stück Pinnwand frei und hängen das hier auf.« Sie drückte ihm einen großen braunen Umschlag in die Hand. »Auf meinem Schreibtisch liegen Standfotos aus einer Nachrichtensendung. Vergleichen Sie die Gesichter mit denen, die Sie hier draußen aufgenommen haben. Danach melden Sie sich bei Riker, der gibt Ihnen den nächsten Auftrag. Abmarsch!«

Damit war das Baseballspiel für heute Abend gestorben.

Detective Janos war ein wahrer Panzer – sowohl in physischer wie auch in psychischer Hinsicht. Nichts hielt ihn auf. Hätte Lieutenant Coffey ihn angewiesen, ihm den Heiligen Gral zu bringen, hätte ihm dies allerdings wohl weniger Probleme bereitet als der Auftrag, einem örtlichen Nachrichtensender eine Tonbandaufzeichnung der auf ihre Hotline eingegangenen Anrufe abzuluchsen.

Detective Janos war erschöpft.

Die Fernsehfritzen hatten ihn *Babe* genannt, zweimal innerhalb von fünf Minuten den Begriff *Synergie* falsch verwendet und weitere zwanzig Minuten damit verbracht, ohne Sinn und Verstand herumzusülzen. Das ganze Team lebte in dem Wahn, dass die Verfassung der Vereinigten Staaten amerikanischen Fernsehsendern das Recht gab, ja, sie geradezu *ermutigte,* Beweismittel in einem Mordfall für sich zu behalten.

Trotzdem hatte Janos keinen dieser Typen kalt gemacht. Das war nicht sein Stil. Stattdessen hatte er sich nur vor dem Nachrichtenredakteur aufgebaut und eine Hand ausgestreckt: »Her mit dem Band!«

Die Moderatorin hatte sich in epischer Breite über das Thema Pressefreiheit ausgelassen und damit bewiesen, dass sie die entsprechende Passage des First Amendment nie richtig kapiert hatte.

Woraufhin Janos lediglich wiederholt hatte: »Her mit dem Band.«

Erst nach einer halben Stunde war der Anwalt dieser kläglichen Bande eingetroffen und hatte seine Mandanten angebrüllt: »Jetzt gebt ihm schon das Scheißband, ihr Idioten!«

Anschließend hatte er erneut kostbare Zeit verschwendet, indem er einem überarbeiteten Techniker im Polizeipräsidium hatte klar machen müssen, dass er ihm das Tonband nicht einfach dalassen konnte, sondern eine Kopie für den Lieutenant benötigte. Doch da der Mann im weißen Kittel eher klein geraten war, hatte Janos sein Ziel erreicht, indem er lediglich stumm dagestanden und ihn drohend gemustert hatte.

Mittlerweile war er mit seiner schwer errungenen Trophäe auf dem Weg zum Einsatzraum. Im Türrahmen blieb er kurz stehen, um eine primitive Vogelscheuche zu bewundern, die an die hintere Wand genagelt war. Die Jungs waren in der Zwischenzeit nicht untätig gewesen.

Vor der Fußbodenleiste stand eine graue Leinentasche, daneben lag ein Paar zusammengerollte Sportsocken, die ursprünglich wohl als Füße hatten dienen sollen. Sehr vernünftig, dass man sich dagegen entschieden hatte, fand Janos. Weniger war mehr. Unter einer Baseballkappe hing das Foto eines männlichen Hinterkopfes. Das entsprach Miss Emeldas Beschreibung des Verdächtigen auf ihrem Baum – ein Mann ohne Gesicht. Unter der Kappe war ein T-Shirt befestigt, darunter hing an kräftigen Nägeln ein Paar Jeans. Handschuhe, wie die Spurensicherung sie benützte, waren als Hände angebracht. Durch die eine Latexhandfläche war ein Nagel getrieben, an dem der Riemen einer billigen Instantkamera baumelte, ein weiteres Detail aus Miss Emeldas Beschreibung.

Interessant.

Das originellste Detail allerdings stellte ein Heiligenschein aus dicken schwarzen Fliegen dar, die um die Mütze herum aufgespießt waren. Eine schillernde Schmeißfliege zuckte und summte noch.

Janos drehte sich um, als er Schritte hörte. Hinter ihm erschien der gelbhaarige Junge aus Lieutenant Lomans Team. Er war eher schmächtig, und Janos vermutete, dass die Sachen an der Korkwand ihm gehörten. Doch es gab einen noch überzeugenderen Beweis: Ronald Deluthe lief plötzlich schamrot an – vielleicht, weil er eine auf eine Hutnadel gespießte zappelnde Fliege in der Hand hielt.

»Für so geschmacklose Vergnügungen bist du ein bisschen jung, mein Sohn«, sagte Janos lächelnd. Es dauerte einen Moment, bis der Junge begriffen hatte, dass diese Bemerkung als Kompliment gemeint war.

Der Treffpunkt war so gewählt, dass er die Prostituierte einschüchtern musste, aber Daisy war so zugedröhnt, dass sie die gerahmten Fotos und Ehrenurkunden, die dem Betrachter auf den ersten Blick verrieten, dass dies eine Kneipe für Cops war, nicht zur Kenntnis nahm. Detective Mallory sorgte dafür, dass fünf Meter Mahagonitresen und fünf trinkfeste Männer sie von der alternden Hure mit dem aufreizend roten Haar trennten.

Die hagere Frau balancierte auf dem Rand ihres Barhockers, wobei sie die Tür im Auge behielt. Riker war zehn Minuten zu spät dran, und viel länger konnte sie nicht bleiben. Mallory setzte ihre Sonnenbrille auf, als Daisy in ihre Richtung blickte, obwohl die Nutte sie wohl kaum erkennen würde. Sie hatten sich beide zu sehr verändert. Aus Kathy war eine Frau und aus Daisy eine lebende Leiche geworden.

Einst war dieser Rotschopf eine langhaarige Blondine gewesen, die sich mit Sparrow den Stoff geteilt hatte. Sie hatten alles gemeinsam gemacht. Mallory erinnerte sich aus Kindertagen, dass die beiden sogar zusammen in eine Kloschüssel gekotzt hatten.

Daisy verzog ihre grell geschminkten Lippen zu einem einladenden Grinsen. Der Mann, dem das verunglückte Lächeln galt, winkte der Barfrau. Auch Peg Baily hatte rotes Haar, wenngleich ihr Farbton im Gegensatz zu Daisys durchaus auch in der Natur zu finden war. Darüber hinaus besaß Peg weiche Rundungen und eine robuste Gesundheit und war in jüngeren Jahren eine mehrfach ausgezeichnete Polizistin gewesen.

Der Gast zog fragend eine Augenbraue hoch und überlegte offensichtlich, warum eine abgehalfterte Nutte hier so lange hatte sitzen dürfen. Die Tradition hätte eigentlich verlangt, Daisy buchstäblich mit einem Fußtritt auf die Straße zu befördern. Peg Baily hielt zwei Finger in die Höhe. Nur noch ein paar Minuten, sollte das heißen.

Das kann Ärger geben.

Dies war der neue Standort der Bar. War es Zufall, dass Baily sie in Rikers Wohnviertel verlegt hatte? Wohl nicht, dachte Mallory.

Die Barfrau warf einen Blick auf die Wanduhr. »Ihr Partner kommt nicht mehr«, sagte sie zu Mallory. »Ich werfe jetzt die Nutte raus.«

Eine aidskranke Hure war schlecht fürs Geschäft.

Mallory sah aus dem Fenster. Und in diesem Augenblick wurde ihr einiges klar. Angie, Rikers geschiedene Ehefrau, trat an der Spitze von vier Jungen im Teenageralter, den Söhnen ihres zweiten Mannes, aus einem Friseurgeschäft gegenüber. Hatte Riker die Vernehmung rein zufällig für diese Zeit angesetzt? Oder hielt er sich über Angies Aktivitäten noch immer auf dem Laufenden?

Die Barfrau klopfte auf den Mahagonitresen. »Die Zeit ist um!«

»Darf ich Sie etwas fragen, Baily? Sie kannten Riker doch schon, als er noch verheiratet war, nicht?

»Das wissen Sie doch.« Peg Baily sah sie unfreundlich an. »Er war mein Partner. Aber auch das wissen Sie ja. Was soll …«

»Warum haben Sie ihm eigentlich nie erzählt, dass seine Frau ihn betrügt?« Als Kind war Mallory stets gut informiert gewesen, weil sie die abendlichen Gespräche ihrer Pflegeeltern belauscht hatte. »Sie wussten, dass Angie eine Schlampe ist. Aber Sie haben Riker nie etwas gesagt, nicht einmal nach der Scheidung. Er weiß immer noch nicht, dass Sie …«

»Soll das eine Drohung sein?« Baily beugte sich über den Tresen. »So was stößt mir ganz übel auf. Und wenn Sie auch nur eine Silbe verlauten lassen, wird es Ihnen noch Leid tun.«

Mallory lächelte. Sie war jünger, schneller und besaß kein normal ausgeprägtes Maß an Angst. Und außerdem trug sie eine Waffe.

Mittlerweile war Riker da. Er stieg aus dem Wagen und sah Deluthe nach, der weiterfuhr und einen Parkplatz suchte.

Die beiden Frauen schwiegen verlegen. In der Bar herrschte schummrige Beleuchtung. Mallory und Baily brauchten keine Angst zu haben, dass Riker sie ertappte, wie sie neugierig aus dem Fenster sahen, denn er stand in der hellen Sonne, und die Fensterscheibe wirkte wie ein Spiegel. Langsam drehte er sich zu Angie um, die ihm zuwinkte, die Kinder auf dem Gehsteig zurückließ und sich durch den Verkehr über die Fahrbahn schlängelte. Von ihren Lippen konnte man ein fröhliches *Hallo* ablesen. Als die einstige Mrs. Riker näher kam, sah Mallory, dass Peg Bailys neue Haarfarbe denselben karottenroten Farbton aufwies wie der von Angie. Riker drehte sich um und studierte mit geheucheltem Interesse die Öffnungszeiten seiner Lieblingsbar, während seine Exfrau hinter ihn trat. Angie war noch immer eine hübsche Frau, aber er weigerte sich, sie anzuschauen. Fröhlich plaudernd stand sie jetzt neben ihm und erkundigte sich vermutlich nach seinem Befinden. Dabei liefen sie sich ständig über den Weg, denn er wohnte nur einen Block von ihr entfernt. Doch Riker genügte es offenbar, in ihrer Nähe zu sein und sie jeden Tag zu sehen. Seit der Scheidung hatte er kein Wort mehr mit ihr gewechselt und würde es auch nie wieder tun. Es war einfach zu schwer für ihn.

Angie legte ihrem Exmann eine Hand auf den Ärmel.

Peg Baily ballte die Fäuste.

Riker richtete sich zu voller Größe auf und starrte durch das Fenster der Kneipe, ohne etwas wahrzunehmen. Resigniert zuckte Angie mit den Schultern und ging zurück auf die andere Straßenseite.

Peg Baily hatte genug gesehen. Sie wandte sich ab, um ihrem früheren Partner, der im Dienst keinen Alkohol trank, ein Glas Sodawasser zu holen. Mallory beobachtete, wie Riker noch einen Augenblick auf dem Gehsteig stehen blieb, auf seine Schuhspitzen starrte und versuchte, sich zu sammeln. Für sie stand fest, dass Riker und Sparrow kein Verhältnis gehabt hatten. Er war noch immer in seine geschiedene Frau verliebt. Und davon abgesehen – warum sollte er sich mit einer Nutte einlassen, wo doch Peg Baily nach wie vor auf ihre Chance wartete?

Er betrat die Bar. Baily wollte ihm das Glas mit Sodawasser über den Tresen schieben, aber er winkte ab und bestellte einen billigen Bourbon.

Noch größerer Ärger.

Er lockerte seinen Schlips und setzte sich neben Daisy, die prompt einen Champagnercocktail bestellte.

Riker war bei seinem zweiten Bourbon angekommen und lauschte Daisys näselnder Stimme, die ihn so sehr an die von Sparrow erinnerte. Vor Jahren waren die beiden eng befreundet gewesen, zwei junge Frauen aus einer Kleinstadt im Süden allein gegen New York. Bisher hatte das Gespräch nichts Brauchbares ergeben. »Entsinnst du dich noch an das kleine blonde Mädchen, das Sparrow immer nachgelaufen ist?«, fragte er.

»Nicht nur Sparrow. Die Kleine ist ständig mit Nutten rumgezogen.« Daisy bestellte noch einen Champagnercocktail.

»Wie hieß sie noch?«

»Sie hatte viele Namen, Schätzchen. Eine von uns hat sie den *fliegenden Floh* genannt, und Sparrow hat *Baby* zu ihr gesagt.«

»Und du?«

»Ich hab sie immer mit *Hey, Mädchen* angesprochen. Das erste Mal hab ich sie in einem Crackhaus gesehen.« Daisy hielt inne, um ihr Glas mit einem Zug zu leeren. »Sie ist reingekommen, weil sie Sparrow gesucht hat. Ein unglaublich schmutziges Gesicht, und diese Augen … Kleine grüne Flammen, aber eiskalt. Die Kleine hatte nichts Warmes, Kuscheliges an sich. Ein gemeines kleines Biest war sie. Aber dieses Gesicht … Ich hab's gesehen, als es sauber war, Schätzchen, und der liebe Gott hat keinen seiner Engel so schön erschaffen. Damit will ich nicht sagen, dass der liebe Gott sie gemacht hat. Das wäre nämlich Blasphemie, und dass das eine Sünde ist, hab ich schon bei meiner Mom gelernt.«

Das konnte noch eine Weile dauern. In dem Gewerbe, in dem Zeit Geld war, hatte Daisy sich vermutlich schwer getan. Sie kam eben aus einer anderen Klimazone, wo Cops und Kunden den ganzen Tag warten konnten, bis eine Nutte einen Gedanken zu Ende gebracht hatte.

»Ja, wie gesagt, ich bin in diesem Crackhaus und hör ein Geräusch in der Dunkelheit. Zuerst seh ich nur ihre Augen – kalt, leer. Unheimlich. Sie hatte keine Seele, die Kleine. Geht auf mich zu und drückt mir ein Zigarettenetui in die Hand. Echtes Silber. Und dann gibt sie mir diese alte Schwarte mit den Cowboys auf dem Umschlag. Mein Fall ist so was ja nicht, aber sie schiebt die Nadeln und den ganzen Müll beiseite, um sich neben mich zu setzen, scheucht mit dem Fuß die Ratten weg und sagt: ›Lies mir eine Geschichte vor.‹ Nicht *bitte* oder so etwas, sondern nur: ›Lies mir eine Geschichte vor.‹ Als wenn das mein Job wär.«

»Sie konnte also nicht lesen?«

»Und ob sie lesen konnte. Besser als ich. Bei den schwierigen Wörtern hat sie mir geholfen. Aber an dem Abend legt sie einfach den Kopf in meinen Schoß und wartet. Was soll ich dir sagen: Ich hab gelesen, bis sie eingeschlafen ist, und dann bin ich die ganze Nacht wachgeblieben, damit die Ratten nicht an sie rankamen. Was hätte ich denn sonst machen sollen?«

Riker nickte. »In dieser Nacht warst du ihre Mutter.«

»Ein andermal war's irgendeine andere Nutte – wenn sie Sparrow nicht gefunden hat.«

Riker sah auf. Mallory saß am anderen Ende des Tresens. Ob Daisy sie erkennen würde, wenn sie die Sonnenbrille abnahm? Wahrscheinlich nicht. Allerdings waren die großen grünen Augen immer noch dieselben. Einer Nutte, die an Gespenster glaubte, konnte bei diesem Anblick durchaus der Schreck in die Glieder fahren.

»Du hast dich also um die Kleine gekümmert«, meinte Riker.

»Gelegentlich«, bestätigte Daisy. »Auf Sparrow war kein Verlass, die war ständig voll gedröhnt und wachte am Ende an den seltsamsten Stellen wieder auf. Bloß gut, dass die Kleine sich auch allein durchschlagen konnte.«

Manchmal hatte Kathy halb volle Konservendosen aus dem Müll gefischt, die dann ihre Verpflegung für den Tag dargestellt hatten. »Erinnerst du dich daran, wie Sparrow niedergestochen wurde?«

»Das vergess ich nie, Schätzchen. Ich hab sie im Krankenhaus besucht. Die Kleine war auch da. Saß auf Sparrows

Bettkante, wo sie dann im Sitzen eingeschlafen ist. Sie war zu kaputt, um sich hinzulegen. An dem Tag hab ich sie zum letzten Mal lebend gesehen.«

»Erinnerst du dich sonst noch an etwas? Hat Sparrow gesagt, wer mit dem Messer auf sie losgegangen ist?«

Daisy sah ihn argwöhnisch an.

»Ich brauche dich nicht als Zeugin«, fügte Riker rasch hinzu. »Die Messerstecherei ist Schnee von gestern und interessiert mich nur privat.« Eine Zwanzigdollar-Note glitt über die Theke. »Weißt du, wer sie niedergestochen hat?«

»Da müsste ich raten.« Eine hagere Hand schloss sich um den Schein. »Könnte sein, dass Sparrow mal Frankie D. erwähnt hat. Verklemmter kleiner Drecksack …«

Riker nickte. Frankie Delight war einer der wenigen Dealer gewesen, die nicht strikt auf Barzahlung bestanden hatten. »Sparrow hat also in Naturalien bezahlt?«

»Für einen Schuss hätte sie bei dem Spinner nie die Beine breit gemacht, auch wenn es ihr noch so schlecht gegangen wäre. Nein, Schätzchen, sie hat mit Videokassetten gezahlt. Nagelneu, originalverpackt. Tall Sally hatte ein größeres Problem mit einem Job und …«

»Die Geschichte kenne ich«, meinte Riker. Den Diebstahl selbst hatte seinerzeit die zehnjährige Kathy Mallory begangen.

Er erinnerte sich noch an den Bericht des Raubdezernats: Laut Protokoll eines Wachmannes waren in der Nähe des Tatorts verdächtige Personen beobachtet worden, unter anderem ein kleines blondes Mädchen mit grünen Augen. Lou Markowitz hatte die Einzelheiten vorgelesen und in einem Ton, in dem Stolz und Ehrfurcht mitschwangen, zu ihm gesagt: »Die Kleine hat einen Lastwagen ausgeraubt, das muss man sich mal vorstellen.«

Daisy stieß Riker an, um ihn in die Gegenwart zurückzuholen. »Was ist eigentlich aus Frankie geworden?«, fragte sie.

Riker hatte keine Ahnung. »Ich habe gehört, er sei nicht mehr in New York.« Was auch auf einen Toten zutreffen konnte. »Und was macht Sparrow so, Daisy?«, fragte er. »Habt ihr noch Kontakt?« Daisy las wahrscheinlich keine Zeitung, und den Fernseher hatte sie bestimmt längst versetzt, um sich Drogen kaufen zu können.

»Nein, wir reden nicht mehr miteinander.« Sie starrte in ihr leeres Glas. »Schon lange nicht mehr. Heute habe ich gehört, dass die Nutte, die gestern jemand aufgeknüpft hat, Sparrow sein soll. Aber das kann nicht stimmen. Die Sparrow, die ich kenne, ist clean. Und auf die Straße geht sie auch nicht mehr. Das ist vorbei, Schätzchen. Seit Jahren schon.«

Er gab ihr weitere zehn Dollar, die sie ihm förmlich aus der Hand riss. Dann glitt sie von ihrem Barhocker und ging rückwärts in Richtung Tür, ohne Peg Baily aus den Augen zu lassen. Schließlich machte sie eine rasche Kehrtwendung und floh.

Riker schlenderte zum anderen Ende des Tresens, wo Mallory sämtliche Männerblicke auf sich zog, und setzte sich neben sie. »Zeitverschwendung. Typen, die ihre Opfer verfolgen, stehen nicht auf Nutten. Sparrow ist übrigens schon seit Jahren weg von der Straße.«

Mallory schüttelte den Kopf. Sie würde nichts von den guten Dingen glauben, die jemand über Sparrow erzählte.

Einmal Hure, immer Hure?

»Was hast du bei der Theatergruppe erreicht?«

»Das war eine Sackgasse. Sparrow sollte in letzter Minute für eine andere Schauspielerin einspringen. Bis zur Generalprobe hat keiner aus der Truppe sie gekannt, und die sollte genau an dem Tag stattfinden, an dem sie aufgehängt wurde.«

»Irgendjemand muss ihr die Rolle doch verschafft haben. Vielleicht gibt es eine Verbindung zwischen Sparrow und Kennedy Harper.«

»Vergiss es, Riker. Das Ganze war schließlich keine Broadway-Produktion. Das Rollenangebot hing am schwarzen Brett in einem Supermarkt. Der Regisseur hat ihr die Rolle gegeben, weil sie kostümiert zum Vorsprechen kam und ihren Text drauf hatte.«

Riker versuchte, sich Sparrow beim Lernen einer Tschechow-Rolle vorzustellen. Er leerte sein Glas und legte das Geld auf den Tresen. »Und jetzt? Leichenschauhaus?«

»Nein. Slope arbeitet schon an einer neuen Leiche.«

»Okay. Waller hat sich dein Video angesehen und Janos den Namen und die Adresse des Mannes in dem T-Shirt gegeben. Du kennst doch die große Kirche auf der Avenue B, oder?«

»Ein Priester?«

»Genau.« Riker drehte das leere Glas in den Händen hin und her. »Wenn du aussteigen willst, dann mache ich allein weiter.«

»Nein.« Sie griff nach den Wagenschlüsseln und ließ ein unanständig hohes Trinkgeld auf dem Tresen liegen. »Ich stehe das schon durch.«

Im Park von East Village dröhnte Musik. Rock und Rap, Latino-Klänge und Soul quollen aus Radios und CD-Spielern. Einige der jungen Leute trugen Kopfhörer, sodass Riker die Songs nur nach dem Rhythmus ihres Ganges und ihrer Sprünge erraten konnte.

Im Herzen des Tompkin Square stand eine unvergessliche Erinnerung an die Nacht, in der sein Vater ihn vor die Tür gesetzt hatte – eine elegante Lösung, sich die Musik eines aufbegehrenden Teenagers vom Hals zu schaffen. Damals hatte Riker sich zu einem Showdown in dem alten Orchesterpavillon eingefunden, den ein anderer Junge für sich beansprucht hatte. Dessen Musik war so schwarz und cool gewesen wie er selbst, ein Jazzriff auf der Klarinette. Riker hatte mit einer Rock 'n' Roll-Salve geantwortet. Eine Zeit lang hatten sie sich duelliert, ehe sie ihre Instrumente niedergelegt hatten.

Stolz hatten beide ihre Wunden nach einem blutigen Kampf zur Schau getragen. Und nach einem Übermaß an Bier hatten sie schließlich die Nacht sturzbetrunken beendet.

Eine schöne Zeit war das gewesen.

Im Kielwasser eines wummernden Ghettoblasters flatterten erschrockene Tauben hoch. Riker drückte seine Zigarette aus und kehrte in die Kirche zurück, wo Mallorys Plan, einen Priester zu foltern, irgendwie schief gegangen war.

Das Gotteshaus war keine Kathedrale, obwohl es das notwendige Drum und Dran besaß – von Buntglasfenstern über ein riesiges Kruzifix bis zu Kerzen, die am Fuße von Gipsheiligen flackerten.

Um den Pfarrer zu verunsichern, hatte Mallory zwanzig Dollar in eine Wegwerfkamera investiert, und musste nun enttäuscht feststellen, dass der Mann dies mit einem Lachen quittierte. Offenbar fand er es sogar irgendwie noch spannend, sich für eine Fotoserie von Mordverdächtigen ablichten zu lassen. »Nicht lächeln, Pater«, befahl sie. »Sparrow gehörte also zu Ihrer Gemeinde?«

»Wie machen Sie es bloß, dass diese Frage fast wie ein Vorwurf klingt?«

Das Wortgefecht mit Mallory stellte für Pater Rose offensichtlich eine willkommene Abwechslung zu seinem seelsorgerlichen Alltag dar. Ob er für einen Doppelmord durch Erhängen in die engere Wahl kam, erschien ihr jetzt schon fraglich. Sie sah rasch zu Riker hinüber, der sich auf der ersten Bank lümmelte und darauf wartete, wieder einmal in die Rolle des freundlichen, umgänglichen Polizisten zu schlüpfen.

Mit einem trägen Lächeln ließ Mallory die Kamera sinken. Mallory konnte auf die verschiedensten Arten lächeln; und das Lächeln, das sich nun auf ihrem Gesicht ausbreitete, gehörte zu denen, die anderen Menschen Angst einjagten. »Ein Zeuge hat Sie gestern Abend am Tatort gesehen.«

»Ja, es hatten sich zahlreiche Schaulustige eingefunden, noch ehe die Feuerwehr angerückt war.« Der Pfarrer drehte sich zur Seite. »Möchten Sie auch eine Ansicht im Profil?« Brav blieb er stehen und wartete auf den Blitz. »Ihre Zeugin ist eine alte Dame, stimmt's? Dicke Brillengläser? Sie saß am Fenster auf der anderen Straßenseite und hat die Show genossen.«

»Die Show? War es das in Ihren Augen?« Mallory drückte noch einmal ab. »Warum waren Sie am Tatort? Hatten Sie etwas vergessen?«

»Ich stehe also tatsächlich unter Verdacht?« Er schien fast geschmeichelt.

»Gestern Abend waren Sie nicht in Uniform.«

»Ich lege den Priesterkragen nicht an, wenn ich in der Poliklinik arbeite. Dreimal in der Woche. Ehrenamtlich. Schnittwunden verbinden, Aspirin ausgeben – solche Dinge eben.«

Sie sah auf, um ihm Gelegenheit zu geben, den Argwohn in ihrem Blick zu sehen. »Ich brauche Namen. Wer kann Ihnen für eine Stunde vor dem Feuer ein Alibi geben?«

»Die Leiterin der Poliklinik, eine Krankenschwester. Wir haben zusammen das Haus verlassen, als wir die Sirenen hörten. Ist das …«

»Wann haben Sie zum letzten Mal mit Sparrow gesprochen?«

»Am Sonntag, aber ich habe nicht –«

»Hat sie erwähnt, dass sie Feinde hatte? Dass jemand hinter ihr her war?«

Der Pfarrer schüttelte den Kopf.

»Wissen Sie es nicht, oder wollen Sie es nicht sagen? Möchten Sie einen Anwalt verständigen? Sie haben das Recht …«

»Das reicht jetzt, Mallory.« Riker rappelte sich, den entrüsteten Vorgesetzten mimend, aus seiner Kirchenbank hoch. »Ich würde zunächst seine Aussage überprüfen.«

Sie stieg die Altarstufen hinunter und ging verdrossen an

ihrem Partner vorbei. In diesem Augenblick wich Riker bereits von seiner Rolle ab. Sein Gesicht war alles andere als freundlich, als er sich vor dem Pfarrer aufbaute. Mallory blieb stehen. Das versprach spannend zu werden.

»Sie haben versucht, Zugang zum Tatort zu bekommen«, sagte Riker. »Mein Zeuge ist keine alte Dame, sondern ein großer, behaarter Feuerwehrmann.«

»Ja, das muss der gewesen sein, der mir erzählt hat, Sparrow sei tot. Sie ist Katholikin, sie hatte Anspruch auf die Sterbesakramente.«

»Der Feuerwehrmann hat ausgesagt, dass Sie wussten, wer sie war, noch ehe die Cops sie identifiziert hatten. Sie wussten, dass es ihre Wohnung war. Wie viele Seelen umfasst Ihre Gemeinde – zweihundert?«

Mittlerweile wirkte Pater Rose doch ein wenig verunsichert. »Ich habe ihr Gesicht erkannt, als ...«

»Sie hatten also gute Sicht auf die Show, wie Sie es ausgedrückt haben. Erste Reihe, nahe am Fenster. Ist Ihnen irgendetwas Ungewöhnliches aufgefallen?«

»Das Haarbüschel in ihrem Mund?«, fragte der Pfarrer fast selbstgefällig. Er hatte sich wieder gefangen. »Nein, zu offensichtlich. Das hat ja in der Zeitung gestanden.« Er kreuzte die Arme übereinander. »Sie meinen wahrscheinlich die Kerzen. Soweit ich weiß, hat die Presse nichts darüber berichtet.« Er deutete auf den Gipsheiligen in der Nische hinter ihnen, vor dem ein Gestell mit Kerzen stand, von denen aber nur einige matt glommen. »Kerzen wie die da. Ja, ich habe sie im Wasser gesehen. Aber die von Sparrow waren rot. Meine sind weiß.«

Folglich waren Pater Rose die tausend toten Fliegen im Wasser nicht aufgefallen.

Der Pfarrer lächelte triumphierend.

»Was gibt es denn da zu lachen?« Riker trat einen Schritt näher und zwang ihn damit zum Rückzug. »Ich habe Sparrow gut gekannt, und das Ganze geht mir ziemlich an die Nieren. Also tun Sie mir bitte einen Gefallen und hören auf zu grinsen.«

Pater Rose riss den Kopf zurück. Das Lächeln war ihm vergangen. Riker ging ein paar Schritte zurück. »Vielleicht gibt es einen religiösen Zusammenhang. Wofür brauchte sie Ihrer Meinung nach die vielen Kerzen?«

»Jedenfalls nicht für die Atmosphäre.« Um zu verhindern, dass Riker seine Bemerkung als neuerlichen Scherz auffasste, fuhr er hastig fort. »In Sparrows Wohnung brannte Licht, ehe die Feuerwehrleute das –«

»Warum zünden Sie Kerzen an?«

»Es ist ein Ritual«, antwortete der Pfarrer vorsichtig. »Als Opfergabe. Licht in der Dunkelheit. Hoffnung?« Das letzte Wort war kaum mehr als ein Flüstern. Riker ging die Stufen hinunter.

»Wussten Sie, dass Sparrow eine Prostituierte war?«, fragte Riker, ohne sich umzudrehen.

Mallory sah die verblüffte Miene des Pfarrers, der den Mund abwechselnd schloss und öffnete wie ein Fisch auf dem Trockenen. Damit war klar, dass sie von ihm nichts mehr erfahren würden – nicht einmal, wenn er ihnen sämtliche Beichtgeheimnisse verriet. Sparrow hatte sich Pater Rose nicht anvertraut. Die beiden Detectives gingen durch den breiten Mittelgang in Richtung Kirchenportal, blieben jedoch stehen, als sie eilige Schritte hinter sich hörten.

»Warten Sie!«, rief der Pfarrer. Er lief von einer Gipsfigur zur anderen und zündete alle Kerzen an. »Noch eine Minute. Bitte.« Als auch die Altarkerzen brannten, ging er auf Riker zu. »Es tut mir so Leid. Sparrow ist ein ganz besonderer Mensch. Sie hat ein gutes Herz. Sie ist besser, als sie selbst weiß.«

Riker nickte und zwang sich zu einem Lächeln, während er unwillkürlich, Achtung für einen Mann empfand, der so viel Gutes über eine Hure zu sagen vermochte.

»Und dass es ihr nicht um die Atmosphäre ging, war Unsinn«, fuhr Pater Rose fort. »Vielleicht ist das tatsächlich ein wichtiger Hinweis für Sie. Kerzen schaffen eine wunderbare Theaterstimmung, auch wenn das elektrische Licht brennt. Schauen Sie sich um.«

Kerzen flackerten unter dem Kruzifix, in deren Licht sich der Mann am Kreuz in Schmerzen zu winden schien. Und auch unter den anderen Heiligen sorgten die Flammen für Bewegung und verwandelten sie in handelnde Personen.

»Danke, Pater«, sagte Mallory aufrichtig. Es war die Sache wert, über seinen Gedankengang nachzudenken – wenn auch aus einer anderen Perspektive. Wenn nun Votivkerzen dieselbe Bedeutung hatten wie ein Glas mit toten Fliegen?

7

Autopsie – AUTOPSIA ... Schon als Kind hatte Mallory von Edward Slope gelernt, dass dies ein griechisches Wort war und »dem Augenschein nach« bedeutete.

Der mit Kühlschrank und Spülen ausgestattete Seziersaal erinnerte an eine große Küche. Auf langen Tischen waren die Werkzeuge ausgelegt, die zum Zerteilen von Fleisch dienten, und auf einer Metallfläche von der Größe eines Fleischerblocks stand eine flache Schale mit Innereien, während sich irgendein anderer Körperteil auf der Waage befand. Dr. Slope diktierte das Gewicht in sein Tonbandgerät, ehe er es abschaltete. »Hallo, Kathy.«

»Mallory«, korrigierte sie. Er konnte es einfach nicht lassen. Sie trat an den Stahltisch und blickte auf die Überreste einer Frau herunter, die in ihrem Alter sein mochte. Eine breite rote Höhlung zog sich vom Brustbein bis zu dem blond behaarten Schamhügel. Der Geruch nach Chlor mischte sich mit dem Aroma verwesenden Fleisches.

Hoc es corpus. Dies ist der Leib …

Heute hatte sie die Worte verpasst, mit denen jede Autopsie begann, konnte dafür aber den Vorgang in umgekehrter Reihenfolge beobachten. Einige Organe waren beiseite gelegt worden; der Rest, der mit Kennedy Harper zu Grabe getragen werden würde, kam in den ausgeweideten Leib zurück. Mallory beugte sich vor, um die kleinen Löcher im Fleisch der Toten näher zu betrachten. »Sieht aus, als wären das Einschüsse von Schrotkugeln.«

»Das sind die Maden, die aus der vertrockneten Haut gekrochen sind.« Er hielt das Vergrößerungsglas über eine Stelle am Schlüsselbein. »Die Ränder sind nach außen gebogen.« Er deutete auf die zerstörte Haut am Hals. »Interessanter ist allerdings das hier. Der Strick hat großen Schaden angerichtet, aber daran war nicht der Mörder Schuld.« Er wartete auf die Frage, die eine Schülerin dem Meister stellen würde. *»Warum nicht?«*

Wenn sie dieses alte Spiel mitmachte, würde es eine Ewigkeit dauern, bis sie ein paar schlichte Fakten in Händen hielt. Der Arzt war entschlossen, ihre Ausbildung weiter voranzutreiben, aber seine Langatmigkeit nervte. Mallory entschied sich für eine andere Taktik. Sie kreuzte die Arme und sah ihn fragend an. Nach wenigen Augenblicken gab er klein bei.

»Sie hat sich die Verletzungen am Hals selbst zugefügt.« Sorgfältig rollte er den Dickdarm auf. »Diese Frau hat unter Druck sehr cool reagiert.«

Das klang wie ein Widerspruch, doch sie hütete sich, in die alte Falle zu tappen.

Während Dr. Slope die klaffende Wunde vernähte, änderte Slope die Strategie und lockte Mallory mit einem bizarren Leckerbissen. »So eine Autopsie wirst du nie wieder erleben.« Er führte sie zu der Arbeitsfläche am Kühlschrank, wo er seinen blutigen Kittel zusammenknüllte und zusammen mit den Handschuhen in einen Mülleimer warf.

»Ich habe viele Opfer gesehen, die durch Erhängen zu Tode kamen, meistens Selbstmörder, aber so etwas noch nie.« Er blätterte einen Stapel Fotos durch. »Normalerweise findet man Spuren des Stricks im Nacken, wo der Knoten ist.« Er zog eine Aufnahme heraus, auf der das Gesicht der Toten zu sehen war. Der Strick steckte noch immer zwischen ihren Zähnen. »Aber diese Frau hatte den Knoten vorn. Meistens findet man bei Erhängten einen simplen Laufknoten und keinen Henkersknoten.«

»In diesem Fall war es ein Doppelknoten. Heller hat bereits …«

»Ein Doppelknoten, der die Halsschlagader nicht blockiert hat. Miss Harper hat also weder das Bewusstsein verloren, noch hat der Sauerstoffmangel Euphorie verursacht.«

»Vorübergehende zerebrale Hypoxie«, stellte Mallory fest.

»Sehr gut, Kind!« Dr. Slope lächelte anerkennend, ehe er einen Grundriss des Tatorts auseinander faltete. »Heller hat mir hierbei geholfen. Wir haben die letzten Minuten ihres Lebens choreografiert wie ein Ballett.« Er deutete auf die Stelle, an der die Arbeitsfläche neben der Küchenspüle eingezeichnet war. »Hier hat die Spurensicherung vollständige und partielle Fußabdrücke gefunden. Man beachte die Entfernung zur Deckenlampe.« Er deutete auf einen Kreis an einer anderen Stelle des Plans. »Hier hing sie und stellte sich tot. Miss Harper lebte noch, als der Mörder den Tatort verließ. Erst hat sie die Sandalen abgestreift. Die haben wir unter der Leiche gefunden. Wenn sie ein Bein streckte, konnte sie mit einer Zehe die Arbeitsfläche erreichen. Damit stieß sie sich ab, sodass ihr Körper hin und her schwang.«

Dr. Slope breitete Fotos auf der Resopalarbeitsfläche aus. Auf einem war ein partieller Fußabdruck über der Spur einer Zehe zu erkennen. »Hier sieht man mehr vom Fuß«, fuhr er fort. »Der Kreis, den ihr Körper beschreibt, wird mit jedem Abstoßen größer. Schließlich landet sie mit beiden Füßen auf der Arbeitsfläche. Und damit findet ihr Gewicht an zwei Stellen Halt – durch die Füße auf der Arbeitsfläche und durch den Hals, der in der Schlinge hängt.« Auf einem anderen Foto waren auf der Resopalfläche neben der Spüle zwei vollständige Fußabdrücke zu sehen. »Beide Sohlen liegen flach auf. Jetzt hat sie genug Hebelkraft, um sich zu drehen, bis sie den Knoten im Blick hat. Damit entstehen zweieinhalb Zentimeter Abstand zwischen Hals und Schlinge. Sie hat es noch geschafft, das Kinn unter den Strick zu schieben, aber dann hat er sich an den Schneidezähnen verfangen. Leider kann ich aber nicht sagen, wie lange sie dort hing.«

Genau wie Sparrow hatte sie bis zuletzt auf Rettung gehofft.

»Sie konnte sich weder von dem Strick noch von dem Haarknebel befreien«, fuhr Slope fort. »Vielleicht hat sie geschrien, aber nicht laut genug, um sich damit bemerkbar zu machen.«

Keine Nachbarn, keine Cops kamen ihr zu Hilfe.

Dr. Slope schob die Fotos beiseite. »Ich weiß, dass sie vor sechs Tagen gestorben ist, aber es war kein Tod durch Ersticken. Es war Herzversagen.« Er griff nach einem Tablettenröhrchen, das als Beweismaterial gekennzeichnet war und in einer Tüte steckte. »Ich habe mit dem Kardiologen gesprochen, der das Medikament verschrieben hat. Miss Harper hatte einen angeborenen Herzfehler. Inoperabel. Sie lebte mit einer Zeitbombe in der Brust.«

»Gute Übung fürs Hängen«, sagte Mallory.

»Es erklärt einiges, nicht? Sie dreht sich an einem Strick, ohne in Panik zu geraten. Und fast wäre sie davongekommen.«

Mallory dachte an den Tag, als Kennedy Harper mit einem blutbesudelten Zettel im Nacken zur Polizei gekommen war. Ihre Kaltblütigkeit in dieser Situation passte perfekt zu ihrem späteren Verhalten. Sie war bereits das zweite Opfer, das sich mit Erfolg tot gestellt hatte. Mallory sah den Pathologen durchdringend an.

Du verschweigst mir doch nichts?

Freiwillig würde Dr. Slope nie etwas herauslassen, was er nicht vor Gericht beschwören und mit Beweismaterial untermauern konnte, aber wenn er geglaubt hatte, dass sich Mallory mit den bisherigen Erkenntnissen zufrieden geben würde, hatte er sich geirrt. Sie sah zu der sezierten Frau hinüber. »Ich habe es also mit einem Täter zu tun, der einen Lebenden nicht von einem Toten unterscheiden kann. Mehr haben Sie mir nicht zu bieten? Dass dieser Henker nichts als ein Schwachkopf ist, der keinen Puls fühlen kann?«

Dr. Slope zögerte einen Augenblick. Er hielt sich für einen ausgebufften Pokerspieler mit einem Gesicht, das sein Blatt nie verriet. Trotzdem hatte Louis Markowitz jeden Bluff durchschaut und sein großes Wissen über Poker und Edward Slope an seine Pflegetochter weitergegeben. Doch auch ohne in seinem Gesicht zu lesen wusste Mallory genau, was er dachte: Sie war ein undankbares Biest, das von Zeit zu Zeit in seine Schranken gewiesen werden musste.

In leicht gereiztem, aber dennoch nach wie vor belehrendem Ton fuhr er fort. »Du gehst davon aus, dass er sein Opfer für tot hielt. Ich bin anderer Meinung. Nachdem er sie aufgehängt hatte, bekam sie so wenig Sauerstoff, dass sie nicht mehr lange bei Bewusstsein bleiben konnte. Der Mörder muss deshalb sofort den Tatort verlassen haben, sonst hätte Kennedy weder die Zeit noch die Kraft für dieses Luftballett aufbringen können. Er hat ihr nicht beim Sterben zugesehen.«

Genau wie bei Sparrow. Ein Schema also …

Ein paar Minuten mit diesem Pathologen waren so viel wert wie zehn Stunden mit einem Psychiater, denn die meisten dieser Seelenklempner waren in ihrem Alltag Lichtjahre von dem Gemetzel eines Mordes entfernt. Sie kehrte zu Kennedy Harpers Leiche zurück, die mittlerweile mit einer primitiven, geradezu frankensteinartigen Naht verschlossen worden war. »Was gibt's noch? Vielleicht mal etwas Brauchbares?«, fragte sie beinahe gelangweilt.

Das war selbst für Slopes Pokerspielerdisziplin zu viel. Seine Miene verriet eine Mischung aus Überraschung und Empörung. Er trat auf die andere Seite des Seziertisches. »Ich würde sagen, dass euer Mann kein gewalttätiger Typ ist. Das hört sich vielleicht ein bisschen merkwürdig an …«

»Merkwürdig?«

»Meinetwegen verrückt. Aber er hat beide Frauen weder geschlagen noch –«

»Das Haar hat er ihnen abgesäbelt, dieser Mistkerl.«

»Aber die Leichen weisen keine Schnitte oder Frakturen von einem Faustschlag auf. Und Sparrow hatte keine einzige Verletzung, die auf Gegenwehr hindeutet, keine Blutergüsse. Ich habe so gut wie alles gesehen, was Männer einer Frau an Scheußlichkeiten antun können, aber derartige Spuren von Gewaltanwendung sind hier nicht festzustellen. Kein Kontrollverlust, kein Jähzorn.«

Und was war eine Hutnadel im Nacken einer Frau? Doch ehe Mallory etwas sagen konnte, hob er die Hand.

»Ich gestehe, dass ich ratlos bin. Diesen Mann hat es nicht interessiert, ob die Frau starb oder überlebte. Er ist ein wandelndes Paradox: Ein Serienmörder, für den das Morden selbst nicht den geringsten Reiz hat.«

Der Mordfall Kennedy Harper nahm inzwischen eine ganze Wand im Einsatzraum ein. Mallory pinnte die Autopsiefotos neben Hellers Skizzen vom Tatort. Auch Sparrow hatte eine Wand für sich. Eine drittklassige Nutte, die plötzlich im Rampenlicht stand.

Der Raum füllte sich. Vier Detectives hörten sich wieder und wieder das Band der *Cashtip*-Hotline an, auf dem die

Stimme des Mörders zu hören war. Sie konnten einfach nicht glauben, dass es nicht mehr hergab. Wann immer das Hintergrundgeräusch ertönte, drehten sie den Ton lauter. Einer nahm mit dem Sekundenzeiger seiner Armbanduhr die Zeit. Mallory besaß eine eingebaute Uhr, die ihr sagte, dass das Geräusch alle zwanzig Sekunden auftrat. Es erinnerte sie an die Dose mit Sprühstärke, die Helen Markowitz beim Bügeln verwendet hatte.

Sie ging zur hinteren Wand und betrachtete das Foto, auf dem der Hinterkopf eines Mannes zu sehen war.

Janos trat neben sie. »Was hältst du von unserer Vogelscheuche?«

»Heißt unser Täter jetzt so?«

»Ja.« Er sah sich um. »Wo steckt denn dein Partner?«

»Er kommt gleich wieder.« Die überfallartige Begegnung vor Peg Bailys Bar würde er nur mit Hilfe eines kräftigen Schlucks verkraften. Jedes Wiedersehen mit seiner Ex-Frau stellte den Auftakt zu einem exzessiven Saufgelage dar. Mallorys innere Uhr sagte ihr, dass er bereits seit drei Minuten weg war. So lange brauchte er bis zum nächsten rettenden Wasserloch.

Einen Bourbon zu kippen, war eine Sache von Sekunden für Riker. Den Rückweg würde er etwas gemächlicher angehen. Mallory gab ihm noch eine Minute für den üblichen verbalen Schlagabtausch mit dem Diensthabenden, eine weitere für die Treppe und die Strecke über den Gang zum Einsatzraum …

In diesem Moment kam Riker zurück, setzte sich auf den Stuhl neben sie und wickelte ein Pfefferminzbonbon aus. »Habe ich etwas verpasst?«

Das Band mit dem Anruf des Täters lief, obgleich niemand mehr zuhörte, noch immer in voller Lautstärke. Trotzdem klang die Stimme des Verdächtigen seltsam gedämpft.

»– im East Village ist eine Frau ermordet worden …«

Das klang flach und monoton und ganz und gar nicht nach einem Maulhelden, der auf Ruhm aus war. Dieses Motiv konnten sie also ausschließen.

»– sie heißt Kennedy Harper –«

Der monotone Tonfall ließ möglicherweise auf eine Sprachbehinderung schließen, zumindest versteckten sich die Techniker im Präsidium hinter dieser Ausrede. Auf den Bundesstaat, aus dem der Verdächtige stammte, wollten sie sich noch nicht festlegen.

»– die Leiche finden Sie –«

Dieser Mann, der sich so gut auf dramatische Inszenierungen verstand, hielt sich bei seinem Anruf strikt an nüchterne Fakten – eine Leiche, einen Namen, eine Adresse.

Mallory versuchte, dem Bild eines emotionslosen Killers, der nicht aus Lust mordete, weitere Kennzeichen zuzuordnen. Ein Ordnungsfanatiker. Ein Mann, der einen Plan verfolgte? Wieder studierte sie die Vogelscheuche an der hinteren Wand. *Was zum Teufel willst du?*

»Der Bericht der Technik ist da.« Janos las die Einzelheiten von einem Computermonitor ab. »Unser Mann stammt aus dem Mittelwesten, den Staat sagen sie uns noch. Der Anruf kam weder von einem Handy noch von einem Münzfernsprecher. Und das Hintergrundgeräusch könnte ein Luftbefeuchter älterer Bauart oder ein automatisches Sprühgerät für Pflanzen sein.«

Jack Coffey kam herein und stellte das Tonband ab. »Alle mal herhören.« Die Gespräche verstummten, und alle Blicke richteten sich auf ihn. »Rikers Zeugin, Miss Emelda, ist Gold wert. Der Mann, den die alte Dame auf dem Baum gesehen hat, der Typ mit der Polaroidkamera, war unser Täter.«

Er hielt zwei Plastiktüten in die Höhe, in denen sich Schachteln mit dem Polaroid-Logo befanden. »Diese Filmkartons wurden an den Tatorten gefunden. Sie wurden dort nicht zufällig zurückgelassen. Auf der Schachtel, die wir heute gefunden haben, steht ein Verfallsdatum, das zwanzig Jahre zurückliegt. Kennedy Harper ist vor sechs Tagen gestorben, das ist amtlich. Vor sechs Tagen und zwanzig Jahren wurde schon einmal eine Frau gefunden, die erhängt worden war.«

Der Lieutenant sah Mallory an. »Ein Jubiläumsmord gewissermaßen. Damit haben wir eine eindeutige Verbindung zu der Akte im Archiv für ungeklärte Fälle.« Er deutete auf Janos. »Du übernimmst den Fall Kennedy. Und du, Desoto, kümmerst dich um Sparrow.«

Mallory beobachtete, wie Rikers Gesicht eine graue Färbung annahm. Mit weit aufgerissenen Augen schüttelte er fassungslos den Kopf. Wie konnte man ihm Sparrows Fall wegnehmen? Er machte Anstalten aufzustehen, aber Mallory zog ihn am Ärmel zurück.

»Wenn wir uns Sparrow nicht zurückholen können, machen wir mit dem Fall nebenbei weiter.«

Hatte er sie gehört? Ja, er nickte.

Jack Coffey hatte die Verteilung der Aufgaben beendet und trat vor Mallory und Riker. »Ihr beide nehmt euch den alten Fall vor. Wir haben es hier mit einem Nachahmungstäter zu tun, und ich will wissen, woher er seine Informationen hat. Ihr braucht nicht Geldorfs Babysitter zu spielen. Quetscht alles aus diesem Typen heraus, was ihr kriegen könnt. Aber haltet ihn mir gefälligst vom Hals.«

Lars Geldorfs Stimme war heiser – von seinen endlosen Erklärungen und seinem zornigen Gezeter. Doch die drahtige kleine Frau mit den misstrauischen schwarzen Augen und der selbst gewählten Aufgabe, ganz Manhattan sauber zu halten, hatte sich unbeeindruckt gezeigt. Sie holte einen Mopp von ihrem Putzwagen und wiederholte: »Mallorys Büro ist dran. Und zwar *jetzt.*« Mrs. Ortega war eine unerschrockene Person, die sich von nichts und niemandem aufhalten ließ, und schon gar nicht von diesem alten Kerl mit seiner lächerlichen Knarre im Holster.

Der abgehalfterte Detective hatte versucht, ihr klar zu machen, dass hier erst dann geputzt werden konnte, wenn sein Fall erfolgreich abgeschlossen war. Er misstraue allen Zivilisten, doch das sei nicht persönlich gemeint. Charles unternahm einen Vermittlungsversuch. In Anbetracht der späten Stunde könne Mrs. Ortega vielleicht ausnahmsweise heute dieses Zimmer auslassen, hatte er vorgeschlagen. »Von Ihnen lasse ich mir nichts sagen. Ich tue nur, was Mallory von mir verlangt«, konterte die Putzfrau. Doch am Ende fand sich doch eine Lösung. Und zwar eine, die Mrs. Ortegas Vorstellungen entsprach.

Immerhin hatte Geldorf erreicht, dass Charles im Zimmer bleiben würde, bis »dieses Weib« mit seiner Arbeit fertig war. Dann trat er, dicht gefolgt von seinem zweiten Bewacher, einem jungen Detective mit schreiend gelbem Haar, würdevoll den Rückzug an.

Als die Tür hinter den beiden zugeschlagen war, steckte Mrs. Ortega den Staubsauger ein und schüttelte den Kopf. »Ganz mies gebleicht, die Haare von diesem kleinen Cop.«

Charles nickte. »Trotzdem ist es durchaus interessant. Ob er damit etwas aussagen will?«

»Klar. Seht alle her, meine Birne leuchtet auch im Dunkeln«, schlug Mrs. Ortega vor.

»Genau.« Charles wandte sich der Pinnwand zu. Wohin mit den Riesenkakerlaken? Unter die Maden, wohin sonst?

Der Teppich war blitzsauber, als Riker hereinkam. Er nickte Charles flüchtig zu und strahlte die Putzfrau an. »Hey, wie geht's denn?« Er mochte Mrs. Ortega, auch wenn sie ihn regelmäßig unter verbalen Beschuss nahm.

Augenblicklich stürzte sie sich auf einen der zahlreichen Flecke, die Rikers Anzug zierten, und machte sich mit einem Lappen und Reinigungsflüssigkeit darüber her, als wäre er irgendein Einrichtungsgegenstand, der ihrer Putzwut ausgeliefert war. »Wenn Sie das nächste Mal billigen Bourbon zum Mittagessen trinken, machen Sie den Fleck gefälligst selber weg.«

Charles besaß die größere, Mrs. Ortega jedoch eindeutig die bessere Nase. Allerdings hatte sie weder die Marke noch das Alter des Flecks am Geruch erkannt. Riker trank nur billigen Bourbon, und weil der Fleck trocken war, musste er bereits im Lauf des Vormittags entstanden sein. Nachdem sie die verräterischen Spuren von Alkohol im Dienst getilgt hatte, wandte sie sich wieder ihrer eigentlichen Aufgabe zu. »Und dafür zahle ich nun meine Steuern«, murrte sie.

»Mallory ist schon unterwegs«, berichtete Riker. »Sie haben noch eine Viertelstunde.« Der Detective kannte auch *ihre* wunden Punkte, und Mrs. Ortegas Staubtuch bewegte sich in Rekordtempo. Wenn Mallory kam, sollte sie kein einziges Staubkorn mehr herumfliegen sehen.

»Du warst mit deiner Geschichte noch nicht fertig«, sagte Charles. »Was ist aus der Indianerin geworden, nachdem …«

Mit einem raschen Seitenblick auf Mrs. Ortega schüttelte Riker den Kopf. Doch auch nachdem die Putzfrau die Wohnung verlassen hatte, schien er sich noch immer unbehaglich zu fühlen. »Wichita Kid gelang die Flucht. Zu Beginn des nächsten Buches ist die Indianerin tot.« Er lehnte sich an die Wand, ohne die offene Tür aus den Augen zu lassen.

Um Mallory rechtzeitig entdecken zu können?

»Sheriff Peetys Pferd hatte dem Mädchen den Schädel zerschmettert«, fuhr er fort. »Daraufhin brach er die Verfolgung ab und brachte ihre Leiche zurück in ihr Dorf. Wichita Kid hat nie erfahren, dass die kleine Indianerin ihr Leben ließ, um ihn zu retten. Er liebte sie weiter – das ganze Buch hindurch.« Er unterbrach sich, als er die zusammengelegte Zeitung auf dem Schreibtisch sah. Obwohl Riker nicht zu nervösen Ticks neigte, begann er, rhythmisch mit dem Fuß auf den Boden zu klopfen.

Die Zeitung gehörte Charles. Er hatte den ausführlichen Artikel über eine erhängte Prostituierte gelesen, wobei ihm die Ähnlichkeiten mit dem Mord an Natalie Homer aufgefallen waren. Besonders interessant war jedoch die Stelle gewesen, an der beschrieben war, dass die Feuerwehr die gesamte Wohnung unter Wasser gesetzt hatte. Charles dachte an den Abend, an dem er ein durchweichtes Taschenbuch namens »Heimkehr« zum ersten Mal in der Hand gehalten hatte. Jetzt wusste er, wie es nass geworden war. Möglicherweise war Riker das Buch versehentlich ins Wasser gefallen, doch die ungewöhnliche Nervosität des Detective deutete darauf hin, dass die Wahrheit mindestens ebenso ungewöhnlich war. Doch obwohl er vermutete, dass Riker das Buch gestohlen hatte, sagte er nichts dazu. »Wie ging die Geschichte aus?«, fragte er nur.

»Sheriff Peety hört von einer weiteren Schießerei, an der Wichita Kid beteiligt ist. Wieder musste ein Mann sterben. Vor El Paso nimmt er seine Spur auf, und das Buch endet damit, dass der Sheriff in einen Hinterhalt gerät. Vierzig Mann gegen einen. Er weiß, was kommt. Er weiß, dass er nicht gewinnen kann. Aber er reitet weiter«, erwiderte Riker mit gepresster Stimme, ohne den Blick von der Tür abzuwenden.

In der Wohnung gab es ein formelles Speisezimmer, aber Charles fühlte sich in der behaglichen Atmosphäre der Küche wohler, wo als leise Hintergrundmusik heute ein Bach-Concerto zu hören war. Er drehte die Gasflamme unter einem brodelnden Topf mit scharfer roter Soße für Sergeant Rikers Lieblingsgericht herunter. Riker und Mallory hatten sich bereits über den Salat aus Oliven, roten Zwiebeln, Lollo Rosso und Fettucine hergemacht, als hätten sie seit Tagen nichts mehr in den Magen bekommen.

Charles schenkte einen Probeschluck des edlen Cabernet Sauvignon ein, ehe er die Flasche auf den Tisch stellte. »Der wird euch gefallen.« Er ließ den Wein im Glas kreisen, in dessen Bukett die warme Sonne Frankreichs, Landluft und der Duft nach fetter Erde zwischen reifen Trauben lagen. Er kostete. Ein seltener Tropfen voller Zauberkraft, der den Geist beflügelte und aus einem stotternden Narren einen Poeten machte. Charles Butler besaß Erstausgaben von Blake, die ihn weniger gekostet hatten, aber dieses rubinrote Kunstwerk hatte den Vorteil, dass man es durch die Kehle rinnen lassen konnte.

Was Riker prompt tat. Er schenkte sein Glas voll und kippte den Inhalt mit einem einzigen Schluck hinunter.

Es dauerte eine ganze Weile, bis Charles die Augen wieder geöffnet und den Mund zugeklappt hatte. Dann wandte er sich dem Herd zu. »Jedenfalls ist es der beste, den ich so kurzfristig auftreiben konnte.«

»Er ist wunderbar.« Das Essen, und vielleicht ein wenig auch der Wein, hatte Rikers Stimmung deutlich gehoben.

»Freut mich, dass ihr echtes Interesse an Lars Geldorfs Fall habt.« Charles öffnete die Backofentür, worauf sich der Duft nach warmem Knoblauchbrot in der Küche verbreitete. »Er dachte nämlich, ihr lasst ihn nur aus Gutmütigkeit mitspielen.« Er stellte den Brotkorb auf den Tisch. Bis er seinen Gästen Spaghetti und Fleischklößchen aufgetan hatte, war der Korb zur Hälfte leer, und er musste sich beeilen, um die Soße darübergeben zu können, ehe sie zu ihren Gabeln griffen. »Wie nennt ihr den Detective mit dem gelben Haar, Riker? Er war so schnell wieder verschwunden.«

»Schwiegersohn des stellvertretenden Polizeipräsidenten.«

»Ronald Deluthe«, ergänzte Mallory.

»Oder Entenkind.« Rikers Spaghetti verschwanden im Handumdrehen. Glücklich lächelnd sah er seinen Gastgeber an. »Und wie ging es dir, Charles? Hattest du Ärger mit unserem Pensionär?«

»Keineswegs.« Charles setzte sich an den Tisch und rettete,

was an Brot und Wein noch übrig war. »Ich finde seine Geschichten sehr spannend.« Er wandte sich an Mallory. »Wusstest du, dass dein Vater die Wohnung gesehen hat, in der Natalie Homer ermordet wurde?«

»Ja, weiß ich.« Mallory schlug ein kleines Notizbuch auf und schob es in seine Richtung.

Charles erkannte die Handschrift von Louis Markowitz und einige Zeilen, die sie am Vorabend in den Computer getippt hatte. Die Steno-Notizen bereiteten ihm keinerlei Mühe. »Also war Louis nur ein paar Minuten da.«

Riker nickte. »Zu diesem Zeitpunkt hatte Geldorf der Frau bereits den Haarknebel aus dem Mund genommen, davon konnte Lou also nichts wissen.«

Charles las weiter. »Er dachte, Natalie Homer sei mit Klebeband geknebelt worden, schreibt aber nicht, warum er dieser Meinung war.« Er blätterte schneller und entzifferte weitere Satzfragmente. Louis Markowitz hatte offenbar immer nur die letzten Worte einer langen Gedankenreihe schriftlich festgehalten. »Lippenstift.« Er wandte sich an Mallory. »Vielleicht hat er ein Stück Klebeband mit Lippenstiftspuren gesehen. Allerdings steht das Wort sehr weit von den Bemerkungen zu dem Knebel entfernt.«

»Lou hat sich nie in die Karten schauen lassen.« Riker griff nach einer Scheibe Knoblauchbrot und tunkte sie in seine Spaghettisoße. »Er hat seine Aufzeichnungen kodiert, damit die Anwälte sie nicht beschlagnahmen lassen konnten. Was ist mit Geldorfs Material? Hast du schon alles durchgesehen?«

»Noch nicht. Lars will morgen den nächsten Karton bringen.«

Mallory, die gerade ihre Gabel zum Mund geführt hatte, hielt mitten in der Bewegung inne. »Er hat uns etwas vorenthalten?«

»So würde ich es nicht ausdrücken«, widersprach Charles. »Er hat noch ein paar Sachen, die man eigentlich nicht als Beweismaterial bezeichnen kann, und wollte durch diese unwichtigen Kleinigkeiten …« *Kleinkram* hatte Geldorf gesagt, »… das Gesamtbild nicht beeinträchtigen.«

»Aber einen ganzen Karton …« meinte Riker erstaunt.

Charles ließ den Blick zwischen den beiden Detectives hin und her wandern. Warum hatte er nicht einfach bestätigt, dass Geldorf ihnen etwas vorenthalten hatte? »Wahrscheinlich dachte er, dass es nicht wichtig für euch ist. Aber als ihm klar wurde, dass ihr den Fall bearbeiten werdet …«

»Schon gut.« Mallory schob ihren Teller von sich. »Ist dir irgendetwas Besonderes aufgefallen?«

»Ich bin auf ein paar Unstimmigkeiten gestoßen – und auf ein größeres Problem.«

Riker nahm sich eine zweite Portion Spaghetti. »Hast du schon mit Geldorf darüber gesprochen?«

»Nein, ich wollte ihn nicht kränken.«

»Sehr gut«, sagte Riker. »Wenn du etwas findest, komm zu uns. Geldorf ist kein Cop mehr.«

Mallory legte Charles eine Hand auf den Arm, eine Geste, die wie ein Stromstoß auf ihn wirkte. Sie suchte so selten Körperkontakt. »Das Problem?«

Dass in seiner Brust ein Schmetterlingsschwarm verrückt spielte – *das* war im Augenblick sein Problem. Wie lange würde sie ihre Hand auf seinem Arm liegen lassen, wenn er ganz still saß und sich nicht rührte?

Mallory beugte sich vor. Sie war so nah. »Charles, lebst du noch?«

»Wie bitte?«

Sie nahm die Hand weg. Nein, Charles war offenbar nicht an seinem selbst gekochten Essen erstickt, doch es schien, als hätte er plötzlich den Faden verloren, während sich sein Gesicht zu röten begann. Riker lächelte mitfühlend. *Armer Teufel.*

»Das Problem?«, wiederholte Mallory ungeduldig.

»Ach so, ja ... Entschuldige bitte. Es geht um das Schloss an Natalie Homers Wohnungstür. Laut Aussage der Vermieterin war der Gestank auf dem Gang unerträglich, deshalb wollte sie unbedingt in Natalies Wohnung. Sie hatte einen Schlüssel, bekam aber damit die Tür nicht auf. Offenbar war das Schloss ausgewechselt oder ein zweites eingebaut worden.«

Die beiden Detectives wechselten einen viel sagenden Blick.

»Natalie fühlte sich nicht mehr sicher.« Charles unterbrach sich, weil die beiden ihn stumm anstarrten. »Sie wurde verfolgt. Aber vielleicht wisst ihr das schon? Ich möchte nicht ...«

»Erzähl ruhig weiter«, sagte Riker ermutigend.

»Die Vermieterin versuchte noch ein letztes Mal, die Tür aufzumachen, dann hat sie die Polizei verständigt. Der erste Polizist, der am Tatort eintraf, verfasste einen sehr ausführlichen Bericht, in dem allerdings nicht von eingetretenen Türen oder aufgebrochenen Schlössern die Rede ist. Folglich hat ein Dritter die Tür geöffnet, ehe ...«

»Und das ist Geldorf nicht aufgefallen?« Riker schenkte sich Wein nach. »Ich kann mir nicht vorstellen, dass ihm so etwas entgangen wäre. Über das aufgebrochene Schloss müsste etwas in den Akten stehen.«

»Nein«, widersprach Charles. »Ich habe sie Wort für Wort gelesen. Zwischen dem Anruf der Vermieterin und dem Eintreffen der Polizei lagen vier Stunden. Wenn es irgendwo stinkt, besteht für die Polizei offenbar kein dringender Handlungsbedarf. Und in diesen vier Stunden hat jemand aufgeschlossen.«

»Der Täter muss Natalies Schlüssel gehabt haben«, meinte Riker. »Er hat nach der Tat abgeschlossen und ist später noch einmal zurückgekommen, weil er etwas vergessen hatte.«

»Das hätte er nicht riskiert«, wandte Mallory ein.

»So sehe ich das auch«, bestätigte Charles. »Durch die Hitze und die Würmer war die Leiche bereits stark verwest. Der Gestank war fürchterlich, das hat der Polizist in seinem Bericht festgehalten. Die Polizei würde nicht mehr lange auf sich warten lassen, das musste dem Mörder klar sein. Außerdem war es ein Sonntagabend. Die meisten Mieter waren zu Hause. Auch deshalb musste er damit rechnen, dass –«

»Okay«, sagte Riker. »Nehmen wir an, der Eindringling war nicht der Mörder.«

»… sondern jemand, der einen Wohnungsschlüssel besaß«, setzte Charles den Gedanken fort. »Vielleicht ihr Liebhaber. Möglicherweise hat ihm der grausame Anblick einen schrecklichen Schock versetzt. Euer Mörder ist also nicht der Mann, der Natalie Homer umgebracht hat, sondern –«

»– ein Nachahmungstäter.« Mallory wandte sich an Riker. »Das passt zu unserer Theorie von einem Jubiläumsmord, für den er eine Frau mit Natalies langen blonden Haaren brauchte. Und Sparrow –«

»Arme Sparrow.« Riker goss die letzten Tropfen aus der Weinflasche in sein Glas. »Sie war nicht persönlich gemeint, er wollte einfach eine Blondine.«

Gegen Mitternacht fuhr Mallory noch einmal um den Block, ehe sie Motor und Scheinwerfer ausschaltete und den Wagen am Gehsteig ausrollen ließ. Ihr Blick war auf ein Fenster im dritten Stock gerichtet, in dem Rikers Fernseher mattes Licht verbreitete. Sie wusste, dass er dort oben saß, eine Zigarette nach der anderen rauchte und Bourbon trank – als Medizin, um die Sehnsucht nach seiner Ex-Frau zu bekämpfen. Bourbon aus einem Glas wohlgemerkt, auch wenn er dazu eigens eines aus einem Berg von schmutzigem Geschirr hatte heraussuchen und abwaschen müssen. Riker trank nicht aus der Flasche. Das machen nur Säufer, sagte er immer.

Mallory leistete ihm eine Weile in ihrem dunklen Wagen Gesellschaft. Das war eines der Dinge, die man für einen Partner tat – als könnte sie in den dritten Stock fliegen, wenn er nach dem Revolver griff und abdrückte.

Vor einem Jahr hatte er sich nach einer Begegnung mit seiner geschiedenen Frau zum letzten Mal vierundzwanzig Stunden am Stück voll laufen lassen. Damals hatte ihm Mallory die Treppen hinaufgeholfen, ihn auf das ungemachte Bett gelegt und ihm die Schuhe ausgezogen. Auch den Revolver hatte sie ihm abgenommen und die Kugeln entfernt.

Er war ein hoffnungsloser Alkoholiker, daran würde sich nie etwas ändern. Und Mallory hielt ihm auf ihre Art unverändert die Treue.

Das Fenster im dritten Stock wurde dunkel.

Gute Nacht, Riker.

Mallory machte sich auf den Heimweg.

Im Dunkeln würde er sich nicht umbringen. Betrunkene taten sich schwer damit, den Abzug zu finden, wenn sie nichts sehen konnten. Und dass er sich das Badezimmer, in dem ein Plastik-Jesus als Nachtlicht brannte, zum Sterben aussuchen würde, konnte sie sich beim besten Willen nicht vorstellen.

8

Die Morgensonne schien ins hintere Büro. Charles hatte den Eindruck, dass die Raumtemperatur seit seinem letzten Besuch um einige Grad gesunken war, ansonsten hatte sich jedoch wenig geändert. Mallory weigerte sich noch immer, das Durcheinander auf ihrer Pinnwand zur Kenntnis zu nehmen, das einer Frau, die in fremden Häusern Bilder geradezurücken pflegte, ein Dorn im Auge sein musste. Sie saß an einem der drei Computer, die leise vor sich hin summten, während Mallory Louis Markowitz' altes Notizbuch durchblätterte. Als einziger menschlicher Laut im Raum waren Lars Geldorfs Schritte zu hören. Der Pensionär, der es kaum erwarten konnte, mit der Arbeit zu beginnen, hatte sein Jackett ausgezogen und den Schlips gelockert – ein Wink mit dem Zaunpfahl, der Mallory jedoch nicht im Geringsten beeindruckte. Von Zeit zu Zeit blickte sie auf und beobachtete, wie er die mit Elektronik voll gestopften Regale inspizierte und wissend nickte, auch wenn er keinen Schimmer von dem hatte, was ihre Maschinen leisten konnten. Sie waren neu, und er war alt.

Nun stand Mallory auf und trat vor eine willkürliche Zusammenstellung von Tatortfotos. Charles sah, dass sie mit sich rang. Am liebsten hätte sie wahrscheinlich sämtliche Unterlagen akkurat im rechten Winkel zueinander angebracht.

Diensteifrig trat Lars Geldorf neben sie. In diesem Augenblick erkannte Charles, wozu diese Viertelstunde des Schweigens diente. Mallory war dabei, dem Alten beizubringen, wer in diesem Raum das Sagen hatte. Und dass Geldorf sie nicht noch einmal ungestraft *Schätzchen* würde nennen können. Der Mann muss ihr sympathisch sein, dachte Charles, denn dies war die schonendste Art, Verachtung zum Ausdruck zu bringen, über die Mallory verfügte.

Sie hob den Rand eines unscharfen Fotos an, unter dem ein kleiner quadratischer Abzug zum Vorschein kam. Auch unter den anderen großformatigen Aufnahmen fanden sich Fotos aus einer Instantkamera. »Sie haben nur Polaroidaufnahmen und Vergrößerungen«, stellte sie fest.

»Ja«, bestätigte Geldorf. »Und?«

»Wo sind die Originale?«

»Das ist alles, was ich habe, Schätzchen.«

»Mallory.«

»Und wenn ich Kathy sage?«

»Tun Sie's nicht.« Das war eine Drohung. »Ein Polizeifotograf war also nicht vor Ort?«

»Doch, ein Zivilist, aber der hat es nicht mal drei Minuten ausgehalten.« Geldorf deutete viel sagend auf die Tote, die zwei Tage in der Augusthitze gehangen hatte. »Ihm ist so schlecht geworden, dass ihm der Apparat aus der Hand gefallen und kaputtgegangen ist. Wir mussten uns einen bei der Nachbarin ausleihen.«

Mallory betrachtete ein Foto des Stricks, der an der Lampenfassung hing. »Was ist das Braune da an der Decke?«

»Kakerlaken auf dem Weg zu einem Festmahl«, antwortete Geldorf. »Sie lieben Fett. Und das hier –«, er deutete mit seinen knochigen Fingern auf ein Foto, auf dem ein großer brauner Fleck auf dem Küchenfußboden zu sehen war, »– sind Kakerlaken, die über eine Bratpfanne spazieren. Sehen Sie die kleinen Dinger da auf dem Fußboden? Würstchen und weitere Kakerlaken. Die Lampenfassung hatte sich gelockert, und im Putz waren Risse entstanden. Offenbar hatten die da oben ein Nest. Davon habe ich auch Vergrößerungen.«

Geldorf ging ein paar Schritte an der Pinnwand entlang, bis zu der Stelle, wo das Material des Pathologen hing. »Was haben Sie mit meinen schönsten Kakerlaken gemacht, Charles?«

»Sie hängen unter den Madenfotos. Logischerweise.«

»Was?« Mallory sah ihn verständnislos an.

Geldorf antwortete an Stelle von Charles. »Am Tatort kann man nur mit Fliegen etwas anfangen. Kakerlaken verraten einem nichts.«

»Genau«, bestätigte Charles. »Deshalb habe ich sie unter –« Er verstummte. Mallory war vollkommen in die Betrachtung ihrer Fingernägel versunken. Vielleicht hielt sie die Behebung eines Schadens an ihrem Nagellack für wichtiger als einen Monolog über Insekten.

Nun sah sie auf. »Gut, dann mal her mit den Kakerlaken.«

Als Charles die Fotos der Fliegen und Fliegenlarven entfernt hatte, betrachtete Mallory die Aufnahme der riesigen Kakerlaken, die aus der Decke quollen und an dem Strick zur Leiche herunterkletterten. Das Foto, das sie am meisten interessierte, zeigte die Schürze des Opfers, auf der ein rechteckiger, über und über mit braunen Insekten bedeckter Fleck zu sehen war.

Geldorf trat nahe an die Wand heran. »Sieht aus, als hätte sie bei dem Gerangel die Bratpfanne fallen lassen, sodass das Fett herausspritzte. Gegen Abend hatte es einen Stromausfall gegeben und –«

»Nein.« Mallory betrachtete die Pfanne, die an der Fußbodenleiste lehnte, und tippte auf den Fleck auf der Schürze. »Das ist kein Fettspritzer.«

Charles wusste, dass sie damit eine Bewertung wiederholte, die im Notizbuch von Markowitz stand: *Kein Spritzer. Schmierfleck.* Für Louis waren diese Stichworte so wichtig gewesen, dass er sie unterstrichen hatte, doch erst in diesem Moment begriff Charles ihre Bedeutung. Die beiden Längsseiten des Rechtecks waren scharf umrissen. Kein Spritzer.

Mallory wandte sich an Geldorf. »Natalie war dabei, etwas zu kochen, vielleicht erwartete sie Gäste. Haben Sie sich in ihrem Bekanntenkreis umgehört?«

»Sie hatte keinen. Nach der Hochzeit durfte sie sich keinen Job suchen. Ihr Mann hat es verboten, aber Geld hat er ihr auch nicht gegeben. Sie kam kaum aus der Wohnung. Als sie endlich geschieden war, hatte sie offenbar verlernt, neue Freundschaften zu schließen.«

Sein Blick streifte die Würstchen, die auf dem Boden lagen. »Offensichtlich hat sie für sich allein gekocht.«

Charles, der Mallorys Skepsis bemerkte, begann die Würstchen zu zählen. In einem heißen Sommer, in dem man wegen der zahlreichen Stromsperren jederzeit mit einem Ausfall des Kühlschranks rechnen musste, hätte Natalie wohl kaum mehr Vorräte eingekauft, als sie auf einmal essen konnte, und eine so zierliche Frau konnte unmöglich allein so viele Würstchen verdrücken. Wer war der Besuch gewesen? »Auch Natalies Verhältnis zu ihrer Familie war nicht besonders gut, richtig?«, fragte er Geldorf.

»Stimmt. Ein Jahr nach der Heirat hat die Schwester jeden

Kontakt zu ihr abgebrochen. Aber woher wissen Sie das? In den Protokollen stand es nicht.«

»Das ist typisch für Missbrauch durch den Ehepartner. Erzwungene Abhängigkeit, Isolation, möglicherweise körperliche Züchtigung.«

»Genau«, bestätigte Geldorf. »Das hat mir Natalie erzählt.«

»Erzählt? Sie haben mit ihr gesprochen?«, fragte Mallory mit unüberhörbarem Misstrauen in der Stimme.

»Ja, natürlich. Zweimal, manchmal sogar dreimal pro Woche.«

»Ich glaube, ich habe gestern erwähnt, dass sie verfolgt wurde.« Charles griff nach einem Papierstapel, der in der Mitte der Pinnwand befestigt war. »Hier sind einige der Anzeigen, in denen sie sich über einen Verfolger beklagt.«

»Angefangen hatte der Ärger gleich nach der Scheidung.« Geldorf bückte sich nach einem Umschlag, der an der Fußbodenleiste lehnte. »Das sind die übrigen Anzeigen.«

»Und nach ihrem Tod?« Mallory betrachtete den dicken Umschlag nachdenklich. »So viele Anzeigen, und keine Spur von dem Verfolger?«

»Sie hat sein Gesicht nicht gesehen«, sagte Geldorf. »Als sie das erste Mal zu uns kam, haben wir auf Verfolgungswahn getippt. Dass Männer ihr nachgelaufen sind, war schließlich kein Wunder.«

»Weil sie hübsch war«, mutmaßte Mallory, obgleich Natalie Homer auf den Fotos alles andere als hübsch war.

»Bildschön war sie.« Geldorf nahm eine Tüte und einen Stapel Fotos aus dem Karton, den er am Morgen mitgebracht hatte. »Meiner Ansicht nach hatten diese Aufnahmen beim Beweismaterial nichts zu suchen.« Er zeigte ihnen das Porträt einer jungen Frau mit langem blondem Haar, die sie aus großen blauen Augen anlächelte.

Mallory klemmte sich den Umschlag mit den Anzeigen unter den Arm und befestigte die Bilder exakt ausgerichtet an einer freien Stelle der Korkwand. »Das sind professionelle Aufnahmen.«

Charles nickte zustimmend. Die Bilder waren perfekt ausgeleuchtet, die Pose von raffinierter Natürlichkeit.

»Bei der Fotografin hatten wir auch kein Glück«, meinte Geldorf. »Sie war damals schon älter als ich heute.«

Mallory wog den Umschlag mit den Anzeigen in der Hand. »Natalie war häufig bei Ihnen auf dem Revier. Sehr häufig sogar. Was haben Sie unternommen, nachdem Ihnen klar geworden war, dass sie nicht unter Paranoia litt?«

»Wir haben ihren geschiedenen Mann aufgesucht und aufgefordert, ihr nicht zu nahe zu kommen. Aber er hat den Coolen gespielt und alles geleugnet.«

»Und nach dem Mord?«

»Haben wir ihn natürlich vernommen. Für die Todeszeit hatte er ein Alibi. Er war übers Wochenende in Atlantic City, wo er Jane, die nächste Mrs. Homer, geheiratet hat. Laut Aussage des Personals haben sie das Hotel das Wochenende über nicht verlassen. Aber um sich ein Alibi von einem Zimmermädchen oder einem Pagen zu kaufen, braucht man nicht viel Geld. Mit der Aussage dieser Jane war auch nichts anzufangen. Sie war kaum zwei Tage mit ihm verheiratet, als sie schon nach seiner Pfeife tanzte.«

Mallory hörte inzwischen nicht mehr zu. Sie hatte in einer transparenten Plastikhülle einen Zettel des Verfolgers entdeckt und las die kurze Botschaft, die mit Bleistift in unterschiedlichen Schriftarten verschiedener Größe in Druckbuchstaben auf dünnem Luftpostpapier geschrieben war.

»Es sind insgesamt sieben, und alle besagen mehr oder weniger dasselbe«, erläuterte Geldorf. »Er hat sie aus Zeitschriften abgepaust, haben wir damals angenommen. Keine Druckerschwärze auf dem Papier. Natalie hat sie nachts unter der Tür gefunden, wenn sie von der Arbeit kam. Vorsicht, das Papier ist brüchig, und die Schrift verschmiert leicht.«

Charles beobachtete Mallory, doch der erwartete Wutausbruch über Geldorfs Belehrung blieb aus. Stattdessen starrte sie wie gebannt auf die Worte *Heute habe ich dich berührt.*

Geldorf, dem Mallorys Reaktion entgangen war, hatte die Hände in die Taschen gesteckt, wiegte sich auf den Fersen und betrachtete die Fotos vom Tatort. »Der junge Kerl, der seine Kamera fallen gelassen hat, war nicht der Einzige, dem an dem Abend schlecht geworden ist. Einer der Cops, die als Erste am Tatort waren … keine Ahnung, ob es Parris war oder Loman …«

Mallory sah auf und sah Geldorf aufmerksam an.

»Er war nicht zu bewegen, noch einen Fuß in die Wohnung zu setzen. Eine Stunde später auf dem Revier hat er sich immer noch nicht vorhandene Fliegen aus dem Gesicht gewedelt und Kakerlaken aus den Hosenbeinen geschüttelt. Und dieser Gestank … Fotografieren kann man so etwas nicht. Aber wissen Sie, was mir besonders in Erinnerung geblieben ist? Ich hatte das Geräusch schon draußen auf dem Gang gehört, und als ich die Tür aufgemacht habe, war es geradezu ohrenbetäubend.« Er schloss die Augen. »Es waren so viele. Ich höre sie heute noch. Das Summen von Fliegen. *Tausenden* von Fliegen.«

Sergeant Riker betrat das Büro, beladen mit Tüten voller Delikatessen fürs Frühstück. »Habe ich etwas verpasst?«

Riker lockte Geldorf mit der Aussicht auf eine Stärkung in die Büroküche und stellte die Tüten auf dem Tisch ab, ehe er sein Sandwich mit Rührei und Speck auf Toast, eine gefährliche Cholesterinbombe, herausfischte und die übrigen Vorräte auf dem rot karierten Tischtuch verteilte, das wunderbarerweise Mallorys rücksichtslose Renovierungswut überlebt hatte.

Er schrieb die Telefonnummer des Sandwich-Ladens auf und drückte Geldorf den Zettel in die Hand. »Nicht verlieren, sonst verhungern Sie hier noch.« Solange er und Mallory sich inoffiziell um den Fall Sparrow kümmerten, musste Geldorf sich allein durchschlagen.

»Eigentlich könnte Deluthe die Gänge zum Sandwich-Laden übernehmen. Wozu hat man schließlich Sklaven?«

Geldorf grinste. »Er hat von Mallory den Auftrag, die Personalakten sämtlicher Cops auszugraben, die damals am Tatort waren.«

»Dann ist er ja beschäftigt.« Ein Anfänger konnte sich im Polizeipräsidium die Beine in den Bauch stehen, bis er das Gewünschte bekam. Andererseits konnten Riker und Mallory mit diesen Aktivitäten nachweisen, dass sie tatsächlich den Fall Natalie Homer bearbeiteten. Riker reichte Geldorf einen Pappbecher mit Kaffee. »Sie arbeiten also seit sechs Jahren an nicht aufgeklärten Fällen? Sehnsucht nach dem alten Job, wie?«

»Ja, ich ...« Geldorf, der mit dem Gesicht zur Küchentür saß, richtete sich abrupt auf – eine typische Reaktion von Mallorys Hilfstruppen, wenn sie ihre Grundausbildung hinter sich hatten. Auch bei Entenkind hatte Riker diesen konditionierten Reflex bereits beobachtet. Mallory legte einen Stapel Unterlagen neben Rikers Kaffeebecher. Natalie Homer war ständiger Gast in ihrem zuständigen Polizeirevier gewesen – ähnlich wie Kennedy Harper in dem von Lieutenant Loman.

»Zwischen den Anzeigen gibt es einmal eine größere Lücke«, stellte sie fest.

Geldorf nickte. »Der Spinner hat ihr erst einmal eine Atempause gegönnt. Nach zwei Wochen gingen die Belästigungen wieder los und wurden ständig mehr. Er hat angefangen, die Zettel unter der Tür durchzuschieben. Und sie anzurufen. Ohne etwas zu sagen. Kein Stöhnen oder schweres Atmen oder so. Es ging ihm wohl nur darum, ihre Stimme zu hören.«

Riker kramte in seinen Taschen nach Streichhölzern und Zigaretten. »War ihr Ex-Mann in diesen zwei Wochen in der Stadt?«

»Natürlich. Er arbeitete bei der Post und hat nicht einen einzigen Tag gefehlt. Trotzdem wusste ich, dass er es war.«

Riker schüttete den Inhalt einer zerknitterten Zigarettenpackung auf den Tisch und suchte nach dem einzigen Exemplar, das heil geblieben war. »Andere Personen haben Sie als Verdächtige also gar nicht in Betracht gezogen?«

»Nein, wozu? Eric Homer war der Täter. Ein Jammer, dass mir der Mistkerl weggestorben ist. Ein Jahr nach dem Mord. Herzinfarkt.«

Mallory legte ein weiteres Blatt Papier auf den Tisch. »Das ist die Aussage des geschiedenen Mannes. Über Natalies Sohn steht darin nur eine Zeile. Wie alt war der Junge, als die Mutter starb?«

»Sechs oder sieben. Der Vater hatte das alleinige Sorgerecht. Nach der Scheidung hat sie den Sohn nie wieder gesehen.«

Mallory tauschte einen Blick mit Riker, der ihr zunickte. Natalies Sohn musste mittlerweile sechsundzwanzig sein – also der ideale Serienmörder, was die Altersgruppe betraf. Riker zündete sich die Zigarette an und blies den Rauch in Richtung Decke. »Wissen Sie, wo der Junge jetzt ist?«

Geldorf schüttelte den Kopf. »Nach dem Tod des Vaters hat ihn die Stiefmutter angeblich zu Natalies Schwester gegeben. Eine Frau, die Polizisten hasst und jede Zusammenarbeit mit uns strikt abgelehnt hat.«

Riker sah sich auf der Arbeitsfläche nach etwas um, das er als Aschenbecher verwenden könnte. »Kein Wunder, dass sie Cops hasst, wenn sich nach so vielen Jahren nicht einmal der kleinste Hinweis auf den Mörder ihrer Schwester gefunden hat.«

»Okay, das kann man ja verstehen«, räumte Geldorf ein, »aber Natalies Schwester hat behauptet, der Junge sei nicht mehr bei ihr. Das ist das Einzige, was wir aus ihr rausgekriegt haben. Schätzungsweise hat sie ihn irgendwo in der Verwandtschaft untergebracht. Ein paar Monate nachdem ich im

Archiv für unerledigte Fälle war, habe ich sie gebeten, dem Jungen auszurichten, ich sei nach wie vor an dem Fall seiner Mutter dran, und danach habe ich sie in Ruhe gelassen.«

Riker warf Mallory einen verstohlenen Blick zu. Fragte auch sie sich, ob Geldorf unwissentlich eine Mordserie ausgelöst hatte?

Lars Geldorf grinste. »Ich kann mir vorstellen, was ihr jetzt denkt. Dass aus dem Jungen ein Psychopath geworden ist. Ihr seht ihn schon als euren Nuttenmörder.« Er schüttelte den Kopf. »Woher sollte er die Einzelheiten wissen? Nur der Mörder hätte dem Jungen von dem Haarknebel erzählen können, aber dass sein Vater ihm das verraten hat, kann ich mir nicht vorstellen.«

Mallory rückte einen Stuhl an den Küchentisch. »Sie haben also nie mit dem Jungen gesprochen?«

»Nein. Es war doch zwecklos.« Geldorf stand auf. »Ich bin gleich wieder da.«

Als sich die Badezimmertür geschlossen hatte, reichte Mallory ihrem Partner ein zwanzig Jahre altes Protokoll, das die Unterschrift eines jungen Streifenpolizisten trug. »Heißt Lieutenant Loman zufällig mit Vornamen Harvey?«

Noch ehe Riker etwas sagen konnte, kam Charles Butler herein. »Ich kann euch verraten, wozu Natalie diese Fotos brauchte. Für die Mappe einer Schauspielagentur.« Er reichte Riker die Fotokopie eines Zeitungsausschnitts. »Das ist die einzige Meldung über Natalie Homers Tod. Ich habe sie auf Mikrofiche in der Bibliothek gefunden.«

Selbstmord, las Riker. Viel Druckerschwärze hatte die Zeitung für die Überschrift nicht springen lassen. »Von sechs Uhr abends bis Betriebsschluss hat sie Cocktails in einer Bar serviert ... Jeden Mittwochnachmittag hat sie auf einem billigen Platz in den Off-Broadway-Theatern gesessen, um etwas für ihren neuen Beruf dazuzulernen. Für Schauspielunterricht hatte sie kein Geld, sagte ihre Vermieterin. Tagsüber klapperte Natalie zu Fuß sämtliche Theateragenturen ab, aber keine hatte Arbeit für sie. Trotzdem hat sie nicht aufgegeben. ›Sie hat sich so geplagt, das arme Ding‹, sagte ihre Vermieterin. ›Sie war immer so schrecklich müde. Schreiben Sie das. Schreiben Sie etwas Nettes über Natalie.‹ Laut Polizeibericht wurde die junge Schauspielerin gestern Abend *am Ende eines Stricks hängend* aufgefunden.«

Mallory wartete auf Detective Janos, von dem sie die Adresse bekommen hatte. Das Grundstück neben dem schmalen Haus war ein leerer, staubiger Bauplatz, auf dem lediglich eine transportable Toilette von der Größe eines senkrecht gestellten Sarges stand. Davor wartete, von einem Fuß auf den anderen tretend, eine Horde Kinder. Die sichtlich abgekämpfte Hortleiterin bedankte sich bei den Männern mit den Plastikhelmen dafür, dass sie ihre Schützlinge auf das Gelände gelassen hatten, um die Toilette zu benutzen. Dies stellte die willkommene Unterbrechung eines Ausflugs dar, der eigentlich in die freie Natur gehen sollte, die sich im East Village jedoch auf dürre, ständig von der Hitze und vom Urin bedrohte Stadtbäume, ein totes Eichhörnchen im Rinnstein und eine Taube beschränkte, die gerade über den Gehsteig stolzierte. Dem Vogel folgte ein Detective vom Morddezernat, der eine zusammengerollte Zeitung in der Hand hielt. Die Kinder waren beeindruckt von seiner imposanten Gestalt und seiner grimmigen Miene, formten lachend Schusswaffen mit den Fingern und versteckten sich hintereinander.

»Hey, Mallory.« Detective Janos trat neben sie in den Türrahmen des schmalen Ladengeschäfts, das als Behelfskino für künstlerisch wertvolle Filme fungierte. »Du hattest Recht. Alle wollen ins Showgeschäft. Kennedy Harper hat in der zweiten Schicht gearbeitet. Deshalb hatte sie tagsüber Zeit zum Vorsprechen.«

»Hatte sie einen Agenten?«

»Das ist nicht nötig. In New York gibt es überall Vorsprechen.« Er drückte ihr eine Seite aus einem alten Exemplar von *Backstage* in die Hand. »Heller hat so ein Ding zerrissen in ihrem Müll gefunden. Die große Karriere hatte sie demnach noch nicht gemacht.« Die Zeitschrift entpuppte sich als ein neueres Exemplar des gleichen Blattes. »Jeden Tag finden mindestens fünf Vorsprechtermine statt.«

»Das ist zu hoch gegriffen. Wenn du die Termine außerhalb der Stadt und die mit Gesang und Tanz streichst, bleiben nur ein oder zwei übrig. Von einer komme ich gerade. Auf der Spring Street standen mindestens hundert Schauspieler Schlange. So hat der Täter wahrscheinlich auch Sparrow und Kennedy gefunden. Er ist einfach an der Schlange entlangmarschiert und hat sich eine Blondine nach seinem Geschmack ausgesucht.«

»Jetzt wissen wir also, dass sowohl Natalie Homer als auch Kennedy Harper und Sparrow Schauspielerin werden wollten«, sagte Mallory.

»Und dass eine Verbindung zwischen den Fällen besteht. Aber das wird Coffey nie schlucken. Er meint, wir hätten bessere Chancen, wenn wir uns auf die beiden neuen Morde konzentrieren. Und er würde ausflippen, wenn er wüsste, dass ich hier bin.« Was Janos damit sagen wollte, war ziemlich klar. Derartige inoffizielle Treffen würde es künftig nicht mehr geben. »Eine, die in Sparrows Stück mitspielen sollte, hat uns den Tipp gegeben, dass hier ein Video von der Generalprobe läuft.«

Auf dem handgeschriebenen Plakat in dem schmutzigen Schaufenster war aus Tschechows »Drei Schwestern« die »Hure am Strick« geworden. Neben dem Plakat hingen als aktuelle Werbung die Berichte der Boulevardpresse über die Prostituierte, die im Moment im Koma lag.

Jetzt bist du berühmt, Sparrow, jetzt hast du es geschafft. Schade ist nur, dass sich dein Sterben so lange hinzieht …

Janos ging zu seinem Wagen zurück, während Mallory die drei Dollar Eintritt bezahlte und den hinter einem Vorhang liegenden dunklen Raum betrat, in dem es nach Rauch und Schweiß roch. Es gab Sitzplätze für zwanzig Personen, doch lediglich zwei Zuschauer saßen vor dem Fernsehschirm. Ein Mann stand gerade auf und murmelte wütend etwas vor sich hin, das wie »Beschiss« klang. Er war offenbar enttäuscht, dass sich die »Hure am Strick« als ein klassisches Theaterstück ohne nacktes Fleisch und Obszönitäten entpuppte. Der zweite Mann folgte ihm ebenso verärgert und überließ Mallory das Feld.

Nur ein sehr scharfer Beobachter hätte die Veränderung in Mallorys Miene wahrnehmen können. Sie saß ganz still da, den Blick auf den Bildschirm gerichtet wie auf ein Fenster, in dem im nächsten Augenblick Sparrow auftauchen würde. Sparrow, auf die sie schon so lange wartete.

Auf der Bühne erschienen eine ältere Frau und eine junge Schauspielerin, die Welten von dem sabbernden Geschöpf im Krankenbett entfernt war.

Nichts passiert jemals so, wie wir es uns vorstellen …

Sparrow trug das Kostüm, in dem sie am Strick gehangen hatte. Von ihrem Südstaatenakzent war nichts mehr zu hören, und dank der Künste eines Schönheitschirurgen war sie so verändert, dass sie für die Rolle der Olga viel zu jung wirkte. Nach den vielen Jahren, in denen Mallory Sparrow aus den Augen verloren hatte, entdeckte sie eine weitere Veränderung an ihr, die nichts mit plastischer Chirurgie zu tun hatte. Sparrow leuchtete von innen heraus, die Augen waren hell und klar, als sähe sie die Welt zum ersten Mal, als erlebte sie ihre Jugend noch einmal neu. So hatte sie an jenem Abend ausgesehen, als sie sich kennen gelernt hatten.

Und wie alt war ich damals, Sparrow? Acht, neun?

Es war Winter, ein jäher Schneesturm hatte eingesetzt, und die fiebernde Kathy Mallory hatte sich zu der letzten New

Yorker Telefonzelle geschleppt, in der noch eine Tür den peitschenden Blizzard abhielt. Sie hatte Geld in die Münzschlitze geworfen, eine tägliche Gewohnheit und die einzige Konstante eines Lebens, das sich auf der Straße abspielte.

An einem mehr als tausend Meilen entfernten Ort hatte eine sterbende Frau vor Jahren eine Telefonnummer in die Handfläche des kleinen Mädchens geschrieben, von der, als jener schreckliche Tag vorüber gewesen war, nur die letzten vier Ziffern geblieben waren. Kathy hielt sich noch immer an das, was die Mutter ihr ans Herz gelegt hatte: Sie telefonierte. Sie wählte die Telefonnummer, die auf der Handfläche der Zehnjährigen gestanden hatte, und tippte statt der fehlenden Ziffern aufs Geratewohl drei beliebige ein. Wann immer sich eine Frauenstimme meldete, keimte neue Hoffnung in dem Kind auf, und sie sagte immer denselben Satz: *Hier ist Kathy. Ich habe mich verirrt.*

Keine der bestürzten Frauen am anderen Ende der Leitung hatte sie erkannt. Und sie alle hatten sich dadurch als Schwindlerinnen entlarvt. »Willst du mir nicht sagen, wer du bist? Wie kann ich –«, hatte eine von ihnen sogar gerufen.

Klick. Wieder eine abgebrochene Verbindung, wieder eine weinende Frau, wieder eine verlorene Hoffnung. Das Kind war süchtig nach der Hoffnung geworden, und das Beste an dem Spiel war, dass man jeden Tag wieder von neuem damit beginnen konnte.

Das Fieber war heftigem Schüttelfrost gewichen. Die kleinen Hände zitterten, als sie die letzten Münzen einwarf, zum letzten Mal sagte: »Hier ist Kathy. Ich hab mich verirrt.«

Von tausend Frauen hatte allein Sparrow reagiert. »Wo steckst du, Baby? Ich komme dich holen.« Und in der Stimme war jener Südstaatenakzent gewesen, der so nach ihrer toten Mutter klang.

Die Vorfreude auf die Frau mit der Südstaatenstimme hatte den Schlaf und damit den sicheren Tod vertrieben. Als

Kathys Augen schließlich doch zuzufallen drohten, hatte sie einen Schatten auf der anderen Seite der beschlagenen Scheibe gesehen. Die Tür war aufgegangen, ein Frauenarm war erschienen, hatte das zitternde Kind an sich gezogen und es in Kunstpelz und parfümierte Körperwärme eingehüllt.

Solange das Fieber so hoch gewesen war, hatte Kathy geglaubt, ihre Mutter sei gekommen, um sie heimzuholen, und alles sei wieder gut. Noch nie war Kathy so glücklich gewesen wie in jener Nacht des Blizzards, in der sie sich an die warme Brust einer Hure geschmiegt hatte.

»– unser Leben ist noch nicht vorbei«, sagte die Schauspielerin auf der Bühne.

Die Sommerhitze in dem kleinen Kino war drückend, doch Mallory blieb nach Ende des Stückes noch in der Dunkelheit sitzen und wartete mit gesenktem Kopf auf den nächsten Durchlauf, um ihren tief sitzenden Hass auf Sparrow weiter nähren zu können.

Riker hatte mit seinem Vorschlag, die drei Mordermittlungen zusammenzulegen, keinen Erfolg gehabt, setzte aber große Hoffnungen auf Mallory. Doch bisher war sie nicht aufgetaucht, wie er besorgt bemerkte. Verspätungen passten nicht zu einer Pünktlichkeitsfanatikerin.

Sie trug noch immer ihre dunkle Sonnenbrille, als sie endlich Coffeys Büro betrat und unaufgefordert einen Stuhl heranzog. Grinsend fragte Riker sich, ob sie diese schlechte Angewohnheit von ihm übernommen hatte?

Lieutenant Coffey warf einen viel sagenden Blick auf seine Armbanduhr. »Riker meint, die Vogelscheuche steht auf einen bestimmten Typ – Blondinen, die scharf aufs Theater sind.«

»Seine Opfer waren Ersatz für Natalie Homer«, erläuterte Mallory beinahe gelangweilt. »Ihr Fall ist der Schlüssel.«

Der Lieutenant schluckte den Köder nicht, sondern wartete schweigend ab. Doch nach Rikers Berechnung war dies erst Runde eins. Mallory griff nach einer der Zeitungen, die auf seinem Schreibtisch lagen, legte sie beiseite und schlug die nächste auf, ehe sie Coffey mit hochgezogenen Augenbrauen musterte.

»Die Vogelscheuche ist ein Nachahmungstäter, und nicht einmal ein guter«, verkündete er. »Er hat die Wohnung, in der Natalie Homer ermordet wurde, nicht einmal von weitem gesehen.«

Klang das schon defensiv? Ja, wahrscheinlich.

»Und ich sage, er kennt sie.« Mallory schob sich die Sonnenbrille auf die Nasenspitze, um eine interessante Stelle in der Zeitung zu überfliegen.

»Da passen einfach zu viele Details nicht«, meinte Coffey. »Die Kerzen, die falsche Schlinge. Der Täter kann all das gar nicht gesehen haben.«

»Ich würde genau das Gegenteil behaupten«, ließ sich eine freundliche Stimme vernehmen. Coffey fuhr herum und starrte den Mann an, der kaum durch die Tür passte. »Tut mir Leid, komme ich zu früh?«, fragte Charles Butler, der seinen verblüfften Blick fehlinterpretierte.

Der Lieutenant fragte sich offensichtlich, warum ein Zivilist zu dieser Unterredung eingeladen worden war. Riker verzichtete darauf, Schadensbegrenzung zu betreiben, und wappnete sich für ein Wortgefecht, bei dem Mallory lediglich abzuwarten brauchte, bis Coffey sich verausgabt hatte. Dann konnte sie ihre Bombe platzen lassen.

Da Charles Butler keinen freien Stuhl entdecken konnte, lehnte er sich an die Glastrennwand – vielleicht in der Hoffnung, dort nicht ganz so riesig und Furcht einflößend zu wirken, was ihm stets peinlich war. »Die Widersprüche ergeben für mich durchaus einen Sinn.«

Coffey zwang sich zu einem Lächeln. »Sie schlagen sich also auf Mallorys Seite?«

Als ob das so verwunderlich wäre …

»Ja«, sagte Charles. »Die Erinnerungen der Vogelscheuche liegen zwanzig Jahre zurück, deshalb ist es möglich, dass Irrtümer vorkommen. Zumindest weiß er in etwa, wie viele Fliegen es seinerzeit am Tatort gab. Er bringt sie in einem Glas mit, oder?«

Coffey warf Mallory einen vorwurfsvollen Blick zu, aber ehe er ihr wegen dieser Indiskretion an die Gurgel springen konnte, sagte sie: »Charles ist unser psychologischer Berater. Ich weiß doch, wie sehr Ihnen die Seelenklempner vom Präsidium auf die Nerven gehen.«

Der Lieutenant nickte widerstrebend. Der Berater, der ihnen von der Zentrale zur Verfügung gestellt wurde, war ein Stümper und bei sämtlichen Mitarbeitern reichlich unbeliebt. Vor einem Jahr hatte Coffey den Job Charles Butler angeboten, aber das Präsidium hatte ihm einen Strich durch die Rechnung gemacht. Einen Mann mit mehr als einem Doktortitel, hatte er sich sagen lassen müssen, könne sich die Stadt New York nicht leisten. »Nur ist Dr. Butler in unserem Etat leider nicht vorgesehen«, meinte er jetzt.

»Kein Problem.« Mallory arbeitete noch immer die Zeitungen durch. »Er kann sich in diesem Quartal keine Einnahmen mehr leisten.«

»Wegen der Steuer«, bestätigte Charles. »Sie bekommen mich gratis.«

Verständlicherweise betrachtete Coffey kostenlose Angebote mit einigem Misstrauen, doch in diesem Fall konnte er auf den ersten Blick kein Haar in der Suppe entdecken.

Mallory legte die letzte Zeitung wieder zusammen. »Nichts über Kennedy Harper. Und die Sparrow-Story haben die Reporter vermasselt. Sie faseln immer noch von Sexspielchen im Nuttenmilieu. Klingt fast nach einem Unfall. Charles glaubt, dass diese Reaktion die Vogelscheuche in einen Blutrausch treiben könnte. Es kann jeden Tag zum nächsten Mord kommen.«

Der neue psychologische Berater des Dezernats wirkte einigermaßen überrascht.

»Die Presse tut so, als ob nur Nutten in Gefahr wären«, fuhr Mallory fort. »Es wird Zeit, dass wir uns an die Öffentlichkeit wenden.«

»Also gut, geben wir den Schauspielerinnen eine faire Chance«, entschied Coffey und wandte sich an Charles Butler, den Mallory ihm so großzügig zum Geschenk gemacht hatte. »Nehmen wir an, Sie hätten Recht mit Ihrer Annahme, dass die Vogelscheuche sauer ist. Warum ruft er dann nicht bei den Medien an und erzählt ihnen, wie es wirklich war?«

»Möglicherweise will er, dass die Polizei von selbst darauf kommt.«

»Und inzwischen macht er sich schon an das nächste Opfer ran«, sagte Mallory. »Wir müssen die Bevölkerung auf Trab bringen.«

Coffey schüttelte den Kopf. »Wir brauchen nicht sämtliche Blondinen New Yorks in Angst und Schrecken zu versetzen. Es reicht, wenn wir uns die vornehmen, auf die das Profil passt. Und den Fall aus dem Archiv für ungeklärte Fälle werden wir der Presse gegenüber nicht erwähnen.« Er sah wieder Charles Butler an. »Ist Ihnen zu der Vogelscheuche sonst noch etwas eingefallen?«

»Ich gehe davon aus, dass er eine sehr enge Bindung zu Natalie Homer hatte. Er hat ihren Mord zweimal neu inszeniert.«

»Schön, das wäre die eine Theorie. Für mich kommt aber auch Gary Zappata in die engere Wahl.«

Mallory fuhr hoch und schlug mit der Faust auf die Armlehne ihres Drehstuhls. »Wie zum Teufel kommen Sie –«

»Immer mit der Ruhe.« Coffey hob beschwichtigend die Hand. »Wusstet ihr, dass sein Vater bei der Kriminalpolizei war? Deshalb wollte Zappata auch Detective werden. Er hat auch einen Job bei der Polizei bekommen, hat aber wohl so schlecht gearbeitet, dass sie ihn rauswerfen wollten. Unser

Diensthabender hat ihm daraufhin eingeredet, selbst zu kündigen und sich bei der Feuerwehr zu bewerben. Und wenn du erst im Dezernat des Branddirektors bist, hat Sergeant Bell zu ihm gesagt, kriegst du auch eine Kanone und darfst Detektiv spielen.«

Riker nickte. Er kannte Bells Grundsatz: Mit einem durchgeknallten Cop muss man sich immer gut stellen.

»Und jetzt kreuzt unser Mann am Schauplatz eines Gewaltverbrechens auf«, fuhr Coffey fort, »und tut, als hätte er dort das Sagen.«

Mallory trommelte mit ihren roten Fingernägeln auf die Armlehne. »Dass Zappata jetzt Frauen aufhängt, ist wirklich ein Karrieresprung.«

»Lass mich ausreden. Es bleibt nämlich nicht bei dem einen Mal. Auch auf den Fotos von der Menge, die vor Kennedy Harpers Wohnung herumlungerte, war er zu sehen.«

»Wahrscheinlich hat er den Polizeifunk abgehört«, schaltete sich Riker ein. »Das tun doch alle.«

Coffey überhörte die Bemerkung und wandte sich wieder an Charles. »Wir hielten es für möglich, dass er früher oder später hier aufkreuzt und seine früheren Kollegen abknallt. Das spricht doch Bände ...« Coffey kramte in seinen Unterlagen, bis er den Bericht gefunden hatte. »Zappatas Schicht begann, als der Notruf wegen des Brands in Sparrows Wohnung einging. Die Feuerwache liegt zwei Blocks vom Tatort entfernt. Jeder Dalmatiner hätte den Rauch schon früher wittern müssen.«

»Sie glauben, er hätte sie aufgehängt und wäre dann zu Fuß zwei Blocks zur Feuerwache gegangen, um sich ein Alibi zu verschaffen?«

»Allerdings, Mallory.« Coffey hielt einen Augenblick inne – möglicherweise, um ihr in Erinnerung zu rufen, dass Ironie Vorgesetzten gegenüber unangebracht war. »Die schlampige Schlinge und der langsame Tod verschafften ihm ein wenig

Zeit. Aber es steht völlig außer Zweifel, dass er ihren Tod wollte. Aus einem Bericht, den sein eigenes Team erstellt hat, geht hervor, dass er einen anderen Feuerwehrmann mit Gewalt daran gehindert hat, Sparrow abzuschneiden.«

»Da ist was dran.« Riker sah seine Partnerin an. *Sei nett,* signalisierte er ihr, *sonst legt er die Fälle nicht zusammen.* Sie hatte immer noch nichts von Loman erzählt. Lautlos formte er den Namen mit den Lippen.

Mallory schüttelte den Kopf, ehe sie sich an Coffey wandte. »Woher sollte Zappata die Einzelheiten über einen zwanzig Jahre zurückliegenden Mord haben?«

»Die dürfte ihm der Alte erzählt haben. Sieh dir all die Details an, die nicht zueinander passen. Er wusste, dass Kerzen da waren – aber nicht, wie viele. Er wusste, dass es eine Schlinge gab, aber nicht, was für eine. Das riecht nach Informationen aus dritter Hand. Vielleicht hatte Zappatas Vater vor zwanzig Jahren Verbindungen zu einem der Cops am Tatort. Wir überprüfen das gerade.«

»In Kennedy Harpers Wohnung hat es nicht gebrannt. Wenn Zappata –«

»Vielleicht war das nur eine Übung. Oder er kannte die Frau. Angenommen, er hat Sparrow getötet, um uns abzulenken –«

»Nein«, sagte Mallory. »Für Sie muss es einfach Zappata sein. Ich kann diesen Armleuchter auch nicht leiden, aber bei Ihrer Theorie gibt es ein Problem. Sparrow hätte den Typen mit einem stumpfen Küchenmesser erledigen können.« In ihrer Stimme lag fast so etwas wie Stolz auf eine alte Feindin.

Riker nickte. Es war verdammt schwer, Sparrow einzuschüchtern. Schließlich hatte sie Messerstiche überlebt, die andere das Leben gekostet hätten. Fünfzehn Jahre später bewies sie noch immer, dass sie sich nicht so einfach umbringen ließ. Entgegen der Voraussage ihres Arztes hatte sie die Nacht überstanden.

Jack Coffey schenkte Mallory ein Lächeln – immer ein schlechtes Zeichen. »Warum hat dann Sparrow den Täter nicht fertig gemacht? Ich verrate es dir. Weil er im Dunkeln über sie hergefallen ist. Die Glühbirne über der Wohnungstür war herausgeschraubt.«

Riker sah auf seine Schuhe. Er hatte tatsächlich vergessen, ihr zu sagen …

»Und noch etwas«, ergänzte Coffey. »Dein Partner hat die Spurensicherung gebeten, Fingerabdrücke auf der Glühbirne zu sichern, und sie haben welche von Zappata gefunden.«

Riker sah zu Mallory hinüber. Auch sie lächelte jetzt und schüttelte fast mitleidig den Kopf, obgleich dieses Gefühl ihrem Wesen normalerweise fremd war. »Prima. Sie finden in einer Wohnung, in der es gebrannt hat, die Fingerabdrücke eines Feuerwehrmannes.«

Elegant gekontert. Jetzt fehlte auf dem Siegerpokal nur noch ihr Name. Aber so schnell gab Jack Coffey nicht auf. »Also gut, wir einigen uns auf Folgendes. Wir lassen das Motiv und die Liste der Verdächtigen offen. Aber du und Riker, ihr befasst euch weiter mit dem alten Fall.« Er machte eine Handbewegung, als wollte er fragen: *Bin ich nicht fair?*

Die Mordfälle würden bei den ursprünglichen Ermittlern bleiben und die Ermittlungen weiterhin getrennt durchgeführt werden, daran war nicht zu rütteln. Aber das Gift, das Mallory dem Lieutenant verabreicht hatte, wirkte bereits: Den ganzen Tag sollte sich Jack Coffey besorgt fragen, ob sie nicht doch Recht hatte, ob der nächste Mord in seinem Revier geschehen würde.

Während Mommy mit einer anderen Mutter Tee aus dem Pappbecher trank, lockte Fliegensummen den Sohn an eine Mülltonne. Staunend stand er vor dem schwarzen Gewusel, das wie eine dicht gewobene, lebende Decke über einem stinkenden Brocken auf einem Bogen Pergamentpapier lag.

Er kniete sich in das kurz geschnittene Gras des Tompkin Square. Worüber machten sich diese aufgeregten Flügeltiere da wohl her? Lebte ihre Beute vielleicht noch? Mit einem Stöckchen stieß er probehalber in die wabbelige Fleischmasse, die auf sein Gestocher jedoch nicht reagierte. Etwas enttäuscht betrachtete er die wimmelnde Masse aus Beinen, Flügeln und fetten schwarzen Leibern. Das Gesumm hörte sich richtig schön böse an.

Nach einer Weile verlor der Kleine das Interesse an dem Fliegenschwarm und schlenderte weiter. Unmittelbar daneben stand eine Bank, auf der ein Mann in Jeans und mit einer Baseballmütze auf dem Kopf saß. Er rührte sich nicht. Diese besondere Art der Reglosigkeit kannte der Junge von den zahlreichen toten Hamstern, Vögeln und Goldfischen, die er in seinem kurzen Leben schon gesehen hatte. Seltsamerweise hatte sich bisher noch keine Fliege an den Mann herangetraut. Warum das so war, wurde ihm klar, als ihm im Näherkommen der Geruch nach Insektenspray in die Nase stieg. In einer offenen grauen Tasche war eine Dose von dem Zeug zu sehen, das Mommy benutzte, wenn sie in der Wohnung Insekten jagte, daneben stand ein großes Glas, das halb mit vertrockneten toten und ein paar lebendigen Fliegen gefüllt war.

Ein Sammler also! Damit war für den Jungen die Welt wieder in Ordnung. Der Mann, das stinkende Fleisch und der Fliegenschwarm gehörten zusammen. Schlau gedacht. Jetzt brauchte er nicht jeder einzelnen Fliege nachzulaufen.

Der Mann blinzelte nicht und nahm keine Notiz von dem Jungen. Nachdem er eine halbe Minute gewartet hatte – eine respektable Leistung für einen Knirps wie ihn –, befand er, dass der Mann wohl tatsächlich tot war. So tot wie sein Goldhamster. Um auch wirklich ganz sicherzugehen und im Interesse der Wissenschaft tippte er ihn mit seinem Stöckchen an.

Der Tote drehte den Kopf, und der Junge schrie entsetzt auf.

Rasche Schritte erklangen hinter ihm, fleischige Arme legten sich um ihn und trugen ihn weg. Über die Schulter seiner Mutter sah er, wie der Mann gelbe Gummihandschuhe überstreifte, mit seinem Insektenspray auf die summenden Fliegen zuging und den Schwarm mit giftigen Wolken einnebelte.

Die junge Schauspielerin hatte sich an den übrigen Fahrgästen, die die Haltegriffe umklammerten, vorbeigeschoben und einen Sitzplatz in der U-Bahn erkämpft. Sie rutschte noch ein bisschen auf der Sitzbank hin und her, um noch ein wenig mehr Platz zwischen zwei Mitreisenden zu bekommen, ehe sie sich zurücklehnte. Jetzt war die lange Heimfahrt ins East Village wenigstens erträglich.

Rasch prüfte sie, ob ihre Kostümjacke bei dem Gerangel auch keinen Schaden genommen hatte, und zupfte sich ein langes blondes Haar vom Revers. Der Leinenstoff war so blau wie ihre Augen. Es war das teuerste Outfit, das sie je besessen hatte, und ihr Talisman, obwohl sie bisher noch bei jedem Vorsprechen durchgefallen war.

Um sich von dem Druck der verschwitzten Leiber abzulenken, die sie umgaben, verfasste sie, einen Stapel Ansichtskarten auf den Knien balancierend, ihre wöchentlichen Lügen für die Verlassenen Stellas. Die Reklame über den Wagenfenstern lieferte das Stichwort. *New York ist ein Sommerfestival,* schrieb sie. Dieser Satz war schon mal gut.

Eine Leinentasche traf sie an der Schläfe.

»Hey, können Sie nicht aufpassen?«, zeterte sie, ganz wie eine echte New Yorkerin. Der Schritt der verwaschenen Jeans war nur wenige Zentimeter von ihrem Gesicht entfernt. Sie rochen nach Insektenspray. Sie konzentrierte sich auf ihre Ansichtskarte. *Ich liebe diese Stadt,* schrieb sie. Sie wäre so gern wieder daheim in Ohio gewesen.

Im letzten Jahr hatte sie als Erste in ihrer Familie einen College-Abschluss geschafft. Danach hatte sie – wie die meisten Theaterwissenschaftabsolventen – als Einstieg in die große Karriere zunächst einen Job in einer Fast-Food-Kette angenommen. Für die Verlassenen Stellas – zwei Frauengenerationen, die beide noch vor ihrem siebzehnten Lebensjahr geschwängert und verlassen worden waren – war dies eine herbe Enttäuschung gewesen.

Großmutter, Stella die Erste, hatte einen Sparbrief zu Geld gemacht, damit ihre Enkelin, die aufstrebende Schauspielerin, nach New York gehen konnte, und überwies ihr jeden Monat einen Zuschuss zum Lebensunterhalt. Stella die Zweite, ihre Mom, die sich in einer Trucker-Raststätte als Bedienung abrackerte, schickte alles, was sie an Trinkgeldern bekam, an die erste Stella, die jemals über Ohio hinausgekommen war.

Die Klimaanlage war ausgefallen, und Stella die Dritte beneidete ihre Mitreisenden um den kostbaren Sauerstoff. Sie warf ihrer Nachbarin zur Rechten einen giftigen Blick zu, doch die kaute vergnügt ihr Sandwich weiter, das seltsame Zuckungen vollführte, als wäre es lebendig. Zwiebelringe und Mayonnaisekleckse rutschten von den fettigen Brotscheiben, und ihr Duft vermischte sich mit dem Geruch nach Schweiß und Insektenspray. Stella steckte die Postkarte in ihre Handtasche und begann, an einer Lüge für ihre Agentin zu basteln. Wie sollte sie ihr nur klar machen, dass sie eine Rolle an eine dumme Pute ohne jede Bühnenerfahrung verloren hatte?

Noch eine Station bis Astor Place, dann war sie zu Hause. Die Frau mit dem stinkigen Sandwich stand auf und ließ als Andenken ein paar Tomatenscheiben auf dem Sitz zurück. Die hielten zwar die neu zugestiegenen Fahrgäste ab, sich neben sie zu setzen, trotzdem konnte Stella nicht aufstehen oder von dem Mann neben ihr abrücken, der sich gerade kratzte. Hatte sie sich bei dem Typen etwa schon Läuse eingefangen? Ihr Oberarm juckte. Sie hob die Hand, um sich ebenfalls zu kratzen, als sie ein zappelndes Etwas berührte, das sich als dicke schwarze Fliege entpuppte. Und es blieb nicht bei der einen. In diesem Augenblick begann es wie in der biblischen Geschichte der ägyptischen Plagen Fliegen auf Stella herabzuregnen. Die meisten waren schon tot, andere zuckten nur noch müde und krabbelten schwerfällig über ihren Schoß, an ihren Beinen hinunter, an ihrem Rock hinauf – neiiiin!

Stella sprang auf und schlug wild um sich. Die Fliegen fielen zu Boden und strebten in alle Richtungen davon. Stellas entsetzter Aufschrei löste eine Kettenreaktion bei ihren Mitreisenden aus. Alle flüchteten zum anderen Ende des Wagens. Fliegenleichen knirschten unter Stellas Sohlen, als sie versuchte, die Insekten abzuschütteln, die an ihrer Strumpfhose hinaufkrabbelten. Mit ihrer Hysterie steckte sie andere Fahrgäste an, die nun ebenfalls mit den Füßen stampften und unkontrolliert um sich schlugen. Dabei riss einer einen Zettel ab, der an Stellas Rücken befestigt gewesen war. Der Zettel fiel auf den Wagenboden, als der Zug mit einem Ruck zum Stehen kam und die Türen sich öffneten, und die Sohle eines anderen Frauenschuhs trug ihn davon.

9

Charles Butler stand im Einsatzraum. Auf die Wände rechts und links, auf denen jeweils das Material einer erhängten Frau zusammengestellt war, warf er nur einen flüchtigen Blick; die hintere Wand faszinierte ihn umso mehr. Wirklich kreativ, dieser Heiligenschein aus toten Fliegen. »Und das hat sich Ronald Deluthe einfallen lassen?«

»Ja.« Riker spielte an den Tasten eines kleinen Kassettenrekorders herum. »Der Junge wird mir langsam beinahe sympathisch.«

Pssst.

»Musst du ihn dann ständig wie ein geistig minderbemitteltes Kind behandeln?«

»Na gut, ich spendier ihm mal ein Bier. Das ist die höchste Auszeichnung, die für lasche Anfänger vorgesehen ist.« Riker drehte den Rekorder lauter. Eine monotone Stimme erklang, die Stimme der Vogelscheuche allein in einer grauen Ebene, in der es weder emotionale Höhen noch Täler der Verzweiflung gab und in der das Hintergrundgeräusch die einzige Abwechslung bot.

Pssst.

Charles sah zu dem Chaos aus handschriftlichen Notizen und getippten Protokollen, Faxen und Fotos an den Seitenwänden hinüber, dem Werk zahlreicher Hände und Hirne, das keine bestimmte Ordnung erkennen ließ. »Können wir den Papierkram zurückbringen?«

»Nein«, antwortete Riker. »Aus diesem Raum wird nichts entfernt und nichts kopiert. Anweisung von Coffey. Also musst du alles lesen!«

Charles ging auf, dass man ihm die Rolle eines menschlichen Fotokopierers zugedacht hatte. Gehorsam ging er an der Südwand entlang und erfasste mit seinem eidetischen Gedächtnis die Unterlagen über den Mord an Kennedy Harper. Die Obduktionsbefunde hatte offenbar Mallory angebracht, da sie eine Oase der Ordnung zwischen den krumm und schief hängenden Unterlagen bildeten.

Riker ging neben ihm und drehte am Lautstärkeregler des Rekorders. »Hör dir das noch mal an.«

Pssst.

»Regelmäßige Abstände«, sagte er. »Automatisch eingestellt. Ein Pflanzenbefeuchter in einem Blumengeschäft oder im Gewächshaus einer Gärtnerei, sagen unsere Techniker.«

»Einen Arbeitsplatz würde ich ausschließen«, sagte Charles. »Hätte die Vogelscheuche Störungen befürchtet, hätte man das an der Stimme gehört, aber sie ist vollkommen ruhig.« Er wartete den nächsten Satzteil ab. *Psst.* »Da – eine Atempause. Sein Sprechrhythmus ist auf das Hintergrundgeräusch abgestimmt, es funktioniert wie ein Satzzeichen. Ich würde sagen, dass er mit diesem Geräusch schon lange lebt. Vielleicht ein Gerät, das er aus gesundheitlichen Gründen braucht.« Während Charles mit Riker sprach, las er Edward Slopes Aufzeichnungen über eine noch lebende Frau, die sich trotzdem bereits wie ein Obduktionsbericht ausnahmen. »Hat die Komapatientin keinen Nachnamen?«

»Nein. Sie heißt nur Sparrow«, erwiderte Riker.

Charles hätte nicht sagen können, wann Mallory den Einsatzraum betreten hatte. Katzen machten mit ihren Samtpfoten mehr Lärm. Manchmal fragte er sich, ob sie einfach Spaß daran hatte, ihre Mitmenschen zu erschrecken, zu sehen, wie sie zusammenfuhren – so wie Riker, als ihm bewusst wurde, dass sie hinter ihnen an der Wand entlangschlenderte. Die Fotos von Sparrows nacktem Körper schienen sie kaum zu interessieren, nur ein Bild am Rande dieser Gruppe sah sie sich genauer an – die Nahaufnahme einer schlecht verheilten Narbe, die auf eine schwere Verletzung hindeutete. Mallory schloss die Augen – eine kleine, aber viel sagende Bewegung, aus der Charles folgerte, dass es zwischen ihr und Sparrow mehr Gemeinsamkeiten gab als ein am Tatort entwendetes Taschenbuch.

Mallory sah auf und begegnete Charles Butlers Blick. »Was ist los?«

Psst.

»Eines würde mich interessieren.« Er ging ein paar Schritte zurück und trat vor die Unterlagen aus dem Krankenhaus. Die letzte Seite des Protokolls, das Mallory in ihrer steifen Schrift aufgesetzt hatte, war von Edward Slope unterschrieben. Charles deutete auf ein Foto, auf dem sich die behandschuhte Hand des Pathologen um Sparrows Narbe legte. »Edward hat diese Wunde offenbar ausgiebig untersucht, aber in deinem Bericht taucht nichts davon auf.«

»Es ist eine alte Geschichte, die mit diesem Fall nichts zu tun hat.«

»Du weißt also, wie es passiert ist?«

Pssst.

Riker zog sich auffallend schnell ans andere Ende des Einsatzraumes zurück, was Charles schlagartig erkennen ließ, dass er soeben auf eine Landmine getreten war.

»Es ist die Narbe einer alten Wunde, die ihr mit dem Messer zugefügt wurde. Das Foto gehört nicht hierher.« Sie riss es von der Wand.

»Aber Coffey hast du erzählt, diese Frau konnte gut mit einem Messer umgehen.«

»Das kann man wohl sagen.« Sie zerknüllte das Foto mit einer Hand. Charles sah, dass ihr Verstand auf Hochtouren arbeitete.

Aufgrund der Tatsache, dass ihm die Natur ein Gesicht gegeben hatte, mit dem ihm beim Poker keiner jemals einen Bluff abnahm, glaubten die meisten Leute, er könne ihre Lügen nicht durchschauen. Mallory jedoch hatte diesen Fehler noch nie begangen. Wahrscheinlich überlegte sie nur, mit welcher Halbwahrheit sie ihn am besten in die Irre führen konnte.

»Es war kein Kampf«, sagte sie schließlich. »Sparrow hat das Messer nicht gesehen.«

»Ein blinder Fleck also?«

»Nein.« Sie knüllte das Fotopapier zu einer Kugel zusammen und rollte es zwischen den Handflächen zu einer kleinen Kugel. »Etwas hat Sparrow abgelenkt.« Das Papierkügelchen verschwand in ihrer Faust. »Sie hat gelacht, als er zugestochen hat.« Und während Charles noch das Kunststück mit der Papierkugel verfolgte, schoss Mallorys andere Hand vor, und ein roter Fingernagel tippte an seine Brust.

»Und jetzt vergiss die Narbe.« Das war ein Befehl.

Charles Butler hatte die Drohung nur zu gut verstanden. Mit langen Schritten verließ Mallory den Raum. Charles wäre es lieber gewesen, wenn sie die Tür zugeknallt hätte, um sicher sein zu können, dass sie nur wütend war. Aber sie war nicht wütend, sondern er hatte sie verletzt. Er würde Sparrows Narbe nie wieder erwähnen, denn er spürte, dass es auch Mallorys Narbe war, doch das Foto wollte ihn einfach nicht mehr loslassen und verband sich vor seinem inneren Auge mit anderen Teilen des Puzzles – einer fünfzehn Jahre alten Quittung aus dem Antiquariat Warwick, der Widmung für ein Kind auf der Titelseite eines Westerns. Wann hatte Mallory diese Gewalttat miterlebt?

Wollte man einen Menschen fürs Leben zeichnen, fing man damit am besten an, wenn er noch klein war. Wie klein? Zehn Jahre alt?

Nachdem das Minenfeld geräumt war, stellte Riker sich wieder ein. »Dein Wunsch war mir Befehl, Charles. Ich habe Entenkind einen handfesten Auftrag gegeben. Er macht mit dem Alten eine Exkursion. Sie sollen den Cop vernehmen, der Natalie Homers Leiche gefunden hat. Zufrieden?«

Wohl kaum.

Ganz oben auf der Seite hatte Ronald Deluthe notiert, dass der Mann, den sie im Augenblick vernahmen, der erste Polizist gewesen war, der die Wohnung betreten hatte, in der Natalie Homer ermordet worden war. Gewissenhaft notierte er den Zustand von Alan Parris' Wohnung – die abgewetzten Polster, die Risse im Putz, das chaotische Umfeld eines Mannes, der mit noch nicht einmal zweiundvierzig Jahren hoffnungslos am Ende war – während eine gereizte Stille im Raum lag.

In Parris' Personalakte fanden sich lediglich die nüchternen Daten einer kurzen Laufbahn bei der New Yorker Polizei, doch der bis über den Rand mit leeren Bierdosen gefüllte Abfalleimer deutete auf ein ernstes Alkoholproblem hin. In der Spüle der winzigen Küche türmte sich schmutziges Geschirr, darunter auch eine angeschlagene, zart gemusterte Teetasse, vielleicht aus einem Service, das seine Frau zurückgelassen hatte, als die Ehe vor zwanzig Jahren, nur wenige Monate vor Natalie Homers Tod, zerbrochen war.

Alan Parris trug ein fleckiges T-Shirt und zerschlissene Boxershorts. Durch die Löcher in seinen schwarzen Socken lugten Zehennägel mit Trauerrand. Lars Geldorfs Verhörmethode schien ihn wenig zu beeindrucken. Er wirkte schläfrig, war aber offenbar nicht betrunken.

»Du lügst.« Geldorf, der im Zimmer auf und ab ging, hob die Stimme, um Parris aus seiner Lethargie zu reißen. »Ich weiß, dass einer von euch, du oder dein Partner, die Einzelheiten rausgelassen hat. Jetzt spuck's schon aus.« Er beugte sich vor, sodass sein Gesicht nur wenige Zentimeter von Parris' entfernt war. »Mach mich nicht wütend, das könnte nämlich sehr unangenehm für dich werden.«

Parris gab Geldorf mit einem müden Schnauben zu verstehen, wie kalt ihn diese Drohung ließ, und hüllte sich weiter in Schweigen. Jetzt entlud sich Lars Geldorfs Wut in einer Flut von Beleidigungen, die Deluthe brav mitstenografierte und die schließlich auch Parris aus der Reserve lockten. Wüste Beschimpfungen flogen hin und her, und der Stift des jungen Detectives kam erst zur Ruhe, als Geldorf aus der Wohnung gestürmt war.

Das war Deluthes Zeichen, mit seinen vorbereiteten Fragen anzufangen. Das Szenario, das Geldorf für ihn ausgearbeitet hatte, erinnerte ihn an seine Zeit in Uniform und seine Auftritte in den Grundschulen, wo er den Kindern den Polizisten als Freund und Helfer präsentiert hatte. »Nur noch die eine oder andere Frage, Sir.« Er rang sich ein lahmes Lächeln ab, worauf Parris die Augen verdrehte, wie es damals die Schulkinder getan hatten. Auch mit Parris würde er es nicht leicht haben.

Dieser beschissene Geldorf! Deluthes Lächeln erlosch, ehe er die Seite mit den Fragen zusammenfaltete und in die Tasche steckte. »Was war mit den Nachbarn? Erinnern Sie sich, ob damals jemand auf dem Gang war, in der Nähe des Tatorts? Vielleicht …«

»Es ist lange her, mein Sohn.« Parris bückte sich und schob eine Zeitung beiseite, unter der eine zusammengedrückte Bierdose zum Vorschein kam. Er setzte sie an die Lippen und kippte die letzten Tropfen des schalen warmen Gebräus hinunter.

Noch ließ er keinerlei Unruhe erkennen, aber schon bald würde es ihn in einen Schnapsladen ziehen, um seine Vorräte aufzufüllen.

»Lassen Sie sich ruhig Zeit«, meinte Deluthe. »Ich habe mir für diese Sache den ganzen Tag freigehalten.« Parris horchte auf. »Ich habe die Fotos vom Tatort gesehen. Also, wenn ich das erlebt hätte … mir wären diese Bilder bestimmt nie wieder aus dem Kopf gegangen.«

»Allerdings, mein Sohn. Aber geredet hab ich nie über den Mord. Ich hab nichts durchsickern lassen.« Parris sah zur Wohnungstür, die einen Spaltbreit offen stand, und hob die Stimme. Er ging völlig zu Recht davon aus, dass Lars Geldorf davor stand. »Und dem alten Mistkerl können Sie ausrichten, dass er damals nicht mich draußen auf dem Gang postiert hat, sondern meinen Partner. Vielleicht ist ja an dem jemand vorbeigekommen. Aber genau weiß ich es natürlich nicht. Harvey hat über die Nacht auch nie gesprochen, nicht mal mit mir. Wir haben danach noch jahrelang zusammengearbeitet, aber nie mehr darüber geredet.«

»Wenn Ihr Partner an der Tür Wache schob, mussten Sie ja die ganze Zeit in der Wohnung gewesen sein.«

»Nein, nur ein paar Sekunden. Ich hab die Leiche gefunden, und … Himmel, dieser Gestank! Das konnte einen echt umhauen, sag ich Ihnen. Als ich nach Hause kam, hing er noch in meinen Sachen und in meinen Haaren. Ich rieche ihn jetzt noch, und ich spüre sogar bis heute, wie die Kakerlaken an meinen Beinen hochkrabbeln. Und die Fliegen … Abertausende … Verdammt noch mal.«

»Sie haben also die Tür zugemacht und auf die Kriminalpolizei und die Spurensicherung gewartet?«

»Nein. So, wie die Frau hing, hab ich nicht gesehen, dass sie an den Händen gefesselt war. Wir – Harvey und ich – dachten, es wäre Selbstmord. Wie gesagt – ich war nur ein paar Sekunden drin. Bei Selbstmord kommt keine Spurensicherung, der Einsatzleiter hat nur die Kriminalpolizei geschickt.«

Deluthe blätterte zu seinen Notizen vom Vortag zurück. »Und sonst war niemand am Tatort?«

»Ach, den Fotografen meinen Sie … ja, der kam mit den Detectives. Ganz junger Kerl, jünger als ich, und ich war damals erst zweiundzwanzig. Dem war so speiübel, dass er die Kamera fallen gelassen hat. Ich musste mir eine von einem Nachbarn leihen. Die Detectives haben mich losgeschickt, um Filme zu besorgen. Ich glaube, ich war an dem Abend zweimal im Fotogeschäft.«

»Hat Ihr Partner etwas von Zivilisten am Tatort erzählt? Dieser Harvey …« Deluthe blätterte in seinem Notizbuch, als hätte er vergessen, wie sein eigener Vorgesetzter hieß. Riker hatte angeordnet, dass niemand von der Verbindung eines leitenden Kriminalbeamten mit dem Fall erfahren durfte. Er legte den Finger auf eine leere Seite. »… Loman, nicht? Harvey Loman. War er die ganze Zeit vor der Tür?«

»Ja. Das heißt, nein. Als ich aus dem Fotogeschäft zurückkam, war er auf dem Flur und hat eine alte Frau zur Schnecke gemacht.« Parris hielt einen Augenblick inne, ehe er mit einer Hand seine Augen bedeckte. »Ach verdammt, was soll's …«

Deluthe wartete mit gezücktem Stift.

»Wie bitte?«

»Da waren zwei Kinder vor der Tür, ein Mädchen und ein Junge. Harvey hatte die beiden übersehen. Die Tür war offen, weil es so stank, und ehe ich die zwei wegscheuchen konnte, hatten sie schon alles gesehen. Das geht mir bis heute nach. Wahrscheinlich haben sie von dem Anblick Albträume gekriegt.«

»Ihr Partner hatte die Situation am Tatort also nicht mehr im Griff. Er hatte Mist gebaut, und Sie wollten nicht, dass er Ärger bekommt.«

Parris ließ den Kopf sinken. »Geldorf spielt ja auch heute noch den wilden Mann, aber damals war's noch viel schlimmer. Er hätte Harvey fix und fertig gemacht, weil er die Kinder hat durchschlüpfen lassen. Der alte Sack hält sich immer noch für den lieben Gott persönlich. Ich hasse diese Detectives. Entschuldigen Sie, das war nicht persönlich gemeint.«

»Haben die Kinder den Haarknebel im Mund des Opfers gesehen?«

»Alles haben sie gesehen. Die Leiche war noch nicht abgeschnitten, die Detectives haben noch immer fotografiert.«

Keiner von ihnen hatte gehört, wie die Tür aufging, aber jetzt sahen sie Lars Geldorf auf der Schwelle stehen. Der alte Mann lächelte, und Deluthe konnte sich durchaus vorstellen, weshalb. Vor Erleichterung, dass ein anderer Cop den Tatort nicht mehr im Griff gehabt hatte. Jetzt konnte niemand mehr behaupten, ihm sei ein riesiger Fehler unterlaufen.

Pssst.

Charles las die Zettel, die Kennedy Harpers Verfolger verfasst hatte. Im Vergleich dazu waren die Botschaften, die Natalie Homer bekommen hatte, geradezu poetisch. Er wandte sich an Riker. »Hast du Deluthe gesagt, er soll sich erkundigen, ob Natalies Tür abgeschlossen war, als die Polizei kam?«

»Nein. Die Frage ist nicht vorgesehen, und ich hoffe, dass Alan Parris von sich aus nichts sagt.« Riker schaltete den Rekorder aus. »Natalies Vermieterin hat damals ausgesagt, die Tür sei abgeschlossen gewesen.«

»Als sie die Polizei verständigt hat, war das bestimmt der Fall. Aber als die Cops kamen …«

Riker legte Charles eine Hand auf die Schulter. »Wenn die Tür nicht abgeschlossen war, als der erste Cop kam, hatten bis dahin acht Millionen New Yorker Zugang zum Tatort. Es muss also nicht unbedingt ein Freund von Natalie gewesen sein, der einen Wohnungsschlüssel hatte. Keine besonders gute Ausgangsposition für die Anklagevertretung, wenn der Fall vor Gericht kommt.«

Charles nickte zerstreut. Ihn beschäftigten immer noch die Nachrichten, die so unterschiedlich formuliert waren. »Der Mann, der Natalie Homer getötet hat, war vollkommen besessen von ihr und hat sie mit bloßen Händen erwürgt. Das lässt auf ein Verbrechen aus Leidenschaft schließen, nicht auf einen gewohnheitsmäßigen Killer. In emotionaler Hinsicht ist die Vogelscheuche das genaue Gegenteil davon.« Er tippte auf den Obduktionsbericht im Mordfall Kennedy Harper. »Außerdem ist da noch das Datum. Ein Jubiläumsmord erfordert langwierige Vorbereitungen. Diesem Täter ging es nur um die Tat und nicht um das Opfer. Eine Frau am Strick, Kerzen, ein Glas mit Fliegen – alles Requisiten. Die Vogelscheuche kreiert eine Bühne und geht dann weg. Eiskalt. Ein Wahnsinniger.«

»Und wenn wir ein Verfahren vor einem Schwurgericht umgehen?«

»Das wäre eine kluge Entscheidung.«

»Wie stehen die Chancen, dass die Vogelscheuche ein Geständnis ablegt?«

»Sehr gut. Ihr müsst ihn nur kriegen. Er wird euch alles sagen, was er weiß. Das heißt, in Wahrheit tut er das jetzt schon, es hört nur keiner zu.« Charles löste die Plastiktüte von der

Wand, in der ein blutbesudelter Zettel steckte, und stellte erschrocken fest, dass die steile Schrift Mallorys sehr ähnlich war.

»Analysierst du neuerdings Handschriften?«

»Nein, davon halte ich nichts. Fauler Zauber.« Charles drehte die Tüte um und zeigte Riker die tiefen Rillen auf der Rückseite des Blattes. »Hätte er noch fester aufgedrückt, wäre das Papier eingerissen. Das lässt auf Frustration oder Wut schließen.«

»Er hat den Zettel einer lebenden Frau mit einer Hutnadel in den Nacken gerammt. Wenn das keine Wut war …«

»Aber seine Wut richtete sich nicht gegen Kennedy Harper persönlich. Auf den Gedanken, dass er ihr mit der Hutnadel Schmerzen zufügen konnte, kam er vermutlich nicht einmal. Sie war für ihn nicht mehr als ein Gegenstand, ein Schwarzes Brett. Ihm muss klar gewesen sein, dass sie aufs nächstbeste Polizeirevier laufen würde. Die Botschaft war für euch bestimmt.« Charles ging zu der Wand hinüber, an der die Unterlagen über den Mordversuch an Sparrow hingen. »Eine relativ frische Rasiermesserwunde an Sparrows Arm … spricht dafür, dass er die Gewalt eskalieren lässt, weil die Polizei nicht kapiert hat, was er zum Ausdruck bringen wollte. Warum hat sie übrigens den Überfall nicht gemeldet?«

»Wegen ihres Vorstrafenregisters. Sparrow dachte, die Cops würden ihretwegen keinen Finger krumm machen. Und damit hat sie ja Recht behalten.«

Riker reichte Charles einen Becher Kaffee. Es war sichtlich unbequem für ihn, an dem kleinen Tisch zu sitzen, der für Menschen normaler Größe gedacht war, aber er hatte großen Wert auf Geheimhaltung gelegt, und ungestörter als in der Haftzelle eines Polizeireviers konnte man sich kaum unterhalten. »Wenn du willst, reden wir bei dir weiter …«

»Aber nein, das geht schon in Ordnung.« Charles Butler

nahm tapfer einen Schluck von dem Gebräu und tat so, als sei es einigermaßen genießbar. »Nur noch eine Frage.«

»Schieß los.« Der Detective drehte einen Stuhl um, setzte sich rittlings darauf und stützte die Arme auf die hölzerne Lehne.

»Louis hat sich offenbar schon für Kathy interessiert, ehe er sie mit nach Hause nahm. Gab es dafür einen bestimmten Grund?«

Rikers Blutdruck schoss nach oben, doch er zwang sich zu einem Lächeln. Gut gemacht, Charles! Ein Polizeirevier ist der richtige Ort für heikle Fragen. Aber in diesem Fall war die Wahrheit ungefährlich. »Das bleibt aber unter uns?«

»Natürlich.«

»Eines Abends kreuzt eine Sozialarbeiterin im Dienstraum auf. Und weil Louis ihr noch einen Gefallen schuldet, bittet sie ihn, für sie nach einem Kind zu suchen, das ihr sehr am Herzen liegt. Damals muss Kathy neun oder fast zehn gewesen sein. Sie bewegte sich mit Vorliebe in U-Bahn-Tunneln durch New York, wenn auch nicht unbedingt in einem Waggon. An diesem Abend hatte sie einen der Streckenwärter in Angst und Schrecken versetzt, indem sie sich auf die Gleise gestellt hat, bis der Zug fast heran war, und erst in letzter Sekunde beiseite gesprungen ist.« Insgeheim glaubte Riker, dass Kathy in jener Nacht hatte sterben wollen. »Dem armen Kerl ist fast das Herz stehen geblieben. Und weil er Angst hat, sie könnte auf der dritten Schiene einen Stromschlag bekommen, ruft er die Bahnpolizei, die den Tunnel blockiert. Sechs Mann waren nicht in der Lage, ein kleines Mädchen zu fangen. Sie hat die Typen einfach ausgelacht. Dann kommt die Sozialarbeiterin, geht in den Tunnel, und zwei Minuten später hat sie Kathy an der Hand. Die Frau war groß und blond …«

»Wie deine Freundin Sparrow.«

»Ja, und Kathy ist bereitwillig mit ihr gegangen und hat nicht einmal im Jugendgefängnis ihre Hand losgelassen, als die vielen Formulare ausgefüllt werden mussten. Die Kleine ist also erst einmal untergebracht, gewaschen und satt, und könnte sich schlafen legen. Doch als die Sozialarbeiterin nach Hause geht und Kathy allein lässt, gefällt es ihr in ihrer neuen Bleibe nicht mehr, und fünf Minuten später ist sie auf und davon. Die Aufseher haben nie herausgefunden, wie sie das geschafft hat. Sie war die Einzige, die ihnen je durch die Lappen gegangen ist.«

»Hört sich an, als hätte sie ein paar schlechte Gewohnheiten von Wichita Kid übernommen.«

Riker erstarrte. Wie lange stand die Tür schon offen? Auf der Schwelle stand Jack Coffey. »Du hast Besuch«, sagte er zu Riker.

Vor Rikers Schreibtisch wartete ein alter Freund, dessen Miene niemals verriet, ob er gute oder schlechte Nachrichten überbrachte. Er hielt eine Visitenkarte in die Höhe. »Du kennst den Mann, stimmt's?«

»Antiquariat Warwick«, las Riker. Ihm wurde flau, als er sich langsam auf seinen Schreibtischstuhl sinken ließ, und sein Mund war plötzlich ganz trocken. »Ja, ich habe ihn neulich vernommen.«

Heller drehte langsam seinen Stuhl zur Seite und sah aus dem Fenster. »Ich war zufällig hier, als John Warwick kam, deshalb hat Janos ihn mir aufgehalst. Der Typ war völlig außer sich, hielt mir eine Zeitung unter die Nase und faselte irgendetwas von einem Taschenbuch. Er behauptete steif und fest, ich hätte es in Sparrows Wohnung gefunden, und er wolle es zurückhaben. Offenbar hatte die Nutte es ihm eine Stunde, ehe der Mörder in ihre Wohnung kam, aus dem Regal geklaut.« Er drehte sich wieder zurück in Richtung Schreibtisch und sah Riker an, der kläglich das Gesicht verzog. »Du könntest das bestätigen, sagte Warwick, weil du seine Anzeige aufgenommen hast.«

»Stimmt. Aber der Mann ist nicht ganz dicht.« Riker tippte sich viel sagend gegen die Schläfe. »Wahrscheinlich ist das Taschenbuch verbrannt. Das habe ich Warwick allerdings nicht gesagt.«

»Aber ich. Und du hast natürlich Recht, der Mann hat nicht alle Tassen im Schrank. Er ist zusammengebrochen und hat angefangen zu flennen. Das Buch muss ihm sehr wichtig gewesen sein. Genauso wie Sparrow.«

Riker dachte wieder an sein zugeknöpftes Sakko. Zweifellos hatte Heller den feuchten Fleck auf der Vorderseite ebenso aufmerksam registriert wie alle anderen Einzelheiten in Sparrows Wohnung.

Heller sah auf sein Notizbuch hinunter, das er aufgeschlagen in der Hand hielt. »Das Buch heißt *Heimkehr,* sagte Warwick.« Er sah auf. »Aber das wusstest du wohl schon.«

Dieser Mann hatte in der Vergangenheit schon dafür gesorgt, dass Cops ihren Job verloren, die nur irgendeine Kleinigkeit von einem Tatort hatten mitgehen lassen. Wenn er der Ansicht war, Riker habe Beweismaterial unterschlagen, würde ihn auch ihre zwanzigjährige Freundschaft nicht daran hindern, ihn zur Verantwortung zu ziehen. Sie sahen sich an.

»Als Warwick weg war«, sagte Heller schließlich, »bin ich noch mal ins Labor gegangen und habe mir die Asche und die Papierreste angesehen. Aber ich hatte keine Spur von einem Taschenbuch entdeckt, was ziemlich merkwürdig ist, auch wenn man berücksichtigt, dass das Buch alt und das Papier brüchig war. Zumindest wäre wohl ein Teil als verkohlte Masse erhalten geblieben. Ich könnte ein paar Tests machen. Soll ich weitersuchen?«

Riker schüttelte langsam den Kopf, was Heller offenbar als Geständnis genügte.

Er riss eine Seite aus dem Notizbuch und warf sie in den Papierkorb. »Tja, das wär's dann wohl.« Ohne sich zu verabschieden ging er zu der Tür, die ins Treppenhaus führte.

Riker war klar, dass er seine Dienstmarke behalten würde, weil es keinen hieb- und stichfesten Beweis mehr gegen ihn gab. Aber ihm war ebenfalls klar, dass er einen Freund verloren hatte. Und dass das der Grund für Hellers Besuch gewesen war.

Das Café Regio auf der MacDougal Street war erfüllt von dem weltstädtischen Gewirr fremder Sprachen. Charles Butler ließ seinen Blick durch den großen Raum voll Menschen, kostbarer Bilder und Möbel aller Stilrichtungen wandern. An einem Ecktisch erspähte er ein bekanntes Gesicht.

Anthony Herman sah so aus, wie Kinder sich einen Kobold vorstellen. Er war knapp einen Meter fünfzig groß und schien mit seiner Knollennase und den Riesenohren geradewegs dem Märchenland entsprungen zu sein. In Wirklichkeit jedoch ging er einem alles andere als märchenhaften, sondern eher langweiligen Beruf nach. Er rückte nervös eine rote Fliege zurecht und versteckte sich hinter einer Speisekarte, obgleich die Essenszeit längst vorbei war.

Als Charles sich an seinen Tisch setzte, reichte ihm der Antiquar ein in braunes Papier verpacktes Packet. »Die gesammelten Werke. Mach es bitte nicht hier auf.«

Ein großzügiger Scheck wurde über den Tisch geschoben und verschwand in Hermans Tasche. Er sah sich nach allen Seiten um, als fürchte er, andere späte Gäste könnten den Austausch beobachtet haben, könnten sich Notizen machen oder Erpresserfotos schießen. »Wenn du herumerzählst, dass ich in deinem Auftrag diese Dinger aufgetan habe –«

»– bringst du mich um, ich weiß«, ergänzte Charles. »Keine Angst, dein Ruf ist nicht in Gefahr. Wie hast du sie so schnell gefunden?«

»Es gibt da einen Sammler … das heißt, er sammelt nicht gezielt, sondern trägt einfach alles zusammen, was an Westernromanen je geschrieben wurde. Der Mann sitzt in Colorado, deshalb ist die Rechnung so hoch ausgefallen. Die Bücher selbst haben mich nichts gekostet. Ich habe sie beim Poolbillard mit einem Rancher gewonnen, der diesen Schund für Literatur hält.«

Während Charles noch vergeblich versuchte, sich Anthony Herman als ausgefuchsten Poolbillardspieler vorzustellen, sagte der Zwerg: »Dieser Rancher besitzt auch Erstausgaben aus der Ära der Groschenromane, wenn sie dich interessieren, musst du aber schon selber mit ihm Billard spielen.«

»Du liest so etwas natürlich nicht.« Charles beobachtete, wie ein ängstlicher Ausdruck in Hermans Augen trat. »Du hast sie also gelesen?«

»Ich hab im Flugzeug mal einen Blick darauf geworfen.« Herman verzog verächtlich den Mund, um anzudeuten, dass er nicht der Typ für diese Art von Schund war und sein Kunde ihn eigentlich besser kennen müsste.

Charles öffnete das Paket, ohne sich um das heftige Kopfschütteln seines Gegenübers zu kümmern, blätterte ein Kapitel des ersten Bandes durch und lächelte Herman zu, der ebenfalls zu den Schnelllesern gehörte – eine Gabe, die für seinen Beruf unabdingbar war. »Leichte Kost, nicht? Viel Platz auf den Seiten. Wie lange dauerte der Flug? Drei, vier Stunden?«

»Na schön.« Herman gab sich geschlagen. »Ich habe alle zwölf gelesen.«

»Du hattest bestimmt noch andere Lektüre dabei –«

»Es ist deine Schuld, Charles. Am Anfang wollte ich nur wissen, warum dir so viel an diesen Schmökern liegt. Und dann hat es mich gepackt …«

»Aber sie sind nicht besonders gut, was?«

»Nein. Grauenvoll geschrieben, dünne Handlung. Absolut miserable Bücher.«

»Aber gelesen hast du sie trotzdem.«

»Verschone mich –«

»Und was hältst du von der Rettung aus dem Hinterhalt?«

»Das war die beste Stelle«, erklärte Herman, dessen Stimme erstaunlicherweise fast keine Ironie erkennen ließ. »Oder nein, die beste Stelle ist in *Das Blockhaus am Rande der Welt.* Im Band davor war Wichita Kid von einem tollwütigen Wolf gebissen worden, dem Schaum vor dem Mund stand.«

»Aber in dem Jahrhundert, in dem Wichita Kid lebte, gab es keine Tollwutimpfungen.«

»Wem sagst du das? Tollwut war damals ein Todesurteil.«

»Also wird er mit einer Art Volksheilmittel gerettet«, vermutete Charles.

Der Antiquar grinste hinterhältig. »Falsch.«

»Ich weiß, dass er im letzten Buch noch lebt, deshalb kann er nicht an Tollwut gestorben sein, und …« Charles lehnte sich lächelnd zurück, als ihm aufging, dass er sich damit als Fan von Jake Swain geoutet hatte.

Zum Missbehagen des Buchdetektivs legte er die Bücher nebeneinander auf den Tisch und betrachtete die Umschläge mit den schrillen Bildern von Rauch und Revolvern und sich aufbäumenden Pferden. »Ich kannte mal ein Mädchen, das auf diese Romane so versessen war, dass es einen nach dem anderen verschlungen hat. Wieder und wieder. Kannst du dir das erklären?«

»Nein«, erwiderte Herman ratlos. »So etwas liest man eigentlich nur, weil man wissen will, wie es weitergeht. Mehr als einmal nimmt man solche Schmöker nicht freiwillig in die Hand.«

»Es muss mehr dahinter stecken.« Charles stapelte die Westernromane aufeinander und sah den Antiquar an. »Worum geht es denn darin überhaupt?«

»Letztlich«, antwortete Herman, »geht es um die Erlösung von Wichita Kid.«

Riker hatte seinen ersten Drink ausgetrunken, als er zum Ende des Vernehmungsprotokolls kam, das jedes Detail dokumentierte – bis zu den schmutzigen Zehennägeln von Alan Parris. »Das ist die Unterhaltung? Wort für Wort?«

»Ich kann stenografieren.« Deluthe trank einen Schluck Bier. »Wie sehen Sie übrigens meine Chancen, auf Dauer in Ihre Abteilung versetzt zu werden?«

»Heute? Gleich null. Sie haben doch keinerlei Erfahrung, mein Junge.« Nur eine Hand voll Polizeibeamte wurde überhaupt zu First Grade Detectives befördert, zehn davon waren in der Abteilung für Spezialverbrechen beschäftigt. »Anfänger nehmen wir nicht. Und wie alt sind Sie? Fünfundzwanzig, sechsundzwanzig? Unsere Leute sind meist in den Dreißigern oder Vierzigern. Mit einer Ausnahme …«

»Und zufällig ist Mallory die Tochter des früheren Leiters der Abteilung.«

»Falsch, Deluthe. Sie ist bei uns groß geworden. Und zu der Zeit, als sie noch in die Schule ging, hatte sie schon mehr Dienstjahre auf dem Buckel als Sie.«

»Er hat Recht«, mischte Peg Baily sich ins Gespräch, während sie Riker den nächsten Bourbon mit Wasser hinstellte. »Damals hatten wir den letzten Schrott an Computern, und ständig war etwas kaputt. Als Mallory dreizehn war, hat sie das ganze System für uns auf Vordermann gebracht.« Peg servierte Deluthe ein frisches Bier. »Und wenn Sie wissen wollen, warum Mallory schon First Grade Detective ist: Sie hat den Kerl geschnappt, der ihren Vater umgebracht hat. Die Beförderung war mit Herzblut erkauft.«

Peg Baily ging ans andere Ende des Tresens, um weitere Gäste zu bedienen. »Niemand hat jemals Mallory das Recht streitig gemacht, in unserer Abteilung zu arbeiten. Als Schwiegersohn eines stellvertretenden Polizeipräsidenten müssen Sie erst noch zeigen, was Sie leisten können«, erklärte Riker nachdrücklich.

»Was ist, wenn ich mich von meiner Frau scheiden lasse?«

»Das wäre ein Anfang.« Riker zog einen Stapel Papiere aus seiner Jackentasche und knallte sie auf den Tresen. »Das ist ihr Material über die Cops, die Natalie tot in ihrer Wohnung gefunden haben. Die Informationen hatten wir schon, Mallory hat sie innerhalb von zwei Minuten aus dem Computer geholt.«

»Der Auftrag war also nichts als Beschäftigungstherapie?«

Riker verzichtete darauf, etwas zu bestätigen, was so offenkundig war. »Ihre Arbeit ist wertlos, weil Sie sich einfach irgendeinen Computerausdruck in die Hand haben drücken lassen. Hätten Sie sich mit der Akte beschäftigt, wäre Ihnen vielleicht ein Licht aufgegangen. Trotzdem kann man auch aus dem, was uns die Behörden an Märchen vorsetzen, einiges erfahren. Ich werde Ihnen jetzt zeigen, wie man eine solche Geheimschrift entziffert. Am Tatort waren fünf Cops, drei von der Kriminalpolizei und zwei junge Streifenbeamte. Vier sind mehr oder weniger gleichzeitig aus dem Polizeidienst ausgeschieden. Seltsam, was?«

»Das habe ich auch gesehen, aber mit dem Mord hatte das nichts zu tun«, widersprach Deluthe, »sie sind erst sechs Jahre später gegangen.«

»Aber alle vier innerhalb von vier Wochen. Das lässt darauf schließen, dass eine interne Prüfung stattgefunden hat.«

»In ihren Personalakten stand aber nichts, was …«

»Habe ich Ihnen nicht gesagt, dass wir es hier mit einem Märchen zu tun haben? Was ist – wollen Sie jetzt Ihre Gutenachtgeschichte hören, oder machen wir Schluss für heute?«

»Tut mir Leid.«

Riker fuhr mit dem Finger die Textzeilen nach. »Einer der Streifenpolizisten, Alan Parris, fliegt wegen Insubordination. Das ist natürlich Quatsch. Um wegen so etwas seinen Job zu verlieren, muss man schon einen Sergeant über den Haufen schießen.« Riker blätterte weiter. »In der Woche davor wird sein Partner, *ihr* Boss Harvey Loman, in einen anderen Bezirk versetzt. Das bedeutet, dass Loman seinen Partner bei der Revisionsabteilung ans Messer geliefert hat, um nicht selbst in Schwierigkeiten zu kommen.«

Riker nahm sich das nächste Blatt vor. »Ein Detective kündigt, um in die Privatwirtschaft zu gehen, steht hier. Und wie war's wirklich? Sie haben ihn gezwungen zu gehen, weil sie nicht genug in der Hand hatten, um ihm etwas nachzuweisen. Zuletzt hat der Mann als Toilettenmann gearbeitet und hat sich schon vor Jahren zu Tode gesoffen.«

Er kam zur letzten Seite. »Hier haben wir noch einen toten Detective. Selbstmord. Vier von fünf sind also gleichzeitig bei der Polizei ausgeschieden. Der Mann, der sich erschossen hat, musste wahrscheinlich mit einer Haftstrafe rechnen. Das heißt, er war der Letzte, der aufgegeben hat, aber es war niemand mehr da, den er hätte verpfeifen können. Hätte er nicht den Freitod gewählt, wäre er der Sündenbock gewesen; der Cop, der in den Knast musste.«

Natürlich hatte Riker bei diesen Ausführungen geschummelt. Dass in jenem Revier Unsauberkeiten an der Tagesordnung gewesen waren, hatten damals die Spatzen von den Dächern gepfiffen. »Die Vernehmung von Alan Parris macht sich nur auf dem Papier gut. Die beiden Zeugen … die Kinder auf dem Gang? Parris hat Ihnen eine Menge überzeugende Einzelheiten geliefert, aber keinen Hinweis, der uns auf ihre Spur gesetzt hätte. Könnte auch Verschleierungstaktik sein. Parris kommt in die engere Wahl.«

»Aber das FBI-Profil für Serienkiller …«

»Das ist noch ein Märchen«, unterbrach Riker.

Den restlichen Abend verbrachte Stella Small wie im Nebel. Mit Hilfe von ein paar Rum-Cocktails versuchte sie, die Erinnerung an einen U-Bahn-Waggon voll toter und sterbender Fliegen und panisch fliehender Fahrgäste aus ihrer Erinnerung zu verbannen. Auf dem Barhocker neben ihr saß ein Tourist, auf dessen T-Shirt das Motto *I love New York* prangte.

Von wegen … New York ist Scheiße.

Stellas Nebenhöhlen waren verstopft von dem Zigarettenrauch, aber trotzdem glaubte sie noch immer Insektenspray zu riechen. Ihr war schwindlig vom Rum, die ganze Welt drehte sich um sie. Vielleicht war es ein Fehler gewesen, Drinks zu bestellen, die mit Papierschirmchen dekoriert waren. Aber in einer Bar voller Touristen wollte sie sich keine Blöße geben, und mit den Drinks war es leichter, die Tränen zurückzuhalten. Außerdem schmeckten sie besser als Valium.

Einer der Gäste stieß sie auf dem Weg zur Herrentoilette von hinten an. Stella wollte ihn gerade anbrüllen, doch er war schon im Gedränge verschwunden.

Scheißtourist.

Ein anderer Gast nutzte die Gelegenheit, um ihre Brust zu begrapschen. Sie war so verblüfft, dass es einen Augenblick dauerte, bis sie ihren Barhocker umdrehte. Zu spät. Der Mann, der neben ihr gesessen hatte, war bereits in der Menge untergetaucht. Stella ließ den Kopf auf den Tresen sinken und schlug zweimal mit der Stirn auf das blanke Holz.

Ich will nicht weinen, ich will nicht weinen.

Das half. Stella griff nach ihren Wohnungsschlüsseln und verließ die Bar. Sie war erst einen halben Block weit gekommen, als sie einen Mann sah, der offenbar in besonderem Auftrag unterwegs war. Er paradierte wie ein Soldat. Nein, eher wie ein Spielzeugsoldat, der, einmal aufgezogen, unbeirrbar seinen Weg geht. Der Anblick forderte ihr schauspielerisches Talent heraus, und sie folgte dem Mann im selben Paradeschritt.

An der nächsten Ecke wandte er sich nach links und blieb stehen. Stella tat es ihm nach. Im Licht der Straßenlaterne sah sie die graue Sporttasche, die er in der Hand hielt. Es war der Dreckskerl aus der Bar, der sie begrapscht hatte.

Er drehte sich auf dem Absatz um und wechselte die Richtung. Noch ehe sie die Avenue erreicht hatte, sah Stella das rote Blinklicht eines Streifenwagens. Zwei Polizisten waren dabei, einen Teenager zu filzen. Sie wandte sich um. Der Grapscher hatte die Flucht ergriffen. Offenbar fürchtete er, sie könnte ihn bei den Streifenpolizisten anzeigen. Dieser kleine Sieg gab ihr ein wenig Auftrieb.

Wenige Minuten später steckte sie den Schlüssel ins Schloss, obwohl sie sich nicht erinnern konnte, wie sie die Treppe hochgekommen war. Ihr blauer Leinenblazer hing über ihrem Arm. Wie durch ein Wunder war er trotz der Panik in der U-Bahn, des Fliegenregens und der Attacke des Sittenstrolchs unversehrt. Obwohl es ein langer Tag gewesen war, wies er weder Flecken noch Knitterfalten auf – ein sicherer Beweis für seine magischen Kräfte.

Stella machte die Tür auf. Feuchte Hitze schlug ihr entgegen. Ihre Einzimmerwohnung war wie eine Studentenbude mit zusammengewürfelten Möbeln aus dem Sperrmüll eingerichtet. Sämtliche Grünpflanzen waren eingegangen. Sogar der Plastikefeu, auf dem eine dicke Staubschicht lag, wirkte gräulich – tot.

Sie zog den Rock aus und hängte ihn zusammen mit der Jacke über einen Bügel. Als ihr Talisman-Kostüm im Schrank und damit außer Gefahr war, schaltete sie die Klimaanlage ein und stellte sich in die kühle Brise. Sie streifte gerade ihre Bluse ab und wollte sie auf die Schlafcouch werfen, als sie das schwarze Kreuz auf dem weißen Stoff bemerkte.

Ich liebe diese Stadt, flüsterte Stella erschöpft. Was hatte sie eigentlich noch hier zu suchen? Von dem Foto an der Wand lächelten die Verlassenen Stellas sie an. Grandma und Mom hatten so große Hoffnungen in sie gesetzt, da sie hier schließlich sicher vor den geilen Truckern von der Raststätte war.

Stella hob die Bluse und schüttelte den Kopf, als könnte sie damit das schwarze Kreuz verschwinden lassen. Sie ließ sich auf die Couch fallen und schlug die Hände vors Gesicht. Im nächsten Moment kamen die Tränen und lösten den Druck dieses grässlichen Tages.

Hatte ihr etwa beim Vorsprechen eine Kollegin diesen Streich gespielt? Sie hatte den Blazer erst übergezogen, als sie auf die Bühne gegangen war, um ihren Text vorzusprechen.

Nein, am wahrscheinlichsten war es, dass jemand in der überfüllten U-Bahn die Bluse verschandelt hatte. Vielleicht der Spinner mit den Fliegen? Oder vielleicht einer der Barbesucher, der Sittenstrolch oder der Tourist, der sie von hinten angestoßen hatte?

Sie knüllte die Bluse zusammen und warf sie in einen Papierkorb, den sie mit einer Plastiktüte ausgelegt hatte. Und da sie mit diesem Abend ohnehin nichts mehr würde anfangen können, gab sie sich einen Ruck und fing an, ihre Wohnung aufzuräumen. Ehe sie sich an die Kühlschranktür wagte, hielt sie sich die Nase zu, wohl wissend, dass ihr von dem Geruch nach saurer Milch immer schlecht wurde. Im Kühlschrankregal warteten auch noch andere Scheußlichkeiten, merkwürdige Wesen mit pelzigem Fell und welkes Obst, das sich zum Sterben in die hintersten Winkel verzogen hatte. Das Eisfach machte sie gar nicht erst auf, da in dem dort herrschenden arktischen Winter nur eine halbe Packung Erbsen für kommende Generationen im ewigen Eis eingeschlossen war.

Alles andere wanderte ohne Umschweife in eine Mülltüte – ein größeres Unternehmen und zugleich ein wichtiger Schritt in Richtung Neuanfang. Am nächsten Tag war wieder ein Vorsprechen, und ihr Glücksbringer, das blaue Kostüm, war heute unversehrt geblieben.

Ein gutes Omen.

Über der Bluse mit dem schwarzen Kreuz auf dem Rücken türmten sich mittlerweile Tüten mit gestockter Milch,

Kronenkorken, Bonbonpapier und Fast-Food-Behälter. Stella bemerkte den zusammengefalteten Zettel in der kleinen Tasche ihrer Bluse nicht. Und so erfuhr sie auch nie, was darauf geschrieben stand: *Ich komme an dich heran, wann immer ich will.*

10

Bereits am frühen Morgen herrschte eine Temperatur von über dreißig Grad, und die Bewohner des East Village, die sich zu Fuß oder auf vier Rädern durch den Stoßverkehr der First Avenue quälten, wirkten schon etwas mitgenommen.

Die Reiseführerin stand neben dem Fahrer im Bus und deutete mit dem Mikrofon in der Hand auf besonders malerische Exemplare von New Yorkern in freier Wildbahn. Die meisten finnischen Touristen jedoch hatten ihre Aufmerksamkeit auf einen einzigen gerichtet, der sich, obgleich auch er die übliche Uniform – T-Shirt und Jeans – trug, unübersehbar aus der Menge herausstach. Oberkörper und Kopf sahen aus, als wären sie aus einem einzigen Stück Holz geschnitzt, und seine Arme schwangen hin und her wie ein Metronom. Er hatte eine graue Leinentasche in der Hand, die jedoch die synchronen Bewegungen der Arme keineswegs behinderte. Jeder Schritt, den er machte, war gleich lang, und der Mann wurde nie langsamer, um Passanten auszuweichen, sondern verfolgte unbeirrt eine schnurgerade Linie.

Die Busreisenden hatten eine Stunde entsetzlicher Langeweile im Stau hinter sich. Ihr Dolmetscher hatte sich an diesem Vormittag krank gemeldet, und die amerikanische Reiseführerin hatte noch nicht begriffen, dass sie – abgesehen von dem Wort »Tourist« und einigen wenigen nützlichen Kraftausdrücken – die englische Sprache weder sprachen noch verstanden. Nun drängten sie sich auf einer Seite im Bus und beobachteten fasziniert den merkwürdigen Mann auf dem Gehsteig.

Irgendetwas würde passieren.

Der Verkehr geriet wieder in Bewegung, und der Bus hielt Schritt mit dem Holzmann. Schließlich folgte er ihm, als er um eine Ecke bog und eine Nebenstraße entlangmarschierte. Die Mehrzahl der Passanten wich ihm aus, nur zwei eher klein geratene Fußgänger stießen mit ihm zusammen und traten beiseite – ganz im Gegensatz zu ihm. Als er vor dem Bus die Avenue B überquerte, trat er nach einem Hund, doch nicht im Zorn, sondern weil der Spaniel ihm schlicht und einfach im Weg war. Die Hundebesitzerin beschimpfte ihn, während er, so blind für ihre erhobene Faust wie für alles andere, was sich ihm entgegenstellte, seinen Weg fortsetzte.

Mit einer abrupten Drehung trat er unmittelbar direkt vor den Bus auf die Fahrbahn. Der Fahrer trat auf die Bremse, und die Finnen lächelten zufrieden. Endlich passierte etwas. Um ein Haar wäre ein Mensch überfahren worden.

Sie drängten sich an die Fenster auf der anderen Seite und sahen dem Mann nach, der die gegenüberliegende Straßenseite erreicht hatte, eine Baseballkappe aus der grauen Tasche holte und sie tief ins Gesicht zog. Dann förderte er aus der Tasche einen riesigen Button mit der Aufschrift *I love New York* und befestigte ihn an seinem T-Shirt. Er pflügte durch die Menge, ohne eine Hand zu heben, ohne sie zu sehen oder zu hören, und die Passanten machten ihm mit zornigen Bemerkungen und obszönen Bewegungen Platz.

Die finnischen Touristen hörten einen lauten Knall, und einige duckten sich, da ihnen zahlreiche Filme einschlägige Kenntnisse über New York und seine schwer bewaffneten Bewohner vermittelt hatten.

Der Mann blieb stehen, und der Bus kam mit einem geplatzten Reifen langsam und schlingernd zum Stehen. Der

Fahrer fluchte, während die Reiseführerin ihren Schützlingen einschärfte, genau da zu bleiben, wo sie waren, bis der Ersatzbus eingetroffen war. Doch diese Mahnung wäre, selbst wenn die Finnen sie verstanden hätten, überflüssig gewesen. Was hier passierte, war spannend genug.

Sie scharten sich auf dem Gehsteig und beobachteten im Schutz ihrer Sonnenbrillen den Mann aus Holz, der mittlerweile am Eingang eines Apartmenthauses stand. Ein Eisenzaun schützte den kleinen Hof und ein Beet mit Maßliebchen, die tapfer der Hitze trotzten. Der Mann trat näher an den Zaun heran, machte die Leinentasche auf und holte eine Kamera heraus, ehe er auf seine Armbanduhr sah.

Auch er wartete darauf, dass etwas passierte. Die Finnen ließen ihn nicht aus den Augen, während auf der Straße die Passanten an ihm vorbei in Richtung U-Bahn strömten. Abgesehen von dem großen Button am T-Shirt unterschied er sich nicht wesentlich von vielen von ihnen, und trotzdem hob er sich überdeutlich von all den anderen Leuten ab.

Wieder sah er auf die Uhr, und die Touristen nickten einander zu. Lange konnte es nicht mehr dauern.

Der Mann stand mittlerweile unmittelbar vor dem Tor im Eisenzaun, und zwanzig finnische Augenpaare blickten über seine Schulter.

Eine Tür flog auf, und eine schlanke Blondine überquerte mit klappernden weißen Stöckelschuhen den kleinen Hof. Auch ihre Bluse war weiß, und der Rock hatte dieselbe Farbe wie die hellblaue Jacke, die sie über dem Arm trug. Sie öffnete das Tor und eilte zum Bordstein, während sie sich mit gespreizten Fingern einer Hand durch das lange blonde Haar fuhr und mit der anderen versuchte, ein Taxi aus dem Verkehrsstrom heranzuwinken.

Die Finnen betrachteten die attraktive junge Frau und rätselten, ob sie sie vielleicht vom Bildschirm oder von der Kinoleinwand her kennen müssten. Eine Schauspielerin wäre ihnen am liebsten gewesen, da sie in den letzten zwei Tagen keine einzige Berühmtheit zu Gesicht bekommen hatten.

Der Mann setzte eine Sonnenbrille auf und ging auf die hübsche Blondine zu, während sich eine dichte Fußgängertraube zwischen die beiden schob. Metall blitzte auf, als der Mann sich zwischen den dicht gedrängten Körpern hindurchzwängte und mit der jungen Frau zusammenstieß.

»Scheißtourist!«, schrie sie ihn an, was die zwanzig Finnen betroffen, aber nicht entrüstet zur Kenntnis nahmen.

Der Mann richtete seine Kamera auf die junge Frau, die reflexartig ihre blonde Mähne zurückwarf und sich lächelnd in Positur stellte. Ein Taxi hielt, die Blondine stieg ein und fuhr davon, ohne zu bemerken, was der Mann aus Holz ihr angetan hatte.

Die Show war vorbei. Der Mann ging weiter, und die Finnen wandten den Blick ab. Sie hatten nach bester New Yorker Tradition beschlossen, sich in nichts hineinziehen zu lassen.

Das Taxi steckte im Verkehr fest, und Stella Smalls Nervosität wuchs mit jeden weiteren zehn Cents, die der Taxameter anzeigte. Energisch klopfte sie an die kugelsichere Scheibe, die sie vom Fahrer trennte. Doch er drehte sich nicht um. Wozu auch? Er sprach kein Englisch, wie Stella sehr wohl wusste, als sie ihn anschrie: »Von mir kriegen Sie keinen Cent extra. Ich bin pleite.«

Der Turbanträger am Steuer des Taxis deutete mit einem Nicken an, dass es bald weitergehen würde. Er war sehr höflich – ein weiterer Beweis dafür, dass er nicht in New York geboren war.

Zum dritten Mal innerhalb von drei Minuten sah sie auf ihre Uhr. An der Tatsache, dass sie zu spät dran war, hatte sich nichts geändert.

»Also gut – was soll's!« Sie wedelte mit einem Geldschein, sodass der Mann ihn im Rückspiegel sehen konnte, zahlte und stieg zwei Blocks vor dem Hotel aus. Den blauen Blazer hatte sie sorgfältig über einem Arm gefaltet, um ihn vor Ruß und Taubendreck zu schützen.

Sie ließ sich von der Menge treiben und ging in raschem Tempo den Gehsteig entlang, als zwei Frauen vor ihr plötzlich langsamer wurden, als wäre ihnen nicht klar, was man unter dem Begriff *rushhour* verstand. Und jetzt verstießen sie gegen das erste Überlebensgebot in New York – sie suchten nicht nur Augenkontakt mit ihr, was gefährlich genug war, sondern starrten sie ungeniert an. Stella war kürzlich als Statistin in einer Seifenoper aufgetreten. Ob die beiden sie erkannt hatten?

Träum weiter, Baby.

Jetzt blieb auch ein alter Mann stehen und glotzte. Stella lächelte ihm zu.

Ja, ich bin's, die berühmte Schauspielerin, die keine Sprechrollen kriegt.

Alle Passanten, an denen sie vorbeikam, musterten sie aufmerksam, und ein Paar mittleren Alters zeigte sogar mit dem Finger auf sie. Die Nachmittags-Seifenopern waren offenbar beliebter, als sie gedacht hatte.

Müsst ihr denn tagsüber nicht arbeiten, Leute?

Im Hotel schlug ihr künstlich erzeugte eisige Luft entgegen. Ein gelangweilter junger Mann am Eingang streckte ihr ein Blatt Papier entgegen, ohne sie anzusehen. Vor der geschlossenen Tür des Ballsaals stand eine Frau und rief Namen auf, die mit R begannen. Stella Small seufzte erleichtert. Der hintere Platz im Alphabet hatte sie gerettet.

Sie zog die Kostümjacke an und gesellte sich zu den anderen Schauspielerinnen in dem mit einem Seil abgetrennten Bereich. Dort achtete niemand auf sie, alle hatten nur Augen für die ausgeteilten Textblätter. Eine Zeile, sechs Wörter. Wie lange musste man so etwas üben?

Sie zog sich hinter einen Kübelfarn zurück, wo niemand ihr

schönes Kostüm, ihren Talisman, zerknittern oder schmutzig machen konnte. Als sie aufgerufen wurde, betrat sie den Ballsaal. Auf einem Podium stand ein langer Tisch mit Flaschen und Gläsern, fliegenden Blättern und Fast-Food-Behältern, an dem der Regisseur und der Produzent sowie ihre Assistenten und Assistentinnen saßen. Noch ehe sie ihren Text gesprochen hatte, starrten alle – Männer wie Frauen – Stella mit aufgerissenen Augen an. Sie schenkte ihnen ihr schönstes Lächeln. Diese Leute waren geblendet, gefesselt, hingerissen, noch ehe sie ein Wort von ihr gehört hatten.

Stella spürte etwas Feuchtes auf der Hand und sah nach unten. Durch den Ärmel ihrer Kostümjacke sickerte eine lange dicke Blutspur, unter dem Futter rann Blut an ihrem Arm herab und tropfte von ihren Fingerspitzen.

»Richtig gemein, wenn so was passiert«, sagte Stella. Ein Satz, sechs Wörter – aber der falsche Text. Stella Small schloss die Augen und schlug mit dem Hinterkopf hart auf dem Boden auf.

Grüne Vorhänge umschlossen an drei Seiten das Bett in der Notaufnahme und gewährten dem jungen Paar ein Mindestmaß an Privatsphäre. Stella saß auf dem Untersuchungstisch und ließ die Beine baumeln, während der Arzt schüchtern lächelnd ihren verletzten Arm behandelte.

Abrupt wandte er den Kopf. Hinter dem dünnen Vorhang zeichnete sich der Umriss einer Gestalt ab. Es war ein sehr umfangreicher Umriss, trotzdem musste Stella unwillkürlich an die Szene aus dem Film *Psycho* denken. Eine Schattenhand fuhr hoch, höher und höher, ehe der grüne Vorhang mit einem heftigen Ruck zur Seite geschoben wurde. Der junge Arzt riss die Augen auf, als er eine korpulente Frau mit aufgetürmtem schwarzem Haar in einem wallenden schwarzen Kleid vor sich sah, das an ein Nonnenhabit erinnerte.

Stella hatte schon immer den Verdacht gehegt, dass ihre

Agentin frisches Blut schon von weitem witterte. Martha Sutton war eine Furcht einflößende Persönlichkeit mit einem ausgeprägten Sinn für das Drama und unheimlicher als richtige Nonnen.

»Toller Auftritt!«

»Du siehst fantastisch aus, Schätzchen!«, stellte Martha Sutton mit funkelnden Augen fest, was in der Sprache der Schauspieleragenten bedeutete, dass sich daraus durchaus Publicity schlagen ließ.

Der junge Arzt beschäftigte sich wieder damit, die lange schmale Wunde auszuspülen. »Ich denke, wir müssen nicht nähen.« Er brachte ein paar kleine Verbände an, die aussahen wie weiße Schmetterlinge. »Ein glatter, flacher Schnitt. Aber wie das mit einer Kamera passieren konnte, ist mir ein Rätsel. Selbst wenn ein scharfes Stück Metall –«

»Ich sage Ihnen doch, dass dieser Tourist mich mit seiner verdammten Kamera angestoßen hat. Ich stand vor meinem Haus und winkte ein Taxi –«

»Wie Sie meinen.« Der Arzt richtete sich auf. »Für mich sieht das nach einem Rasiermesserschnitt aus.«

Martha Sutton grinste hinterhältig. »Genialer Text, bleib dabei«, flüsterte sie Stella zu.

»Aber es war eine Kamera«, wiederholte Stella.

Die Agentin deutete auf eine Glastür, hinter der ein Mann zu sehen war. »Der Typ da ist Reporter. Willst du nun Karriere machen oder nicht, Schätzchen?«

Plötzlich verstand Stella. »Ich bin mit einem Rasiermesser angegriffen worden«, verkündete sie.

»So gefällt mir das«, lobte die Agentin. »Und spiel die Sache mit dem Idioten ein bisschen hoch, der dich durch die Lobby getragen hat. Er ist einer meiner Klienten. Zum Glück war er zu blöd, um deine Blutung zu stillen. Die Blutspur auf dem Teppich ist Gold wert. Und buchstabier dem Reporter deinen Namen, der ist nämlich auch ein Idiot.« Die Agentin wandte sich zum Gehen, als ihr noch etwas einzufallen schien. »Ich habe noch einen Termin für dich vereinbart. Auf einem Polizeirevier. Ein Cop in SoHo ist auf Blondinen aus, die Probleme mit der Chemischen Reinigung haben. Hast du zufällig eine Bluse mit einem großen schwarzen Kreuz auf dem Rücken?«

Stella nickte.

»Perfekt. Die Cops suchen nach einem Mistkerl, der so was ständig macht. Bete, dass heute nicht viel passiert, dann siehst du dich vielleicht im Fernsehen wieder. Und nimm die Bluse mit; das ist eine tolle Requisite.«

»Ich habe sie weggeworfen«, wandte Stella ein.

»Unsinn, Schätzchen. Sieh mich an und sag mir, dass du sie aufgehoben hast.«

Es konnte wohl nicht so schwierig sein, ein schwarzes Kreuz auf eine Bluse zu pinseln. »Okay, ich hab sie noch.«

»So gefällst du mir.«

Zwei Stunden später trat Stella aus der Dusche und machte eine Dose Bier auf in der Hoffnung, damit das Hämmern der Wunde betäuben zu können. Unter dem Berg alter Sachen entdeckte sie ein Paar Turnschuhe. Nein, keine gute Idee. Ihre Agentin hatte ihr zu viel Valium gegeben, was es vielleicht zu schwierig machen würde, Schnürsenkel zu binden. Sie griff nach den Sandalen, die unter einem Stuhl standen, ließ sich auf die Couch fallen, von der eine Staubwolke aufstieg, und griff nach einer alten Nummer von *Backstage*, der einzigen Zeitschrift, die sie las. Sie fand zwar keine Vorsprechtermine für diesen Tag, trotzdem wurde sie das Gefühl nicht los, dass sie heute Nachmittag irgendwo erwartet wurde.

Sie griff nach der Fernbedienung und zappte sich durch die Kanäle, bis sie ein Kinderprogramm gefunden hatte.

Sehr schön. Gut. Zeichentrickfilme waren nicht anspruchsvoll.

Doch plötzlich wurde der Schirm schwarz und ließ sich

nicht bewegen, wieder ein Bild zu zeigen. Das war ein schlechtes Zeichen, aber noch war Stella nicht ganz am Boden zerstört. Sie hatte es schon immer spannend gefunden zu beobachten, wie lange eine Pechsträhne anhalten und wie schlimm sie werden konnte. Im Übrigen war sie der Ansicht, dass jede Erfahrung wertvoll war, sofern es ihr nur gelang, in dieser Stadt zu überleben.

Etwas krabbelte an ihrem Bein empor. Sie öffnete schon den Mund zu einem Schrei, ehe sich ein Lächeln auf ihrem Gesicht ausbreitete. Es war nur eine Spinne. Sie schnippte das fette Tier mit den Fingern weg und sah zu, wie es über den Fußboden lief. Die Verlassenen Stellas behaupteten, dass eine Spinne im Haus Glück brachte. Aber stimmte das auch, wenn es sich um ein so dickes Exemplar handelte? Stella rollte die Zeitschrift zusammen und schlug zu.

Die Verlassenen Stellas hatten schon eine Menge Dinge behauptet.

Sie griff nach der blutbesudelten Kostümjacke, um sie wegzuwerfen, wobei sie auf einen Zettel ihrer Agentin stieß, die ihr die Adresse des Reviers in SoHo und die Uhrzeit aufgeschrieben hatte, zu der man sie und weitere hundert Schauspielerkolleginnen dort erwartete. Das Revier war zu Fuß bequem zu erreichen, und sie hatte noch mindestens eine Stunde Zeit.

Das Telefon läutete. Stella fuhr zusammen und wartete, bis der Anrufbeantworter sich eingeschaltet hatte. Dem Umgang mit New Yorkern fühlte sich die junge Frau aus Ohio im Augenblick nicht gewachsen.

Als das Wort *Polizei* durch den Valiumnebel drang, horchte sie auf und griff zum Hörer. »Geht es um die Befragung der Schauspielerinnen in SoHo? … Nein? Midtown? Ich dachte … ach so … Verzeihung, das wusste ich nicht. Ja, ich komme.«

Jetzt erinnerte sie sich wieder daran, dass ihre Agentin sie aus der Notaufnahme geschleppt hatte, obwohl man ihr gesagt hatte, sie solle auf die Polizei warten. Sie hatte das Krankenhaus in Begleitung eines Boulevardreporters verlassen, der ihr wichtiger gewesen war als irgendeiner dieser Gesetzeshüter.

Würde sie jetzt Ärger bekommen?

Die Zeit war knapp. Wenn sie Glück hatte und die U-Bahn sie nicht im Stich ließ, konnte sie vielleicht beide Termine noch einhalten, aber nur, wenn die Befragungen in SoHo alphabetisch vorgenommen wurden. In diesem Moment fiel ihr wieder ein, dass sie eine verschandelte Bluse als Requisite brauchte.

Nach einer ausgiebigen Suchaktion im Kleiderschrank und den Schubladen waren sämtliche Sachen, die sie besaß, in der kleinen Wohnung verstreut, und die Ordnung, die am vergangenen Abend ausnahmsweise einmal geherrscht hatte, war dahin. Entmutigt sah sie zu den Verlassenen Stellas, die zwar von der Wand auf sie herunterlächelten, für ein Leben, das aus den Fugen geraten war, jedoch auch keinen weisen Spruch parat hatten.

In dem Kleiderhaufen zu ihren Füßen fand sich eine geeignete Bluse aus dem Secondhandshop. Als sie die kleine Küche verließ, herrschte auch dort völliges Chaos. Auf der Suche nach einem Stift, mit dem sie das große X auf den Rücken der Bluse malen wollte, hatte sie sämtliche Schubfächer ausgekippt.

Im Erdgeschoss des Polizeireviers in SoHo drängten sich Schauspielerinnen aller Größen und Haarfarben, obwohl die Abteilung Spezialverbrechen ausdrücklich nur Blondinen verlangt hatte. Jack Coffey stand an der Tür und musterte die Transporter der Nachrichtensender, die in zweiter Reihe parkten, während die Reporter in Gruppen auf dem Gehsteig herumlungerten.

»Was haben Sie den Agenturen erzählt?«, wollte er von Detective Wang wissen.

»Genau das, was Sie mir aufgetragen hatten. Dass es um Ermittlungen wegen Vandalismus in der U-Bahn geht.«

Detective Desoto klappte sein Handy zu. »Eine Agentin hat den Reportern erzählt, wir wären auf der Suche nach einem Sexualverbrecher, der es auf Blondinen abgesehen hat. Aber keins dieser Arschlöcher ahnt, dass es da einen Zusammenhang mit der Abteilung für Spezialverbrechen gibt«, sagte er zum Lieutnant.

Coffey bedankte sich insgeheim bei der Stadt New York, der es zu teuer gewesen war, am Eingang einen Hinweis auf seine Abteilung anzubringen. »Okay, ihr geht mit den Schauspielerinnen in den Dienstraum, jeweils in Zehnergruppen. Und dass niemand die Abteilung Spezialverbrechen erwähnt, ist das klar? Die Brünetten werden gleich aussortiert.«

Die jungen Frauen wurden ins Treppenhaus gebeten, wo Desoto die Dunkelhaarigen wegschickte, ehe die erste Blondinengruppe hinter Detective Wang die Treppe hinaufging. Wie jung sie waren und so völlig unvorbereitet auf das, was ihnen bevorstand.

Als Lieutenant Coffey ein paar Minuten später hereinkam, standen sie in Reih und Glied da. Detective Janos schritt die Front ab. »Wenn ihr uns Märchen erzählt, nur um in die Zeitung zu kommen, gibt es eine Anzeige wegen Behinderung der Justiz. Und das bedeutet Haft.«

Der Mann besaß zwar eine sanfte Stimme, doch zugleich eine Schlägervisage und die Schwerkraft eines kleinen Planeten. Die blonden Köpfe folgten seinen Bewegungen im Gleichklang.

»Unsere Haftzellen sind nicht besonders sauber. Alles voller Flöhe.«

Zwei spülwasserblonde junge Damen schoben sich unauffällig in Richtung Tür.

»Ja, und auch die Läuse sind ein Problem.« Janos seufzte. »Ihr werdet in einer Gemeinschaftsdusche entkleidet und entlaust.«

Nach der Massenflucht, die auf diese Schilderung folgte, blieb nur eine sehr helle Blondine übrig, die Janos mit einem bedrohlichen Blick fixierte. Sie brach in Tränen aus und lief zur Tür, wo die nächsten zehn Kandidatinnen bereits warteten. »Weiter«, rief Janos.

11

Charles hielt sich ein wenig abseits, während die anderen in Mallorys Büro bei Butler & Company stritten.

»Nein, Riker«, sagte Edward Slope, »in den nächsten zehn Jahren setze ich keinen Fuß mehr in dieses Krankenhaus.« Damit war für ihn das Thema der sterbenden Komapatientin erledigt, und er wandte sich den neuen und verbesserten Autopsiefotos von Natalie Homer zu.

Mallory war es gelungen, körnige Vergrößerungen in scharfe Bilder zu verwandeln. Mit Hilfe ihres Computers hatte sie Licht und Schatten verfeinert, aus Zweideutigem etwas Eindeutiges gemacht und Details herausgearbeitet, die in den Originalen nicht erkennbar gewesen waren. Obgleich es also aussah, als vermittelten die Bilder eine fotografisch exakte Wahrheit, hatte Charles den Verdacht, dass Mallory die Pixel in ihrem Sinne überlistet hatte.

»Dann eben nicht«, erwiderte Riker leicht gereizt. »Kannst du mir dann wenigstens eine zweite Meinung hierzu geben?« Er reichte dem Pathologen eine von Mallory nicht retuschierte Röntgenaufnahme von Natalies Kopf.

Der Arzt hielt Sie ins Licht. »Du hast Recht. Es sieht so aus, als hätte mein Vorgänger alles übersehen bis auf die Todesursache. Schädelbruch. Ob sie dadurch das Bewusstsein verloren hat, weiß ich nicht, aber der Schlag dürfte sie auf jeden Fall betäubt haben. Sieht nach einem stumpfen Gegenstand aus. Das könnte ich auch unter Eid aussagen.«

Riker reichte ihm ein vergrößertes Foto von Natalies rechter Hand. »Das ist die Aufnahme von der Verbrennung.«

Dr. Slope schüttelte den Kopf. »Ob das Fleisch verbrannt war, ehe sich die Insekten darüber hergemacht haben, kann ich nicht sagen.«

Riker warf einen Blick auf die Übertragung von Louis Markowitz' Notizen. »Lou schreibt, dass sie eine Brandwunde an der Hand hatte.« Und schon fing der Streit von vorn an.

Charles versuchte sich als Friedensstifter. »Louis sind die vielen Kakerlaken an ihrer Hand aufgefallen, was auf das Vorhandensein von Fett hindeutet. Wenn es heiß aus der Bratpfanne –«

»Reine Spekulation«, unterbrach Slope. »Meine Aussagen stützen sich ausschließlich auf Fakten.« Er sah auf die Uhr. »Wenn das alles ist …«

Riker versuchte es noch einmal. »Vielleicht könntest du kurz mit Sparrows Arzt –«

»Kommt überhaupt nicht in Frage. Aber frag doch Charles, ob er sich nicht diesen zahmen Assistenzarzt vorknöpfen kann. Er kennt sich mit dem Jargon ja gut genug aus.«

»Sparrow liegt im Sterben«, wandte Riker ein. »Ich brauche die Meinung eines Arztes.«

»Wenn es um das Koma geht, ist Charles dein Mann.« Edward Slope war bereits auf dem Weg zur Tür. »Keiner von denen im Krankenhaus versteht hier so viel vom menschlichen Gehirn wie Charles.«

Die Tür schlug zu, und Riker ließ sich entmutigt auf seinen Schreibtischstuhl fallen. »Sparrows Arzt hasst Cops. Mit mir redet er nicht. Kannst du mir helfen, Charles?«

»Edward übertreibt. Ich habe nur eine Abhandlung über

das komatöse Gehirn verfasst, aber ein Gespräch mit ihrem Arzt könnte ich vielleicht vermitteln.«

»Danke. Übrigens … Mallory braucht das nicht zu wissen.«

Riker schloss die Augen und legte die Füße auf den Schreibtisch – ein deutliches Zeichen, dass er sie nicht so schnell zurückerwartete. Charles fragte sich, warum Riker den Besuch im Krankenhaus wohl geheim halten wollte. Seine Partnerin hatte doch bestimmt ebenso großes Interesse an diesem Verbrechensopfer – eine interessante Frage, und die Antwort lautete wahrscheinlich, dass Mallory es nicht verzeihen würde, wenn Riker ihrer Feindin zu viel Zuwendung schenkte.

Die beiden fuhren erschrocken zusammen, als ein Klirren aus dem Nebenzimmer zu hören war.

Riker sprang auf. »Diese jungen Leute kann man aber auch nicht einen Augenblick unbeaufsichtigt lassen!«

In der Büroküche stand Ronald Deluthe in einer Rüschenschürze, wie Natalie Homer sie getragen hatte, und hielt eine Bratpfanne in der Hand. Sämtliche Arbeitsflächen waren nass, und auf dem Fußboden standen Wasserpfützen. Durchweichte Vergrößerungen der Tatortfotos lagen auf dem Tisch.

»Meine Schuld«, räumte Riker ein. »Ich habe ihm gesagt, er soll die Szene nachstellen.«

Charles sah auf das Wasser neben dem Herd. »Das soll also Fett von Natalies Würstchen sein?«

»Ja, Sir.« Deluthe ließ Wasser in die Pfanne laufen und vollführte damit eine Reihe Rückhand- und Oberkopfschläge. Der Großteil des Wassers spritzte nach hinten, während der Rest einen imaginären Angreifer traf und an dem Kühlschrank landete. Die rechte Hand von Deluthe war nass, ansonsten war er trocken geblieben. »Auf die Schürze kommt nie etwas. Also hat sie sich nicht mit der Bratpfanne gewehrt. Ich schätze, dass der Mörder sie in der Hand hatte.«

»Klingt einleuchtend«, meinte Riker. »Slope hat bestätigt,

dass es ein Schädelbruch war. Vielleicht hat der Täter ihr damit eins übergezogen. Gut gemacht, Junge.«

»Bringt das sofort in Ordnung.« Mallory stand im Türrahmen und betrachtete den nassen Boden und die triefenden Wände. Deluthe griff hastig nach einem Schwamm und kniete sich hin, um die Pfützen zu entfernen.

»Ihr irrt euch«, schaltete Charles sich ein. »Natalie hat die Bratpfanne tatsächlich als Waffe benutzt, aber der Irrtum ist verständlich.« Er deutete auf die elektrische Bratpfanne mit der computergesteuerten Zeiteinstellung. »Sie ist aus Aluminium, und der Griff wird nicht heiß.«

»Nein?« Deluthe richtete sich langsam auf.

Charles verließ die Küche und kehrte kurz darauf mit der Bratpfanne zurück, die damals am Tatort vorgefunden worden war. »Natalies Pfanne war aus Gusseisen, der Griff wurde sehr heiß, und sie brauchte einen Topflappen.« Er deutete auf eine der Aufnahmen, die auf dem Tisch lagen. »Seht ihr die Haken an der Wand? Hier am Herd, einen Haken für jeden Topflappen, und sie hängen alle da. Die Würstchen waren noch nicht fertig, die vordere Kochplatte glühte noch. Sie wurde gestört.«

»Genau«, bestätigte Deluthe. »Sie wurde nämlich ermordet.«

»Aber erst geschah etwas weniger Dramatisches«, fuhr Charles fort. »Es klopfte. Natalie hatte genug Zeit, ihren Topflappen an den Haken zu hängen, ehe sie ihrem Mörder die Tür aufgemacht hat. Lange hätte sie die Würstchen nicht unbeaufsichtigt lassen können, der Kampf muss also sofort begonnen haben.« Er nahm Deluthe den Schwamm ab und wischte eins der Tatortfotos trocken. »Der Anzahl der Würstchen nach zu schließen, würde ich sagen, dass Sie für Ihr Experiment zu viel Wasser verwendet haben.« Nachdem Mallory das Foto von Natalies Schürze bearbeitet hatte, traten die Längskanten des Fettflecks schärfer hervor. Louis Markowitz hatte Recht mit seiner Anmerkung gehabt: kein Spritzer, sondern ein Schmierfleck.

Charles deutete auf die Ansammlung von Kakerlaken auf Natalies rechter Hand. »Nehmen wir an, sie hat sich die Hand verbrannt. Außerdem war sie gestürzt und hatte dadurch das Bewusstsein verloren oder war zumindest betäubt. Sie kam nicht dazu, die Bratpfanne als Waffe zu benutzen, hatte es aber vor. Und der Mörder hat sie überhaupt nicht angefasst.«

Deluthe kreuzte die Arme. »Woher wollen Sie das wissen?«

»Weil Ihre Schürze trocken und die Küche pitschnass ist.« Charles hielt die Bratpfanne unter den Wasserhahn und stellte sie wieder auf die vordere Herdplatte. »Natalie steht ihrem Mörder gegenüber. Sie hat keine Zeit, nach einem Topflappen zu greifen, sie packt die Pfanne …« Er griff nach der Pfanne und riss sie in die Höhe, woraufhin wenig Wasser auf seine Hand und seinen Arm schwappte und sich in einer Pfütze auf den Boden ergoss. »Das heiße Eisen und das Fett verbrennt ihr die Hand.«

Charles ließ den Griff los, und die Pfanne fiel scheppernd zu Boden. »Der Mörder kommt näher. Sie weicht zurück, gerät auf der Fettschicht ins Rutschen und fällt vornüber.«

»Woher wollen Sie wissen, dass sie hingefallen ist?«, wandte Deluthe ein. »Und wie sie aufgekommen ist?«

»Logik«, antwortete Charles. »Wenn alle Fakten nur auf ein Szenario passen, muss es sich so abgespielt haben. Darf ich?« Er nahm Deluthe die Schürze ab und legte sie auf den Boden. »Natalie ist gestürzt und liegt reglos am Boden. Wahrscheinlich hat sie sich den Kopf an der Herdkante angeschlagen. Der Schädelbruch rührt nicht von einer gusseisernen Pfanne her, da sonst der Schädel eingedrückt wäre.« Er richtete sich auf und wandte sich an Deluthe. »Wie Sie sehen, ist meine Fettpfütze kleiner als Ihre, sie wird von dem Oberteil der Schürze verdeckt. »Er deutete auf das dazugehörige Foto. »Die Kanten des Fettflecks wären nicht so gerade, wenn sie sich gewehrt hätte. Sie war also betäubt oder bewusstlos, als er sie über den Boden geschleift hat.« Charles zog die Schürze heran. Als er sie aufhob, wies die nasse Stelle die Größe und Form des Flecks auf Natalie Homers Schürze auf.

»Ja, so muss es gewesen sein«, fuhr Charles beinahe entschuldigend fort. »Und früher oder später wären Sie bestimmt auch darauf gekommen. Aber Sie haben noch nie gekocht, stimmt's?«

Der Boden war kürzlich aufgewischt worden und roch nach Chlor – genau wie im Leichenschauhaus. Riker hörte, wie Charles Butler auf dem Gang mit dem Assistenzarzt verhandelte.

Riker wusste, dass Sparrow die Augen nicht aus freien Stücken verdrehte, aber vielleicht war das, was wie Wahnsinn wirkte, ein Fenster zu ihrem Verstand – oder zumindest zu dem, was davon übrig war. Er widerstand der Versuchung, ihr die Augen zu schließen. Das war ein Dienst, den man nur Toten erwies.

Er saß an ihrem Bett und verwandelte das Schreiben der Krankenhausverwaltung, mit dem er um nähere Angaben über die Patientin gebeten wurde, in Konfettischnipsel. Er kannte ihren vollständigen Namen, würde ihn aber niemals preisgeben. Sparrow hätte es nicht gewollt. Sie hatte es ihm sogar ausdrücklich gesagt – an einem Regentag, als er ihr in seinem Wagen Zuflucht gewährt und sie mit Kaffee versorgt hatte. Den ganzen Winter über war Sparrow kränklich gewesen und hatte stark abgenommen, so dass er tatsächlich gedacht hatte, sie könnte sterben. Und dann hatte sie auch noch angefangen, über die Pläne für ihren Grabstein zu sprechen.

Er hatte lachen müssen, als Sparrow ihm im Lauf dieses makabren Gespräches erklärt hatte, dass auf dem Stein nichts als *Sparrow* stehen dürfe – keine Daten, keine Sprüche, nur dieser Name in großen Buchstaben wie auf einer Markise in Las Vegas, ein Unterpfand des Ruhmes – als müsste jeder Friedhofsbesucher wissen, wer sie war. Eine vermessene Annahme, die aber perfekt zu Sparrow passte.

Charles Butler hatte die Unterredung auf dem Gang beendet, betrat das Krankenzimmer und schloss die Tür so behutsam, als könnte Sparrow durch irgendwelche Geräusche gestört werden. »Ihr Arzt hat tatsächlich etwas gegen Polizisten, aber in medizinischer Hinsicht ist Sparrow bei ihm in den besten Händen. Für ihn scheint es so etwas wie eine Lebensaufgabe zu sein, sie am Leben zu erhalten.« Er nickte zu einer Plastikflasche hinüber, die an einem Gestell hing und von der aus ein Schlauch in den Arm der Patientin führte. »Das ist ein Antibiotikum gegen die Infektion. Und den Schlauch im Hals hat sie, weil eine Lunge kollabiert ist. Ihr Arzt vermutet, dass sie an chronischen Atemwegsbeschwerden leidet.«

Riker nickte. »Im Winter war sie pausenlos krank.«

»Dazu kommen die Langzeitschäden durch Unterernährung und Drogen. Eine Geschlechtskrankheit könnte dafür verantwortlich sein, dass eine Niere nicht mehr arbeitet. Wir haben es also mit einer ganzen Reihe von Komplikationen zu tun.« Er legte Riker eine Hand auf die Schulter. »Es tut mir sehr Leid.«

Riker sah zu der Frau auf dem Bett herunter, mit der ihn eine Freundschaft bis zum Tod verband. »Glaubst du, dass sie noch etwas mitbekommt, obwohl das Gehirn immer weiter abbaut?«

»Möglich.« Charles verfolgte die Kurve auf dem Monitor. »Bestenfalls könnte man sagen, dass sie in einem Traumzustand dahindämmert. Höchstwahrscheinlich träumt sie noch im Sterben. Ohne Schmerzen, ohne Angst. Hilft dir das ein bisschen?«

»Ja, das tut es. Danke.« Riker lauschte dem Geräusch der Maschine, die für Sparrow atmete, und betrachtete die

Schläuche, die in ihren Körper hineingingen und wieder hinausführten.

»Wir müssen bald gehen«, meinte Charles. »Ich habe Mallory versprochen, pünktlich in Manhattan zu sein.«

»Ja, sofort.« Die Schachtel mit den Papiertaschentüchern auf dem Nachttisch war leer. Riker legte das Buch aufs Bett und kramte in seinen Anzugtaschen.

»Ich habe etwas, was dich vielleicht aufheitert«, sagte Charles. »Eine Spur zu William Heart, dem Fotografen, der in Natalies Wohnung seine Kamera hat fallen lassen. Ich habe in einer Galerie angerufen, die –« Er griff nach dem Westernroman. »Hast du den zu Ende gelesen?«

»Ich habe noch nicht einmal angefangen.« Riker wischte Sparrow den Speichel ab.

»Jedenfalls hast du nichts versäumt, er ist entsetzlich geschrieben. Mallory hat Sparrow wohl schon als Kind kennen gelernt, nicht wahr? Wie alt war sie? Zehn? Oder noch jünger?«

Riker hielt mitten in der Bewegung inne. Auf einmal gierte er nach einem Drink. Er wollte verdammt sein, wenn er log oder gar die Wahrheit verriet, aber sein Schweigen allein hatte schon zu viel preisgegeben.

»Ich habe sämtliche Werke des Autors aufgetrieben«, fuhr Charles fort, »und sie in einer Nacht gelesen.«

Riker fiel das Taschentuch aus der Hand. Er schloss die Augen. »Das hat wahrscheinlich nicht länger als vier Minuten gedauert«, sagte er und hoffte, dass seine Stimme nichts als müdes Desinteresse verriet.

»Etwas länger schon. Ich habe sie zweimal gelesen und verstehe immer noch nicht, warum Kathy sie immer wieder verschlungen hat.«

Es kam nicht mehr häufig vor, dass Mallorys Vorname in der Öffentlichkeit fiel. Charles sprach von einem Kind, das er nicht gekannt hatte. Als Lou Markowitz seine hübsche Tochter, die Polizistin, mit ihm bekannt gemacht hatte, war Mallory bereits eine erwachsene Frau gewesen. In dem Café in SoHo, in dem sie regelmäßig mit ihrem Pflegevater gefrühstückt hatte, war Charles, der sich gewöhnlich gewandt zu bewegen wusste, so hastig aufgestanden, dass der Stuhl umgekippt war. Während des Essens hatte er – was ebenfalls untypisch für ihn war – unentwegt ihre grünen Augen angestarrt und entschuldigend gelächelt, wann immer sie in seine Richtung geblickt hatte. Jede seiner Bewegungen, das Essen, das er in den Schoß fallen ließ, das umgestoßene Saftglas, sagte *Ich habe mich Hals über Kopf in dich verliebt.*

»Aber über Geschmack lässt sich bekanntlich nicht streiten.« Charles blätterte noch immer in dem Western. »Selbst mit zehn war sie bestimmt schon klüger als die meisten Erwachsenen.«

Nur der Buchhändler konnte ihm verraten haben, dass die Kleine auf Westernromane versessen war. Riker hätte nie gedacht, dass John Warwick, der Inbegriff eines Paranoikers, sich einem Fremden anvertrauen würde. Aber wie war Charles auf die Beziehung der kleinen Kathy zu Sparrow gekommen?

»Das Papier scheint gut zu halten.« Zufrieden prüfte Charles sein Werk. »Weißt du schon, ob du es Mallory schenken willst? Oder wirst du es vernichten?«

Riker setzte sich wieder ans Bett. »Du bist ein gefährlicher Mann, Charles.«

»Keine Angst, meine Exemplare habe ich gestern Abend im Kamin verbrannt. Louis hat es vermutlich ähnlich gemacht, als Kathy noch klein war. Er musste um jeden Preis verhindern, dass jemand einen Zusammenhang zwischen seiner Tochter und einer kleinen Diebin herstellte, die gern Westernromane las. Ihre Kindheit muss … abwechslungsreicher gewesen sein, als ich dachte. Louis hat also alle ihre Bücher vernichtet – bis auf das letzte?«

Riker nickte nur. Je weniger er sagte, desto weniger hatte Charles in der Hand. »Mehr zu den Westernromanen kann ich dir nicht sagen.«

»Besonders nicht zu dem letzten«, sagte Charles. »Ich schätze, damit gibst du mir die Möglichkeit, ein Vergehen abzuleugnen.«

Riker brauchte einen Moment, um den Satz zu verdauen. Gab es denn noch irgendjemanden, der nicht wusste, dass er am Tatort etwas gestohlen hatte? Das war das Schlimme bei spontanen kriminellen Handlungen – man hatte keine Zeit, etwas zu planen oder Spuren zu verwischen. Das Diebesgut war noch in seiner Hand. Jeder auch nur halbwegs begabte Taschendieb hätte sich geschickter angestellt.

»Ich werde wohl nie erfahren, was sie an diesen Schmökern gefunden hat.« Charles betrachtete das Titelbild – Sheriff Peety auf einem sich aufbäumenden Hengst, zwei Revolver, aus denen Flammen schossen, und ein Sheriff-Stern, der in der Sonne blinkte. »Hat sie an Helden geglaubt? Was meinst du?«

Riker zuckte mit den Schultern. Lou Markowitz hatte sich einmal zu der weit weniger freundlichen Theorie bekannt, dass Kathy sich mit Viehdieben und Postkutschenräubern identifizierte.

Eine Schwester kam herein, um die Patientin zu waschen, worauf die beiden Männer das Zimmer verließen. Während sie den Gang entlangschlenderten, schilderte Charles die Handlung vom *Blockhaus am Ende der Welt*, einem Roman, den Riker noch nie gelesen hatte. Als sie den Parkplatz erreicht hatten, war Wichita Kid von einem Wolf gebissen worden, der Schaum vor dem Maul hatte. Hundert Jahre vor Erfindung der Tollwutimpfung. Bis sie zur Brooklyn Bridge kamen, lag der Geächtete bewusstlos in einer brennenden Blockhütte, die von wütenden, mit Fackeln und Mistgabeln bewaffneten Bauern umringt war. Ein Prediger beschuldigte eine ebenfalls in dem Feuer eingeschlossene alte Frau, sie habe die Dürre herbeigehext, die nun ihre Ernte ruinierte.

»Lass mich raten, Charles«, sagte Riker. »Der Prediger betet den Regen herbei, die Flammen, die aus der Blockhütte schlagen, werden gelöscht und setzen der Dürre ein Ende. Die Farmer freuen sich und lassen die Alte am Leben. Und da vollbringt der Prediger noch ein Wunder und heilt Wichitas Tollwut.«

»Völlig falsch«, sagte Charles. »Als der nächste Band anfängt, sitzt Wichita Kid immer noch in der brennenden Hütte, und es gibt keinen Ausweg.«

Riker kannte eine bessere Fluchtgeschichte, doch nun, da Sparrow im Sterben lag, hatte er niemanden, dem er sie erzählen konnte. Sparrow hatte ihm in den letzten beiden Jahren gefehlt, und nun trauerte er um sie, obwohl sie noch nicht tot war.

»Wie hat Louis Kathys Spur bis zum Antiquariat Warwick verfolgt?«, wollte Charles wissen.

Riker blickte aufs Wasser hinunter. »Das war einfach Glück.«

Keuchend war er hinter dem Kind hergelaufen, das ihn mühelos abhängte – eine wirklich beschämende Erinnerung. Kathy hatte sich vor Lachen ausschütten wollen über Lou Markowitz, der zwanzig Kilo Übergewicht mit sich herumschleppte. Der arme Lou hatte kaum noch Luft bekommen, als er Riker einholte, der sich an einen Laternenpfahl geklammert und geglaubt hatte, seine letzte Stunde hätte geschlagen.

»Wir haben durch Warwicks Schaufenster gesehen, und da war sie.« Mit einer Hand ans Bücherregal gestützt, hatte Kathy lässig in ihren Westernromanen geschmökert, ohne irgendwelche Ermüdungserscheinungen zu zeigen.

»Wir gehen also rein, Lou sagt dem Besitzer, er soll keine Kunden mehr hereinlassen, und dann wollen wir uns die Kleine schnappen, aber sie ist weg, und das Hinterzimmer ist von innen abgeschlossen. Wir sind fast verrückt geworden. Du kennst ja den Laden. Wäre sie vorn raus, hätten wir sie gesehen.« Dann hatten die beiden Polizisten die Angst im Blick des Buchhändlers erkannt, und Lou hatte sein Jagdhundgesicht zu einem vermeintlich gewinnenden Lächeln verzogen.

Doch weder an diesem noch am nächsten Abend hatten sie das Rätsel um Kathys Entkommen lösen können. »Lou hat eine ganze Woche lang seine Freizeit damit verbracht, das Geschäft zu überwachen, Kathys Westernromane zu lesen und einen Zugang zu dem empfindlichen Buchhändler zu suchen. Am Ende hat er ihm verraten, wie Kathy aus dem Laden gekommen ist. Bei unserem Gespräch mit Warwick standen wir drei Sekunden lang mit dem Rücken zur hinteren Wand. In dieser Zeit ist sie flink wie ein Wiesel und völlig geräuschlos an den Bücherregalen hinaufgeklettert und hat sich in den schmalen Spalt zwischen Bücherregal und Decke gezwängt.«

»Was der Buchhändler gesehen haben muss.«

»Ja, aber er hat sie nicht verraten, obwohl er normalerweise schon beim Anblick eines Cops Angst kriegt. Die ganze Zeit war Kathy da oben. Eine Zehnjährige, die uns in die Tasche gesteckt hat. Ziemlich demoralisierend.«

An jenem Abend jedoch war Lou Markowitz auch klar geworden, mit wem er es zu tun hatte – nicht mit einem gewöhnlichen Kind, sondern mit einer eigenständigen Persönlichkeit, einer Straßendiebin, die darüber hinaus eine Ausbrecherkünstlerin war. Kathy hatte sich Lous Respekt verdient. Später hätte sie ihm auch um ein Haar das Herz gebrochen, aber das war eine andere Geschichte.

Die Story von Kathys gelungenster Flucht konnte Riker niemandem erzählen, auch wenn es ihm ein Trost gewesen wäre. Seine Gedanken wanderten über die Brücke zu der Frau in ihren Komaträumen, um ihr zu sagen, dass sie im Sterben nicht allein war.

Sparrow, die Geheimnisse vergiften mich.

Mallory sah Charles' Mercedes nach, während ihr Partner sich neben ihr in die braune Limousine setzte.

»Das dort ist es.« Sie deutete mit dem Kopf auf das gegenüberliegende Haus. Natalie Homers Schwester wohnte in einem Viertel Brooklyns, das sich wegen der Aussicht auf den Prospect Park großer Wertschätzung erfreute. Susan Qualen musste gut betucht sein. »Am besten fangen wir sie draußen ab.« Auf diese Weise konnten sie verhindern, dass ihnen die Polizistenhasserin die Tür vor der Nase zuschlug. »Die Nachbarn sagen, sie läuft jeden Tag um die gleiche Zeit im Park.«

»Die Frau muss eine Gesundheitsfanatikerin sein.« Riker wischte sich den Schweiß von der Stirn. »Bei dieser Hitze bringt sie das doch um.«

Die Haustür öffnete sich, und eine schlanke blonde Frau in Shorts und T-Shirt erschien auf der obersten Stufe der Eingangstreppe. Die beiden Detectives näherten sich mit gezücktem Dienstausweis und Dienstmarke.

»Miss Qualen? Ich bin Detective Mallory, und das ist –«

Die Miene der Frau verfinstert sich. »Machen Sie, dass Sie wegkommen!«

Riker war vor der untersten Stufe der Treppe stehen geblieben. »Wir würden gern in aller Ruhe mit Ihnen sprechen, aber Sie –«

»Ich habe das von der erhängten Frau in der Zeitung gelesen«, unterbrach Susan Qualen. »Diesen Mord konntet ihr nicht vertuschen, ihr Armleuchter.«

»Ihr Vorwurf ist unberechtigt, Ma'am«, widersprach Riker. »Manchmal müssen wir Einzelheiten zurückhalten, damit …«

»Diese Sprüche kenne ich. Vor zwanzig Jahren haben die Cops den Reportern erzählt, meine Schwester hätte Selbstmord begangen.«

Mallory ging langsam auf die Frau zu. »Ihnen haben aber die Cops gesagt, dass es Mord war, und Sie wussten das von dem Strick.« Von dem Haarknebel in Natalie Homers Mund hatte bestimmt keiner der Cops etwas erzählt.

Mallory hatte sich der Frau auf Armeslänge genähert. »Wie sind Sie darauf gekommen, dass es zwischen Ihrer Schwester und einer Prostituierten einen Zusammenhang gab?«

»Er stand doch alles in der Zeitung.«

Mallory schüttelte den Kopf. »Sie lügen. Sie können nicht nur durch den Strick darauf gekommen sein. Wieso …«

»Ich habe Ihnen nichts mehr zu sagen.« Susan Qualen kam die Treppe herunter.

»Einen Augenblick.« Mallory trat ihr in den Weg. »Woher haben Sie –«

»Mein Anwalt sagt, dass ich nicht mit Ihnen zu sprechen brauche.«

»So etwas sagen nur Leute, die sich noch nicht mit einem Anwalt beraten haben. Der Mord an Ihrer Schwester ist nach wie vor ungeklärt, deshalb werden Sie mit uns sprechen müssen.«

Riker stieg eine Stufe hoch. »Wir sind im Fall Natalie Homer auf gewisse Unstimmigkeiten gestoßen, die ihr Sohn möglicherweise klären könnte«, sagte er ein wenig freundlicher als seine Partnerin. »Wo ist der Junge jetzt?«

»Das weiß ich nicht«, antwortete Susan Qualen.

»In einem Vernehmungsprotokoll der Stiefmutter steht, sie hätten den Jungen aufgenommen, nachdem der Vater gestorben war«, meinte Mallory.

»Ein Jahr nach dem Mord an Natalie«, ergänzte Riker noch immer in versöhnlichem Ton.

»Aber damit hatten wir ein Problem.« In Mallorys Stimme schwang eine leise Drohung.

Riker lenkte ein wenig ein. »Der Junge ist nämlich nach dem Tod seiner Mutter nicht mehr in die Schule gekommen. Als die Sommerferien vorbei waren …«

»Die Familie wird in einen anderen Bezirk gezogen sein.«

»Nein, Miss Qualen. Die Adresse der Stiefmutter ist noch immer dieselbe. Einem Beamten, einem gewissen Geldorf, hat sie erzählt, der Junge sei bei Ihnen. Warum sollte sie lügen? Und warum haben Sie ihm nicht die Wahrheit gesagt, als er bei Ihnen angerufen hat?«

Susan Qualen sah sie verwirrt an. Zivilisten waren ungeübt in Täuschungen. Sie konnten sich die Einzelheiten länger zurückliegender Lügen nicht merken und ließen sich leicht verunsichern. Riker lächelte, als wären er und diese Frau gute Bekannte, die ein Gespräch über das Wetter und ihre Ferienlektüre führten. »Es würde uns erheblich helfen, wenn Sie uns sagen könnten, was aus Natalies Sohn geworden ist.«

»Und wo er jetzt steckt.« Mallory tat den kurzen Schritt vom Vorwurf zum Angriff. »Reden Sie schon! Was haben Sie mit ihm gemacht?«

In diesem Moment verlor Susan Qualen vollends die Fassung. In einem wilden Sprint stürzte sie die Treppe hinunter, prallte gegen die beiden Detectives und lief davon. Mallory wollte ihr folgen, doch Riker packte sie am Arm. »Lass uns zuerst noch einmal mit der Stiefmutter reden, dann können wir uns Miss Qualen wegen Verdunkelungsgefahr schnappen und eine Weile dabehalten. Eine beängstigende Erfahrung für sie, aber völlig legal.«

Mallory sah der Frau nach, die mit rudernden Armen floh. Wenn Passanten sie so sahen, glaubten sie bestimmt, die beiden Cops hätten ihre Revolver gezogen. Auch jetzt noch könnte sie Susan Qualen mühelos einholen. Die Frau wäre verletzlich, außer Atem und eingeschüchtert …

»Glaub mir, auf meine Art ist es lustiger«, meinte Riker.

Nicht unbedingt …

William Heart fuhr bei dem Geräusch zusammen. Er war ein Einsiedler, der menschlichen Kontakt nach Möglichkeit mied. Am schlimmsten war es, wenn jemand an seine Tür klopfte, denn dann glaubte er immer, eine Falle zuschnappen zu hören. Er stand stocksteif da und wagte kaum zu atmen, aber der Besucher ging nicht weg. »Ich weiß, dass er da ist, aber bis der die Tür aufmacht, dauert es eine halbe Ewigkeit. Klopfen Sie lauter«, hörte er die Stimme seines Vermieters.

Doch der Unbekannte klopfte nur noch einmal kurz an die Tür, dann bedankte er sich bei dem Vermieter. Schließlich entfernten sich dessen Schritte, und der Besucher richtete seine Worte an die verriegelte Tür: »Hallo? Mr. Heart? Von Ihrer Galerie habe ich erfahren, wo Sie wohnen …«

Die kultivierte Stimme wirkte beruhigend. Ein potenzieller Käufer? Als William öffnete, stand ein Mann vor ihm, der die Statur, die Kleidung und die Haltung eines Fürsten besaß, aber gleichzeitig Augen wie ein Frosch und die Hakennase von Captain Hook. Die kräftigen Schultern, die unablässig breiter zu werden schienen, wirkten bedrohlich.

William wich instinktiv einen Schritt zurück, was sein Besucher prompt als Einladung auslegte. Er ging an William vorbei und blieb vor der abgewetzten Couch stehen, dem einzigen Möbelstück, das sein Gewicht möglicherweise aushalten würde. Zumindest eher als die zerbrechlichen Holzstühle.

»Darf ich?«

William nickte, worauf der Froschkönig Platz nahm.

»Mein Name ist Charles Butler.« Der Besucher bedachte ihn mit einem so liebenswert dümmlichen Lächeln, dass William es unwillkürlich erwiderte. Mr. Butler überreichte ihm eine Visitenkarte. »Von dem Galeriebesitzer habe ich erfahren, dass Sie Tatortfotos machen.«

»Nein, schon lange nicht mehr.«

Butler betrachtete das Radio, das auf dem Couchtisch stand. Sah man ihm an, dass er damit den Polizeifunk abhören konnte? William räusperte sich. »Ich meine … ich arbeite nicht mehr für die Polizei. Ich mache Aufnahmen von Unfallautos und solchen Dingen.«

»Ja, ich weiß. Ihre Arbeiten sind beinahe boulevardzeitungsreif. Starke Kontraste, hartes Licht, schwarzer Schatten. Und auf jedem Bild eine Grausamkeit.«

Der Fotograf fühlte sich augenblicklich in die Enge getrieben. Charles Butler kannte sich offenbar in der Kunstszene aus und hatte Geld, aber einige akademische Grade auf der Visitenkarte wiesen auf ein Psychologiestudium hin, und Seelenklempnern misstraute William grundsätzlich.

»Ich würde mir gern Ihre frühen Arbeiten ansehen«, fuhr Butler fort. »Die Tatortfotos. Natalie Homer interessiert mich ganz besonders. Vielleicht ist Ihnen der Name nicht mehr geläufig. Die Sache ist zwanzig Jahre her. Die Presse hat es damals als Selbstmord durch Erhängen bezeichnet.«

»Ich habe nichts mehr ...« William unterbrach sich und schüttelte den Kopf. »Ich konnte den Auftrag nicht ausführen. Meine Kamera war kaputt.« Seine Stimme versagte. Jeder Gedanke, jeder Zweifel war Charles Butler buchstäblich an der Nasenspitze abzulesen, und William wurde klar, dass sein Besucher ihm nicht glaubte. Er bemerkte, wie er ihn taxierte und glaubte in Charles Butlers Blick sogar etwas wie Mitleid zu erkennen.

»Es ist ein Bild, das die meisten Menschen am liebsten aus ihrer Erinnerung verbannen würden«, bemerkte Butler jetzt. Wie wahr! Nur ganz bestimmte makabre Typen waren scharf auf solche Bilder, zu denen sein Besucher jedoch nicht zu gehören schien.

»Sie haben zumindest eine Aufnahme gemacht«, fuhr Butler fort. Es war keine Frage, sondern eine Feststellung.

William ballte seine schweißfeuchten Hände und musterte das Scheckbuch, das plötzlich zusammen mit einem altmodischen Füllfederhalter auf dem Couchtisch lag. Allmählich löste sich seine Anspannung. Hier ging es nur um Geld, um Kaufen und Verkaufen.

»Es ist ein Foto, an dem mir viel liegt.« Butler schlug das

Scheckbuch auf. »Sehr viel sogar.« Er sah zu William auf, während sein Lächeln noch breiter, noch beruhigender wurde – und dann ließ er die Bombe platzen. »Sie kannten Natalie, nicht wahr?«

William brachte kein Wort heraus.

»Es ist eine nahe liegende Vermutung«, fuhr Charles Butler fort. »Ihr Vermieter meint, Sie hätten Ihr ganzes bisheriges Leben hier verbracht und sind nach dem Tod Ihrer Mutter in den Mietvertrag eingestiegen. Und dieses Haus ist nur einen Block von dem entfernt, in dem Natalie starb. Es muss schwer gewesen sein, die Leiche eines Menschen zu fotografieren, den man gekannt hat.«

»Ich … Nein, gekannt habe ich sie nicht.« William schlang die Arme um den Oberkörper, um seine aufsteigende Panik zurückzudrängen. Schon wieder glaubte man ihm nicht. Es klang beinahe wie eine Beichte, als er nun sagte: »Sie wohnte nur kurz hier in der Gegend. Ich habe nie mit ihr gesprochen.« Doch dann verlor er die Nerven und begann zu stammeln. »Aber ich habe sie hin und wieder auf der Straße gesehen. Sie war so hübsch. Sie gehörte nicht hierher, das sah man auf den ersten Blick. Sie war eine Schönheit.«

Er hatte sie nie begehrt wie die anderen Gaffer, denn ihr Lächeln hatte ihn an die Bilder und Statuetten der Madonnen erinnert, die zu Lebzeiten seiner Mutter die Wohnung geschmückt hatten. Die hübsche Natalie in ihren langen Sommerkleidern.

William sah Charles Butler an. Hatte er zu viel gesagt? »Nicht nur ich habe ihr nachgesehen. Sie hat allen den Kopf verdreht, wohin sie auch kam. Die Männer mussten sie einfach anstarren.«

»Und als sie gestorben war, haben Sie Natalie fotografiert«, stellte der Besucher fest. »Übelkeit packt einen nicht von einer Sekunde auf die nächste. Ehe Sie sich übergeben mussten, haben Sie bestimmt zumindest einmal auf den Auslöser gedrückt. Bei einem so guten Fotografen, wie Sie es sind, war das vermutlich ein Reflex.«

Dass ihm übel geworden war, wusste dieser Butler also auch.

»Na schön, Sie bekommen das Foto.« William war beinahe erleichtert, obwohl Charles Butler wohl doch einer dieser makabren Typen war, mit deren Geld er zwar die Miete bezahlen konnte, mit denen er aber außerhalb der Galerie nichts zu tun haben wollte.

William ging ins Schlafzimmer, schloss die Tür hinter sich ab und schob den Riegel vor. Als er wieder herauskam, hatte er einen Abzug in der Hand.

Nachdem sein Besucher gegangen war, stellte William fest, dass der Betrag auf dem Scheck sehr viel höher war als der Preis, den er gefordert hatte. Er sah sich in der Wohnung um, die so deutlich von Armut kündete, während erneut Angst in ihm aufstieg. Plötzlich hatte er den Verdacht, dass Charles Butler kein durchgeknallter Irrer war, sondern ein Mensch mit einem mitfühlenden Herzen.

Er ging zurück ins Schlafzimmer, schloss wieder sorgsam ab und schob den Riegel vor, obwohl der Vermieter keinen Wohnungsschlüssel hatte. Er legte sich aufs Bett und starrte an die Wand. Jede Nacht, bevor er das Licht ausmachte, sah er hundert Mal dasselbe auf dieser Wand: ein Gesicht, den Strick, die wimmelnden Insekten. Dieses Foto war die beste Arbeit seines Lebens gewesen. Der Fliegenschwarm war so dicht und so schnell, dass die Kamera ihn lediglich als schwarze Wolke hatte erfassen können, die die Madonna der Würmer und Kakerlaken umschwirrte.

12

Erik Homers zweite Frau – mittlerweile seine Witwe – hatte eine große Wohnung in der 91sten Straße Ost. »Mietgebunden. Zwei achtzig im Monat«, sagte sie. »Nicht zu schlagen, was? Früher war das eine ganz miese Gegend. Hat sich ziemlich verändert.«

Detective Riker vermutete, dass sich Mrs. Homers Blick auf das beschränkte, was sie von ihrem Fenster aus sehen konnte. Er trank seinen Kaffee in kleinen Schlucken und hätte sich am liebsten eine Zigarette angezündet, um den Krankenzimmergeruch zu vertreiben.

Jane Homer war ein käsiger Fleischkloß. Ihr langes verfilztes Haar war mausgrau und wies nur an den Spitzen noch einen wasserstoffblonden Schimmer auf. Eitelkeit war schon seit Jahren kein Thema mehr für sie.

Auf dem Ankleidetisch standen Dutzende Fotos von ihr in jüngeren Jahren und ihrem verstorbenen Mann. Jane war einmal so schlank wie die erste Mrs. Homer gewesen. Von ihrem Stiefsohn gab es kein einziges Bild.

Die Krankenschwester eines ambulanten Pflegedienstes räumte im Nebenzimmer die Reste einer Mahlzeit fort, während sie sich mit Mallory unterhielt.

Mrs. Homers Behinderung war für Riker ein Vorteil. Wie die meisten Menschen, die ans Haus gebunden waren, klatschte sie gern. »Ich habe den Fall im Fernsehen verfolgt. Den Mord an Natalie haben sie nie im Fernsehen gebracht.«

Riker lächelte. »Ja, die Morde sind sich recht ähnlich, nicht wahr?«

Mrs. Homer nickte zerstreut. Das war verheißungsvoll. Er wartete, bis sich die Tür hinter der Frau vom Pflegedienst geschlossen hatte. »Hat Ihr Mann je über den Mord gesprochen?«

»Aber ja. Erik und Natalies Schwester … wie hieß sie doch gleich … Susan Sowieso, ist ja auch egal … haben stundenlang deswegen telefoniert. Erik hat sich um alle Formalitäten für die Beerdigung gekümmert und sie auch bezahlt. Obwohl er eigentlich nicht dazu verpflichtet war.«

Riker war anderer Meinung. Sich der Leiche seiner geschiedenen Frau zu bemächtigen passte perfekt zum Profil eines zwanghaft herrschsüchtigen Menschen. Sogar im Tod war Natalie ihrem Mann nicht entkommen. »Und wie haben Sie sich mit Ihrem Stiefsohn vertragen? Nach dem Tod seiner Mutter, meine ich.«

Sie sah ihn überrascht oder vielleicht sogar ein wenig schuldbewusst an. »Junior hat uns nie Ärger gemacht.«

»Das will ich gern glauben.« Mallory war leise hereingekommen. Sie hatte einen silbernen Bilderrahmen in der Hand. »Sie haben ihn Verwandten aufgehalst, nachdem Ihr Mann gestorben war«, sagte sie vorwurfsvoll.

»Ja, in Ihrer letzten Aussage haben Sie angegeben, Sie hätten den Jungen weggegeben.«

»Was bei Eriks Lebensversicherung rausgesprungen ist, war kein Vermögen.« Jane Homer sah wie gebannt auf den silbernen Rahmen – es musste ein Bild sein, das sie entweder schätzte oder fürchtete. »Und ich war gesundheitlich angeschlagen, die Schilddrüse und so manches andere. Junior liebte seine Großeltern.« Mrs. Homer sah erst Riker, dann Mallory an. Vielleicht dämmerte ihr, dass sie einen Fehler begangen hatte. »Ich konnte mich einfach nicht um ihn kümmern«, fuhr sie hastig fort.

Mallory trat näher an das Bett heran. »Sie haben einem Kriminalbeamten erzählt, der Junge sei zu Natalies Schwester in Brooklyn gekommen.«

»Ja, richtig, jetzt erinnere ich mich wieder.« Mrs. Homer versuchte, Mallory mit einem matten Lächeln friedlicher zu stimmen. »Mein Schwiegervater hatte Alzheimer, deshalb konnte seine Frau sich nicht noch einen kleinen Jungen aufhalsen, also kam Junior zu Natalies Schwester. So habe ich das gemeint.«

Mallory reichte Riker den silbernen Rahmen über das Bett hinweg. Auf dem Foto war im Hintergrund der Zoo in der Bronx zu sehen, davor standen ein Mann und eine Frau. Das Foto war voller Knitterfalten. Hatte Jane Homer es aus einem Papierkorb gerettet? Auf diesem Foto war sie besonders gut getroffen. Sie trug noch keinen Trauring und strahlte vor Glück. Eine dritte Person war aus dem Foto herausgeschnitten worden, und man sah lediglich ein paar kleine Finger von ihr, die in der großen Hand des lächelnden Mannes lagen.

»Hatte der Junge Probleme?«, fragte Riker.

Mallory beugte sich zu Mrs. Homer hinunter. »Wie ist Junior mit dem Tod seiner Mutter umgegangen?«

»Natalie ist im August gestorben«, ergänzte Riker. »Und wir wissen, dass Ihr Mann den Jungen im September nicht wieder zur Schule geschickt hat.«

»Sagen Sie uns, was Sie mit ihm gemacht haben«, forderte Mallory.

Jane Homers Augen weiteten sich, als ihr bewusst wurde, dass sie mitten in einem Kreuzverhör steckte. »Seine Großeltern …«

»Nein, Jane, das glaube ich nicht«, unterbrach Riker und zog seinen Stuhl geräuschvoll näher an das Bett.

»Ich weiß, wie Erik Homer seine erste Frau behandelt hat«, fuhr Mallory dicht an Mrs. Homers Ohr fort. »Er hat ihr kein Geld gegeben, hat sie nicht aus dem Haus gelassen …«

»Eingekauft hat immer Erik, ich brauchte nicht aus dem Haus zu gehen, ich –«

»Praktisch sofort nach der Hochzeit sind Sie das erste Mal von der Polizei vernommen worden«, sagte Riker. »Die Cops hatten den Eindruck, Sie hätten Angst vor Ihrem Mann.«

»Wann hat er angefangen Sie zu schlagen?« Mallory hob die Stimme. »Auf der Hochzeitsreise?«

»Sie besitzen eine Menge Fotos.« Riker nickte in Richtung Kommode hinüber. »Von sich und Ihrem Mann, aber nicht von dem Jungen. Er hat nie bei Ihnen gewohnt, stimmt's? Was haben Sie mit Natalies Sohn angestellt? Lebt er noch?«

Jane Homer schüttelte den Kopf.

»Soll das heißen, dass er tot ist?«, fragte Mallory. Mrs. Homer schluchzte. Ihre Lippen artikulierten *Ich weiß es nicht,* doch kein Laut drang über ihre Lippen.

»Das ist doch unmöglich«, herrschte Mallory sie an.

Riker beugte sich über die Frau. »Haben Sie gedacht, Ihr Mann hätte den Jungen angegriffen, vielleicht den eigenen Sohn umgebracht?«

Mrs. Homers Blick wanderte zwischen Riker und Mallory hin und her, während sie sprach. »In der Nacht, als sie Natalie gefunden haben, ist Erik … sehr spät … zurückgekommen. Ich hab ihn gefragt, wo der Junge ist. Erik hat mich … geschlagen.« Unwillkürlich legte sie eine Hand an den Mund. »Das hat mich einen Zahn gekostet. Dann … hat er Juniors Sachen weggeschafft … seine Spielsachen, Kleidung … Und die Fotos … hat er zerrissen.«

Jane Homer starrte das Bild in dem Silberrahmen an, das sie und ihren Mann in besseren Tagen zeigte. Mit einem Anflug von Trotz entriss sie Riker den Rahmen, drückte ihn an ihre Brust und legte beide Hände schützend über ihre glückliche Vergangenheit. Dicke Tränen kullerten ihr übers Gesicht, während den beiden Detectives aufging, dass mit ihr nichts mehr anzufangen war.

Vor dem Polizeirevier in SoHo standen junge Schauspielerinnen in Gruppen auf dem Gehsteig und posierten für die Kameras der Reporter und Touristen. Die Streifenpolizisten fühlten sich wie im Polizistenhimmel. Sie gingen von einer

Gruppe zur anderen, tippten gegen ihre Mützen, schickten die Brünetten weg und füllten für die Blondinen Formulare mit Namen und Telefonnummern aus. Dann gingen die Frauen hinein, um von Detectives der Abteilung Spezialverbrechen verhört zu werden.

Mallory blieb mit dem Wagen am Gehsteig stehen, ohne den Motor abzuschalten. Riker zögerte einen Augenblick, ehe er ausstieg. »Kommst du nicht mit?«

»Nein. Ich fahre zu Natalies Haus. Meinetwegen kannst du mich begleiten.« Besonders einladend klang das jedoch nicht.

»Nein, ich hab es mir schon mal von außen angesehen. Es ist von Grund auf renoviert. Wahrscheinlich hat der neue Besitzer auch innen sämtliche Wände versetzt. Ich habe zwei Mann auf Susan Qualen angesetzt. Kann ein echter Spaß werden, wenn sie die Frau herbringen.« Mallory verkniff sich jeden Kommentar. Resigniert stieg er aus, schlug die Tür zu und winkte ihr nach, ehe er in einem Meer blonder Schauspielerinnen untertauchte.

Während Mallory durchs East Village zu dem Haus fuhr, in dem vor zwanzig Jahren ein Mord geschehen war, dachte sie darüber nach, dass Jack Coffey einen weiteren verhängnisvollen Fehler begangen hatte. Er hatte seine Leute von ihren verschiedenen Ermittlungen abgezogen und ließ sie stattdessen pausenlos Blondinen befragen, als hoffte er, auf diese Weise das nächste Opfer zu finden.

Eine weitere Frau würde sterben.

Auf der First Avenue bog sie ab und fuhr auf einer Nebenstraße in Richtung Avenue A. Früher hatten hier die Ärmsten der Armen Unterschlupf gefunden, heutzutage war dieses Viertel für die früheren Bewohner unerschwinglich geworden.

Mallory parkte vor dem Haus, in dem Natalie gelebt hatte und gestorben war. Von dem, was auf Lars Geldorfs alten Fotos zu sehen war, war nur noch das architektonische Gerüst erhalten. Die abblätternde graue Farbe war mittels Sandstrahltechnik entfernt worden, so dass der rote Backstein zum Vorschein kam. Außerdem hatte man moderne Fenster eingebaut und die schmiedeeisernen Balkongitter wieder angebracht. Geldorfs Notizen hatte sie entnommen, dass der frühere Besitzer gestorben war und die alten Mieter allesamt vor der Renovierung ausgezogen waren.

Riker hatte Recht – dieser Besuch war reine Zeitverschwendung.

Und eine Frau würde sterben.

Trotzdem stieg sie aus, ging die Stufen hinauf und klingelte beim Vermieter. Eine rundliche Frau öffnete und lächelte die fremde Besucherin freundlich an. Der neue Besitzer stammte offenbar nicht aus New York, sondern war aus einer kleineren, weniger paranoiden Welt zugezogen.

»Mrs. White?« Mallory zückte Dienstmarke und Ausweis.

Das Lächeln erlosch schlagartig. »Es geht um Natalie, nicht wahr? Ich hab mich schon gefragt, wann Sie kommen würden.«

Eve Forelli, Zivilangestellte im Polizeibezirk Midtown, war klein, dürr und brünett und hatte keine besonders hohe Meinung von Blondinen. Jetzt griff sie nach ihrem Lieblingsboulevardblatt, dessen Schlagzeile verkündete: SCHAUSPIELERIN AM HELLLICHTEN TAG MIT MESSER ATTACKIERT, und warf der großen hübschen Frau auf der anderen Seite des Schreibtischs einen bösen Blick zu. »Im wirklichen Leben sehen Sie besser aus.«

Das war ironisch gemeint, denn auf dem körnigen Zeitungsfoto war nur Stellas Hinterkopf zu sehen. Das Gesicht war an der Brust eines Schauspielers verborgen, der das bewusstlose, blutüberströmte Opfer im Arm hielt und sich dabei lächelnd der Kamera stellte.

Stella riss verblüfft die blauen Augen auf. »Wieso ist das

schon in der Zeitung? Es ist doch erst heute Vormittag passiert.«

»Spätausgabe«, erläuterte Forelli knapp. Eine Ausgabe übrigens, die gratis verteilt worden war, um der etwas schwächelnden Zeitung wieder auf die Beine zu helfen. »Ich brauche die korrekte Schreibweise Ihres Nachnamens. Die im Krankenhaus haben ihn nur mit einem L geschrieben. Sieht irgendwie seltsam aus.« Sie reichte der Blondine die Zeitung. »Und in dem Artikel ist Ihr Name überhaupt nicht erwähnt.«

Stella, die wie gebannt auf die Wanduhr gestarrt hatte, überflog den Artikel. »Verdammt, Sie haben Recht.«

»Die Schreibweise, Miss Small?«

»Genau so, wie man es spricht. Und nennen Sie mich doch bitte Stella. Sagen Sie – dauert das noch lange? Ich warte schon über eine Stunde und habe noch einen Termin in SoHo.«

Eve Forelli warf ihr abermals einen finsteren Blick zu. Die Blondine hatte das Krankenhaus verlassen, ohne ihre Aussage bei der Polizei zu machen. Einer dieser kleinen Wichtigtuer aus der Abteilung Spezialverbrechen hatte bei einem Diensthabenden Druck gemacht und die Unterlagen über die Messerattacke angefordert. Forellis Vorgesetzter hatte die Anforderung Forelli zugeschoben, die wiederum das Krankenhauspersonal zur Schnecke gemacht hatte. Am Ende hatte man die Schauspielerin ausfindig gemacht, und nun versuchte Eve Forelli, die unleserlichen Aufzeichnungen des behandelnden Arztes mit dem Bericht des Opfers in Einklang zu bringen. »Sie wurden also mit einem Messer angegriffen von …«

»Himmel, nein! Ich will keinen Ärger mit den Cops, das heißt, entschuldigen Sie bitte …«

»Ich bin kein Cop.« Eve deutete auf ein Namensschild, das eindeutig besagte, dass sie Zivilistin war. »Ich bin nur für den verdammten Papierkram zuständig.«

Stella deutete auf ihren verbundenen Arm. »Es ist mit einer Kamera passiert. Nicht weiter schlimm.«

Eve Forelli verzog keine Miene. »Ein Typ hat Ihnen mit einer Kamera also einen Messerstich versetzt.« Damit bestätigte sich einmal mehr ihre Lieblingstheorie, dass blonde Haarwurzeln die Gehirnzellen schädigten.

»Nein.« Stella schwenkte die Zeitung. »Das hat der Reporter falsch verstanden. Es war kein Messerstich, sondern ein Schnitt.«

»Mit einer Kamera.«

»Aber es war doch ein Unfall.« Die Blondine ließ sich auf ihren Stuhl zurücksinken und seufzte schuldbewusst. »Okay, ich sage Ihnen jetzt, wie es wirklich war: Meine Agentin fand, dass eine Schnittverletzung sich besser macht als ein Zusammenstoß mit irgendeinem seltsamen Typen auf der Straße.«

»Klingt einleuchtend.«

»Ich wusste nicht, dass der Arzt die Polizei verständigen würde.«

»Diese Ärzte«, seufzte Eve. »Ständig schicken sie uns Meldungen über Schießereien, Messerstechereien, Schnittverletzungen, und kein Mensch weiß, warum.«

»Sie werden mir doch keine Schwierigkeiten machen?«

Eve war vollkommen überarbeitet und todmüde. *Dämliche Blondine kollidiert mit Kamera. Alle großen Blondinen können mir gestohlen bleiben.*

Ihr Vorgesetzter wäre mit diesem Eintrag ganz bestimmt nicht einverstanden, aber dieser faule Mistkerl würde ihn natürlich ohnehin nicht lesen. An diesen Analphabeten waren ihre Geistesblitze verschwendet. Als Nächstes musste sie die Einzelheiten an einen Detective von der Abteilung Spezialverbrechen durchgeben, und diese Typen hatten bekanntlich ebenfalls Schwierigkeiten mit dem geschriebenen Wort.

»Keine falschen Angaben bei der Polizei mehr, verstanden? Dafür können Sie ins Gefängnis kommen.« Eve war sich nicht sicher, ob das stimmte, aber der Blondine hatte sie damit einen gehörigen Schrecken eingejagt.

Als die Schauspielerin weg war, öffnete Eve Forelli das Fenster und lehnte sich hinaus, um eine Zigarette zu rauchen. Stella Small stand auf dem Gehsteig, sah nach rechts und links und wusste offenbar – typisch Blondine – nicht, wohin sie gehen sollte.

Eve beobachtete die junge Frau, wie sie eine zerknüllte Bluse aus der Tasche nahm und in einen Mülleimer warf.

Noch bevor sie ihre Zigarette zu Ende geraucht hatte, kam eine alte Frau mit verfilztem Haar und in abgerissener Kleidung vorbei, fischte die Bluse aus dem Drahtkorb und musterte sie prüfend. Obwohl der Stoff durch ein schwarzes Kreuz auf dem Rücken verschandelt war, streifte die Frau – unmittelbar vor einem Polizeirevier! – ihr Hemd ab, unter dem sie keinen BH trug, und zog sich den Fund aus dem Abfallkorb an.

Mallory hörte höflich zu, als Mrs. Alice White ihr bei einer Führung durchs Haus ausführlich die bei der Renovierung aufgetretenen Probleme schilderte. »Hier waren früher überall kleine Wohnungen; der reinste Kaninchenbau.« Inzwischen befanden sich nur noch im oberen Stockwerk ein paar kleinere Apartments, während die übrigen Räume in ihrer früheren Größe wiederhergestellt wurden und als Domizil einer einzelnen Familie dienten.

»Wo ist der Mord geschehen?«

»Wenn ich den alten Grundriss richtig in Erinnerung habe …« Alice White öffnete eine schwere hölzerne Doppeltür und betrat ein großes Speisezimmer. »Wahrscheinlich hier.«

Durch eine weitere Tür sah Mallory in die angrenzende Wohnküche. *Immer zuerst in die Küche* – diese Lektion hatte ihr Louis Markowitz eingetrichtert, da die Gesprächspartner in dieser eher informellen Umgebung, in der normalerweise nur Freunde und die Familie zusammenkamen, stets lockerer waren.

Mrs. Whites Stimme war zittrig und nervös. Mallory wusste, dass sich Zivilisten im Beisein der Polizei immer unwohl fühlten, doch in ihrem Fall vermutete sie einen anderen Grund für die Nervosität.

Du wirst mir doch nichts verschweigen, Alice?

Mrs. White hielt an einem großen Eichentisch inne, um den acht geschnitzte Stühle standen. »Ja, jetzt bin ich mir sicher. Hier war Natalies Apartment. Es war nicht größer als dieses Zimmer.«

Die neue Besitzerin war zur Zeit von Natalies Tod noch ein Kind gewesen, aber offenbar hatten die beiden sich gekannt, denn sonst hätte Mrs. White nicht immer den Vornamen des Opfers benutzt.

Mallory beschloss, dem freundlichen Geplänkel ein Ende zu setzen und zu einer Keule zu greifen, die lediglich seelische Blutergüsse und Fingerabdrücke hinterlassen würde. Sie blickte zu dem Kronleuchter über dem Esstisch empor. An dieser Stelle hatte vermutlich zwei Augusttage lang Natalie Homer gehangen. »Man glaubt es fast noch zu sehen, nicht wahr?«

Auch die nette Alice White hob jetzt den Blick zur Decke und sah vor ihrem inneren Auge eine Leiche, die sich sacht an einem Strick drehte und langsam in der Sommerhitze verweste. In Zukunft würde sie Natalie an der Decke baumeln sehen, wann immer sie durch ihr Speisezimmer ging.

Mallory wandte sich langsam der frisch verwundeten Zivilistin zu.

Hörst du die Fliegen, Alice?

Erschrocken, als hätte Mallory die Frage laut ausgesprochen, legte Mrs. White eine Hand an den Mund.

»Ob Sie mir wohl einen Kaffee machen könnten?«, bat Mallory. Koffein war einfach die beste Wahrheitsdroge.

»Wie bitte? Ja, natürlich, ich habe eine Kanne auf dem Herd.« Alice White konnte es kaum erwarten, aus dem gespenstischen Raum in die Küche zu flüchten. Mallory folgte ihr auf den Fuß.

Sie setzte sich an den Küchentisch und breitete einen Stapeln Unterlagen auf der geblümten Tischdecke aus. »Sie haben das Haus vor fünf Jahren gekauft?«

»Nein, ich habe es nicht gekauft.« Mrs. White goss den Kaffee in eine Glaskanne und öffnete den Schrank, in dem sich das gute Geschirr befand.

»Ich trinke am liebsten aus Bechern«, sagte Mallory.

»Tatsächlich? Ich auch.« Lächelnd nahm sie zwei Keramikbecher und stellte sie auf den Tisch.

»Vielleicht ist es ein Schreibfehler.« Mallory hielt ihr die Übertragungsurkunde unter die Nase. »Hier steht, dass Sie das Haus aus dem Nachlass von Anna Sorenson gekauft haben.«

Mit der Kanne in der Hand las Mrs. White die Zeile, auf die Mallory deutete. »Nein, das ist eindeutig ein Fehler.« Sie schenkte den Kaffee ein und setzte sich auf die andere Seite des Tisches. »Anna Sorenson war meine Großmutter, sie hat mir das Haus vererbt.«

»Und als kleines Mädchen haben Sie Ihre Großmutter manchmal besucht.« Mindestens zehn Sekunden vergingen, doch Mallory drängte Mrs. White nicht. Stattdessen trank sie langsam ihren Kaffee und wartete.

»Ja.« Das klang wie ein Geständnis. »Ich war in jenem Sommer hier.«

Die Blicke der beiden Frauen trafen sich.

»In dem Sommer, als Natalie gestorben ist.« Sie legte die Hände um die Zuckerschale und schob sie in Mallorys Richtung. »Der Kaffee ist zu stark, habe ich Recht? Die Norweger machen ihn so dick wie Suppe.« Sie griff nach einer Packung Sahne. »Möchten Sie –«

»Nein, er ist sehr gut so.«

Und jetzt geht es los, Alice.

»Sie haben also Natalie zum letzten Mal gesehen als …«

»Ich war zwölf.« Umständlich goss Mrs. White Sahne in ein Kännchen. Sie brauchte noch etwas Zeit, um die richtigen Worte zu finden. »Sie war so hübsch. Wie ein Filmstar, hat Großmutter immer gesagt. Natalie hat mir ihre gebrauchten Lippenstifte und ein Paar Stöckelschuhe geschenkt.«

»Sie waren also häufiger mit ihr zusammen. Hat sie von sich erzählt?«

»Nicht viel.« Alice war so durcheinander, dass sie ihren Kaffee umrührte, obwohl sie weder Sahne noch Zucker hineingegeben hatte. »Ihre Familie stammte aus Norwegen, aber Natalie war hier geboren. Deshalb sprach sie nicht mehr gut Norwegisch, hat meine Großmutter gesagt.« Mrs. White zwang sich zu einem Lächeln. »Ich kann es gar nicht mehr. Meine Eltern haben nur Norwegisch miteinander gesprochen, wenn ich sie nicht verstehen sollte. Deshalb war mir klar, dass mir das Beste entging, wenn Natalie mit meiner Großmutter Norwegisch gesprochen hat.«

Mallory blätterte in ihren Unterlagen und reichte Mrs. White ein weiteres Schriftstück. »Das ist eine Kopie von Natalies Trauschein. Sie hatte einen ungewöhnlichen Mädchennamen. Ist Qualen ein norwegischer Name?«

»Ich habe ihn noch nie gehört. Vielleicht ist der Name falsch geschrieben worden. In Ellis Island wurden viele ausländische Namen verändert. Wahrscheinlich schrieb man ihn ursprünglich mit Ku am Anfang. Aber ein gängiger Name ist es bestimmt nicht.«

»Gut«, sagte Mallory. »Das macht es leichter, ihre Familie ausfindig zu machen. Können Sie mir sagen, in welchem Staat ihre Verwandten leben? Die einzige Angehörige, die wir gefunden haben, ist eine Schwester in Brooklyn. Sie hasst Polizisten.«

»Meine Großmutter hat sie auch gehasst. Alles Gauner, hat sie immer gesagt. Ständig hat sie Anzeigen bekommen, weil angeblich irgendetwas am Haus nicht in Ordnung war, dann hat Großmutter ihnen Geld zugesteckt, und –« Plötzlich fiel ihr ein, dass auch Mallory Polizistin war, und sie lächelte verlegen. »Das ist lange her. Ich habe nie solche Probleme gehabt.«

»Wissen Sie, ob sie irgendwelche Verwandte hatte, die in einem anderen Bundesstaat leben?«

»Ich glaube, sie stammte aus Racine in Wisconsin. Meine Eltern leben dort, und Großmutter hat Natalie mal gefragt, ob sie Sie kennt.«

Mallory griff nach einer mehrere Tage alten Zeitung, die auf dem Küchentisch lag. Auf der ersten Seite befand sich ein Foto von Sparrow, die gerade in einen Krankenwagen gehoben wurde. »Können wir jetzt über diesen Fall sprechen?«

Bitte nicht, bettelte Mrs. Whites Blick.

»Sie haben gewusst, dass die Polizei kommen würde.« Mallory schob die Zeitung über den Tisch. »Dieser Mordversuch war dem Mord an Natalie sehr ähnlich, besonders der Haarknebel im Mund. Als Sie den Artikel gelesen haben, sind Ihnen die Einzelheiten wieder eingefallen. Deshalb haben Sie mich erwartet. Sie haben Natalies Leiche gesehen. Uns liegt die Aussage eines Polizisten vor, der Sie mit einem kleinen Jungen auf dem Gang gesehen hat. Wie alt war er?«

»Sechs oder sieben.« Alice White deutete Mallorys Vermutungen als unumstößliche Gewissheiten und schien nicht im Geringsten überrascht. Offenbar glaubte sie noch an die Allwissenheit der Polizei.

»Sie beide haben alles gesehen, ehe Officer Parris Sie weggeschickt hat«, fuhr Mallory fort.

Mrs. White nickte. »Der hält immer die Hand auf, hat Großmutter von ihm gesagt. Vielleicht war es aber auch der andere. Die Streifenpolizisten …«

»Ja, ich weiß, sie sehen alle gleich aus. Sie haben also alles mitbekommen. Das Haar und –«

»Ich sehe es heute noch vor mir.«

»Wer war der kleine Junge? Ihr Bruder?«

»Nein. Ich habe nie erfahren, wie er hieß. Er hat sich auf dem Gang herumgedrückt. Großmutter hat ihn gefunden und in die Wohnung mitgenommen. Sie hat die Sachen in seinem kleinen Koffer durchgesehen und eine Telefonnummer darin entdeckt, aber als sie dort angerufen hat, meldete sich niemand.«

»Warum hat sie ihn nicht der Polizei übergeben?«

»Sie hasste die Cops. Denen hätte sie nie ein Kind anvertraut, und dieses schon gar nicht. Irgendetwas stimmte nicht mit dem Jungen. Er konnte oder wollte nicht sprechen. Meine Großmutter dachte, dass er wohl jemanden besuchen wollte, weil er diesen kleinen Koffer bei sich hatte. Alles war noch ordentlich gepackt. Er hat ziemlich schlimm gerochen – er hatte sich wohl in die Hose gemacht –, und Großmutter hat ihn gebadet und umgezogen. Dann ging sie im ganzen Haus herum, in der ganzen Gegend von Tür zu Tür …«

»Sie waren also mit ihm allein, als die Polizei kam?«

»Ja. Meine Großmutter hatte die Polizei verständigt, aber es dauerte eine Ewigkeit, bis sie kamen. Der entsetzliche Geruch kam aus der Nachbarwohnung, und Großmutter war ganz verzweifelt. Sie hatte einen Schlüssel zu Natalies Wohnung, bekam aber damit die Tür nicht auf. Ein paar Stunden, nachdem Großmutter das Haus verlassen hatte, hörte ich die Cops draußen auf dem Gang. ›O Gott, nein!‹, rief einer.«

»Und da wurden Sie neugierig.«

»Und ob. Dann kamen noch mehr Polizisten, in Zivil. Einer der Streifenbeamten stand vor der Wohnung Wache und scheuchte alle Leute weg. Ich wartete, bis er ein paar Türen weiter mit einer Nachbarin sprach, dann ging ich zu der Tür von Natalies Wohnung. Sie stand weit offen.«

»Und der Junge war bei Ihnen.«

»Ich hielt ihn bei der Hand, weil Großmutter mir eingeschärft hatte, ihn nicht allein zu lassen. Ich habe die Leiche dort hängen sehen, und sie sah überhaupt nicht mehr aus wie Natalie. Ihre Augen, dieses wunderschöne lange Haar, es war …« Alice White holte tief Luft. »Und die Kakerlaken, die an dem Strick zu ihr herunterkrabbelten … Die Männer haben sie einfach hängen lassen, während sie Fotos machten. Dann hat ein anderer Polizist uns weggejagt.«

»Was wurde aus dem kleinen Jungen?

»Noch an diesem Abend kam ein Mann und hat ihn mitgenommen.«

»Haben Sie ihn erkannt?«

»Nein, ich war schon im Bett und habe nur die Stimmen im Nebenzimmer gehört. Ich glaube, Großmutter kannte ihn. Oder vielleicht hat sie es noch mal bei der Telefonnummer versucht, die sie in dem Koffer gefunden hatte. Ja, sie muss mit ihm telefoniert haben. Er brauchte sich nicht vorzustellen, als er bei uns klingelte.«

»Haben Sie Ihrer Großmutter erzählt, was Sie und der Junge –«

»Um Himmels willen, nein. Großmutter wäre sehr böse gewesen. Sie hatte gesagt, ich sollte mich um den Jungen kümmern. Stattdessen habe ich dafür gesorgt, dass er für den Rest seines Lebens Albträume hat.«

Charles kannte sich in Brooklyn einigermaßen aus; er hatte Freunde dort, mit denen er häufiger Poker spielte, aber wie alle guten New Yorker kannte er nur seine üblichen Routen. Ehe Riker seinen Führerschein hatte ablaufen lassen, hatte Charles nicht einmal die Hälfte der Straßen gekannt, und das galt auch für diese breite Allee am Prospect Park.

Er wartete im Wagen, während Riker zu zwei Streifenpolizisten an einem Streifenwagen trat. Da Charles auf diese Entfernung nicht hören konnte, was sie sagten, achtete er umso genauer auf ihre Körpersprache.

Einer der Polizisten zuckte bedauernd mit den Schultern. Riker hob verärgert die Hand und hatte offenbar mindestens eine Obszönität von sich gegeben, denn der Officer stemmte die Hände in die Hüften. *Hey, dafür können schließlich wir nichts!* sollte das wohl heißen. Riker starrte die beiden durch die dunklen Gläser seiner Sonnenbrille an, ohne auch nur den geringsten Hinweis darauf zu geben, was er dachte. Plötzlich hoben beide Polizisten die Hände, entschuldigten sich offenbar erneut und fügten vermutlich noch ein beschwichtigendes *Sir* an. Riker winkte ab und ließ die beiden stehen. Verärgert setzte er sich auf den Beifahrersitz des Mercedes.

»Schlechte Nachrichten?« Charles ließ den Wagen an.

»Natalies Schwester hat die Stadt verlassen. Sie hatte es sehr eilig. Und diese beiden Spaßvögel stehen einfach da und lassen sie mit einem Koffer wegfahren.« Er ließ den Kopf gegen die weichen Lederpolster sinken. »Mit den neuen Gesetzen komme ich einfach nicht zurecht, Charles. Wenn du heutzutage dreimal hintereinander *Anwalt* sagen kannst, müssen die Cops dich laufen lassen. Aber es ist meine Schuld. Ich hätte statt *festhalten* das Wort *verhaften* benützen sollen.«

»So ein Pech. Tut mir wirklich Leid.« Der Mercedes fuhr an.

»Ja, und ich hatte mich so darauf gefreut, dieser Frau einen ordentlichen Schreck einzujagen.« Riker hüllte sich in düsteres Schweigen, bis die großen Bögen der Brooklyn Bridge vor ihnen auftauchten.

Charles spürte, dass Rikers gedämpfte Stimmung nicht nur daher rührte, dass ihm eine Zeugin durch die Lappen gegangen war. »Kann ich etwas für dich tun?«

»Ja.« Riker richtete sich ein wenig auf. »Ich habe über Wichita Kid und den Wolfsbiss nachgedacht.«

Das klang wenig wahrscheinlich, aber Charles verstand die Botschaft: Das eigentliche Problem ging ihn nichts an. »Du willst also wissen, wie –«

»Ich vermute Folgendes: Die Chancen, dass Wichita Kid die Tollwut ohne Impfung überleben konnte, standen eins zu einer Million.«

»Stimmt, allerdings war das Jake Swain wohl nicht klar, als er den Roman schrieb.« Während sie über die Brücke fuhren, schilderte Charles, wie Sheriff Peety von Stadt zu Stadt gezogen war, um einen mit Tollwut infizierten geächteten Mann aufzuspüren. »In sämtlichen Städten, durch die er kommt, spricht er mit den Ärzten und findet schließlich einen, der von dem tollwütigen Wolf gehört hat, der –«

»Nicht weitersprechen«, unterbrach Riker. »Der Sheriff stellt fest, dass der Wolf gar keine Tollwut hatte.«

»Genau. Er erfährt, dass noch jemand von diesem Wolf gebissen wurde und den Biss überlebt hat. Das Biest hatte die Staupe. Dieselben Symptome wie bei Tollwut, reichlich Schaum vor dem Maul, aber für Menschen nicht ansteckend. Aber weil die Wunde nicht sorgfältig gesäubert worden war, bekam Wichita Kid eine schwere Infektion – Fieber, Halluzinationen, aber keine Symptome für Tollwut.«

Der Detective zog fragend eine Augenbraue hoch, doch sein Interesse schien erlahmt zu sein. »Du hast Neuigkeiten aus dem Krankenhaus?«, fragte Charles nach einer kurzen Pause.

»Ja.« Riker blickte aus dem Beifahrerfenster, durch das der Himmel über dem Fluss zu sehen war. »Die Niere, die noch funktionierte, droht zu versagen.«

Nicht einmal Jake Swain hätte sich einen Ausweg für Sparrow einfallen lassen können, doch da Charles der Kummer des Freundes so nahe ging, bemühte er sich um einen kleinen Trost. »Es gibt einen Augenzeugen im Mordfall Natalie Homer. Das müsste dich eigentlich freuen.« Der Wagen blieb im dichten Verkehr mitten auf der Brücke stecken. Riker sah Charles überrascht an. Die Ablenkung war gelungen.

Charles legte den Gang ein, als sich die Wagenkolonne wieder in Bewegung setzte. »Damit löst sich auch das Rätsel um die verschlossene Tür.«

Riker sah mit gelangweilter Miene wieder zum Fenster hinaus. »Das schon wieder …«

»Nur Geduld! Ich war davon ausgegangen, dass jemand Natalies Tür geöffnet hat, ehe die Polizei kam. Aber mein Zeuge brauchte keinen Schlüssel, wenn er die Tür von innen aufgemacht hat.«

»Was bedeuten würde«, wandte Riker ein, »dass dein Zeuge zwei Tage in Gesellschaft einer weiblichen Leiche verbracht hat.«

»Genau. In der Nacht, als sie starb, hat Natalie für zwei Leute gekocht. Sie hatte keine Freunde, und mit ihrer Schwester hatte sie sich zerstritten. Der Gast, den sie bekochte, war ihr Sohn.«

»Interessant«, meinte Riker. Das sagte er immer, wenn er etwas ganz besonders Langweiliges zu hören bekam. »Erik gibt also seinen Sohn bei seiner geschiedenen Frau ab, ehe er auf Hochzeitsreise geht? Nein, Charles. Der Mann war zwanghaft herrschsüchtig. Nach der Scheidung hat er Natalie den Jungen nicht ein einziges Mal überlassen. Das funktioniert nicht.«

»Warum nicht? Erik Homer wollte wieder heiraten, er hatte eine neue Frau, die er herumkommandieren konnte. Und dass er den Jungen seiner Ex-Frau anvertraut hat, war purer Eigennutz. Niemand hat den Jungen vernommen. Wir wissen weder, wo Junior in jenen Augusttagen war, noch, wo er danach abgeblieben ist.« Charles bemerkte, dass Riker keineswegs überzeugt war. »Nur ein kleines Kind wäre mit der Leiche in der Wohnung geblieben. Der Junge hätte seine Mutter nicht allein gelassen. Tot oder lebendig, sie war alles, was er hatte.«

»Mal sehen, ob ich das richtig verstanden hatte.« Riker bemühte sich nach Kräften, nicht gönnerhaft zu klingen. »Es war eine Einzimmerwohnung, also gab es nicht genug Platz, um ein Kind zu verstecken, nicht einmal ein kleines. Trotzdem hat Junior es geschafft –«

»Überall auf der Welt schicken Mütter ihre Kinder vor dem Essen zum Händewaschen. Der Junge war im Badezimmer, als der Mörder seine Mutter getötet hat.«

»Es war August«, wandte der Detective ein. »Natalies Wohnung hatte keine Klimaanlage. Es gab immer wieder Stromausfälle, häufig kein elektrisches Licht. Die Herdplatte glühte und erzeugte dadurch noch größere Hitze –«

»Ja, und nach zwei Tagen siegte der Überlebensinstinkt des Jungen über das Trauma, und er verließ die Wohnung. Das ist die Erklärung für die unverschlossene Tür und auch für die widersprüchlichen Berichte über den Aufenthaltsort des Jungen. Der Vater hat ihn weggeschickt. Der Mörder sollte nicht erfahren, dass sein Sohn Zeuge des Verbrechens war.«

Charles und Riker waren sich noch immer nicht einig, als sie Mallorys Büro bei Butler & Company betraten.

Mallory hämmerte auf ihre Tastatur ein und kommunizierte mit ihren Computern, die gehorsam Daten auf die Bildschirme zauberten und drei Drucker gleichzeitig Papier ausspucken ließen. Sie hatte den Männern und dem Durcheinander an ihrer Pinnwand den Rücken gekehrt und konzentrierte sich auf das harmonische Summen in dem sterilen kleinen Bereich, den sie im Blick hatte.

Charles ging um die Workstations herum und sah, wie sich das kalte Licht der Maschinen in ihren Augen spiegelte. Er betrachtete das dicke Kabel, das brav ihre Elektronik speiste, und spielte mit dem Gedanken, rein zufällig mit einem Tritt den Stecker aus der Dose zu befördern und damit Mallory abzuschalten.

Riker klopfte auf den Monitor. »Charles glaubt, dass er einen Zeugen im Mordfall Natalie Homer gefunden hat«, sagte er, als das nichts half.

»Ja, Natalies Sohn«, antwortete Mallory ohne von dem leuchtenden Schirm aufzusehen. »Er hat die Wohnungstür von innen aufgemacht. Ich weiß nur nicht, unter welchem Namen er jetzt lebt. Nennen wir ihn also zunächst ruhig weiter die Vogelscheuche.« Sie lächelte ihrem Computer zu, als hätte er irgendeine amüsante Bemerkung gemacht. »Jetzt haben wir gute Karten.«

13

Charles rief Louis Markowitz einen stummen Abschiedsgruß zu. Der Charakter seines alten Freundes, der diese Pinnwand geprägt hatte, verschwand zunehmend unter den Schichten schief hängender Fotos und Notizen.

Mallory ging an der Wand entlang und riss herunter, was ihr in den Weg kam, sodass die Heftstifte durch die Luft flogen. Fotos fetter schwarzer Fliegen fielen zu Boden und gesellten sich zu Vergrößerungen von Kakerlaken und lächelnden Porträts aus Natalie Homers Castingmappe. Angesichts von Mallorys zwanghafter Ordnungsliebe war Charles geneigt, das Ganze als einen Anflug von Jähzorn zu bewerten, obwohl ihre Stimme nicht darauf hindeutete. »Natalies Schwester ist also entwischt«, stellte sie fest.

»Ja«, bestätigte Riker. »Aber ich bin ihr dicht auf den Fersen. Wenn wir Glück haben, kriegen wir sie, bevor sie vom Auto auf Flugzeug oder Bus umsteigt. Vielleicht hat die liebe Susan mehr Angst vor ihrem Neffen als vor uns.«

»Mit Recht«, sagte Charles. »Falls Natalies Sohn die Vogelscheuche ist …«

»Das steht fest.« Das leise Geräusch herabfallender Heftstifte und Papiere folgte Mallory bis zum Ende der Wand, wo sie das Foto von William Heart befestigte. Sie deutete auf die geöffnete Badezimmertür. »Charles hat Recht. Der Junge war vermutlich hier drin, während seine Mutter ermordet wurde. Zwei Tage später wurde er mit einem Köfferchen in der Hand und allen Anzeichen eines Schocks im Flur aufgefunden, noch bevor der erste Cop die Tür zum Tatort aufgemacht hatte.«

»Nehmen wir mal an«, sagte Riker, »die Vogelscheuche ist tatsächlich Natalies Sohn; ein erwachsener Mann, der vor einem kaltblütigen Mord nicht zurückscheut. Wenn er wüsste, wer seine Mutter ermordet hat, könnte er das Schwein doch kurzerhand erledigen.«

»Nein«, widersprach Mallory. »Er hatte sich versteckt und alles durch das Schlüsselloch oder durch einen Türspalt beobachtet. Vielleicht hat er das Gesicht des Mörders nicht einmal gesehen.«

»Und vielleicht auch nicht einmal den Mord selbst«, ergänzte Charles. »Die Vogelscheuche stellt nicht den Tod seiner Mutter durch Erdrosseln nach, sondern nur die Strangulation durch den Strick.« Jetzt in diesem Moment fiel ihm auf, wie still es im Büro von Butler & Company war. »Wo steckt eigentlich Geldorf?«

»Deluthe fährt ihn gerade nach Hause. Der Alte ist draußen. Wir legen die Mordfälle zusammen, und von jetzt ab setzt er keinen Fuß mehr in diese Wohnung. Was dagegen, Charles?«

»Immerhin hat er einiges in den Mordfall Natalie investiert.« Zu spät ging ihm auf, dass er Mallorys Frage vehement hätte verneinen müssen. Aber irgendwie mochte er den alten Knaben, deshalb fuhr er fort: »Lars könnte bestimmt noch einen Beitrag …«

Mallory wandte sich ab. »Geldorf war auf jemanden fixiert, der Natalie verfolgt hat. Auf ihren geschiedenen Mann, den Lieblingsverdächtigen jedes Polizisten, dessen Alibi er mit allen Mitteln zu knacken versucht hat. Mehr hatte er nicht zu bieten.« An der Korkwand fanden sich mittlerweile erste Spuren einer geradlinigeren Persönlichkeit. Mallory hatte eine Reihe von Unterlagen und Fotos angebracht, die akkurat ausgerichtet waren, und tippte nun mit ihrem roten Fingernagel auf die Aussage von Natalies Schwester. »Susan Qualen hat ihren Schwager gehasst. Wie oft sie ihn in dieser Aussage als Dreckskerl bezeichnet hat, ist kaum mehr zu zählen. Am gleichen Abend jedoch hat sie stundenlang mit ihm telefoniert, und dabei ging es nicht um die Vorbereitungen für die Beerdigung.«

Charles nickte. »Du glaubst, dass sie gemeinsam überlegt haben, wie man den Jungen am besten verstecken könnte.«

»Genau. Der Mörder sollte nicht wissen, dass es einen Augenzeugen gab. Deshalb blieb Junior unauffindbar. Sie haben ihn zu Verwandten in einem anderen Bundesstaat gegeben.«

Einer der Computer gab ein Piepsen von sich, worauf Mallory sich setzte und zusah, wie der Text über den Bildschirm lief. »Vor einer Stunde habe ich das Vorstrafenregister von Rolf und Lisa Qualen gefunden, einem Ehepaar aus Wisconsin. Sie wurden wegen Entführung eines kleinen Jungen verhaftet, dem Alter nach kann es sich aber eigentlich nicht um Natalies Sohn gehandelt haben.« Sie überflog die eng beschriebenen Zeilen. »Eine unglaubliche Menge an Material. Und die Zeit drängt.«

Bewaffnet mit Mallorys Ausdrucken hatte Charles sich in sein Büro zurückgezogen, das mit einem bequemen Ledersessel und einem Holzschreibtisch aus einem weniger technisierten Zeitalter möbliert war. Als er die letzten Gerichtsunterlagen, das Protokoll einer Gerichtsverhandlung, Polizeiprotokolle und Berichte von Sozialarbeitern gelesen hatte, sah er zu seinem Publikum auf. Die beiden erschöpften Detectives hatten sich auf einem Plüschsofa zurückgelehnt, bedienten sich aus Tüten aus dem Schnellimbiss und warteten auf seine Zusammenfassung. »Mr. und Mrs. Qualen hatten einen Sohn namens John, der kurz vor seinem achten Geburtstag, ein Jahr vor dem Mord an Natalie Homer, ertrank. Zwei Tage nachdem Natalie tot aufgefunden worden war, verließen die Qualens ihr Haus in Racine, Wisconsin, und zogen in eine hundert Meilen entfernte Kleinstadt. Dort meldeten sie ihren toten Sohn John in einer Mittelschule an.«

»Krasse Amateure!«, bemerkte Riker.

Mallory nickte und schob sich den letzten Bissen ihres Bagels in den Mund. »Die Geburtsurkunde des toten Jungen stimmte mit dem Alter des angemeldeten Schülers nicht überein.«

»Das ist dem Schulleiter auch aufgefallen. Seine Schulzeugnisse seien bei einem Brand vernichtet worden, wurde behauptet. Daraufhin hat er die Zeugnisse und den Totenschein für den richtigen John Qualen in Racine aufgespürt.«

»Und dann die Polizei verständigt?« Das war Rikers Art, die Geschichte auf höfliche Weise voranzutreiben, denn sonst machte er sich nie die Mühe, Offensichtliches auszusprechen. Und gleichzeitig sah er diskret auf die Uhr.

»Ja«, erwiderte Charles. »Die Polizei vermutete eine Entführung, aber die Qualens waren ebenso wenig zur Zusammenarbeit bereit wie der Junge.«

»Junior hatte Angst«, stellte Mallory fest.

»Das meinte auch der Detective, der den Fall bearbeitete«, bestätigte Charles. »Die Polizei hatte keine Ahnung, woher der Junge kam. Eine entsprechende Vermisstenmeldung gab es nicht. Er kam in eine Pflegefamilie, und gegen die Qualens wurde Anklage erhoben. Man konnte ihnen die Entführung zwar nie nachweisen, dafür bekamen sie eine saftige Geldstrafe wegen Urkundenfälschung aufgebrummt. Die Unterlagen über die Pflegefamilie kamen unter Verschluss, und die Spur des Jungen verlor sich im Labyrinth der Bürokratie.«

Riker zog sein Notizbuch und einen Stift heraus. »Wie lauten die Aktenzeichen?«

»Für den Jungen? In den Gerichtsunterlagen tauchen keine auf. Hier gibt es einen Brief vom Anwalt der Qualens. Sie haben versucht, den Jungen zu adoptieren, aber man hat ihnen nicht einmal ein Besuchsrecht zugebilligt.«

»Deshalb finde ich ihn also nicht«, sagte Mallory. »Das Jugendamt hat die Qualens als Bedrohung betrachtete, deshalb haben sie Junior noch einmal einen neuen Namen und ein neues Aktenzeichen gegeben. Wir wissen nicht einmal, auf welches Alter man sich schließlich geeinigt hat.«

»Mit dem, was wir bis jetzt in der Hand haben«, sagte Riker, »können wir nie im Leben einen gerichtlichen Beschluss zur Akteneinsicht beim Jugendamt erwirken. Und schätzungsweise ist der Kerl schon drauf und dran, die nächste Frau aufzuknüpfen.«

»Das wird sich bald genug herausstellen«, meinte Mallory. »Bei Sparrow ist seine Gewalttätigkeit eskaliert. Diesmal können wir uns auf eine größere Show gefasst machen.«

Rikers Küche sah aus wie nach einem Einbruch. Schubfächer lagen auf dem Boden, in den Schränken herrschte völliges Chaos, ein Stück Pizza, das ihm gestern, oder vielleicht auch schon vorgestern, aus der Hand gefallen war, klebte mit dem Belag nach unten auf dem Linoleum – trotzdem hatte er das Spielplatzvideo immer noch nicht gefunden. Er hatte es schon vor Jahren weggeräumt, aus Angst, es könnte durch allzu häufiges Abspielen Schaden nehmen.

Im Wohnzimmer setzte sich Charles Butler gerade aufs Sofa, von dem eine Staubwolke aufstieg. Zu seinen Füßen stapelten sich Fast-Food-Behälter und monatealte Zeitungen, als sollten sie demnächst zum Recycling gegeben werden – ein Verfahren, das Riker lediglich vom Hörensagen kannte. Sämtliche Aschbecher waren bis zum Rand mit Zigarettenkippen gefüllt. Doch der höfliche und wohlerzogene Charles ließ sich nicht anmerken, dass er an Schmutz und ein derartiges Durcheinander nicht gewöhnt war. Endlich fand Riker das Video und schob es in den Rekorder. Dann reichte er seinem Gast das letzte saubere Glas (auf seine Art legte auch Riker Wert auf eine gute Kinderstube), gab Bourbon und einen Schuss Wasser hinein, mixte sich selbst einen etwas stärkeren Drink und ließ sich in einen Ledersessel fallen.

»Ein Freund von mir hat die Kassette bei einem Pädophilen beschlagnahmt. Der Dreckskerl war im Central Park auf der Pirsch.« Er beobachtete, wie sich Charles' Kiefernmuskeln spannten. »Keine Angst, an die Kleine ist er nicht herangekommen. Er hat sie nur auf Film angenommen.« Riker drückte den Play-Knopf auf der Fernbedienung. »Dadurch ist Lou auf sie aufmerksam geworden. Der Film war ein paar Jahre alt, als er ihn das erste Mal gesehen hat.

Auf dem Bildschirm erschien vor einem blauen Sommerhimmel die Großaufnahme eines kleinen blonden Mädchens in einem viel zu großen schmutzigen T-Shirt. Riker drückte auf den Pausenknopf. »Hier ist Kathy vermutlich acht, aber man sieht ihr an, dass sie schon zu lange auf der Straße gelebt hat.«

Das Band lief weiter, doch die Kleine blieb auf dem Rasen am Rande des Spielplatzes sitzen und legte den Kopf schief, offenbar unentschlossen, ob sie bleiben oder gehen sollte. Das obdachlose Kind musste gewusst haben, dass es eigentlich hierher, zu seinen Altersgenossen gehörte.

Also war Kathy gekommen, um auch einmal zu spielen. Völlig verzaubert von dem schönen Kind, einer Mallory in Kleinformat, lehnte Charles sich vor. Um sie herum herrschte quirliges, lärmendes Treiben, man hörte kleine Füße trappeln und fröhliches oder empörtes Geschrei.

Das einsame Kind zögerte noch einen Augenblick, ehe es leichtfüßig und vorsichtig wie eine Katze auf die Reihe von

Schaukeln zuging – graue Bretter an langen Metallketten. Sie setzte sich in die Mitte, sah misstrauisch nach rechts und links und fing behutsam an zu schaukeln. Dann lehnte sie sich zurück, um weiter ausschwingen zu können, und lachte entzückt, als sie zum ersten Mal das Wunder des Fliegens erlebte. Sie schwang über eine Reihe gefährlicher Spitzen auf einem eisernen Zaun, Speere, die durch einen Trick der Kamera aussahen, als könnten sie die Kleine jeden Augenblick durchbohren.

Ohne jede Angst lehnte sie sich noch weiter zurück, um Höhe zu gewinnen. Strahlend segelte sie über die Köpfe verängstigter Mütter und Kindermädchen hinweg, die ihr bedeuteten, vorsichtig zu sein. Riker sah Charles an, dessen Lippen sich in stummem Flehen bewegten. *Bitte fall nicht herunter.*

Mit angewinkelten Füßen, sodass die Zehen zur Sonne zeigten, schwang sie zum Himmel empor und lachte glücklich.

Doch ihre Freude erlosch mit einem Schlag, als Kathy die Linse der Kamera auf sich gerichtet sah. Jäh wurden ihre Augen kalt, ehe sie die Ketten losließ und buchstäblich aus dem Bildrahmen der Kamera heraussegelte. Der Bildschirm verdunkelte sich.

Obwohl Riker das Video schon hundert Mal gesehen hatte, krampfte sich seine Hand auch jetzt noch fester um das Glas. Für ihn flog das Kind immer weiter – eine Münze, die, einmal geworfen, nie wieder auf festem Boden auftraf.

Charles, der noch immer die Sachen anhatte, die er tagsüber getragen hatte, lag auf dem Sofa in seinem Büro und schlief tief und fest. Nur Mallory war wach, als die Sonne aufging. Sie war mit einem Stapel Zeitungen in ihr Büro bei Butler & Company zurückgekehrt, saß in einem Sessel, trank Kaffee und suchte auf der ersten Seite vergeblich nach der Pressemitteilung der Polizei. Die Taten der Vogelscheuche waren bereits Schnee von gestern.

Mit den Hundstagen ging die Touristensaison im Central Park zu Ende, wo es schon wieder zu einer Messerstecherei am hellen Tag gekommen war. Doch die Schlagzeilen von heute widmeten sich einem Mann, der von einem umherfliegenden Kanaldeckel geköpft worden war, einem Kanaldeckel, der »wie der Korken aus einer Flasche« aus einem gebrochenen Hauptwasserrohr geschossen war. Dann folgte die Nachricht über eine Frau, die auf dem Broadway von einem steinernen Wasserspeier getötet worden war, der sich an einer baufälligen Fassade gelöst hatte – deutliche Beweise dafür, dass die Stadt aus den Fugen ging, dass sie von der Kloake bis zur Skyline verrottet und korrupt war.

Auch um Riker machte Mallory sich Sorgen.

Gestern hatten sich überall rote Flecke auf seiner fahlen Haut gezeigt. Am Morgen nach einer Sauftour zitterten seine Hände regelmäßig, und er hatte Probleme beim Rasieren. Früher oder später würde ihn sein übermäßiger Alkoholkonsum umbringen. Die meisten Cops büßten, wenn sie ihr Leben nicht mehr im Griff hatten, als Erstes ihre Integrität ein, doch daran hatte Riker festgehalten, nachdem alles andere schon längst den Bach runtergegangen war. Selbst wenn er auf allen vieren aus einer Bar gekrochen kam, war er noch ein Mann, dem man Achtung entgegenbrachte.

Warum hatte er seinen Job riskiert, um etwas von einem Tatort mitgehen zu lassen? Dass Cops und Feuerwehrleute die Toten um Bargeld und Schmuck erleichterten, war nichts Neues, aber bis jetzt war sie davon ausgegangen, sämtliche Kanaldeckel könnten hochfliegen und die ganze Stadt könnte in Schutt und Asche versinken, ehe Riker sich am Eigentum anderer Leute vergreifen würde. Und daran glaubte sie noch immer. Stattdessen hatte sie nun einen viel schwer wiegenderen Verdacht: Sie glaubte, dass er ihr, seiner Partnerin, Beweismaterial vorenthielt.

Auf der Suche nach der Pressemitteilung, in der alle blonden Schauspielerinnen New Yorks zur Vorsicht gemahnt wurden, blätterte Mallory zur nächsten Seite. Endlich, da war sie, unten auf Seite drei. Lieutenant Coffey hatte sein Versprechen gehalten, dem nächsten Opfer eine faire Chance zu geben. Doch auch die Vogelscheuche hatte ihr Opfer gewarnt, hatte es förmlich der Polizei in die Arme getrieben. Warum?

Dass sie in den Überlegungen eines Wahnsinnigen nach irgendeiner Logik gesucht hatte, schob Mallory auf ihren zunehmenden Schlafmangel.

Stella war mit den abgelegten Sachen ihrer Mutter und Großmutter aufgewachsen. Nur das geliebte blaue Kostüm hatte niemand vor ihr getragen, und jetzt war es auf die typisch New Yorker Art und Weise ruiniert: mit Blut besudelt. Und sie hatte ihren Schutzpanzer verloren. Jeder Passant würde ihr nun ansehen, dass sie ein uneheliches Kind in der dritten Generation war, gezeugt von irgendwelchen geilen Kerlen in einer Raststätte.

Stella Small stand vor einem Geldautomaten und betrachtete ihre Scheckkarte. Sie achtete nie darauf, ob ihr Konto ausgeglichen war, so etwas belastete nur und nahm einem die Lust am Leben. Normalerweise wusste sie in etwa, wie viel Geld sie zur Verfügung hatte. Für Unterwäsche würde es reichen, und sie hoffte, dass noch ein wenig mehr heraussprang. In der anderen Hand hielt sie einen Prospekt – Postwurfsendungen waren eben doch manchmal zu etwas gut! –, in dem Designerkostüme zum Sonderpreis angeboten wurden. Der Fabrikverkauf war nur einen Block weit entfernt, und vor dem nächsten Vorsprechtermin blieb ihr noch eine Stunde. Stella schob die Karte in den magischen Schlitz und kniff die Augen fest zu.

Bittebittebittebitte …

Sie hatte die weiße Bluse und den Rock zweimal gewaschen, trotzdem fand sie, dass beides noch immer nach Billigladen roch. Nach Versagen. Sie hatte den Kopf gesenkt, die Schultern gebeugt – die typische Verliererpose. Doch das sollte sich ändern.

Nachdem sie ihr rituelles Gebet vor dem Geldautomaten gesprochen hatte, spuckte er prompt so viel Geld aus, dass sie das ruinierte Kostüm mühelos würde ersetzen können. Ihr erster Gedanke war, dass die Verlassenen Stellas den Betrag für die Miete diesen Monat früher als gewöhnlich überwiesen hatten. Der Zweite war, dass es offenbar tatsächlich einen Gott der Geldautomaten gab, der die Leute vom Theater liebte.

Sie lief bis zum Ende des Blocks und gesellte sich zu den wartenden Schnäppchenjägern. Stella hatte sich bereits eine Angriffsstrategie zurechtgelegt. Als sich die Türen öffneten, hastete sie an älteren Frauen mit Stützstrümpfen vorbei, lief die Treppe zum Souterrain hinunter und peilte geradewegs die Wand an, wo die Kostüme hingen. Wenn ihre Kleidung gut saß und dem Produzenten gefiel, was er sah, konnte das ihr ganzes Leben verändern. Ihre Zukunft hing womöglich vor ihren Augen auf der Stange.

Sie blieb stehen.

Verdammt! So etwas konnte auch nur in New York passieren!

Eine dicke Frau in mittleren Jahren mit braunem Haar und grauem Ansatz hatte sich das einzige blaue Kostüm in Größe sechsunddreißig geschnappt. Fassungslos sah Stella zu, wie bei dem Versuch, die Jacke über ihrem Schwabbelbauch zu schließen, ein Knopf absprang. Und nun hatte diese Ziege auch noch einen Ärmel mit Make-up verschmiert.

Stellas Blick fiel auf den Spiegel, in dem sie ihr eigenes Gesicht erkannte. Unwillkürlich war sie in die Rolle der alternden Hausfrau geschlüpft, kopierte ihre finstere Miene, die bösartig zusammengekniffenen Augen, den seelenlosen Ausdruck.

Mittlerweile hatte die Frau den Versuch aufgegeben, sich in die Kostümjacke zu zwängen, und stapfte davon. Stella hob den Knopf auf und rettete die Kostümjacke, die – *danke, lieber Gott* – von ihren großen Füßen verschont geblieben war. Sie sah auf das Etikett. Das Kostüm stammte von einem bekannten Designer und war um die Hälfte heruntergesetzt. Auch das war wohl ein Zeichen von oben. Wie hätten die Verlassenen Stellas es ausgedrückt? *Jesus hilft dir.*

Sie sah auf die Uhr. Wenn sie sich beeilte, wenn die Schlange vor der Kasse nicht zu lang war und wenn die U-Bahn keine Verspätung hatte, konnte sie es noch schaffen. Sie stürzte in die Ankleidekabine und zog das Kostüm an. Es passte perfekt.

Mit dem alten Rock über dem Arm ging Stella zur Kasse. Wunderbarerweise waren keine Kunden vor ihr, sodass ihr sogar noch Zeit blieb, vor einen dreiteiligen Spiegel zu treten, um sich von allen Seiten zu bewundern. Wenn sie die rechte Hand an die Seite legte, war der Make-up-Fleck nicht zu sehen. Und in der U-Bahn könnte sie den losen Knopf annähen. Seit einem Jahr trug sie stets ein kleines Nähetui bei sich, und heute, da ihr Leben buchstäblich an einem Faden hing, hatte sich diese Voraussicht bewährt …

Plötzlich bekam sie einen kräftigen Stoß in den Rücken, sodass sie gegen den Spiegel taumelte. Stella rang nach Luft und stützte sich mit beiden Händen an dem Glas ab. In einer der drei Spiegelflächen sah sie einen Mann hinter sich, der entgegen sämtlicher Großstadtregeln – in New York waren Zusammenstöße stets mit Fahrerflucht verbunden – inmitten der Menge, die von Kleiderständer zu Kleiderständer hastete, stehen blieb und Stella wie gebannt anstarrte.

14

Der Mann, den sie im Kaufhausspiegel sah, war offenbar einer ihrer Fans, die sich nachmittags Seifenopern ansahen. Stella lächelte ihm zu.

Ja, ich bin's.

Doch weder erwiderte er ihr Lächeln, noch suchte er den Blickkontakt wie jeder andere normale Mann. Stattdessen starrte er sie an wie einen Gegenstand, als hätte sie keine Augen, die ihn wahrnehmen konnten. Seine Haltung nachahmend, versteifte sie sich instinktiv, konzentrierte sich dann auf ihr eigenes Spiegelbild und sah ihre Augen immer kälter und ihren Mund schmal und ausdruckslos werden. Schlagartig glich sie ihm nicht nur äußerlich, sondern auch innerlich. Alles in ihr war leer.

Der Mann schien ihre gekonnte Darstellung nicht zu bemerken, geschweige denn zu würdigen. Das Gesicht unter der Baseballkappe blieb unbewegt.

Stella schreckte hoch. Der Vorsprechtermin! Würde sie es noch schaffen?

Rasch löste sie sich aus dem unheimlichen Bann und blickte auf die Uhr. Als sie wieder aufsah, bemerkte sie seine Baseballmütze, die über den Köpfen der Kundinnen wippte. Er bewegte sich rückwärts in die Menge und verschmolz mit ihr.

Erst als er nicht mehr zu sehen war, war Stella in der Lage, sich wieder zu bewegen. Erneut sah sie auf die Uhr. Dass so viel Zeit vergangen war … nicht zu fassen! Inzwischen hatte der Ansturm auf die Kasse begonnen. Eilig versuchte sie eine gebeugte, weißhaarige Frau zu überholen, die erschrocken zu einem Endspurt ansetzte, dann aber der Jugend den Vortritt lassen und sich ächzend und stöhnend hinter der grinsenden jungen Schauspielerin anstellen musste.

Als Stella an der Reihe war, zog sie automatisch die Mundwinkel nach unten wie die Kassiererin. »Ich hab's eilig. Schneiden Sie nur die Preisschilder ab, ich ziehe es gleich an.« Stella schob ihren alten Rock über den Tisch. »Und dafür eine Einkaufstüte bitte.«

»Wie Sie wollen.« Die Stimme der Kassiererin war so monoton wie eine Telefonansage. »Kein Umtausch bei heruntergesetzten Waren.«

Stella streckte ihr einen Arm hin, sodass sie das Preisschild entfernen konnte. »Und seien Sie bitte vorsichtig beim Abschneiden.«

»Wie gesagt – kein Umtausch bei heruntergesetzter Ware«, wiederholte die Kassiererin leicht gereizt, ohne Stellas Arm Beachtung zu schenken. Aufreizend langsam nahm sie ihr den alten Rock ab und hielt ihn zwischen Daumen und Zeigefinger von sich, als verbreite er einen üblen Geruch, bevor sie ihn in eine Einkaufstüte fallen ließ. Erst dann griff sie nach der Schere. Hinter der Schlange, die sich vor der Kasse gebildet hatte, stand ein großer Spiegel, in den die Kassiererin nun einen Blick warf. »Sie wissen aber, dass die Jacke einen Fleck hat?«

»Kein Problem, den kriege ich raus.«

»Tja, wenn Sie meinen …« Die Kassiererin sah der jungen Frau nach, die mit einem schwarzen X auf dem Rücken der neuen Kostümjacke davonging. Dann fixierte sie die nächste Kundin, eine bedächtige ältere Frau, mit einem strengen Blick. »Ein bisschen Beeilung, wenn ich bitten darf!«

Lieutenant Coffey sah der letzten Schauspielerin nach, die in Begleitung von zwei Detectives den Dienstraum verließ. Im Treppenhaus ging der Schwiegersohn des stellvertretenden Polizeipräsidenten an ihnen vorbei und näherte sich Coffeys Büro.

Deluthe war Mallory und Riker also wieder einmal entwischt.

Während der Lieutenant sich in seine Blondinenliste für den nächsten Tag vertiefte, blieb der junge Mann in respektvollem Abstand vor seinem Schreibtisch stehen. Coffey fand es zwar lobenswert, dass er gebührende Achtung vor einem Ranghöheren zeigte, doch für eine erfolgreiche Laufbahn bei der Kriminalpolizei reichte das nicht.

»Ich dachte, Sie sollten sich um Lars Geldorf kümmern.«

»Er bleibt heute zu Hause. Ich suche Sergeant Riker.«

»Kommt in einer halben Stunde.« Coffey griff nach dem Boulevardblatt mit der Schlagzeile SCHAUSPIELERIN AM HELLLICHTEN TAG MIT MESSER ATTACKIERT. »Sie können sich nützlich machen, mein Junge.« Er deutete auf die handschriftlichen Notizen und eine Telefonnummer auf der ersten Seite. »Das Revier Midtown hat den Namen der jungen Frau nicht durchgegeben. Stellen Sie fest, wer sie ist und ob wir schon mit ihr gesprochen haben. Wenn nicht, holen Sie die Dame her.«

»Ja, Sir.« Deluthe nahm die Zeitung und setzte sich ans Telefon.

Jack Coffey hatte sich kaum wieder an die Arbeit gemacht, als der junge Mann an den Türrahmen der offen stehenden Tür klopfte. Der Lieutenant winkte ihn herein. »Was haben Sie herausgefunden?«

»Die Schauspielerin heißt Stella Small. Ich habe mit einer Zivilangestellten gesprochen, einer gewissen Eve Forelli. Sie sagt, das Ganze sei nur eine Publicity-Geschichte gewesen.«

Der Lieutenant deutete mit dem Kopf auf die Zeitung. »Haben Sie den Artikel gelesen?«

»Nein, Sir, ich dachte –«

»Dann tun Sie's jetzt. Schon im ersten Absatz kommt das Wort Blut vor. Eine Blutlache auf einem Hotelteppich.« Er beugte sich vor, nahm Deluthe unsanft das Blatt aus der Hand und deutete auf das Foto einer bewusstlosen Frau. »Und dieser dunkle Fleck auf ihrem Ärmel, das ist auch Blut.

Nach meiner Erfahrung sind wohl die wenigsten Schauspielerinnen bereit, sich selbst zu verstümmeln, um in einem Boulevardblatt erwähnt zu werden.« Er unterbrach sich. Schließlich war es nicht seine Aufgabe, einem Anfänger aus Lieutenant Lomans Dezernat Nachhilfeunterricht zu erteilen. »Na ja, immerhin haben Sie den Namen herausgefunden.« Er sah auf seine Liste. »Die Agentin von Stella Small hat einen Termin für sie vereinbart, aber die junge Dame ist nicht erschienen. Scheint weder fernzusehen noch Zeitung zu lesen. Sehen Sie zu, dass Sie die Frau auftreiben.«

»Die Zivilangestellte hat ihre Aussage aufgenommen«, sagte Deluthe. »Stella Small hat gesagt, dass sie auf der Straße eine Auseinandersetzung mit einem Touristen hatte. Der Mann hat mit einer Kamera nach ihr geschlagen, und die Wunde musste genäht werden. Das war alles. Offenbar ist ihre Agentin im Krankenhaus aufgetaucht und fand wohl, dass sich aus so etwas ein bisschen Kapital schlagen lässt. Und so kam es zu dieser Wunde mit dem Rasiermesser.«

»Eine Zivilangestellte hat die Aussage aufgenommen? Das wird ja immer besser. Beschaffen Sie eine Kopie aus dem Revier Midtown, und schaffen Sie die Schauspielerin her.«

»Mit dieser Art Kleinkram –«

»Was glauben Sie, mit wie viel Kleinkram ich mich jeden Tag beschäftigen muss! Also, kommen Sie damit klar oder nicht?« Obwohl er ihm in Wahrheit am liebsten eine ganz andere Frage gestellt hätte: Warum um alles in der Welt färbte sich dieser junge Mann die Haare, und ausgerechnet in diesem leuchtenden Gelb.

Detective Janos stand vor den Kollegen im Dienstraum und verkündete: »Sie haben uns dreißig Sekunden in den Frühnachrichten im Fernsehen und eine ganze Minute im Radio gegeben. Wenn wir Glück haben, rührt sich jetzt etwas.« Er hielt die Zeitung in die Höhe, in der die Veranstaltungsorte der offenen Vorsprechtermine angegeben waren. »Heute gibt es zwei Termine, wir haben noch zwanzig Minuten, um es zu dem einen zu schaffen, der –«

»Alle mal herhören!« Detective Desoto sichtete die Anrufe, die auf der Hotline der Polizei eingegangen waren. »Eine Frau mit einem schwarzen Kreuz auf dem Rücken wurde gerade an der Ecke 60ste Straße and Lexington Avenue gesehen. Meldung von einem Münzfernsprecher. Männerstimme. Sie war auf dem Weg zur U-Bahn, sagt er. Blond, hellblaues Kostüm.«

»Ich wette, sie ist auf dem Weg zu dem Termin in Midtown.«

»Auf der West Side.« Janos eilte bereits in Richtung Tür. »Schickt eine Einheit rüber, sie wird an der 42sten Straße umsteigen.«

»Vielleicht auch nicht.« Arthur Wang holte seine Dienstwaffe aus der Schublade. »Wenn sie das X auf ihrem Rücken sieht, geht sie vielleicht wieder nach Hause. Meine Frau würde …«

»U-Bahn!«, brüllte Janos.

Alle Beamte waren auf den Beinen, nur Deluthe stand noch immer unschlüssig da. Sergeant Riker tippte ihm auf die Schulter. »Sie kommen mit.«

Lieutenant Coffeys Auftrag war mit einem Mal vergessen, und Deluthe stürzte hinter den Kollegen die Treppe hinunter zu den Wagen. Motoren jaulten auf, abnehmbare Blaulichter wurden auf die Dächer gerammt, dann ging es die Houston hinunter in Richtung West Side Highway und Uptown.

Was für eine Fahrt! Die Dienstwagen rückten keilförmig vor, drängten Taxis an die Seite und versetzten sämtliche anderen Autofahrer in Angst und Schrecken. Fünf Sirenen heulten, Hupen röhrten. *Aus dem Weg, aus dem Weg, los doch, los.* Wie durch Zauberhand sprangen sämtliche Ampeln auf Grün, sodass der Konvoi zügig bis zur U-Bahn-Station 42ste Straße gelangte.

Die Männer sprangen heraus und hasteten die Treppe herunter und durch den langen Tunnel. Ledersohlen klatschten auf den Beton, das Adrenalin schoss durch die Adern, und die Herzen rasten. Schließlich standen sie auf dem Bahnsteig.

Augenblick.

Was war hier los?

Die Menge stand – erstaunlich für diese Tageszeit – Kopf an Kopf.

Drei Detectives stiegen auf eine Bank, um sich nach der Blondine mit dem schwarzen Kreuz auf dem Rücken umzusehen, während sechs Mann die andere Seite absuchten, jedoch kopfschüttelnd zurückkehrten.

Hier war die Frau nicht.

Die Fahrgäste wirkten gereizt, die Nerven waren in der schwülen Luft zum Zerreißen gespannt. Nur die Optimisten standen noch an der Bahnsteigkante und starrten in die dunkle Röhre, denn sie als echte New Yorker wussten genau, dass es in Wahrheit nicht den Weichenstellern zu verdanken war, wenn die Züge einliefen, sondern den Fahrgästen, die getreulich nach ihnen Ausschau hielten.

Die Menge wurde noch immer zunehmend größer, die Leute redeten nicht miteinander, stattdessen war lediglich ein kollektives unzufriedenes Gegrummel zu hören. Hier und da explodierte bereits ein Fahrgast und stieß wüste Beschimpfungen aus. Es war nur noch eine Sache von Minuten, ehe es zur ersten Schlägerei kam, die sich im Nu zu einem Blutbad entwickeln konnte.

Neben der Kabine der Zugaufsicht packten Musiker ihre Instrumente aus und stöpselten Lautsprecher ein – die typische Reaktion der Stadt auf drohende Gewalt unter meuternden U-Bahn-Passagieren.

Janos klappte sein Handy zu. »Streifenbeamte sind an den Eingängen postiert. Aber bisher hat sie noch keiner gesehen.«

Detective Desoto, der sich ins Gewühl gestürzt hatte, kam

im Laufschritt zurück. »Erst die gute Nachricht. Ein Selbstmörder hat sich auf die Gleise gelegt, deshalb mussten die Leute so lange warten. Ausgerechnet in der Hauptverkehrszeit!«

»Und die schlechte Nachricht?«, fragte Riker.

»Sie haben gerade die Schweinerei weggeschafft, und die Züge fahren wieder. In fünf Minuten ist die ganze Meute hier weg.«

Selbst Deluthe begriff den Ernst der Lage. Welcher dieser gestressten Bürger würde sich von der Polizei vernehmen lassen, statt schnellstmöglich dieser Hölle zu entkommen? »Und wenn wir die Züge einfach anhalten?«

Desoto musterte ihn mit mitleidiger Miene.

Aus welchem Hinterwäldlernest hast du dich denn hierher verirrt? »Sie haben wohl nicht richtig zugehört. Der Letzte, der hier einen Zug angehalten hat, ist *tot.*«

»Uns bleiben also fünf Minuten«, sagte Riker. »Deluthe, Sie treiben die Fahrgäste zusammen. Konzentrieren Sie sich auf die Frauen. Die Männer können Sie getrost vergessen. Die starren bei Blondinen sowieso nur auf die Brüste und nicht auf den Rücken. Die anderen kommen mit mir!«

Die Detectives gingen auf die Musiker zu, deren Latino-Rhythmen die gereizten Seelen streicheln sollten.

Während die Fahrgäste reihenweise Deluthe beteuerten, sie hätten nichts gesehen, nahm Riker einem der halbwüchsigen Musiker die E-Gitarre ab und legte ein gekonntes Rock-'n'-Roll-Riff hin. Der Mann war gut, verdammt gut sogar, und lockte augenblicklich die jüngeren Fahrgäste an, die mit den Fingern schnippten und im Takt mit dem Kopf nickten.

Während die anderen beiden Musiker den Background lieferten, brachte Riker die Gitarre zum Schwirren. Mit einer Hand zupfte er wie besessen die Saiten, während er mit der anderen den beiden anderen Detectives bedeutete, mehr Tempo vorzulegen. Die Finger des Bassisten bewegten sich immer schneller, der Drummer drosch wie ein Wahnsinniger auf sein Schlagzeug ein.

Janos zog eine Frau aus der Menge und begann, sie im Kreis zu drehen. Die anderen Kollegen holten ebenfalls wildfremde Frauen und tanzten mit ihnen, sodass in wenigen Augenblicken alles in Bewegung war. Die Menge kochte, die Bässe dröhnten, und Ronald Deluthe spürte die Schwingungen bis unter seine Sohlen. Die Menge hatte einen Kreis um Riker gebildet, klatschte und johlte. Janos wirbelte die nächste Partnerin herum, hob sie hoch und warf sie in die Luft. Ekstatisch kreischend ließ sie sich von ihm auffangen. Riker setzte zum nächsten Riff an. Ein Regen von Münzen ergoss sich in einen geöffneten Gitarrenkasten, die Band spielte wie besessen, immer schneller, immer härter, immer lauter. Die Detectives wechselten unablässig die Partnerinnen und befragten sie beim Tanzen.

Schließlich hoben sich zwei Hände. *Ende der Vorstellung.*

Riker gab der Band ein Zeichen, und die Musik erstarb, als hätte jemand den Strom abgedreht.

Die Welt stand wieder still.

Der Detective mit der musikalischen Ader wischte sich den Schweiß von der Stirn und nahm den donnernden Applaus mit einer Verbeugung entgegen. Dann wandte er sich an Janos. »Was habt ihr erreicht?«

»Eine Frau hat ein schwarzes Kreuz gesehen. Unsere Blondine ist nicht umgestiegen, sondern in dem Zug Richtung Lexington geblieben. Und sie hat geweint.«

»Sie fährt nach Hause«, rief Desoto. »Gestern hat eine andere Frau eine Blondine mit einem X auf der Bluse gesehen. Und was wirklich seltsam war – die Blondine hat an der Station Astor Place einen Haufen toter Fliegen abgeschüttelt, dann ist sie ausgestiegen.«

Als Deluthe sich gegen den Strom der Fahrgäste, die zum Zug drängten, in Richtung Ausgang gekämpft hatte, sah er seine Kollegen gerade im Fußgängertunnel verschwinden. Schließlich verließ er auf Straßenebene das U-Bahn-Gelände und beobachtete, wie die anderen bereits in ihre Wagen stiegen. Der Konvoi setzte sich mit heulenden Sirenen und Blaulicht in Bewegung. Der junge Polizist blieb atemlos am Straßenrand stehen, als ob auch er zur Musik von Sergeant Rikers Band getanzt hätte.

15

Das Licht des Anrufbeantworters pulsierte im gleichen Takt wie ein menschliches Herz. Stellas Herz. Das konnte nur die Polizei sein, die wissen wollte, warum sie sich nicht zum vereinbarten Termin im Revier SoHo eingefunden hatte. Auch die Vormittagsprobe für ein Theaterstück hatte sie sausen lassen. Gerade hatte sie von ihrer Agentin eine allerletzte Chance bekommen – ein Vorsprechen am späten Abend, bei dem es sich nicht um die übliche Massenveranstaltung handelte. Nur vier Schauspielerinnen bewarben sich um die Rolle.

Und sie hatte nichts anzuziehen.

Der Inhalt ihres Kleiderschranks und der Schubladen war in der Wohnung verstreut, überall lagen irgendwelche Secondhandklamotten, in denen sie sich klein und unbedeutend vorkam. Schon jetzt wusste sie, dass sie bei dem heutigen Vorsprechen durchfallen würde, wenn sie in solchen Kleidern auftauchte. Dann war sie ihre Agentin los, ihre Karriere war futsch, und das Leben hatte seinen Sinn verloren. Stella setzte sich auf die Schlafcouch, ließ sich nach hinten sinken, sah mit weit geöffneten Augen zur Decke und stellte sich tot – nur um schon mal herauszufinden, wie es sich anfühlte.

Die nagelneue Kostümjacke mit dem schwarzen Kreuz lag auf dem Boden. Sie hatte den Schaden in der U-Bahn entdeckt, als sie die Jacke ausgezogen hatte, um den Knopf anzunähen. Ihre Augen waren rot vom Weinen. Das Geld für die Miete war weg, und einen weiteren Zuschuss konnte sie nicht verlangen. Die verlassenen Stellas hatten sich notgedrungen ein dickes Fell zugelegt und würden nie im Leben verstehen, wie verletzlich ihr Selbstbewusstsein war und wie dringend sie einen solchen Schutzmantel aus hellblauem Leinen brauchte.

Nach Hause, zu Großmutter und zu ihrer Mutter, konnte sie nicht, sosehr sie sich auch nach ihnen sehnte. Morgen würde sie wieder eine Ansichtskarte mit der nächsten Lüge schicken: *Zu Ruhm und Wohlstand sind es nur noch wenige Schritte.* Dann würde sie sich einen Job als Kellnerin suchen und den beiden nie verraten, dass sich ihre schlimmsten Befürchtungen bewahrheitet hatten.

Abgesehen von ihrem Versagen und dem Heimweh machte ihr der Gedanke an den Mann zu schaffen, der sie verfolgte. Zur Polizei konnte sie nicht mehr gehen, nachdem sie sie angeschwindelt hatte, nur um in die Zeitung zu kommen. Diese Forelli hatte ihre Angaben inzwischen bestimmt weitergegeben. In ihren Augen waren die Cops nicht anderes als telepathische Spinnen, die nichts Besseres zu tun hatten, als Netze zu knüpfen, um sie, Stella Small, darin zu fangen. Zu allem Überfluss war sie auch nicht zu der Befragung der Blondinen in SoHo gegangen. Und dass sie inzwischen eine Kostümjacke mit einem echten X vorweisen konnte, machte die Sache auch nicht besser. Die Cops würde ihr nie im Leben abnehmen, dass sie das Kreuz nicht selbst darauf gepinselt hatte.

Stella stand auf und straffte die Schultern. Warum eigentlich nicht? Sie war Schauspielerin. Sie würde die Cops zwingen, ihr zu glauben. Sie musste nur die entsprechende Rolle spielen. »Wer bin ich heute?«, fragte sie, als ob sie vor dem Wandspiegel stünde.

Ein Niemand, erwiderte der Spiegel. *Ein kleines Mädchen aus Ohio.*

Stella nickte, griff nach der Jacke und zog mit dem Finger das hässliche schwarze Kreuz nach. Alles, was schön war, machte diese Stadt kaputt.

Sie hörte, wie jemand über den Gang kam und vor ihrer Tür stehen blieb. Schwere Schritte. Die Polizei? Mit angehaltenem Atem stand sie da und starrte auf den weißen Umschlag, der unter ihrer Tür durchgeschoben wurde. Eine Vorladung? Die Schritte entfernten sich wieder. Schlotternd vor Angst näherte sie sich dem Umschlag, trotzdem dauerte es mehrere Minuten, ehe sie sich dazu aufgerafft hatte, ihn zu öffnen.

Das durfte nicht wahr sein.

Es war ein Geschenkgutschein aus einem Kaufhaus in der Fifth Avenue, in das sie sich bisher nie hineingetraut hatte. So viel Geld ... Sie würde sich ein Kostüm aus der Designerabteilung leisten können. Und Schuhe ... neue Schuhe.

Aber wem verdankte sie diese großzügige Gabe? Nicht dem lieben Gott, den sie in der Sonntagsschule kennen gelernt hatte und der in New York nicht einmal fünf Minuten überlebt hätte. Ihr Retter konnte nur der Vandale sein, der Seifenopernfan, der zu weit gegangen war und es wieder gutmachen wollte.

Sie war schon halb die Treppe herunter, als sie plötzlich stehen blieb. Das Treppenhaus war nicht klimatisiert, trotzdem war ihr, als hätte eine eiskalte Hand sie berührt. *Er weiß, wo ich wohne.*

Sergeant Bell saß hinter dem Tresen am Eingang des Polizeireviers und wartete auf Lieutenant Coffeys Anweisung, den Verdächtigen nach oben zu schicken. Aus dem Augenwinkel beobachtete er den Feuerwehrmann. Gary Zappata biederte sich bei den Streifenpolizisten an, schlug ihnen auf den Rücken und riss miese Witze, dabei hatte er in diesem Bezirk nicht einen einzigen Freund gehabt.

Die beiden erfahrenen Detectives hatten den Anfänger aus dem Bezirk East Side im Schlepptau. Riker wechselte ein paar Worte mit Deluthe, der die Treppe hinaufstolperte wie ein übereifriger Welpe.

Riker und Mallory schlenderten gemächlich durch den Vorraum, ohne auf den Feuerwehrmann zu achten, der großspurig auf sie zukam.

Breitbeinig baute Zappata sich vor ihnen auf und stemmte die Hände in die Hüften. »Ich weiß, was Sie mit mir gemacht haben, Riker! Sie Mistkerl! Verräter!«

Mach ja keine Dummheiten, Riker, dachte der Diensthabende. Wenn er sich mit dem Feuerwehrmann anlegte, konnte die Sache vor Gericht landen. Vielleicht legte Zappata es sogar darauf an, da er seinen Job bei der Feuerwehr verloren hatte und es keine Möglichkeit gab, zur Polizei zurückzukehren.

»Sie haben mich verpfiffen, Sie besoffenes Schwein«, schleuderte er Riker entgegen, ehe er sich an Mallory wandte. »Schau an, da ist ja auch die Lady von den weiblichen Hilfstruppen. Gehen Sie aus dem Weg, Sie dämliche Ziege.« Er grinste über die Schulter hinweg seine ehemaligen Kollegen an, als erwarte er Beifall für diesen schweren Fehler.

Mallory verzog keine Miene, aber Riker ballte die Fäuste. Sergeant Bell überlegte gerade, ob er den Lieutenant alarmieren sollte, als Jack Coffey bereits am oberen Treppenabsatz erschien und die Szene beobachtete.

Der zu kleine Feuerwehrmann vertrat Riker den Weg.

Der nächste Fehler.

»Sie können mir ja nicht einmal gegenübertreten wie ein Mann«, stieß Zappata hervor. »Sie feiger Drecksack.«

Plötzlich war alles still, sodass nur noch das Geräusch einer Tastatur zu hören war, auf die eine Zivilangestellte einhämmerte. Klack … klack … klack.

Der Feuerwehrmann sah sich Beifall heischend um, während die Umstehenden auf den entscheidenden Schlag warteten.

Zappata sah ihn nicht kommen, weil er seine Rechnung ohne die Lady von den Weiblichen Hilfstruppen gemacht hatte. In der einen Sekunde stand er noch da, in der nächsten traf ihn Mallorys Faust wie ein Hammer, und er lag am Boden und blutete aus der Nase.

Wie ein Preisboxer hatte sie sich über Zappata aufgebaut und wartete darauf, dass er sich aufrappelte und zum Gegenschlag ausholte. Mit einem raschen Blick bedeutete sie Riker, sich nicht einzumischen. Sergeant Bell lächelte, und die Kollegen nickten anerkennend. Die Tochter von Markowitz war weder auf ihren Partner noch auf sonst jemanden angewiesen, wenn sie Zappata fertig machen wollte. Er sah sogar an ihrer Haltung, welches Knie sie dem Feuerwehrmann zwischen die Beine rammen würde.

Der Mann, der vor ihr lag, war bei Bewusstsein, aber er konnte sich nicht bewegen. Oder wollte nicht. Er blieb auf dem Rücken liegen und starrte mit weit aufgerissenen Augen und schlaffem Mund zur Decke.

Die Zivilangestellte hörte auf zu tippen, und die Cops musterten Mallory, die lebende Bombe, verstohlen. Plötzlich schrillte ein Telefon, ein zweites fiel ein, man hörte Papier rascheln, eine Tastatur klappern und wie unterbrochene Gespräche wieder aufgenommen wurden. Die Polizisten stiegen einfach über Zappata hinweg. Das Leben ging weiter.

Jack Coffey und Mallory standen sich einen Augenblick schweigend gegenüber. Sie verzichtete darauf, mit einem *Ich hab's doch gleich gesagt* aufzutrumpfen, sondern drehte ihm nur wortlos den Rücken zu und ging über den Gang zum Einsatzraum.

Sergeant Bell öffnete die Tür zum Treppenhaus. »Wollen

Sie Zappata immer noch vernehmen, Lieutenant?«, rief er die Treppe hinauf.

»Nein, schieben Sie ihn einfach auf die Straße.« Coffey wusste, was die zehn uniformierten Polizisten und der Diensthabende aussagen würden, wenn der Fall aufgerollt werden würde. Dass sie gerade nicht hingesehen hatten, als der Feuerwehrmann gestolpert war. Coffey beschloss, sich ähnlich zu verhalten. Außerdem erwartete er ohnehin kein Nachspiel in dieser Angelegenheit. Dass Zappata Anzeige wegen Misshandlung durch die Polizei erstatten würde, war kaum zu befürchten. Misshandlung durch eine Frau? Mallory würde wieder einmal ungeschoren davonkommen. Gedankenvoll sah der Lieutenant ihr nach.

Riker ließ sich in einen Sessel fallen. »Vielleicht ist Ihnen aufgefallen, dass Ihr bevorzugter Verdächtiger ein Glaskinn hat.« Er zog eine Zigarette aus dem Päckchen. »Sparrow war groß und stark und wusste sich zu wehren. Dass dieser Schwächling sie fast umgebracht hat, ist undenkbar.«

»Nicht einmal, wenn er mit einem Rasiermesser bewaffnet war?«

»Der weiß doch nicht einmal, was man mit so etwas anstellt. Nein, der Mann, nach dem wir suchen, ist um viele Nummern gefährlicher als Zappata.«

Riker stand vor der hinteren Wand des Einsatzraums, schaffte Platz für ein Foto aus der Castingmappe von Natalie Homer und befestigte das lächelnde Gesicht neben der Vogelscheuche. Da hingen sie nun zusammen, Mutter und Sohn.

Detective Janos pinnte einen Zettel neben den Zeitungsartikel über die Schauspielerin, die mit einem Messer überfallen worden war. »Ich habe mit Stella Smalls Agentin und dem Arzt gesprochen, der ihre Verletzung behandelt hat. Beide sagen, dass sie auf einer belebten Straße angegriffen wurde.

Das stimmt mit dem überein, was wir von Lieutenant Loman wissen. Die Opfer wurden alle in einer Menschenmenge belästigt.«

»Für Sparrow gilt das aber nicht.« Riker nahm eine Aussage von der nächsten Wand und reichte sie Janos. »Das ist die Vernehmung des Regisseurs, der das Theaterstück inszeniert hat. Sparrow hat ihm erzählt, sie bräuchte die Rolle, um die Zeit zwischen zwei Engagements zu überbrücken, und hätte vier Tage damit zugebracht, den Text zu lernen. Das hat ihm mächtig imponiert, und daraufhin hat er ihr die Rolle gegeben. In der Woche vor ihrem Tod waren keine Vorsprachen angesetzt, sie war also nicht zur Stoßzeit in der U-Bahn.«

»Schön, aber New York ist doch ohnehin völlig überfüllt«, wandte Janos ein. Riker richtete seine Aufmerksamkeit wieder auf die Pinnwand. Janos hatte Recht. In New York City wimmelte es nur so …

»… von Nutten«, sagte Mallory hinter ihm. Riker fuhr zusammen.

»Wenn du eine Nutte siehst«, sagte sie, »sind da in Wahrheit bestimmt acht oder neun.«

Riker schüttelte den Kopf. »Nein. Daisy hat gesagt, Sparrow sei ausgestiegen. Vielleicht hat die Vogelscheuche sie erwischt, als –«

»Sparrow hat nach wie vor angeschafft.«

»Woher willst du das wissen, Mallory? Hast du sie wieder verfolgt?« Nur jemand, der sie gut kannte, hätte gemerkt, wie sehr sie diese Frage getroffen hatte. Ihr Gesicht erstarrte. Und wieder einmal wünschte Riker sehnlichst, er hätte den Mund gehalten.

Vor Jahren hatte Sparrow ihm erzählt, dass Mallory ihr hin und wieder heimlich nachging. So grotesk es war – Mallory bildete sich doch tatsächlich ein, sie könne ihre Opfer unbemerkt beschatten, sie könnte eine Straße überqueren, oder einen Raum betreten, ohne dass sie sämtliche Blicke auf sich zog. Bei seinem letzten Gespräch mit Sparrow hatte sie ihr hageres Spiegelbild in einer Schaufensterscheibe betrachtet und ihre abgezehrte Hand über die Augen gelegt. »Ich weiß, warum Kathy mich verfolgt«, hatte sie gesagt. »Die Kleine glaubt, dass ich bald den Löffel abgebe, und das will sie sich nicht entgehen lassen.« Inzwischen waren zwei Jahre vergangen, in denen Mallory mit ziemlicher Sicherheit nicht hinter Sparrow her gewesen war, denn sie kannte weder die Wohnung, in der man Sparrow gefunden hatte, noch hatte sie das operierte Gesicht wiedererkannt. Er hatte sie grundlos verletzt.

»Ich habe den Schönheitschirurgen gefunden«, sagte sie tonlos. »Er operiert häufig misshandelte Frauen. Sparrow hat ihr neues Gesicht nicht umsonst bekommen, aber sie durfte den Betrag abstottern. Es war eine beträchtliche Summe, und deshalb musste sie nach wie vor auf die Straße. Daisy hat dich angelogen. Überrascht dich das etwa?«

»Aber du weißt nicht mit Sicherheit –«

»Doch. Plastische Chirurgie ist nicht billig, und Sparrow hatte nichts anderes gelernt, als die Beine breit zu machen. Sie hatte keinen Zuhälter, deshalb hat sie sich immer mit anderen Nutten zusammengetan, weil sie sich so sicherer fühlte. Sie haben gemeinsam Tagungen, Bootsmessen oder Automobilausstellungen abgeklappert, Veranstaltungen, bei denen sich jede Menge Männer herumtreiben. Ein wahres Nuttenparadies.«

»Ich muss also nach Frauen suchen, mit denen sie zusammen war. Zuerst nehme ich mir Tall Sally und dann noch mal Daisy vor.« Wenn eine der beiden ihm eine viel versprechende Straßenecke nannte, konnte er eine Razzia ansetzen und dafür sorgen, dass keine der Damen vom horizontalen Gewerbe auf Kaution freikam. Die meisten Huren waren Drogensüchtige, die eher ihre eigene Mutter ans Messer liefern würden, als achtzehn Stunden in einer Haftzelle zu verbringen.

Auf Rikers Anweisung nahm Deluthe die aktualisierten Berichte von der Wand, um sie für Charles Butler zu kopieren. Er war sorgsam darauf bedacht, nicht in Mallorys Nähe zu kommen, die seine Anwesenheit beinahe vergessen hatte, bis sie feststellen musste, dass er schon wieder Mist gebaut hatte.

Mallory stand vor der Titelseite einer Zeitung, die an der Korkwand befestigt war. Das Foto zeigte eine Blondine, die von einem Messerstecher überfallen worden war. Daneben hing ein handschriftlicher Zettel von Deluthe, auf dem Name und Adresse des Opfers vermerkt waren. *Publicity-Masche* stand daneben –, ein Kommentar, der allerdings nicht zu der blutrünstigen Schilderung eines Lokalreporters passen wollte. »Wo ist die Vernehmung von Stella Small?«

Deluthe sah vom Fotokopierer auf. »Ich konnte nicht mit ihr sprechen, habe aber eine Nachricht auf dem Anrufbeantworter hinterlassen.«

Mallory suchte weiter. »Wo ist der Bericht aus dem Bezirk Midtown?«

»Den sollte eine Zivilangestellte mir per Fax –«

»In diesem Artikel ist von einem Krankenwagen die Rede. Wo ist der Bericht des behandelnden Arztes?« Dass er keine Antworten auf ihre Fragen hatte, war offensichtlich, doch sie widerstand ihrem ersten Impuls, ihm etwas anzutun. Mallory war stolz darauf, dass sie nie die Beherrschung verlor. Der Zwischenfall mit dem Feuerwehrmann zählte nicht – jedenfalls nicht aus ihrer Sicht. Sie hatte Zappata nicht im Zorn niedergeschlagen, sondern um Riker über den Tag zu retten, ohne dass er vom Dienst suspendiert wurde. Zufrieden mit dieser Auslegung nickte Mallory.

Der junge Detective, der neben ihr stand, betrachtete ohne besondere Anteilnahme das Foto der blonden Schauspielerin aus dem East Village, die alle Voraussetzungen dafür mitbrachte, das nächste Opfer des Mörders zu werden.

Inzwischen hatte er sich eine gute Ausrede zurechtgelegt.

»Ich wollte ja die Schauspielerin noch mal anrufen, musste es aber aufschieben, weil Sergeant Riker –«

»Das war ein Fehler.« Sie hatte Deluthe den Rücken gekehrt. »Rufen Sie sie nicht an, sondern gehen Sie hin und nehmen Sie ihre Aussage auf. Sofort«, fügte sie hinzu, als sie sein Zögern bemerkte. »Ehe sie umgebracht wird.«

Deluthe setzte sich in Trab, und Mallory folgte ihm, wenn auch ein wenig langsamer. Allmählich bemerkte auch sie, dass sie zu wenig schlief. Sie holte ihr Handy heraus und rief auf dem Polizeirevier an, das für die überfallene Schauspielerin zuständig war.

Zehn Minuten später saß sie im Dienstraum. Sie hatte sich in ihrem Sessel zurückgelehnt, und während der Kollege aus dem Revier Midtown die Unterlagen zum Fall Stella Small suchte, fielen ihr die Augen zu. Schließlich war er wieder am Apparat. »Ich habe die Aussage gefunden, aber Sie werden nichts damit anfangen können. Leider. Eve Forelli, unsere Zivilangestellte, hat sich mal wieder als Schriftstellerin betätigt.«

Mallory umfasste den Hörer ein wenig fester, trotzdem klang ihre Stimme ganz sanft. »Lesen Sie vor.«

»Dämliche Blondine kollidiert mit Kamera. Alle großen Blondinen können mir gestohlen bleiben.«

Mallory betrachtete ihre schmerzende rechte Hand, ohne eine Miene zu verziehen. Der Kinnhaken, den sie Zappata verpasst hatte, war wohl doch etwas kräftig ausgefallen. Sie beugte die Finger, dann hieb sie mit der Faust auf den Tisch. Der neue, durchdringende Schmerz machte sie augenblicklich wach, und damit dieser Zustand länger anhielt, schlug sie ohne zu zögern ein zweites Mal zu.

16

Ein Eisenzaun schützte den kleinen Hof und die rote Eingangstür von Stella Smalls Apartmenthaus. Mallory stand vor dem Tor und drückte auf die Knöpfe der Gegensprechanlage. Als sich keiner der Bewohner meldete, holte sie aus der Gesäßtasche ihrer Jeans ein mit Samt ausgeschlagenes Etui mit einer Sammlung von Dietrichen, das sie mit zehn ihrer Lehrmeisterin Tall Sally gestohlen hatte, nur um es dann für den Rest ihrer Kindheit nicht mehr benutzen zu können. Im Schließfach von Louis Markowitz war es nach dessen Tod wieder aufgetaucht. Sentimental, wie er war, hatte er sich vom ersten Spielzeug seines Kindes einfach nicht trennen können.

Ehe sie ihre Wahl getroffen hatte, trat Ronald Deluthe aus dem Haus. »Niemand da«, sagte er. »Ich habe ihr meine Karte unter der Tür durchgeschoben.«

»Woher wissen Sie, dass sie nicht da ist?«

»In der Wohnung ist niemand, ich habe mich davon überzeugt.«

Mallory steckte das Etui sicherheitshalber wieder ein, obwohl sie bezweifelte, dass der Junge es als Einbrecherwerkzeug erkennen würde. »Überzeugt? Wie denn?«

»Ich habe an die Tür geschlagen. Keine Reaktion. Ich hab niemanden herumgehen hören. Es hat sich nicht angehört wie –«

»Wie hört es sich an, wenn eine Frau am Strick hängt, Deluthe?«

»Na gut.« Er ging zurück zu der roten Haustür und schloss sie auf.

»Woher haben Sie den Schlüssel?«

»Von der Hausverwaltung an der Ecke.« Deluthe hielt ihr die Tür auf und ging voran in den zweiten Stock. »Einen Wohnungsschlüssel wollen sie ohne Durchsuchungsbefehl aber nicht rausrücken.« Vor der Tür von 2B blieb er stehen. »Dürfen wir auch wirklich hinein?«

»Ja, wenn es um Leben und Tod geht.« Mallory ging es auf die Nerven, dass sie ständig Lektionen wiederholen musste, die man ihm bestimmt schon auf der Polizeiakademie beigebracht hatte. Der Schwiegersohn des stellvertretenden Polizeipräsidenten war kein idealer Kandidat für die New Yorker Kriminalpolizei.

Er winkte sie von der Tür weg. »Das übernehme ich.«

Mallory trat zur Seite und kreuzte die Arme.

Offenbar hatte Deluthe auch nicht gelernt, wie man mit einer verschlossenen Tür umging. Er legte das ganze Gewicht in seinen rechten Fuß und trat zu. Da er auf die Mitte der Tür gezielt hatte, hielten die Schlösser erwartungsgemäß stand. Auf der schweren Metallplatte war nicht einmal eine Delle zu sehen. Sie wartete geduldig, bis er zum zweiten Mal versucht hatte, sich den Fuß zu brechen.

Voller Genugtuung bemerkte sie, dass er hinkte, als er von der Tür zurücktrat. Schließlich zog sie zwei Metallstifte aus ihrem Etui und stellte sich so hin, dass Deluthe sie nicht bei ihrer Arbeit beobachten konnte. Als Erstes öffnete sie das angeblich einbruchsichere obere Schloss.

Er versuchte, an ihr vorbeizuschauen. »Was machen Sie denn da?«

»Ich arbeite mit einer Haarnadel«, antwortete Mallory, die noch nie etwas Derartiges besessen hatte. »So etwas habe ich für Notfälle immer dabei.«

Wie die meisten New Yorker hatte Stella Small sich nicht die Mühe gemacht, die anderen beiden Schlösser zu sichern. Deshalb ließ sich der Türknauf mühelos drehen. Die Tür ging auf, und sie standen in einem Zimmer, das mit billigen Möbeln ausgestattet war und in dem sich noch billigere Klamotten stapelten. Schmutziges Geschirr stand überall herum, das Bett war nicht gemacht, und auf dem Fußboden lag ein

Sofakissen, unter dem sich ein Exemplar von *Backstage* befand.

»Einbrecher?«, fragte Deluthe.

Mallory schüttelte den Kopf. Das Chaos erinnerte sie an Riker. »Stella hat nur etwas gesucht.« Auf diese Weise fahndete Riker gewöhnlich nach einem Kleidungsstück mit möglichst wenig Flecken und Brandlöchern von Zigaretten.

»Und an der Decke hängt keine Leiche.« Deluthe sah zufrieden nach oben. »Ich habe doch gleich gesagt, dass sie nicht zu Hause ist.« Für das hellblaue Kleidungsstück vor seiner Nase schien er sich nicht zu interessieren.

»Was hat die Frau angehabt, hinter der ihr heute Vormittag her wart?«, fragte Mallory.

»Ein hellblaues Kostüm.« In diesem Moment sah auch er, was auf dem Boden lag. Verlegen hob er die Jacke auf und faltete sie auseinander, sodass das schwarze Kreuz zum Vorschein kam.

»Stella Small ist das nächste Opfer«, stellte Mallory fest. Dem Burschen musste man wirklich alles vorbuchstabieren. Sie nahm ihm die Jacke aus der Hand und prüfte das Etikett. Designerware, guter Stoff, guter Schnitt. Die meisten der im Zimmer verstreuten Sachen stammten aus Secondhandshops, aber Stella Small hatte offenbar einen Blick für Qualität. Das ruinierte blaue Kostüm war eindeutig ihr bestes Stück. In der Jackentasche steckte ein Kassenzettel. Stella hatte das Teil offenbar als Sonderangebot erstanden.

Auf einem Tisch neben der Tür lag ein Stapel ungeöffneter Briefe. Rechnungen, alle unbezahlt. Mallory kramte in den Schubladen, bis sie ein Scheckbuch gefunden hatte. Die Schauspielerin hatte nur die Zahlungsempfänger notiert, keine Beträge und keinen Kontostand. Überweisungen an eine Kreditkartengesellschaft hatte sie nicht vorgenommen. Stella Small war pleite und würde heute nichts mehr einkaufen können.

Mallory trat ans Fenster. Wenn man in dieser Stadt auch nur einen Fuß auf die Straße setzen wollte, brauchte man Geld. Es würde nicht lange dauern, bis die Schauspielerin wieder zurückkam. »Sie warten hier auf Stella Small, Deluthe, und wenn es den ganzen Tag dauert. Und die ganze Nacht. Ist das klar?«

Riker hatte zur Vernehmung die Haftzelle gewählt, den kleinsten Raum in der Abteilung für Spezialverbrechen. Zigarettenrauch und das Erbrochene der Drogenabhängigen hatten im Lauf der Jahre den Wänden zu einer bräunlich-gelben Patina verholfen. Die Hälfte des Raumes nahm ein Verschlag aus Holz und Maschendraht ein. Die Tür zu diesem Käfig stand offen – als Einladung und Drohung für die hoch gewachsene Wasserstoffblondine von New York City.

Die Transsexuelle saß auf einem Metallklappstuhl und stieß mit den Knien an die Unterseite des Tisches. »Wo bleiben Sie denn, Mann? Ich bin heute Abend verabredet.«

Riker schloss in aller Ruhe die Tür hinter sich und sah auf die Uhr. »Es dauert nicht lange, Sal. Aber wenn du es eilig hast, können wir auch morgen reden. Ich lass dich in der Mittagspause von einem Streifenwagen im Kaufhaus abholen.«

»Nein, herzlichen Dank.« Tall Sally sah nervös auf die Wanduhr und spielte an den Trägern ihres BHs herum. »Ich hab schon mit Ihrer Kollegin gesprochen, dieser Blonden mit der Armani-Sonnenbrille.« Die damenhafte Fassade der Transe bröckelte. »Armani! Wollen Sie mir etwa erzählen, dieses Dreckbiest lässt sich nicht schmieren?«

»Ich weiß, was du ihr erzählt hast.« Riker legte eine alte Akte auf den Tisch. »Und ich weiß, dass das gelogen war.« Er setzte sich und legte die Füße auf den Tisch, als hätte er alle Zeit der Welt. »Reden wir über Sparrow. Oder über alte Zeiten, wenn dir das lieber ist.« Riker drehte die Akte um, sodass Sal den Namen lesen konnte, der in Druckbuchstaben darauf stand. FRANKIE DELIGHT. »Fünfzehn Jahre ist das her, aber der Mord ist nach wie vor ungeklärt. Das könnte auch heute noch unangenehm für dich werden.«

Er hatte ins Schwarze getroffen. Tall Sally wich zurück, sodass die Metallbeine ihres Stuhls auf dem Boden quietschten. »Ich hab damit nichts zu tun gehabt. Frankie war durchgeknallt, echt, da standen schon hundert Nutten Schlange, um das Arschloch kaltzumachen.«

»Du fragst dich wahrscheinlich, woher ich weiß, dass du in der Nacht, als er starb, bei ihm warst.« Nun, da Tall Sally das Geschlecht gewechselt hatte, war Riker der einzige lebende Mann, der wusste, dass die Leiche, die man in der Asche eines ausgebrannten Hauses gefunden hatte, Frankie Delight gewesen war. »Mord verjährt nicht, Sal, das dürftest du wissen.«

»Wenn Sparrow behauptet, dass ich ihn abgestochen habe, lügt sie.«

Frankie Delight war laut Pathologen tatsächlich mit einem Messer umgebracht worden. Sals Reaktion bestätigte wieder einmal Rikers Theorie, dass die meisten Kriminellen zu dumm waren, um einen Eimer Wasser umzukippen.

»Da gibt es aber noch ein Problem«, fuhr er fort. »Sparrow ist in der Nacht, als Frankie starb, mit einem Messer angegriffen worden.« Er schlug die Akte auf und überflog die vier Formularseiten, die notwendig waren, um einen elektrischen Bleistiftanspitzer anzufordern. »Hier habe ich die Aussage eines Krankenwagenfahrers. Er war auf dem Weg zum Tatort, als er eine zwei Meter große Blondine weglaufen sah.« Das entsprach der Wahrheit, aber vor fünfzehn Jahren war Riker der Einzige gewesen, der diese Aussage gehört hatte, und er hatte sie nie schriftlich festgehalten. »Kannst du mir also –«

»Ohne mich wäre Sparrow verblutet«, stieß Sal mit einer mädchenhaft-affektierten Handbewegung hervor. »Oder die Ratten hätten sie aufgefressen. Ich hab ihr das Leben gerettet, verdammt noch mal.«

Tall Sally und Nächstenliebe – ein Widerspruch in sich.

»Ich weiß, dass du eine Zehnjährige angestiftet hast, Videos von einem Lieferwagen zu klauen.« Wieder schlug er die Akte auf und gab vor, sich für eine bestimmte Seite zu interessieren. Eine leere Seite. »Zwei Cops können bestätigen, dass du damals dabei warst. Als ihr Streifenwagen eintraf, hast du das arme Ding im Stich gelassen.«

»Wie kommen Sie darauf, dass –«

»Ich stelle hier die Fragen, Sal. Ich weiß, dass die Kleine die Videos bei Sparrow abgeliefert hat. Dann hast du Sparrow dabei erwischt, dass sie die Hehlerware gegen Heroin eingetauscht hat. Du bist mit einem Messer auf sie losgegangen und hast den Dealer umgebracht. Das Motiv ist da, die Gelegenheit ist da – damit wäre der Fall klar, und du bist dran.«

»Frankie war schon tot, als ich kam. Sie kennen doch meine Vorstrafen. War jemals von Messern oder von sonst einer Waffe die Rede?« Panik schwang in Sals Stimme. »Frankie ist mit dem Messer auf Sparrow losgegangen, und ich hab die Nutte drei Blocks weiter auf dem Rücken getragen. Sie hat geblutet wie ein Schwein.«

»Du hast sie vom Tatort weggetragen, damit du dir die Ware holen konntest, ohne dich an zehn Cops vorbeischieben zu müssen.«

»Nein, das war die Idee der Kleinen. Sie schleppt mich zu diesem leeren Haus in der Avenue B, das vor der Razzia ein Crack-Haus war. Und da liegt die Nutte auf dem Gehsteig. Ich hebe also die halb tote Sparrow auf, und die Kleine läuft voraus und sucht ein funktionierendes Telefon. Das Geld für den Notruf hatte sie übrigens auch von mir. Dann hab ich Sparrow abgesetzt –«

»... hast dir im Crack-Haus deine Videos geholt und dabei Frankies Leiche gesehen.«

»Davon, dass neben meinen Videos ein Toter lag, hat die Kleine kein Wort erzählt. Überall war Blut, der Typ hatte bestimmt keinen Tropfen mehr im Leib. Und in seinem Bein steckte immer noch das Messer. Sparrows Messer. Mit einem großen S auf dem Griff.«

»Bedauerlich, dass wir die Mordwaffe nie gefunden haben.« Das war gelogen. Riker hatte das Messer schon vor Jahren höchstpersönlich verschwinden lassen. »Vielleicht kann die Kleine deine Aussagen bestätigen. Wie heißt sie?«

»Keine Ahnung. Ich hab sie Fliegender Floh genannt. Unglaublich, wie die laufen konnte. Aber sie ist tot. Sparrow hat gesagt, sie sei bei einem Brand umgekommen.«

Jetzt konnte Riker sicher sein, dass Tall Sally den Namen Kathy nie mit einer grünäugigen Kriminalbeamtin in Verbindung bringen würde. »Nach dieser Beweislage sieht es schlecht für dich aus, Sal. Wir können dir einen Anwalt besorgen oder diese alte Geschichte endgültig begraben. Du triffst doch Sparrow noch manchmal, nicht? Wenn du mich anlügst, kannst du deine Bewährung vergessen.«

Sie beäugten einander eine Zeit lang argwöhnisch, Tall Sally beugte sich vor. »Eure Blondine mit der Sonnenbrille hat gesagt, Sparrow hat sich eine neue Nase machen lassen. Ich hab sie aber nie damit gesehen.«

»Das reicht mir nicht, Sal. Ich muss wissen, was Sparrow in der Woche vor dem Mordversuch getan hat.«

»Ich kann Ihnen nicht geben, was ich nicht habe. Vor drei Monaten bin ich übers Wochenende weggefahren, und als ich gerade am Lincoln-Tunnel im Stau stecke, sehe ich plötzlich Sparrow, wie sie mit den anderen aufgemotzten Nutten an den Autos vorbeigeht, um herauszufinden, welchen von den Typen sie einen blasen kann.«

»Schon wieder gelogen. An dem Tunnel gibt's seit über einem Jahr keine Straßenmädchen mehr.«

»Sie sind wohl nicht oft mit dem Wagen unterwegs, wie?«

Warum sollte Sal ihm eine Lüge auftischen, die so leicht zu widerlegen war? Vor der Tür hörte er Stimmen.

»Okay, Sal, du kannst gehen.« Er spürte förmlich den Luftzug, als Tall Sally im Sturmschritt die Zelle verließ. Deluthe drückte sich eng an die Wand, als sie an ihm vorbeirauschte, und Riker stellte unwillkürlich fest, dass Sals Haarfarbe wesentlich natürlicher wirkte als die seines jungen Kollegen.

»Was bringen Sie mir da?«

»Die Sachen, die ich für Mr. Butler kopieren sollte.« Deluthe legte einen Stapel Papier auf den Tisch und setzte sich auf Tall Sallys Stuhl. Riker saß mit dem Rücken zur Tür, als Mallory plötzlich erschien.

Riker tastete nach dem Taschenbuch in seinem Jackett. Er wartete schon lange darauf, es Mallory in einem unbeobachteten Moment zuschieben zu können, aber die Chancen standen zur Zeit nicht günstig. Sie trug eine Sonnenbrille – vielleicht in dem naiven Glauben, dahinter unsichtbar zu sein. Außer Tall Sally gab es zweifellos noch andere Prostituierte, die sich an Sparrows blonden Schatten, ein kleines Mädchen mit eigentümlichen grünen Augen, erinnerten. Fühlte Mallory sich in die Enge getrieben?

Im Moment schien sie etwas ganz anderes zu beschäftigen. Lautlos trat sie hinter den Stuhl, auf dem Deluthe saß. »Was habe ich Ihnen gesagt? Sie sollten in Stella Smalls Wohnung bleiben!«

Er zuckte zusammen, als hätte sie ihn angeschossen. »Ich habe einen uniformierten Posten vor der Tür postiert«, stotterte er.

Mallory setzte sich kopfschüttelnd, nach außen hin jedoch seelenruhig, zu ihm an den Tisch. »Dazu waren Sie nicht befugt.«

»Das ärgert die Sergeants«, ergänzte Riker.

Mallory schob die Sonnenbrille auf die Nasenspitze, und sogar Deluthe erkannte, dass sie kurz davor stand, ihm etwas anzutun. »Der Posten wurde abgezogen, um in einem anderen Haus einen häuslichen Streit zu schlichten. Niemand hat es für nötig befunden, seinem Vorgesetzten die Sachlage zu erklären.«

Deluthe starrte sie wie gebannt an. Im Geiste entwarf er bereits ein Schreckensszenario nach dem anderen, aber Mallory ließ ihn absichtlich noch eine Weile schmoren.

»Ich gehe wieder hin.« Er erhob sich.

»Das werden Sie nicht tun.«

Er erstarrte mitten in der Bewegung. »Ich habe das Ganze mit dem Vorgesetzten des Streifenbeamten besprochen. Er hat einen Posten für die Tür abgestellt und einen zweiten Mann, der die Nachbarn befragen soll, was ebenfalls Ihre Aufgabe gewesen wäre.«

»Sie haben mir nicht gesagt –«

»Muss man Ihnen denn alles haarklein erklären, Deluthe? Setzen Sie sich.«

Er gehorchte.

»Das erledigen jetzt die Kollegen. Sie halten sich da verdammt noch mal raus. Am besten setzen Sie sich auf Ihre Hände.«

Als Mallory den Raum verlassen hatte, machte sich Riker daran, den am Boden zerstörten jungen Mann wieder aufzubauen. »Wie lange waren Sie in Lomans Dezernat? Vier Monate?«

Deluthe nickte.

»Und haben die Ihnen dort denn gar nichts beigebracht?«

»Doch«, antwortete Deluthe todernst. »Ich weiß, wer Milch und Zucker nimmt und wer seinen Kaffee lieber schwarz trinkt. Ich weiß, wer Majonäse auf dem Sandwich haben will und wer Butter. Und ich habe kein einziges Mal die Bestellungen vom Imbissstand durcheinander gebracht.«

»Stimmt«, bestätigte Detective Janos. »An diesem Tunnel wimmelt es nur so von Nutten.«

Die Prostituierten hatten ihre alten Territorien zurückerobert, während der Bürgermeister sich auf eine neue Psychose konzentriert hatte – die Vernichtung sämtlicher geflügelter Insekten, die möglicherweise den East-Village-Virus übertrugen. Im Sommer waren zwei ältere Menschen an schweren Emphysemen durch Insektenvernichtungsmittel gestorben, und die Insekten, die niemanden getötet hatten, wurden in Massen exekutiert. Nur die Huren waren dem Vernichtungsfeldzug gegen Schädlinge und alte Menschen entgangen, erklärte Janos, während er neben Riker auf dem Gehsteig ging.

»Das muss man mal gesehen haben.« Janos gestikulierte wild mit seinen riesigen Pranken. »Diese Nutten am Tunneleingang. Ein fantastischer Anblick. Ausgesprochen phallisch.«

Riker wartete, bis Deluthe sie eingeholt hatte. »Hey, Junge, hätten Sie Lust, zum Lincoln-Tunnel zu fahren und Nutten zu jagen?«

»Ja, Sir.« Deluthe grinste.

»Die Handschuhe müssen Sie aber zu Hause lassen, sonst wittern die sofort was. Überlegen Sie sich's also gut. Sie riskieren Filz- und Kopfläuse, Herpes und was es sonst noch so gibt.«

Janos lächelte. »Der Warteraum des lieben Gottes für sterbende Huren.«

»Kann ein Heidenspaß werden«, sagte Riker. »Wollen Sie trotzdem mitmachen?«

»Ja, Sir«, erwiderte Deluthe strahlend.

Lieutenant Coffey saß im Einsatzraum vor dem Fernseher. Ein viertelstündiger Nachrichtenblock widmete sich ausschließlich Stella Small. Die Polizei bitte die Öffentlichkeit um Mithilfe bei der Suche nach dem potenziellen Verbrechensopfer, hieß es. »Zur besten Sendezeit. Nicht zu fassen.«

»Der Fall kam ihnen gelegen«, erklärte Detective Wang. »In dieser Woche kommen die neuen Einschaltquoten, und so etwas erhöht natürlich die Werbeeinnahmen.«

Der Reporter interviewte einen Barkeeper in Stella Smalls Viertel. Die Gäste beugten sich vor und winkten in die Kamera, die zum Fenster und dann durch die Tür nach rechts und links schwenkte. »Wo ist sie jetzt?«, fragte der Reporter. »Haben Sie die Frau gesehen?« Er hörte sich an wie der Gastgeber einer Quizsendung, der die Zuschauer zum Mitmachen auffordert.

Am unteren Ende des Bildschirms wurde ein Laufband mit Telefonnummern der Polizei eingeblendet, dann erschienen Kinder in bunten Kostümen auf dem Schirm. Wie mochte der örtliche Fernsehsender an das Video einer Kindergartenaufführung in Ohio herangekommen sein? Die kleine Stella kam in den Stöckelschuhen einer Erwachsenen auf die Bühne gewackelt, kippte prompt aus den Schuhen und landete auf dem Po, womit sie auf einen Schlag die Herzen zweier Cops von der Mordkommission und von acht Millionen New Yorkern gewann. Die Beine in den weißen Söckchen strampelten. »Mommy!«, rief die Kleine.

Plötzlich wusste Coffey, was passiert war. »Diese schreckliche Agentin hat die Reporter auf Stellas Familie gehetzt.«

Ronald Deluthe stellte den Wagen ein Stück vor dem Tunneleingang ab, wo eine weibliche Meute langsam auf den verstopften Fahrspuren im Stau entlangstöckelte. Den Autofahrern wurden schweißnasse Brüste präsentiert, Miniröcke, Hinterteile in allen Hautfarben, Glitzerschmuck, billige Perücken in Kupfer und Gold und leuchtend rote Münder.

Hier und da steckte eine der Frauen den Kopf in einen Wagen und tauchte nach einer Weile mit Geldscheinen in der Hand wieder auf.

»Nutten erstatten nie Anzeige bei der Polizei«, sagte Riker zu dem jungen Cop am Steuer. »Und sie identifizieren keine mutmaßlichen Straftäter. Wissen Sie, warum? Wenn die Täter auf Kaution freigelassen werden, schlagen sie die Frauen zusammen oder bringen sie um. Tote Zeugin? Verfahren abgelehnt. So geht es zu in unserer Strafjustiz. Wir müssen die Damen davon überzeugen, dass sie nicht vor Gericht zu erscheinen brauchen. Aber überlassen Sie das mir, ich habe mehr Erfahrung im Belügen von Frauen.«

Er lockerte seinen Schlips und knöpfte das Sakko zu, sodass das Holster nicht zu sehen war. »Geben Sie mir eine Viertelstunde. Ich picke mir die Vielversprechendsten raus, dann versuchen wir, uns zwei oder drei zu schnappen.«

Riker stieg aus und klappte die Motorhaube auf, um eine Panne vorzutäuschen. Dann ging er leicht schwankend auf die Frauen zu, während er lässig mit den Fingern schnippte.

Zwanzig Minuten später hatte er drei Drogensüchtige in Sparrows Alter im Visier. Wenn sie in Haft saßen, gingen sie spätestens nach einer Stunde die Wände hoch, und eine Nutte auf Entzug war eine gesprächige Nutte. Eine kam ihm bekannt vor, vielleicht hatte er sie schon mal verhaftet, aber sie erkannte ihn zum Glück nicht. Er hatte absichtlich keine Fragen zu Sparrow gestellt, da sie sonst den Braten sofort gerochen hätten, aber immerhin hat er herausgefunden, wer von ihnen in dieser Gegend gearbeitet hatte, als Sparrow noch angeschafft hatte.

Jetzt sah er auf die Uhr. Wo steckte Deluthe? Die verabredete Zeit war schon überschritten, und eine seiner viel versprechendsten Nutten wurde langsam unruhig.

Eine rote Limousine rollte langsam vorbei. Ein Paar hochhackiger Sandalen klackerte neben dem Fahrzeug her, eine Frau flötete »Hey, Süßer« und lächelte dem Fahrer zu. Sie schwang sich auf die Motorhaube und fuhr in den Tunnel hinein, während sie mit dem Fahrer über den Preis verhandelte.

Als Riker sich umdrehte, sah er, wie Deluthe eilig aus dem Wagen stieg, zum Glück aber langsamer wurde, als er auf die Frauen zukam. Was hatte er da in der Hand? Riker kniff die Augen zusammen und griff in seine Jackentasche.

Leer.

Das Taschenbuch musste ihm im Wagen aus der Tasche gefallen sein.

Deluthe versuchte, angesichts all des nackten Fleisches diskret den Blick abzuwenden, womit er augenblicklich die Aufmerksamkeit auf sich zog. Hier und da wurde ein Kopf gehoben – die Frauen witterten Gefahr. Einige begannen bereits, sich zu verdrücken, andere beobachteten die Entwicklung aus sicherer Entfernung. Riker konnte von Glück sagen, wenn er auch nur eine einzige Nutte zu fassen bekam.

Konnte es noch schlimmer kommen? Und ob!

Die einzige kühle Brise in diesem August hob Deluthes Jackett, so dass drei Prostituierte die Kanone in seinem nagelneuen Schulterholster sehen konnten. Schlagartig war der Tunnelstrich leer.

Sämtliche Brünetten verkrümelten sich, nur eine Blondine ging geradewegs auf Ronald Deluthe zu.

Dass sich Nutten derselben Rasse zusammentaten, war nichts Neues, aber dass sie auch Cliquen nach Haarfarben bildeten, hatte Riker noch nie erlebt. Zwei weitere Blondinen näherten sich dem jungen Kollegen. Mittlerweile waren auch die Dunkelhaarigen wieder zurückgekehrt und nutzten die Gunst der Stunde zur Betreuung der Pendler, während ihre Kolleginnen anderweitig beschäftigt waren.

Deluthe war von wasserstoffblonden Damen mit üppiger Oberweite umringt. Die Frauen streichelten sein Haar, seine Brust, seine Schenkel, lächelten ihn zwischen Zahnlücken und Goldzähnen an und säuselten »Hey, Baby!« und »Zuckerschätzchen!«. Eine tippte auf das Buch, das er in der Hand hielt: »Weißt du, wie die Geschichte ausgeht?«

Riker klappte der Unterkiefer herunter. Deluthe hatte den Westernroman aufgeschlagen und fing an zu lesen, umgeben von halb nackten Frauen, die hingerissen an seinen Lippen hingen.

17

Lieutenant Coffey schloss die Tür zu seinem Büro, um bei diesem heiklen Telefonat mit Ohio ungestört zu sein. Er redete beruhigend auf die Ältere ein, während Stella Small die Jüngere auf einem Nebenapparat schluchzend das Gespräch verfolgte. Schließlich legte Coffey auf. In dem kleinen Fernseher in der Ecke lief eine Live-Übertragung aus Ohio. Reporter warteten auf die beiden Stellas, die gerade von ihrem Telefongespräch ins Wohnzimmer zurückkehrten und sich nebeneinander auf die Couch setzten. Durchs Fenster sah Coffey die Wohnwagensiedlung, die von den Medien belagert wurde.

»Glaubt die Polizei, dass man Stella rechtzeitig finden wird?«, wollten die Reporter von den beiden verzweifelten Frauen wissen.

Coffey sah auf und zählte die Prostituierten, die draußen an seinem Büro vorbeimarschierten. Es waren zehn, angeführt von Deluthe, während Riker ihnen folgte. Die Detectives im Dienstraum grinsten.

Der Lieutenant öffnete die Tür. »Charles Butler ist hier«, rief er Riker zu. »Er hat gesagt, du wolltest ihn sprechen.«

Charles saß in einem winzigen abgedunkelten Raum, in dem sich mehrere Reihen bequemer Sessel befanden wie in einem kleinen Kinosaal. Die Bühne stellte ein hell beleuchtetes Zimmer auf der anderen Seite eines Einwegspiegels dar. Ronald Deluthe hielt einer Gruppe recht spärlich bekleideter Blondinen die Tür auf. Sie setzten sich an einen langen Tisch, und Charles beobachtete, wie sie alle auf einmal zu reden anfingen, konnte aber nicht hören, was sie sagten. Jetzt betrat Riker den kleinen Kinosaal und ließ sich in einen Sessel in der ersten Reihe sinken. Sein erschöpftes Gesicht wurde von dem

Licht erhellt, das durch das Zimmer auf der anderen Seite des Spiegels hereinfiel.

»Harter Tag?«

»Fürchterlich.« Der Detective verdrehte die Augen. »Ich habe mich mit unserem Nachwuchs auf die Jagd nach Nutten gemacht, und plötzlich werfen sie sich ihm allesamt an den Hals. Man könnte auf die Idee kommen, dass sie alle scharf auf seinen knackigen Körper waren –«

»Nein, das wäre zu einfach«, unterbrach Charles.

Riker seufzte. »Sie wollten über Literatur diskutieren.« Er hielt den Westernroman in die Höhe und sah in den größeren Raum hinüber. »Was du da draußen siehst, ist Kathy Mallorys Nutten-Buchklub. Die Mädels kennen sämtliche Figuren aus Kathys Westernromanen. Sie haben Kathy daraus vorgelesen, als sie noch klein war, aber immer nur eine Stunde. Manche kannten den Anfang eines Buches, andere die Mitte oder das Ende.«

»Aber keine hat einen ganzen Band gelesen.«

»Genau. Wenn sie nicht gerade arbeiten mussten, haben sie sich damit die Zeit vertrieben, Stück für Stück die Handlung der ganzen Serie zusammenzusetzen. Am Ende haben sie sogar in der *Village Voice* inseriert, um die anderen Westernfans zu erreichen. Bis die Gruppe komplett war, hat es Jahre gedauert. Und heute kommt Deluthe in den Tunnel und hat ein Buch von ihrem Lieblingsschriftsteller in der Hand. Eins, das sie noch nie gesehen hatten.«

»Den letzten Band. Und natürlich wollten sie wissen, worum es darin geht«, stellte Charles fest.

»Richtig. Deluthe erzählt ihnen, dass er auch nur ein paar Seiten kennt, schlägt den Schmöker auf und liest den Nutten etwas vor. Einen solchen Stau hat es in ganz New York noch nicht gegeben, ich schwöre es. Dann hört der Junge auf zu lesen und sagt: ›Hey, ich kenne einen, der das komplette Buch kennt.‹ Und plötzlich finden die Mädchen es ganz prima, mit aufs Revier zu kommen. Aber damit nicht genug – sie geben noch anderen Kolleginnen Bescheid, so dass ich mehrere Streifenwagen anfordern musste.«

»Und was erwartest du jetzt von mir?«

»Ich habe beinahe die Hälfte aller Bände gelesen, aber das ist fünfzehn Jahre her. Du bist der Einzige, der alle kennt. Wir machen einen Handel – Geschichten gegen Informationen. Viele der Frauen kennen Sparrow vom Sehen. Ich muss wissen, was sie in der Woche vor dem Mordversuch gemacht hat.«

»Und du hoffst, dass eine auch die Vogelscheuche zu Gesicht bekommen hat.« Im anderen Zimmer unterteilte Deluthe mit Hilfe einer Stellwand gerade den einen großen Raum in zwei kleine, die zumindest die Illusion von Privatsphäre vermittelten.

Riker stand auf, und Charles folgte ihm. Der Detective legte ihm eine Hand auf den Arm. »Nur noch eins, Charles. Keine von denen kennt Mallorys Vornamen. Sparrow war die Einzige, die sie jemals Kathy genannt hat. Aber du wirst sie alle von einem kleinen Mädchen mit blonden Haaren und grünen Augen erzählen hören, einem Kind, das offiziell tot ist. Und das soll auch so bleiben, sonst steht Mallory eine Anklage wegen Mordes und Brandstiftung ins Haus.«

Riker schob den entsetzten Charles aus dem Raum und schloss ab, ehe er sicherheitshalber noch einen Zahnstocher ins Schloss steckte und ihn abbrach. »Wir können keine Lauscher gebrauchen.«

Gemeinsam betraten sie den Vernehmungsraum. »Hier sind Sie richtig, meine Damen«, sagte Riker und schlug Charles auf die Schulter. »Wir wissen, wie alle Bände ausgehen.«

Diese Aussage wurde mit allgemeinem Beifall belohnt.

Hätte Riker sie wirklich von dem Treffen von Sparrows Kolleginnen fern halten wollen, wäre ein Posten notwendig gewesen. Verschlossene Türen waren für Mallory seit jeher unwiderstehlich, wobei diese allerdings keine besonders große Herausforderung darstellte. Mallory fummelte den Zahnstocher mit den Fingernägeln heraus, und wenig später war das Schloss überlistet. Sie betrat den abgedunkelten Raum, nahm die Sonnenbrille ab, setzte sich in die vorderste Reihe vor den Einwegspiegel und wartete auf den Beginn der Vorstellung.

Die meisten Prostituierten kannte sie aus den Vorlesestunden ihrer Kindheit und erkannte sie trotz ihrer Narben und Zahnlücken wieder. Erstaunlich, wie viele überlebt hatten – und sie stellten nur ein Bruchteil jener Gruppe dar, die sich damals nicht um Sparrow, sondern um Mallory geschart hatte.

Was hatte Riker vor?

Deluthe stand an der kurzen Seite des Tisches und machte sich eifrig Notizen – wahrscheinlich nahm er Bestellungen für den Schnellimbiss auf. Zweifellos wollte Riker ihn nicht bei der Vernehmung dabei haben.

Mallory stellte den Lautsprecher an und fuhr zusammen, als sie Charles Butlers Stimme hörte. Inzwischen war er aufgestanden, sodass sie seinen Kopf sah, der über den grauen Raumteiler ragte. Riker stellte ihn den Prostituierten vor. Hoffentlich dachte Charles daran, sich nach der Begrüßung von Greta die Hände zu waschen. Seiner neuen Freundin fehlte aus einem lang zurückliegenden Abenteuer die Hälfte ihres Ohrs.

Deluthe war bereits an der Tür. Jetzt konnte die Befragung beginnen. Mallory stellte den Ton lauter. Das System war darauf eingerichtet, einer Stimme zu lauschen, nicht aber sechs unterschiedlichen Gesprächen. Sie schloss die Augen und konzentrierte sich zunächst auf die Männerstimmen.

Wieso kannte Charles die Handlung ihrer Westernromane?

Charles hatte Greta gerade geschildert, wie *Der ferne Pfad* endete, und fragte sie jetzt nach Sparrow aus.

Nebenan saß Riker mit einer anderen Nutte zusammen. Nachdem Mallory dem Gespräch eine Weile gefolgt war, wurde ihr klar, dass er versuchte, den falschen Mord aufzuklären.

»Dass die Kleine wie eine Klette an Sparrow hing, wusste Markowitz nicht«, sagte Belle. »Er brauchte nur jemanden, der auf der Straße –«

»– die Augen nach einem kleinen blonden Mädchen offen hält«, ergänzte Riker, um die Geschichte ein wenig voranzutreiben. Diesen Teil kannte er bereits. Er war derjenige gewesen, der an Sparrow herangetreten war, während Lou Markowitz das Ganze finanziert hatte.

»Genau. Die Cops waren ganz heiß drauf, die Kleine zu finden, und haben Sparrow ziemlich viel Kohle dafür geboten. Und das Versprechen, dass sie nicht in den Knast musste. Sparrow ist vormittags anschaffen gegangen, hat nachmittags für die Polizei als Spitzel gearbeitet und am gleichen Abend Waren für eine zehnjährige Diebin eingelagert.«

»Waren eingelagert?«, fragte Riker mit gespielter Skepsis, in der Hoffnung, dass seine Gesprächspartnerin die Videos meinte. »Die Kleine hat doch nur Bagatelldiebstähle begangen.«

»Hey, wer erzählt denn so was? Ich geh mit Sparrow die Straße runter, da kommt diese Kleine mit einem Einkaufswagen voll nagelneuer Videos. Originalverpackt. Ob ich ihr eine Geschichte vorlesen soll, frag ich, und sie sagt nein. Das hat's noch nie gegeben. Die Kleine guckt Sparrow an und sagt, sie muss das Zeug irgendwo unterbringen.«

Das war eine neue Version des großen Videoraubs, in der Kathy zur Abwechslung im Mittelpunkt stand.

»Die Kleine will das Zeug zu Geld machen. Sparrow kennt nur eine Hehlerin, Tall Sally, mit der die Kleine aber nichts zu tun haben will. Warum, das hat sie nicht verraten. Am

Ende haben sie aber doch noch einen anderen Abnehmer gefunden.«

»Der zufällig Frankie Delight hieß?«

Belle zuckte die Schultern. »Keine Ahnung. Und jetzt will ich wissen, wie *Schattenland* endet.«

Schattenland war Rikers Lieblingsbuch, und selbst die wilde Schießerei bei Neumond konnte seine Freude daran nicht trüben. »Mit einem Hinterhalt. Auf den Klippen stehen vierzig Viehdiebe, Gewehr im Anschlag, und warten darauf, dass Sheriff Peety durch den Canyon kommt. Er hat ein mulmiges Gefühl; er ahnt, was auf ihn zukommt, aber er hat keine Wahl, er muss Wichita Kid folgen.«

»Denn das ist seine Aufgabe«, zitierte Belle den Satz, mit dem beinahe alle Bände anfingen. »Sein Leben ist das Gesetz.«

»Genau. Aber er hat nur zwei Revolver und keine Ersatzmunition. Es ist eine wolkenverhangene, sternenlose Nacht, und das ist fatal für ihn. Er spürt, dass er nie wieder das Licht der Sterne sehen wird, und ohne sie ist er verloren, kann sich nicht orientieren. Er zügelt sein Pferd, bleibt eine Weile im Sattel sitzen und denkt über sein Leben nach. Er hat seine Zuversicht verloren, weiß nicht mehr genau, wo er ist. Und es ist so dunkel, dass er nicht einmal mehr den Sheriffstern auf seiner Brust erkennen kann. Schließlich gibt er dem Pferd die Sporen und galoppiert in den Canyon hinein, obwohl er weiß, dass es eine Falle ist, dass er diesen Kampf nicht gewinnen kann. Die Viehdiebe eröffnen das Feuer. Er blickt auf und sieht von überallher die Mündungsfeuer blitzen – hell wie Sterne.«

»Wie schön.« Belle stand auf.

Riker nickte der nächsten Frau in der Schlange zu. »Du bist dran.«

Sie hieß Karina. »Hab ich recht gehört, dass Sie sich nach Frankie Delight erkundigt haben? Was ist eigentlich aus ihm geworden? Nicht, dass ich mir aus dem verlogenen kleinen Miststück was gemacht hätte. Ich frag nur aus Neugier!«, wollte sie wissen.

»Als ich ihn zum letzten Mal gesehen habe, lag er wie ein verbrannter Toast auf einem Seziertisch des Leichenschauhauses.«

Mallory riss die Augen auf. Woher wusste Riker von dem Mord an Frankie Delight? Das Feuer hatte die Leiche des Dealers bis zur Unkenntlichkeit zerstört.

Frankie, der Irre.

Sie schloss die Augen wieder und sah den Dealer vor sich, einen mageren weißen Jungen mit Dreadlocks, zerschlissenen Jeans und Goldkettchen.

Hatte Riker ihn an seinem Schmuck erkannt?

Das Haus in der Avenue B war dunkel und leer, die Hälfte der Innenwände waren eingefallen, und überall wuselten Ratten herum. Es gab nur einen Ausgang. Noch heute konnte sie genau sagen, wann Sparrow aufgegangen war, dass Frankie die Videos an sich nehmen wollte, ohne zu bezahlen. Noch waren die Messer nicht gezückt, aber die beiden umkreisten einander bereits.

Instinktiv streckte Mallory die Hand vor, wie Kathy es mit ihrer Spielzeugpistole getan hatte. Als sie Frankie Delight damit anvisierte, hatte er so lachen müssen, dass er auf die Knie fiel und sich den Bauch hielt. »Mit dem Ding da wirst du mir ja ein schönes Loch in den Bauch verpassen«, brachte er mühsam heraus. »Hey, Schlange, da richten ja deine Nadeln noch größeren Schaden an. Wenn du damit einer Kakerlake ins Bein schießt, kann sie nie wieder laufen.« Auch Sparrow musste lachen, und sie lachte noch, als er ihr das Messer in die Seite stieß und es drehte.

Sparrows fassungslosen Blick würde sie nie vergessen.

Wiehernd sah Frankie zu, wie Sparrow zu Boden glitt und

dabei eine Blutspur an der Wand hinterließ. Sein Lachen übertönte die Schreie des kleinen Mädchens.

Riker gab Karina Feuer. »Du hast also den Kontakt hergestellt.«

»Ja. Sparrow wollte Videos loswerden, die ein kleines Mädchen für sie geklaut hatte, und ich kannte einen miesen Dealer, der als Einziger Drogen auch gegen Waren verkaufte. Die haben's nur gegen Bargeld gemacht.«

»Sparrow wollte also die Videos gegen Drogen tauschen?«

»Bargeld wäre ihr lieber gewesen, weil die Miete überfällig war. Sie hat sich gedacht, wenn sie für die Videos Drogen kriegt, kann sie sie auf der Straße an ihre Kunden verkaufen. Damit hätte sie keiner mehr mit dem Lieferwagendiebstahl in Verbindung bringen können.« Karina stieß eine Rauchwolke aus, und Riker grinste. Dass man Diebesgut mit Hilfe von Drogengeldern »waschen« konnte, hörte er zum ersten Mal – eine wirklich kreative Erfindung.

May lächelte Charles an und entblößte dabei die gesamte Pracht ihrer kaputten Zähne und einer einzelnen Goldkrone. »Wie ging es nach dem Hinterhalt in *Schattenland* weiter?«

»Der Kampf tobt noch, als der nächste Band anfängt«, sagte Charles. »Der Revolverheld hatte den Canyon schon durchquert, als die Viehdiebe das Feuer auf den Mann eröffneten, der ihm nachjagte.«

»Sheriff Peety.«

»Genau. Für den Sheriff scheint es keine Rettung zu geben. Er hat fast keine Munition mehr. Doch da reitet Wichita Kid zurück in den Canyon, um ihn zu retten.«

»Das hab ich mir gedacht«, meinte May. »Aber da oben waren vierzig Viehdiebe. Wie ist Wichita mit ihnen fertig geworden?«

»Überhaupt nicht. Er hat auf den Sheriff geschossen.«

May neigte verblüfft den Kopf. »Das würde Wichita nie tun«, erklärte sie empört.

Überrascht bemerkte Charles die plötzliche Feindseligkeit der Frau. Es war doch nur eine Geschichte. »Er hat auf den Sheriff geschossen und ihn an der Schulter getroffen, sodass er aus dem Sattel fiel. Das war ein geschickter Schachzug, denn als die Viehdiebe ihn für tot hielten, stellten sie das Feuer ein.« Da es, wenn man dem Autor glauben durfte, in dieser Nacht stockdunkel war, hätten sie ihn wohl auch kaum treffen können. »Die Viehdiebe klatschten sogar Beifall, weil Wichita Kid von einem galoppierenden Pferd aus so einen großartigen Schuss abgegeben hat.« Einen unmöglichen Schuss, aber Logik war bekanntlich nicht gerade Jake Swains Stärke.

»Der Junge ist einfach wunderbar«, freute sich die Prostituierte.

»Also«, sagte Charles, »wann haben Sie Sparrow zum letzten Mal gesehen?«

»Vor vier Monaten. Kann aber auch länger her sein.«

Charles sah die Frau an, die bereits hinter Mays Stuhl wartete. »Bitte, Madam.«

Mallory fiel es schwer, sich auf die Gespräche im Nebenzimmer zu konzentrieren, als eine Flut von Bildern auf sie einstürmte. Sie sah, wie Sparrow sich blutend auf dem Boden wand und hörte sie »Jesus, Jesus!« stöhnen.

Jesus, den König des Schmerzes mit Dornenkrone und Nägeln in Händen und Füßen, kannte Kathy. Hin und wieder hatte auch sie ihn so angerufen. Nicht in der Hoffnung auf seine Hilfe, sondern weil das Ritual ihrem Leben ein wenig Halt gab, ebenso wie die Vorlesestunden.

Inzwischen erkannte Riker die Frau wieder, auch wenn es ihm nicht gelang, sich ihr Gesicht oder ihren Namen in Erinnerung zu rufen. Als das Halstuch verrutschte, sah er die Narbe – ein Andenken an einen Mann, der ihr die Kehle hatte durchschneiden wollen, statt zu bezahlen. Bei ihr musste er vorsichtig sein. Marylin hatte einen Zusammenhang zwischen Sparrow und dem kleinen Mädchen hergestellt, das im Feuer umgekommen war, nur um sich drei Sekunden Ruhm in den Abendnachrichten zu erkaufen.

Doch sie ließ nicht erkennen, ob sie sich an den Detective erinnerte. Höchstwahrscheinlich sahen für die alternde Parodie der toten Schauspielerin alle Cops und Kunden gleich aus. Marilyn hatte die schmalen Lippen über die Konturen hinaus rot übermalt, aber ihre Stimme war atemlos und aufreizend, fast wie die des Originals, dem sie nacheiferte.

»Klar erinnere ich mich. Muss vierzehn, fünfzehn Jahre her sein. Ich hab Sparrow Stoff ins Krankenhaus gebracht. An dem Tag nach dem Überfall.«

»Stoff? Heroin?«

»Nur einen Snief. Hat ihr nicht geschadet. Ich hatte ein persönliches Interesse an ihrem Wohlergehen, sie hatte nämlich noch Schulden bei mir. Sparrow war fix und fertig. Was ich ihr mitgebracht hatte, reichte bei weitem nicht.«

Riker beugte sich vor und gab ihr Feuer. »Hat auch die Kleine Sparrow besucht?«

»Als ich kam, saß sie auf der Bettkante, und Sparrow hat ihr was von ihrem Abendessen abgegeben. Die Kleine hatte noch einen Apfel in der Hand, aber eine Sekunde später war sie schon eingeschlafen, und der Apfel fiel ihr aus der Hand. Seltsam, an was für Dinge man sich nach so langer Zeit noch erinnert, wie?«

»Was ist an diesem Tag noch passiert?«

»Sparrow hat die Kleine wachgerüttelt und ihr gesagt, dass sie dringend noch was für sie erledigen muss. Worum es ging, hab ich aber nie erfahren. Die arme Kleine, sie war doch total fertig. Aber sie ist brav rausgegangen, und danach hab ich sie nie mehr gesehen.«

Mallory hatte sich gespannt vorgebeugt. Das war der Tag gewesen, an dem Sparrow sie in das verlassene Crack-Haus zurückgeschickt hatte. Der Tag, an dem das Feuer ausgebrochen war. Unwillkürlich kehrten die Bilder, die Geräusche in ihr Bewusstsein zurück. Die Ratten, die an der Leiche nagten, das saugende Geräusch, mit dem Sparrows Messer aus dem Toten gezogen wurde.

»Nein, Süßer«, sagte Crystal. »Sparrow war schon eine ganze Weile nicht mehr am Tunnel. Als ich sie zuletzt gesprochen hab, wollte sie sich die Nase richten lassen. Später hab ich gehört, dass sie in den Hotels in Uptown anschafft. Die neue Nase muss was geworden sein. Ich wär in diesen Hotels nach sechs Sekunden in hohem Bogen rausgeflogen. Und wie geht die Geschichte jetzt weiter?«

»Noch was: Warum sind Sie so wild auf diese Romane?«

Crystal dachte einen Augenblick angespannt nach, ehe sie ihr lückenhaftes Gebiss entblößte. »Naja, das ist, als würde einer im Nebenzimmer die Schuhe ausziehen. Einer ist schon auf den Boden gefallen, und jetzt wartest du die ganze Zeit, dass der andere noch kommt. Und ich warte seit fünfzehn Jahren. Erzählen Sie schon, verdammt nochmal.«

»Sie erinnern sich an den ersten Mann, den Cowboy, den Wichita getötet hat?«

»Klar«, antwortete sie ungeduldig. »Diese Geschichte kennen die Mädels alle. Das war die Einzige, für die wir bezahlt worden sind.«

»Wie bitte?«

»Für die erste Geschichte hat die Kleine bezahlt. Die erste Stunde, meine ich. Mit irgendwas, das sie geklaut hatte, etwas wirklich Wertvollem. Geschmack hatte die Kleine, das muss man ihr lassen. Danach gab's die Geschichten umsonst. Sie musste nur noch sagen: ›Lies mir eine Geschichte vor‹, und eine von uns hat sie mit nach Hause genommen.«

»Und Sie haben brav vorgelesen, weil Sie alle wissen wollten, wie es ausgeht?«

»Genau. Aber wir haben nie zwei Mal aus demselben Band vorgelesen. Beim nächsten Mal warst du plötzlich in einem ganz anderen Buch, oder du hast das Ende von einem Band gelesen, von dem du nicht wusstest, wie er angefangen hat.«

»In *Heimkehr* stellt sich heraus, dass dieser Cowboy ein Mörder war. Er gehörte zu einer Bande, die Wichitas Vater getötet und sein Vieh gestohlen hatte.«

»Deshalb ist also seine Mutter in einer Bar gelandet. Darüber hab ich mich immer gewundert. Sie war die einzige Schlampe, die in Franktown sonntags zur Kirche ging.«

»Ja, sie war gezwungen, in einem Saloon zu arbeiten, wenn sie nicht verhungern wollte, und schließlich hatte sie ja ein Kind, um das sie sich kümmern musste. In diesem Band ist Wichita schon fast am Ende. Er hat das letzte Mitglied der Bande aufgespürt, einen Mann, der sich in Franktown versteckt hatte, und tötet ihn bei einer Schießerei.«

»Verhaftet der Sheriff Wichita Kid?«

»Nein.«

»Dann ist er ihm also wieder entkommen?«

»Diesmal nicht.« Crystal wusste offenbar nicht, dass *Heimkehr* der letzte Band der Serie war.

»Sie wollen mir doch nicht erzählen, dass Wichita sich ergeben hat?« Sie sah Charles an, dass es noch schlimmer war. »Er ist doch nicht etwa gestorben? Das darf nicht wahr sein! Wie kann Wichita Kid sterben?«

Die Gespräche verstummten schlagartig, und zehn Nutten trauerten um Wichita Kid.

Mallory saß mit geschlossenen Augen in der Dunkelheit und schüttelte ratlos den Kopf. An ein Buch, das *Heimkehr* hieß, konnte sie sich nicht erinnern.

Riker wartete geduldig. Schließlich schienen sich die Nutten ein wenig gefangen zu haben und bestürmten ihn mit weiteren Fragen.

»Was ist aus dem Pferd geworden?«, wollte Minnie wissen. »In diesem einen Buch ist Ol' Blaze zum Schluss von den Klippen gestürzt. Sagen Sie mir zumindest, ob das Pferd überlebt hat?«

»Es sah übel aus für Ol' Blaze, aber im nächsten Band begegnen wir ihm wieder«, sagte Riker. »Die junge Indianerin ...«

»Gray Bird? Die in Wichita Kid verliebt war? Von ihr spricht er ständig –«

»Ja, Gray Bird hat das Pferd mit Zauberkünsten und Kräutern wieder geheilt. Sie selbst stirbt zwar, aber das Pferd ist so gut wie neu.«

»Gott, wie romantisch.«

»Allerdings.«

Mallory ließ ihren Wagen stehen und ging zu Fuß den einen Block zu ihrem Büro bei Butler & Company. Da an diesem Abend der Müll abgeholt wurde, standen die Tonnen am Straßenrand und verbreiteten einen widerlichen Gestank. In ihrem Schatten huschte irgendetwas Schwarzes herum. Mallory schloss die Augen und hielt sich die Ohren zu, um nicht das Getrappel der Ratten auf einem morschen Holzboden hören zu müssen, die ein Wettrennen zu der blutenden Sparrow veranstalteten. Doch sie konnte nicht verhindern, dass ihr der Geruch nach Kerosin, Rauch und verschmortem Fleisch aus der Erinnerung in die Nase stieg.

An einem Münztelefon blieb sie stehen, warf Geld ein, wählte aufs Geratewohl drei Ziffern und dann die vier, die sie auswendig kannte – das vertraute Ritual aus ihrer Kindheit. Am anderen Ende der Leitung klingelte es, und wieder regte sich so etwas wie Hoffnung oder Vorfreude in ihr. War es Trost, den sie am anderen Ende der Leitung erwartete?

»Hallo?« Wieder eine fremde Frauenstimme. »Hallo? Ist da jemand?«

Mallory hatte das Ritual nicht vergessen. Sie wusste, was sie jetzt sagen musste: *Hier ist Kathy. Ich habe mich verirrt.* Doch sie brachte die Worte nicht mehr heraus.

»Hallo?« In der Frauenstimme schwang jetzt Angst.

Hören Sie denn nicht die Ratten in der Telefonleitung trappeln, Lady?

Charles sah sich gezwungen, seine früheren Theorien zu verwerfen. Kathy hatte weder an Helden geglaubt, noch hatte sie Romanfiguren zu ihren Freunden erkoren. Die Lösung war sehr viel prosaischer: Sie hatte eine ganze Horde Prostituierter durch Geschichten an sich gefesselt, die ihr dafür geholfen hatten zu überleben. Das Bedürfnis zu erfahren, wie es weitergeht, war schon so alt wie die Menschheit.

Ein genialer Einfall.

Er zog einen zweiten Stuhl heran, denn Gloria und Maxine hatten darauf bestanden, zusammen vernommen zu werden. Sie waren zwar nicht miteinander verwandt, ähnelten sich aber sehr, und trugen die gleichen rückenfreien Tops und Shorts, als wären sie Zwillinge. Sie waren jünger als ihre Kolleginnen, etwas weniger auffällig geschminkt, und hatten Prügel allenfalls an Stellen bezogen, wo man es nicht auf den ersten Blick sah.

»Wir machen alles zusammen.« Gloria lächelte freundlich. »Alles, Schätzchen.«

Sie hatten sich das Ende der Geschichte des Bandes *Die Blockhütte am Rande der Welt* gewünscht.

»Und erzählen Sie uns ja nicht, dass der Prediger Regen herbeigebetet hat«, sagte Gloria.

»Nein, so war es nicht. Als Wichita aus dem Fieber erwacht, steht die Blockhütte noch immer in Flammen. Wenn Sie sich erinnern, wie der letzte Band endete –«

»Und ob!«, krähte Gloria. »Die Farmer glauben, dass die alte Frau eine Hexe und schuld an der Dürre ist. Sie stellen brennende Büsche vor sämtliche Fenster und Türen. Schon bald stehen alle Wände in Flammen, und die alte Frau glaubt, dass Wichita Kid im Sterben liegt. Sie fällt auf die Knie und bittet Gott um Gnade.«

»Genau«, bestätigte Charles und zitierte den letzten Satz. »›Ein Schrei, der die Sterne am Firmament erzittern ließ.‹ Im nächsten Band kommt Wichita wieder zu sich und kippt einen Eimer Wasser über die alte Frau, hebt sie auf seine Schulter und geht einfach durch die Feuerwand ins Freie.« Zur großen Freude seiner Zuhörerinnen fuhr er fort: ›Er war nackt bis zur Taille, das lange goldene Haar wehte im Wind und sprühte Funken, und seine Haut dampfte noch vom Fieberschweiß.‹ Ein wirklich beeindruckendes Bild. Und nun wird der falsche Prediger plötzlich fromm, fällt auf die Knie und verkündet, der Geächtete sei ein Engel. Sie können sich vorstellen, dass das den Farmern zu denken gibt. Wichita Kid zieht seinen Sixshooter, und damit ist das Thema der Hexenverbrennung ein für alle Mal erledigt.«

Die beiden Nutten waren hingerissen. »Wichita Kid ist durchs Feuer gegangen.«

»Ja, aber gegen Ende des Buches schießt er erneut einen Mann nieder.«

»Das macht er immer«, sagte Gloria. Mit der Tatsache, dass ihr Held ein Serienmörder war, konnte sie offenbar recht gut leben.

»Ich glaube, Sie erwähnten vorhin, dass Sie kürzlich Sparrow gesehen haben?«

»Letzte Woche«, bestätigte Gloria. »Maxine und ich waren auf der Computertagung im Columbus Circle auf Kundenfang, und Sparrow war auch da, stimmt's, Maxine?«

»Stimmt.« Maxine kaute ungerührt an ihrem Kaugummi.

»Zum Anschaffen, genau wie wir«, fuhr Gloria fort. »Ganz

unauffällig. Sie sah gar nicht mehr aus wie eine Nutte. Richtig nett sah sie aus, stimmt's, Maxine?«

»Sehr nett.«

»Ist Ihnen an dem Tag irgendetwas Ungewöhnliches aufgefallen?«

»Meinen Sie Sparrows neue Nase? Oder den Typen, der sie mit einem Rasiermesser am Arm verletzt hat?«

Deluthe saß neben Maxine, die sich auf den Computermonitor konzentrierte. Mit Hilfe der Software des FBI versuchten sie aus den verschiedensten Augen und Ohren, Nasen und Mündern das Ungeheuer zu erschaffen, nach dem sie suchten.

Einige Schreibtische weiter versuchte ein Zeichner mit Gloria auf traditionelle Weise mit einem Stift ans Ziel zu kommen. »Können Sie ihn ein bisschen genauer beschreiben?«

»Er ist kalt wie ein Fisch«, sagte Gloria.

»Aber damit –« Riker hob warnend die Hand, und der Zeichner, der allmählich die Geduld verlor, verkniff sich seine Bemerkung. »Hatte er helles oder dunkles Haar?«, fragte Riker.

»Blond«, sagte Gloria. »Stimmt's, Maxine?«

»Nein«, rief ihre Freundin zurück. »Braun, mittelbraun.«

»Du spinnst, Maxine. Er war blond, sag ich dir. Naturblond.« Die Prostituierte streifte Ronald Deluthe mit einem flüchtigen Blick. »Nicht gebleicht.«

»Vielleicht war er als Kind blond und ist später nachgedunkelt«, warf Riker ein.

»Genau«, bestätigte Maxine. »Sein Haar sah aus wie das von Gloria am Ansatz. Also doch braun.«

Der Zeichner schraffierte die Haare mit einem Kohlestift. »Nein«, sagte Gloria. »Fangen Sie noch mal von vorn an. Zeichnen Sie ihn im Profil, so wie ein Verbrecherfoto, mehr hab ich nämlich nicht von ihm gesehen. Maxine schon, stimmt's, Maxine?«

»Stimmt.«

»Ich will also Sparrow gerade begrüßen«, erzählte Gloria, »da stellt sich dieser merkwürdig steife Typ hinter sie, und ich sag erst mal gar nichts, weil ich ja Sparrow das Geschäft nicht versauen will. Aber der Kunde sagt auch nichts. Sparrow hatte noch gar nicht gemerkt, dass er hinter ihr stand. Und dann holt der Typ plötzlich ein Schillermesser aus seiner Sporttasche –«

Gloria musterte Charles, dessen offensichtlich teures Outfit, darauf schließen ließ, dass er mit diesem Begriff nichts anfangen konnte. »Das ist ein Metallgriff, in dem eine Rasierklinge steckt. Im Supermarkt machen sie damit die Kartons auf.« Sie wandte sich wieder an Riker. »Jedenfalls zieht er die Klinge über ihren Arm. Ich hab gedacht, ich träume. In aller Öffentlichkeit! Kalt wie Hundeschnauze. Als würde er so was jeden Tag machen. Er hatte das Schillermesser schon wieder in die Tasche gesteckt, ehe Sparrow überhaupt gemerkt hat, was los war. Und dann war er weg. ›Hey, du blutest ja‹, hab ich gesagt. Stimmt's, Maxine?«

»Stimmt.«

Maxine sah auf den Monitor. »Ja, langsam wird's.« Das Computerbild nahm schneller konkrete Formen an als die Zeichnung. Deluthe hatte Glorias Bemerkung, der Täter sei »kalt wie ein Fisch« gewesen, aufgegriffen und dem Phantombild zwei blicklose Augen verpasst.

»Es ist besser, aber Sie müssen noch dran arbeiten«, befand Maxine.

Charles nahm ein Foto von der Pinnwand und reichte es Maxine. Es war ein Hochzeitsbild von Erik Homer, dem Vater der Vogelscheuche.

»Es sind nicht dieselben Augen. Der Mund stimmt, aber gelächelt hat der Typ nicht.«

Riker bot Gloria ein Roastbeefsandwich an. »Ist Ihnen an der Tasche, die er bei sich hatte, irgendetwas aufgefallen?«

»Nein. Es war eine ganz gewöhnliche Sporttasche, stimmt's, Maxine?«

»Sah genau so aus wie meine«, bestätigte Maxine. »Die hab ich mir im Ausverkauf bei Kmart besorgt. War fast geschenkt.«

Riker trat neben Maxine und reichte ihr den Behälter mit Suppe, die sie bestellt hatte. »Wie sah die Tasche denn aus?«

»Grau. Mit einem Streifen.«

Deluthe hielt inne. »Einem roten Streifen?«

»Ja, genau wie meine.«

Der junge Cop betrachtete das Bild auf dem Schirm, dann ging er zu dem Zeichner hinüber. »Den Typen hab ich gesehen. Bei den Gaffern am letzten Tatort. Ich erinnere mich an die Tasche. Ich habe auch so eine, nur hat meine keinen roten Streifen.«

»Kmart, oder?«, sagte Maxine. »Nylon.«

»Nein, L.L.Bean. Leinen.«

»Kümmere du dich um die Damen«, sagte Riker zu Charles, packte Deluthe am Arm und schob ihn vor die Pinnwand im Einsatzraum.

»Welcher ist es?« Riker deutete auf die Fotos der Schaulustigen, die sich vor Kennedy Harpers Haus versammelt hatten. »Welches Gesicht?«

Deluthe zeigte auf das Foto an der hinteren Wand, das an Stelle eines Gesichts zwischen dem T-Shirt und der Baseballmütze der Vogelscheuche hing und auf dem nur ein Hinterkopf zu sehen war. »Der da. Tut mir Leid.«

Ein Windstoß wehte Papier und Zigarettenschachteln durch die schmale Straße von SoHo, und die Alarmanlage eines Autos fing an zu jaulen. Ein wütender Mieter lehnte sich aus dem Fenster und schleuderte ein dunkles Wurfgeschoss nach unten, aber der Babyschuh verfehlte das lärmende Fahrzeug und hätte um ein Haar die beiden Männer getroffen, die gerade vorbeikamen.

Riker sah hoch. »Lausiger Wurf«, rief er. »Hätte schlimmer kommen können. Erschreckend, wie viele dieser Leute Schusswaffen haben«, sagte er etwas leiser zu Charles.

Aus einem Hauseingang unmittelbar vor ihnen trat ein Mann mit einem Baseballschläger. Als er Riker und Charles sah, blieb er im Schutz der Haustür stehen und verbarg den Schläger hinter dem Rücken.

»Der macht bestimmt kurzen Prozess«, stellte Riker fest.

Als sie um die Ecke bogen, hörten sie Glas splittern und das Geräusch von Holz auf Metall. Im nächsten Moment trat wohltuende Ruhe ein.

Sie waren auf dem Weg zu Charles' Wohnung im nächsten Block. Mallory würde im Büro sitzen und arbeiten, und vielleicht ergab sich so bald keine Gelegenheit mehr zu einem Gespräch unter vier Augen. »Als du sagtest, die Kleine sei tot«, fing Charles an, »hast du natürlich nicht gemeint, dass Kathy tatsächlich gestorben ist. Also war vermutlich –«

»Ich habe den Totenschein gesehen, und zwei Feuerwehrleute haben den Tod bestätigt. Und beide waren Lou keinen Gefallen schuldig.«

»Du willst also nichts sagen? Kein Hinweis, keine Andeutung …«

»Nein.«

»Und diese Anklage wegen Mordes und Brandstiftung …«

»Vergiss es, Charles.«

18

Mallory stand in der Büroküche und schenkte sich noch einen Kaffee ein. Die Augen drohten ihr zuzufallen. Wann hatte sie zum letzten Mal geschlafen?

Wieder schoben sich alte Bilder in ihre Gedanken und

lenkten sie ab. Die Ratten, die sich auf Sparrow stürzten ... Gierige Biester. Das Fleisch und das Blut von Frankie Delight reichten ihnen offenbar nicht.

Mallory beugte sich über die Spüle und spritzte sich kaltes Wasser ins Gesicht, ehe sie sich an den Küchentisch setzte. Der Kaffee in ihrem Becher wurde kalt. Nun schlossen sich ihre Augen endgültig, und Wachen und Schlafen vermischten sich. Obwohl sie nie geraucht hatte, hob sie ihre Hand, um eine nicht vorhandene Zigarette anzuzünden. Sie war wieder zehn Jahre alt. Sparrow blutete. »Nicht weinen, Baby«, sagte sie.

Aber Kathys Tränen flossen weiter. Verzweifelt schüttelte sie Sparrow, um sie nicht in den Schlaf und damit in den Tod abdriften zu lassen. »Ich hole Hilfe.«

»Lass mich nicht allein«, bat Sparrow. »Noch nicht.« Sie deutete mit dem Kopf in den Schatten, wo die Ratten um die Leiche von Frankie Delight stritten. »Sieh zu, dass sie nicht an mich herankommen – bis es vorbei ist.«

»Du darfst nicht sterben.«

Sparrow strich dem Kind behutsam übers Gesicht. »Bisher hab ich dir immer Geschichten vorgelesen. Wie wär's, wenn du jetzt mir zur Abwechslung eine erzählst? Aber sie darf nicht lang sein.« Sparrow lächelte ein wenig über ihren matten Witz, dann fielen ihr die Augen zu.

»Du brauchst einen Arzt.« Kathy rüttelte Sparrow an der Schulter, bis sich die blauen Augen wieder öffneten, und versuchte, mit den Händen das herausströmende Blut zurückzuhalten.

»Überlass mich nicht den Ratten. Wie ging noch dieser Band aus ... wie hieß er ... *Der längste Weg*. Wichita Kid wollte wieder nach Hause. Hat er gesagt, warum?«

»Das Buch endet, als er gerade unterwegs ist.« Kathy kippte den Inhalt von Sparrows Handtasche auf den Boden und kramte in dem spärlichen Licht, das von der Haustür hereinfiel, darin herum. »Vor dem Schild Franktown bleibt er mit seinem Pferd stehen.« Es wurde zunehmend dunkler im Raum, der Tag neigte sich dem Ende. Sparrow lag im Sterben. Kathy hatte ein Taschentuch gefunden. »Eine Weile sieht er sich nur das Schild an.« Sie legte das weiße Tuch über die Wunde, das sich augenblicklich tiefrot färbte. »Und zum Schluss heißt es …«

Kathy kannte alle Bände auswendig, aber in ihrer Angst fiel ihr der Text nicht ein.

»Weiter, Baby.«

Kathy biss sich auf die Lippen, bis sie bluteten. Sie brauchte den Schmerz, um sich konzentrieren zu können. Und plötzlich wusste sie es wieder. »›Es war mehr als der Ruf der Heimat‹«, zitierte sie. »›Er ritt seiner Erlösung entgegen‹.«

»Weißt du, was das heißt, Baby?«

»Nein.« Und es war ihr auch egal. Kathy löste den langen Riemen von Sparrows Tasche und band damit das blutrote Taschentuch fest. »Ich hole Hilfe. Ich bin gleich wieder da.«

»Nein, Baby. Bleib. Erlösung.« Das Wort war nur noch ein Flüstern, ein Seufzer. »Wie kann ich es so ausdrücken, dass eine kleine Diebin es versteht?«, fuhr sie mit etwas kräftigerer Stimme fort.

Die Ratten kamen näher. Das Kind stampfte mit dem Fuß auf und schrie sie an. »Haut ab! Sie ist nicht tot! Sie – ist – nicht – tot!«

»Genau, Baby, gib's ihnen. Erlösung – damit kaufst du dein schlechtes Karma zurück und kannst dir den Himmel stehlen.«

Was war Karma?

Wieder schloss Sparrow die Augen, und dieses Mal gelang es Kathy nicht, sie wachzurütteln. Eine Ratte kam angetrappelt. Kathy fuchtelte mit den Armen, aber das Biest hatte keine Angst mehr vor ihr. Der verlockende Blutgeruch war stärker. In diesem Moment erschien bereits die nächste Ratte am Rande des schwachen Lichtstreifens, der von der Haustür in den Raum fiel.

»Verschwindet!« Kathy holte ihre Spielzeugpistole heraus und schoss auf die Ratte, verfehlte jedoch ihr Ziel. Tränen nahmen ihr die Sicht. »Sie ist nicht *tot*«, schrie sie. »Noch nicht.«

Erneut kramte sie in den Sachen aus Sparrows Handtasche und fand etwas Hartes. Etwas, das sie werfen konnte? Es war ein silbernes Feuerzeug, das sie einmal für Sparrow gestohlen hatte. Die Kinderhand schloss sich darum, ehe sie nach einer der Zigaretten griff, die neben einer Dose Haarspray auf dem Holzboden lag. Ihr war eingefallen, dass Sparrow einmal, als sie beim Rauchen ihr Haarspray benutzt hatte, um ein Haar in Flammen aufgegangen wäre.

Kathy zündete die Zigarette an und zog paffend und hustend daran, bis sie brannte. Gegen ihre aufsteigende Panik ankämpfend, wartete sie, bis die Ratte nahe herangekommen war, und drückte auf den Sprühkopf, bis das Tier gründlich durchnässt war. Die Ratte quiekte vor Schmerz, da das Spray offenbar in ihre Augen gekommen war. Kathy ließ die Zigarette auf das Rattenfell fallen und trat zurück. Das Tier brannte sofort lichterloh.

Angelockt von dem Geruch nach verschmorendem Fleisch, wagte sich eine zweite Ratte aus dem Schatten hervor. Gebückt pirschte Kathy sich heran, stellte das Feuerzeug auf den Boden und richtete den Sprühstrahl auf die kleine Flamme. Sofort fing auch die zweite Ratte Feuer und rannte taumelnd im Kreis herum, wobei sie hohe, fast menschenähnliche Schreie ausstieß, die ihre Genossen von Frankie Delight weglockten.

Was die Ratten einander antaten, kümmerte Kathy nicht. Benommen stand sie auf, packte Sparrow und schleppte sie mühsam, Schritt für Schritt, aus dem dunklen Haus auf die

Straße. Erwartungsvoll drängten sich auch hier Ratten zwischen den Mülltonnen hervor.

In der Küche von Butler & Company kippte Mallory mit ihrem Stuhl zur Seite und fiel zu Boden. Einige Sekunden lang blieb sie mit dem Gesicht auf den Fliesen regungslos liegen und hatte Mühe, sich wieder in der Wirklichkeit zurechtzufinden. Dann rappelte sie sich hoch und stützte sich an der Arbeitsfläche ab. Mit zitternden Händen ließ sie sich noch einmal kaltes Wasser übers Gesicht laufen. Wenn es ihr nicht gelang wachzubleiben, würde Stella Small sterben.

»Das klappt nie.« Riker kehrte Mallorys Computern den Rücken zu. »In Wisconsin leben zehn Millionen Menschen.«

»Eher viereinhalb.« Charles hätte auch die offizielle Zahl nennen können, aber damit hätte er als Wichtigtuer dagestanden. »Und uns interessiert nur der kleine Bezirk, in dem der Junge in Pflege war.«

Riker schüttelte den Kopf. »Die Zeit läuft uns davon. Stella könnte schon jetzt aufgehängt sein, aber vielleicht noch leben.«

Mallory sah vom Bildschirm auf. »Was verlangst du von mir, Riker? Dass ich mit diesen nutzlosen Bildern von Tür zu Tür gehe?« Sie deutete mit dem Kopf auf die Korkwand, wo die Phantombilder befestigt waren.

Auch Charles musste zugeben, dass die Bilder wenig hergaben. Er war weder dünn noch dick, weder afrikanischer noch asiatischer Abstammung und hatte weder kurzes noch langes Haar.

Inzwischen war auch Mallory die Anspannung anzumerken. »Ich überprüfe alle Zeitungen, die eine Datenbank haben. Wenn sich was ergibt –«

»Das dauert eine halbe Ewigkeit«, wandte Riker ein.

»Wie schön, dass du mich so ermutigst«, fuhr Mallory ihn an.

Charles überflog die Texte aus den Zeitungsarchiven und ging zur selben Zeit auf Rikers Bedenken ein. »Es gibt zwei Möglichkeiten. Entweder hat ein Ereignis aus jüngster Zeit die Mordserie ausgelöst, oder die Vogelscheuche hat sich schon als Jugendlicher antisozial verhalten.«

»Dann können wir das Ganze trotzdem vergessen. An die Strafregister von Jugendlichen kommen wir nicht ran.«

»Aber an Zeitungsarchive. In diesem Bezirk gibt es hauptsächlich Kleinstädte. Auffälliges Verhalten wäre bestimmt irgendwann in einer Zeitungsmeldung erwähnt worden.« Riker schien nicht überzeugt. Er sah auf die Uhr und ging hinaus. Gleich darauf schlug die Wohnungstür zu.

Mallory reichte Charles ein Mobiltelefon. »Ich habe eine Kriminalbeamtin aus Wisconsin dran. Sie arbeitet mit kriminellen Jugendlichen. Kannst du ihr ein Profil für die Vogelscheuche geben?«

Der kleine Apparat verschwand fast in Charles' Handfläche. Er schilderte der Beamtin ein leidgeprüftes Kind, das Eltern und Zuhause verloren hatte. Es war zu Fremden geschickt worden, hatte jedoch auch dort nicht bleiben können, dann war es in Polizeigewahrsam und anschließend in einer weiteren Pflegestelle gewesen. Ständig war es weitergereicht worden, hatte sich ständig auf unbekannte Personen einstellen müssen. »Zu viele Traumata kurz aufeinander. Ich denke an Bagatellstraftaten und kleinere Gewalttaten. Die soziopathische Auffälligkeit dürfte bereits mit neun oder zehn Jahren begonnen haben oder sogar –«

Mallory schloss die Augen. Ihre Finger hörten auf zu tippen, während ihre Hände noch über der Tastatur schwebten. Charles wäre am liebsten in den Boden versunken: Es war ein Profil, das ebenso gut auf Kathy Mallory zutraf.

»Möglicherweise hat er auch kleine Tiere gequält und getötet!«, fügte er hastig hinzu – ein Punkt, der in Mallorys Vorgeschichte nicht aufgetaucht war.

Stella Small hörte sich die Lautsprecherdurchsage an: In einem der oberen Stockwerke war ein Feuer ausgebrochen, und die Kunden wurden gebeten, das Kaufhaus ohne Panik zu verlassen.

Besser hätte das Timing nicht sein können. Das neue Kostüm war bezahlt, und sie hatte es bereits an. Außerdem hatte sie ein Paar Strumpfhosen erstanden und hatte sie gerade anziehen wollen, als ihr eine Verkäuferin in den Weg getreten war. Stella zuckte mit den Schultern, da ihr noch genug Zeit blieb, um vor dem abendlichen Vorsprechen noch einmal nach Hause zu fahren. Sie schloss sich den Kunden an, die auf die Rolltreppen zustrebten, obgleich die Angestellten versuchten, sie zu den Feuerschutztüren und in ein Treppenhaus zu manövrieren.

Mitten in der aufgeregten Menge stand ein Mann unbeweglich am unteren Ende der Rolltreppe. Obwohl er eine Sonnenbrille trug, erkannte ihn Stella sofort wieder. Es war der Seifenopernfan, der an dem dreiteiligen Spiegel hinter ihr gestanden hatte. Ja, es war dieselbe Baseballmütze, dieselbe steife Haltung. Es war der Verfolger, der Mann, der ihr den Geschenkgutschein unter der Tür hindurchgeschoben hatte. Und auch die graue Tasche kam ihr bekannt vor. Sie sah ihn fragend an. *Hast du völlig den Verstand verloren?*

Er stieg die Stufen der nach unten führenden Rolltreppe hinauf, ohne sich von den Menschen aufhalten zu lassen, die sich darauf drängten. Als er auf ihrer Höhe war, heftete er einen Zettel an das Revers ihrer neuen Kostümjacke, ohne ihr in die Augen zu sehen. Sie riss den Zettel ab und las ihn. *Ich kann dich jederzeit berühren.*

Charles streckte sich auf dem Ledersofa aus, einer Maßanfertigung, die seine Körpergröße berücksichtigte und eines der wenigen nicht antiken Möbelstücke in seiner Wohnung war. Während er, einen Stapel Faxnachrichten durcharbeitete, sah er immer wieder auf den kleinen tragbaren Fernseher, den Mallory hingestellt hatte, sodass er sich über die aktuellen Ereignisse auf dem Laufenden halten konnte. Jetzt erkannte er auf dem Fernsehschirm ein vertrautes Gesicht. »Riker ist im Fernsehen, Mallory!«, rief er.

Keine Antwort. Sie musste in ihre Arbeit vertieft sein.

Der Sprecher stellte den Zuschauern Detective Sergeant Riker vor. Der arme Riker. Neben der gesunden Bräune des Nachrichtensprechers wirkte er noch fahler und erschöpfter. Riker hielt das Foto einer flüchtigen Zeugin in die Kamera, die Charles Butler als Natalies Schwester erkannte.

Stella kämpfte sich durch die Menge zum Ausgang. Als sie kurz zurückblickte, sah sie die Baseballmütze über den Köpfen der Kunden wippen. Mittlerweile waren etliche Angestellte vor den Aufzügen postiert, die die Aufgabe hatten, die Leute in Richtung Treppenhaus zu manövrieren, wo sich bereits lange Schlangen bildeten.

Stella roch Insektenspray, im nächsten Moment streifte eine Hand ihr Gesicht. Der Verfolger bewegte sich von ihr weg in Richtung der Menschenschlange vor der Tür zum Treppenhaus. Jetzt wandte er sich um und blickte starr in Stellas Richtung, ohne Blickkontakt mit ihr aufzunehmen. Wartete er etwa darauf, dass sie zu ihm kam?

Denkst du, ich bin so verrückt wie du?

Sie drehte sich um und suchte nach einem weiteren Ausgang. Vor den Rolltreppen standen drei Frauen mit gekreuzten Armen. »Da ist der Notausgang, Leute!« Sie zeigten sich nicht im Mindesten von der Nachricht des Wahnsinnigen beeindruckt. »Sehen Sie sich um, Kind. Sehen Sie irgendwo einen Cop?« Wieder musste sie sich anhören, dass der einzige Ausgang übers Treppenhaus führte. Aber dort wartete der Irre auf sie.

In diesem Moment fiel ihr ein weiteres Schild ins Auge, auf

das sie nun zulief. Sie schlug die Toilettentür hinter sich zu und verriegelte sie. Ein Irrer würde sich wohl kaum davon abhalten lassen, dass über der Toilettentür klar und deutlich »Damen« stand. Sie hörte nur ihre eigenen Schritte, als sie an die Waschbecken trat, um ihre Päckchen auf dem langen Marmortisch abzulegen. Sie dachte nicht eine Sekunde daran, dass sie bei einem Kaufhausbrand ums Leben kommen könnte, da sie in New York schon zu viele Feuerübungen miterlebt hatte, um sie noch ernst zu nehmen. Umso ernster nahm sie allerdings den Verfolger. Sie würde einfach hier warten, bis Kunden und Angestellte wieder in die Verkaufsräume zurückgekehrt waren. Allzu lange konnte das ja nicht dauern.

Moment, vielleicht sollte sie noch zur Toilette gehen, ehe die Feuerübung zu Ende war. Reflexartig griff Stella nach ihrer Handtasche und ihren Einkäufen. Kein New Yorker ließ seine Habseligkeiten unbeaufsichtigt liegen.

Sie saß auf der Toilette, als die Tür ging. Schwere Schritte. Ein Mann. Wahrscheinlich ein Kaufhausmitarbeiter, wer hätte sonst einen Schlüssel zur Damentoilette haben sollen? Die Tür ging zu. Sie saß ganz still, hielt den Atem an und den Harn zurück. Nach einer Weile, die ihr wie eine Ewigkeit vorkam, kniete sie sich hin und spähte unter der Trennwand hindurch in die Nachbarkabinen. Leer. Trotzdem wurde sie, als sie herauskam, das Gefühl nicht los, dass sie beobachtet wurde. Und was war das für ein Geräusch? Eine Fliege? Mehr als eine?

»Die Polizei sucht diese Frauen.« Der Nachrichtensprecher hielt zuerst Susan Qualens Foto, dann das von Stella Small in die Kamera.

»Falls Sie eine dieser Frauen heute gesehen haben«, sagte die Stimme hinter den Fotos, »rufen Sie bitte unverzüglich bei der eingeblendeten Nummer an. Bitte, Sergeant Riker.«

Riker beugte sich über das Mikrofon. »Miss Qualen hat Informationen über den Aufenthaltsort der vermissten Schauspielerin. Wir müssen Stella noch heute Abend finden. Sie steckt in den größten Schwierigkeiten und braucht Ihre Hilfe.«

»Diese Sendung«, sagte der Moderator, »wird auch von unserem angeschlossenen Sender in Wisconsin ausgestrahlt.« Er wandte sich an seinen Gast. »Sie glauben also, dass Susan Qualen sich in der Nähe von Racine versteckt?«

»Sie könnte schon wieder unterwegs sein«, sagte Riker. »Aber ich hoffe, dass sie sich noch in der Gegend aufhält.«

»Warum meldet sich diese Frau nicht bei der Polizei, wenn sie wichtige Informationen hat, Detective Riker?«

»Weil es ihr egal ist, ob Stella Small lebt oder stirbt.«

Sehr eindrucksvoll, Riker.

Beredter hätte es niemand darstellen können.

Er wusste genau, was man tun musste, um den menschlichen Herzschlag von erschrockenem Flattern zu wuchtigen Hammerschlägen hochzujagen, ihn langsamer werden zu lassen oder ihn ganz zu lähmen. Doch diese Fähigkeit ließ ihn kalt, sie interessierte ihn nicht.

Gleich ist es so weit.

Der Mann hockte im Schneidersitz auf dem Toilettensitz, sodass in dem Spalt zwischen den Kabinentüren und dem Fußboden seine Füße nicht zu sehen waren. Langsam öffnete er den Reißverschluss der grauen Leinentasche, die er auf dem Schoß hatte, und griff nach der Kamera. Dem großen Glas daneben schenkte er keine Beachtung. Kleine Spielereien mit dem Opfer waren im Moment nicht das Richtige.

Das Glas enthielt eine schwarze Fliegensuppe. Einige Tiere lebten noch und krabbelten in Panik über vertrocknete Leichen, zerbrachen ihnen die Flügel und rissen ihnen die Beine aus in ihrem qualvollen Kampf, weiter nach oben zu kommen zu den zwei Zentimetern Luft, die Leben bedeuteten. Doch dann mussten sie sich im Dunkeln weiterquälen, denn der

Mann hatte die Sporttasche wieder geschlossen. Gleichmütig richtete er die Linse auf die Öffnung zwischen Kabinentür und Rahmen und beobachtete die blonde Schauspielerin durch den Sucher. Sie stand am Waschbecken und war so nervös, dass sie es kaum schaffte, frischen Lippenstift aufzutragen. Dann wandte sie den Kopf und schnupperte. Offenbar roch sie das Insektenspray, das in seinen Sachen hing, hörte das Summen im Glas und schlug nach einer imaginären Fliege.

Das Lämpchen der Kamera wechselte von Bernsteingelb auf Grün – er konnte abdrücken. Als hätte sie den Farbwechsel gehört, ließ Stella Small den Lippenstift fallen und fuhr zusammen, als die Metallhülse auf den Fliesen aufschlug und über den Boden rollte.

Sie griff nach ihren Schuhen, der Handtasche, den Einkaufstüten und floh barfuß aus der Damentoilette.

Charles rappelte sich vom Sofa auf, streckte sich und ging in das andere Büro hinüber. Von Deluthe war nichts zu sehen, und Mallory saß vor einem der Bildschirme. Ihre Finger flogen leicht über die Tastatur.

»Mallory?« Charles nahm den nächsten Stapel aus der Druckerablage. Tausend Blatt Ausdrucke aus Zeitungsarchiven hatte er bereits vergeblich durchgeforstet. »Ich habe noch nichts gefunden.« Die Kinder aus Green County, Wisconsin, waren in den Jugendjahren der Vogelscheuche erstaunlich brav gewesen. »Vielleicht vergeuden wir ja tatsächlich unsere Zeit …«

Sie tippte weiter, ohne ihm Beachtung zu schenken. Er trat vorsichtig näher. Wenn sie ihn absichtlich ignorierte …

Erschrocken fuhr er zusammen. Mallory hatte die Augen geschlossen. Sie schlief, aber ihre Finger tippten trotzdem weiter. Auf dem Bildschirm stand unverständliches Kauderwelsch, trotzdem wurde Charles das Gefühl nicht los, dass inzwischen die Maschinen Mallory steuerten. Er hob sie auf seine Arme, hielt sie ganz fest und betrachtete besorgt das schlafende Gesicht. Dann trug er sie in sein Büro, wo die Maschinen nicht an sie herankamen, bettete sie auf das weiche Ledersofa und legte seine Hände über die ihren, um die noch immer tippenden Finger zur Ruhe zu zwingen.

Im Kaufhaus herrschte unheimliche Leere. Inzwischen hätten Kunden und Angestellte eigentlich längst wieder zurück sein müssen, denn es gab keinerlei Anzeichen für ein Feuer, keine Sirenen, keinen Rauch. Stella ging durch die verlassenen Gänge und hatte dennoch das Gefühl, nicht allein zu sein. Beim Anblick jeder Schaufensterpuppe fuhr sie zusammen. In diesem Augenblick wurde sie ebenso starr wie sie, wagte kaum zu atmen und starrte wie gebannt auf die graue Leinentasche, die vor der Rolltreppe auf dem Boden stand.

Wo war er? Beobachtete er sie? In dem großen Raum gab es unendlich viele Verstecke. Sie lief zu den Aufzügen. Die Beleuchtung der Bedienungstafel war ausgeschaltet, und ein primitives Schild verkündete: »Außer Betrieb.« Sie versuchte, die nächstgelegene Tür ins Treppenhaus zu öffnen, aber der Knauf rührte sich nicht. Ein Pfeil wies sie zu einem Warenaufzug, der offen stand. Sie stieg ein, drückte auf den Knopf zum Erdgeschoss und schob ihre nackten Füße in die neuen Schuhe.

Als sie aufsah, hatte der Mann von außen die Aufzugtür gepackt, sodass sie sich nicht schließen ließ. Er schien sie nicht zu bemerken, als er nun einstieg und die graue Leinentasche abstellte. Wenn sie sich beeilte, konnte sie sich an ihm vorbeischieben. Aber ihre Beine waren schwer wie Blei und wollten ihr nicht gehorchen. Und dann war die Gelegenheit verpasst, und der Aufzug schloss sich.

Stella sah auf die Leuchtziffern. Sie fuhren nach unten. Die Leinentasche stand offen, und sie sah die Spitze eines Schillermessers. Es war ganz still, nur aus der Tasche summte es leise und bedrohlich. Hatte sie geschrien? Vielleicht bildete sie es sich nur ein …

Als Mallory die Augen aufschlug, lag ihr Kopf in Charles Butlers Schoß. Wie spät war es? Ihre innere Uhr hatte sie im Stich gelassen.

Charles hatte nicht bemerkt, dass sie aufgewacht war. Geistesabwesend strich er ihr übers Haar, während er mit Papieren raschelte. Sie sah ein Blatt nach dem anderen auf den Teppich flattern. Steh auf, befahl sie sich, die Zeit drängt.

Die sanfte Hand auf ihrem Haar tat so gut. Körperkontakt war eine Seltenheit geworden, nachdem sie zuerst Helen und dann Louis Markowitz verloren hatte. In den Jahren nach dem Tod seiner Frau hatte Lou seiner Pflegetochter zur Begrüßung und zum Abschied stets einen Kuss gegeben und keine Gelegenheit verstreichen lassen, sie an sich zu drücken. Und dann war er gestorben.

Immer wieder verlor sie die Menschen.

Mallory schloss erneut die Augen und horchte auf die Schritte im Gang. »Ich bin's«, rief Riker. »Hast du was?«

»Möglicherweise einen Hinweis«, antwortete Charles. »Allerdings nicht das, was ich mir vorgestellt hatte. Hier, sieh dir diesen Artikel an.«

»Betrug um Pflegegelder«, las Riker. »Wirkungsvolle Schlagzeile.«

»Der Pflegesohn ist weggelaufen, als er zwölf war, die Leute haben aber die Polizei nicht verständigt.«

»Sondern haben einfach weiter das Geld für ihn kassiert?«

»Genau. Der Junge wurde in dem Jahr zu ihnen in Pflege geben, als man den Qualens Natalies Sohn weggenommen hatte.«

Riker legte kurz eine Hand auf Mallorys Schulter und strich ihr sanft das Haar aus der Stirn. »Ich habe sie noch nie schlafen sehen«, sagte er. »Ich dachte immer, dass sie sich dazu an die Decke hängt wie eine Fledermaus. Es fällt mir wirklich schwer, sie zu wecken.«

»Dann lass es.«

»Aber ich habe eine Überraschung für sie. Susan Qualen. Sie hat sich freiwillig gestellt. Janos bringt sie gerade her. In Handschellen.«

»Warum hierher?«

»Hier sind wir ungestörter.«

Stella drückte sich mit dem Rücken an die Aufzugwand und beobachtete, wie der Mann mit einem der zahlreichen Schlüssel, die er an der Gürtelschlaufe trug, ein Metallfach öffnete. War er der Hausmeister? »Sie arbeiten also hier?«

Keine Antwort. Er nahm sie in keiner Weise wahr, was sie neue Hoffnung schöpfen ließ. Vielleicht war das Ganze nur ein schreckliches Missverständnis. Wenn der Mann hier arbeitete, lag es nahe, dass er ihr einen Geschenkgutschein aus diesem Kaufhaus gebracht hatte. Wahrscheinlich bekam er Mitarbeiterrabatt. Und nun hatte er nur eine Kundin eingesammelt, die im Haus herumirrte, und brachte sie in Sicherheit. Stella beschloss, so zu tun, als könnte sie all das glauben, obwohl ihr klar war, dass sie nicht lange durchhalten würde.

Als er das Fach geschlossen hatte, leuchtete das Erdgeschosslicht nicht mehr. Sie waren auf dem Weg ins Untergeschoss. Ihr Herz schlug schneller und Adrenalin schoss durch ihren Körper. Als die Tür aufging, setzten sich ihre Beine automatisch in Bewegung und führten sie geradewegs in einen breiten Gang voller Pappkartons. Sie hörte keine eiligen Schritte hinter sich. Kein Wunder – er brauchte sich nicht anzustrengen, es genügte, wenn er dem Geräusch ihrer Stöckelschuhe folgte.

Dumme Gans!

Sie streifte die Schuhe ab und lief lautlos ins Dunkel.

Sämtliche Fernsehsender brachten stündlich aktualisierte Meldungen über Stella Smalls prekäre Lage, zeigten Fotos aus ihrer Jugendzeit und verlasen Auszüge aus Briefen an ihre Mutter und Großmutter, die in ihrer Heimat auch die Verlassenen Stellas genannt wurden. Briefe, die fröhlich und hoffnungsvoll und voller Träume waren. Sie würde Karriere machen, der Ruhm war greifbar nah.

Riker drehte den Fernseher leiser. Jetzt war das Klopfen deutlicher zu hören. »Das werden sie sein.«

Er öffnete die Tür und begrüßte Detective Janos mit einem Lächeln, ehe er sich mit grimmiger Miene an die gefesselte Frau in Handschellen wandte und ihr knapp zunickte. »Miss Qualen!«

Stella zog sich zitternd hinter einen Karton zurück und lauschte den Schritten, die näher kamen und schließlich anhielten. Ein Karton in der Nähe wurde weggerückt. Sie schloss die Augen und dachte an die Verlassenen Stellas. Sie hatte die Erwartungen der beiden enttäuscht, und das schmerzte. Aber sie wusste, dass die beiden tapfer sein würden, wenn sie tot war, denn mit dem Tod kannten sie sich bestens aus. Sie waren jünger gewesen als Stella heute, als sie sich mit ihrem eigenen langsamen Sterben in der Raststätte abgefunden hatten.

Aber Moment mal! Hier in New York City galten ganz andere Regeln. *Keine Feigheit vor dem Feind, Stella Small!*

Auf einmal war sie fest entschlossen, sich nicht von einem Schillermesser abschlachten zu lassen. Energisch hob sie das Kinn und schlüpfte immer weiter in die Rolle ihres Lebens. Sie spürte, dass ihr Herz härter, lauter, kräftiger schlug.

Hörst du es auch, du Mistkerl?

Der Karton wurde weggerückt. Eine Hand griff nach ihr, und das Beste, was je aus Ohio nach New York gekommen war, sprang auf und zerkratzte ihm mit fünf langen Fingernägeln die Brust. Sein T-Shirt färbte sich rot. Mit einem Mal stand er reglos da, als könnte er nicht glauben, dass einer seiner *Objekte* Widerstand leistete. Stella attackierte sein Gesicht mit den Fingernägeln, dann lief sie auf das Licht am Ende des Ganges zu. »Ich werde *leben,* du Mistkerl«, schrie sie. »Hast du mich verstanden?«

Janos lehnte an der Tür und versperrte den Ausgang, während Mallory und Riker langsam auf Susan Qualen zugingen. Sie wich zurück, stieß gegen einen der Computertische, rutschte aus und stürzte. Die Handschellen verhinderten, dass sie sich irgendwo abstützen konnte. Unbeholfen rappelte sie sich wieder auf und sah von einem zum anderen. »Warum bin ich verhaftet?« Die Handschellen klirrten. »Ich habe doch nichts getan.«

»Ganz genau. Sie haben nichts getan, um uns zu unterstützen. Stattdessen sind Sie abgehauen.«

Rikers Stimme war vollkommen ruhig, aber sie zuckte zusammen, als hätte er geschrien. Dann senkte sie den Kopf und sah zu Boden. Janos, der diese Geste als ein Zeichen der Reue deutete, nahm ihr die Handschellen ab.

Mallory stieß einen Stuhl in Richtung der Gefangenen. Er kippte um. »Aufheben«, herrschte Riker sie an.

Susan Qualen gehorchte.

»Setzen!«, befahl Janos.

»Bei Ihrem Besuch neulich –« Susan Qualens Stimme brach. »Ich konnte Ihnen nicht helfen, ich –«

»Hier unterschreiben!« Riker hielt ihr die Karte mit den Miranda-Rechten unter die Nase. »Wir besorgen Ihnen einen Anwalt, wenn Sie wollen.«

»Ich brauche keinen Anwalt, verdammt noch mal. Ich habe nichts –«

»Unterschreiben Sie!« Riker's Wut war nicht gespielt, als er ein Klemmbrett von einem der Schreibtische nahm, die

Karte und einen Stift daran befestigte und ihr reichte. Sie nahm das Klemmbrett und unterschrieb, ehe Mallory es ihr aus der Hand riss und quer durchs Zimmer schleuderte. Susan Qualen fuhr zusammen, als es einen halben Meter über den Fußboden schlitterte und dann polternd an die Wand stieß.

»Wenn Sie uns jetzt erzählen, dass dieser durchgeknallte Typ sofort zu seiner Tante Susan gelaufen ist, als er wieder im Land war, erwarten Sie hoffentlich nicht, dass wir Ihnen das glauben.«

»Es ist Ihre Schuld. Sie belügen die Leute, Sie –«

»Diese Einzelheiten in der Zeitung –« schaltete sich Mallory ein. »Sie wussten, dass es einen Zusammenhang zwischen dem letzten Mord …«

»Und meine Schwester? Die Polizei hat mir nur gesagt, Natalie wäre ermordet worden. Dass sie erhängt wurde, habe ich erst aus der Zeitung erfahren. Dieser angebliche Selbstmord, diese Vertuschung …« Susan Qualens Stimme drohte vor Hysterie zu kippen. »Keiner hatte ein Interesse daran, den Mord an meiner Schwester aufzuklären.«

»Sie haben die Einzelheiten von Ihrem Neffen«, sagte Mallory. »Als Sie den Artikel in der Zeitung gelesen haben, wussten Sie, dass er den Mord an Natalie nachgestellt hatte.«

»Junior hat mir damals kein Wort von der Sache erzählt.« Sie weinte jetzt. »Er konnte ja kaum sprechen, der arme kleine Kerl, er stand unter Schock.«

»Und da haben Sie ihn weggeschickt und uns den einzigen Zeugen entzogen, der uns dabei hätte helfen können, den Mörder Ihrer Schwester zu finden.«

»Das ist wirklich toll!« Susan Qualen hatte keine Angst mehr, sie war wütend. »Wen rufen Sie, wenn ein Scheißbulle Ihre Schwester umbringt? Die Bullen?« Sie lächelte grimmig und betrachtete mit einiger Genugtuung die verblüfften Gesichter.

Auf dem Weg zu dem Licht am Ende des Ganges bog Stella um eine Ecke und kam zu einem kleinen verglasten Büro, dessen Tür einen Spaltbreit offen stand. Sie trat ein und wollte die Tür zuknallen, als sie sich gerade noch rechtzeitig besann, sie geräuschlos ins Schloss zog und verriegelte. Als einziges Versteck in diesem Glaskasten bot sich der Schreibtisch an. Sie kauerte sich dahinter, griff nach dem Telefon und wählte die 911, hörte jedoch nur eine Ansage, die sie aufforderte, eine zusätzliche Ziffer zu wählen, wenn sie nach draußen telefonieren wollte.

Die näher kommenden Schritte klangen dumpf, beinahe wie die eines Roboters. Stella hielt den Atem an, als er vergeblich am Türknauf drehte. Dann hörte sie das Geräusch von Metall auf Metall – ein Schlüssel drehte sich im Schloss.

Du dumme Gans. Er ist der Hausmeister, er hat alle Schlüssel.

Stella schloss die Augen, hielt sich die Ohren zu und verdrängte den Gedanken an das, was da draußen stand. Die Tür öffnete sich, sie roch Insektenspray, machte die Augen wieder auf und hob langsam den Kopf. Er stand am Schreibtisch und sah auf sie herunter, ohne sie wahrzunehmen, ohne ein Wort zu sagen. Mit *Objekten* spricht man nicht. An der Glaswand war das Emblem der Wachgesellschaft angebracht. Wenn sie es ihr gelang, die Scheibe einzuschlagen, konnte sie damit die Alarmanlage auslösen, die den Wachmann auf den Plan rufen würde.

»Was glauben Sie, wie lange der arme Junge überlebt hätte, wenn ich mich entschlossen hätte, ihn auszuliefern?« Susan Qualen spie die Worte förmlich aus. »Der einzige Zeuge des Mordes an seiner Mutter … Ich habe jahrelang in dieser Gegend gewohnt. Dealer haben sich mit lächerlichen Summen die Polizisten gekauft, und ihr Bullen deckt euch ja sowieso gegenseitig.« Sie spürte, dass Riker sie unterbrechen wollte, und hob eine Hand. »Kommen Sie mir bloß nicht so! Ich habe richtig gehandelt, und wenn Sie ehrlich sind, müssen Sie das auch zugeben.«

»Seinen Pflegeeltern, die sich nur an ihm bereichern wollten, ist er weggelaufen –«, sagte Mallory.

»… und hat wieder Zuflucht bei meinen Verwandten gesucht, die mit ihm nach Nebraska gezogen sind. Als er älter wurde, hat er immer wieder nach seiner Mutter gefragt. Sie haben ihm alles erzählt, was sie wussten. Und dann ist er zurückgekommen.«

»Nach Hause«, meinte Mallory. »Zu Ihnen.«

»Nur für ein paar Stunden, und es ist lange her.«

»Sie wollten ihn nicht wiedersehen.« Riker überkreuzte die Arme. »Sie hatten Angst vor ihm.«

»Nein. Er war kein durchgeknallter Irrer, sondern so normal wie ich.«

Janos zog sein Notizbuch hervor. »Wo ist Ihr Neffe jetzt?«

»Das weiß ich nicht.«

»Wie nennt er sich zur Zeit?«

»Junior, schätze ich. So, wie er sich immer genannt hat.«

»Ich verlange eine klare Antwort.« Janos trat näher an sie heran. »Wie –«

»Ich weiß es nicht.«

»Sie wissen nichts, das uns helfen könnte. Das habe ich ganz vergessen«, stellte Mallory fest. »Warum sind Sie dann überhaupt abgehauen?«

Susan Qualen zitterte am ganzen Leib, und zwar nicht vor Angst, sondern vor Wut.

»Gut, dann will ich Ihnen eine einfachere Frage stellen«, sagte Riker. »Warum sind Sie jetzt hier?«

Stella hatte keine Ahnung, woher plötzlich die Kraft in ihren Armen kam. Sie griff nach dem schweren hölzernen Schreibtischsessel und schleuderte ihn gegen die Glaswand, die in tausend Scherben zerbarst. Der Mann trat an eine Reihe von

Knöpfen neben der Tür und stellte die Alarmanlage ab, noch ehe sie richtig hatte losgehen können und noch ehe der Scherbenregen aufgehört hatte. Ein langes, schartiges Stück Glas blieb noch einen Augenblick zitternd im Rahmen stecken, ehe es herausfiel und auf dem Boden zerschellte. Glas knirschte unter seinen Füßen, als er mit erhobener Hand auf sie zukam.

»Nein«, stieß sie hervor.

Doch in diesem Moment ging ihr auf, dass er sie nicht sah. Er ging an ihr vorbei, nahm eine Karte aus einem Fach an der Wand und schob sie in den Schlitz der Stechuhr wie ein normaler Arbeiter zu Schichtbeginn. Jetzt war es um Stellas Fassung endgültig geschehen. Der Wachmann würde ihr nicht zu Hilfe kommen. Dieser Kerl *war* der Wachmann.

»Ich bin hier, weil ich Sie bitten wollte, Natalies Sohn nicht zu töten.« Susan Qualen war am Ende ihrer Kräfte und sah so aus, als halte sie allein ihre Wut noch aufrecht. »Ihr Typen knallt doch bedenkenlos die Leute ab. Ihr habt Junior zu dem gemacht, was er ist. Ein Scheißbulle hat seine Mutter ermordet, deshalb sind Sie ihm was schuldig. Sie können ihm nicht einfach die Kugel geben wie einem kranken Tier.«

Die Stimme von Detective Janos war trügerisch sanft. »Sagen Sie uns, wo Ihr Neffe wohnt. Wenn wir seine Ergreifung –«

»Ich weiß es nicht, ehrlich nicht. Ich habe ihn doch nur ein paar Stunden gesehen, und das ist drei Jahre her, und er hat all die Fragen gestellt.«

Mallory packte sie am Arm. »Was haben Ihre Verwandten Ihnen erzählt? Wovon hat er gelebt, als …«

»Er war Polizist!« Susan Qualens Gesicht war tränennass. »Können Sie sich das vorstellen? Ein Cop wie Sie … deshalb … dürfen Sie ihn nicht töten.«

Stella wich bis an die Wand zurück. Scharfkantige Scherben zerschnitten ihr die bloßen Füße, doch sie spürte keinen

Schmerz. Ihr Mund fühlte sich staubtrocken an, während ihr Blick auf das Schillermesser in seiner Hand gerichtet war. Ihr Herz raste. Die schweißfeuchten Hände drückten sich gegen die Wand, zogen sich daran hoch, so dass ihre Füße mehrere Zentimeter vom Boden entfernt waren.

»Bitte nicht.« Plötzlich war sie wieder das kleine Mädchen aus Ohio. »Bitte.« Ihre Stimme war kaum mehr als ein Flüstern. »Bitte.«

Jack Coffey betrachtete die beiden Besucherinnen, die ganz New York inzwischen als die Verlassenen Stellas aus Ohio kannte. In praktischen Schuhen und ihrem Sonntagsstaat standen sie mit angstvollen Augen, tapfer lächelnd und mit einer Menge Hoffnung im Gepäck vor seinem Schreibtisch und fragten: »Haben Sie unsere Stella gefunden?«

Ronald Deluthe sichtete am Computer die telefonischen Hinweise aus der Bevölkerung. In vier Staaten war Stella Small angeblich gesehen worden. Charles Butler saß neben ihm auf dem Ledersofa und bedeutete dem jungen Mann mit einer Handbewegung, den Text schneller zu scrollen. »Stop. Diesen hier bitte auch markieren.«

Mallory trat zu ihnen. »Was war das?«

»Mehrfachsichtung in Kaufhäusern. Hier, sieh dir den letzten Anruf an. Stella hat heute Abend noch ziemlich spät Einkäufe gemacht.«

Deluthe schüttelte den Kopf. »Da stimmt etwas nicht. Woher sollte sie das Geld zum Einkaufen auf der Fifth Avenue haben?«

»Bei Bergdorf war Mondscheinausverkauf«, erklärte Mallory. »Und bei Lord and Taylor auch. Das Kostüm, das der Mistkerl ruiniert hat, stammt aus einem Kaufhaus mit einer Designerabteilung, das Ausverkauf hat.«

»Auf der Fifth Avenue findet sie dafür jedenfalls keinen Ersatz«, beharrte Deluthe. »Sie haben doch gesehen, wie sie lebt.

Und die unbezahlten Rechnungen … Die letzten Meldungen sind also Quatsch.«

Mallory warf ihm einen scharfen Blick zu, der ihn wissen lassen sollte, dass sie in Mordermittlungen und Modefragen eindeutig die größere Erfahrung besaß.

Charles sah nachdenklich auf den Bildschirm. »In den Abendnachrichten war etwas über dieses Kaufhaus. Im obersten Stockwerk war ein kleines Feuer ausgebrochen, das Gebäude wurde evakuiert. Vielleicht –« Er sah auf, doch Mallory hatte den Raum bereits verlassen. Er zuckte die Schultern. »Schön, aber man muss schließlich jedem Hinweis nachgehen …«

»Reine Zeitverschwendung«, sagte Deluthe. »Die Vogelscheuche hängt ihre Opfer immer in deren eigener Wohnung auf.«

»Zweimal ist nicht immer. Und inzwischen weiß er, wie man Feuer legt.«

Plötzlich war Charles ganz allein, denn Deluthe sprintete bereits in Richtung Wohnungstür.

Dass es ein Problem sein könnte, ein Taxi zu bekommen, nachdem die Bars geschlossen hatten, wäre Mrs. Hormon Heath-Ellis niemals in den Sinn gekommen. Sie durchquerte den kleinen Park und ging an dem Brunnen vorbei in der Hoffnung, auf der Fifth Avenue mehr Glück zu haben.

Vor ihrem Lieblingskaufhaus standen fünf oder sechs Leute herum. Wenn nun jemand sie erkannte? Ihre gesellschaftliche Stellung war zwar so unangreifbar, dass es ihr nichts ausmachte, während der toten Zeit im August hier in der Stadt gesehen zu werden – solange es nicht in der Nähe des Hotels war, das ihrem Schwager gehörte.

Während sie hektisch nach einem einsamen Taxi winkte, das einen Block entfernt vor einer roten Ampel hielt, musterte sie die feingemachten Provinzler, die vor dem Kaufhaus –

ihrem Kaufhaus – standen und wie gebannt in ein Schaufenster starrten. Diese Leute würden nie in denselben Kreisen verkehren, sie hatte also nichts zu befürchten. Neugierig trat sie näher.

Zwischen den Köpfen hindurch spähte sie in das beleuchtete Schaufenster. Offenbar hatte sich der Dekorateur etwas besonders Originelles ausgedacht. Er widmete sich dem Neuesten, dem Angesagtesten nach Heroin: dem Thema Tod.

»Eine Schaufensterpuppe ist das nicht«, stellte der Mann fest, der unmittelbar vor ihr stand.

Natürlich nicht. Dass man hier eine lebendige Frau als Schaufensterpuppe eingesetzt hatte, merkte schließlich noch der Dümmste. Langsam drehte sich das Model am Ende eines Stricks im Kreis herum, sodass die Betrachter Gelegenheit hatten, das blaue Kostüm und die farblich dazu passenden Schuhe in aller Ruhe zu bewundern.

»Sie macht das wirklich nicht schlecht«, sagte Mrs. Heath-Ellis. »Sie blinzelt nicht mal.« Das heißt, natürlich musste sie irgendwann einmal blinzeln, wartete damit aber, bis der Strick sich so weit gedreht hatte, dass man von der Straße aus ihr Gesicht nicht sah. Auf eine billige Art war das Mädchen sogar recht hübsch, auch wenn sie bestimmt noch nie einen guten Friseursalon von innen gesehen hatte. Diese Igelfrisuren waren längst passee. Und was sollten die langen blonden Haare bedeuten, die ihr aus dem geöffneten Mund hingen?

Das Schaufenster war wie eine Küche gestaltet, und die Küchenmöbel und -geräte stellten einen reizvollen Kontrast zu dem modischen Outfit der jungen Frau dar. Mrs. Heath-Ellis erkannte trotz ihrer leichten Kurzsichtigkeit, dass das hellblaue Kostüm von einem renommierten Designer stammte. Ansonsten fand sie die Dekoration eher fade – kein Blut, keine Dramatik.

Eine Frau, die ihren ausladenden Körper unter einem Zeltkleid versteckte, – offenbar eine Hinterwäldlerin und Billigkundin – stieß wimmernd hervor: »O Gott, sie ist tot.« Ein Mann stimmte ihr bei. »Hey, jemand muss die Polizei rufen.«

Mrs. Heath-Ellis lächelte nachsichtig. Was wussten diese dummen, ungewaschenen Touristen denn schon? Doch jetzt deutete ein Mann auf die Schaufensterscheibe, seine Lippen bewegten sich stumm. Sie trat näher. War ihr etwas entgangen?

Ihr herablassendes Lächeln erlosch, und der stumme Schrei, der in ihrer Kehle aufstieg, war lauter als das Jaulen der Sirenen auf den herannahenden Streifenwagen. Unter dem Model am Strick stand ein Glas mit toten Fliegen, das von brennenden roten Kerzen umgeben war. Und was sie anfangs für ein Muttermal oder einen Schönheitsfleck gehalten hatte, war eine schwarze Fliege, die über das Gesicht des Models und auf deren weit geöffnetes blaues Auge zukrabbelte.

Mrs. Heath-Ellis begann zu zittern und fuhr zusammen, als sie Bremsen kreischen hörte. Polizisten in Uniform und in Zivil sprangen aus den Wagen. Auch eine Frau war dabei, eine Blondine, die aber wohl kaum von ihrem Beamtengehalt leben konnte, wenn man den traumhaft geschnittenen Leinenblazer so ansah, den sie trug. Jetzt zog diese modebewusste junge Dame einen schweren Revolver aus dem Schulterholster und schlug mit dem Griff auf die Schaufensterscheibe ein. Die Scheibe – das hätte Mrs. Heath-Ellis der blonden jungen Frau auch gleich sagen können – hielt stand, denn New Yorker Schaufenster waren weitgehend immun gegen Vandalismus.

»Hey, Mallory«, rief ein Polizist vom anderen Ende des Blocks. »Hier ist eine offene Tür.«

Doch die Frau namens Mallory hatte ihn nicht gehört, oder es kümmerte sie nicht, denn sie schlug weiter heftig gegen das Glas. Ihre grünen Augen sprühten. Nach einem letzten massiven Schlag ging die Glaswand in Trümmer. Die Blondine lief ohne Rücksicht auf ihren Edelblazer durch die Scherben zu dem Mädchen, das sich am Strick drehte, nahm den schlaffen Körper in die Arme und hob ihn an, bis der Strick sich lockerte. Ihr Blick war auf das reglose bleiche Gesicht gerichtet, als wollte sie die junge Frau mit schierer Willenskraft zwingen, am Leben zu bleiben.

In die hintere Schaufensterwand war eine kleine Tür eingelassen, aber der große, kräftige Bursche mit dem Schlägergesicht verzichtete auf diesen Zugang und riss stattdessen die gesamte Rückwand weg.

»Gut gemacht, Janos«, sagte sein Kollege, ein eher farbloser Typ in einem schlecht geschnittenen Anzug, der rasch den Knoten der Schlinge löste. Die Frau namens Mallory legte ihre Last ab. Der große Kerl, den sie Janos genannt hatten, beugte sich über die Frau, um ihr den Haarknebel aus dem Mund zu nehmen. Erstaunlich behutsam hielt er ihr die Nase zu und legte seinen Mund auf ihren. Zuckend erwachte der Körper unter ihm wieder zum Leben. Die junge Frau ballte die Hände zu Fäusten und fuchtelte wild herum, wehrte sich gegen ein Gespenst aus einem unterbrochenen Albtraum, ehe sich ihr Mund öffnete und sie einen schrillen Schrei ausstieß. Janos nahm sie in die Arme und wiegte sie hin und her. »Schon gut, Stella. Es ist vorbei.«

Die Zuschauer waren außer Rand und Band vor Begeisterung, sie schrien, pfiffen, klatschten Beifall. Mrs. Heath-Ellis wurde zu ihrer Überraschung von hysterischem Lachen geschüttelt, als die dicke Frau in dem Zeltkleid sie in die Arme nahm. Ihr Kopf sank an den üppigen Busen der Fremden, und sie brach in Tränen aus.

19

Als Mallory ihren zerrissenen Blazer ausgezogen hatte, war die Gefahr, mit einem Verbrechensopfer verwechselt zu werden, nicht mehr ganz so groß. Sie trug ordentlich zusammengelegt den Blazer über dem Arm, damit man den Verband darunter nicht sehen konnte. Stattdessen war jetzt ein Revolver im Schulterholster in dem Schaufenster der Fifth Avenue ausgestellt. Mallory beobachtete die Schaulustigen auf dem Gehsteig. Einer hob eine Glasscherbe auf und schob sie in die Tasche. Vielleicht machte der kleine rote Fleck darauf das Souvenir besonders reizvoll. Er stahl einen Tropfen von ihrem Blut.

Sie wandte sich an Ronald Deluthe. »Sehen Sie sich alle noch einmal genau an. Sind Sie sicher, dass er nicht dabei ist?«

Deluthe schüttelte den Kopf. »Ich sehe ihn nicht.«

Sie deutete auf drei Streifenpolizisten, die ein wenig abseits standen. »Und was ist mit denen?«

Er musterte sie bestürzt. »Glauben Sie, dass die Vogelscheuche ein Cop ist?«

»Wenn ich ›alle‹ sage, meine ich damit auch die Cops.«

»Nein, ich sehe ihn nicht.« Ihm wurde klar, dass sie keine Verwendung mehr für ihn hatte, und er trat aus dem Schaufenster auf die Straße, so dass die Kollegen von der Spurensicherung mehr Platz zum Arbeiten hatten.

Riker zog das Seil herunter, das von einem freigelegten Rohr in der Decke baumelte. »Primitiv gemacht. Dabei ist der Killer sonst so pingelig.«

»Und sehr riskant«, bestätigte Mallory. »Sie sagen, dass die Frau sich gewehrt hat?«

»Dr. Slope hat Blut und Hautreste unter ihren Fingernägeln gefunden.«

Bravo, Stella Small.

»Was war mit den Sicherheitsvorkehrungen im Kaufhaus?«

»Im Prinzip die ganze Palette. Überwachungskameras, Alarmanlage, Wachhunde. Aber die gesamte Elektronik war außer Betrieb, und die Hunde waren in einem kleinen Vorratsraum eingesperrt.«

Mallory sah ihn über den Rand ihrer Sonnenbrille an. »Einen Nachtwächter gibt es nicht?«

Riker trat zu ihnen. »Doch. Einen Cop im Ruhestand, vierundsechzig. Vielleicht hat er das Ganze verschlafen.«

Mallory warf einen Blick auf die Schaulustigen. »Und vielleicht ist er ja auch tot.«

»Gut möglich.« Riker kniete sich neben Heller. »In seinem Glaskasten im Untergeschoss herrscht völliges Chaos. Überall Glasscherben und Blut auf dem Fußboden. Soweit ich gesehen habe, hatte Stella keine blutenden Wunden, also stammt es vielleicht von dem Wachmann.«

Ohne ein Wort mit Riker zu wechseln, klappte Heller seinen Ausrüstungskasten zu und ging. Während der letzten Stunden hatte es keinerlei Frotzelei zwischen den beiden gegeben, und Mallory fragte sich, was wohl die Ursache dafür war.

»Stella ist mit den Fingernägeln auf den Täter losgegangen«, sagte sie.

»Gut gemacht.« Riker betrachtete kopfschüttelnd die Haare, die auf dem Schaufensterboden lagen. »Diesmal hat er nicht besonders genau gearbeitet. Und das Büro des Wachmanns hat er auch nicht so penibel aufgeräumt wie sonst.«

Mallory nickte. Die Nerven der Vogelscheuche lagen blank.

Das Büro des Wachmanns im Untergeschoss war weiträumig abgesperrt. Auch John Winetrob, der Personaldirektor, durfte nicht näher an die zertrümmerte Glaswand heran. Fassungslos betrachtete er die Spuren der Gewalttätigkeit und zuckte zusammen, als ein Polizist mit einer blutigen Scherbe in einem Plastikbeutel an ihm vorbeiging.

Detective Arthur Wang deutete auf einen Pappkarton. »Setzen Sie sich doch.«

Bevor Sie umkippen.

Wang konnte durchaus nachvollziehen, warum der Mann zitterte. Wahrscheinlich lag es nicht nur an dem Blut am Tatort, sondern daran, dass die Polizei ihn nervös machte. Der Mann war unrasiert, trug einen Anzug, aber keinen Schlips, außerdem passten seine Socken nicht zusammen. Offenbar war es für einen unbescholtenen Steuerzahler nicht ganz einfach, sich in den frühen Morgenstunden ordentlich anzuziehen, wenn ein bewaffneter Hüne von Polizist vor der Haustür stand und wachte.

Seit zehn Minuten redete Mr. Winetrob wie ein Wasserfall, wenn auch größtenteils irgendwelches sinnloses Zeug. Jetzt endlich schwieg er und wartete, bis Wang sein Handy zugeklappt hatte.

»In seiner Wohnung meldet sich der Wachmann nicht«, meinte Wang. »Und er ist auch nicht in einem der umliegenden Krankenhäuser aufgetaucht.«

»Sehr freundlich, dass Sie sich die Mühe gemacht haben. Aber Sie glauben doch nicht wirklich, dass er tot sein könnte?«

»Die Suche läuft noch, Sir. Mit zwanzig Mann, Stockwerk für Stockwerk. Wenn er hier ist … möglicherweise verletzt …«

»Aber vielleicht ist er ja gestern Abend gar nicht zur Arbeit gekommen.« Der Personaldirektor richtete den Blick auf die zertrümmerte Glaswand, ehe er sich rasch wieder abwandte. »Vielleicht ist das da drin gar nicht sein Blut. Er ist ein alter Mann, er könnte zu Hause liegen, im Bett, oder … oder er hatte vielleicht einen Herzinfarkt. Könnten Sie nicht jemanden in seine Wohnung schicken? Wir müssen alle Eventualitäten berücksichtigen.« Er fuhr sich mit der Hand durch sein spärliches Haar. »Ja. Alle Eventualitäten.«

»Ich lasse das prüfen. So bald wie möglich«, versprach Wang, obwohl dieser Punkt ganz unten auf der Prioritätenliste stand. Zunächst würden sie sich die Personalakten vornehmen. Dass alle Mitarbeiter bei der Einstellung fotografiert wurden, war die einzig brauchbare Information, die Winetrob ihm bisher gegeben hatte – zumindest in seinen Augen.

Behutsam half der Detective dem Personaldirektor hoch und führte ihn zu einem Aufzug. Später sollte Arthur Wang es bitter bereuen, dass er Winetrobs Gefasel, seinen Hoffnungen und Ängsten nicht mehr Aufmerksamkeit geschenkt hatte.

Als Deluthe alles in der Lohnbuchhaltung erledigt hatte, was Janos ihm aufgetragen hatte, wurde er Arthur Wang zugeteilt und saß jetzt am Schreibtisch einer Sekretärin im Vorzimmer des Personaldirektors. Es hatte nicht lange gedauert, die ersten fünfzig Fotos der Personalakten durchzuarbeiten. Der Mann, den er vor Kennedy Harpers Haus gesehen hatte, war nicht darunter. Kleinkram, ständig nur Kleinkram … Durch die offene Tür sah er Wang, der Kaffee trank und sich Notizen über sein Gespräch mit Winetrob machte. »Was gefunden?«, rief er Deluthe zu.

»Noch nicht.« Deluthe schlug die nächste Personalakte zu.

Arthur Wang brachte ihm einen weiteren Aktendeckel. »Das gehört in Ihren Stapel. Ordnen Sie's alphabetisch ein. Wenn Sie fertig sind, melden Sie sich bei Riker.«

Deluthe schlug die Akte auf, betrachtete das Foto und las den Namen, um den Mann an der richtigen Stelle im Alphabet einordnen zu können. Die Adresse im East Village sprang ihm förmlich ins Auge. Deluthe schob die Akte aufs Geratewohl in den Stapel und stand auf.

Er hatte Wichtigeres zu tun.

Mallory hing in ihrem Büro bei Butler & Company am Telefon und machte einer Zivilangestellten im Polizeirevier von Odeon, Nebraska, die Hölle heiß. »Es ist mir vollkommen egal, ob Ihr Computer abgestürzt ist. Ich brauche nur ein Foto … ja, genau … das habe ich Ihnen doch schon vor einer Stunde gesagt … dann eben als Papierausdruck … Legen Sie's aufs Fax, verdammt noch mal. Jetzt gleich.«

Die Führerscheinstelle von Nebraska hatte zum Glück keine Computerprobleme. Vor Charles auf dem Monitor baute sich das einzige Bild der Vogelscheuche auf, das sie hatten. Es war keine besonders gute Aufnahme, aber was wollte man von einem Führerscheinfoto schon erwarten!

Mit dem Umzug nach Nebraska hatten Susan Qualens Verwandte den Nachnamen geändert, und der Junge, den sie in ihre Obhut genommen hatten, hieß inzwischen John Ryan oder J.R., sodass die Eheleute ihn weiter Junior rufen konnten.

Mallory setzte sich an den Computer. »Ich schätze, die brauchen mindestens eine Stunde, bis sie begriffen haben, was Verzeichnisse und Unterverzeichnisse sind.«

»Pech für dich«, sagte Charles. »Findest du es nicht auch erstaunlich, dass so gewöhnliche Leute wie die Qualens sich so geschickt eine neue Identität geschaffen haben?«

»Nein, überhaupt nicht. Heutzutage kriegt das jeder Idiot hin. Natalies Sohn muss sich einen anderen Namen zugelegt haben, als er wieder in den Osten gekommen ist. Ich finde ihn in keiner der örtlichen Datenbanken. Du weißt, was das bedeutet?«

»Dass er diese Mordserie seit drei Jahren geplant hat?«

»Nein, ich glaube, er hatte es nur auf einen Menschen abgesehen.«

»Auf den Mann, der seine Mutter ermordet hat?«

»In Nebraska war Junior ein Kleinstadt-Cop und hatte wahrscheinlich nie mit einer größeren Ermittlung zu tun. Als er in die Großstadt kommt, bildet er sich ein, er könnte den Mörder seiner Mutter innerhalb von vierundzwanzig Stunden und ohne unsere Hilfe aufspüren.«

Charles nickte. Und als ihm das nicht gelang, sah er nur einen Ausweg: Er musste die New Yorker Polizei zwingen, diese Arbeit für ihn zu erledigen.

»Natalies Sohn hasst die Polizei, so viel ist klar«, sagte Mallory. »Fragt sich nur, warum er dann Polizist geworden ist?«

»Macht?« Charles hatte den Verdacht, dass dies einer der Gründe für Mallorys Berufswahl gewesen war, verbot sich aber streng jeden weiteren Vergleich zwischen ihr und der Vogelscheuche. »Eine interessante Entscheidung. Solange er Polizeibeamter war, hatte er vermutlich seine emotionalen Probleme im Griff. Eskaliert ist das Ganze wahrscheinlich erst nach seinem Umzug nach New York«.«

Als Charles aufsah, stand Lars Geldorf im Türrahmen. Offenbar hatte ihn ein anderer Mieter ins Haus gelassen. Charles Butler bemerkte erschrocken, dass Geldorf innerhalb von vierundzwanzig Stunden um zehn Jahre gealtert war.

Mallory ignorierte den ungebetenen Besucher, der ein paar weitere Schritte machte, ehe er ins Taumeln geriet. Hastig griff Charles nach einen Stuhl, doch Geldorf winkte ab.

»Ich habe von Stella Small gehört.« Er wandte sich an Mallory. »Sie glauben, dass ich schuld bin, richtig? Hätte ich vor zwanzig Jahren meine Arbeit ordentlich erledigt …« Mit hängenden Schultern stand er da und stützte sich mit einer Hand an der Korkwand ab, ehe er sich geschlagen gab und sich auf den Stuhl sinken ließ.

Mallory tippte unbeirrt weiter und warf ihm nur hin und wieder einen gereizten Blick zu. »Zu einem laufenden Fall kann ich nichts sagen, das wissen Sie nur zu gut!«, sagte sie schließlich.

»Ja, ich weiß.«

Sie hätte den alten Mann mit einigen wenigen Worten in

Grund und Boden stampfen können, aber sie schwieg, was Charles als Rücksichtnahme auslegte. Sie war praktisch in dieser Abteilung aufgewachsen, hatte viele dieser alten Männer kommen und gehen sehen – die Männer, die nach der Pensionierung ständig die Reviere heimsuchten, weil sie sich nicht damit abfinden konnten, dass niemand mehr Verwendung für sie hatte.

Damit war das Gespräch für Mallory beendet, doch Geldorf blieb reglos auf seinem Stuhl sitzen. Nach einer Weile schien ihr seine Anwesenheit auf die Nerven zu gehen. Sie drehte sich zu ihm um. »Ich soll Ihnen also sagen, was Sie falsch gemacht haben?«

Sie trat an die Korkwand und riss ein Blatt Papier ab. »Das ist Ihr Bericht über den Strick und das Isolierband. Kurz und bündig. ›Alltagsgegenstände. Herkunft nicht zu ermitteln!‹ Eindeutig falsch. Der Strick gehörte dem Hausmeister, wie ich von der Enkelin der Vermieterin inzwischen erfahren habe.«

»Der Hausmeister war verreist, als –«

»In dringenden Familienangelegenheiten, ich weiß. Deshalb hatte er seinen Werkzeugkasten auf dem Flur abgestellt. Die Vermieterin hatte ihm versprochen, sich darum zu kümmern. Aber noch ehe sie den Kasten in ihre Wohnung holen konnte, hat der Mörder ihn gefunden und herausgenommen, was er brauchte. Hätten Sie mit dem Hausmeister gesprochen, hätten Sie womöglich Fingerabdrücke auf dem Werkzeugkasten sichern können.«

Darauf wusste Geldorf nichts zu sagen.

Sie nahm zwei weitere Blätter ab. »Dann ist da das Problem mit der Tür, dic abgeschlossen war, als die Vermieterin die Polizei verständigte, die sich aber mühelos öffnen ließ, als der erste Cop auf der Bildfläche erschien.«

»Das habe ich geklärt. Die Tür war überhaupt nicht abgeschlossen, sondern klemmte. Die Vermieterin war eine alte

Dame, an die achtzig. Eine zierliche Frau, die offenbar nicht genug Kraft hatte. Es war heiß und schwül in dieser Nacht, und Holz dehnt sich bei Hitze und Feuchtigkeit aus. Die Tür hat geklemmt. Und das hat sie auch zugegeben, als –«

»Was hat sie zugegeben? Dass sie alt war? Dass Sie sie durcheinander gebracht haben? Sie hat ihre Aussage nie widerrufen, und Sie haben dieses Gespräch, von dem Sie jetzt erzählen, nie schriftlich festgehalten. Und warum haben Sie nicht mit Natalies Sohn gesprochen?«

»Wozu? Weshalb hätte ich einen kleinen Jungen quälen sollen, der gerade seine Mutter verloren hatte? Wenn Sie ein bisschen länger in diesem Beruf sind –«

»Natalie hatte Sie um Hilfe gebeten, und Sie und Ihre Kollegen haben die arme Frau nur immer hingehalten. Nach ihrem Tod haben Sie den Mord einem Unschuldigen angehängt, weil das die einfachste Lösung war.«

»Aber ich hatte doch Recht mit dem Ehemann …«

»Nein, auch das haben Sie versaut.« Sie wartete auf seinen Protest, aber er schwieg. »Und zwanzig Jahre später sollen wir in Ordnung bringen, was Sie verbockt haben.«

Geldorf sank auf seinem Stuhl zusammen und wandte den Blick ab. Sie hatte gewonnen.

Mallory ging neben ihm in die Hocke und sah ihm ins Gesicht. Einen Augenblick lang glaubte Charles, sie hätte Mitleid mit dem alten verletzlichen Mann und versuchte, ihre harten Worte ein wenig abzumildern.

»Hören Sie mir genau zu.« Unsanft packte sie den in Selbstmitleid versunkenen Geldorf am Arm, der entsetzt auf ihre roten Fingernägel hinabsah, als seien es Krallen.

Mallory lächelte grimmig. »Das Beste kommt erst jetzt. Möglicherweise ist der Mörder ein Cop. Gehen Sie lieber nach Hause und schließen Sie sich ein. Wenn die Polizei klopft, machen Sie nicht auf, sonst könnte sich einer Ihrer Fehler nach vielen Jahren ganz bitter an Ihnen rächen.«

Arthur Wang hatte Heller von seinem Gespräch mit dem ängstlichen Winetrob nur erzählt, um ihn ein wenig aufzuheitern und die gespannte Atmosphäre zu lockern.

»Tut mir Leid, Arty, aber Winetrob hatte Recht.« Heller deutete auf die verschmierten roten Flecken auf dem Betonboden. »Das ist nicht das Blut des Wachmanns. Ich habe im Krankenhaus angerufen und gefragt, ob Stella Small Hautverletzung hatte. Als sie ihr die Schuhe ausgezogen haben, fanden sich Schnittwunden an den Sohlen, in denen Glassplitter steckten. An einer Scherbe im Büro habe ich einen partiellen Fußabdruck gefunden, der sehr klein war. Ein Frauenfuß. Es ist Stella Smalls Blut.«

Einer von Hellers Technikern nickte. »Und der Wachmann ist heute Abend tatsächlich nicht zum Dienst erschienen. Die Überwachungskamera filmt alle, die den Mitarbeitereingang benutzen, und er war nicht darauf.«

»Aber im Urlaub ist er auch nicht«, wandte Wang ein. »Dann könnte Winetrob mit seiner Vermutung, dass er zu Hause einen Herzinfarkt erlitten hat, ebenfalls Recht haben.«

Detective Wang nahm eine Karte in die Hand, die als Beweismaterial in einer Plastiktüte steckte. »Und wer hat die Stechkarte des Wachmanns benutzt?«

Heller wandte sich an seinen Mitarbeiter. »Vielleicht ist er noch im Haus. Holen Sie die Suchhunde, wir durchsuchen noch mal alles.«

Mallory beendete ihr Gespräch mit dem Detective aus Wisconsin und wandte sich an Charles. »Natalies Sohn hat schon vor seiner Abreise aus Nebraska den Mord geplant. Der Polizeicomputer war nicht abgestürzt, sondern die Angestellte wollte nur nicht zugeben, dass sie die Unterlagen nicht finden konnte. Die Datei wurde gelöscht, samt Fingerabdrücken, Fotos und allem, was dazu gehört.«

»Hat die Polizei mit den Verwandten gesprochen?«

»Sie mussten warten, bis sie den Durchsuchungsbefehl hatten, dann haben sie sich das Haus vorgenommen. Susan Qualens Adresse war die einzige in New York, die sie gefunden haben. Ihre Verwandten haben seit drei Jahren nichts mehr von Junior gehört. Es war zum Streit gekommen, weil sie ihm – reichlich spät – gesagt hatten, dass der Mörder seiner Mutter ungeschoren davongekommen war. Als er nach New York kam, hat Tante Susan dafür gesorgt, dass sein Hass noch ein bisschen größer wurde.« Mallorys Finger flogen über die Tasten und gaben weitere Parameter ein, um ihre Suche einzuengen. »Wo versteckst du dich?«

»Vielleicht wohnt er gar nicht in New York«, meinte Charles. »Mit der U-Bahn sind es nur ein paar Minuten nach New Jersey.«

»Nein, er wohnt in der Innenstadt. Deluthe hat ihn eine halbe Stunde nachdem wir Kennedy Harpers Leiche gefunden hatten, vor ihrem Haus gesehen. Entweder arbeitet er für die New Yorker Polizei, oder er hat den Polizeifunk abgehört. Er ist hier, mitten unter uns.«

»Klingt einleuchtend«, sagte Charles. »Er sei wieder nach Hause gekommen, hat seine Tante gesagt. Und sein Zuhause war im East Village.«

»Nein«, widersprach Mallory. »Erik Homer hatte das Sorgerecht. Natalie hat den Jungen nach der Scheidung bis zu ihrem Todestag nicht wieder gesehen. Er hat die ganze Zeit bei seinem Vater gelebt.«

»Aber sein Vater war ein Tyrann«, sagte Charles, »und außerdem ist er mittlerweile tot. Bei seiner Stiefmutter hat der Junge nie gewohnt, sie kommt also auch nicht in Frage. Der einzige Mensch, den er abgöttisch liebte, war seine Mutter.«

Mallory hörte auf zu tippen.

Detective Janos hörte sich an, was die Kollegen über den vermissten Wachmann zu sagen hatte, dann nickte er. »Ja, das wissen wir schon. Er hat sich neuerdings vertreten lassen.«

Hellers Mitarbeiter sah zu dem Wachmann hinüber, der tagsüber Dienst tat. »Können wir draußen weiterreden?«, fragte er.

Janos folgte ihm. Als er zurückkam, ließ Riker das Video gerade zum zehnten Mal laufen und fluchte vor sich hin. Auf dem Bildschirm waren nichts als schemenhafte Gestalten im Profil zu erkennen, von denen die Mehrzahl die Stechuhr bediente. »Und das ist die einzige Kassette, auf der der neue Wachmann zu sehen ist?«

»Ja, Sir. Alle drei Tage wird das Band gelöscht, und gestern – « Die verschwommene Gestalt, auf die der Wachmann von der Tagesschicht zeigte, bewegte sich abrupt wie in einem alten Stummfilm. »Er ist zu früh dran. Und warum hat er die Stechuhr nicht bedient?«

»Er hat seine eigene Zeiterfassung im Untergeschoss. Keine Ahnung, warum er so früh zur Schicht gekommen ist.«

Riker entließ den Wachmann mit einer Handbewegung. »Was gibt's Neues, Janos?«

»Der reguläre Wachmann hatte sich nicht auf der Urlaubsliste eingetragen und hat seine Gehaltsschecks regelmäßig eingelöst.

Riker musterte den Mann auf dem Videoband. »Vielleicht zahlt der Wachmann diesen Typen aus seiner eigenen Tasche.«

»Schon möglich. Keiner weiß, wie er heißt.« Janos überflog seine Notizen. »Wir haben mit einem Lageristen gesprochen, der häufig Überstunden macht. Der Neue ist eines Tages einfach hier aufgekreuzt, sagt er, und niemand hat das in Frage gestellt. Er hatte die Schlüssel des alten Wachmanns am Gürtel und einen Sicherheitspass für die Tür zu seinem Büro, dem einzigen Ort, von dem aus man die Alarmanlage abstellen kann. Aber die Glaswand im Büro war zertrümmert. Unser Täter war also nicht der Mann mit den Schlüsseln.«

»Und wo ist der richtige Wachmann abgeblieben?«, fragte Riker.

»Das versuche ich gerade herauszufinden.« Arthur Wang machte ein besorgtes Gesicht. »Er hat sich am Telefon nicht gemeldet, deshalb habe ich einen Kollegen von der Streife hingeschickt. Kein Leichengeruch, aber mehr konnte er von außen nicht feststellen. Er hat mit dem Vermieter gesprochen. Die Wohnung ist untervermietet.«

»Also hat er doch Urlaub genommen«, meinte Janos. »Trotzdem sollten wir lieber nachsehen. Vielleicht finden wir irgendetwas, was uns weiterhilft. Am besten besorgen wir uns einen Durchsuchungsbefehl.«

»Ist schon eingeleitet«, sagte Arthur Wang. »Aber wir müssen noch vierzig Minuten warten. Der stellvertretende Staatsanwalt, dieses Weichei, traut sich nicht, deswegen einen Richter aufzuwecken.«

»Der den Durchsuchungsbefehl sowieso nicht unterschreiben wird«, erklärte Riker. »Es sei denn, unser Kollege in Uniform vergisst, dass er mit dem Vermieter gesprochen hat. Untervermietete Wohnungen sind eine harte Nuss, wenn's um Durchsuchungsbefehle geht. Endlos viel Papierkram.«

»Und was ist, wenn wir *nicht* wissen, dass die Wohnung untervermietet ist? Wenn unser Kollege vergessen hat, es uns zu erzählen?«

»Tja, dann …« Riker ließ den Satz im Raum verklingen.

»Vierzig Minuten müssen wir trotzdem warten.«

»Kein Problem. Ich kann mir nicht vorstellen, dass die Vogelscheuche heute schon wieder eine Blondine aufknüpft. Ich bin bei Charles und Mallory.« Riker sah auf seine Uhr. »Wo ist mein Fahrer? Hat jemand Deluthe gesehen?«

Psst.

Der Luftbefeuchter, ein altes Modell, gab alle zwanzig Minuten eine bestimmte Menge Insektenspray ab, das den

Raum mit giftigen Gasen erfüllte. Keine Kakerlake würde sich hier hineinwagen. Trotzdem waren überall auf dem Boden Fallen aufgestellt, außerdem war Klebeband an den Fußbodenleisten befestigt, und auf sämtlichen Flächen lag Fliegenpapier – zusätzliche Vorsichtsmaßnahmen eines Mannes mit einer Phobie.

Ronald Deluthe betrachtete die Polaroidfotos von Stella Small. Hier schlug sie sich in der U-Bahn hektisch Fliegen aus dem Haar, dort hatte sie eine blaue Jacke über dem Arm und lächelte in die Kamera, ohne zu wissen, was die Vogelscheuche ihr angetan hatte. Erst als sie in ein Taxi stieg, sah sie – auch das hatte ein Foto festgehalten –, dass Blut an ihrem Blusenärmel herunterrann. Auf dem nächsten Foto war Kennedy Harper zu sehen. Das Foto war unscharf, weil sie so gezappelt hatte, als sie am Strick hing. Und da war Sparrow, die Frau, die im Koma im Krankenhaus lag –, unter den Toten und Sterbenden auf den Polaroidaufnahmen entschieden das reizvollste Modell.

Eine Ausgabe von *Backstage* lag aufgeschlagen neben dem Telefon; zwei Vorsprechtermine für den nächsten Tag waren mit einem roten Kreis markiert. Die Mission ging weiter.

Pssst.

20

Lieutenant Loman legte den Hörer beiseite und brüllte so laut, dass man es im ganzen Dienstraum hören konnte: »Hey, ihr Armleuchter!«

Fünf Köpfe wandten sich in seine Richtung.

»Hat sich Deluthe heute Vormittag hier sehen lassen?«

»Blondie? Nein, das wäre mir aufgefallen«, erwiderte einer der Detectives.

Loman schloss die Tür zu seinem Büro und griff wieder nach dem Hörer. »Nein, Riker, hier ist er nicht. Übrigens, durch Beziehungen hat er den Job nicht bekommen, da irrst du dich. Der stellvertretende Polizeipräsident hasst ihn wie die Pest.«

»Sein Schwiegervater? Warum denn das?«

»Vor vier Monaten ist die Ehe in die Brüche gegangen, und der Alte ist außer sich vor Wut. Er war sogar hier und wollte, dass ich ihn fertig mache. Aber mit so etwas will ich nichts zu tun haben.«

»Also hast du ihn mir aufgehalst?«

»Willst du die Wahrheit wissen, Riker? Ich hatte völlig vergessen, dass es diesen Deluthe überhaupt gibt. Er saß hier nur herum und hat Platz weggenommen. An dem Abend, als die Nutte aufgeknüpft wurde, kam er plötzlich mit diesen gelben Haaren rein.«

»Und das ist dir dann doch aufgefallen!«

»Absolut. Wie macht er sich denn, Riker?«

»Ordentlich. Wirklich ordentlich.«

Pssst.

Ronald Deluthe hörte den Polizeifunk ab, auf dem ein Dispatcher die Kodeworte für häusliche Streitigkeiten und Raubüberfälle durchgab. Die Wohnung, in der er sich befand, war nicht darunter. Ein paar Minuten mehr oder weniger spielten also keine Rolle.

Das Insektenspray war bis in den hintersten Winkel des Apartments gedrungen, auch in den begehbaren Kleiderschrank und in alles, was sich darin befand. Man roch nichts als Insektenspray, obwohl die Leiche in dem Plastiksack bereits stark verwest war.

Pssst.

»Na großartig!« Riker ging in Mallorys Büro von Butler & Company auf und ab. »Jetzt haben wir schon zwei Kollegen, die verschwunden sind.« Er las das Fax, das von der Bundespolizei von Wisconsin gekommen war. »Mallory hat also mit diesen Cops telefoniert – und dann?«

»Sie saß hier, an diesem Computer, und wir haben uns über Natalies Sohn unterhalten. Und dann ist sie plötzlich aufgestanden und gegangen.«

Riker sah auf die Uhr. »Wir warten noch ein paar Minuten. Vielleicht meldet sie sich.« Er setzte sich an Mallorys Schreibtisch, griff zum Telefon und verlangte Sparrows Arzt. »Ich setze frischen Kaffee auf«, sagte Charles und verließ das Zimmer, damit er ungestört reden konnte.

In der Büroküche war es nur unwesentlich gemütlicher als in Mallorys Büro, obwohl sie deutlich weniger Elektronik enthielt. Charles hasste die computergesteuerte Kaffeemaschine aus blitzendem Chrom und wusste, dass das Gebräu, das sie produzierte, ungenießbar war, auch wenn er selbst es noch nie getrunken hatte. Im Gegensatz zu Geldorf war Charles aus eigenem freien Willen Maschinenhasser. Er beherrschte die neue Technik zwar, weigerte sich aber, sie zu benutzen. Er zündete in seiner Wohnung die Spiritusflamme unter einem altmodischen Kaffeekocher an. Als Riker ihn in der Küche aufgespürt hatte, war der Kaffee bereits fertig.

Der Detective zog sich einen Stuhl heran, während Charles ihm einen Aschenbecher hinstellte. »Und wie geht es Sparrow?«

»Unverändert. Sie lässt einfach nicht los. Vor einer Stunde hat der Arzt gedacht, sie kommt zu sich, aber er hat sich geirrt. Eine Krankenschwester hat eine Muskelzuckung mit einem Händedruck verwechselt.«

Charles schenkte Kaffee in zwei große Becher. »Du erkundigst dich ziemlich oft nach ihr, nicht?«

»Ja.«

»Aber nicht nur, weil sie Opfer eines Verbrechens geworden und eure Zeugin ist, sondern weil du sie gern hast.«

»Wir haben eine Menge zusammen erlebt, Sparrow und ich. Sie hatte wirklich Köpfchen und hat mir viel Arbeit abgenommen. Ihre Tipps waren Gold wert. Hätten wir sie auf unserer Gehaltsliste gehabt, wäre sie jetzt vielleicht schon Lieutenant.« Er hielt einen Augenblick inne: »Und sie hat sich um Kathy gekümmert.«

Eine erstaunliche Feststellung, dachte Charles. Den Aussagen der Prostituierten nach hatte Kathy sich weitgehend allein durchschlagen müssen – mit ein wenig Hilfe durch ihren kleinen Buchklub. »Sparrow war Fixerin und deshalb als Mutterersatz denkbar ungeeignet. Warum hat sie die Kleine nicht den Behörden übergeben, wenn Kathy ihr so am Herzen lag?«

»Weil Kathy mehr als saubere Bettwäsche und drei ordentliche Mahlzeiten am Tag brauchte. Sie brauchte Liebe, und genau das hat Sparrow ihr gegeben.« Sie hat sie geradezu abgöttisch geliebt.

Charles stellte seinen Kaffeebecher ab und setzte sich. »Aber jetzt hasst Mallory sie?«

Riker sagte nichts. Das konnte nur ein Ja bedeuten. Charles hielt Riker eine Schachtel mit dem Lieblingsgebäck des Detektivs hin. »Willst du mich bestechen?«, fragte er.

»Nein. Nur eine Frage stellen. Es geht um die Westernromane.«

Riker lächelte. »Gerissen, die Kleine, was? Gestern Abend haben wir nur mit zehn Nutten gesprochen, aber Kathys Verbindungen reichten über die ganze Stadt. Die meisten sind wahrscheinlich inzwischen gestorben oder weggezogen.«

»Und du meinst, die Bücher waren nur Mittel zum Zweck für sie? Die Möglichkeit, sich ein Netzwerk aufzubauen? Ein Tauschgeschäft – Geschichten gegen Hilfe im harten Alltag?«

Riker zuckte die Schultern. »Lou und ich haben uns lange darüber den Kopf zerbrochen. Wir wussten nichts von dem Nutten-Buchklub.«

»Demnach hätte ihr an den Geschichten selbst gar nicht so viel gelegen?«

»Cowboys und Indianer mochte sie schon immer. Am Samstagvormittag hat sie sich mit Lou im Fernsehen alte Westernfilme angesehen. Das war eine Zeit lang ihre einzige gemeinsame Basis. Während es bei Helen und Kathy Liebe auf den ersten Blick war, hat Lou Jahre gebraucht, bis er Kathys Vertrauen gewinnen konnte.«

»Ich habe mich immer gefragt, warum sie ihn immer nur Markowitz genannt hat«, sagte Charles.

Riker sah auf seine Armbanduhr. »Den letzten Band kenne ich nicht. Habe ich das richtig verstanden, dass Wichita Kid dran glauben muss?«

»Ja.«

»Ich habe es kommen sehen.«

»Aber wenn du nur die ersten sechs Bände gelesen hast …«

»Ich wusste, dass der Sheriff seinen Auftrag erfüllen würde.«

»Aber der Sheriff liebte Wichita Kid.«

»Deshalb musste er ihn auch erschießen, Charles. Und deshalb ist Sheriff Peety ein Held. Überlebensgroß. In meinem Job liegen die Dinge ein wenig anders. Bei uns kommen die Bösen meistens ungeschoren davon. Wenn sie ihre Freunde verpfeifen, machen wir einen Deal mit ihnen und müssen zusehen, wie sie danach einfach zur Tür rausmarschieren.«

»Aber bei Mördern geht das nicht.«

»Nein, bei einem Mord nicht.«

»Nur Kathy Mallory. Gestern Abend hast du gesagt, dass sie wegen Mordes und Brandstiftung gesucht wurde.«

»Und posthum wurde auch Anklage erhoben. Der Fall ist abgeschlossen.«

»Aber in Wahrheit ist Kathy gar nicht gestorben.«

Riker trank seinen Kaffee aus. »Und in Wahrheit hat sie auch niemanden getötet.«

Die meisten Menschen wären explodiert, wenn man sie so hätte in der Luft hängen lassen, aber Charles Butler war ein geduldiger Mann. »Eine Frage noch. Beunruhigen dich eigentlich die Parallelen zwischen Mallory und der Vogelscheuche?«

Riker sah in seinen leeren Becher und wählte seine Worte mit Bedacht. »Die Theorie, dass Cops und Killer aus demselben Holz geschnitzt sind, ist schon alt. Was uns voneinander unterscheidet, ist das Verhalten nach dem Mord. Glaubst du, unser durchgeknallter Typ bereut, was er getan hat?«

Charles schüttelte den Kopf. »Dieser Mann? Nein.«

»Aber wenn ein Cop in eine Schießerei mit tödlichem Ausgang verwickelt war, nehmen wir ihm seine Waffe weg, damit er nicht an seiner Reue zu Grunde geht.«

»Du glaubst also nicht, dass sich Mallory mit der Vogelscheuche identifizieren könnte?«

»Auf gar keinen Fall«, erwiderte Riker. »Allerdings glaube ich, dass sie sich mittlerweile gut in Lou Markowitz hineinversetzen kann.«

»Du meinst die Suche nach dem Kind, das sich verirrt hat?«

»Natalies Sohn ist krank. An manchen Tagen weiß man einfach nicht, wohin mit seinem Hass.« Riker sah schon wieder auf seine Uhr. »Warum meldet sie sich nicht? Odeon, Nebraska, war also das letzte richtige Zuhause des Jungen.«

»Wir hatten gerade darüber gesprochen, wie man das Wort Zuhause definiert, als Mallory plötzlich aufstand und wegging.«

Riker schlug mit der Faust so heftig auf den Tisch, dass sein Kaffeebecher bis zur Tischkante hüpfte. »Sie hat ihn *gefunden!* Mallory weiß, wo die Vogelscheuche wohnt. Erzähl mir Wort für Wort, worüber ihr gesprochen habt.« Das war ein Befehl.

Mallory stand auf der Vortreppe des Hauses im East Village, in dem Natalie Homer gestorben war, und drückte auf einen Knopf der Sprechanlage. In der Wohnung des Vermieters meldete sich niemand, und hinter der Tür bewegte sich nichts.

In diesem Moment kam ein Mann auf das Haus zu und betrachtete sie neugierig. »Ich wohne hier«, sagte er. »Kann ich Ihnen helfen?«

Mallory hatte das Gefühl, dass er das aufrichtige Bedürfnis hatte, ihr zu helfen, was sie daran erinnerte, dass sie in diesem Haus schon einmal typisch mittelwestlicher Menschenfreundlichkeit begegnet war. »Sind Sie Mr. White? Der Mann von Alice White?«

»Ja.«

Mallory zeigte ihm ihre Dienstmarke. Bereitwillig schloss er auf und öffnete einladend die Tür. Wie brachten es diese zuvorkommenden Menschen aus Wisconsin nur fertig, in New York zu überleben? »Ist Ihre Frau zu Hause?«

Auf dem Beistelltisch in der Diele lag ein Zettel, den er rasch überflog. »Sie ist einkaufen gegangen.« Er öffnete die Tür zum Wohnzimmer und deutete auf einen bequemen Sessel. »Bitte nehmen Sie doch Platz. Sie muss gleich wiederkommen. Übrigens hat sie mir erzählt, dass sie mit Ihnen eine Führung durchs Haus gemacht hat. Wie finden Sie unseren Umbau?«

»Sehr gelungen.«

Mr. White beugte sich vor und zog erwartungsvoll die Augenbrauen hoch, lehnte sich jedoch resigniert zurück, als Mallory schwieg. »Kann ich Ihnen irgendwie behilflich sein?«

»Ich hoffe es.« Mallory zog die beiden Phantombilder der Vogelscheuche hervor und legte sie gemeinsam mit dem Computerausdruck eines Fotos auf den Couchtisch.

Mr. White las die Adresse auf dem Führerschein. »Oh, er ist aus Nebraska? Eine Schwester von mir lebt dort.« Mit gerunzelter Stirn betrachtete er das Bild. »Ein miserables Foto.«

Pssst.

Deluthe hatte sich nach und nach an das Gift gewöhnt und hütete sich, irgendetwas anzufassen, auch nicht den Schalter des Luftbefeuchters, der das Insektenspray im Raum verteilte. Er ging neben der Leiche in die Hocke, die er in dem begehbaren Kleiderschrank gefunden hatte. Die Leiche und die Innenseite des transparenten Plastiksacks waren mit grünem und schwarzem Schimmel bedeckt. Das weiße Haar ließ auf das fortgeschrittene Alter schließen, während die knorrige Männerhand, die sich von innen gegen die Plastikhülle zu stemmen schien, das Geschlecht verriet.

In einem Schirmständer neben dem Kleiderschrank befand sich ein Baseballschläger, die Lieblingswaffe des typischen New Yorkers zur Verteidigung von Heim und Herd. Der weißhaarige Mann in dem Plastiksack schien keine blutigen Wunden zu haben, die Todesursache war nicht ersichtlich.

Ohne zu wissen, weshalb, stand Deluthe auf und drehte sich um. Langsam ließ er seinen Blick durch den Raum wandern. Alles war so, wie es sein sollte.

Pssst.

Mr. White sah von der Zeichnung auf, die sich als ebenso wenig hilfreich erwiesen hatte wie das Führerscheinfoto. »Tut mir Leid, ich bin den ganzen Tag außer Haus, aber meine Frau kennt die meisten Nachbarn vom Sehen.«

»Vielleicht ist Ihnen aufgefallen, ob sich an dem bewussten Abend ein Fremder vor dem Haus herumgedrückt hat? Er trägt eine Baseballmütze und –« Mallory wandte den Kopf, als sie die kleine Glocke an der Eingangstür klingeln hörte.

Alice White war wieder da.

Deluthe ging auf die geschlossene Badezimmertür zu. Ihm war, als hätte er sie vorhin einen Spaltbreit offen gelassen, aber offenbar irrte er sich. Abgesehen vom Zischen des Luftbefeuchters herrschte Stille in der Wohnung. Er war sich sicher, dass er der einzige lebende Mensch hier war. Ziemlich sicher jedenfalls … Während er eine Hand nach dem Türknauf ausstreckte, griff er mit der anderen nach seiner Dienstwaffe. Er hatte eine Gänsehaut, und Schweißtropfen liefen ihm übers Gesicht. Vor seinem inneren Auge sah er Mallory seine Leiche betrachten und hörte ihre bissigen Bemerkungen über den Anfänger, der in seinem Leichtsinn darauf verzichtet hatte, Verstärkung zu rufen.

Dann machte er die Tür auf.

Eine Faust schoss vor und traf sein Gesicht. Blut spritzte aus seiner Nase, und seine Knie gaben nach. Der Mann im Badezimmer hob die andere Hand. Ein Revolver? Deluthe zückte seine Waffe.

Nein, es war eine Spraydose.

Pssst.

Deluthes Augen brannten wie Feuer. Nur verschwommen nahm er eine Gestalt wahr, ein Gesicht, das durch den Raum zu schweben schien. Er sackte vollends zusammen, während eine neuerliche Schmerzwelle durch seinen ganzen Körper ging.

»Hast du meinen Zettel gesehen, John?«, rief Mrs. White schon von draußen. Erst als sie das Wohnzimmer betrat und ihre Einkaufstasche abstellte, bemerkte sie, dass ihr Mann Besuch hatte. »Oh, hallo? Sie sind heute schon mein dritter Besuch von der Polizei.«

»Der dritte Besuch?«, wunderte sich ihr Mann.

»Heute Vormittag war ein junger Mann in Uniform da, du warst gerade weg. Er muss ein Freund von George gewesen sein. Und später kam noch einer.« Sie wandte sich an Mallory. »George ist einer unserer Mieter. Er war früher auch Polizist.«

Mallory hielt ihr die Zeichnung hin. »Sah er ungefähr so aus?«

Sie lachte. »Keine Spur. George ist mindestens fünfundsechzig, breit und schwer, und hat längst nicht so viele Haare.«

Deluthe wich zurück. Die Tränenflüssigkeit hatte das Gift ausgeschwemmt, sodass er schattenhaft die Gestalt eines Mannes vor sich erkannte. Er richtete den Revolver auf seinen Gegner, der ihm die Waffe jedoch einfach aus der Hand nahm. Deluthe hatte die Entfernung falsch eingeschätzt. Er begann, blindlings mit den Fäusten herumzufuchteln, als ein brutaler Tritt zwischen seinen Beinen landete, sodass er sich krümmte vor Schmerz. Dem Tritt folgte ein Magenhaken, der ihm augenblicklich die Luft nahm. Deluthe ging zu Boden und blieb auf der Seite liegen. Er hörte, wie Schubfächer geöffnet und geschlossen und irgendetwas zerrissen wurde. Er versuchte sich zu orientieren. Wo war der Schirmständer, der Baseball-Schläger?

Neben dem begehbaren Kleiderschrank.

Obwohl er immer noch nicht richtig sehen konnte, erkannte er das dunkle Rechteck der geöffneten Schranktür. Als er die Hand nach dem Baseball-Schläger ausstreckte, hörte er, wie jemand auf ihn zulief. Mit letzter Kraft rappelte er sich hoch, holte aus und traf. Der Schattenmann war am Boden.

Mrs. White betrachtete die Phantombilder und das Foto.

»Überlegen Sie in aller Ruhe«, sagte Mallory und versuchte, ihre Ungeduld zu zügeln. »Haben Sie ihn schon einmal gesehen?«

»So wie er sehen viele aus. Es könnte sogar der junge Polizist gewesen sein. Ich habe ihm gesagt, dass George nicht da ist. Aber weil der Mann, an den er die Wohnung untervermietet hat, nachts arbeitet –«

»Genau wie George«, ergänzte John White.

»… dachte ich, er schläft vielleicht«, fuhr seine Frau fort. »Und das habe ich auch dem Polizisten gesagt.«

»Dem ersten?«, fragte John White.

»Beiden. Der zweite war von der Kriminalpolizei. Er hat gefragt, ob ich was dagegen hätte, wenn er George eine Nachricht unter der Tür durchschiebt.«

Der Angreifer zog Deluthe die Beine weg, so dass er mit dem Hinterkopf auf den Fußboden aufschlug. Seine Rechte umklammerte noch immer den Baseballschläger.

Sein Gegner lag mit seinem ganzen Gewicht auf ihm. Zusammen rollten sie über den Teppich bis zur Wand. Jetzt war der Angreifer unter ihm, und Deluthe schlug mit der Faust in ein Gesicht, das er kaum erkennen konnte. Sein Gegner schien die Schläge nicht zu spüren. Er packte Deluthe an den Hoden, sodass dieser laut aufschrie.

Wann hatte er den Baseballschläger losgelassen?

»Der Mann wohnt bei Ihnen, und Sie wissen nicht einmal, wie er heißt?«, fragte Mallory skeptisch.

»Es ist ja nicht so, dass er ein völlig Fremder wäre«, sagte Mr. White. »Er besucht George schon seit Jahren.«

Wieder tippte Mallory auf die Bilder, die auf dem Couchtisch lagen. »Könnte das der Untermieter von George sein?«

»Möglich.« Mrs. White griff nach einem der Phantombilder. »Aber es könnte auch einer der jungen Männer von der Polizei sein. Der von der Kriminalpolizei, der eine Nachricht hinterlassen wollte. Er kam kurz vor Ihnen, und ich hab ihn nach oben geschickt, weil ich noch etwas besorgen musste. Der junge Mann meinte, er findet allein hinaus.«

Pssst.

Ronald Deluthe lag auf der Seite und schmeckte das Blut im Mund, als er das Klebeband abriss. Mit der anderen Hand tastete er nach dem Baseballschläger, aber kaum hatte er ihn gepackt, da wurde er ihm auch schon wieder entrissen. Der

Angreifer drehte ihm den rechten Arm nach hinten. Deluthe spürte, wie Muskeln und Knochen aus dem Gelenk gerissen wurden. Der Schmerz war schlimmer, als er sich je im Leben vorgestellt hatte. Weiße Lichtblitze tanzten vor seinen Augen. Wieder verschloss ihm Klebeband den Mund und schnitt seinen Schrei ab.

»Der Untermieter von George ist ein sehr ruhiger junger Mann«, erklärte Alice White. »Aus der Wohnung ist nie ein Laut zu hören.«

»Zumal sie im obersten Stockwerk ist«, ergänzte ihr Mann. »Eines Tages bin ich ihm auf der Treppe begegnet. Er hatte Georges Schlüssel in der Hand und meinte, George habe mitten in der Nacht verreisen müssen. Ein Notfall in der Familie.« Er lächelte beschwichtigend, als er Mallorys zweifelnde Miene sah. »Wir haben uns nichts weiter dabei gedacht. Wo er doch die Schlüssel von George hatte. Außerdem machte er einen sehr ordentlichen Eindruck.«

»Und Sie hatten Angst vor ihm«, stellte Mallory fest und sah Jack White an, dass sie ins Schwarze getroffen hatte. In diesem Moment wurde ihr klar, warum niemand den Untermieter auch nur nach seinem Namen gefragt hatte. »Sehen Sie ihn sich noch einmal an.« Sie griff nach einem der Phantombilder. »Stellen Sie ihn sich mit Baseballmütze und einer grauen Leinentasche mit einem roten Streifen vor.«

»Dann ist er es«, bestätigte Mrs. White. »Die Tasche hatte er ständig bei sich.«

Mallory richtete den Blick zur Decke, als könnte sie bis ins oberste Stockwerk sehen. »Gibt es hier einen Hinterausgang?«

»Nur eine Tür in den Garten.«

»Keine Feuerleiter?«

»Nein.«

»Wenn er also das Haus verlassen wollte, müsste er –«

»… unten durch die Diele«, ergänzte John White.

»Geben Sie mir Ihre Schlüssel.« Mallory streckte die Hand aus. Später erinnerte sie sich nicht mehr daran, dass sie den Mann angeschrien hatte, um ihn zur Eile anzutreiben. »Her mit den Schlüsseln! Wird's bald?«

Als Deluthe das Bewusstsein wiedererlangte, waren seine Hände gefesselt. Er versuchte, den Kopf zu heben. Ein Strick zog sich fester um seinen Hals, und sein Körper bäumte sich gegen das Gewicht des Mannes auf, der über ihm lag.

Keine Luft. Hervorquellende Augen. Rasendes Herzklopfen. Seine Panik steigerte sich zu einer fundamentalen Todesangst. Er trat und strampelte, dann erlahmte sein Widerstand langsam. Plötzlich fühlte sich sein Körper leichter an. Ihm war schwindlig, die Muskeln lockerten sich, Euphorie trat an die Stelle der Angst, und er schloss die Augen. Das schwere Gewicht war plötzlich verschwunden, die Schwerkraft hielt ihn nicht mehr fest. Er schwebte empor in die mitternächtliche Dunkelheit.

Er spürte nichts mehr.

Die Tür schloss sich. Es wurde totenstill.

»Natürlich kannst du noch schneller fahren«, schrie Riker. »Schließlich fährst du einen Cop, verdammt noch mal.«

Charles trat das Gaspedal durch und zuckte nicht mit der Wimper, als er um ein Haar mit einem Taxi und gleich darauf mit einem Lastwagen zusammengestoßen wäre, der aus einer Nebenstraße kam.

Die Umleitung, die sie um den durch einen Rohrbruch auf der Houston entstandenen Stau führte, schien nicht enden zu wollen. Für jede Meile, die sie zügig vorankamen, mussten sie zehn in stockendem Verkehr in Kauf nehmen.

21

Mallorys ausdrückliche Anordnung missachtend, war ihr Mr. White leise ins oberste Stockwerk gefolgt, und jetzt war es zu spät, ihn zurechtzuweisen, und überflüssig noch dazu – John White zog sich sofort auf den nächsten Treppenabsatz zurück, als sie die schwere Smith and Wesson .357 zog, die sie wegen ihrer Durchschlagskraft den anderen Waffen vorzog.

Psst.

Die Tür stand etwa zwei Zentimeter weit offen. Mallory versetzte ihr einen Tritt, sodass sie sich ganz öffnete und laut gegen die Wand prallte. Man hörte Putz rieseln. Auf dem Teppich und auf einem Baseballschläger war frisches, noch nasses Blut zu sehen. Mallory warf einen raschen Blick auf Ronald Deluthe, um dessen Hals ein Strick geknotet war, ehe sie ihre Waffe auf alle Möbelstücke richtete, hinter denen sich die Vogelscheuche verbergen könnte. Das Badezimmer war leer. Sie trat die nächste Tür auf. Niemand.

Als sie ins Wohnzimmer zurückkehrte, hockte John White auf dem Fußboden und hielt das Handgelenk des jungen Mannes, dessen linker Arm unnatürlich verdreht war. Seine eingeschlagene Nase blutete noch immer – das einzige Anzeichen dafür, dass sein Herz noch schlug, dass noch Leben in ihm war.

»Ich habe den Puls, aber er ist sehr schwach«, sagte White.

Mallory kniete sich neben den Bewusstlosen und schob einen Finger zwischen Strick und Hals. Die Sauerstoffzufuhr war abgeschnitten gewesen, doch seine Lippen waren noch nicht blau. Die Vogelscheuche konnte höchstens eine Minute weg sein.

Auch John White zerrte an dem Strick herum und versuchte, Deluthe Luft zu verschaffen. »In Wisconsin war ich beim freiwilligen Rettungsdienst.«

Mallory wartete auch nicht, bis White mit der Mund-zu-Mund-Beatmung begann, sondern spähte in den begehbaren Kleiderschrank, ehe sie Deluthes Jackett öffnete. Das Schulterholster war leer.

Die Vogelscheuche ist bewaffnet.

Sie ging rasch zur Tür, wo sie gegen Alice White prallte. »Rufen Sie die Polizei«, fuhr sie die Frau an.

»Das habe ich schon. Sie haben doch gesagt –«

»Egal. Sagen Sie, dass ein Polizist verletzt ist.

Mallory lief zu der Treppe am Ende des Ganges, die zum Dach führte, und war schon fast oben angekommen, als sie von unten einen Schrei hörte. Also hatte Alice die vermoderte Leiche im Kleiderschrank gefunden.

Riker hatte sein Mobiltelefon in der Hand. »Wiederholen Sie das. Ein Beamter ist verletzt?

Charles wollte seitlich ausweichen, um einen Rettungswagen vorbeizulassen, aber Riker schrie ihn an: »Fahr dem Notarzt nach.«

Mit gezogener Waffe trat Mallory aus dem kleinen Schuppen auf dem Dach. Ihre Augen hatten sich noch nicht an die grelle Sonne gewöhnt, als sie eilige Schritte hörte. Im nächsten Moment hatte sie das Profil eines halbwüchsigen Mädchens im Visier, das weder Mallory noch ihren Revolver bemerkt hatte, aber am ganzen Leib zitterte und mit entsetztem Gesicht auf die Tür zulief, die zur Treppe führte.

Als Mallory den Schuppen umrundet hatte, sah sie einen Mann in blutigem T-Shirt und Jeans, der ihr den Rücken zuwandte. Zum Schutz vor der gleißenden Sonne hielt er sich Deluthes Dienstwaffe vor die Augen. Sein Gesicht war zerkratzt – das Werk von Stella Small –, und sein rechter Arm hing schlaff herunter. Deluthe schien sich nach Kräften gewehrt zu haben.

Nur wenige Schritte von ihm entfernt, kauerte ein kleiner Mann mit karottenrotem Haar auf dem geteerten Dach, umgeben von einem Haufen weißer Wäsche, die er von einer Wäscheleine gezogen hatte – vielleicht in dem Glauben, die nassen Laken könnten ihn vor Kugeln schützen. Auf der anderen Seite der niedrigen Backsteinmauer, die die Nachbardächer voneinander trennte, versorgte eine ältere Frau Brieftauben in einem Käfig. Sie schien weder das Gewimmer des rothaarigen Mannes noch den Kerl mit dem Revolver zu bemerken.

Mallory hörte nervöses Gekicher und sah sich um. Hinter ihr standen, aufgereiht wie die Orgelpfeifen, drei Jungen, die – typische Kinder des Fernsehzeitalters – keinerlei Angst vor den Schusswaffen erkennen ließen.

Natalies Sohn hatte sich zu ihr umgedreht und stand leicht schwankend da. Aus einer Platzwunde an seiner Stirn tropfte ihm Blut in die Augen.

Die Kinder pirschten sich näher heran, um das Geschehen besser verfolgen zu können. Mallory drehte sich um. »Rein mit euch«, rief sie den Jungen zu. Was die Drohung ihres Revolvers nicht schaffte, gelang dem Blick der grünen Augen, der wenig Gutes verhieß. Zwei Jungen zogen sich hinter eine Holztür zurück, die im Ernstfall keinen Schutz vor Kugeln bot, während der kleinste noch immer in der Schusslinie herumlief.

Du sollst sorgen, dass nicht deine Schafe getötet werden.

Dies war das erste und wichtigste Gebot, das Lou Markowitz sie gelehrt hatte und das Mallory große Probleme bereitete. Als Polizistin musste sie bereit sein, notfalls für Unschuldige – die Schafe – zu sterben, während das Straßenkind gelernt hatte, mit allen Mitteln zuerst das eigene Überleben sicherzustellen.

Doch Pflicht blieb nun einmal Pflicht.

Die Vogelscheuche streckte langsam die Hand mit der Waffe aus. Mallorys Finger lag am Abzug. Sie konnte ihn zwar jederzeit erledigen, trotzdem würde es ihm vielleicht gelingen, noch einen Schuss abzugeben, egal wie schnell sie war. Seine Bewegungen verrieten ihr, dass er kein Linkshänder war, also würde die Kugel nicht das angepeilte Ziel, sondern eines der Kinder, die Taubenfrau oder den kleinen Mann unter der Wäsche treffen. Mallory ließ den Revolver sinken, um ihn nicht unnötig zu provozieren.

Langsam richtete er die Waffe auf den Schuppen, hinter dem die Kinder versteckt, aber nicht geschützt waren. Aus dem Augenwinkel sah Mallory ein geblümtes Kleid im Wind flattern und dann eine Frau, die sich langsam an den kleinen Jungen in der Schusslinie heranrobbte. So tapfer konnten Mütter sein. Die Frau riss den kleinen Jungen an sich. Gleichgültig sah die Vogelscheuche zu, wie die Frau mit dem Kind im Arm weglief, ehe er seinen Blick wieder auf Mallory richtete. Der Revolver hob sich.

Sie war schneller. Die Mündung der Smith and Wesson richtete sich auf seine Augen. »Sie wollen diese Kugel unbedingt haben, richtig?«

Die Drohung zeigte keinerlei Wirkung. Was sie vor sich hatte, war nicht das in die Enge getriebene Tier, das sie erwartet hatte, sondern etwas noch viel Gefährlicheres. Gegen jede Vernunft hob sie den Revolver und zielte damit in die Mittagssonne, ehe sie noch einen Schritt weiterging. »Ich weiß mehr über den Tod Ihrer Mutter als Sie«, höhnte sie.

Es war wie Magie.

Er ließ die Waffe sinken, sodass sie genug Zeit hatte, seine Verletzungen abzuschätzen. Der rechte Arm war bestimmt gebrochen. Sein ganzes Gewicht lag auf seinem rechten Bein, sein linkes würde gleich nachgeben. Das eine Auge war blutverkrustet, während er sie mit dem anderen aufmerksam ansah und auf die Fortsetzung der Geschichte wartete.

Wie früher die Nutten.

»Und ich weiß sogar, was Sie in jener Nacht gemacht haben.«

Die Vogelscheuche blinzelte überrascht mit dem unversehrten Auge. Das linke Bein gab nach, trotzdem stand er noch aufrecht. Dass er auf den bibbernden Berg nasser Wäsche zielte, schien ihm nicht bewusst zu sein. Der kleine Mann in den Laken hörte auf zu wimmern und fiel in Ohnmacht.

Und Natalies Sohn wartete noch immer auf seine Geschichte.

»Sie haben eine Botschaft des Verfolgers auf dem Fußboden gefunden. In der Nacht, als sie starb.« Sie hatte richtig geraten. Er nickte. »Und Sie hatten reichlich Zeit, sie zu lesen. Zwei Tage und zwei Nächte. Mit Fliegen im Haar, Kakerlaken in der Kleidung. Die Herdplatte war an, es war erstickend heiß.«

Sein Revolver schien schwerer zu werden und richtete sich versehentlich auf die alte Frau. Er war zu Tode erschöpft, seines Lebens überdrüssig, trotzdem hörte er aufmerksam zu. »Sie waren im Badezimmer, als er kam, um Ihre Mutter umzubringen.«

Die Taubenfrau hatte den Revolver nicht gesehen, aber ihre Vögel spürten, dass Spannung in der Luft lag wie vor einem Gewitter. Sie schlugen mit den Flügeln gegen den Maschendraht, worauf eine Wolke flaumig weißer Federn aus dem Käfig aufstieg. Schnee im August.

Langsam ging Mallory auf ihn zu und um ihn herum, um ihn von der alten Frau abzulenken. »Sie haben ein Geräusch gehört. Dann haben Sie die Badezimmertür einen Spaltbreit aufgemacht. Der Mann beugte sich über Ihre Mutter.« Inzwischen war sie sich sicher, dass er nicht gesehen hatte, wie seine Mutter erdrosselt wurde. Der Sechsjährige hatte geglaubt, seine Mutter sei noch am Leben, als der Mann sie verstümmelte und aufhängte. Kein Wunder, wenn schon ein Feuerwehrmann und ein Arzt eine Lebende nicht von einer Toten hatten unterscheiden können.

Die Taubenfrau geriet in die Schusslinie, als sie auf einen Sack mit Taubenfutter zuging.

Langsam trat Mallory ein paar Schritte zurück.

Die Waffe in seiner Hand zitterte inzwischen.

»Sie haben Ihre Mutter dort hängen sehen, und sie hat keinen Laut von sich gegeben, nicht geschrien, sie –«

Er schüttelte den Kopf.

Unmöglich. Mallory wusste, dass sie sich in diesem Punkt nicht geirrt hatte. Sie hatte nur nicht weit genug gedacht. »Sie waren es, der keinen Laut von sich gegeben hat. Sie haben nur zugesehen.«

Der Kopf des Mannes sank zur Seite, wie bei einer Marionette, bei der jemand eine Schnur durchgeschnitten hatte. Sein Gesicht verzerrte sich zu einem lautlosen Schrei, und aus den blutverkrusteten Augen rannen rote Tränen.

Die Tauben kreischten und schlugen mit den Flügeln gegen ihr Gefängnis.

»Sie haben zugesehen, wie der Mistkerl Ihre Mutter umgebracht hat. Sie haben es zugelassen. Sie haben nicht um Hilfe gerufen. Sie haben nicht einmal *versucht,* ihn aufzuhalten.«

Die Tür des Käfigs flog auf und Dutzende Tauben ergriffen vor den Augen der entsetzten alten Frau die Flucht. In geschlossener Formation überflogen sie einmal das Dach und gingen in der Nähe der Vogelscheuche im Sturzflug herunter, ehe sie sich endgültig emporschwangen. Verstört verfolgte Natalies Sohn den Flug der Vögel in die Sonne.

»Sie konnten nicht an Ihre Mutter heran, sie hing zu hoch.« Mallory sah den zitternden Jungen vor sich, der nach seiner Mutter rief und nicht wusste, dass sie tot war. »Aber Sie konnten Ihre Mutter auch nicht allein lassen, wenn sie noch lebte.«

Unwillkürlich ließ er die Waffe fallen. Auf dem Nachbardach stand die Taubenfrau, sah zum Himmel auf und bewegte die Arme, als wollte sie selbst wegfliegen.

»Nach zwei Tagen konnten Sie die Hitze und das Ungeziefer nicht mehr ertragen. Sie haben Ihre Mutter in der Dunkelheit zurückgelassen. Sie wussten, was die Kakerlaken mit ihr machen würden.«

Das verletzte Bein knickte ein, und er ließ sich auf die Knie sinken. Mit einem Tritt beförderte Mallory seine Waffe bis zur anderen Seite des Daches.

Er war wehrlos. Mit weit aufgerissenen Augen blickte er in eine Hölle, die nur er sehen konnte. Sie kniete sich vor ihn. Er hob ein wenig den Kopf. Wenn sie sich später an seine Augen erinnerte, glaubte sie stets, eine Staubschicht darauf zu erkennen, als sei er schon viele Jahre tot. Es wäre ein Gnadenakt gewesen, ihm eine Kugel in den Kopf zu jagen.

Aber Gnade war etwas, das Mallory nicht besaß. Sie brauchte ihn – als ihren einzigen Zeugen für den Mord an Natalie Homer. »Ich weiß, dass ein Cop Ihre Mutter umgebracht hat. Und Sie werden mir dabei helfen, den Kerl festzunageln. Sie wollen Rache, und ich kann Ihnen dazu verhelfen.«

Doch darum ging es ihm nicht, und in diesem Moment wurde Mallory klar, dass sie sich geirrt hatte. Sie hatte einen schweren Fehler begangen.

Natalies Sohn wartete geradezu sehnsüchtig auf diese Kugel. Schon als kleiner Junge in der Augusthitze hatte er diesen Augenblick vorausgesehen und geduldig auf seine Strafe gewartet. Und genau aus diesem Grund hatte er ein Verbrechen nachgestellt, das er in seinen Augen ganz allein begangen hatte. Drei gehenkte Frauen, ein unablässiger Schrei: *Fasst mich! Tötet mich!* Er hatte sogar seine Opfer noch gewarnt und sie geradewegs dazu getrieben, zur Polizei zu gehen.

Mallory begriff das ganze Ausmaß seines Wahns, das Ausmaß des Unsäglichen, das einem kleinen Jungen angetan worden war. »Sie dachten, Ihr Vater hätte Sie weggeschickt, weil er Ihnen die Schuld gab.«

Keine Anwort. Als Mallory versuchte, ihn zu berühren, zuckte er zurück. Sie kannte diesen Reflex aus eigener Erfahrung, und ihre Hand erstarrte mitten in der Bewegung. Immer griff sie ins Leere. Nie gelang es ihr, einen Menschen zu berühren. Sie versuchte es noch einmal. Behutsam streiften ihre Fingerspitzen sein zerschundenes Gesicht.

Ein Schatten verfinsterte die Sonne. Im nächsten Moment hörte sie das entsetzliche Geräusch eines Baseballschlägers, der einen Schädel spaltete. Ihr blieb gerade noch Zeit, Natalies Sohn aufzufangen, ehe sie zu Boden sanken.

Roland Deluthe stand über ihnen, den Baseballschläger in der rechten Hand. Dann sackte auch er zu Boden, wo er mit gespreizten Beinen sitzen blieb, ehe sich seine Augen schlossen.

Der Mörder lag mit seinem gesamten Gewicht auf Mallory, und sein Blut rann auf ihr Gesicht, in ihre Haare. Sie sah zu Ronald Deluthe hinüber, dessen Oberkörper nach vorn kippte, sodass seine Stirn auf die schmutzige Teerpappe zwischen seinen gespreizten Beinen schlug.

Mallory hatte den Revolver verloren. Abwesend strich sie Natalies Sohn übers Haar, berührte blutige Knochen und rohes Fleisch. Aber wie war das möglich? Sie musste ihm doch noch erzählen, wie seine Mutter wirklich gestorben war und dass er sie nicht hätte retten können.

Charles Butlers Mercedes hielt vor dem Apartmenthaus und parkte in zweiter Spur neben den Polizeifahrzeugen. Am Gehsteig stand ein Krankenwagen, vor dem zwei Sanitäter neben einer leeren Trage warteten.

Riker steig als Erster aus. »Was ist los? Wo ist der verletzte Cop?«

»Es ist meine Schuld!« Ein aufgeregter Zivilist kam mit rudernden Armen auf ihn zu. »Es tut mir Leid. Ich dachte, er ist bewusstlos, und habe ihn nur eine Minute aus den Augen gelassen, weil meiner Frau nicht gut war. Sie hat nämlich im Kleiderschrank eine Leiche entdeckt. Ja, und als ich wieder hinsah, war er weg.«

Riker stürmte mit gezogener Waffe aufs Dach. Er sah einen kleinen rothaarigen Mann, der sich stöhnend in irgendwelchen nassen Laken wälzte. Auf dem Dach des Nachbarhauses blickte eine alte Frau ratlos gen Himmel.

Neben dem Schuppen lag der zusammengesunkene Deluthe, und hielt einen Baseballschläger umklammert. Einen Meter entfernt lag Mallory unter einem Toten.

Wie aus weiter Ferne hörte sie die Sirenen weiterer Einsatzfahrzeuge. Die Wärme des Körpers über ihr war trügerisch, ebenso trügerisch wie das warme Blut, das aus dem zerschmetterten Schädel auf sie herabtropfte.

Riker rollte den schweren Körper von ihr, was ihm jedoch nicht ohne weiteres gelang. Mallorys Hände umschlossen noch immer das Gesicht des Toten, suchten noch immer den Kontakt.

22

Gespräche von Zivilisten mischten sich mit dem Knistern der Funkgeräte aus den Einsatzfahrzeugen. Der Gehsteig vor dem Apartmenthaus war abgesperrt. Dort parkten nebeneinander ein Notarzt und ein Leichenwagen und warteten mit geöffneten Türen. Ein Mitarbeiter des Pathologen zog den Reißverschluss des Leichensacks zu, der auf seiner Trage lag. Er hatte eine Zigarette im Mundwinkel und ließ sich von Riker Feuer geben. »Dr. Slope steht schon bereit, um den alten Herrn aufzumachen. Was ist mit der anderen Leiche?«

»Es gibt nur eine«, sagte der Sergeant und sah auf die sterblichen Überreste des Nachtwächters George Neederland herunter.

Ein Polizeihubschrauber flog knatternd davon. »Aber ihr habt doch gerade noch eine Leiche vom Dach geholt. Was ...«

»Haben Sie mich nicht verstanden? An diesem Tatort gibt es nur eine Leiche.«

Riker drehte sich um und sah, wie sich ein Reporter der Absperrung näherte, während hinter ihm Techniker Scheinwerfer und Kameras aus dem Ü-Wagen eines örtlichen Fernsehsenders holten. »Eine Leiche«, wiederholte er. »Wenn der Presse was anderes zu Ohren kommt, sorge ich höchstpersönlich dafür, dass Dr. Slope Sie rausschmeißt.«

Er drehte sich zu Alice White um und bedankte sich in etwas freundlicherem Tonfall für den nassen Waschlappen, den sie ihm in die Hand gedrückt hatte. Dann packte er Mallorys Arm und zwang sie stillzustehen, während er ihr die Blutspuren vom Gesicht wischte. »Du siehst ja schlimmer aus als Deluthe!«

Mallory wandte sich ab. »Hey, Sie, warten Sie mal«, rief sie einem der Männer von der Spurensicherung zu.

Riker ging zu den Sanitätern. »Ihr habt Recht, Jungs, Mallory ist nicht verletzt.« Er beobachtete seine Partnerin, die bereits wieder Anordnungen gab und das Beweismaterial sichtete – ohne Rücksicht auf die Schaulustigen, denen angesichts des Bluts an ihren Sachen und ihrem Haar mulmig wurde.

»Er kommt wieder zu sich«, sagte einer der Sanitäter.

Deluthe brauchte keinen Schutz vor Reportern und ihren Kameras, da seine eigene Mutter das, was unter den Verbänden von dem verschwollen Gesicht zu sehen war, wahrscheinlich nicht wiedererkannt hätte.

Riker wartete, bis Deluthe die Augen aufschlug, und fuhr

mit seinem Vortrag an der Stelle fort, wo er zehn Minuten zuvor aufgehört hatte. »Als Sie in der Akte des Wachmanns Natalies Adresse gefunden hatten, hätten Sie zu mir kommen müssen. Ohne Verstärkung nähert man sich niemals einem Mörder, das war ein riesiger Fehler. Die offene Tür hätte Ihnen sagen müssen, dass er noch im Haus war.«

Deluthe hustete. »Wollen Sie mir schonend beibringen, dass ich entlassen bin?« Er lächelte matt, worauf seine Lippe wieder zu bluten anfing.

Riker schüttelte den Kopf. »In diesem Fall würde ich Ihnen wohl kaum eine Lektion im Überleben halten.«

Der Sanitäter schaltete den Monitor ab. »Okay, er ist jetzt stabil.«

Riker wartete, bis beide Sanitäter auf der anderen Seite des Krankenwagens waren. »Noch etwas. Wir befördern Sie vorübergehend zum bösen Buben.« Er deutete auf die Streifenpolizisten, die im Krankenwagen saßen. »Waller hat Ihren Ausweis und Ihre Dienstmarke. Er wird sich im Krankenhaus um sämtliche Fragen kümmern, und Sie halten den Mund, verstanden? Und Ihre kaputten Knochen gehen auf Mallorys Konto. Alles andere klären wir morgen.«

Noch bevor sich die Türen des Krankenwagens hinter dem verblüfften Deluthe schlossen, trat Charles neben Riker. »Müsste Mallory nicht zum Arzt?«

»Ja, sicher. Das bringst du ihr aber bei …«

»Irgendetwas … stimmt nicht mit ihr.«

Riker sah zu Mallory hinüber, die wie ein Roboter ihre Arbeit verrichtete. »Wie kommst du denn darauf?«

Charles war die Ironie natürlich nicht entgangen, trotzdem überhörte er wie gewöhnlich geflissentlich die Kritik in Rikers Bemerkungen. »Normalerweise ist sie geradezu zwanghaft sauber und ordentlich, sie duldet nicht den geringsten Flecken auf ihren Laufschuhen. Aber sie scheint das Blut an ihren Sachen überhaupt nicht zu sehen, und …«

»Stimmt. Aber ist das nicht sogar ein Fortschritt?«

Charles seufzte und deutete auf den rechteckigen Gegenstand, der sich in Rikers Tasche abzeichnete. »Wann gibst du ihr endlich das Buch?«

»Wenn ich es für richtig halte.«

Mallory kam auf sie zu, und Charles zog sich rasch zurück, ehe sie ihn hinter die Absperrung scheuchen konnte. In seiner Erleichterung darüber, dass sie überhaupt noch lebte, machte sich Riker um ihren Zustand vorläufig keine Gedanken. »Du hast dir die Chance entgehen lassen, Deluthe die Meinung zu sagen. Ich hab das für dich übernommen.«

»Hast du ihm auch gesagt, dass er einen unbewaffneten Mann getötet hat, der noch dazu der einzige Zeuge für den Mord an Natalie Homer war?«

»Nein, das wollte ich dir überlassen. Warte, bis er aus dem Krankenhaus kommt. Dann rechnet er nicht mit einem Überfall.« Das war scherzhaft gemeint, doch sie schien den Vorschlag ernsthaft in Erwägung zu ziehen. »Und Geldorf hast du auch zusammengestaucht?«

»Er hat's nicht anders verdient.«

»Eben. Wenn du ihm erzählt hast, dass die Vogelscheuche früher bei der Polizei war, musst du gute Gründe dafür gehabt haben. Du vermutest, dass der Mörder den Alten auf seiner Liste hat, stimmt's? Es war deine gute Tat des Tages.«

Er sah ihr an, dass sie ein solches Ausmaß an menschlicher Schwäche niemals zugeben würde. Vielleicht deutete er ihr Verhalten aber auch nur so, wie er es sich wünschte. Er sah zu den Wolken hoch, die schwer von Regen waren. »Nicht sehr befriedigend diesmal, was?«

Sie hob den Kopf, und er sah seine Kathy vor sich, eine Zehnjährige, vollkommen erledigt nach einem schweren Tag. In diesem Moment hätte er sogar einen Mord begangen, nur um ihre Welt wieder ins Lot zu bringen. Hasserfüllt dachte er an den Mann, der Natalie Homer ermordet und damit so großen Schaden angerichtet hatte. Zwanzig Jahre danach – und die Zahl der Toten, die er auf dem Gewissen hatte, stand erst fest, nachdem die Apparate abgeschaltet waren, die Sparrow am Leben hielten. Und auch mit Mallory war etwas geschehen, was ihm Sorgen machte.

Riker zog den letzten Band der Saga von Sheriff Peety und Wichita Kid aus der Tasche. »Hier, ein Trostpreis. Vielleicht freut dich die Widmung.«

Er hatte ein Streichholzbriefchen zwischen die Seiten gelegt, damit sie die Botschaft ihres größten Fans lesen konnte; die Liebeserklärung, die geschrieben worden war, noch ehe Louis Markowitz und Kathy das erste Wort miteinander gewechselt hatten.

Während Mallory ihr Geschenk aufschlug, ging Riker zu ihrem Wagen, um ihn notfalls fahruntüchtig zu machen, sodass sie nicht selbst nach Hause fahren konnte. Außerdem würde sie ihm nie verzeihen, wenn er sie hätte weinen sehen.

»Riker«, rief sie ihm nach. »Wir sind noch nicht fertig.«

Hatte er sich wirklich eingebildet, sie könnte wegen eines Buches Tränen vergießen? Offenbar war seine Phantasie mit ihm durchgegangen.

Die Räumlichkeiten in Manhattan waren teuer und in spartanisch-modernistischem Stil eingerichtet, aber das Wohnzimmer roch nach Fichtennadel-Raumspray wie die Wohnung von Louis und Helen Markowitz in Brooklyn. Vielleicht war das Mallorys Art, ihre Erinnerung zu bewahren, da nirgendwo Familienfotos oder Andenken zu sehen waren. Wenn sie allerdings glaubte, dass der Raum nichts von ihrer Persönlichkeit preisgab, hatte sie sich geirrt. Der weiße, extrem schmutzanfällige Teppich war makellos, Chrom und Glas blitzten und blinkten. Die dunkle Ledergarnitur hatte rechte Winkel und harte gerade Linien. Alles war schwarz oder weiß, kompromisslos, typisch Mallory.

Und aus diesem Grund fiel der eine kleine Gegenstand, der nicht hierher gehörte, sofort ins Auge. Also, dachte Riker, hatte nicht nur er sich am Tatort bedient. Erstaunlich, dass Mallory ihr Diebesgut so offen herumliegen ließ. Er kniete sich auf den Teppich und holte unter dem Glastisch einen zierlichen Elfenbeinkamm hervor. Riker hatte Sparrow nie ohne diesen Kamm im Haar gesehen und sich immer gewundert, dass sie ihn nicht schon längst zu Geld gemacht hatte, um Stoff dafür zu kaufen. Würde der Kamm nach Sparrows Tod für Mallory ein Andenken oder eine Trophäe sein?

Als er sich umdrehte, kam Mallory in einem langen weißen Bademantel herein und rieb sich mit einem Handtuch das Haar trocken. Sie war eben unverwüstlich.

Riker steckte sein Handy ein. »Dr. Slope hat den Wachmann obduziert. Er ist seit zwei Wochen tot. Natürliche Todesursache. Glaubst du, dass die Vogelscheuche seinen letzten Mord so weit im Voraus geplant hat?«

»Nein. Er hatte sich schon vor Jahren mit dem Alten angefreundet, um in das Haus zu kommen, in dem seine Mutter gestorben war. Für ihn war es ein Stück Heimat.«

Sie nahm ihm den Bourbon mit Soda ab, den er ihr eingeschenkt hatte. Zu seiner Überraschung hatte er alle notwendigen Zutaten in ihrer Küche gefunden. Ob sie heimlich trank? Vermutlich. Schon aus Angst, sich vielleicht nicht im Griff zu haben, würde sie niemals in der Öffentlichkeit Alkohol zu sich nehmen. »Aber was war nun der Auslöser für die Morde? Der Tod des Wachmanns?«

»Dank Deluthe werden wir das nie erfahren. Was gibt's Neues aus dem Krankenhaus?«

»Wenn du Deluthe meinst – der kommt durch, wenn auch leicht ramponiert. Nase kaputt, Haarriss im Schädel, ausgerenkte Schulter. Und eine böse Narbe im Gesicht. Aber der Arzt sagt, dass ihn das offenbar nicht stört. Im Gegenteil, er scheint regelrecht stolz darauf zu sein.« Er griff nach der Fernbedienung. »Aber wenn du Sparrow meinst – nach Meinung des Arztes wird sie es nicht mehr bis morgen früh machen.« Mallory verzog keine Miene. Wahrscheinlich musste er froh sein, dass sie nicht grinste.

»Und jetzt die gute Nachricht.« Riker schaltete den Fernseher ein, und drehte die Lautstärke ab. »Die Presse ist verunsichert, weil sie nicht weiß, wie viele Tote es gegeben hat. Sie gehen davon aus, dass die Vogelscheuche schwer verletzt ist, aber noch lebt.« Er deutete auf einen von Mikrofonen umlagerten Teenager. »Mehr konnte sie ihnen nicht sagen.«

Mallory nickte. »Sie war nur wenige Minuten auf dem Dach.«

Das Mädchen zitterte immer noch, und Riker beugte sich vor. »Sieh dir das an! Gleich gibt ihr Vater dem Reporter eine Ohrfeige.« Der Vater schlug zu. »Gut gemacht.« Jetzt kamen drei kleine Jungen ins Bild, die alle gleichzeitig redeten. »Die Kinder waren wirklich toll.«

»Sie haben doch überhaupt nichts gesehen«, wandte Mallory ein. »Die Mutter hat sie vom Dach geholt, ehe sie …«

»Nach ihrer Darstellung hast du dem armen Kerl die Beine weggeschossen, ihm eins mit dem Revolver übergezogen und ihn dann noch mit Blei voll gepumpt. Trotzdem muss er überlebt haben, weil sie gesehen haben, wie er versucht hat, von dir wegzurobben. Wie schön, wenn Kinder eine blühende Fantasie haben.«

»Ich brauche etwas, um einen Verdächtigen nervös zu machen.« Mallory stand an der hinteren Wand des Einsatzraums und pinnte neue Fotos an. »Wir müssen die Mordermittlungen im Fall Natalie Homer heute Abend noch abschließen.«

Ehe die Öffentlichkeit erfuhr, dass die Vogelscheuche tot war – aber das brauchten sie nicht eigens auszusprechen. »Dass es zwei Verfolger gab«, sagte Charles, »kann nur Natalies Mörder gewusst haben.« Mallory grinste höhnisch. Ohne sich beirren zu lassen, fuhr er fort: »Es ist eine Frage des Stils. Der erste Verfolger war ihr geschiedener Mann, damit hat Lars zweifellos Recht. Deshalb kann man ihm vielleicht nachsehen, wenn er …«

Nein. Ein Blick auf Mallory verriet ihm, dass sie diese Entschuldigung nicht gelten ließ. Charles nahm eine der vergilbten Botschaften von der Wand. »Erik Homer war jemand, der Frauen schlug, ein Mann, der schnell die Geduld verlor. Ich kann mir nicht vorstellen, dass er stundenlang Buchstaben aus Zeitschriften abgepaust hätte, um seine Botschaften hübscher zu gestalten. ›Heute habe ich dich berührt …‹ Klingt ja geradezu poetisch. So etwas hätte Erik Homer nie geschrieben. Als er seine zweite Frau kennen lernte, hörten die Belästigungen auf, und Natalie brauchte die Polizei nicht mehr. Das erklärt die Pause von zwei Wochen zwischen ihren Anzeigen. Es war der zweite Verfolger, der ihr diese Botschaften geschickt hat. Er war derjenige, der sie geliebt und getötet hat.«

»Schön, so weit bin ich mit dir einig.« Mallory trat zurück, damit er ihr Verbrecheralbum bewundern konnte – fünf Männer, wie sie vor zwanzig Jahren ausgesehen hatten. Lars Geldorfs Foto stammte aus einem Zeitungsarchiv, die Vergrößerungen der Aufnahmen der zwei Detectives und eines Streifenpolizisten hatte Mallory am Computer nachbearbeitet, und sie stammten vom Tatort; das Bild des zweiten Streifenpolizisten war aus seiner Personalakte. »Wir wissen also, dass der Täter ein Cop war. Aber welcher?«

»Weshalb glaubst du, dass es einer von denen war?«

»Weil einer der Streifenpolizisten den Tod als Selbstmord gemeldet hat, woraufhin drei Detectives am Tatort erschienen.«

»Und so viele Kriminalbeamte werden normalerweise nicht zu einem Selbstmord geschickt?«, fragte Charles. Hatte er etwas übersehen? Er betrachtete die Fotos der Männer in Zivil. »Auf diese drei hast du dich beschränkt, weil alle einmal mit einer von Natalies Anzeigen zu tun hatten, als sie gemeldet hat, dass sie sich verfolgt fühlt?«

»Nein.«

Natürlich nicht. Das wäre ja auch zu einfach gewesen.

»In einem Punkt hast du Recht.« Mallory befestigte ein Porträt von Natalie Homer an der Wand, die in die Kamera des Fotografen lächelte. »Er hat sie geliebt, er war besessen von ihr. Sie war die hübscheste Frau, die er je gesehen hatte.«

Und du bist schön. Hatte er ihr das jemals gesagt? Nein, nie.

»Und er war nur ein Durchschnittstyp, nichts Besonderes«, fuhr Mallory fort. »Alles, was er tun konnte, war, sie ansehen und sie verfolgen. Hätte sie gewusst, wie oft er an sie und ein gemeinsames Leben mit ihr dachte, hätte sie ihn wahrscheinlich ausgelacht.«

Unerreichbar wie der Mond. Du würdest nie …

»Er stand ganz oben auf meiner Liste.« Mallory tippte auf Lars Geldorfs Foto. »Der Alte hängt immer noch sehr an Natalie.«

»Stand?«, wiederholte Charles.

»Als Natalies Sohn durch den Spalt in der Badezimmertür einen Mann in Zivil sah, konnte er nicht wissen, dass der Henker seiner Mutter ein Kriminalbeamter war.«

Charles war zwar erleichtert, weil sie Lars nicht mehr im Visier hatte, doch im nächsten Augenblick setzte sein logisches Denken wieder ein. »Du darfst nicht vergessen, dass Junior den Mann ein zweites Mal gesehen hat – zwei Tage später auf dem Gang vor der Wohnung. In diesem Moment muss ihm klar geworden sein, dass alle Männer, die dort herumliefen, Polizisten waren.«

»Drei Kriminalbeamte kamen, als ein Selbstmord gemeldet wurde«, sagte Mallory. »Und es war nicht die Adresse, die sie hatte aufhorchen lassen. Einer der Streifenpolizisten hatte den Namen des Opfers durchgegeben. Kein Streifenpolizist war je bei ihr in der Wohnung gewesen. Sie war immer aufs Revier gekommen, um Anzeige zu erstatten. Du hast Alan Parris' Aussage ja selbst gelesen. Die Streifenpolizisten waren nur zwei Sekunden im Zimmer, bevor sie die Tür zugeschlagen und Meldung gemacht haben. Sie hatten eine skalpierte Leiche an einem Strick baumeln gesehen, von Gasen aufgetrieben, von Maden zerfressen, das Gesicht bis zur Unkenntlichkeit zerstört.«

»Aber sie wussten, dass es Natalie, dass es ihre Wohnung war«, wandte Charles ein.

»Einer wusste es.« Sie tippte auf die Fotos der uniformierten Beamten. »Kannst du Loman von Parris unterscheiden?«

»Kein Kunststück«, sagte Charles, obwohl er weder den einen noch den anderen je zu Gesicht bekommen hatte. »Der auf den Tatortfotos kann nur Loman sein. Parris hatte sich geweigert, das Zimmer noch einmal zu betreten. Aber ich weiß schon, worauf du hinauswillst: Sie sehen sich wirklich ähnlich.« Selbst Lars Geldorf hatte sie verwechselt. Beide waren auf den Fotos Anfang zwanzig und hatten regelmäßige Züge und dunkles Haar. Die Augen waren unter dem Mützenschirm verborgen. »Als Junior mit Alice White auf dem Gang stand, hat er nur zwei Polizisten in Uniform gesehen.«

»Die Uniform ist ihm am besten im Gedächtnis geblieben«, sagte Mallory. »Wenn *er* sie nicht auseinander halten konnte, wie sollen dann wir –«

»Ich würde vorschlagen, du wirfst eine Münze«, sagte Charles. Nicht alles ließ sich mit Logik lösen.

Riker saß an seinem Schreibtisch und beugte sich in Richtung Fenster. Unten auf der Straße parkten Ü-Wagen in zweiter Spur, und mit Mikrofonen bewaffnete Reporter stürzten sich auf die Polizisten, die Deluthe mit seinem dicken Kopfverband abschirmten. Die restlichen Reporter starrten wie gebannt zu den Fenstern im zweiten Stock hoch wie Hunde, die auf ihr Futter warten.

Officer Waller und sein Partner stützten Ronald Deluthe fürsorglich rechts und links und ließen ihn keine Sekunde aus den Augen. Die Trennung zwischen Streifenpolizisten und Kriminalpolizei existierte mit einem Schlag nicht mehr, wenn einer der Ihren im Dienst verletzt wurde.

Deluthes Hals war flammend rot und aufgescheuert, die Wunde an der Wange mit zahlreichen Stichen genäht, und sein ausgekugelter Arm hing er in einer Schlinge. Er war sehr blass, woraus Riker schloss, dass er bereits seit geraumer Zeit keine Schmerzmittel mehr bekommen hatte.

Hatte Mallory das veranlasst?

Seine Ehrengarde zog sich zurück. Bei dem, was sich jetzt in diesen Räumen abspielen würde, hatten sie nichts zu suchen. Als sich die Tür zum Treppenhaus geschlossen hatte, nahm Mallory die Handschellen vom Gürtel und fesselte Deluthes gesunde rechte Hand mit der linken Hand zusammen, die schlaff in der Schlinge lag.

23

Jack Coffey saß in der Haftzelle am Tisch. Er hatte mit einem Bleistift den Schieberahmen des einzigen Fensters fest geklemmt, und es war heiß und stickig in dem kleinen Raum. In aller Ausführlichkeit schilderte er dem Lieutenant von der East Side, wie das Wiedersehen zwischen den drei Stellas verlaufen war. »Die Agentin – ein völlig abgedrehtes Weibsstück, das aussieht wie eine wahnsinnig gewordene Nonne – hat Stella Small eine Sprechrolle in einer Seifenoper verschafft, aber Mutter und Großmutter wollen Stella gern mit nach Ohio nehmen.«

»Gute Idee.« Harvey Loman tippte, sichtlich genervt über diese nicht enden wollende Geschichte, mit der Fußspitze auf den Boden und sah immer wieder auf die Wanduhr.

»Das arme Ding ist durch die Hölle gegangen«, fuhr Coffey fort, der die Nervosität seines Kollegen befriedigt zur Kenntnis nahm, »und ist voll gestopft mit Beruhigungsmitteln. Da beugt sich die Agentin über ihr Bett und fletscht ihre spitzen kleinen Zähne. ›Es ist deine Entscheidung, Baby‹, sagt sie. ›Ein Dreijahresvertrag und die heißeste Sendung, die tagsüber läuft. Aber vielleicht willst du dich ja lieber in Iowa lebendig begraben lassen?‹ Woraufhin die Mutter sagt: ›Wir leben in Ohio.‹ Aber für die Agentin macht das wohl keinen Unterschied.«

»Hübsche Geschichte, Jack.« Loman hatte sichtlich Mühe, sein diplomatisches Lächeln aufrechtzuerhalten. Er zog ein Taschentuch heraus und fuhr sich über die Stirn und seinen kahlen Schädel. »Aber vielleicht verrätst du mir jetzt endlich, weshalb ich hier bin?«

»Wir sind dabei, einen deiner alten Fälle abzuschließen, hat dir das niemand gesagt? Den Mord an Natalie Homer.« Lomans Gesicht verriet Überraschung, aber nicht mehr.

»Ich war damals einfacher Streifenpolizist, Jack.«

»Ich weiß. Parris habe ich auch hergebeten; er dürfte gleich hier sein.«

Loman zuckte zusammen. »Alan Parris?«

»Ja. Deinen früheren Partner.«

Dem du in den Rücken gefallen bist, um einen Job bei der Kriminalpolizei zu ergattern.

Lieutenant Coffey schaukelte auf den Hinterbeinen seines Stuhls und genoss diesen Augenblick. Er hatte Loman noch nie gemocht. »Wieso hast du uns eigentlich nicht auf diesen alten Fall hingewiesen, als du uns den Papierkram –«

»Ich habe keinen Zusammenhang mit dem Mordversuch an der Nutte gesehen.«

»Beide Frauen wurden aufgehängt und hatten einen Knebel aus ihrem eigenen Haar im Mund. Wie viele Ähnlichkeiten hättest du denn noch gebraucht?«

»Am Tatort gab es aber keinerlei Ähnlichkeiten.« Loman stand auf und klimperte mit den Wagenschlüsseln in seiner Hosentasche. »Ich habe keine Lust, mir all das noch länger anzuhören, Jack.«

»Es wird dir nichts anderes übrig bleiben, Harvey. Du bist ein wichtiger Zeuge und bleibst hier, bis wir den Fall abgeschlossen haben.« Auch Jack Coffey war aufgestanden. Lächelnd trat er auf den Gang hinaus und schloss die Tür hinter sich ab.

Der Dienstraum war leer und dämmrig. Im Schein der einzigen brennenden Deckenlampe saßen Mallory und Ronald Deluthe in seinem blutbesudelten T-Shirt, während die Jeans und die Baseballmütze, die er von der Wand genommen und angezogen hatte, sauber waren.

Mallory gab ihrem Star letzte Anweisungen. »Lassen Sie niemanden Ihr Gesicht sehen.«

Eine eher überflüssige Ermahnung. Deluthe sah aus, als besitze er ohnehin nicht genug Kraft, um den Kopf zu heben. »Eigentlich gehören Sie ins Krankenhaus«, sagte Riker.

»Er bleibt. Es war seine eigene Entscheidung«, erwiderte Mallory an seiner Stelle.

Riker öffnete den Mund und schloss ihn wieder. Vielleicht war das, was Deluthe bevorstand, ja von therapeutischem Nutzen, obwohl dies ganz bestimmt nicht Mallorys Beweggrund war. Sie brauchte einen überzeugenden Doppelgänger.

»Und was ist mit seinen Haaren?«, gab Riker zu bedenken. »Die leuchten doch durch sämtliche Wände.«

»Ich weiß.« Mallory holte ihre Wimperntusche heraus und färbte die Strähnen braun, die unter dem Verband hervorsahen. »Inzwischen wissen alle, wer Sie sind, Deluthe.« Sie beugte sich vor, sodass sie ihm in die Augen sehen konnte. »Sie sind nicht mehr unsichtbar. Von jetzt an lassen Sie die Finger von Haarfärbemitteln, verstanden?«

Riker staunte. Einfühlungsvermögen war sonst nicht Mallorys Stärke. Dass sie das Rätsel um die schreiend gelben Haare von Ronald Deluthe gelöst hatte, hätte er nicht erwartet.

»Keine Gefühlsausbrüche, ist das klar?«, sagte sie jetzt.

»Ja«, versprach Deluthe.

Mallory betupfte seine aufgesprungenen Lippen mit einem Papiertaschentuch. Vielleicht hielt sie frisches Blut für ein wenig übertrieben. »Wenn Janos Sie herbringt, stelle ich ein paar Fragen, und Sie nicken nur.«

»Ja, Ma'am.«

»Von diesem Nicken hängt eine Menge ab.« Jack Coffey war zu ihnen getreten. »Wir haben sonst nichts in der Hand.«

Nicht einmal einen Haftbefehl konnten sie guten Gewissens beantragen. Und dass Deluthe ihren einzigen Augenzeugen mit einem Baseballschläger ins Jenseits befördert hatte, musste nicht noch einmal gesagt werden. Coffey führte Deluthe schweigend den Gang entlang.

»Sie haben also Ihren Täter«, sagte Geldorf, der mit Charles Butler unter der Tür zum Treppenhaus stand.

»Hey, Lars.« Riker erwiderte das breite Lächeln des Detectives. »Sie beherrschen Ihren Text?«

»Charles hat mich instruiert. Keine Angst, ich –«

Mallory hob warnend die Hand. Die Tür zum Treppenhaus öffnete sich erneut, und Detective Wang führte Alan Parris herein. Riker kannte sich aus eigener Erfahrung mit Alkoholikern aus. Parris machte nicht den Eindruck, als hätte er exzessiv getrunken, andererseits war Angst ein gutes Mittel, um nüchtern zu werden. Zumindest hatte der Mann keine Fahne. Auch der neue Anzug, der dem arbeitslosen Säufer den Anstrich eines ehrlichen Steuerzahlers gab, konnte ein Zeichen seiner Angst sein.

»Mr. Parris?« Mallory deutete auf eine Tür im Hintergrund. »Würden Sie bitte dort warten? Vielen Dank.«

Lars Geldorf sah Parris nach, der Coffeys Büro betrat und sich unmittelbar neben der Glastrennwand hinsetzte. »Das ist viel zu bequem für ihn. Er gehört in einen geschlossenen Raum ohne Fenster, wo er kaum Luft kriegt.« Geldorf war wieder obenauf. »Der Mann braucht eine feste Hand. Sie bestimmen, wann er pinkeln gehen und wann er essen darf – wenn er überhaupt etwas kriegt«, wies er Mallory überheblich an.

»Das ist nicht Ihre Sache. Parris glaubt, er wurde zu einem freundschaftlichen Gespräch hergebeten.«

»Nein, das tut er nicht.« Janos trat zu ihnen. »Als er Geldorf gesehen hat, hat er sofort Panik bekommen. Jetzt will er einen Anwalt haben. Wir müssen also wieder eine Stunde totschlagen, bis –«

»Kommt nicht in Frage!« Riker stürmte in Coffeys Büro. »Wer will hier einen Anwalt?«, herrschte er Parris an.

»Wenn Sie mir doch diese Morde anhängen wollen ...«, maulte Parris.

»Sehen Sie nicht fern? Hören Sie kein Radio? Wir haben den Täter heute Nachmittag geschnappt. Ich habe nur noch ein paar Fragen zu Natalie Homer.«

»Ich hab nicht –« Parris unterbrach sich, als Mallory sich an Coffeys Schreibtisch setzte und Geldorf, der mit ihr hereingekommen war, mit einem finsteren Blick bedeutete, auf sein Stichwort zu warten.

»Was wollten Sie gerade sagen, Parris?«, fragte Riker.

»Ich hab Natalies Anzeigen nicht aufgenommen, ich war doch nur Streifenpolizist.«

»Aber Sie haben Natalie gekannt.« Geldorf stand inzwischen hinter dem Stuhl des früheren Kollegen und legte ihm eine knorrige Hand auf die Schulter. »Sie haben sie täglich beim Streifengang gesehen.«

Parris schüttelte die Hand ab. »Sie hat nie Notiz von mir genommen.«

»Und das hat sie geärgert? Sie war so hübsch. Und Sie waren schließlich auch wer. Sie hatten eine Waffe, Macht – aber die Kleine hat Sie keines Blickes gewürdigt.«

»Lassen Sie den Mann in Ruhe«, sagte Mallory. Nun hatten sie alle einen gemeinsamen Feind – Lars Geldorf.

Der alte Detective tat, als hätte er sie nicht gehört, griff in seine Brusttasche und zog ein altes Polaroidfoto der toten Natalie Homer hervor. »Hat sich was mit hübsch, nicht? Hat sich was mit hochnäsig und so.«

Mallory riss ihm das Foto aus der Hand. »Das reicht.« Ihr Ärger war nicht gespielt. Der improvisierte Text und die nicht genehmigte Requisite gefielen ihr nicht.

»Ich will einen Anwalt«, wiederholte Parris.

»Verständlich. Aber Sie stehen nicht unter Anklage.« Er wandte sich an Geldorf. »Von Ihnen will ich kein Wort mehr hören.« Alan Parris lächelte erleichtert.

»Sie waren Polizist, Alan«, sagte Mallory. »Sie wissen, wie schwer dieser Beruf sein kann. Helfen Sie mir. Was können Sie mir noch über Natalie Homer sagen?«

»Überhaupt nichts. Wenn sie ins Revier kam, waren immer jede Menge Typen von der Kriminalpolizei um sie rum. Stundenlang haben die mit ihr gesprochen, und was hat sie davon gehabt?«

»Natalie Homer hat Ihnen Leid getan.« Riker nickte teilnahmsvoll.

»Das kann man wohl sagen. Sie hätte was Besseres verdient.«

»Erzählen Sie mir, wie das mit den zusätzlichen Streifengängen in ihrem Viertel war«, fuhr Mallory fort. »Sie haben hin und wieder bei ihr reingesehen, um –«

»Nein, dazu hatte mich keiner der Detectives aufgefordert.« Parris wandte sich an Geldorf. »Ihr wart alle heiß auf sie, aber geglaubt habt ihr der Frau kein Wort. Sie haben Natalie nur dann erlebt, wenn sie Angst hatte«, erklärte er Mallory. »Ich schätze, sie dachten, dass sie immer so ist.«

»Aber Sie wussten es besser«, sagte Riker. »Sie haben Natalie jeden Tag gesehen. Sie wussten, was sie durchmachte.« Für Alan Parris war Natalie Homer immer nur Natalie gewesen, eine gute Bekannte und nicht eine schöne Frau, die ihn nicht einmal gegrüßt hatte.

Inzwischen hatte Jack Coffey die Tür der Haftzelle wieder geöffnet, und Lieutenant Loman sah den Rücken eines Gefangenen, der über den Gang geführt wurde. Mallory hatte Recht gehabt. Der junge Cop in der blutverschmierten Kleidung, der mit den Fesseln an Händen und Füßen nur mühsam vorankam, war absolut überzeugend. Jetzt stolperte er, und Janos konnte ihn gerade noch auffangen.

»Die Fußfesseln müssten nicht sein«, stellte Harvey Loman fest.

Von dem schweißnassen Nacken des Häftlings lief braune Farbe auf das blutige T-Shirt. »Ich kann mir nicht vorstellen, dass dieser jämmerliche Dreckskerl Janos weglaufen würde«, fügte Loman hinzu.

»Wir erwarten den Bezirksstaatsanwalt«, sagte Coffey, »deshalb halten wir uns genau an die Vorschriften, und in denen sind eben auch Fußfesseln vorgesehen. Wir machen einen Deal mit dem Täter.«

»Was hat er denn zu bieten?«

»Er ist bereit, den Mörder von Natalie Homer auf einem Foto zu identifizieren.« Lieutenant Coffey stand auf und schloss die Tür. »Du hast ja den Tatort noch gut in Erinnerung, oder?«

»Und ob. Es war die reinste Hölle. Dieser Gestank, dieses Ungeziefer … Aber bei der Nutte war das ganz anders.«

»Bei Sparrow, meinst du.«

»Ja. Andere Kerzen, eine andere Schlinge, und außerdem war sie gar nicht tot. Ich sehe den gemeinsamen Nenner immer noch nicht.«

»Der gemeinsame Nenner ist die Vogelscheuche, Natalies Sohn. Ich glaube, du bist ihm schon mal begegnet.«

Charles Butler betrat Coffeys Büro und trat hinter Mallorys Stuhl. Inzwischen waren fünf Menschen im Raum, und die Anspannung war förmlich mit Händen greifbar.

Mallory sah durch die Glasscheibe. »Er kommt.«

Fünf Augenpaare richteten sich auf Janos, der seinen Gefangenen zu dem Schreibtisch unter der einzigen eingeschalteten Deckenleuchte führte. Aus dieser Entfernung konnten sie nur die Fesseln, die Verbände und das Blut erkennen, während das verschwollene Gesicht unter dem Schirm der Baseballmütze verborgen war. Mallory musterte Charles, dessen Gesicht lediglich Neugier verriet. Er ahnte nicht, dass der Mann da draußen Deluthe war.

Sie beugte sich zu Alan Parris herüber. »Es gibt einen Durchbruch in dem Fall. Wir haben einen Zeugen. Sie sind ihm schon einmal begegnet.«

»Ja«, ergänzte Riker. »Sie haben ihn von Natalies Tür weggescheucht. Er war erst sechs.«

»Er war eines der Kinder auf dem Gang?«

Riker deutete durch die Scheibe auf den Verletzten. »Natalies Sohn.«

»Gütiger Gott.« Parris drehte sich um. »Das ist Ihr Täter?« Von seiner Position aus sah er lediglich die Rundung einer Wange. »Der Junge ist also durchgedreht.«

Mallory nickte betrübt. »Natalies Schwester hatte ihn in einem anderen Staat versteckt. Sie können sich ja denken, warum.«

Parris schüttelte fassungslos den Kopf. »Natalies Sohn hat diese Frauen aufgehängt? Nicht zu glauben.«

Detective Wang kam herein und warf einen großen gefütterten Umschlag auf den Schreibtisch. Riker zog die Fotos von drei Kriminalbeamten und zwei Polizisten in Uniform heraus und breitete sie auf dem Tisch aus – Fotos, die zwanzig Jahre alt waren.

Erwartungsgemäß interessierte sich Parris besonders für sich selbst, einen jungen Mann, der gerade von der Polizeischule gekommen war. Er öffnete den Mund, doch Mallory winkte ab. Sie griff nach den Fotos und stand auf. »Ich bin sofort wieder da.«

»Ja«, bestätigte Lieutenant Loman. »Ich erinnere mich an die Kinder auf dem Gang, an eins jedenfalls.« Er sah auf die Plastiktüten, in denen sich eine zwanzig Jahre alte Filmverpackung und die Botschaften an Natalie Homer befanden. »Und weißt du auch warum, Jack? Weil er aus der Wohnung von Natalie eine leere Filmschachtel mitgenommen hat. Als Souvenir. Eiskalt, was? Ich *wünschte*, ich könnte das Kind vergessen.«

Mallory blieb vor Deluthe stehen und sah ihm in das verquollene Gesicht. Ihre Stimme erfüllte mühelos den ganzen Dienstraum. »Lassen Sie sich Zeit. So sahen die fünf in dem Jahr aus, als Ihre Mutter starb.«

Sie hielt die Fotos so, dass sie von Coffeys Büro aus nicht zu sehen waren, ehe sie Deluthe sein erstes Stichwort lieferte. »Der hier?«

Der junge Cop nickte.

»Sind Sie sicher?«

Deluthe nickte wieder.

Abweichend vom Drehbuch beugte sich Mallory zu ihm hinunter und senkte ihre Stimme. »Kein Wort, keine Bewegung. Wir haben noch etwas Zeit, bis ich wieder zu den anderen gehe. Ich weiß, dass Sie den Gedanken an den Toten und das, was Sie ihm angetan haben, nicht loswerden. Sie werden ihn nie mehr loswerden. Detective Janos hat sich bereit erklärt, sich in der nächsten Zeit ein bisschen um Sie zu kümmern.«

»Sie glauben, ich bin verrückt?«

Mallory nickte. »Das passiert uns allen früher oder später.«

»Aber meistens kriegt man es wieder hin«, ergänzte Janos.

»Es kommt so oft vor, dass es sogar in den Dienstvorschriften aufgeführt ist. Unter dem Stichwort Suizidprophylaxe.« Sie hielt ihm das Foto ein zweites Mal hin. »Jetzt deuten Sie noch mal auf das Bild, dann haben Sie's überstanden.«

Deluthe streckte die gefesselte Hand aus.

Mallory zählte langsam bis zehn. »Und jetzt noch einmal nicken!«

Er gehorchte, ehe er den Kopf senkte und zu Boden sah – der Inbegriff des schuldbewussten Täters.

»Gut gemacht.« Sie schätzte realistische Darstellungen.

Deluthe kippte mit geballten Fäusten und geschlossenen Augen vornüber. Der Schock, der seine Schmerzen betäubt hatte, ließ allmählich nach. »Bringen Sie ihn ins Krankenhaus zurück«, sagte sie zu Janos.

Auf dem langen Weg zurück zu Coffeys Büro tat sie, als betrachte sie ein bestimmtes Foto. Arthur Wang trat ihr in den Weg und reichte ihr die Plastiktüten mit den Botschaften an Natalie und der Filmschachtel mit dem Polaroidlogo. »Die braucht der Boss nicht mehr.«

Detective Wang öffnete die Tür zur Haftzelle und gab Lieutenant Coffey einen Abzug der Fotos. »Es ist das oberste.« Dies war das Einzige, was Mallory ihm zu sagen aufgegeben hatte.

Jack Coffey betrachtete das Bild einen Augenblick, dann legte er es vor Lieutenant Loman auf den Tisch. »Die Vogelscheuche hat Sie ausgesucht.«

»Er hat Sie ausgesucht.« Mallory schob Lars Geldorf das Foto zu und wandte sich an Alan Parris. »Sie können gehen.«

Parris verließ eilig das Büro, während Geldorf sich auf dessen Stuhl sinken ließ. »Das ist doch Wahnsinn. Echter Wahnsinn.« Panik flackerte in seinen Augen auf, als er an Mallory vorbei den hoch gewachsenen Mann ansah, der hinter ihrem Stuhl stand.

Mallory brauchte sich nicht umzusehen. Sie wusste, dass Charles Butler die Überraschung ins Gesicht geschrieben war. Kein Schauspieler hätte Schock und Entrüstung so gut darstellen können wie ein aufrichtiger Mann, in dessen Rücken ihr Messer steckte.

Geldorfs Gesicht spiegelte Charles Butlers Kummer wider, dem erst jetzt klar geworden war, welche Rolle er heute Abend hatte spielen müssen. Man hatte ihn missbraucht, um diesen alten Mann, den er so gern mochte, für den Abschuss vorzubereiten. Damit war auch er selbst zum Opfer geworden. Er näherte sich der Tür, um möglichst großen Abstand zu Mallory zu bekommen.

Aber sie war noch nicht ganz fertig mit ihm. »Charles?«

Er blieb stehen. Sie hatte es nicht anders erwartet. Ein verletzter, resignierter Ausdruck lag in seinen Augen, als er sie ansah. Überlegte er, wie weit sie diesen Augenblick vorausgeplant hatte?

»Tut mir Leid. Ich hätte es lieber gesehen, wenn es Parris oder Loman gewesen wäre«, erklärte die Königin der Lügen ungerührt, doch Lars Geldorf war der Einzige, der ihr glaubte. Die Tür schlug hinter Charles Butler zu. Der alte Mann hatte seinen einzigen Halt verloren.

Kälte breitete sich im Raum aus.

»Ich habe Natalies Sohn nie im Leben gesehen«, erklärte Geldorf.

»Und deshalb hat er vermutlich überlebt«, konterte Mallory.

Geldorf wandte sich an Riker. »Helfen Sie mir hier raus. Ich sage doch, ich habe nie –«

Riker verzog keine Miene. »Es ist vorbei, Lars. Weshalb sollte der Junge lügen?«

»Ich muss mich bei Ihnen entschuldigen.« Mallory lächelte. »Ich dachte, Sie hätten den Fall an die Wand gefahren, weil Sie ein so lausiger Kriminalbeamter waren. Das haben Sie mir sehr geschickt eingeredet.« Sie griff nach den quadratischen Polaroidfotos vom Tatort und teilte sie wie Spielkarten aus. »Ich weiß, warum Parris nicht auf den Fotos ist. Er war nur zwei Sekunden im Zimmer. Und Sie sind nicht drauf, weil Sie die Aufnahmen gemacht haben.«

»Das leugne ich ja gar nicht«, setzte Geldorf an. »Ich –«

Sie hielt die leere Filmschachtel hoch. »Dass die Vogelscheuche so eine Schachtel bei allen Leichen hinterlassen hat, hat mir wirklich Rätsel aufgegeben. Es hatte nichts mit Natalie zu tun, dafür umso mehr mit dem Tatort. Diese Schachtel ist zwanzig Jahre alt. Der Junge hatte sie auf dem Gang gefunden, als Sie seine tote Mutter fotografiert haben. Er wollte ein Andenken an Sie.«

Riker nahm den Faden auf. »Die Verwandten des Jungen wussten, dass seine Mutter von einem Cop getötet wurde, und wir haben uns den Kopf darüber zerbrochen, wie ein Sechsjähriger einen Kriminalbeamten in Zivil erkannt haben könnte.«

»Die Vogelscheuche hat uns erzählt, wie es wirklich war«, log Mallory. »Als er sah, wie Sie Fotos von seiner Mutter gemacht haben, war ihm klar, dass Sie bei der Polizei sein mussten. An dem Tag hat er Sie schon zum zweiten Mal gesehen.«

Geldorf lehnte sich grinsend zurück. »Ihr seid zwar verdammt gut, aber damit kommt ihr nicht durch. Ihr habt nichts in der Hand.« Er stand auf und knöpfte sein Jackett zu. »Sucht euch einen anderen für diesen Quatsch.«

»Nicht so schnell.« Riker legte dem erschrockenen Geldorf beide Hände auf die Schultern und drückte ihn wieder in seinen Stuhl zurück. »Noch sind Sie nicht verhaftet. Die Anklage lautet auf Mord.«

»Die Sache mit den Würstchen –« fuhr Mallory fort. »Es waren zu viele für eine Person. Natalie war dabei, das Abendessen für ihren Sohn zuzubereiten. Er war im Badezimmer, als Sie seine Mutter getötet haben. Wir sind von Anfang an davon ausgegangen, dass der Täter Natalie kannte.«

»Ja, weil es ihr geschiedener Mann war«, stieß Geldorf aufgebracht hervor.

»Nein«, sagte Riker. »Er war derjenige, der Natalie als Erster verfolgt hat. Dann lernte Erik Homer seine zweite Frau kennen, und die Belästigungen hörten auf. Sie haben ihr diese Botschaften unter der Tür durchgeschoben und ihr damit Angst gemacht, um sie wieder aufs Revier zu locken. Zu Ihnen. Sie und eine schöne junge Frau – ein Witz, wenn es nicht so traurig wäre. Auch damals schon waren Sie zwanzig Jahre älter als sie.«

»Sie hatten an jenem Abend nicht damit gerechnet, dass Natalie zu Hause sein würde«, fuhr Mallory fort. »Ihre so genannten Liebesbriefe haben Sie immer abgeliefert, wenn sie zur Arbeit gegangen war. Aber dieses Mal hat Natalie Sie erwischt. Sie haben kein Wort miteinander geredet. Wie hätten Sie ihr all das auch erklären sollen?«

»Ich sage dem Boss, dass der Fall erledigt ist.« Riker ging zur Tür. »Der Junge hat ausgesagt, dass seine Mutter nach der Bratpfanne griff. Die Pfanne fiel ihr aus der Hand, Natalie kam ins Stolpern, stürzte und schlug mit dem Kopf auf der Herdkante auf. Sie hatten den Verdacht, dass Natalie die Bewusstlosigkeit nur spielte, deshalb haben Sie sie durch eine Fettpfütze gezogen und auf den Rücken gedreht.«

Mallory hatte den Eindruck, dass Geldorfs Augen sich weiteten. »Dann kam sie wieder zu sich. Fürchteten Sie, Natalie würde schreien? Haben Sie ihr deshalb die Hände um den Hals gelegt und zugedrückt?«

Jack Coffey stand im Türrahmen. »War das der Moment, in dem Sie die Nerven verloren haben?«, fragte er und ließ einen Schreibblock vor Mallory auf den Schreibtisch fallen. »Das ist Lomans Aussage.«

Geldorf reckte den Hals, um zu sehen, was auf dem obersten Blatt stand. »Loman? Der andere –«

»Der frühere Partner von Alan Parris.« Riker war mittlerweile wieder hereingekommen und lächelte. »Er hat Sie verpfiffen, Lars. Er behauptet, Sie hätten versucht, den Fall zu beerdigen. Sie hätten Beweismaterial zurückgehalten und –«

»Ich wollte mein Beweismaterial nur schützen.«

»Damit steht Aussage gegen Aussage.« Mallory sah auf. »Und Loman ist schließlich Lieutenant.« Lomans Aussage war nicht zu gebrauchen, da sie nur das wiederholte, was Geldorf ihnen selbst erzählt hatte. Mallory wusste, dass sie ein großes Risiko einging. »Das wär's dann«, sagte sie abschließend. »Wir sind fertig.«

Coffey fegte die Beweisstücke vom Tisch in einen Karton, ehe er Mallory einen Zettel reichte. »Diese Zeugin kenne ich nicht.«

»Die damalige Hausbesitzerin war ihre Großmutter. Alice White. Sie hat gesehen, wie ein Mann den Strick und das Isolierband aus der Werkzeugkiste des Hausmeisters gestohlen hat.« Die nächste Lüge, der nächste Sargnagel. »Sie ist auf dem Weg hierher und bereit, ihn anhand der Fotos zu identifizieren.« Mallory warf Geldorfs Foto gleichmütig in den Karton. »Sie wird aussagen, dass Natalies Sohn sich zwei Tage in der Wohnung seiner Mutter aufgehalten hat, allein mit ihr und den Fliegen und Kakerlaken. Kein Wunder, dass er durchgedreht ist.« Als Nächstes wiederholte sie, was Susan Qualen ihnen an den Kopf geworfen hatte. »Wen rufen Sie, wenn ein Scheißbulle Ihre Schwester umbringt? Die Bullen?

Das Summen der Fliegen sei ohrenbetäubend gewesen, hat er ausgesagt. Damals war er erst sechs. Das Geräusch dürfte sich im Lauf der Jahre stetig gesteigert haben, schätze ich.«

Riker zog die Karte heraus, auf der die Rechte aufgeführt waren – die letzte Formalität, die ihrem Verdächtigen die Möglichkeit ließ, einen Anwalt zu verlangen.

»Sie haben das Recht zu schweigen …«, begann er.

Allmählich wurde die Zeit knapp.

Mallory nahm ihm die Karte aus der Hand und drückte sie Geldorf in die Hand. »Es war eine lange Nacht. Sie wissen selbst ganz genau, was draufsteht. Sie brauchen nur noch zu unterschreiben.« Sie hielt Geldorf den Kugelschreiber hin, der danach griff danach wie Tausende Verbrecher vor ihm. Doch plötzlich hielt er inne und starrte die Karte unverwandt an. Mallory schlug heftig mit der Hand auf den Tisch. »Los, unterschreiben Sie. Damit Sie Ihren verdammten Anwalt bekommen.«

Es war fast geschafft. Aus der Tatsache, dass sie ihm keinen Deal anboten, musste Geldorf schließen, dass die Beweislast erdrückend war. Er sank zusammen und hob bittend die Hände. »Ich habe diese Frau geliebt, ich habe um sie getrauert. Natalie war –« Er verlor den Faden, alles schien ihm auf einmal zu entgleiten. Jetzt senkte er den Kopf, und Mallory hatte Mühe, sein Gemurmel zu verstehen. »Ich war mal ein guter Cop. Ist das denn gar nichts wert?«

»Sie haben erwartet, dass wir einen Kuhhandel mit Ihnen machen?«

Mit gespielter Ungeduld griff Jack Coffey nach dem Karton. »Ich bin nicht bereit, ihm irgendetwas –«

»Es ist mein Fall!« Mallory wandte sich an Geldorf. »Ich weiß, woran Sie denken. An die Peinlichkeit für die New Yorker Polizei. Und an die Kosten für die Stadt, die ein großer Prozess verursachen würde …«

Geldorf nickte.

Jack Coffey stellte den Karton ab. »Keine übertriebenen Zusagen, Mallory.«

Sie beugte sich vor und musterte Geldorf. »Also gut, ich mache Ihnen folgenden Vorschlag. Und das ist der einzige, den ich Ihnen mache. Der Staatsanwalt wird nicht die Todesstrafe fordern. Keine Kameras, kein Medienzirkus. Die Wahrheit bleibt unter uns. Wenn Sie auf ein Gerichtsverfahren verzichten, können wir den Staatsanwalt wahrscheinlich dazu bringen, die Anklageerhebung ohne Aufsehen noch heute Nacht über die Bühne zu bringen.« All das war bereits eingeleitet, die Urteilsverkündung würde am nächsten Morgen erfolgen. »Der übliche Bonus für einen ehemaligen Cop. Fünfzehn Jahre Haft.« Was für einen Fünfundsiebzigjährigen gleichbedeutend mit lebenslänglich war.

Sie schob ihm einen gelben Block hin. »Schreiben Sie, was Sie wollen. Meinetwegen, dass es ein Verbrechen aus Leidenschaft war. Dass Sie eine Frau zu Tode geliebt haben. Sechs Sekunden. Hopp oder topp.«

Lars Geldorf zog den Block näher zu sich heran, um mit zitternder Hand sein Geständnis zu Papier zu bringen.

Mallory folgte ihrem Partner durch den Dienstraum. Er war einer der wenigen Menschen, die ihr wichtig waren, was aber nicht bedeutete, dass sie ihm vertraute. Er setzte sich an seinen Schreibtisch, der von der einzigen angeschalteten Deckenlampe im Raum ein gutes Stück entfernt war. Seine Zigarette glühte rot auf, als er sein Streichholz in eine Schale mit Büroklammern warf.

»Wie geht es Sparrow?« Das war ein Test. Nach Aussage ihrer bezahlten Informantin, einer Krankenschwester, ließ sich Riker stündlich über ihren Zustand unterrichten.

»Es ist nur noch eine Frage von Stunden.«

Mallory verkniff sich eine boshafte Bemerkung. Eine Zeit lang saßen sie in unbehaglichem Schweigen da und sahen dem Rauch nach, der kreiselnd Richtung Decke aufstieg. »Du wolltest Sparrows Fall unbedingt haben«, sagte sie. »Warum? Aus Anhänglichkeit? Oder hast du gedacht, dass der Mord an Frankie noch mal aufgerollt werden könnte?« Beide Möglichkeiten waren klar und nüchtern und damit so, wie sie sie haben wollte.

Riker zuckte mit den Schultern. »Es war nicht nur das.« Er stand auf und drückte seine Zigarette aus. »Ich muss jetzt ins Krankenhaus. Ich will da sein, wenn ...«

»Nein«, widersprach Mallory. »Ich weiß, dass sie nicht mehr im Koma liegt, obwohl du es mir nicht sagen wolltest.«

Nach allem, was er mit Sparrow erlebt hatte, musste er sie nun ihrer schlimmsten Feindin überlassen. Trotzdem widersprach er nicht. Sie hatte das größere Recht auf die Sterbende.

Riker nickte.

Mallory blieb am Fenster stehen, bis sie Riker aus dem Polizeigebäude kommen sah. Sofort stürzten sich die Reporter mit ihren Kameras und Mikrofonen auf ihn, bis Sergeant Bell ihm mit einer mit Lügen gespickten Presseerklärung zu Hilfe eilte. Nachdem die Meute von Riker abgelassen hatte, blieb er stehen und ließ zwei Taxis vorbeifahren. Plötzlich hatte er kein Ziel mehr.

Im hinteren Teil des Dienstraums wurde eine Schreibtischlampe angeknipst, in deren Schein sie Heller erkannte, der mit gefalteten Händen dasaß und wartete. Wie viel hatte er mitbekommen? Mallory ging langsam auf ihn zu. Seine Augen waren rot und wund vom Schlafmangel.

»Antiquariat Warwick«, sagte er. Mehr nicht. Mallory erschrak, fühlte sich in die Enge gedrängt. Er deutete ihren Gesichtsausdruck falsch. »Warwick stand also tatsächlich unter Verdacht. Ich hab's ja gewusst.«

Mallory setzte sich an den Schreibtisch, fest entschlossen, sich ihre Verwirrung nicht anmerken zu lassen. »Dazu kann ich nur so viel sagen, dass die Vogelscheuche nicht Warwick war. Zufrieden?«

Heller grinste. »Ja, dann brauchst du das hier wohl nicht. Schade, ich musste jede Menge Beziehungen dafür spielen lassen.« Er reichte ihr ein eng beschriebenes Blatt.

Sie überflog das Protokoll einer gestörten Persönlichkeit. Als Kind war John Warwick vorgeworfen worden, er habe seine Zwillingsschwester umgebracht. Ehe ein Augenzeuge ihn hatte entlasten können, hatte die Polizei in einem sechsstündigen Verhör dem Achtjährigen, der um seine Schwester trauerte und weinend nach seiner Mutter rief, ein falsches Geständnis abgerungen. Reporter hatten die Familie in Scharen heimgesucht und das Trauma des schuldlosen Kindes noch vergrößert. Den Rest seiner Kindheit hatte John Warwick in einer Nervenklinik verbracht. Doch es war ihm nie gelungen, die Schlagzeilen und die bohrenden Fragen der Cops endgültig aus seinen Gedanken zu verbannen und an seine Unschuld zu glauben.

Unbeeindruckt legte sie das Blatt aus der Hand. So, wie sie den Buchhändler in Erinnerung hatte, wäre er nicht einmal in der Lage gewesen, einer der tausend Fliegen, die der Mörder an den Tatorten zurückgelassen hatte, etwas zu Leide zu tun. Wie war Heller auf so eine absurde Idee gekommen? Verlor er langsam den Verstand? Überdies fiel dieser Ausflug in Warwicks Vergangenheit nicht in seine Zuständigkeit.

Mallory lächelte. Sie fühlte sich immer am wohlsten, wenn sie angreifen konnte. »Du hättest dich nicht in unsere Arbeit einmischen dürfen, Heller. Wäre Warwick tatsächlich einer unserer Verdächtigen gewesen, hättest du alles verderben können.«

»Ich musste einfach Gewissheit haben«, erwiderte er. »Riker wusste, dass ich über das Buch nicht schweigen würde, es gehörte eindeutig zum Beweismaterial.« Das war kein Vorwurf. Ganz im Gegenteil, Heller wirkte durchaus zufrieden.

Das Buch?

Mallory konnte mit der Schnelligkeit eines Computers kombinieren, doch mit kühler Logik kam sie hier nicht weiter. Weder das Feuer noch das Löschwasser hatten dem Westernroman scheinbar etwas anhaben können, aber offenbar war es genau das, was Riker in Sparrows Wohnung hatte mitgehen lassen. Er hatte alles aufs Spiel gesetzt, um einen Zusammenhang zwischen einer Prostituierten und der Tochter von Markowitz zu verbergen, die der erwachsenen Kathy Mallory hätte gefährlich werden können.

»*Heimkehr*«, sagte sie. »Von Jake Swain.«

Als Heller nickte, war Mallory klar, dass er einen handfesten Beweis gegen Riker in der Hand hatte. Und sie hatte noch eine zweite Erkenntnis gewonnen: Ihr Partner war Sheriff Peety in einem schlecht sitzenden Anzug.

Riker genoss so großen Respekt, dass ihm niemand eine Verfehlung zutraute – nicht einmal dann, wenn seine Schuld sich zweifelsfrei beweisen ließ. Ausgerechnet Heller, der auf Fakten schwor, hatte hartnäckig nach Beweisen für Rikers Unschuld gesucht, die es nicht gab. Und schließlich hatte er etwas gefunden, was sich genauso ausnahm wie die Wahrheit – und was doch nur der tiefe Glaube an einen Freund war.

Ohne ein weiteres Wort verließen sie zusammen das Revier. Auf der Straße trennten sie sich. Auch als eine Zivilistin Mallory um den Hals fiel und ihr nicht genug danken konnte, sagte Mallory nichts. Vor ihr stand das letzte Opfer jenes Mannes, der Natalie Homer getötet hatte. Susan Qualen hatte den Zeitungen geglaubt, in denen gestanden hatten, das einzige Kind ihrer Schwester sei noch am Leben.

Und so war die Tragödie, die vor zwanzig Jahren mit einem Mord begonnen hatte, an diesem Abend noch nicht zu Ende, sondern sollte sich noch bis zum nächsten Nachmittag hinziehen. Nachdem Lars Geldorf im Eilverfahren angeklagt und verurteilt worden war, brachte man Natalies Schwester schonend bei, dass die Polizei ihren Neffen doch getötet hatte. Mit einem Baseballschläger.

»Es tut mir sehr Leid, Ma'am«, sagte Jack Coffey.

24

Als Charles seine müden Augen schloss, sah er eine kleine Diebin vor sich, die sich an Prostituierte hängte und mit Hilfe von Listen und mit einem unbändigen Lebenswillen eine Nacht nach der anderen überstand. Ein bewundernswertes Kind. Eine Heldin – so hatte Louis Markowitz sie genannt.

»Charles?«

Mühsam hob er die schweren Lider, und vor ihm stand die erwachsene Kathy. Er hätte ihr gern gesagt, wie schön sie war, denn wie sollte sie es sonst erfahren? Kathy Mallorys Tragödie war eine Krankheit ohne Namen. Sie weigerte sich, in einen Spiegel oder auch nur in eine spiegelnde Schaufensterscheibe zu blicken, weil sie fürchtete, dort statt ihres Gesichts das Nichts zu sehen. Sagte man nicht Vampiren nach, dass sie Angst vor Spiegeln hätten? Er sah zu dem antiken Spiegel über seinem Kaminsims hinauf, einem Zauberspiegel im wahrsten Sinne des Wortes, mit dem im letzten Jahrhundert ein Magier gearbeitet hatte, und der voller Wellenlinien und verschwommener Wirklichkeiten war.

»Charles.«

»Ja«, sagte er, ohne sich umzudrehen.

»Ich will, dass du heute Abend Riker im Auge behältst. Er ist in dieser Polizistenbar an der Ecke.« Sie ging mit dem Mobiltelefon in der Hand ungeduldig in seinem Wohnzimmer auf und ab.

In dem alten Spiegel betrachtete Charles seine riesige Nase und ihre wunderbaren Augen. Völlig fasziniert verfolgte er, wie ihre Gestalt sich wand und streckte. Die Schöne und das Biest, nur – wer war wer? Mallorys menschliches Gesicht verzerrte sich, und plötzlich war sie das Tier im Pantherkäfig, zutiefst verletzt von ihrem Leben und mit Blut an den eleganten Pfoten. Sie hatte die Narben, er spürte den Schmerz. Wie verrückt konnte …

»Charles?«

Unter den Cops, die die Kneipe in SoHo bevölkerten, befand sich ein Zivilist. Irgendwo auf der Strecke zwischen zwei Toden hatte Charles Butler Jackett und Schlips verloren, sein weißes Hemd war zerknittert und die Ärmel hochgekrempelt. Seinem Gesicht war deutlich anzusehen, dass er tagelang Schlaf nur in kleinen Raten bekommen hatte.

Riker warf einen Blick auf sein eigenes erschöpftes Spiegelbild hinter der Bar und sah rasch wieder weg. »Danke, aber ich nehme heute Abend ein Taxi. Hol dir ein Glas, ich trinke so ungern allein.« Was eine höfliche Lüge war, da Riker ausschweifendste Saufgelage ohne Zeugen abhielt.

Charles bestellte zwei Chivas Regal. »Sparrow liegt im Sterben, und du bist nicht im Krankenhaus?«

»Nein.« Er betete darum, dass Sparrow die Ankunft ihrer alten Freundin nicht mehr erlebte.

Mallorys Talent zur Vergeltung machte sie zur idealen Polizistin. Sie war die Kämpferin für Recht und Gerechtigkeit, nach der sich alle Welt sehnte. Allerdings fand Riker, dass eine solche Sehnsucht mit Vorsicht zu genießen war. Eine Justiz ohne jede Menschlichkeit, Parteilichkeit und Sensibilität war etwas höchst Gefährliches.

Ihre Drinks standen auf dem Tresen, und Charles hatte noch immer keine Antwort auf seine Frage, weshalb Riker nicht an Sparrows Sterbebett saß. »Wieso ist Sheriff Peety Wichita Kid zuvorgekommen?«, fragte Riker, ehe er den nächsten Anlauf machen konnte.

»Er war schneller.«

»Ausgeschlossen«, sagte Riker. »Ob nüchtern oder betrunken oder gegen die Sonne – der Revolvermann war besser.«

»Schneller, meinst du.« Riker sah Charles an, dass er aus seinem eidetischen Gedächtnis Buchseiten auf die Cocktailserviette projizierte. »›An jenem Tag war der Revolverheld ein junger Gott, der aus dem staubgeschwängerten Wirbelwind hervorgeritten kam, um sein Geburtsrecht, die Herrschaft über die Menschheit, einzufordern.‹«, zitierte Charles, schüttelte sich und kippte seinen Whiskey, als müsste er einen schlechten Geschmack herunterspülen. »Grauenvoller Stil. Wichita war schneller mit der Waffe, aber Sheriff Peety war größer als er.«

»Wie?« Riker wusste, dass Charles es genoss, ihn auf die Folter zu spannen. In diesem Moment lächelte er beinahe so unergründlich wie Mallory.

»Ein Held. Überlebensgroß. Deine Worte, Riker. Und Sheriff Peety war seit jeher auch Wichitas Held. Er liebte den Sheriff. Also muss man sich natürlich fragen, ob Wichita womöglich seine Waffe absichtlich nicht schnell genug gezogen hat? Oder hatte er den Zweikampf innerlich schon verloren, bevor er überhaupt zur Waffe griff? Vielleicht war er bis zum Schluss davon überzeugt, dass Sheriff Peety der Größere, der Bessere war. Vielleicht hat der Sheriff deshalb gewonnen. Oder es war Selbstmord.«

»Herzlichen Dank, Charles. Diese Frage wird mich die nächsten fünfzehn Jahre in den Wahnsinn treiben.«

»Ich wollte mich nur revanchieren.«

Doch Riker erwies sich als guter Verlierer. »Na gut, du hast eine Frage frei. Schieß los.«

»Du hast gesagt, dass gegen Kathy posthum Anklage wegen Brandstiftung und Mord erhoben wurde.«

»Stimmt.«

»Kathy ist nicht tot und hat auch niemanden getötet. Aber

da ist trotzdem noch eine Leiche und ein Feuer. Hat all das etwas mit Mallorys Hass auf Sparrow zu tun?«

»Genau.«

Charles wartete. Riker ließ ihn eine Weile zappeln, ehe er schließlich nachgab. »Ich habe selber lange Zeit gebraucht, bis ich auf diese Geschichte gekommen bin. Wenn ich sie dir erzähle, dann unter der Bedingung, dass du sie nicht weitererzählst. Und wenn ich fertig bin, wirst du dir wünschen, ich hätte nicht damit angefangen. Kathy Mallorys Tod wird dich bis zum Ende deiner Tage verfolgen.«

»Ich spreche mit niemandem darüber. Ehrenwort.«

»Über eins musst du dir klar sein, Charles. Wenn du die Wahrheit kennst, musst du sie auch akzeptieren.«

»Einverstanden.«

»Vor fünfzehn Jahren hat Sparrow ein Drogengeschäft mit einem ganz besonders miesen Dealer gemacht. Geklaute Videos gegen Heroin.«

»Die Videos, die Kathy gestohlen hat?«

»Genau. Die Nutten haben dir also von dem Raub erzählt? Ich schätze, dass der Dealer den Treffpunkt ausgesucht hatte, ein Haus mit vernagelten Fenstern, ohne Hintertür. Die Häuser rechts und links waren schon abgerissen, und das hier sollte um Mitternacht an die Reihe kommen.«

»Wie soll ich das verstehen?«

»Der Besitzer wollte es anzünden, um bei der Versicherung zu kassieren. Er hatte überall Brandbeschleuniger verteilt, Kerosin, Pinselreiniger und all solche Dinge. Aber das hat sich erst danach herausgestellt.«

»Nach dem Feuer, in dem Kathy starb?«

»Ja. Dieser Dealer also –«

»Frankie Delight?«

»Richtig.« Was hatte Charles wohl noch alles von den Nutten erfahren? »Frankie wollte Sparrow über den Tisch ziehen, deshalb hat er vermutlich als Erster das Messer gezogen. Sie hat den Kampf gewonnen, musste aber das Messer zurücklassen. Eine Zeugin hat es in Frankie Delights Leiche stecken sehen. Sparrow wurde drei Blocks von dem Haus entfernt von einem Krankenwagen aufgelesen.«

»Und Kathy?«

»Sie hat das miterlebt. Eine Kollegin von Sparrow hat sie am nächsten Tag bei Sparrow im Krankenhaus gesehen. Die Kleine war völlig am Ende, aber Sparrow hat sie noch einmal in dieses Haus geschickt, um die Mordwaffe zu holen.« Genau das war das Bild, das Riker am liebsten für immer aus seinen Gedanken verbannen würde: Wie die Zehnjährige das Messer aus der Leiche zog.

»Wir sitzen im Auto, Louis und ich, als wir hören, wie der Einsatzleiter alle verfügbaren Streifenwagen in die Avenue B schickt. Jemand hatte eine Blutlache dort gemeldet. Wir hätten nicht weiter darauf geachtet, wenn nicht noch eine zweite Ansage gekommen wäre, ein kleines blondes Mädchen sei an derselben Adresse gesehen worden. Als wir hinkommen, steht das Haus in Flammen. Kathy läuft heraus, sieht uns – und läuft zurück in das brennende Haus.«

»Aber das ist doch nicht …«

»Nicht normal? Nein, von einem Kind würde man das wohl nicht erwarten, aber sie hatte ein Messer in der Hand, auf dem ein großes S und wahrscheinlich eine Reihe erstklassiger Fingerabdrücke prangte. Hätte man sie mit der Mordwaffe neben Frankies Leiche erwischt, wäre ihre Lieblingsnutte im Knast gelandet.«

»Also ging sie lieber in den sicheren Tod?«

»Nein, ganz und gar nicht. Die Kleine hatte einen unglaublichen Überlebenswillen. Lou hat vermutet, dass sie aufs Dach wollte, um über die Feuerleiter zu flüchten. Aber es war keine Feuerleiter mehr da, weil der Hausbesitzer sie am Vormittag einem Schrotthändler verkauft hatte. Wir wollten ihr nach, aber da drückte schon die erste Explosion die Bretter aus den Fensterrahmen im Erdgeschoss. Fässer mit Kerosin und Pinselreiniger gingen hoch wie Bomben. Es sah aus, als würde das Haus jeden Moment hochgehen. Die Hintertür war mit Brettern vernagelt, aber die Feuerwehr hat gar nicht erst versucht, sie aufzubrechen. Das Einzige, was sie noch tun konnten, war, zu verhindern, dass der Brand auf die Umgebung übergriff.«

In seiner Erregung schlug Riker mit der flachen Hand auf den Tresen. »Als das Dach in Flammen aufging, wussten wir, dass die Kleine tot war. Das heißt, *ich* wusste es. Nicht einmal diese Feuerhölle hatte Lou Markowitz überzeugt. Der Branddirektor hat uns Kathys Schuhe als Beweis dafür gezeigt, dass sie es bis aufs Dach geschafft hatte. Sie waren noch zugeschnürt, die letzte Explosion hatte sie ihr von den Füßen gerissen. Ein Schuh war unversehrt, der andere völlig verkohlt. Die Feuerwehrleute meinten, die letzte Explosion musste sie direkt erwischt haben.«

»Sie haben also Kathy für tot erklärt?«

»Sie wussten nicht, wie sie hieß. Sie hatten nur eines ihrer Bücher gefunden, das halb versengt war, und die Schuhe. Später hat eine unserer Informantinnen die Querverbindung zwischen dem Kind mit den Westernromanen und Sparrow hergestellt. Zwei Cops kamen zu Sparrow ins Krankenhaus und sagten ihr, dass Kathy tot war.«

»Was aber nicht stimmte.« Charles zählte die einzelnen Punkte an den Fingern ab. »Vernagelte Fenster, keine Hintertür, keine Feuerleiter, kein Nachbardach. Wie ist sie rausgekommen?«

»Das hat sie uns nie erzählt. Sie weiß, dass die Frage mich nach wie vor beschäftigt, und lässt keine Gelegenheit aus, mich damit verrückt zu machen.«

»Wenn sie eine Gehirnerschütterung hatte«, sagte Charles, »erinnert sie sich vielleicht nicht mehr.«

»Aber das ist keine Erklärung dafür, dass sie lebend vom

Dach kam. Vielleicht ist sie geflogen. Das war Sparrows Lieblingstheorie.«

»Die gefällt mir gut. Wenn ein Schuh weggeschleudert werden kann, warum dann nicht auch ein kleines Mädchen? Falls irgendwo Abfall oder so etwas herumlag –«

»Nein, Charles, das haben wir untersucht. Es gab keine weiche Landung. Und das Haus stand völlig isoliert, das nächste Dach war sechs Meter entfernt. In derselben Nacht haben wir dann Kathy geschnappt – ohne Kratzer, ohne Prellungen, völlig unversehrt. Wenn du lange genug darüber nachdenkst, weißt du nicht mehr, was du glauben sollst.«

Charles bedeckte seine Augen mit einer Hand. »Ihr habt also gedacht, sie sei tot, habt aber weiter nach ihr gesucht?«

»Ja. Wir haben hier in der Kneipe gesessen, Lou und ich, und uns die Nachrichten angesehen. Der Aufmacher war ein kleines Mädchen mit grünen Augen, das auf Westernromane stand. Zwei Minuten lang war Kathy berühmt.« Dann hatte ihr ein Streik der städtischen Müllabfuhr die Schau gestohlen.

»Plötzlich wird es totenstill. Ich drehe mich um, und da steht Sparrow. Eine Nutte, die sich in eine Polizistenkneipe verirrt, ist schneller wieder draußen, als sie reingekommen ist. Ich will sie schon abwimmeln – Lou war ganz schlecht drauf –, als ich plötzlich Blut durch ihre Kleider sickern sehe. Sie war aus dem Krankenhaus getürmt.«

»Und in diesem Moment bist du draufgekommen, dass sie den Dealer umgebracht hat?«

»Nein, den hatten sie zu dem Zeitpunkt noch nicht gefunden. Erst am nächsten Tag haben sie ihn als unbekannte Leiche rausgeholt. Die Autopsie hat ergeben, dass der Oberschenkelknochen an zwei Stellen von einer Messerklinge getroffen worden war. Dr. Slope meinte, das Messer hätte eine Schlagader erwischt, sodass er verblutet ist. Er hat sogar aufgezeichnet, wie der Stoß geführt wurde. Folglich war Sparrow auf den Knien, als sie Frankie Delight erstochen hat. Zuvor hatte er ihr sein Messer in die Seite gerammt, deshalb haben wohl ihre Beine nachgegeben.«

»Aber der Mord wurde Kathy angelastet.«

»Eins nach dem anderen, Charles. Wir wollen also Sparrow ins Krankenhaus zurückbringen, aber sie weigert sich, schwitzt und zittert, wahrscheinlich ist sie auf Turkey. Lou zieht seine Brieftasche aus der Tasche. Es waren fast achtzig Dollar drin, ein Vermögen für eine Fixerin, und er schiebt ihr das Geld hin. ›Sie heißt Kathy‹, sagt Sparrow, ›und könnte noch leben.‹ Und Lou sagt: ›Nein, Sparrow, nur wenn du an Superman glaubst. Kathy ist ein ganz gewöhnliches kleines Mädchen, sie besitzt keine übernatürlichen Kräfte, und fliegen kann sie schon gar nicht. Sie ist tot.‹«

Riker hob sein Glas und betrachtete die letzten goldenen Tropfen darin. »Zwischen mir und einem Junkie gibt es keinen großen Unterschied. Solange ich meinen Stoff habe, bin ich ein netter Kerl, aber wenn man mir das Zeug wegnimmt …« Er schüttelte den Kopf. »So gern ich dich habe, Charles – für einen Drink würde ich dir notfalls die Kehle durchschneiden. Bei Sparrow war es Heroin. Sie hatte viel zu viel Blut verloren, um einen Freier machen zu können, aber auch nicht genug Geld für den nächsten Schuss. Trotzdem gibt sie Lou das Geld zurück und sagt: ›Ihr müsst die Kleine finden. Vielleicht ist sie verletzt.‹«

»Sie wusste also, dass Kathy am Leben war?«

»Eben nicht, das ist ja der Knaller. Sie hat einfach nur fest daran geglaubt, und dass sie das Geld zurückgab, war ein Versuch, Lou davon zu überzeugen.«

Riker leerte sein Glas. »Sparrow hat in jener Nacht mehr Mut bewiesen als ein Mann. Sie hat uns erzählt, dass Tall Sally Kathy aufgetragen hatte, einen Jaguar auszuräumen. Sparrow wusste das nur deshalb, weil Kathy sie gefragt hatte, was ein Jaguar überhaupt ist. Daraufhin hatte sie Kathy von einem reichen Yuppie mit einem Jaguar erzählt, der an den

Wochenenden durch die Clubs im East Village zog. Na ja, es war Samstagabend. Lou packt mich also am Arm, benebelt wie ich bin, und wir fahren mit Sparrow los.«

Riker sah Lou Markowitz vor sich, der im Schritttempo durch die nassen Straßen fuhr, zu sämtlichen Plätzen, an denen sie Kathy jemals gesehen, gejagt und wieder verloren hatten. Es war Wahnsinn zu glauben, sie hätte sich aus dem Feuer retten können, trotzdem fuhren sie weiter durch den Nieselregen. Er sah Charles Butler an. »Bescheuert, nicht?«

Markowitz fummelte am Autoradio herum und entschied sich für einen Sender mit Bluesmusik aus einer vergangenen Epoche. »Und dann sehen wir den Jaguar. Lou hält und macht die Scheinwerfer aus.«

Drei Augenpaare richteten sich auf den Sportwagen gegenüber. Klavierakkorde klangen wie Kinderschritte durch die Nacht. Und dann – als hätte Duke Ellington diesen Augenblick orchestriert – trat Kathy vorsichtig aus der Deckung zwischen den Mülltonnen hervor und lief barfuß geradewegs auf den Jaguar zu.

Baby needs new shoes.

Durch den Regen und den grauen Dampf, der zischend aus einem U-Bahn-Schacht hochstieg, leuchtete das blasse Kindergesicht. Sparrow schob sich tief in den Rücksitz, während Lou Markowitz und Riker hinter dem Armaturenbrett in Deckung gingen und fasziniert die Zehnjährige beobachteten, die den Jaguar knackte wie ein Profi.

Sobald die Kleine im Wagen saß, stiegen Riker und Markowitz aus und setzten sich rasch und leise in Bewegung. Sie wussten nicht, ob sie lachen oder weinen sollten: Kathy saß am Steuer und montierte in aller Ruhe Radio und Kassettenrecorder ab, wobei sie Sparrows Messer als Schraubenzieher benutzte. Markowitz griff nach unten, um die Tür des Jaguars zu öffnen. »Hey, Kleine, was machst du denn da?«

Kathy roch nach Rauch und Schwefel. Das hätte ihm eine Warnung sein sollen. Sie zückte das Messer. »Mach die Fliege, Alter, sonst stech ich dich ab.«

Lous rechter Arm schoss vor, und Kathy sah verblüfft auf ihre leere Hand hinunter.

Riker hielt einen Augenblick inne. »›Nicht schlecht für einen dicken alten Mann, was?‹ sagt Lou und zieht sie aus dem Wagen, aber sie macht sich los und wirft sich in Sparrows Arme. Mit dem, was dann kam, hätte Kathy allerdings nie im Leben gerechnet. Es war wirklich brutal. Die Nutte schleppt Kathy zurück zu Lou und sagt: ›Wie soll ich zu meinem Geld kommen, Baby, wenn du nicht mit dem Mann gehst?‹«

»Sie hat also doch –«

»Nicht einen Cent hat sie genommen.« Riker hob sein leeres Glas zu einem stummen Salut. »Für Kathy brach eine Welt zusammen. Sie hatte überlebt, weil sie schnell laufen konnte, aber nun hatte Sparrow dafür gesorgt, dass es niemanden mehr gab, zu dem sie hätte laufen können. Niemand, der sie aufgenommen hätte.«

Kathys Beine gaben nach, sie fiel vor Sparrow zu Boden und fing an zu weinen. »Kathy hatte ihr Leben riskiert – das war der Dank dafür. Sparrow ging einfach weg und ließ sie allein. Ohne Abschied. Kathy dachte natürlich, Sparrow hätte sie verkauft. Für den nächsten Schuss. Trotzdem hat sie noch versucht, ihr nachzulaufen.«

»Weil sie sie liebte?«

»Weil sie alles war, was sie hatte.« Noch immer gellten ihm Kathys flehende Rufe im Ohr. ›*Bitte, bitte komm zurück …*‹ Und dann war Sparrow um eine Ecke gebogen und verschwunden, und in den Augen des Kindes stand nackte Angst.

»Danach ist sie total ausgeflippt. Sie hat uns mit ihrer Spielzeugpistole bedroht. Wenn sie gekonnt hätte, hätte sie uns ohne mit der Wimper zu zucken getötet. Sie hasste Lou aus tiefster Seele. Er hatte ihr alles genommen – erst ihre Bücher und dann Sparrow.«

»Jetzt wird mir auch ihre Feindseligkeit ihm gegenüber in den ersten Jahren klar«, sagte Charles. »Und dass sie ihn immer nur Markowitz genannt hat.«

»Ja, sie hat ihm die Schuld daran gegeben, dass Sparrow sie allein gelassen hat. Lou hat jahrelang dafür bezahlt. Und ich auch. Vergeben und vergessen – das sind Fremdwörter für Kathy Mallory.« Riker schob sein Glas an den Rand des Tresens. »Wir fahren also in Richtung Brooklyn, ich hinten, die Kleine auf dem Beifahrersitz neben Lou.« Plötzlich roch er wieder die regenschwere Luft, sah die Vorgärten, in denen Zwei- und Dreiräder herumstanden. Das Autoradio feierte mit lautem Rock 'n' Roll ihren Sieg, Hunde jaulten die hohen Töne mit, und Glühwürmchen glühten im Takt mit einem Golden Oldie von Buddy Holly.

Das Kind, mit Handschellen ans Armaturenbrett gefesselt, fluchte, was das Zeug hielt, und wehrte sich gegen die Fesseln, obgleich es wusste, dass es vergeblich war.

»Jetzt wird's ein bisschen unheimlicher«, fuhr Riker versonnen fort. »Du musst wissen, dass Lous Frau hören konnte, wenn auf anderen Planeten Kinder weinten, die sich verirrt hatten.« Die alte grüne Limousine hielt vor dem Haus. An einem Fenster, eingerahmt von weichem gelbem Licht, stand Helen Markowitz und wartete. Dann verschwand sie plötzlich vom Fenster und lief zur Haustür.

Der Wagen und die Musik hätten ihr eigentlich sagen müssen, dass alles in Ordnung war. Schlechte Nachrichten kündigten sich selten mit lautem Rock 'n' Roll an. Und in dem dunklen Wagen konnte Lous Frau die kleine Diebin nicht sehen, aber sie wusste offensichtlich, was sie tat, als sie die Verandastufen herunterhastete und über den nassen Rasen eilte.

Kathy stieß eine unflätige Drohung nach der anderen aus,

und Lou Markowitz stand dabei und strahlte über das ganze Gesicht. Sein Leben war wieder im Lot. Helen Markowitz riss die Beifahrertür fast aus den Angeln, und Kathy war so gut wie zu Hause.

25

Die fiebrige Sommerhitze war vorbei. Wind und Regen brachten Kühle in die Stadt. Die beiden Männer traten auf die Straße und blieben unter der Markise stehen.

»Louis muss Mallory von der Mordanklage erzählt haben«, sagte Charles. »Spätestens in dem Moment, als sie zur Polizei ging, hätte er –«

»Ja.« Riker sah sich suchend nach einem Taxi um. »Das hat er ihr erzählt, mehr aber auch nicht. Und jetzt glaubt sie, dass Sparrow ihr den Mord angehängt hat. Die Wahrheit konnte er ihr nicht sagen, sonst hätte sie sich gefragt, warum er nicht dafür gesorgt hat, dass Sparrow angeklagt wurde.«

Charles schwieg einen Augenblick und lauschte dem stetigen Regen. »Mallory wird niemals Frieden finden.«

»Und du auch nicht. Ebenso wenig wie ich.«

Charles bugsierte Riker, ohne auf dessen Proteste zu achten, in seinen Mercedes und wandte höflich den Blick ab, während er wie alle Betrunkenen mit dem Sicherheitsgurt kämpfte. »Hat Sparrow dir erzählt, dass Frankie Delight mit dem Messer auf sie losgegangen ist, weil sie Kathy verteidigen wollte?«

»Nein, sie hat sämtliche Fragen, die mit dieser Nacht zu tun hatten, abgeblockt. Schlechtes Gewissen. Wenn du etwas über einen Mord weißt, wirst du zum Komplizen. Aber es war nicht schwer zu erraten. Frankie Delight war ein Fliegengewicht und hätte gegen Sparrow immer den Kürzeren gezogen, aber von sich aus hätte Sparrow nie angefangen. Unter normalen Umständen hätte sie ihre Stöckelschuhe ausgezogen und wäre abgehauen. Aber sie hatte das Kind dabei, und eine Zehnjährige kann nicht so schnell laufen wie eine barfüßige Hure. Wir vermuteten deshalb, dass Frankie ihr das Messer in die Seite gerammt hat, als sic sich vor Kathy stellte. Ich weiß, dass er zuerst zugestochen hat, weil Sparrow auf den Knien lag, als sie mit dem Messer seinen Oberschenkel traf.«

Charles sah das Foto von Sparrows Narbe vor sich. Trotz der klaffenden Wunde war sie noch in der Lage gewesen, Frankie Delight ihr Messer durch die Kleidung hindurch so tief ins Fleisch zu stoßen, dass es den Knochen traf?

»Sparrows Klinge war rasiermesserscharf, und dass sie die Schlagader erwischt hat, war einfach Glück«, sagte Riker, als hätte er seine Gedanken erraten.

Charles nickte zerstreut und lauschte dem Regen, der auf das Wagendach trommelte. »Mallory ist jetzt im Krankenhaus, oder? Deshalb bist du nicht hingegangen. Sie hat es dir verboten.«

Riker sah ihn überrascht an. Wodurch hatte er sich wohl verraten? Mit den Fingerspitzen trommelte er im Takt der Scheibenwischer auf die Armlehne.

»Und du lässt es zu, dass sie auf eine Sterbende einprügelt? Oh, natürlich nicht mit den Fäusten, ich weiß – aber dir muss doch klar sein, was dort im Krankenzimmer passiert.«

»Ich kann Mallory die Wahrheit nicht sagen, und du kannst es auch nicht, wenn du nicht ihre Erinnerung an Lou zerstören willst.«

Sie würde also niemals erfahren, dass Louis mit einer Verschwörung ein zehnjähriges Herz gebrochen hatte. »Und sie wird Sparrow hassen, bis es zu spät ist?«

»Lange kann es nicht mehr dauern.« Riker kurbelte das Fenster herunter und schnippte seine Zigarette in den Regen hinaus.

Charles spürte, dass er auf diese Weise nicht weiterkam, und nahm den Faden ihrer vorhergehenden Unterhaltung wieder auf. »Wie günstig, dass Frankie am Oberschenkel verletzt war. Das hat es ein bisschen einfacher gemacht, einem Kind die Schuld zu geben.«

»Das klingt, als hätten wir ihr etwas anhängen wollen. Dabei haben nicht wir den Fall bearbeitet, sondern zwei Kollegen. Notwehr, aber im Zusammenhang mit Brandstiftung. Sparrow wäre dafür ins Gefängnis gekommen.«

»Ihr habt also geschwiegen, und Kathy bekam die Schuld.«

»Ein namenloses Mädchen bekam die Schuld. Und das mit der Brandstiftung stimmte schließlich. Kathy hatte, um alle Beweise zu vernichten, Frankies Leiche mit Kerosin übergossen. Dem Pathologen blieb nur ein Haufen verkohltes Fleisch und Knochen. Fall erledigt.« Riker gähnte. Kurz darauf fielen ihm die Augen zu.

Zwanzig Minuten später hielt Charles vor Rikers Haus. Da er es nicht übers Herz brachte, seinen Freund zu wecken, trug er ihn die Treppe hinauf, legte ihn auf sein ungemachtes Bett und verstaute seine Dienstwaffe in einer Schublade. Nachdem er ihm die Schuhe ausgezogen hatte, befolgte er auch noch Mallorys letzte Anweisung: Er ging ins Badezimmer, wo als Nachtlicht ein Plastik-Jesus hing, und knipste das Lämpchen an.

Auf dem Rückweg ließ er sich Rikers Geschichte noch einmal in Ruhe durch den Kopf gehen und überlegte sich, wie es wohl wirklich gewesen war. In einem Punkt war er sich mit Riker einig: Der Dealer hatte zuerst zugestochen und Sparrow die tiefe Wunde in der Seite zugefügt. Aber er hatte nicht zugestochen, weil sie sich schützend vor ein Kind gestellt hatte. Sie hatte gelacht, als Frankies Messer sie traf, das hatte Mallory bezeugt.

Überrascht und von dem Blutverlust benommen war Sparrow auf die Knie gesunken und hatte die Hände auf die Wunde gelegt. Vielleicht hatte sie noch Zeit gehabt, ihr Messer herauszuziehen, aber ganz bestimmt nicht mehr genug Kraft, es zu benutzen. Außerdem war der Dealer zweifellos auf der Hut gewesen.

Ein Messer hatte Frankie Delights Oberschenkelknochen zweimal getroffen. Nur ein zehnjähriges Kind hätte sich auf den Dealer stürzen können, ohne vorher seinen Verdacht zu erregen. Charles sah die kleine Diebin vor sich, die Sparrow das Messer aus der Hand nahm und zustieß. Einmal und noch einmal. Wie überrascht sie gewesen sein musste, dass Frankie Delight zu Boden gegangen und gestorben war!

Kathy hatte um Sparrows willen einen Menschen getötet, sie hatte in einer Feuerprobe ihr Leben riskiert und war dafür, statt weiterhin die Liebe zu bekommen, nach der sie sich so sehnte, verraten und verlassen worden. Dies war das einzige Szenario, das sämtliche Fakten berücksichtigte und erklärte, warum sie Sparrow nie verziehen hatte.

Und nun lag Sparrow im Sterben, aber entgegen aller Voraussagen der Ärzte hatte sie, tief in Komaträumen gefangen, noch immer nicht losgelassen. Auf der Tagesordnung ihres Lebens gab es noch einen unerledigten Punkt. Sparrow wartete auf Mallory.

Charles ließ den Wagen ausrollen und schloss die Augen. Er wollte sich den Ablauf dieses Wiedersehens nicht vorstellen, wollte sich nicht ausmalen, was für eine Litanei von Anwürfen und Beschuldigungen Sparrows letzte Stunden begleiten würden. Stattdessen wandte er sich den letzten noch ungelösten Rätsel zu: Wie war Kathy dem Feuer entkommen?

Nicht alles ließ sich mit Logik lösen, aber zumindest sehr vieles. Sparrows Theorie gefiel ihm am besten. Das Kind musste durch die Explosion vom Dach geschleudert worden sein. Er sah Kathy vor sich, wie sie, vorbei an Frankies lodernder Leiche, durch die Flammen zur Treppe lief. Er hörte ihren Schrei, das Gebet jedes Kindes in höchster Not: »Mama!«

Oder hatte sie nach Sparrow gerufen? Die Flammen folgten ihr die Treppe hinauf, versengten ihr das Haar, während im Erdgeschoss die ersten Explosionen erfolgten.

Kathy hatte die Tür zum Dach erreicht. Sie sah den Himmel – aber keine Feuerleiter, keinen Ausweg. Sie hob die Arme wie schmächtige weiße Flügel, während unter ihren Füßen die ganze Welt detonierte. Die Druckwelle hatte sie vom Dach geschleudert, aber warum hatte sie keine Verletzungen davongetragen? Eigentlich hätte sie die ganze Nacht tot oder schwer verletzt auf der Straße liegen müssen.

In den kommenden Jahren sollte auch Charles erfahren, wie quälend es sein kann, sich ständig fragen zu müssen, wie eine Geschichte ausgegangen ist. Es gelang ihm nicht, die Rätsel um Kathys Entkommen aus den Flammen zu lösen – es sei denn, man deutete die letzten Worte, die er am Ende eines langen Lebens in sein Tagebuch schrieb, als Antwort. Da er seine Rolle als Bewahrer von Geheimnissen bis zum letzten Tag ernst genommen hatte, lasen seine Kinder und Kindeskinder ratlos jenen Satz, der allein in der Mitte der Seite stand als Huldigung Sparrows und ihren Glauben an Comic-Helden: »Kathy, kannst du fliegen?«

Epilog

Detective Mallory fröstelte, doch der Arzt an ihrer Seite bemerkte es nicht. Sie grub ihre Fingernägel in die Handflächen, bis sie schmerzten, um wach zu bleiben und klar denken zu können. Um das hier durchzustehen.

Regen trommelte gegen das Fenster des Krankenzimmers. Pater Rose stand mit dem Rosenkranz in der Hand am Bett. Jetzt legte er die Stola an, um Sparrow die Sterbesakramente zu spenden. Schade um die Zeit, dachte Mallory.

Der junge Assistenzarzt schien der gleichen Meinung zu sein. »Ich glaube nicht, dass sie noch etwas spürt.«

Mallory betrachtete die sabbernde Frau. Sie kam ihr kleiner vor als früher – ähnlich wie Räume, die man aus der Kindheit kennt und nach vielen Jahren wiedersieht. »Woher wollen Sie wissen, dass sie bei Bewusstsein ist?«

Der Arzt zuckte die Schultern. »Zwischen Wachsein und Bewusstsein ist ein großer Unterschied. Mit Sicherheit kann ich nur sagen, dass ihr nur noch wenige Stunden bleiben. Die Organe beginnen zu versagen.« Er wollte nicht warten, bis das Ende kam. Weshalb Zeuge eines Misserfolgs sein? Er ging rasch hinaus. Es war wie eine Flucht. Mallory lauschte den hastigen Schritten, mit denen er dem Tod davonlief. Jetzt war Sparrow nur noch für den Priester interessant.

»Bereust du aufrichtig deine Sünden?«

»Bei einer Hure kann es Jahre dauern, bis sie da durch ist, Pater.« Mallory öffnete die Tür, und der Priester sah sie erschrocken an. »Beeilen Sie sich«, sagte sie. »Ich habe nicht die ganze Nacht Zeit, und Sparrow erst recht nicht.«

Pater Rose beugte sich über sein Gemeindemitglied. »Gib mir ein Zeichen der Reue.«

»Es tut ihr Leid«, sagte Mallory. »Sie bewegt die Augen.«

»Sie sind herzlos.«

»Ich weiß.«

»Sie liegt im Sterben. Können Sie die Frau nicht in Ruhe lassen?« Der Pater setzte seine Gebete beinahe lautlos fort und schlug das Kreuz über ihr.

»Fertig?« Mallory stand auf. »Bitte gehen Sie jetzt.« Sie zückte ihre Dienstmarke. »Ich habe dienstlich mit ihr zu reden.«

Er wäre in ihrem Ansehen gestiegen, wenn er sich gesträubt hätte, doch statt dessen sah er nur noch einmal zu Sparrow hinüber und zuckte mit den Schultern. Für ihn war sie so gut wie tot. Was konnte man ihr jetzt noch antun? Welchen Trost konnte seine Gegenwart ihr spenden?.

Leise verließ er das Zimmer. Mallory schloss die Tür und schob einen Stuhl mit hoher Lehne unter die Klinke. Heute Nacht konnte sie keine Besucher mehr gebrauchen.

Dann kehrte sie zu ihrer alten Feindin zurück, die sie verraten und verlassen hatte. Jetzt war es Sparrow, die sich nicht zu helfen wusste, die nichts tun konnte, um sich zu wehren. Ihr Gesicht war so weiß wie das Bettlaken.

»Sparrow? Ich bin's.«

Keine Reaktion, nur mühsames Atmen und das wahnwitzige Zucken der blauen Augen, die nichts wahrnahmen. Konnte Sparrow hören? Konnte sie verstehen? Die einzige Gewissheit war der Tod, der stetig näher rückte.

Mallory beugte sich über die Frau und streifte mit den Lippen eine Haarsträhne an Sparrows Ohr. »Hier ist Kathy.«

Ich habe mich verirrt. Mallory rückte ans Bett und schlug den letzten Band der Westernserie auf. »Jetzt lese ich dir etwas vor«, sagte sie und tastete Trost suchend nach Sparrows Hand.